谌容文集

1

长篇小说

梦中的河

作家出版社

作者简介

谌容，女，中国当代作家。祖籍重庆巫山小三峡，1935年10月25日出生于湖北汉口。1937年抗日战争爆发随父母入川，1945年抗战胜利至北京，毕业于东城私立明明小学，后考入北京女二中。1948年初随家人回重庆，就读于重庆女二中至初中二年级。

1951年参加工作，在重庆西南工人出版社门市部（书店）售书。1952年调入《西南工人日报》编辑部任干事。1954年考入北京俄文专修学校（现北京外国语大学），成为新中国第一批享有国家调干助学金的大学生。1957年毕业分配至中央广播事业局从事翻译工作。1961年病休。1962年调入北京市教育局待分配。病休中开始练习写作。

1975年第一部长篇小说《万年青》由人民文学出版社出版。1979年在《收获》发表第一部中篇小说《永远是春天》。1980年调入北京市作家协会为专业作家。改革开放四十年间，谌容在全国各地期刊发表多部中、短篇小说，作品深受广大读者喜爱，多次获得各种奖项。由作者改编的电影《人到中年》，获得当年"百花""金鸡""华表"三大奖，得到广泛赞誉。

■ 二〇一八年夏天在北京家中书房。

一九五六年夏天作者谌容与范荣康结婚照。他原名梁达,当时是《人民日报》记者。结婚时没有婚礼没有婚纱,新买了一件连衣裙,只留下这唯一的照片。

■ 从照片上女儿的年龄推算，大约是一九七四年左右，五年下
　放农村劳动即将结束，全家去照相馆照了一张相，那年月照
　相是一件奢侈的事。前排左起作者谌容、女儿梁欢、丈夫范
　荣康，后排二儿子梁天、大儿子梁左。

■ 开放改革新时期，谌容已调入北京市作家协会专业创作，范
荣康时任《人民日报》副主编。大约是在八十年代中期的一
次聚会上。

■ 一九九三年情景喜剧《我爱我家》拍摄现场。

记得那时范荣康已生病住院,临时向医生请了假出来。我们
夫妇之所以赶来现场看拍戏,是因为我家的三个孩子都参与
了这部戏。

大儿子梁左是这部戏的主要策划者之一,绝大部分剧本由他
编写,被剧组尊为"文学师"。作为母亲,我为他短暂的一
生取得的成就感到无比骄傲。二儿子梁天扮演剧中的一个人
物,演技得到了观众宽容的肯定,也让我十分欣慰。小女儿
梁欢刚从北京大学中文系毕业,在哥哥们的指导下,也为这
部戏写了几集剧本和歌词。

感谢现场摄影师为我家留下了这张照片,左起:梁欢、梁左、
谌容、范荣康、梁天。

■ 大约是一九九五年左右，在北海公园。一九九三年范荣康因
心肌梗塞抢救过来之后，就开始重病缠身，一病八年。

目录

代总序

《随想录》之五十《人到中年》

巴金

几个月前我的一个侄女从遥远的边疆写信来说:"我们工作很忙,设计任务一个接着一个。作为技术骨干,总想把自己的一切都投到四化中去,加班加点经常工作到深夜,回到家中,家务劳动又重,真有筋疲力尽之感。最近《收获》中《人到中年》里的陆大夫就是我们这些中年科技人员的写照……一些基层干部总喜欢那些'唯唯诺诺'、无所作为的人,而对我们这些'大学生'总有些格格不入……"

《人到中年》是谌容同志的中篇小说,陆大夫是小说中的主人公眼科医生陆文婷。半年多来我听见不少的人谈论这部小说,有各种各样的看法;起初还听说有一份省的文艺刊物要批判它。以后越来越多的读者出来讲话,越来越多的读者在小说中看见了自己的面影。的确到处都有陆大夫,她(他)们就在我们的四周。她(他)们工作、受苦、奋斗、前进,或者做出成绩,或者憔悴死去……小说真实地反映了我们的现实生活。

三十年来我对自己周围的一切绝非视若无睹。但是读了《人到中年》后我一直忘不了这样一个事实:今天在各条战线上干工作、起作用,在艰苦条件下任劳任怨、鞠躬尽瘁的人多数是解放后培养出来的一代知识分子,也就是像陆文婷那样的"臭老九"。("臭老九"这个称号固然已经不用了,但是在某些人的心里它们还藏得好好的、深深的,准备到时候再拿出来使用。)正是靠了这无数默默地坚持工作的中年人,我们的国家才能够前进。要搞"四化",即使是搞中国式的"四化"吧,也离不开他们。那么提高他们的生活水平,改善他们的工作条件，让他们心情舒畅，多做工作、多做贡献，有什么不好？！即使办不到这个，把他们的真实情况写出来，让大家多关心他们，多爱护他们，又有什么不好？！

读了小说的人没有不同情陆大夫处境的；但是我更敬佩她的"勇气和毅力"，敬佩她那平凡的不自私，她那没有尘埃的精神世界使我向往，使我感动。有人说作者不应该把陆大夫的遭遇写得那样凄惨，也不应该在"外流"的姜亚芬医生的身上倾注太多的同情；还有人责备作者"给生活蒙一层阴影"。有人质问："难道我们新社会就这样对待知识分子？""难道外流的人会有爱国心？"但是更多的人，越来越多的人却说："小说讲了我们心里的话。"

我们已经吃够了谎言的亏，现在到了多讲真话的时候了。我们的生活里究竟有没有阴影，大家都知道，吹牛解决不了问题。我喜欢这本小说。我有这么一个习惯，读了好的作品，我会感到心灵充实，我会充满对生活的热爱；我有一种愿望，想使自己变得善良些、纯洁些、对别人有用些。《人到中年》写了我们社会的缺点，但作者塑造的人物充满了爱国主义的感情，这种感情不是空洞的、虚假的，而是深沉的，用行动表示出来的。我接触到她（他）们的心，我更想到我那位遍体伤痕的母亲，我深深感觉到我和祖国血肉相连的关系。是她把我养育大的，是她使我拿起笔走上文学道路的，我从她那里不断地吸取养料。她有伤，所有她的儿女都应当献出自己的一切给她治疗。陆大夫就是这样的人，她就是不自私地献出一切的。在中国她（他）们何止千千万万！同她（他）们一起为社会主义祖国尽力，我感到自豪，我充满信心。还有姜亚芬医生，对她，对她（他）们，祖国母亲也会张开两只胳膊欢迎。难道海外华侨就不热爱祖国？难道外籍华人对故土就没有感情？只要改善工作条件，"外流"也可以变为"内流"。建设新中国，人人有责任。这个伟大的、严肃的工作决不是少数人可以垄断的，文学的事业也是这样，一部作品的最好的裁判员是大多数的读者，而不是一两位长官。作者在作品里究竟是说真话还是贩卖谎言，读者们最清楚。

九月二十二日（一九八〇年）

梦中的河

第一章

到香港才五天，她已经想回家了。

房间里的布置是无可挑剔的，看来舅妈确实费了一番心思，连窗帘都是新换的，只不过这粉红的颜色太俗气了。

这大概也是香港人的一种情趣吧，凡事都爱讲吉利。就如把"发菜"捧得那么高，只因为它的谐音如同"发财"一样。红色，在香港人看来，或许就是大富大贵大吉大利，总之是大喜的色彩吧。以此类推，连同这粗俗的粉红，自然也就得到格外的青睐。

望着这别扭的窗帘，林雁冬想起自己家那素雅的淡紫色的薄纱窗帘，一股强烈的思念涌上心头，几乎使她不能自持，觉得眼眶里热乎乎的。

可不能让外婆看见，她要伤心死了。也不能让舅妈看见，她肯定要去打小报告的。可是，心里就是这么慌慌的。好不容易来香港旅游一趟，为什么不能放开了玩他几天，真不知道是怎么回事？她也为自己的心神不定发愁。特别是一想到外婆对自己那么好，真有点不识好歹！

"雁雁，哎呀，你怎么还没有换衣服呀？一会儿王先生就到了。快，快，我的好小姐，来，坐下，我来帮你化化妆！"

舅妈一阵风似的进来了。

她从来不敲门。倒不是不懂礼貌，而是为了显得对外甥女儿更亲切些，如同对自己的孩子一样。本来，她的大儿子也二十三了，只比雁雁小一岁。可是舅妈看上去还那么年轻，她简直不像有那么大孩子的人。

舅妈一笑就有两个酒窝，只是那两个小窝儿对称得过于工整了，留下了抹不掉的美容痕迹。舅妈见了自己从来都是一脸的笑，让林雁冬觉得都有点讨好的意味，挺别扭的。当然，她心里也明白，舅妈没有必要讨好自己，一切都是为了讨外婆的欢心罢了。包括这两天常来的王先生，看样子，多半也是外婆的主意。她们是不是串通好了要给自己找个主儿？她只觉得好笑。

"不用了，舅妈，我这样不是挺好的吗？"

"不行呀，雁雁，你要乖一点，听舅妈的话。香港这种地方，就是看穿着打扮呀，来，把这条皮裙子换上。"

"太短了。"

"哎呀，你呀，长得这么漂亮，怎么不会打扮自己呀！年轻轻的，穿的衣服都那么老气。这裙子今年最流行，又是名牌，合乎身份的。"

盛情难却。林雁冬只好穿上了黑皮裙子，还有那也是今年流行的宽肩的丝织短外套。衬上一件鲜艳的衬衣，使她看上去像一株挺拔的小白杨树，年轻得像个在校的学生。舅妈满意地左右打量着她，夸道：

"佛靠金妆，人靠衣妆嘛！好靓啊，顶多像是大一的女生。雁雁，你的皮肤不错，不过，还是要保养啊，明天我陪你去做一次美容。"

姑娘都是爱美的，雁雁欣然应允。只是心里想，最需要美容的不是自己，而是妈妈。可惜妈妈医院那个妇产科总是忙得要命，好像离了她就不行。其实离了她人家也照样生孩子。这次回去一定要动员她来香港玩一趟。

"等什么时候我妈来了，舅妈，你陪她去做一次倒真需要。"

"哎哟，多孝顺的孩子。雁雁啊，你舅妈就是命苦，生了三个男孩子，没有一个女儿。过两年他们娶了太太，谁还记得娘？"

林雁冬一笑，说道：

"舅妈，你这话可就不对了。你不就是舅舅的太太，我外婆的儿媳妇吗，我看你对外婆像对自己的妈一样好嘛！"

舅妈笑笑地打量了她一眼，说道：

"还是女孩子心细，什么都看在眼里。雁雁，那是你外婆人好，把我当女儿一样地待呀。告诉你，只要你舅舅跟我闹，外婆总是向着我的。"

林雁冬不由得微微一笑，舅妈时时表现得像个小女孩似的。跟舅妈在一起，她都觉得自己老了。这时，舅妈仿佛是故意地抬手看了一下腕上的小金表，娇声叫了起来：

"要死了，王先生肯定在客厅里等了！来，擦一点口红吧！"

看着雁雁听话地弯腰对着梳妆台的镜子擦口红，舅妈脸上的酒窝儿又露了出来。她站在一旁说：

"其实呢，年轻的小姐们不打扮更青春。可香港这地方，什么年纪的都打扮，没办法。就像日本，你要是白天不化妆，人家就认为你不是正派的妇女……"

舅妈挽着她的胳膊，一路讲着日本妇女，很亲密地走进了客厅。

果然，王耀先正由外婆陪着端端正正地坐在客厅里呢。林雁冬也搞不清楚这位王先生的先辈和去世的外公是什么交情，反正现在这位风度翩翩、不太年轻的年轻人对外婆恭敬得很，一口一个老太太地叫，非常的有礼貌。他正欠身坐在小沙发上，不知在听外婆说什么。雁雁一眼就注意到他那极端整洁光滑的头发和那一套做工考究、大概是法国名牌的双排扣西服，都那么一丝不苟，同他那张漂亮的脸融为一体，让人挑不出一丁点儿毛病来。

一见到她们进来，外婆立刻拍着自己坐的长沙发喊道：

"雁雁，快过来，坐外婆这里！"

王耀先也立刻离座欠身站了起来，满面笑容地说道：

"林小姐今天好漂亮啊！"

林雁冬略微笑了笑，那含意就像西方女士们说出来的"谢谢"，然后就踩着厚厚的白色地毯径自朝长沙发走去。

外婆早已抬身向上伸出了一只手，还没等她坐下就已经握住了她，生怕她跑了似的。头一天来，被外婆又哭又笑地抱在怀里时，雁雁就感觉到外婆有着多么年轻的一双手啊。那细嫩，那柔软，哪里像七十岁的人！尤其是她的服装，令人觉得她一点儿也不像别人的外婆。她不穿中式衣服，她穿洋装，而且是那么大胆的鲜艳的颜色，一天一套。

今天，外婆竟然穿了一套紫罗兰色的丝织便装，外面罩了一件玫瑰红的长背心，脚下是一双轻便的软羊皮鞋，浑身透出那么一股潇洒自如，可又霸气十足的味道来。

"王先生，你呀，别看我这外孙女儿是内地出来的，她可一点点也不土气！"

"老太太，我可没有敢这么看啊，林小姐的风度比香港的小姐们……"

"是嘛！"外婆眉开眼笑的，等不得人家把好话说完，"就是嘛，不是我夸自己的外孙女儿，比比看，香港的小姐哪个有我雁雁这一双水汪汪的眼睛。我常说，香港这地方，水土不养人。住久了，人都生锈了，一个个都是靠化妆。哪像我们清河边的姑娘，从小喝的清河水，个个都水灵灵的。"

记忆中，长这么大她还没有这么当众被人评头论足过。这是自己的外婆，你又不好说什么，只能乖乖地听着。好在雁雁还顶得住，并不脸红，只是看着外婆微笑。外婆那一张保养得很好的脸，那被浅茶色眼镜遮住了皱纹的眼，正充满爱怜地望着她。林雁冬看着这张有点陌生又无比亲切的脸，心里想，怎么妈妈的妈妈会是那样的呢？妈妈可从来都是严肃的，忧郁的，累得筋疲力尽的，同她的妈妈完全对不上号。她们两个人倒好像应该倒个个儿似的。

王耀先又用那港腔的"国语"在说恭维话：

"只要林小姐不嫌我们土气就好啦！"

林雁冬已经见过王耀先两次，也算是熟人了，她笑道：

"王先生在美国留过学，从里到外都是洋的，哪来的'土'呀！"

王耀先只是讪讪地笑。他搞不清楚，这是赞扬还是嘲弄。

"在我们内地，'土'可不是坏事儿。"林雁冬笑道，"我们整天跑农村的，不沾点'土'气，可要脱离群众啊！"

“林小姐说话好幽默哟……”王耀先除了讨好，似乎就没有别的话了。

“看看，我这孙女儿可不是好欺负的。”外婆一得意，把“外”字都省掉了。

舅妈也在一旁凑趣。忙笑道：

“是啊，听说雁雁在内地认识很多高……高什么？噢，高干，就是大官。我们要回内地做点生意，求还求不过来呢，谁敢欺负呀！”

可惜，没拍在点子上，外婆表示不同意她的话，噘着嘴嗔怪地说：

“阿香，你以为我还会放她回去呀？早年我就后悔没把她妈妈带出来，现在她好不容易出来了，我可不让她回去。是不是？雁雁，跟着外婆住在香港，答应外婆了，是不是？”

凭她参加工作以来，周旋于上下左右的工作经验，林雁冬见过各式各样的人，对付一位这么疼爱自己的老太太，那还不是轻而易举的事。她立即答道：

“外婆，你撵我走我都不走啦！”

一句话，真把老太太乐得不知该怎么才好。她搂着雁雁直叫：

“乖，真是个乖孩子。”

林雁冬忽然觉得自己变成了十四岁，来了香港没几天，好端端地小了十岁。这种被人宠爱的感觉让人也挺舒服的。不过，她心里很明白，外婆特别介绍这位王先生来是有她的用意的。舅舅他们对这位王先生更是格外推崇，有时雁雁都觉得这两口子有点巴结这位年轻人。

“老太太，我们可该走了，”王耀先说，“现在开车去‘利京’，路上肯定塞车的。今天想请林小姐看看香港的夜景。”

到了香港这几天，全家人都好像把她当成了饿死鬼，一早起来就开始吃。所谓早茶，其实不是茶，而是各式各样的小吃。早茶吃到九点多十点，然后又张罗着吃午饭。外婆的命令，必须带她的外孙女把香港的大饭店都吃遍。于是，中午在香港新建的展览中心吃广东菜，晚上又过海到九龙吃潮州菜，夜里还要到大富豪听音乐。

林雁冬觉得日程安排得真够紧的。人家市长、局长受邀来港游览也不过如此吧！尤其让她觉得负担的是当主角，饭桌上谁都劝她吃。她天生的苗条，倒不在乎会长胖，只担心这么吃下去非得胃病不可。

她知道这一切全是外婆的好意，这个情非领不可，这个饭是非吃不可的。她也清楚，外婆的话对于舅妈就是硬指标，也是非完成不可的。来了几天，她早已明白外婆在这家里的地位。别看老太太只是坐在家里，他们这花园道半山的房子，"雪铁龙"的车子，菲律宾的女佣，两个表弟国外上学的费用，可统统是老太太拿出来的。雁雁觉得外婆在这家的地位跟贾府里的老祖宗似的。

"对了，对了，怎么还没带她上'利京'去，那里的西餐也就算不错的了。快走吧，乖孩子，外婆就不陪你了，我还是一个人在家煲点粥喝吧！"

对外婆发自心底的这份爱，林雁冬总觉得欠了老人的。她时常想抓住时机予以补偿。于是，她握住外婆的双手，歪过脑袋，撒娇地宣称：

"外婆不去我也不去！"

一句话，外婆觉得好有面子！老人家脸上泛着红光，直拍着外孙女儿的肩膀，连劝带哄：

"我的好雁雁，乖孩子，听话啊！现在是你们年轻人的世界了。"

这话林雁冬当然是不能同意的，她摇着外婆的手，说道：

"外婆，你可不准瞎说，你一点儿都不老。你要是跟望婆婆比起来呀，简直像两代人，你信不信？"

"啊！望嫂呀，那年请她到我们家给你妈妈当奶妈时，她也就才二十岁吧，比我还小半岁呢。没想到她跟了你们这些年……"

"外婆，你说错了，不是她跟我们，是我跟着她。'文革'当中有几年，妈妈把我放在望婆婆家。"

"噢，噢……"外婆直点头。

"这两年，妈妈又把她接来跟我们一块儿住。"

"好，好，望嫂真是有良心的人。雁雁，你提醒我，我要给她寄点钱去……"

坐在一旁的王耀先直拿眼看舅妈，祖孙俩这么闲聊下去，出门也只能吃宵夜了。舅妈果断地站了起来，从一边挽起林雁冬的胳膊，笑道：

"好雁雁，给舅妈一个面子呀！再不走，可就来不及了！"

王耀先又在一旁说：

"有我保镖呢，老太太放心吧！"

外婆也站了起来，笑道：

"有你王家大少爷做伴，我有什么不放心的，让她吃好玩好就是了……"

在外婆的叮咛声中，他们总算出了大门。

门外石阶下停着一辆崭新的黑色小轿车，林雁冬认得这是王耀先的车。她朝前走了过去，王耀先早已快步上前拉开了车门，恭候她上车。

雁雁脸上不由得泛起了笑容。

到香港这几天，虽然见了许多她不以为然的人和事，但对于这些细小的表面上的对妇女的尊重，她还是颇为欣赏的。回想在内地时，不管和哪一级的男人坐车出去，似乎从来没有"女士优先"这一说，即便是虚情假意的谦让也没有过，更不用说给你开车门！如今，才几天时间，她已经学会了心安理得地享受这种特权，自己钻进车里，任自甘效劳的绅士或仆欧替她小心地关上车门。

舅妈也走过来了。王耀先又赶紧跑到另一侧去，替她打开车门。

待两位女士都上了车，王耀先才转到车前，跨进驾驶座。

车沿着花园路的斜坡蜿蜒而下，山峦下的一湾海水在夕阳下闪烁，使这静静的高级住宅区更显得幽雅宜人。

"舅妈，你们这里环境真好。"林雁冬赞道。

"王先生住的地方才好呢，是自己的小洋房。"舅妈拍着前座的后背说，"王总啊，我就喜欢你们家那花园，有花园才好养狗哇。雁雁，你不知道王先生养的那条小巴儿狗有多可爱……"

王耀先忙回头答道：

"好哇，什么时候林小姐赏光到舍下？家母今天还问起呢！"

林雁冬想也没想似的，侧脸问舅妈：

"外婆让我去吗？"

舅妈老老实实地说：

"你想去玩玩，外婆还能不同意？改天舅妈陪你去。"

王耀先抓住时机发出邀请：

"改天不如今天，就是今天吧！"

"那可不行，我还没跟外婆请示汇报呢！"林雁冬大声说，说得很认真，很着急，真有点像偎依在外婆身旁不敢乱动一步的小女孩。

王耀先看看舅妈。舅妈耸了耸肩，做了个外国式的"无能为力"。

一路顺风，他们居然没怎么塞车，很快就到了金钟。舅妈夸了王先生的驾车本领又夸王先生的新车：

"王总，你这辆新'平治'，是刚换的吧？"

王耀先点头微笑，算是作了答复。林雁冬却在一旁说：

"你们香港人用汉字真不怎么样。你看，这车，在我们内地翻译成'奔驰'，那多贴切。奔是跑的意思，驰是快的意思，'奔'和'驰'连在一起，是说这种车跑得特快。可你们这儿呢，叫什么'平治'，难听死了。又不像中国人又不像日本人的名字。我想，大概又是香港人图个平平安安的意思吧，对不对，舅妈？"

"对，对，对！看见没有，我们雁雁说出话来呀，就叫人驳不倒……"

王耀先也笑道：

"林小姐真是高见，高见哪！以后我也要叫它'奔驰'了！"

望着车窗外川流不息的车辆，林雁冬叹道：

"香港街上的车真是太多了！"

舅妈笑眼瞟着她，得意地说：

"香港私家车多呀！不像内地，只有高级干部才有小车坐……"

"舅妈，车多可不是好事。"林雁冬回头打断了舅妈的话，"汽车尾气对空气的污染可是很严重的！"

"空气，空气很好呀！"舅妈咯咯地笑，她根本没有考虑过这一类的问题。

"好什么好，尾气排出大量的碳氢和 CO……"

"你说些什么呀，没车子怎么行，什么 CO 不 CO 呀！"

"CO 就是一氧化碳嘛，舅妈，你真的要相信，反正是污染空气的。"

王耀先毕竟是有学识的，听得懂这些名词，朝邻座扭了扭脸，发表自己的意见：

"不过，高档的汽车性能好，这种污染就小一些。我在内地看见有些车子，真是落后得很，那种车对空气的污染确实是严重得很，对不对，林小姐？"

不知怎么的，一出内地，她特别听不得外人说内地不好，可关于这一点她又无法反驳，只好扭头窗外，假装没听见。正好一汪海水收入眼底，她就大大叹了口气，说道：

"可惜，你们香港把水都污染了！"

一听这话，舅妈乐了，从后排伸手朝她肩上拍了一拍，说：

"雁雁，我们香港吃的水呀，可都是从内地来的。"

"这我当然知道啦！没有我们的水，香港人喝什么呀。可是，舅妈，我们给你们的是清水，你们用完就变成了污水，又很少采取处理措施就排出去了。告诉你吧，我们那条'深圳河'就是被你们污染的。"

舅妈对这种事闻所未闻，不敢轻易表态。停了会儿，才自动投降：

"好，好，我说不过你。"

"本来就是嘛！别以为你们香港什么都好，等着吧，到一九九七，我们就来治。"

"欢迎，欢迎！"王耀先一点也不怕一九九七，反正他早已在加拿大的温哥华有公司、有住宅了。

在笑声中，他们这辆乌黑的轿车已经驶入酒店的门前。车一停，守卫在门口的服务生早已殷勤地拉开车门，待他们下车后，服务生又从王耀先手中接过车钥匙，把车开到停车处去了。从进门到上楼，一路遇到的服务小姐都对他们甜甜地微笑，那笑容虽带有职业性，却让人觉得亲切而不做作，好像他们的到来真给这饭店增了光彩。每逢这时，林雁冬总不由得想起市里那几家所谓"大酒店"，想起那里十分勉强的生硬的笑脸和一点也不笑的脸。心想，要学到这种商业性的微笑也不容易。

他们在靠窗的位子坐了下来。

一位西服革履、腰板笔直、年过半百的老侍者，拿了一份烫金字的中、英文菜单走了过来。他见有两位女客，未有迟疑，立即把菜单递到林雁冬手边。

"林小姐，请点菜。"王耀先满脸堆笑。

林雁冬顺手就把菜单推给了对面坐着的王耀先，笑道：

"客随主便呀！"

王耀先拿起菜单，像捧着一本乐谱似的，眼睛却含着笑意从硬本子的上方看着贵客，嘴里说着客气话：

"就是不知道林小姐喜欢吃什么菜？"

林雁冬拢了拢头发，歪着头笑道：

"他们这儿什么菜最好，我就吃什么。"

"对，对，王总你就点吧。"舅妈站起来说，"妈要买点东西，我去太古广场跑一趟，一会儿就回来。"

林雁冬任凭舅妈离去，心里只觉得好笑。她这一招儿与内地介绍对象的手法完全一致。毕竟香港是中国的地盘，同样的文化背景，同样的习俗，改也难。

王耀先自然是挑了贵菜点，包括法国菜蜗牛什么的要了个齐全。侍者送来了开胃酒，王耀先举杯道：

"林小姐，喝一点！能够认识你，太高兴了。"

林雁冬毫不含糊，举起杯来喝了一口。又拿着杯子说：

"王先生，我借你的酒，也敬你一杯。"

"谢谢！"

王耀先又喝了一口。

他坐在对面，望着这位漂亮的内地小姐，有一种特别的感觉。

从台湾到美国，从美国到香港，他自认为见到的绝色佳人不可谓不多，没有想到却被这么一个从内地出来的黄毛丫头迷住了。几天来，他总是想尽办法接近她，甚至讨好她，而她却是一副捉摸不定的样子。

听说内地出来的年轻人都很有心计，尤其是经过工作锻炼的女孩子，能说能干，天不怕地不怕，一般外边的人都不是她们的对手。她们缺的只是钱，为了钱她们或许还肯俯就，委曲求全。眼前的这位内地小姐可不缺钱，她那个外婆可以养她一辈子。

追这样的女孩子，心里怪怪的。

"以林小姐大学毕业的学历，不想出国去深造？"

"想呀！"林雁冬眼睛盯着手上精美的酒杯，笑答道。

"是不是从内地办出国留学有困难？"

林雁冬仰脸看着他，摇着一头的披肩发，又答道：

"现在不难。"

"啊，是因为伯母在国内，舍不得妈妈吧？"

"我可没那么娇气。王先生，我在国内有自己的工作。"

王耀先连连点头，又直劲儿道歉：

"真是抱歉得很，我忘了林小姐是政府官员！"

"我可不是政府官员，我只是环保局的一个小干部。"

"对不起，是，是什么部门？"

"环境保护局，我们的业务就是保护人类赖以生存的环境，因为……"

听到这里，王耀先恍然大悟似的笑道：

"啊，绿党！"

"不，赤党。"林雁冬举着酒杯，也笑吟吟的。

王耀先先是一愣，继而像是很愉快地笑了起来。

他在香港还很少遇见这么直率，这么大方，又这么难以对付的小姐。在这块笑贫不笑娼的土地上，以他的财力和他本人的一表人才，绝对是各路小姐们追逐的目标，他接触到的女性对他大都是格外的温顺，温顺得倒人胃口。像林雁冬这样有说有笑、不卑不亢、从容自如的内地小姐，在他三十多年的人生经验中，好像还没有遇到过。他觉得非常的吸引，也非常的刺激。这几天他连公司的事都少管了，自己觉得像个纯情的少年。

这种感觉使他觉得非常美好，他觉得面前的少女应该是属于自己的，也很想找到点共同的话题。他收住笑想了想又问道：

"不过，还要请教林小姐。在西方，像这样的绿色组织嘛，我的印象里大都是民间的团体，为什么中国内地会把这种机构设在政府机关里呢？"

"很简单，因为环境保护是国家的一项基本国策呀。我们国家有三项基本国策，一是计划生育，一是环境保护，再就是……"

"噢……"王耀先不住地点头。

其实，她说的他未必都听懂了。他只知道内地有四项基本原则，还真没有听说过有什么三项基本国策。只是，他觉得做出听懂了的样子，比听不懂这么漂亮的一个女孩子的话，要好看些。可是，老这么点头，跟小鸡啄米似的，又显得有点笨拙。面对这么一位内地女干部，他才知道在学校学的那点知识还真不够用，你就不知道该怎样同这样的小姐把这样的话题进行下去。

或许，还是老实一点好。内地的事情变化多端，今天一个政策，明天一个法令，外边的人，不知道就不知道，也算不得失礼。于是，他笑道：

"林小姐不要见笑，我还真没有听说过基本国策……"

林雁冬挺能原谅他的，点点头说：

"这没什么。不要说王先生在外边，就是在我们内地，很多人也不是那么清楚的。不过，您想了解也不困难，我们规定的环保方针和政策都体现了我们这一项国策的精神。在战略上，我们实行经济建设、城乡建设、环境建设同步规划、同步实施、同步发展的方针……"

王耀先瞧着她说话时不断启闭的唇，不断闪现的那一副整齐的贝壳儿般雪白的牙，压根儿忘了自己的问题，只是呆呆地瞧着她。

"王先生，听说你也打算回内地办厂？"林雁冬感觉到对方的茫然，不失时机地转换了话题。

"是，是，"王耀先这才如梦初醒，忙说，"林小姐认识的人多，不知道能不能给我介绍一些关系？"

"没问题！"林雁冬大包大揽地一口答应，"我们清河市经委有个新提的副主任，跟我挺熟的。走的时候他还让我拉点儿外资呢！

我现在就可以把他的地址和电话给你。你找他，他肯定热烈欢迎。"

"靠林小姐的面子哟！"

"不用。钱就是面子，你信不信？你是想办工厂吗？"

"是啊，如果有可能。"

"那你可要小心啊！"林雁冬眯着眼说道，"如果你投资的工厂不考虑环保问题，或者环保设施不合标准，我们环保局可是不签字的。"

"那就要多多仰仗林小姐了！"王耀先举了举杯，可找着巴结的机会了。

"没问题，你真到我们清河市来投资，我会给你当参谋的，只要你们肯听。"

"林小姐的话，一定听的，一定听的。"

侍者端来第一道菜——盛在一只很精致的白瓷杯里的汤。

"舅妈呢？"林雁冬成心四下里张望着说，"她可能迷路了吧？"

"我们先吃吧。"王耀先拿起匙子说，"汤，要喝热的。"

林雁冬也拿起匙子，尝了一口汤。

"林小姐，味道还可以吗？"

"哇，好鲜啊！"林雁冬学"港腔国语"，惟妙惟肖。

"林小姐在政府机关工作太辛苦了。"王耀先抓住机会引导着谈话的方向，"其实，女孩子应该做一点轻松的事。"

"是吗？"林雁冬两眼忽闪忽闪的，好像对这个话题很感兴趣。

"在西方社会，一般都认为轻松一点的工作更适合女孩子的生理特点和心理特点。美国有位著名的心理学家说过……"

林雁冬放下汤匙，两手托着腮帮子，专注于面前这位有大学文凭的商界人士。

王耀先忽然觉得自己失言，又把话找回来：

"当然，轻松一点的工作，并不是不重要的工作。我的意思是……"

"王先生，你的意思我懂。"林雁冬又喝起汤来，"我也很想找一点轻松的事干干，谁不想活得轻松一点？"

"林小姐能有这种想法，太好了，太好了！"

王耀先有几分高兴，又有几分疑惑。如果这位小姐真想在香港找一份轻松的工作，那可真是太好了。可，她是当真的吗？

还没等他琢磨过来，只听林雁冬又说道：

"可惜，我学的专业太沉重了，轻松不起来呀！"

第二章

四月的天气了，院子里的桃树上还只有那么可怜的几朵小花。

这株老桃树看起来还是健壮的。它的树干那么粗重，就像一个结实的妇人；可那些依附在它躯体上的曲曲弯弯的枝丫，却又细又弱，一副病态，怪不得桃花一年比一年少了。

晾衣服的绳子十年如一日地拴在这树干上。这实用价值多少弥补了一点它观赏价值的不足。望婆婆扶着树干，看着暮色中那几朵更显得可怜巴巴的小花儿，叹了口气，心里想，今年的桃花不会再开了。

"桃满林苑"，曾经是清河市十大景观之一。那时候，"林苑"有多少桃树？每年结多少水蜜桃？时过境迁，老爷过世，太太去了香港，"林苑"被分割了，只给昔日的主人留下了一个小侧院和一株老桃树。就连这，还是"文革"后落实政策，作为祖产发还给房主的呢。

望婆婆从绳子上收下晾干的衣服，听了听大门外，仍然没有一点声响。她惦记着炉子上小火温着的鱼汤，又叹了口气，径自进了北房里屋。望婆婆把衣服放在那张雕花大木床上，一件一件抹平整，仔仔细细地折起来。她虽是低着头，弯着腰，眼睛盯着手里的衣服，耳朵却是一刻也没放松地听着外面的动静。

是脚步声吗？

好像是脚步声……是秀秀回来了，还是他呢？

不，什么声音也没有。

这几天，她觉得耳朵有点不那么好使了。自从星期二晚上林秀玉回家告诉她，陈昆生要搬回来住，她就心神不宁。

多少年来，她已经习惯了伺候自己奶大的秀秀，伺候秀秀的女儿雁雁，把可怜的秀秀和可怜的雁雁视为自己羽翼下的两只小鸟儿。她熟悉秀秀沉稳的脚步声，熟悉雁雁银铃般的笑声，做好了晚饭等她们娘儿俩回家来，是她每天的功课，也是她一天中最期待的时刻，特别是她给她们准备了好菜的日子。

可是，突然间，那个背叛了自己妻子、舍弃了自己女儿的陈昆生要搬回"林苑"来住，这是怎么回事？

"他找你了？"她问。

"没有，"林秀玉摇摇头，很平静地说，"他们单位找我们医院谈了。"

"这算怎么回事？"望婆婆倒急了，"说是一家人不是一家人，已经说不清楚了，这又搬回一个院儿来住，怎么跟人说呀？"

"你什么也别说，"林秀玉把她拦住了，"人家说，我们这房子，落实政策时就有他一份。"

"这是'林苑'，哪有他姓陈的份儿？"望婆婆俨然是"林苑"的主人。

"算了，他们单位说他住的是别人的房子，现在人家要用房，只有请他搬走。我有什么办法？"

林秀玉吩咐把东屋的三间空房腾出来。这几天，陈昆生一会儿搬来一张床，一会儿运来一套沙发，一会儿又扛来一个箱子。今天一捆，明天一包，活像耗子搬家，叫望婆婆从心里烦他。

"他的事，你不要管。"林秀玉对她说。

"我才懒得管呢。"望婆婆撇着没剩几颗牙的薄嘴唇，回答得挺干脆。

"就当他是房客。"

"对，拿他当房客。"望婆婆在这个问题上比林秀玉明白多了。她说，"可话说回来，往后一个院儿里住着，进进出出，抬头不见低头见的，他要有点什么事儿，我是该管还是不该管呢？"

林秀玉给问住了，半天才耷拉着眼皮儿慢腾腾地说：

"你爱管不管，反正我不管。"

事实上，陈昆生的事情，林秀玉可以不管，她也没有时间管。作为著名的妇产科专家，她一早去医院上班，晚上经常很晚才回家。望婆婆整天守在家里，虽说陈昆生还没有搬来，她可已经管上他的事了。为他开门，替他收拾屋子，就差没有替他做饭洗衣服了。

她不怕干活。使她不安的是，她不知道林秀玉心里究竟是怎么想的。

对于他们夫妻之间的矛盾，望婆婆是知根知底的。以她的道德标准来衡量，陈昆生虽然有一千个一万个对不起她的秀秀，但是一夜夫妻百日恩，合着总比分开好。十几年前秀秀提出离婚，她嘴上不说，心里很不赞成。后来法院不让离，说是"双方的感情还是有基础"的，她背后可没有少念佛。

可是，秀秀是个倔脾气。法院不让离，她也没有让陈昆生搬回来。

"我不能跟一个小人生活在一起。"林秀玉说。

如今，陈昆生要搬回来了。他昨天走时亲口说的："望妈，我明天就搬回来。"他还叫她"望妈"，跟过去一样。

一只老式的挂钟嘀嗒嘀嗒地响着，时针已经指向七点，秀秀还没有回来，陈昆生也不见人影。望婆婆的心分成了两半，她惦着这个，又不放心那个。

终于，传来了脚步声。老人立刻丢下手里的衣服，忙忙地转身出了房门。等她走到外间客厅的门口时，林秀玉已经进了院子了。望婆婆还是走下两步台阶，迎了上去，一边接过她手上的黑包，一边照例地唠叨：

"又是这么晚，天都黑了。刚完事吧？是三十岁头生？又是难产？唉，这年月，怎么都这么晚才生孩子，真叫人弄不懂！"

望婆婆跟在林秀玉身后一路说着，等她抱着包迈进了门，林秀玉已闭着眼在沙发上坐下了，又是那么一副筋疲力尽的样子。

"饿坏了吧？这就吃饭？还是先喝口水？"

林秀玉只摇了摇头，好像连答话的力气都没有了。

望婆婆望着她只有叹气，把早泡好的茶端了过来放在她手边的小几上。这时，林秀玉才睁开眼说了一句：

"望妈，我不想吃。你别忙了。"

"那怎么行？人是铁，饭是钢。你呀，从小就不好好吃饭，要不现在才这么瘦呢！秀玉，你猜猜看，望妈今天给你做什么好吃的了？"见人家仍然闭着眼根本没有要猜的意向，她只好自己说了出来，"鱼汤！你顶爱吃的鱼汤，还是活鲫鱼呢！我用猪油煸了煸，煮出来的汤跟牛奶似的。唉，你呀，好几年没尝过这么好的汤了。我记得还是那年……"

"哪儿来的活鲫鱼？"

望婆婆不言语了。

鱼是后门儿来的，经常有病人来求林大夫亲自接生，而大夫本人又时常的不在家，总是由望婆婆出面接待。老人家信佛，自己也菩萨一般的好心肠，只要求到她总是有求必应，而且不收受任何的馈赠。在这一条巷子里，老太太的口碑好极了。而且，都知道林医生是吃她的奶长大的，求她在这位女医生面前说句话，十拿九稳准能挂上她的号。不过，林秀玉给老奶妈下过一条命令：不准收礼。这一点老太太心里是很有数的，她从来不干那缺德的事。可今天这两条鲫鱼……

"哪儿来的呀？"林秀玉觉得这鱼肯定来路不正。这几年，门口的副食店虽然也有活鱼卖，可望婆婆每次买回来的都是塘里养的白鲢鱼，活鲫鱼真是多年不见了。

"唉！"望婆婆长叹了口气，重重地在椅子上坐下，两只满是青筋的大手握在一起，偷看了医生一眼，生着气粗声粗气地坦白了，"是我要的，行了吧？"

"跟病人要的？"

"咳，那算什么病人啊！人家刚抱了个大胖小子！你接的，忘了？就是那个姓唐的，四十岁才成亲，媳妇也三十好几了。好不容易怀上了，街坊四邻的都说年岁大了不好生，两口子吓得什么似的。这年头又只让生一个，人家托了好几个人来说，要不我才不管他们这种闲事呢。别说他们家离我老妹子家还有好几里路，就算是一村子的，我也……"

"啊，前几天生的，我记起来了。你不是说是盼妈妈的亲戚吗？”

老人树皮样粗糙的脸上升起了两朵红云，嗫嚅地为自己开脱：

"是啊，是啊，他也是马踏湖那边的人嘛！要不，他哪来这么好的鱼。实话告诉你，今天人家拿来的东西可多了，提了那么满满的一筐。那藕才鲜亮呢，我都没收！可这两条鱼，我一想呀，你给他们接生，一站就是好几个钟头，受苦受累的，收他两条鱼补补身子，也是应该的！合理合法，没什么大不了的……"

"唉，望妈，你少给我惹事了，行不行！"

"好好好，都是我不好。人家千恩万谢的，我要是不收，人家就不出这个门，你叫我怎么办？……"她看见林秀玉端起茶杯喝了一口水，没有再说什么，就起身往门外走，自言自语地说，"看我这记性，炉子上还有东西呢……"

"等等吧，我现在吃不下。"

"都什么时候了？还吃不下，快成仙了。放心吧，下回我连颗芝麻粒儿都不要他们的，行了吧？"

林秀玉看着疼爱自己的老奶妈，苦笑着摇了摇头。

"吃饭啦，秀秀！"

不一会儿，望婆婆响亮的声音就在耳边响起来了。这声音响亮得一点不像七十岁的老妇人。每当这呼唤声响起，总唤起林秀玉心中一阵莫名的感动和安全感。仿佛自己还是那个偎在奶妈衣襟下的不谙世事的小姑娘，一切现实的严酷和不幸一霎时都变得遥远，甚至被淹没了。

灯下，方桌的中央摆着那一大钵浓浓的鱼汤。望婆婆从汤里把一整条鱼夹到林秀玉面前的盘子里，又给她倒上醋，还在一旁鼓励着：

"吃吧！鱼肉补脑子，多吃点儿好。你小时候，我带你去盼妈妈家，你什么都不吃，就爱吃鱼。"

有这事吗？记不起来了。小时候？她已经很久很久没有小时候了……

……是小时候，望妈带着自己坐了小船去一家人家吃喜酒。那家人住在一个大湖边，酒席上摆了很多菜，有很多鱼。好像还有一种很小的鱼，长长的，白白的，也不知怎么弄熟了，可以拿在手里边玩边吃，就像吃棒糖似的。那种鱼好像没有刺，真好吃。不知不觉中，她把面前的一条鱼吃光了。

望婆婆专注地看着她吃鱼，高兴得忘了动自己的筷子，一碗饭动也没动。直到见她把鱼吃光了，才从汤钵里舀了满满一小碗汤递到她手边说：

"鱼汤养人，来，多喝点。"

看着自己面前碟子里的鱼刺，林秀玉忽然有些不好意思，抬起头来笑了笑说：

"望妈，都叫我一个人吃完了！"

"吃吧，吃吧，正好没人跟你抢。"

林秀玉用小勺喝着汤，忽然停住了，问道：

"他搬来了吗？"

"谁呀？啊！"

林秀玉皱了皱眉：这不是明知故问吗？

"还有谁！"

"没来呢。"望婆婆看了林秀玉一眼，欲言又止。

这一眼，引起了林秀玉的警惕。她说：

"望妈，我跟你说清楚，我和陈昆生的事，你可别介入。"

"我介什么入？我是那喜欢掺和事儿的人吗？""介入"之词望婆婆早听过一百遍了。以前不住一起，面都见不着，想"介"也"介"不上。如今往后住在一个院儿里，你不想"介"，行吗？这也真叫老人家怪为难的。

"也不替我想想。"望婆婆唠叨起来可没完，"一个门儿里进一个门儿里出，我可拿他怎么办？你倒好，有地儿躲；我可往哪儿躲？整天这院儿里就剩下我跟他，是说话，还是不说？说吧，又说我掺和事儿了；一句话不说，行吗？"

"好了，好了，别唠叨了。"林秀玉无可奈何地摆了摆手，"你爱跟他说什么就说什么。我不管了，这总行了吧！"

"这还差不多，"望婆婆说，"什么话该说，什么话不该说，我心里有数！"

吃完饭，林秀玉打开了电视机，望婆婆收拾了碗筷，也过来跟这位寂寞的医生做伴儿。许多晚上都是这样过去的：她先在这小沙发上睡上一小觉，等林秀玉关电视时再推醒她，然后搀着半睡半醒的她，送回她住的西屋里去。

今天晚上她可一点瞌睡也没有了，直挺挺地坐在小沙发上，竖起耳朵听着门外，一会儿又问：

"你进来的时候，闩上院门了吗？"

"没有。"

"要不要我去闩上？"

"不用了吧！"

电视上放些什么，两位观众都没注意。她们谁也没有说话，心思都在门外，在那个即将搬回来的不受欢迎的人身上。

使林秀玉心烦意乱的是，陈昆生这次搬来也许就再也不会出去了。

自从"文革"当中他"划清界限"搬出"林苑"以后，一直后悔不迭。这几年，他不断找各种借口到这个院子里来，一会儿是看雁雁，一会儿说是他的信寄到这里了，一会儿又是……如今，他的目的达到了。今后，一个大门进出，难免不见面，他会不断向她发起进攻。望妈会是他的"同盟军"，雁雁呢？雁雁还是个孩子，她什么也不懂，她也会站在他那边吗？忽然，她觉得非常的孤独……

她没有听见大门启开的声音，没有听见院子里的脚步声。

还是望婆婆听到动静迎出门外的声响，把她从痛苦的沉思中惊醒。她一下子就从沙发上跳了起来，好像急诊室里的抢救灯发出警报似的。她来不及考虑，不知道该以什么态度来对待他。

就在她发愣的这一刻，陈昆生已经走进院子，又朝正房的台阶走来，像一个迟归的家人，马上就要进屋了。

他推门进来了。

她马上坐回到沙发上去。

陈昆生把一个小旅行袋弯腰放在了靠门边的地上，直起身来带着笑说：

"啊，秀玉，好久不见了，看电视呢？"

　　林秀玉一眼就看出陈昆生胖了。她坐在那里，没有抬眼，但他那突出的腹部仍走进了她的视线。她扭过脸对望婆婆说：

　　"望妈，带陈同志到东屋去！"

　　"哎……"望婆婆站着没动，她似乎也觉得秀秀做得有点过分了。

　　陈昆生笑了笑，显得很随便地说：

　　"你瘦了，你们医院还是那么忙吧？"

　　确实，她瘦了。本来那十分苗条媚人的身材，现在只剩下了干干瘦瘦的一个架子。本来秀丽的瓜子脸儿也因为肌肤的松弛而脱了形，只有那造型优美的嘴唇依稀还有点儿当年的风韵，但那唇上的惨白又无情地抹去了昔日的影子。她脸上没有笑容也没有仇恨，冷漠得让你心神不定。她整个的人都变了。唯一没变的，大概是她的性格。

　　见她坐着并不答话，他只好自己说下去：

　　"这次，我搬回来，我知道是很唐突的。我也是，也是……"

　　"你不要说了。"林秀玉急忙打断了他的话。

　　"我……"

　　"你可以跟望婆婆去了。"

　　望婆婆已经出了房门，陈昆生却还坐在椅子上没动。待老人的脚步声已在院子里响起时，他才站了起来，朝小沙发的方向走近了一步，放低了声音，温和地说：

　　"秀玉，我们都老了。如果以前我有什么……"

　　林秀玉也站了起来，直直地站在他面前，直直地看着他的脸，说道：

　　"一切都不必再说了，没有什么好说的。"

　　"好吧，我不勉强你。你休息吧！"他转身出去了。

　　听到他的脚步声消失了，林秀玉才散了架似的闭着眼朝小沙发仰坐了下去。接着，莫名的泪水就流满了面颊。闭上眼，她还是觉得那个人影在自己的眼前晃动。以他的年龄算，他可并不见老啊，甚至额上都不见什么皱纹，脸的轮廓也没怎么变。可，他的确是变了，他身上那一股咄咄逼人的劲头没有了……为什么要去琢磨他，他变不变与自己有什么相干！她听见东厢房里传出他愉快的声音：
"望妈，明天见。"

第三章

外婆做东，到海上的"珍宝海鲜舫"吃海鲜，还特意请了王耀先。舅舅、舅妈都陪着，连在香港大学读书的小表弟也参加。雁雁和小表弟坐王先生的车子，舅舅的车上坐着外婆和舅妈。两部车风驰电闪般地来到海边。下了车，换乘小轮，才到达那装饰得五彩缤纷，颇为香港人喜爱的水上酒店。

踏进金碧辉煌的大门，外婆就问雁雁这酒店好不好？林雁冬觉得这地方与别的大酒店像一个模子刻出来的。只不过这酒店是在一艘大船上，就像北京颐和园里供西太后坐的那条石舫一样，没什么新鲜的。更何况她不大喜欢那种龙凤交加的大红大绿，总觉得多少有点借所谓东方的"古"做文章，其结果是脱不了那一种富贵气的"俗"。

不过，为不拂老人家的盛情，她把这看法放在心里，挽着外婆的胳膊，装作很感兴趣的样子，仰着脸儿东张西望，见一个石头狮子也惊叹，见铺着红地毯的宽阔楼梯也叫好。外婆被哄得心花怒放，直埋怨舅妈为什么不早几天带她上这么好玩的地方来。聪明的舅妈直冲雁雁挤眼儿，雁雁也还以动人的微笑。

座位是早订好了的。外婆让她坐在靠窗的位置上，说是从这里看海最好，还说："她头一回来，要优待一点，是不是？"大家自然是没有话说，雁雁更是恭敬不如从命。她乖乖地坐下之后，就迫不及待地探头观望那水上的一串串灯光，看那些私家的游艇在海上鱼儿般地游弋逍遥。不知怎么安排的，王耀先就坐在了她的旁边，另一边自然是亲爱的外婆。

服务生过来点菜时，外婆立刻像孩子似的兴奋起来，好像她又给外孙女儿准备了什么好玩儿的东西。外婆叫了小表弟，又叫王先生：

"你们陪她去，让她挑！让她去看看。"

"看什么呀？"

"去吧，去吧，到了下面你就知道了。"

于是，由小表弟和王耀先陪着，三人又一路下了楼，拐弯抹角来到了一个湿淋淋的场地。啊，这儿简直像是一个养殖场。好几个水泥砌的大池子里，委委曲曲地游弋着各类河里海里的生物。各种的鱼虾和贝类在这里已不算什么新奇，林雁冬头一回看见的是那活生生的大龙虾。那么硬的壳，那么长的须，又是那么一副古里古怪的样子。小表弟在一旁叫着：

"雁雁姐姐，你挑呀！你看哪一只好？外婆就是叫你挑哇！"

王耀先兴致勃勃地在一旁，早已相中一只特大的龙虾，客气地请侍守在池边的工人代为打捞。大红鼻头的健壮的工人含笑举起手中的长杆，一抬手就把那只离他三米远的龙虾捞了起来，举在了顾客的面前。按女士优先说，他把那湿淋淋的网正对着雁雁的鼻子底下。小表弟在身后将她的军：

"雁雁姐姐，你敢不敢抓它！"

"这有什么不敢的。"

"那你抓抓看！"

林雁冬伸出手，只用两个指头就把那只毫无自卫能力的龙虾提了起来。在两位男士的叫好声中，只见那可怜的龙虾被半悬在空中无助地抓挠。雁雁立刻想把它放回水里去，可这时，王耀先早已选好了拍照的角度，在一旁笑喊了一声：

"林小姐，请看这里！"

林雁冬一扭头，她拿着龙虾的倩影就被留下了。

回到餐厅，外婆听了这经过，乐得什么似的。雁雁虽觉得这没什么好玩儿的，可也跟着嘻嘻地笑。她牢牢记住临行时妈妈的教导："外婆年纪大了，你不要惹她不高兴。"因此，遇到这样的时刻她总麻烦两颊的肌肉，一笑完成任务。

待到那活生生的龙虾被生宰加以各种作料烹调好端上来时，她想起刚才它被抓住的样子，笑容怎么也牵动不起来，筷子也不想动了。

　　饭桌上，她倒是喝了不少酒，而且主动得很。她先替妈妈敬了外婆一杯，又敬舅舅、舅妈，然后轮流地敬下来。一轮敬过去之后，王先生敬老太太的酒，又是她代为干杯的。再后来又和小表弟两人比赛，一气儿喝了不下三杯。

　　外婆是个有心人，且一个心都放在外孙女儿身上，看来看去她就觉得这孩子今天晚上有点不对劲儿。是不是想家了，想她妈妈了，可又说不出来？于是，外婆不让喝酒了，叫另加一个好汤来，又叫雁雁吃块点心压压酒。

　　雁雁却醉眼蒙眬地宣称：

　　"外婆，你不知道，我的酒量，在我们局里是有名的，您信不信？"

　　"我信，我信，"外婆顺着她说，"看看，他们哪一个喝得过你！"

　　两团淡淡的红晕在她的脸颊泛起，更衬托出她肤色的洁白。灯光下，她那天生的一头乌黑的头发亮闪闪的，她的笑意更增添了那无法掩盖的青春的娇媚。

　　在王耀先的眼中，她最为可贵的，是没有一丝丝的卖弄风情。她是那么自然，又那么自信，仿佛只有自己才是自己的主人，用不着费心费力地去讨好他人。他很想说几句使这个姑娘高兴的话，可是，他又觉得这姑娘一双聪明的眼睛很厉害，如果她觉得你在奉承她，她会怎么想呢？但是，他不想今晚就这么离开她，就探首对老太太笑道：

　　"如果老太太赞成，一会儿我请大家听歌！"

　　"我是要回去的啊，听歌是你们年轻人的事。"

　　林雁冬倒是很想去听听歌，可一想听完之后必然又要去吃夜宵，十二点以前甭想进自己的房间，一晚上又报销了。她用手掌抚着额头说道：

　　"真对不起，我酒喝多了！"

　　外婆一听忙伸过手来摸她的额，刚喝了酒，额上的温度当然也低不了。望着她红扑扑的脸儿，外婆觉得她确确实实是喝多了，赶紧打道回府吧！林雁冬又扭脸对王耀先说道：

　　"王先生，你的音乐会先欠着我，下次去！"

"一言为定，林小姐说话要算话啊！"

回到家，外婆一直把她送回房间，舅妈又叫人泡了浓茶送来，再一次地夸她的好酒量。外婆千叮咛万嘱咐，又叫女佣来放好洗澡水，恨不能看着她洗好澡上床睡觉。林雁冬好歹把外婆连哄带推地送出了门，然后轻轻把门关上，又轻轻地锁上之后，这才长长地松了一口气。

"哇！"她学着香港人的口头语，一仰身就倒在了那张像波浪一样蠕动着的水床上，心想：可算是一个人能待会儿了！

想起刚才外婆百般的关切，她觉得真不应该用假装喝醉了去骗这么爱你的人。可是，不耍点小诡计今晚你就甭想脱身！说实话，外婆这种过分甜腻的爱，林雁冬有时真觉得承受不住。自从来了香港，她几乎没有一点属于自己的时间和空间。她总是像完成任务似的，按照别人的意思赶了一场又一场。回想起在家里那些安静的日子：妈妈忙妈妈的，自己忙自己的，那是多么的自由自在。可一想到外婆对自己的那份儿全心全意，又觉得自己太没良心了。

唉，没办法，自己总该由自己支配呀！

听见门外已没有了动静，林雁冬一翻身从床上爬了起来，光着脚蹑手蹑脚地走到小写字桌跟前，打开了那乳白色的台灯，又悄悄走到床边关了床头的台灯，然后，才悄悄地走到桌前坐了下来。她自己也觉得好笑，这么厚的地毯，你在房间里跳舞都没人听得见，何况你还光着脚丫儿呢！

桌上是舅妈早已给准备好的信纸信封。信纸是白色的，很高档也很漂亮，可不知为什么当中有那么一大朵若隐若现的粉红色的花。她最不喜欢粉红的颜色。而且，这还不是喜欢不喜欢的问题，根本用这种信纸给他写信就不合适。可是，这房里除了这个好像又没有别的纸了。

啊，这里原本是小表弟的房间，大学生难道没有练习本什么的？想到这儿，她就不管不顾地开始翻起别人的抽屉来。一边翻一边想，大不了明天告诉他们一声，没有人会责怪她的。果然，在第一个抽屉里她就找到了一个黑色的精致的大练习本，还是全新的，翻开来一看，浅蓝色的小横格非常的淡雅。太好了，用这样的纸最合适了。

她满意地在桌前坐下，又把小台灯朝自己的面前拉了拉，开始写：

金局长：

　　您好！

　　到香港已经六天了，这里的一切和我想象的也差不多，没有多少好谈的。给您写这封信只想告诉您，上次您问到我们市化工厂污染清河的情况，我已经作了一些调查，本来想当面向您汇报，一直没有机会。您已经很久没有到我们市里来了……

刷刷刷地写到这里，她忽然停住了笔。

这样写合适吗？反正我过几天就要回去的，有必要在香港写什么书面报告吗？根本就是画蛇添足！这还不让他一眼就看透了？

不行，不能这么写。真笨！

林雁冬对自己非常不满意，嚓的一声就把这张纸撕了下来，跟谁赌气似的。

她咬着笔，抬头想了片刻，低头看看那洁净的纸，手不由己地又写了起来：

金滔同志：

　　您好！

　　记得上月您曾答应过到我们市里来检查工作的，不知这期间您是否去过了？如果您去了，我想我们姜局长会把您要的化工厂污染的情况向您汇报的。那个厂仗着他们上缴的利税多，是全市的大户，根本不把……

不行，这样写还不是一样的。根本不应该牵扯工作的事，应该写得随便一点，自然一点，有什么不可以呢？又不是三十年代，现在是九十年代了，我只不过想给他写封信，而且我写了，我寄了，又会怎样呢？有什么关系呢？他很关心我，想知道我还回不回去，我写信告诉他我一定回去，啊，真是个傻瓜，就告诉他，一定回去就是了，何必去绕那么大的弯子。那样的做法，就不像你林雁冬了！她又非常地自信了，重又拿起笔来，飞快地在纸上写着：

> 我最尊敬的"老"局长：
>
> （因为您说您已经老了，为了尊重您，我才这么称呼您，想来您不会见怪吧！）
>
> 临行，在省城上飞机前，曾给您打过一个电话，不巧您到省委开会去了，没能找到您。这次我到香港，是外婆坚持要我来的，我妈妈没有办法。而且，我外婆的意思是希望我留下来，大概是想让我在这里嫁个资本家什么的住上一辈子，真有意思。当然，我是肯定要回来的。
>
> 您一定很忙，不多写了。祝您
>
> 事事如意
>
> 林雁冬
> 1991 年的春天

写完，她长出了一口气，小心地从练习本上把这一面纸撕了下来。可是，当她靠在椅子上重读了一遍以后，又生起自己的气来。怎么这么笨，什么"老"局长、"老"局长的，连一封信都写不好。她三把两把又把写好的信撕了。

她腾地站了起来，又抬手，叭地关了台灯，屋子里顿时黑成一片。

她摸索着倒在了床上，心里空落落的。香港很繁华，真可谓"花花世界"，外婆对自己很好，好得不能再好了，她应该高兴。单位里多少人羡慕她有一个"香港外婆"，同一个单位的女友们听说她要到香港，光购物单就开了两大页。她上飞机时也很高兴，可现在一点也不高兴了。

"没出息！"她在心里骂自己，然后命令自己马上闭上眼睛睡觉，什么也不准想！

然而，那个人还是走到她眼前来了。

……

"小林，在香港玩得高兴吗？我知道，你不会高兴的。"

"你怎么会知道我不高兴？"

"我怎么会不知道？"

他总是那么自信。他才是世界上最自信的人。跟他在一起，可以感觉到他的身躯像是一个巨大的导体，能够把你周身都点燃。就是他改变了她的生活，改变了她的追求，甚至使她变得摇摇晃晃，找不着自己……

……好大的水啊！漫山遍野的水！白汪汪的一片，看不到头，看不到边……它奔过来了，翻腾着的河水不是白的，是黑的，黑得像墨汁！怎么会是这样的颜色，多么可怕！啊，黑水像妖魔张着大嘴扑来了，跑呀，快跑呀，不要靠近那水，有毒的……等等，那污水中怎么会有人？……是，是他。他在挣扎，他被黑水吞没了，快救救他，他要死了……啊，救命……

"雁雁！雁雁，乖，快醒醒，雁雁！"

迷迷糊糊的，林雁冬觉得自己的手被紧紧地握住。她猛地睁开眼来，就见到外婆那摘去了宽边眼镜的被皱褶包围着的一双眼睛，那眼中流露出的焦急，又听得那慈爱的声音还在喃喃着：

"乖，不怕，不怕！"

她觉得一刹那又回到了梦中，眼前还晃动着可怕的黑水，别的什么也记不得了。

"傻孩子，做噩梦了？梦见什么了？"

一句话，倒提醒了她梦中的情节，那凶恶的水，那水中的人，那可怕的境地，她觉得自己孤独无助，她觉得心酸，觉得无法挣脱自己的心……热泪悄悄地流在了她俊俏的脸上，外婆一见反而笑了，拍着她的脑袋说：

"真是个傻孩子，梦不是真的呀，快别哭了，明天眼睛要肿了……"

林雁冬感到了自己的失态，猛地翻身坐了起来，一边用手揉着眼睛，一边装作才醒过来的样子，强笑着嗔怪道：

"外婆，您不戴眼镜，什么也看不清楚。谁哭啦，这灯太刺眼了！"

"好啦，好啦，乖乖地睡吧，明天让你舅妈带你去……"

见外婆准备往外走了，她突然喊了声：

"外婆，你别走呀！"

外婆愣了愣，回身又在她的床边坐下，笑道：

"雁雁，我看你天不怕地不怕的，你还怕一个人睡觉？在家是不是跟你妈妈睡一间房？"

听到这样的话，林雁冬不禁扑哧笑了出来，外婆真把自己当成个三岁的小娃娃了。如果外婆看见她怎么斥责那些违反环保法规的工厂里的头头，她肯定傻啦！她拉着外婆的手说：

"外婆，我就想跟你说说话。"

"看看你这孩子，这么晚了，有什么话，明天再说，你又不走……"

"外婆，我就是想跟你说这个。我知道，你愿意我多住些日子……"

"不是多住，是不走啦。手续嘛，我让你舅舅去办……"

"不，外婆，我是要走的，在内地我还有我的工作呀，还有妈妈……"

"你妈妈，她跟你爸爸，现在到底怎么了？"

"我……我也不知道。"

她确实不知道，妈妈从来不跟她说这些事。

外婆见问不出个所以然来，叹了口气说：

"你妈妈的事，我也想好了。不管她愿意不愿意，我非让她出来不可。那个陈昆生不同意离婚也不要紧，我不能让我的女儿就这么一辈子守活寡！"

"外婆，你看，妈妈一个人在内地，你也不放心，还是让我回去陪着她。以后等她退了休，我们再一起来，那时候呀，真的不走了！"

"那时候呀，不知我还在不在了！"

没有脂粉的掩饰，外婆的脸露出了干枯的焦黄。脸上的皱纹也好像一下子就生了出来似的，悲哀的声音更使得她看上去是那么苍老。林雁冬觉得白天的外婆和晚上的外婆简直是两个人。她不忍再惹老人伤心，就说：

"那我回去动员妈妈，让她早点来，您就放心吧！"

外婆勉强笑了笑，又轻轻地拍了拍她的头，问道：

"你跟外婆说实话，你在那边是不是有男朋友了？"

"没有。"她的脸绯红，低下了头，回答可是挺坚决的。

"真的，不说谎？"

"谁骗你呀！"

外婆笑着不住地点头：

"好，好，好，是要好好地挑。不过呢，你这个年龄，如果碰上好的，也该交个男朋友了。"

"碰不上呀！"她平静了下来，早已猜到外婆打什么主意了。

"你觉得王先生怎么样？"

"挺好的呀！"她彻底轻松了。

"那就多在香港住些日子，不是可以多谈谈吗？你舅妈背地里跟我说，王先生对你真的很好，很想……"

"外婆，我跟机关可是只请了十天假啊，下星期非走不可了。"

"下星期？不是还有好几天吗？"

"机票要早订啊！"

"那好办，王先生认识泰国航空公司的。明天让舅妈给他打电话，请他给我雁雁订张机票。"

"说话算话啊，外婆！"

"这孩子……"

第四章

"喂，金局长吗？"

"是我，啊……"

"我回来啦！"

"好呀，你现在在哪里？"

"在机场。我准备在省里待一天。"

"好哇，让招待所给你留房间……"

"我可不住你们招待所。"

"那你准备住哪儿？"

"豪华大酒店。"

"那可是宰人的地方。"

"我有钱呀！走的时候外婆给了我一大把，够我用的了。"

话筒里传来了他那具有感染力的笑声。

"今天能见您一面吗？局长！"

"当然，很愿意听听你的香港见闻。"

"您都去过了，还用听我的？您什么时间有空？"

"六点吧。"

"好，我准时在大厅恭候啊！"

豪华大酒店坐落在省城一个幽静的小区，在这里算是首屈一指的大宾馆了。但在刚从香港热闹场中归来的林雁冬眼里，这里的一切与豪华就相距甚远了。地毯很脏，壁纸鼓出来，卫生间里的抽水马桶下雨似的叮叮咚咚漏个不停，房间里家具的色彩让你的眼睛受到不断的强刺激。

她把行李放下，站在这留有陌生人体气味的房间里，忽然觉得很无聊。何必要在省里留一天呢，就为了跟他见上一面？或许，应该像他说的那样，去住省局招待所？那就马上能见到他，无须再等到晚上六点了。

省局招待所那小院，她太熟悉了。那专为单身职工留的几间集体宿舍，在她刚走出大学校门跨上人生之旅的途中，留给她多少美好的和恼人的回忆啊！

特别是那一次的病！

那时，她刚从大学分配到省环保局，上了两天班就病倒了。躺在宿舍里，她很寂寞，很想妈妈，觉得自己怪可怜的。人生地不熟，一生病，就像世界的末日来临。她当时就给局长写了份报告，说是妈妈身体不好，身边没有亲人，希望能调到清河市局去工作。

现在想来，简直幼稚得可笑，怎么能写这样的报告呢？

可是，又多亏这份报告，把他带进了她的生活。

那天下午，他来了。

"怎么，年轻轻的，就病倒了，不干了，要调工作了？"

他好厉害呀！

"有病治病，闹什么情绪？调什么工作？"

他叫你一句话也说不出来！

"家在清河？"

"嗯。"

"那我们是老乡了！"

"真的？"

"别以为老乡就好说话。工作要好好干，病要好好治。上医务所看了吗？"

她点点头。

"药呢，吃了吗？"

她又点点头。

"想吃点什么吗？"

想吃什么也不能跟他说呀！一个大局长，除了教训人还能干什么？

她什么也没有说。

他走。晚上，他让人送来一节藕，还附了一张小条，上面写着：

小林同志：

　　生病需要吃点想吃的东西。送上一节家乡的藕，但愿能引起你的食欲，而不是相反——更诱发你的乡愁。

金滔

从此，他不仅是她的上司，而且是她的朋友。她再也没有提调回清河的事，他也绝口不谈那份请调报告。

她被安排在办公室工作。金局长没有配秘书，他布置下来的工作都由办公室承办，其中很多都落实到她头上。他工作抓得狠，抓得细；她工作舍得出力，舍得动脑子。她成了他很器重的一名"小环保干部"。下去作调查研究，出去开会，都带着她，以至天长日久，机关里就有些议论了。特别是一年前有传言说金局长同他爱人关系不好，这种议论更成为热门话题了。

终于有一天，金滔把林雁冬找去个别谈话。

"小林，我前几天清抽屉，清出了一份你的请调报告。"

"那是哪一年的事呀？"林雁冬一时还真想不起来了。

"两年前的事。"金滔说，"当时我没有批，现在我可以批了：同意调你到清河市局去工作。"

对林雁冬来说，这不啻是当头一棒。

"是我工作中出了什么差错吗？"

"你想到哪儿去了？我说过，你是个很合格的环保干部。"

"那你为什么要把我调走！"她都快哭了。

"是你自己提出来的，"他竭力回避她的目光说，"我觉得你的要求很合理，你母亲身边没有孩子，需要你照顾；清河市局也需要人……"

"这不是理由！不是，不是……"她无所顾忌地放声大哭。

"小林，你冷静一点……"

"我偏不冷静！你，你，你把两年前的报告拿出来，你这是借题做文章！你害怕！"她气得哭了，不知自己在说些什么。

金滔无言相对。他沉思了片刻说：

"好吧，小林，我害怕：人言可畏！我确实很怕下边那些风言风语……"

"我才不怕呢，身正不怕影斜。"林雁冬擦干了眼泪。

"你还年轻，"金滔摇摇头说，"你不知道，这些流言蜚语，会给一个年轻的女孩子造成多么大的伤害！"

林雁冬不说话了。或许，他是对的？

"清河市正在治理马踏湖，他们很需要干部，你又是清河人，你回清河工作最合适不过了。"他看着她的眼睛，仿佛在安慰她，"过几年，如果你觉得还是回省局好，还可以调你回来嘛。"

她回去了。

在哪儿都是工作，何必一定要在省局受气！

等她在市局工作了一段时间以后，她才觉得生活中似乎失去了什么很重要的东西。好像是少了省局里那种上通中央、下连全省、耳听四方、眼观六路、议论风生的氛围，好像是少了金局长那样一位敢说敢当、雷厉风行、有说有笑、体恤下情的头头。

她忽然觉得应该把失去的找回来！

莫非这就是要在省城逗留一天的目的？甚至，这就是在香港没有住满十天就急急忙忙往回跑的原因？

不。

不是，什么也不是。什么原因也没有，只是给他买了两瓶治胆结石的药，得及早交给他。

她打开箱子找药。

他并没有托她买药，她只是偶然听舅妈说起这种药对治胆结石有特效，不知怎么就想到可以买两瓶带回去让他试试，或许对他有用处。药搁哪儿了？她翻遍了箱子再翻旅行包，哪儿都没有。怪了，药搁哪儿了？收拾行李时还想过，要搁个好找的地儿，别到时候找不着了。噢，在这儿，搁手提包里了。

快六点了，赶快下去吧，别让他等我。她拿了手提包，匆匆从房间里出来，坐了电梯，来到人来人往的大厅里。

不一会儿，她就发现许多眼睛都有意无意朝自己的身上扫来。她穿着在香港买的套装，很普通的细毛线的质地，只不过式样在内地比较少见。当然，这玫瑰的色彩加在她身上似乎透出了一股芳香，这是她自己没有察觉的。尽管她脸上没有任何化妆，但她挺拔地站立在光亮的大厅里，仍是很显眼的。

她忽然觉得自己应该回房去换一套衣服，换在国内常穿的衣服，别让人觉得去了一趟香港，就有什么变化似的。可是，眼看六点了，来不及了。她心里对自己很不满意，怎么这么慌慌张张的，根本没有必要嘛！

她走到一张沙发前坐了下来。从这里正好可以看见大门，看见从门外进来的每一个人。

门在她眼前开了又关上，关上又打开。傍晚时分，正是宾馆里客流如潮的时候。川流不息的人群从她眼前走过，她没有看见他进来。

忽然，一个愉快的声音几乎就在她的面前响起：

"小林！"

林雁冬一抬头，就看见那笔直的身躯已经挺立在自己的近前了。他穿一件很时髦的绛紫色的砂洗夹克衫，脚蹬一双白色旅游鞋。他那一双亮晶晶的眼睛还是那样带着笑意，给人一种少安毋躁的从容感。

"您从哪儿进来的，我怎么没看见？"她站了起来。

"我把车停在停车场，就近从侧门进来了。"

她这才想起，他是自己开车的。而内地宾馆的门卫还没有这样的服务项目，能接过客人的车钥匙把车开走，让客人从大门登堂入室。

金滔似乎忘记了跟她握手，反倒后退了几步，仍是那么含着微笑，打量一幅画儿似的打量着她，之后又笑了起来，说道：

"怎么，好像有点'港味儿'了嘛。"

"有点被'演变'了吧。"她也笑了起来。不等这位上司再开口，她又说，"我给您带了一点药回来，听说对治胆结石特有效。"

她打开手提包，把药递给他。

"谢谢你。不过，听人说胆结石没什么大关系，有胆结石的人永远胖不了，还省得减肥了呢！"他把药接过去。

"这是伪科学，您居然相信？"她挺着急，一双眼瞪着他。

责备后面的关心，他当然能感觉到，一时倒无言以对了。

"咱们有两个多月没见了吧？"终于，他打破了沉默。

"对呀。"

"怎么样，过得好吗？"

"没什么不好的。您呢，忙吗？"

"怎么说呢，还好。"他看着她说，"最近，省里想从中央争取一个大化纤项目，为选址问题，我们同经委争得不可开交。"

"哦？"对这方面的事情，林雁冬的兴趣很大。

"经委要把厂子放在市东工业区。我说不行，市东不能再摆厂子，特别是大化纤这样的项目，将来会贻害无穷。经委不干，说是放在市东可以节省投资。我跟他算账：把厂子放在北郊，无非是道路、电缆、供热、通信、上下水道要花一笔钱。可这是基础设施，现在花点钱，长远受益。"

"后来呢？"

"结果当然是矛盾上交，交给我那位老同学了。"

"焦副省长？"

金滔点点头。

他们两人就这样站在大厅里，说着只有同行才关心的话。

"环保工作就这么难！"金滔又说，"可悲呀，很多事情不是不明了，而是说不通，做不到。我有时候甚至有一种负罪感，我觉得我们常常是在犯罪，是在赚子孙后代的昧心钱。我们自己活过来了，可我们死了以后，空气被污染了，河流被污染了，我们的子子孙孙找不到一块净土，喝不到一口清水，到那个时候啊，真正是国在山河破了！"

他说得很激动，眼中好像有一团火在往外冒。她忽然觉得有很多人在看他和她。

"到我房间里坐坐吧！"

"不上去了吧！你还没有吃饭吧，我替你接风。"

"好呀。"

他们走进中餐厅。

服务员打量了他们一眼，毫不迟疑地把菜单递给了金滔。

"看看，你想吃点什么？"金滔隔着桌子把菜单伸到林雁冬面前。

"我想吃煮老豆腐。"林雁冬没有接那悬在头顶上方的菜单。

金滔摇了摇手上脏兮兮的菜单，笑道：

"这儿可不卖煮老豆腐。"

"小摊儿上有。"

"走？"

"走！"

两人向服务员说了声"对不起"，便走出了宾馆的大门。

　　春天的夜晚和风徐徐。宾馆外的大街两旁绿色的梧桐树像两排肃穆的仪仗队，路灯的光亮透过密密的叶子晕晕点点地洒在人行道上，更给这条没有声响的路蒙上一层厚厚的静谧。一对年轻的恋人相拥着从后面匆匆越过了他们。一位老人背着手慢慢地从对面踱来。

　　金滔和林雁冬并肩走着。春夜漫步在这静悄悄的林荫道上，真是一种享受。他们谁也没有说话，仿佛任何语言都是对这美好的春夜的亵渎。

　　过了很久，金滔望着延伸到远处的大树，感慨地说：

　　"想不到，这些树栽了才十年，就这么大了，那年，我们环保局和园林局、规划局联合发过一个通知，号召在城市种树，规定得非常具体。当时不少的单位不理解、不执行，还有说我们是搞'部门专政'的呢。现在呢，都明白了吧，一个城市如果没有树，那就像，就像……"

　　"就像一个姑娘没有头发。"她说。

　　走出这条幽静的大道，就到了一条热闹的小街。路旁的商店已经关门了，只有大大小小的饭馆还亮着灯，生意正兴隆。人行道上早已一字儿排开了叫卖各种风味小吃的摊子。各种烤、炸、蒸、煮的食品香味，混杂地飘散在夜空中。

　　他们找到了一个卖煮老豆腐的小摊。

　　"老板，来两碗老豆腐。"金滔说。

　　"好——嘞！"

　　老板高声应道，随即托起两个瓷碗，飞快地往碗里夹老豆腐，然后浇上滚烫的卤汁，再撒上香菜和辣椒油，两碗热腾腾、香喷喷的煮老豆腐就递到了客人手上。

　　"真好吃，"林雁冬咬了一口外香里嫩的老豆腐，喝了一口热汤说，"在香港吃了那么多山珍海味，都没有这煮老豆腐好吃！"

　　"那太好了，再给你来一碗。"他说。

第五章

她的运气真不错，竟然碰上了一个靠窗的位子。

好像这一趟长途公共汽车也比较安静，没有人肆无忌惮地大声喧哗。林雁冬身边坐着一位大眼睛的年轻的妈妈，抱着一个白白胖胖的小男孩儿。那小胖娃娃咿咿呀呀的不大会说话。只会冲着林雁冬笑，还不时用小胖手儿抓挠她，逗得她不由得也要笑起来。

她的心情像这春天的阳光，好得连自己都不敢承认。"这是因为要回家了"，她对自己说。就是在那无人看见的心底里，她也不愿意承认，这种无法言说的欢喜，是因为终于见到了他，听到了他的声音，同他一起漫步……

当然，这算不了什么，说明不了任何问题！

可，本来也没有想证明什么问题呀。无非是朋友，过去在一起工作的朋友，路过此地，见一见，聊一聊，如此而已。

关键是因为要回家了，马上就能见到妈妈，见到望婆婆了，能不高兴吗？

这时，她真有一种归心似箭的感觉了。她想象着自己到家时的热烈场面。当然，对于自己的归来，最喜形于色的自然是望婆婆。她肯定早就准备了好多菜，而且少不了自己最爱吃的黑芝麻馅儿元宵。妈妈的高兴从来不会像望婆婆那样不加掩饰地表现出来，她会要自己坐在她身边，听自己详详细细地叙述一切。

车窗外的景色，在她眼里也是那么令人愉快。

一排细细的小柳树，树枝上吐出了点点的嫩绿，像穿了新衣的小姑娘，娇羞地从你眼前一闪而过，留下那低低的轻快的笑声。

一位老农跟在一头水牛身后，悠闲地踱着小步，像一幅古代的农家耕耘图，就连他身上敞开的对襟小褂，也是那么古朴、飘逸。

一辆小拖拉机迎面过来了，轰隆隆的炸响，朝天的浓烟，从公路驶向田野，司机嘴上叼着的香烟都看清楚了。

真的，春天来了！

她扭头冲着窗外，让春风吹拂那发烧的面颊，恨不能马上就飞到家。快了，快了，只要看见清河，就快到家了。

公路像一条蛇，曲曲弯弯地盘在一个斜坡上，汽车只得缓缓地爬行。

啊，靠山县到了！

尽管远处的村庄只显现着模模糊糊的身影，林雁冬还是抬起身子目不转睛地盯着那个方向。在那里，在远离县城的清河边，有一个小小的山村，那里有自己童年的回忆，有高得像松树一样的望爷爷，还有头发乌黑健壮的望婆婆。她的嗓门真大，不管望爷爷的小船划到哪里了，到吃饭的时候，她都能站在河边高声把他叫回来。那洪亮的声音仿佛又在耳边响起，那清凌凌的河水啊，曾伴随着她不知忧愁的童年。

不远处的山脚下，点点白光，飘忽不定，一闪之间，瞬息又隐没在山坳里了。

汽车又沿着盘山公路下来，拐过最后一道弯，重新回到开阔的平原地带。

清河在公路的前方出观了。

啊，家乡的河，外婆梦中的河！

可以肯定，当年修建这条公路时，清河是清莹美丽的，像一个纯情的少女。她装点着这座具有一千多年历史的古城，养育着两岸几百万儿女。外婆说得对，清河边的姑娘都有一双明亮的眼睛，那是因为她们喝的是清河的甜水啊！难怪，古时的驿道就修在河边，后人筑公路也不愿离开这条美丽的河……

忽然，车厢里好几个声音喊起来：

"快关窗！"

"快关上！"

她还没弄清楚怎么回事，坐在窗户边的乘客一阵忙乱，早已慌慌张张把所有的车窗都关上了。

已经晚了，一股恶臭钻进了车厢。顷刻间，满车厢的人都被窒息在龌龊不堪的空气里。好像一具腐烂了的尸体，带着对整个人类的仇恨冲了进来，全车的人都无处躲藏了。

啊，清河，被奸污了的河！

它像一个惨遭蹂躏的女子，早就不再年轻，早就不再清澈，早就失去了外婆记忆中的风姿。它的河床袒露着，变成了一个可以任人倾卸破烂的公共垃圾场，就像一个蓬头垢面、衣不遮体的老妪，连哭泣呐喊的力气也没有，只能气息奄奄地病卧在尘土飞扬的公路旁……

她长长地叹了一口气。

临近死亡的清河在报复！

有毒的清河水正在威胁着清河市八个区县四百万人民的生命！

作为一名环保工作者，她深知这绝非儿戏。为了避免死人的悲剧发生，她和她的同事跑遍了沿河两岸大大小小的工厂，监测他们的排污数据，帮助他们完善治理设施。当然，有时候也不得不按规章处以罚款。成年累月，跑断了腿，磨破了嘴，结果呢，收效甚微。有时候还被人骂出门，好像别人都在干"四化"，只有搞环保的没事找事，尽管些看不见摸不着的事儿！

刚参加工作时，她为此感到委屈，哭过鼻子。后来，经得多了，练出来了，成了一名很善于在各色人等中周旋，也很善于同人打嘴仗的环保"执法官"。很多人都说她干得不错。她心里明白，什么不错，清河的污染得不到根治，就是大错。

这种观念，可以说是金滔灌输给她的。

他常说，"搞环保工作，最重要的是要有使命感、负重感"。有时，他甚至用"负罪感"这样的说法。

他常说，"我们不是为自己工作，而是为子孙后代工作；我们不仅要对现实负责，而且要对历史负责"。

每当哪里的污染酿成严重事故，他会咆哮，"这是犯罪，是对人民犯罪！如果我们不依法严惩，那我们就是同案犯，也应该拉到法庭上去接受人民的审判"。

这些话，常常在她心里翻腾，搅得她不得安宁。

林雁冬这才看见清河离得很近了，可以说紧挨在公路的脚边。

那一股呛人的使人喘不过气来的异味，正是从河上涌上来的。可以肯定，又是化工厂的污水，未经处理，直接排入清河。他们怎么能这样干呢！

难道这些人真没有天良？

窒息，令人难以忍受的窒息。邻座那天真活泼的孩子哭了……

林雁冬帮着哄好了哭闹的孩子，做母亲的顿时对她备觉亲近，含笑问道：

"您在哪儿上班？"

"我在……"望着这条凄惨的河，她含含糊糊地答道，"我在政府机关。"

慢慢地，长途汽车驶出了臭烘烘的污染区。车窗重新打开了，人们又活了过来，忘了那条悲哀的河。也许只有车上的这位环保干部，久久难以摆脱那一种说不出来的负疚……

公路两旁，林林总总的住宅楼一闪而过，进入市区了。

到了，到了长途汽车总站。

想见到妈妈的急切终于盖过了那条河。昨天，她想给妈妈一个意外的欢喜，电话里没有说几点钟到。当然，也为了不让妈妈到车站来接。反正车站出租小车多的是。

她拖着一只大箱子和两个旅行袋刚出站，立刻，三四个年轻的司机围了上来。她挑了一位小尖脸看起来顶多十八岁的小个儿司机。他帮着把行李拿上车，态度非常的殷勤。想起在香港，舅舅他们说内地出租车司机的服务态度不好时自己死不承认的情景，此刻她坐在车上非常得意，好像这小司机替她报了仇。

车在"林苑"门外停下了。她忙忙地两步跨上石阶，推开那扇厚重的木门，冲北房大喊了一声：

"我回来啦！"

嗯？怎么没有人应声，想象中的热烈欢迎的场面丝毫不见！她停住脚步，这才想起现在是上午十点，如果妈妈是白班的话根本就不在家，瞎喊什么呀！可是望婆婆该在的呀？她又喊了一声：

"望婆婆，我回来了！"

还是没有人回答。

她是那么失望，后悔不该自作聪明，弄得连个人影儿都看不见。回头一看，那小司机已经非常周到地把她的行李拿到了院子里，准备一直给她送进屋里去。

"谢谢，谢谢！"她一边带着路往上房走，一边不住声地道谢。真多亏了这小司机，否则这个特大号的箱子她一个人是无论如何弄不动的。

待司机拿着车费离去后，她连风衣也没有脱，就把自己扔进了那张久违了的小沙发里了。

她巡视着屋里的一切，当然是一点变化都不会有的。

小沙发对面的那一排太师椅依旧摆在那里巍然不动，靠墙那个书柜里还是摆着那些多少年来没有人翻阅的书。那一堆无锡产的"大阿福"，个个喜笑颜开，憨态可掬。可是，自从妈妈参加医疗队把它们买了回来，搁在这老式的组合架上，就像被打入冷宫，再也没有人理它们了。

她早就觉得这间客厅不中不西，不伦不类，最好是统一一下。要不就处理掉那四把太师椅，要不就把这对小沙发请出去。可妈妈说，那几把红木椅子、镶嵌着大理石台面的桌几和一个大铜床是外公留下的纪念，是"文革"抄家时拉走的几卡车家具中仅仅退回来的一点点，说什么也不能处理的。而坐在那种硬木椅子上看电视人也受不了，因而小沙发也是必不可少的。

等人是世界上最难奈的事。墙上的大钟好像又走慢了，怎么还是十点半呢。她干脆闭上了眼。她们总有一个人回来吧，她生气地想，不时睁开眼朝门外瞧瞧，一点儿影儿都没有。望婆婆也不知上哪儿去了，肯定没有走远，不然为什么院门没有上锁呢？真是的，也不好好在家待着，害得人回来冷冷清清的，真扫兴。

老钟当、当、当的一串闹响，她又不耐烦地睁开眼。啊，十一点了，总该回来一个人了吧？

她稍稍抬起身子朝院子里望去。院子里冷冷清清，什么也没有，只有那棵无精打采的桃树，还有那几朵半死不活的桃花。

大门嘎的一声响，林雁冬立刻跳了起来，子弹上膛似的冲出了屋子。

她一眼就看见望婆婆低着头急匆匆地正拐弯朝西边厨房的方向走去，手里还拿着一把什么绿色的菜。

一看到她那满头的银丝，林雁冬一切的不快都没了，她大声叫喊了起来：

"望婆婆，我回来了！"

望婆婆吓了一跳似的立刻站住了。她扭过头来看见了房檐下站着的姑娘，揉了揉自己昏花的老眼，弯腰双手拍着自己的膝盖，笑了起来。接着就一颠一颠地小跑了过来，嘴里还不相信似的叫着！

"雁雁，雁雁啊，真是你回来了！"

"瞧你，不是真的，还是假的呀！"

望婆婆笑得弯弯的眼睛都看不见了，那一种欣喜万分的样子令雁雁说不出的感动。她跳下石阶，挽住老人的胳膊，连搀带拉地和老人一起进了客厅。

她把望婆婆按在太师椅上坐下，抢过她手里的一把菜放在旁边的茶几上，自己弯腰站在老人面前，没忘了撒娇：

"我回来，你们一个人都没有！"

"哎哟，都怨我！等了你一早上，想起香菜没几根儿了，我就上隔壁去借了点，市场我都没敢去。看看，还是耽误了！这都……"

林雁冬打断了老人的话，忙问道：

"我妈呢？上什么班儿？"

"看看，看看，一见到你呀，我什么都忘了。你妈是白班，可她知道你今天回来，她说，中午回来吃饭，这就快了。"

"太好啦！望婆婆，您猜！我给您带什么好东西来了！"

见她说着就要去开地上的大箱子，望婆婆赶忙拦住了说：

"你先歇歇，忙什么，等你妈回来再开。雁雁啊，隔壁邻居好些人跟我说，说你们家雁雁这一去香港，十之八九是回不来了，外婆家又有钱。啊，你外婆，她身子骨还结实吧？"

"外婆可显得年轻啦！望婆婆，我说出来你可别伤心，你们俩一比呀，她看起来可要年轻十几二十岁呢，你信不信？"

"我信，我信，怎么不信啊！你外婆福气好，一辈子不愁吃不愁穿，我哪能跟她比？这都是命呀！雁雁，你看你妈，唉……"

"我妈怎么了？"

"你妈……"

"你快说呀，我妈怎么了？"林雁冬有点急了。

望婆婆叹了口气，无可奈何地说：

"没什么！她呀，跟我一样，也是命苦，比我还苦。"

"我妈可不相信命，"林雁冬说，"你要在她面前再说命呀什么的，又得让她说你一顿。"

"我知道，当着她的面我才不说呢。我也就跟你叨叨几句，你走以后，你妈……"

正说着，院子里响起了脚步声，妈妈已经站在屋门口了。

"妈！"林雁冬高兴地叫了一声，站起来，迎了上去。

"雁雁，回来了？几点钟的车？在省里住哪儿了？在香港住得惯吗？没有生病吧？"妈妈一进门，就问了许多可以回答、也可以不回答、而且实际上也没有时间容人回答的问题。直到她坐下之后，又提出了另一个问题：

"外婆好吧？"

"好极了。"望着母亲疲倦的眼睛，想起意气风发的外婆，她笑了笑说道，"妈，外婆看起来呀，简直可以冒充你姐姐……"

"又胡说了。"

"真的，不骗你。她呀，可时髦啦，不信。你看吧，看她给你买了些什么衣服。我保证你不敢穿！"

说着，林雁冬就大张旗鼓地打开箱子，拉开旅行袋的拉锁，把外婆、舅妈给买的东西，主要是衣服，一件一件地拿了出来。一会儿把一件淡黄的外套披在了妈妈身上，一会儿又扔过来一件非常性感的淡紫色的羊毛衫。

林秀玉拿起一件看了看放下，又拿起一件看了看又放下，笑道：

"你外婆大概是忘了我多大年纪了吧？"

林雁冬从地上直起身，涨红着脸说道：

"才没忘呢！你要是看见外婆穿的什么呀，你就知道了。妈，真的，你真应该去一趟香港，别的不说，去做一次美容是真的。我看香港那些有钱人，皮肤比你差远啦，全靠美容，她们特注意保护皮肤。我跟舅妈都说好了，她说她认识一个美容师，技术特别好。外婆也直说，一定要你去玩玩呢！……"

"哪有那么容易的事！"妈妈只淡淡地答了一句。

林雁冬知道，母亲是很固执的。她没有想通的事情，你怎么说也不行；同样，她已经决定的事情，你也不可能改变它。

"外婆精神这么好，没说回来看看？"妈妈又问。

"啊，说啦！外婆说呀，如果她请你请不动，她就自己来接你！外婆说……"

"你没有告诉外婆，我这里工作很忙，离不开吗？"

"说了，说了！你可不知道，外婆在舅舅家跟太上皇似的，她的话谁都不能不听。也就是我，还敢给她提点儿不同意见。要不，这回，她根本就不放我回来！"说着，她又把一件毛衣，两件男衬衣并一块薄呢料子塞到望婆婆怀里，"这是外婆送您的。对了，我还忘了，这是外婆给您的钱。"

望婆婆也不客气，都接了过来，笑道：

"你外婆真是个好人，老惦着我！"

林雁冬又从望婆婆手上把那一卷钞票拿了过来，举在老人眼前，笑问道：

"认得这钱吗？"

"钱我还不认得？"望婆婆笑得嘴都合不拢了。

"看看，看看呀，这可不是人民币，是香港用的钱！"林雁冬举着钞票的手在老人眼前来回地晃，闹得望婆婆直往后躲。

林秀玉也看着望婆婆笑。老人朝后站定了挺起脖子，这才正眼儿打量着那些花花绿绿的纸儿。待看清楚了真不是日常用的那钱，就笑着把伸在自己眼前的那双小手儿一推，说：

"都送给你啦，这辈子我又去不了香港。"

"那我可要发财啦！"

"别听她的，望妈，你拿着！可以换成人民币的。"

"能换两千块呢！说好啦，给我啦！"

"都给你，都给你！"望婆婆乐呵呵的，又把白衬衣塞回到她的手上，说道，"这也给你吧，成天烟熏火燎的，还能穿这白东西！"

"这是给望爷爷的……"

"哎哟，那更不成！老头子整天钻树林子，能穿什么好的，白糟蹋东西。雁雁，你都留着！"

"我留着干吗？这是男衬衣！"

"留着将来还怕没用？"望婆婆又呵呵地笑了起来。

林秀玉打断了她们的笑闹说：

"望妈，开饭吧，我下午还上班呢！"

"唉，唉！看看，都叫这小祖宗闹的，什么都忘了。"她忙不迭地小跑着出去了。

望婆婆刚一出门，林秀玉就对女儿说：

"雁雁，你过来，我有话跟你说。"

"我听着呢。"林雁冬正双手撑开一件淡青色的改良式旗袍，隔几步远朝妈妈比试着，竭力想找一件妈妈能穿得出去的衣服。

"过来，雁雁，你听见没有，我有话跟你说。"

林雁冬这才手上拿着衣服，过来坐在了妈妈旁边的小沙发上。

妈妈的声音听起来是那么严肃，怎么啦？对了，刚才望婆婆也吞吞吐吐的，是家里发生了什么事？

她走近了妈妈面前，只听妈妈放低了声音说道：

"雁雁，也没有什么特别的事，就是，你父亲他，搬回来住了……"

"啊，太好了！"林雁冬脸上露出了惊喜，眼睛瞪得大大的，谢天谢地，他们总算和好了。

"有什么可高兴的！"妈妈的眉头皱得像当中刻了一刀。

又怎么啦？林雁冬简直觉得不可理解。她望着妈妈，等待着她的解释。可妈妈好像已经交代完了，又恢复了往日那种严肃的冷漠。

"妈，到底怎么回事？"

林秀玉只是摇了摇头。

"妈，您跟爸爸到底是怎么回事，这回在香港，外婆还问起……"

"不是你想象的。"林秀玉扭过脸去，极不情愿地又说了一句，"我和你父亲是不可能和好的。"

"啊，可我还是不明白……"

"雁雁，是他伤害了我，也伤害了你。"

"可……你不是说那是'文革'当中的事，那……"

"唉，雁雁，你不懂得，'文革'最容易暴露一个人的灵魂了。如果不是那一场发疯一样的'文革'，我可能还认不出他……他是这么个小人呢！"

"那，就不该让他搬回来……"一看妈妈已经气呼呼的脸，雁雁赶忙住了嘴。

"不是我让他搬回来的。是他们机关要收回他住的房子。"林秀玉这时抬眼看着女儿，说，"雁雁，我跟你爸爸的关系你也知道一些。他现在虽然住在这里，但是，他跟我、跟你都没有关系。明白了吗？"

她一点儿也不明白。

"我能叫他爸爸吗？"

"你愿意叫他什么就叫他什么。"

"他要跟我说话呢？"

"你愿意听就听。"

"我可以跟他说话吗？"

"你愿意说就说。"

"我到底该怎么办哪！"林雁冬叫了起来，"妈，这种关系太复杂了，我真不知道该怎么处理！"

"你应该知道，你已经不是小孩子了。"

"对呀，我不是小孩子。可是，妈，你可一直把我当成个小孩子！你和爸爸之间的事，你从来没有跟我说过。这从小就是我心中的一个谜，至今也没有解开过，现在呢，他搬回来了，天天见面，根本回避不了，可我，还是什么也不知道。"

林雁冬嘴里说着，两手只管揉搓着那件真丝的衣服，好像那薄薄的衣衫里隐藏着秘密的答案。

林秀玉仍一动不动地坐着，只是用手指轻轻叩击着沙发的扶手，若有所思似的说：

"该你知道的，你都会知道的；不该你知道的，你也不要多打听。"

母亲的话，带着那种专家才有的不容置疑的权威的口吻，甚至还带有一些哲理性。

"我今天中午特意赶回来吃饭，"她又说，"就是要让你知道他搬回来了，而我和他的关系是不可能和好的。你思想上要有点准备，明白了吗？"

明白了吗？她不知道。

第六章

还是家里好，一夜沉沉睡到大天亮。

林雁冬迷迷糊糊地醒来，只觉得一道炫目的光亮朝自己脸上射来，白晃晃的。她眯缝着睁开眼，首先映入眼帘的是那柔和的被阳光照亮了的淡紫色纱窗帘。啊，在自己的小屋里！

"你可醒啦！"望婆婆正坐在窗下的小沙发上，咧着没牙的嘴冲自己乐呢。

"几点啦？"

"九点啦！快起来，雁雁，我给你煮元宵去，中午吃完饭再睡。唉！我看你走这一趟是累坏了。"

老人缓缓的声音像是一帖清醒剂，她完全醒了过来。

"望婆婆，我昨天什么时候睡的？"

"你呀，还好意思问呢？"望婆婆用那变形的弯曲的食指点着她的鼻子，笑道，"昨天下午你就睡了，晚饭也没吃，一直睡到这会儿。"

真的吗？她记不起来了。只记得打开箱子和旅行袋，把带回来的衣服都拿出来了。妈妈在一边看着……不，妈妈很严肃地说起了……啊……啊，糟了，爸，他就在这个院子里！

"快起啊！我去煮啦……"望婆婆麻利地站了起来。

"妈上班去了？"

"早走了。"

"那……还有人吗？"多年不和爸爸在一起，"爸爸"这两个字不容易叫出来。

"嗯，你爸爸还在那屋呢。"望婆婆说话时也放低了声音。

"啊……"她心里有点慌，但揉揉有点肿胀的眼睛，装作不在意的样子，又问道，"望婆婆，他知道我回来了吗？"

"怎么不知道，昨天他下班回来就问我，雁雁回来了吗？什么时候回来的？他要来看你，你妈说你睡了，没让他进来。"

这么说，今天他一定会来的，说不定马上就会来。这可怎么办，跟他说什么呀？

一遇到爸爸妈妈的事，林雁冬就觉得自己脑子里是一锅粥，糊里糊涂一点思路都理不出来。白在床上想了半天还是找不出一个妥善的办法去应付那位爸爸。爸爸！在她心目中是一个模模糊糊的影子，甚至是一个不确定的概念。怎么摊上这么个爸爸，真够倒霉的！

她一下子就情绪低落了，索性闭上眼睛赖在了床上。

"快起来吧，你爸今天上午没去上班，说不定一会儿会过来看你。"

"我可不想见他。"赖是赖不过去的，林雁冬还是拽过一件枣红色的羊毛衫往头上套。

"雁雁，怎么这么说话？"

"那该怎么说！"她飞快地蹬上牛仔裤，直起腰来瞪了老人一眼。

"你甭拿眼瞪我，他好歹是你爸！"

是我爸？"他伤害了我，也伤害了你"，妈妈的话犹在耳边。对于一个伤害了自己、伤害了自己母亲的人，还有什么话可说呢？

望婆婆是不会理解妈妈的。她爱妈妈，可她的思想太陈旧了。她总希望妈妈和爸爸和好如初，现在，爸爸回来最高兴的就是她，她肯定会主动充当爸爸的说客……

可是，难道他们不应当和好吗？自己刚听见这消息，不是也挺高兴的吗？

这么些年了，妈妈一个人过，真够苦的。

"怎么说也是一家人哪！"望婆婆还在自言自语的。

"我饿了，你还不快煮元宵去？"她不想继续这种谈话。

"唉，作孽哟！"老人家唉声叹气地走了出去。

梳洗完毕，她飞快地溜进了客厅，一眼就看见方桌上的好吃的了。刚出锅的五个圆溜溜的元宵，盛在一个小白瓷碗里，冒着热气，引人的食欲。

林雁冬一边吃元宵，一边计划着：应该先给机关打电话报个到，偷一天懒，明天再去上班。可又一想，不上班干吗？在家待着？在家待着干吗，等着他来找呀？！

完了，这院子再也不属于妈妈、望婆婆和我了，三十六计，走为上计。

吃完元宵，她轻轻地走回自己的小屋，挑了些从香港带回来的袜子、假首饰、电动剃须刀什么的，找了个大挎包装着，转身悄悄地出了房间。

院子里安静极了。她忍不住朝东屋扫了一眼，只见窗帘低垂，没有什么响动。

他肯定是出去了。

这太好了，雁雁长出了一口气。她怕见到这位父亲，至少是今天不要见，明天也不要见，能拖到哪一天算哪一天吧。真是，人活着就是麻烦！心里想着人生的痛苦，脸上笑吟吟的林雁冬，把挎包往肩上一背，迈着轻快的步子穿过院子。

谁知，她刚走到院子中间的那棵桃树边，猛不丁，一个声音从背后传了来：

"雁雁！"

她站住了，回过头去，好像那是一道不可抗拒的命令。

啊，爸爸！

他站在东屋的门口。腰不弯，背不驼，脸上虽然被尴尬的笑容笼罩着，仍然掩盖不住他那一脸的好气色。特别是那一头浓密的黑发，使他一点也不像五十好几的人。

林雁冬耸了耸肩上的挎包，装出很轻松的样子，含含糊糊地叫了一声"爸"，只是嘴角弯不过去，脸上做不出笑来。

陈昆生站在房门口，笑着点了点头，忙忙地问：

"休息得好吗？"

"嗯。"

"你妈跟你说了吧，我搬回来了。"

"嗯。"

"来，雁雁，到我房间来坐坐。"

不由自主地，她低着头走进了父亲的房间。

一进门，她就发现这屋子收拾得非常干净，而且可以说很舒适。外间这小小的客厅里，迎门是一套很考究的米黄色的沙发。茶色玻璃的小长茶几也是配套的，上边摆着白色的细瓷茶具、黑色的方形打火机和一个很别致的烟灰碟。通往左边里屋的墙边，是一盆油绿的君子兰。右边墙旁则是一张小小的长方形桌子，两把白色的椅子只露出椅背，桌子上放着一瓶白葡萄酒。林雁冬想，这里大概是他吃饭的地方，自斟自酌，倒挺会享受的。

"来，这儿坐！"

陈昆生看着女儿在小沙发坐下之后，自己才放心地在另一张小沙发上坐了下来。

一坐下，他就迫不及待地掏出烟来，只是手指有点儿不听话，老是微微地颤抖。他好像忘了茶几上有打火机，摸遍了西服上衣的口袋，最后才从裤子的口袋里掏出一个打火机来。他把那金光闪闪的精巧的打火机拿在手里，却忘了点烟，只用两个指头搓着那含有体温的金属物体。过了好一会儿，他才说：

"雁雁，我们有一年多没有见面了吧！还是前年秋天，我上省里开会，那时候你还在省环保局，我们见过一面。"

"嗯。"

"照理说，你调回来了，我们见面的机会应该多起来。"

林雁冬不知道自己该说什么好了。

"没有想到，一直没有机会见到你。"

　　陈昆生这才啪的一声，按动打火机，点燃了嘴上叼着的烟。他深深地吸了一口，又徐徐吐了出来，好像他心里积郁着无尽的思念和忧伤，只能借助这烟雾吐露一二。

　　"我一直很忙。"她不想让他伤心。

　　"不，这不是主要的。"

　　他又吸了一口烟，随即吐了出来。还是吸得那么深，吐得那么缓。她觉得一种沉重的压抑正无声无息地朝自己飘过来。

　　"真的，搞环保工作，事情很多，也很杂。"她希望换一个话题。

　　"雁雁，我知道，是你母亲不希望我们多见面。"

　　"不是，不是，是我……"

　　林雁冬心里乱成了一团。

　　使她拿不准的是：她不知道在他面前替妈妈解释有没有必要；也不知道该怎样替妈妈解释才恰当；更不知道妈妈是不是需要自己来作这份儿解释？

　　雁雁啊雁雁，别自作聪明了，难道你还不知道妈妈的为人！她对自己的所作所为，从来都充满自信。她不会作出任何解释，更不会让自己的女儿出来解释。她要是看见你现在这副狼狈样子，非气死不行。

　　"你母亲的心情，我完全理解。我不怪她，我是咎由自取。"

　　陈昆生弹了弹烟灰，闭上了眼睛，把自己深深地埋在沙发里。顿时，他整个人好像抽了，缩了，小了一圈儿。他成了一个企图埋葬自己的小老头子，只不过他埋葬的不是他的肉体，而是他孤独痛苦的灵魂。

　　看着面前这个把自己缩成一团的人，林雁冬忽然觉得爸爸也挺可怜的。他心里肯定有许多话要说。妈妈不理他，不会让他说。自己也不理他，不听他说。对外人，他更没有必要说。尽管他也许有罪，但这些年他一个人也够受的。

　　他和妈妈之间，究竟发生过什么事情？难道世上会有这样的深仇大恨，能够在一对昔日的恋人中，造成如此大的伤害，以至二十年后仍然不能消释？

　　多少年来，妈妈闭口不谈这件事。也许，她永远不会告诉自己，而是留下一个永久的谜。

爸爸会谈的。如果他是无辜的，他会谈；如果他是有罪的，他也会忏悔。

一想到爸爸马上就要说出自己一直想知道的事，她有点激动。可是，面临着可能要揭晓的谜底，她又有点害怕。

他们之间到底发生过什么？

她等着，等着爸爸说话。

她看见爸爸那只拿着烟的手在颤抖。

爸爸说话了：

"雁雁……"

她盯着他的嘴，她觉得自己的心都快要跳出来了。

从他嘴里蹦出来的，竟是这样的话：

"外婆……他们，都好吧？"

"好。"她感到失望。

"你外婆是个好人。"

他想说的，就是这些？

"如果你没有别的事，我想走了。"

"你，你再坐一坐。"他支支吾吾。

她等着。

他手上还拿着烟，却忘了去吸。那烟蒂已经有很长的一截，已经开始弯曲，终于无声地掉在他那笔挺的西服裤上。

"唉……"

她听见了一声长叹，这叹息使她心惊。她知道，这尚未开始的谈话将是极其沉重的。她开始怀疑，自己能不能接受这份沉重。她原本那么想揭开的秘密，现在宁愿不要知道了。

"雁雁，你现在完全是大人了。有些事，我想，应该让你知道了。"

她不敢看他的脸，只看见他把手伸到烟灰碟旁掐灭了烟。他的声音仿佛从远处飘来，使她觉得这些话很像话剧舞台上的台词，听起来缺少真实感。也许，平常日子和他接触太少了，太陌生了。

"坦率地说，我和你母亲之间，并没有什么不可调和的矛盾。

从感情上讲，我是一直忠于你母亲的，我觉得她对我也是一样。我十分珍惜她对我的爱。你大了，我现在可以跟你说了……"

她抬起脸来望着他，他避开了女儿的眼睛，说下去：

"你母亲出生于一个很有名望的大家族，这你是知道的。她可以说是'大家闺秀'，又是解放后培养出来的大学生，在她身上有一股傲气，令人望而却步。我家里，跟她可以说是完全不同。"

关于这一点，她相信他说的是真的。

"我父亲虽说是个比较老的干部，但参加革命前只是个识字不多的农民。我们俩的家庭背景、文化背景有很大的差距。我跟你母亲同学四年，毕业前夕，当我向她表达我对她的感情时，她没有拒绝。你可以想象，我是多么高兴。你也可以想象，我怎么可能背叛她呢？"

这，也是真的吗？

"毕业以后，我放弃了留在北京工作的机会，主动报名到基层，跟你母亲一起来到清河，这也可以说明我对她的感情吧？"

这，可能是真的。

"我们之间的裂痕，可以说，完全是'文革'造成的。没有'文革'，我们的家不会破裂。"

他用很快的频率说着，声音都变得沙哑了。

林雁冬微微低着头，两眼看着面前的茶几，不再看他的涨红的脸，免得看见他的激动。从他嘴里送过来的每一句话，她可都仔细地听了进去。可是，又有一种无形的力量，把这些话从她心里排斥出去：不，不能相信他。

"有些事，你是很难想象的，因为你不知道'文革'是怎么回事。你不知道有多少家庭在那一场风暴中被摧毁！"

她在心里抗争着：不要把自己的责任推给历史，那帮不了你的忙！

"'文革'一开始，你妈就因为出身资产阶级家庭，外婆又在香港，被当作'刘少奇的孝子贤孙'和'台湾特务'揪了出来。造反派勒令我们搬出'林苑'。那时候你妈妈刚生了你，我们很困难。可以说是无家可归……"

　　对于自己出生时的那场暴风骤雨，她只是后来从小说和电影中才略有所知。在她对童年的有限的记忆里，只记得望婆婆家那间冬暖夏凉的茅屋，只记得望爷爷那条破旧的小木船。童年的记忆中没有父亲，也没有母亲。

　　"回想起来，真像是一场噩梦。你妈妈天天要去医院上班，还要为你那已经死去的外公和在香港的外婆挨斗。让她带着你，当然是不行的。我呢，情况也不比她好。你妈妈有多少罪名，我就有多少罪名，而且总要比她多一条：被资产阶级糖衣炮弹击中，认贼作父。那时候我们一点办法都没有了。你又那么小，离不开人照顾。你母亲提出来把你送到北京奶奶家去，我说让我先去看看奶奶家的情况再说。这样，我就到了北京。我绝不是想逃避，我根本没有想到，一到北京就回不来了。"

　　这是怎么回事，为什么回不来？你说呀！她感到他在逃避什么。

　　"唉，过去的事我不想多说了。"他又点上一支烟，深深地吸了一口说道，"我承认，我对不起你妈，对不起你，我在你们最困难的时候，离开了你们。可是，这是'文革'当中的事啊！那样一场历史性的全民族的灾难，拆散了多少家庭！粉碎'四人帮'以后，很多这样的家庭都弥合了过去的裂痕，开始新的生活。我万万没有想到，你母亲给我的答复只是两个字：离婚。"

　　这样说来，是母亲太绝情了，而他，他倒好像受了多大的委屈？

　　"现在，我搬了回来。我们单位的同事，都以为我跟你母亲和好了。其实，根本不是这么回事。可是我想，这个问题总要解决，总不能照这样拖下去。这样拖下去，大家都很痛苦……"

　　或许，他是对的？

　　"说实话，雁雁，我做梦也在想，我们一家人应该团圆了，大家好好过日子……我想不通，我也不明白，难道，十年给我们留下的创伤还不够？难道，我们不应该忘记那一场噩梦？难道，我们还要没完没了地把自己钉在这场痛苦中？真的，我不明白你妈是怎么想的！"

　　他掐灭了烟，两个长长的胳膊支撑在膝头，双手托住自己那低垂的头。

这一刻，屋里的氛围是那样沉重，仿佛连空气都凝固了……

但父亲很快又把头抬了起来，冲她笑了笑。

她发现，父亲的笑传递出一种说不出的温馨，而这是她从未领略过的。她觉得有一个什么无形的东西，把父亲和自己连在了一起。父亲的痛苦，也一下子涌进了自己的心里。她不知道该怎么来回复这种亲情。

"雁雁，爸爸老了，只是想跟你说说话，你心里不要有什么负担。"

他好像在为自己说得太多作解释。

"爸爸，我当然希望有一个完整的家……"

她觉得，她应该这样说。

第七章

"雁雁，快，李杰明在姜局长办公室等我们呢！"

丁兰兰一阵风似的跑进了办公室。

"来了，来了，我得把材料带上啊！"

林雁冬正把文件往自己的公文夹里塞。

尽管还是初夏天气，她却只穿了薄薄的衣裙。讲究的绣花衬衣束在几乎拖地的大花长裙里，更显出她服装模特儿似的修长的身材。大约为了不太超越季节，她又在肩上披了一件渔网似的开司米质地的毛衣。两只袖子按时髦的穿法，随随便便地挽成扣，松松地搭在胸前。

"市经委是怎么搞的？我们环保局开个小小的现场会，有他们什么事儿，也来插一杠子？"林雁冬挽着丁兰兰的胳膊往外走。

"闻着香味儿了呗！咱们把马踏湖的污染治好了，人家总结经验来了，明摆着的摘桃子嘛！"被男同事们背地里称为"性感女郎"的丁兰兰，是出了名儿的刀子嘴。

"管他呢，马踏湖水清了，咱们无愧于良心了。军功章嘛，谁爱要拿去！"

"你倒大方。我看哪，赶明儿学完雷锋就该学你啦！"

两个姑娘笑嘻嘻地进了二楼姜局长的办公室。

姜贻新正坐在沙发上，陪市经委副主任李杰明聊天。

李杰明是清河市最年轻的局级干部，被人们称为"一颗正在上升的新星"。他刚过而立之年，一米八三的个儿，长得仪表堂堂，正兴高采烈地对姜贻新说：

"姜局长！吕主任给我交代了，一定要把你们的现场会开好，要把治理马踏湖的经验在全市推广，把我们清河市的环保工作提高到一个新的水平，登上一个新台阶！"

姜贻新连连点头，那一头灰白色的蓬松的长发也随之不断地颤动。他看上去精神疲惫，却仍然眯着小三角眼，做出笑脸，一个劲地说：

"太好了，太好了。"

办公室的门刚被推开，还没容姜贻新开口，李杰明立即站了起来，一边推着鼻梁上架得好好儿的眼镜，一边伸出手说：

"小林，好久不见了！"

林雁冬笑了笑，也把手伸出去。

"咳——还有我呢，李主任！"丁兰兰扬起手一招，做了个西方电影中常见的打招呼的手势。

"嗬，小丁，你好啊！"李杰明也抬臂把手心朝外一扬，还了一个很新潮的手势。

"喔，你们都认识啊？"姜贻新还靠在长沙发上，对李杰明同自己这两位年轻的部下挺熟的，颇感惊讶。

"我们常在一起跳舞，"丁兰兰笑道，"李主任的探戈跳得特棒。"

"不行，不行，我也就是瞎跳。"李杰明对姜贻新说，"现在在单位里负一点责任，可跟你们那一代不同了。你们那一代多有威信，说话有人听！现在不行了，像我们这些新提上来的，谁听你的？没有办法，跟谁都得沟通。跳舞，也就是跟年轻人沟通的一种手段。其实，我一点也不喜欢跳舞，太耗时间了。"

"李主任，那以后你别找我们跳舞了。"丁兰兰说，"何必呢，不喜欢跳，硬跳，多累得慌呀！"

"李主任您可真够逗的，也没人逼着您跳呀。"林雁冬也带笑不笑地在一边说。

"我不是这意思……"李杰明顾此失彼。

"好了，好了，"姜贻新出来解了围，"来，你们说说吧！李主任想了解一下现场会的准备情况。你们两个，谁先说？小林，要不你先汇报一下会议材料……"

李杰明忙笑着打断他的话说：

"姜局长，您要这么说，我可要回去了。吕主任是派我来学习、取经的。他对环保局这个现场会非常重视，还准备到会上讲一讲。所以，我们市经委也得做点准备工作。我今天来，就是想先把马踏湖的治理经验学到手。"

"哪里，哪里！"姜局长连连地摇着手，"李主任太客气了。没有市经委的大力支持，我们小小的环保局能干什么？"

"哪里，哪里！"李杰明也摇起手来，"支持环保工作，也是我们分内的事，是我们应尽的责任。"

两位姑娘已经在上级和客人对面的沙发上坐下。见头头们仍在那里以极其真诚的态度说着极其虚伪的套话，丁兰兰凑在林雁冬耳边小声评论说：

"瞧这些当官儿的，整天说这些没用的，累不累呀！"

林雁冬也凑在丁兰兰耳边说：

"老姜头可不说没用的，他指着人家拿钱呢。"

"没错儿！会议经费还没有着落呢。"丁兰兰在办公室管行政，了解内情。

双方一个回合过去，姜贻新才眨了眨缺少光泽的三角眼，说道：

"李主任这么谦虚，那好吧，小林，不叫汇报，你先把马踏湖整治的情况简单说一下。"

林雁冬把一个红色的硬夹子放在自己的膝盖上，低头看了看面前的材料，又抬头看了看对面的上级和客人，微笑道：

"其实，马踏湖的污染情况，经委的同志都清楚，就不用多说了吧？"

姜贻新看看李杰明，不知道他想听不想听。今天这个不叫汇报的汇报会，是李杰明提出来的。人家想听就说，人家不想听就别说，说了也没用。

李杰明盯着林雁冬好看的眼睛，一时走了神，什么也没听见。待醒过味来，忙说：

"对，对，这都是尽人皆知的，不用说了。"

林雁冬把夹子里的文件翻过去好几页，着重讲了马踏湖治理工程的技术方案、集资情况和统一思想认识的必要性与艰巨性。也许由于这个工程是她参加工作以来注入心血最多的第一个工程；也许是这总结勾起了她许多愉快的和不愉快的回忆，她讲得很激动。有时侃侃而谈，像潺潺流水；有时慷慨陈词，如滔滔瀑布。不要说是李杰明，连她的顶头上司姜贻新和好友丁兰兰，都觉得这林雁冬真够能说的。

最后，林雁冬才讲到了工程的受益情况：

"治理后的马踏湖总面积是六万亩。经济面积达两万三千亩，其中芦苇种植面积一万亩，藕五千亩；养鱼六千五百亩。现在马踏湖区的人是家家户户一只船，顿顿桌上有鱼虾，前几年老百姓把马踏湖改名臭水坑，现在有叫它清水湖的……"

"好，好。"李杰明连连点头。

"我只补充一点，"姜贻新拖着疲倦的声音说，"马踏湖地处清河上游，是清河的源头之一。马踏湖变成清水湖，对改善清河的水质也是有益的。当然，这种效益不可估计过高。"

"是啊，是啊。"李杰明又点头。

"清河的污染，问题就大了。"林雁冬说，"马踏湖和清河是互相影响的。马踏湖治理了，可以部分改善清河水质；可是，清河还是在马踏湖南边流着，清河不清，污水还能从地下渗入湖里。本来，我们建议旅游局把马踏湖开辟为旅游点。他们说，关键就是南边这条臭水河的问题……"

"好了，好了，"姜贻新长叹了一口气说，"丁兰兰，你把会务方面的情况汇报一下吧。"

"我们原定会期是两天，"丁兰兰说，"因为是环保系统的会，只请了各区县环保局的，每个单位来两个人，地点就在县招待所。听姜局长说，经委的意思是，会议由经委和环保局共同召开，这样会议的规模就要扩大……"

"对，"李杰明说，"我们吕主任的意思是，要把各工业局、各大中型厂矿的一把手都找来，用马踏湖这个典型，给他们上一堂生动的环保课。"

"吕主任这个建议太好啦！"林雁冬叫了起来。

"好是好，就是……"姜贻新欲言又止。

"姜局长，关于会议经费，我们也有一个建议。"李杰明说，"我们可以让马踏县拿一部分，经委出一部分，你们环保……"

一听这个实打实的建议，姜贻新的脸上才天晴了一会儿，笑呵呵地立刻说道：

"本来是我们环保的事，我们当然要拿一份。就这么说定了，咱们三一三十一，具体会务我们包了。"

该说的都说了，李杰明笑嘻嘻地起身告辞。走到门边，他像是忽然想起，又叫住林雁冬说：

"小林，你是不是有个姓王的亲戚在香港？"

"姓王的亲戚？在香港？没有呀！"

"我昨天接到一个香港长途，是一个叫王耀先的打来的。他说是你把我的电话留给他的。"

"噢……有，有，"林雁冬想起来了，"不过，不是什么亲戚，是我外婆家的朋友。他说他想到内地来建厂，我以为他说着玩的呢，怎么，他真要来呀？"

"好像有点意思。"李杰明说，"小林，这位王先生要是真来了，还得请你帮我们做做工作啊！"

"义不容辞。谁让我自己没事儿找事儿呢！"

送走了李杰明，丁兰兰拍着林雁冬的肩膀，歪着脑袋悄悄地笑道：

"嘿，你注意没有，他说话的时候，眼睛老盯着你！"

"谁？"

"装傻，戴眼镜儿的呗！"

"眼镜儿后边，你看得见，我可看不见！走，上我家吃粽子去，你最爱吃的肉粽子。"

"好吧！"

两人骑上车，一会儿就到了"林苑"。

丁兰兰打量着林雁冬的房间，羡慕不已。虽说屋内的家具很不配套，但那旧式的红木衣橱，那旧式的紫檀木写字台，特别是台面上镶嵌的那块地道的大理石，都给人一种宁静感。而那张小席梦思床、那个靠墙站着的白色小书架和窗下那张孤单单的小沙发，同古老的衣橱相聚一堂，也很像祖奶奶和小孙女儿偎依在一起，别具一种安详。

"唉，什么时候我再能有这么一间屋就好了！"

在这一点上，林雁冬极其同情自己的朋友。自从她父亲再次结婚，继母带过来一儿一女时，丁兰兰独居一屋的时代就结束了。她必须同继母的上中学的女儿同住一间房，而那个有亲生母亲娇惯的女孩又非常好奇，丁兰兰上次恋爱时的日记就被她看了个够。

"面包会有的，屋子会有的，爱人会有的。"林雁冬给女友递过去一块口香糖。

丁兰兰坐在沙发上嚼着口香糖说：

"真的，你不觉得姓李的对你不一般？"

"有什么不一般的？"林雁冬又去冲果汁。

"你真的没有感觉？"

"没有。"

"没有就是有。"丁兰兰笑起来。

"少说废话！"主人凶凶地瞪着眼，把果汁递到了客人手上。

"怎么样，承认吧？"

"根本不可能。"

林雁冬说得这么肯定，丁兰兰不能不信，可又追问道：

"为什么不可能？是不是你心里已经有个'他'了？"

"当然！"

这两个字刚一蹦出来，林雁冬突然住了口，忙忙回头探身从小书架上拿了一本漂亮的大相片簿，又侧身伸着胳膊递了过来，说道：

"给，上次就说要给你看的。在香港的照片，我刚给整理好。"

丁兰兰先把对女友的"审讯"撂在一边，挺高兴地接过相片簿，一边看一边问一边发表评论：

"哎哟，这是你外婆呀，真年轻！你不觉得，你外婆还挺漂亮的呢！这是谁，你舅妈吧？是香港人吧，一看那身段就知道。你舅舅挺有钱的吧，瞧你舅妈，手指头上都戴满了，整个儿一个阔太太嘛！她没嫌你土哇，雁雁？"

"你不知道，在香港这地方，是有钱人说了算，你别看我舅妈穿金戴银的，在家里可是一点儿自主权没有。她娘家没钱，一家子大概是全靠我舅舅支援。可我舅舅呢，别看五十多了，整个儿一个花花公子，办个公司不赔钱就是好的。他们一家子全靠我外婆。我呢，虽然跟他们家没什么太多的关系，可外婆老觉得没照顾好我妈，老人家就把那一份债全还在我身上了，倾盆大雨似的亲情，幸亏我身子骨结实，软点儿的早趴下了。兰兰，这回我可领教了，一个劲儿被人哄着敢情也真难受。"

"你呀，身在福中不知福！"

"告诉你，我可是人在边缘。要不是我坚持，差一点儿就回不来了……"

"要是我呀，有这么好的条件，我才不回来呢！"丁兰兰笑道。

"你去了就知道了，像咱们这样的，在香港根本就适应不了。"

"我肯定能适应。"丁兰兰还低着头在研究眼前的一张照片，尖尖的手指点着问道，"这人是你表哥吧？"

林雁冬弯过腰来瞧了一眼，笑道：

"什么表哥呀，是我外婆他们家的一个世交。听说他爷爷跟我外公换过帖。"

"怎么好多照片上都有他？"

"他老陪我们出去玩儿呀。"

"他是干什么的？"丁兰兰还看着这一页没翻篇。

"你干吗那么注意他，挺帅的，是吧？"

"就是个儿矮了点儿，有一米七？"

"好像还要高一点。"

"结婚了吗？"

"没呢！……"

"啊，我懂啦！"丁兰兰恍然大悟，笑了起来，"你老实告诉我，这人是不是你外婆她们安排的对象，想把你拴在香港？"

在这个问题上没什么好隐瞒的，林雁冬笑道：

"没错儿，到香港的第二天我就看出来了……"

"哎呀，雁雁，这么大的事，你怎么不告诉我？"丁兰兰有点委屈。自己但凡有一丁点秘密，从来都是不折不扣向女友汇报的。

"告诉你什么呀……"

"看这人的长相嘛，还真不错……"丁兰兰还盯着相片看。

"岂止外表，此人大学毕业，本人虽是资本家，倒没那么多铜臭气，相反，挺有风度。"林雁冬笑了笑，又说，"而且嘛，可以说，还有那么点儿绅士派头！"

"是吗？"丁兰兰抬起脸来认真地听着，见她不说了，才说，"各方面条件都不错嘛。"

"是不错。"

"对你怎么样？"

"什么怎么样？"

"装什么傻你？这你还不明白？"

"实话告诉你，我一到那儿，他就老缠着我，不是请我吃饭，就是请我听音乐。"

"真的呀！"丁兰兰那双不大的眼睛放出了锐利的亮光。对于未婚的姑娘们来说，没有什么新闻能比女友的爱情奇遇更令人刺激，"后来呢，后来怎么样？"

"无言的结局。后来，我就回来了。"

丁兰兰忽然一拍照片簿，抬起头来问：

"对了，我想起来了，今天李杰明说的是不是这个人？"

"就是他。"

"那只要他回来，还是有可能的。"

"根本不可能。"

"怎么不可能？雁雁，你可要接受我的教训，到手的幸福千万不要轻易放过，不然将来可是后悔莫及的……"

想起了自己的伤心事，就像太阳突然之间被遮没，丁兰兰脸上一点神采都不见了。

林雁冬不愿看见她这伤感的样子，忙说：

"兰兰，我看你也别老在那件事上拔不出来。为这种人，不值！"

"是啊，"丁兰兰使劲甩了甩脑袋，好像要把一切烦恼都甩掉，"有时候，一个人外表看起来不错，各方面的条件也没的挑，可要是跟你没有缘分，怎么也是白搭！雁雁，你不知道，我现在可迷信了，我就相信缘分。一切都是上天注定的，你信不信？"

"可能吧……"林雁冬想起那个无时无刻不在自己心中出现的影子，那个连自己都不敢承认的、更不能对好友说出来的影子，不由得叹息了一声。

"这事你妈知道吗？"丁兰兰又问。

"我可没告诉她，没事儿找事儿呀！我爸搬回来，我们家就够乱的了。我再弄个什么香港的，添什么乱？"

"也是。"

看完了相片簿，林雁冬从门背后拿出一个呼啦圈来说：

"走，兰兰，我们到院里玩这个去。"

"我可不会。"

"我也刚学，"林雁冬说，"这是最适合中国国情的健身器材，价钱便宜，简便易学，效果显著。"

两个姑娘来到静静的院子里。

林雁冬把那红色的塑料圈套在身上，轻轻一甩，扭起身来。那健身圈在她腰上旋着转着，恰似一道彩虹环绕着她。她那婀娜的身姿，在一道道光环中闪闪地亮了起来。

"来，兰兰，你试试。"林雁冬玩了一会儿，把健身圈递给丁兰兰。

丁兰兰套上圈，刚一扭，那圈就掉下来了。

"你放松一点，别把肌肉绷那么紧，"林雁冬在一旁充当教练，"对，对，悠着劲儿，找到感觉就行了……"

两位姑娘的笑声，惊动了东屋。陈昆生从屋里走了出来。

"爸，这是我同事。"林雁冬把丁兰兰介绍给父亲。

"好，好，你们玩吧，我看看。"

"爸，你也来玩玩。这呼啦圈运动量可大可小，对你们长年坐办公室，特别是搞文字工作的，大有好处。"

"爸爸老胳膊老腿，扭不动了。"

"伯父，您看起来可一点也不显老，真的！"丁兰兰一边把呼啦圈朝陈昆生怀里塞，一边说着恭维的话。

爱听人说自己年轻，就说明这个人已经落入了"老"的群体。陈昆生自然也难逃这个铁的规律。姑娘的赞扬鼓舞着他脱了夹克回身扔进房，两步跑下了台阶。

"好，我来试试！"

陈昆生从丁兰兰手中接过健身圈，端详了半天，套在身上又摆开姿势，一会儿朝左试试，一会儿又朝右试试。他个子不高，又有点发胖，动作笨拙，引起两位姑娘一阵阵笑声。

"爸，您别老比划了，甩开圈儿扭吧！"

陈昆生刚甩开圈儿，两个胳膊架在半空中，那圆嘟嘟的腰还没有扭一下，健身圈就掉地上了。

林雁冬和丁兰兰都忍不住笑弯了腰，陈昆生也大笑起来。

在三人的笑声中，大门被推开，满脸严肃的林秀玉出现在院门口。

第八章

只剩下最后几颗小星星了。它们好像还依恋着无边无际的苍穹，强睁着眼睛，躺在漆黑的夜色中，不愿离去。

"喔……喔……喔！"

远处，一只性急的雄鸡连这短短的夏夜也耐不住，率先唱了起来。

一时间，这悠悠的晨曲回旋在那一片清凉的原野上，直送到不远处的山脚下，又飘上了山巅。

小星星还没有退去，天空仍然是黑沉沉的。

又是一声雄鸡的啼唱。那声音更高昂、更激越，仿佛要奋力把这黑夜撕破。

而黎明前的天空，却比子夜时更黑暗。

望爷爷摸黑起了床，穿上一件蓝布褂子，跨出了茅屋。

夏日的黎明，在这靠山的小村似乎来得比往日迟些。他仰头看看天空，那里还是黑漆漆的，一线亮色都没有。

是不是起得太早了？他问自己。

雁雁来信说，她和望婆婆星期天回家来。望爷爷就惦着今儿起个大早，到山上去给她们挑两桶好水回来。夏天的太阳说出来就出来，一会儿就晒得你没处躲了。他对自己说，起得正是时候，挑担水回来，太阳还不那么毒，说不定她们就到了。

一阵风儿吹来，直扑向老人的胸口。大夏天儿，拂晓前的风还挺硬的。望爷爷咕哝着回房拿起一件棉背心，匆匆套在身上。

院子里还黑乎乎的。他摸黑走到墙角，抄起扁担，挑起那两个大水桶上路了。

又是一声雄鸡的啼唱，跟着就是四邻八村此起彼伏的和声。黑夜有点扛不住了，稀疏的晨星失去了光彩。

望爷爷沿着公路走了一段，就拐上一条盘山的小道。

老婆子知道了又要唠叨了："年纪大了，别逞强……"可，山路虽窄，眼瞅着近五公里地呢，放着近路不走，我不成傻子了？偏走。他几乎是怀着一种对抗的兴奋，走在山间弯弯曲曲像蛇一样的小路上。

十里路，要放在前几年，真不算什么，现在呢，是差劲，胸口的气总有那么点儿倒腾不上来，喘得像条牛。这会儿空水桶还好，回来俩家伙结结实实地装满了，够你受的，老家伙！他心里多少有些替自己发愁。

可是，老婆子好不容易回来一趟，还带着雁雁，能让她们喝那河里的水？一想起这些日子那河水呛人的味儿，他心里就堵得慌，那能叫水？

唉，自己起个早受点累，怎么着也得让她们喝上口好水啊！

山上的树一九五八年就砍光了，变成光秃秃的山包。这些年，虽说年年号召植树造林，但种的多，活的少。一眼望去，仍然是满目凄凉的荒山秃岭。只有在星星点点的斜坡地上，长着稀稀拉拉的玉米，活像一群吃不饱饿不死的灾民。偶尔在山坡上冒出一棵树来，枝头早就挤满了早起的小鸟儿，叽叽喳喳唱个不停。往年间鸟儿多的时候，望爷爷闭着眼就能辨别出来，叫的是小画眉呢还是黄莺儿。唉，这年头不用听了，全是些不中听的麻雀儿。

星星终于消失了，云层渐渐地稀薄。一丝小亮光儿，从那灰蒙蒙的云层中偷偷地钻了出来。一棵遭雷劈了的老松树，模模糊糊地显露了出来。

都说这千年老树快成精了，它怎么这么能活？

它的树根已被劈得四分五裂，歪七扭八地趴在地上，可是，它活着。为了证明自己的生命力，每年在它那根茎上都能长出新枝，在它那枯干上还能增添新绿。

一九五八年大炼钢铁时，原说第二天要砍它的。就在头天晚上一个响雷之后，它成了这副模样。活像一个美女，在遭强暴之际，奋力毁坏了自己的容貌，保存了一身清白。

乡里人惊愕了：这难道不是老松树对人们的抗争？不等你们一刀一斧，它就以死相抗！从此，谁也不敢再碰它一斧子。而它，也就带着残缺的身肢，走到了开放改革的今天。

望爷爷走到老松树下，放下水桶歇歇脚。他像看望老朋友似的，抬头瞧了瞧这棵黑黝黝的老树。人真没出息啊，活不了几年！他心里叹息着。怎么才走了一半的路，这路怎么变长了？真是老糊涂了，瞎想些什么呀？路又不是人的脸，一会儿一变的！

他挑起水桶，接着往山上走。

一不小心，水桶撞在他那爬满了青筋的腿杆上。空桶就是没分量，老是晃荡晃荡的。快走吧，上了这个坡就看到那片林子，就快到了。

啊！一股清泉出现在眼前。

这里还奇迹般的保有一片树林。远远望去，还是一片令人心醉的翠绿。就在那绿色的映印下，一股清清的泉水从山涧涓涓而下。

老人像孩子般地高兴。他挑着水桶跑到了泉边，他听见自己胸膛里发出咚咚的响声。记得小时候，爷爷第一次带他来看这泉水，满山的树林，满山的翠鸟，满山的野兔。现在呢，树少了，鸟不见了，野兔也没有了，只剩下泉水了。多亏还有你这一股泉水，要不，我可上哪儿去给她们弄口干净的水！

望爷爷在泉边蹲下了。

他伸出双手捧起一兜清冽的泉水，迫不及待地吸了一口。

啊，一股无法言说的清新直入肺腑。这清水似乎一下子就洁净了他的全身，他不由得大喘了一口气，"哦、哦"地叫出了声，活像跋涉在沙漠里的旅人终于找到了活命的水。

望爷爷又捧起泉水，贪婪地喝了起来。多少日子没喝到这样好的水了。可惜，这泉水离得太远了，他不可能天天来挑一担回去。儿子要到厂里上班，也不能来给自己挑水呀。唉，村边的河水也不是不能喝，一个村子的人都喝，偏你个老头子就那么娇贵！他在心里把自己嘲笑了一番之后，赶快装满了水桶，一步一步朝上走。水装得太满了，他小心着，不让它溢出来。

山那边的天底下突然绽开一条红线。它似有无限的感染力，顷刻之间就把它那火红的光彩直向灰白的云层扩展开去。眨眼的工夫，那条窄窄的红线把上下的天空都染红了，云彩都被红光照亮了。

天都亮了，望爷爷心里想着。抬起头来看时，那红霞已变成了半圆的大火球，金光万道直射向老人的双眼。

啊，又是个大热天哪！老人觉得背上有点出汗了，他想停下来，不过他没有停。她们肯定坐头班的汽车来的，怎么着也得赶在她们的前头到家，给她们烧上一锅水啊！

他加快了步子。下山的路不那么好走。一脚踩空，摔一跤事小，两桶水洒了，再回山上去挑，那就不赶趟了。

他稳稳当当，一步一步，把两桶珍贵的泉水挑到山脚下。

快到了，他已经可以看见那条从城里来的小公路。望爷爷抬头又看了看天，太阳已经升高了。红，淡去了，消失了。碧空万里，到处是白晃晃的。

老人走上了公路，脚下的步子更快了。

忽然，一声清脆的长长的呼唤从背后传来：

"望……爷……爷……"

接着是噼噼啪啪的脚步声。

老人放下了水桶，转过身去，就看见雁雁像一只小鸟儿似的朝自己飞来。后边跟着的她，腰板笔直，瞧那走起来一阵风的劲儿，她倒一点不见老！她也跟着嚷嚷，喊啥呀喊，这么大年纪了，大惊小怪的。这村外也还有两户人家呢，张张扬扬的，叫人听见，唱大戏呢，这老太婆！

"望爷爷，望爷爷，你好啊！"林雁冬追了上来。

"好，好！"这姑娘，就是招人喜欢，嘴甜，心眼儿好。

"哎呀，望爷爷，你上哪儿挑的水呀？"没等望爷爷回答出来，她瞪大了眼睛，万分惊讶道，"上山挑的泉水？"

"走吧，回家吧！"看着望婆婆也到跟前了，老头就转身拿起了扁担。

"哎呀，你怎么上那么远去挑水呀！"林雁冬还站在原地不能相信似的。

望婆婆听见这话，又急得嚷嚷了起来：

"你呀，你呀，你疯了不是，跑那么远挑担水，那羊肠小路，别说你，就是小伙子，也得掂量掂量，你逞什么能呀，也不看看自个儿多大岁数了！你可叫我怎么说你。你给我听着，可不准你再干这不要命的事儿了。哪儿的水不能喝，偏上那儿挑去，你呀，你呀……"

这一通埋怨，倒让老头子心里挺舒坦。不过，他说出来的话还是硬邦邦的：

"你懂什么？你打听打听去，知不知道如今是'守着清河没水喝'？"

"我就不信，河里没水？"

"那也叫水！"望爷爷瞪了老伴一眼，不说话了。

林雁冬已经明白了。她忙问：

"望爷爷，河水有味儿吗？"

"谁说不是呢，就跟往里扔了死耗子似的。"

"县里来人了吗？"

"来了，给各家各户水缸里都洒了药。"

这当然不是根本办法，但在目前情况下也只能如此。她走上前去，拿过望爷爷手中的扁担，就要往肩上搁。

老人忙一反手，牢牢抓住了扁担，粗声粗气地说：

"放下，雁雁，这可不是闹着玩儿的！"

"您别小看人！"

林雁冬也学着他粗声粗气地回了一句，同时把那铁钳子似的大手推到一边去。

只见她先把自己整个儿地钻到了扁担底下，然后才蹲下身子，伸出两只手向上托住扁担，紧咬牙关，浑身使劲，企图叫那水桶离地。

那桶纹丝不动。

望婆婆急得直在旁边叫：

"你放下，你给我放下！你哪儿挑得动呀，这孩子，真不听话！"

林雁冬可一点也没有放下的意思。她歪着头，涨红着脸，示意望爷爷帮她一把。

老人咧了咧嘴算作笑了笑，伸出一只大手轻轻一托，那水桶就挪了窝儿。趁着这外因的劲儿，林雁冬就晃晃悠悠地往前挪了两步。然后，她拼出全身力气，像扭大秧歌似的在那土路上摇晃起来。尽管她用两条胳膊死命地顶着，那根扁担仍像一块没着没落的巨石，死命要朝她的脖子上坠下来。

她这才切实体验到什么叫千斤重担压在肩的滋味了。可是面子也不是那么轻而易举就能放得下的东西，她还在扁担下作最后的挣扎。

望婆婆急得在一边又叫又骂，可一点也不起作用。直到她生气地喊了起来：

"你逞能吧，你望爷爷挑的这点水全叫你糟蹋完了！"

只这一句，林雁冬翻然醒悟似的，立刻松开了手，那水桶咚的一声就着地了。

进了家门，望婆婆先烧好水，沏了一壶茶，倒了一杯给雁雁。她接过来像品酒似的刚喝了一小口，就连声叫起好来：

"哎呀，这水真好喝，怎么是甜的？太好了！"

望爷爷蹲在一旁抽烟，一点没有高兴的样子，只瓮声瓮气地答了一句：

"这水呀，就怕赶明儿也喝不上了。"

林雁冬顿时不言语了。

第九章

如果不知道他明天来，就不会这么心神不定了。

穿什么衣服呢？林雁冬一边翻大衣柜，一边很生自己的气，何必这么费心劳神的呢，该穿什么就穿什么吧！衣服对人并不那么重要，我怎么一点儿也记不起他都穿的是些什么衣服呢，真怪！

尽管如此，她还是把衣柜翻了个乱七八糟，找出了一套又一套的夏装。这件麻纱的真漂亮，特别是它那湖水一样的颜色，到湖区去是很协调的。不，这颜色和湖水太没有反差了，何况姜局长他们都要去，一个机关的，干吗让人觉得我今天穿得特别？

不，这件不行，还是穿白的吧！可是，白裙子一坐那小木船肯定全完，还是找件颜色深一点的好。算了吧，根本就不要穿裙子，还是老老实实穿长裤比较实惠，上面找一件好点的衬衣就行了。

折腾到十二点，林雁冬才不无遗憾地躺下了。毕竟是年轻人，尽管心里不踏实，还是一觉睡到等人叫才醒。睁开眼一看见望婆婆皱皱巴巴的脸，她就急了，鱼似的一个打挺就坐了起来，还直埋怨：

"这么晚才叫人家！"

望婆婆哪知道姑娘的心事，莫名其妙地瞪着她说：

"你说有事，我比平常还早叫了你五分钟呢！"

"五分钟，五分钟，五分钟哪儿够呀！"

她忙忙乱乱地拽过昨晚搭在椅子背上的牛仔裤，又拿过了那件花衬衣。一看，总觉得有什么地方不对劲儿，她跳起来又跑到大衣柜里一通乱翻，最后找了一件白绸衬衣出来匆匆穿上。

进了卫生间，林雁冬洗了脸，又对着镜子梳那一头长发。昨晚刚洗的头，还喷了从香港带回来的定型发胶，今儿早起再梳就不是那发式了，真烦人！最后干脆用根橡皮筋一系了事。再看看表，糟，在卫生间耽误的时间太多了，她没顾上吃那热腾腾的包子，骑上车就跑了。

"带两个包子，班上吃去……"望婆婆追到门外。

林雁冬头也不回地走了：他那人脾气急，天气又热，肯定是一大清早从省城出发，路上车好走，三小时的路程两小时就到了，这会儿，说不定正坐在姜局长的办公室里喝茶呢。

她心里绝对不敢承认，那一种渴望见到他的煎熬，正一刻不停地灼伤着她的自尊。她不敢承认，也不愿承认，那是一种怎样无法抑制的震动着自己灵魂深处的思念！

啊，他要来了，终于来了。

这一天，好像已经盼望了很久很久。是的，很久很久。他应该来的，早就该来的。他有足够的理由来……可是，他会不会突然不来了……不，不可能，怎么不可能呢？"临时有个会，脱不开身"，一个电话就可以把她浇个透心凉。而且从香港回来几个月了，快一个季度了，他就是没有来过呀！

他是在回避我？

不，不可能，他根本什么也不知道！他怎么会知道我心里……

他真的什么感觉也没有？他总该感觉到一点什么。如果他什么感觉都没有，那就太悲哀了。

她飞快地骑着车往前奔，心里翻来覆去地问着自己，没有一个答案，直到腿累了，心也累了。

到了局里，把车搁进车棚，她刚推开办公楼的大门，迎面就被姜局长那个小个儿的秘书截住。他用一口不南不北的普通话冲她喊开了：

"怎么搞的，你？让金局长、姜局长他们都等你呀！"

怎么，他已经来了，他现在真的就坐在姜局长的办公室里？

小个子秘书见她满脸绯红，怔怔地站着，不解释，也不抗议，觉得自己的态度多少有点粗暴，于是缓和着口气说：

"你还不知道金局长的脾气？他这人呀，说要来，可不管你什么时候上班。今天姜局长七点半就到了。这样吧，你就在这儿等着，我去叫他们！"

没等林雁冬答话，他迈开小短腿儿转身就跑上了楼。

不一会儿，金滔那特有的响亮的笑声就从楼梯上传了下来。她已经看见他了，他正走到拐角处，一边下楼，一边回头对身后的姜贻新说着什么可乐的事。

就在他刚一拐弯的瞬间，迎面正好看见站在楼下过厅里的姑娘。

从门外射进来的光束把她照得透亮，而她姣好的脸庞却有些模糊。他好像没有看见她，只一愣神，马上就神色自如地继续往楼下走，并且不断回头同姜贻新说着话，好像这辈子跟他有说不完的话。

林雁冬不由得有些伤感。

难道……难道这就是期待已久的重逢？

不，不应该是这样的。视而不见，形同路人！果真如此，又何必期待？林雁冬，难道你也正在加入那不幸的等待的行列，像许多感情不能自持的人一样，等待那无望的幸福？啊，不，我并不是一个感情脆弱的女孩。我清醒着呢，我应该……

下完了最后一级楼梯时，他忽然站住了，回过头去说：

"老姜啊，你们都忙，不用那么多人陪我了！"

姜贻新太了解这位上级了，他到市里来从不喜欢前呼后拥的，因此，他谁也没叫，只叫了一个林雁冬。一来她一直盯着马踏湖的治理工程，二来她原本就是省局的，同金局长很熟。除此之外，就没别人了。连自己的秘书，他都没有让去。

"人不多，"姜贻新笑道，"就我们俩，再加上一个林雁冬。"

听到点了这个名字，金滔仿佛才看见了楼下的人。他立刻扬起手来打招呼：

"小林啊，又要辛苦你了！"

她绽开笑容，迎上前去。

他走近了她，伸出手来。他的手又大又粗，握着她怯怯地伸过来的小手，像握着一只小鸟儿，生怕伤害了似的，只那么轻轻地一握，随即松开了。

"金局长，你来得真早。"林雁冬抬眼望着他，他好像瘦了。

金滔却避开着她的眼睛，反而急忙回头问姜贻新通往湖区的那一段公路是否修好、是否堵车呀等等。

林雁冬的笑容顿时消失了。她不能忍受这种哪怕是无意的怠慢，便提高了声音，插进去说道：

"路早修好了，金局长，就看您的驾驶技术了！"

姜贻新还在一旁建议，是不是让市局的司机开车送送，这样安全一点。可金滔像是受了莫大的委屈似的，眉头一皱，斜了姜贻新一眼说：

"好，你的命值钱，别坐我的车。小林，你怎么样，敢坐我的车吗？"

他那一双炯炯有神的眼睛终于直射过来，大胆地审视着她，仿佛要把她看透；不，简直早已把她看透。这种挑战的目光，带着那样一种自信，具有难以言说的魔力，顿时把她刚才的怨气、委屈统统一扫而光，喜悦又重新填满了她那惶惶不安的心。

金滔已经飞快地钻进了自己的驾驶座。姜贻新为了证明自己的命并不值钱，也跟着钻进了后边的座位。那小个儿秘书见林雁冬还呆呆地傻站在那儿，不耐烦地叫道：

"你干吗呢，上不上呀？"

林雁冬两步跑到车前时，只见金滔弯过身子伸过一条长胳膊拉开了前边的车门，同时喊了一声：

"坐前边带路！"

这一声命令，使她抛弃了最后的犹豫，别无选择。等她钻进车里，刚关好车门，还没扭过头来时，车已经开动了。

她侧脸望了他一眼，只见他全神贯注着前方，连眼角的余光都没有扫到两旁。不过，又一道命令下来了：

"系上安全带！"

她乖乖地系上了安全带。姜贻新也不是头一回坐他开的车，此时倒是悠然自得地靠在了后座上。听到这话，他抬起了身子，把两个胳膊肘趴在前座的后背上，笑问道：

"金局长，我看您是有开车的瘾吧？"

"当然！几天不开车，手就痒痒。"

"要是我们的领导都会自个儿开车，那能节省多少人力啊！"林雁冬也插了句嘴。

"这也不难。只要下个文件，不会开车的不能当官儿。你看吧，就都会了！"金滔自己坐好，朝后边扭了扭头，问道，"想听点什么？"

"有京戏的带子吗？"

"抱歉，没有。"

"有什么？"

"流行歌曲。"

"嗬！金局长，"林雁冬笑道，"您也喜欢听流行歌曲？"

"怎么，不可以？"金滔笑答道，"流行歌曲又不是你们年轻人的专利。"

"您喜欢谁的歌？"林雁冬一边问，一边已经打开车上的杂物箱，伸手去翻盒带，拿了一盒举在手上，笑嘻嘻地又问，"你喜欢听邓丽君？"

"怎么，不允许？"

"软绵绵的，我不爱听。"

"我倒觉得她咬字清楚，嗓音圆润，蛮有味道的。"金滔一点不带玩笑地说，"人的生态环境，也跟地球一样，需要一种调节机制。工作那么紧张，忙了一天，听一点软性歌曲，调剂调剂，很好嘛。"

"你就不怕受靡靡之音的腐蚀？"姜贻新探着头眨巴着眼笑问道。

"笑话！"金滔哈哈大笑，"邓丽君的歌算不算靡靡之音，还两说着。就算是靡靡之音吧，共产党员，听了两首靡靡之音就被腐蚀了，这种共产党员可就太不结实了！"

车到了城外的一个十字路口，正好被红灯拦住，金滔把两个胳膊搁在方向盘上，征求意见似的问道：

"小林，你说我们是该往左呀还是该往右？"

"咱们不是去马踏湖吗？当然是往右！"林雁冬有点奇怪，他老家是马踏湖的，他能不知道方向？

"啊！"他回过脸去，若有所思的样子，好像一时真记不起来了。

绿灯亮了，车又开动了。

"虽说马踏湖是我老家，上了大学以后也就很少回来了。"金滔手扶着方向盘，眼睛直视着前方，不慌不忙地一边稳稳地开着车，一边聊开了，"第一次回来还是'文革'那会儿，马踏湖早就是污水湖了，不长苇子，不产藕。我跟县里说，马踏湖再不治理不行了。当时，县里的领导哪有什么'环保意识'？他们满脑子是阶级斗争，根本听不进去。"

车子向右，拐入了一条窄小的路。

"金局长，你可小心点，"姜贻新提醒说，"那边正修路，车都挤这条路上了。"

"你放心吧，"金滔接着说他的，"第二次回来已经是一九八二年了。老姜，没有错吧？是一九八二年，我记得，你刚上台。"

"对。"

"那次回来，可把我气坏了，也急坏了。"金滔侧脸对林雁冬说，"你知道怎么回事？马踏湖不但没有治理，县里还火上加油，建了个小电镀厂，而且没有任何一点污水处理措施，就让大量的氰化物畅通无阻地往马踏湖里排，这不是活活地要人命吗？我让县里立即把电镀厂停了，他们舍不得，说是县财政就指着它了，好不容易有了个能挣钱的厂子，万万不能停。把我气了个眼发黑，回到市里我就参了他们一本。"

"您还不知道市长怎么跟县里做工作的吧？"

"这我倒没打听，反正……"

"市长说，我劝你们少惹那个金滔！"姜贻新笑道，"遇上他，你就老老实实按环保条例办吧，别想钻什么空子。金局长，还是您厉害！"

"不是我厉害，"金滔摇晃着脑袋，有点洋洋得意地瞥了邻座一眼，笑道，"那是你们市长有文化，有保护环境的觉悟。"

"第三次呢？"

林雁冬侧身盯着金滔的脸，认真地听着。她很喜欢他那种一边开车一边神侃，从容不迫，滔滔不绝的潇洒劲儿。

"第三次就是来审定治理规划了吧？"金滔从反光镜里看了看姜贻新说，"那一次最大的收获就是定下了治理的技术方案，修筑涵洞，引进晏河水，给马踏湖来个大换血。好家伙，争了两天两夜，你们姜局长嗓子都争哑了，最后用胖大海救的驾！"

"那次会开得好，真叫各抒己见。"姜贻新好像还沉浸在当年热烈争论的会议氛围之中。

"可惜，方案有了，没有钱，开不了工。"金滔盯着前边挡道的一辆牛车，按了按喇叭说，"这就是环保工作者的悲剧，也是国家的悲剧，人民的悲剧。"

一席话，使这小小的车厢顿时沉寂了。

太阳已经高高地升起，路上的车辆和行人渐渐地多了起来。赶牛车的老汉好像已经给日头晒得昏昏沉沉的，压根儿没有听见后边的喇叭声响，牛车仍然晃晃悠悠地挡着道。

金滔想超上前去。无奈对面进城的车辆连绵不断，前边的牛车又不让道，急得他不停地按喇叭。

"老爷子可能是个聋子，"姜贻新俯身说，"得了，跟在他后边慢慢往前蹭吧。"

"那怎么行？汽车踩着牛车的步子走，还搞什么现代化！"

金滔全神盯着对面来车，终于瞅到一个空当，马上扳动方向盘，车身猛地一扭，鱼似的超到牛车前边去了。

姜贻新松了一口气，把身子往后一放，舒舒服服地闭上了眼睛。

"您开车的技术真不错。"林雁冬小声说。

"开了这么些年，不是本行也算本行了。"金滔也把声音放低了。

"您怎么想起学开车呢？"林雁冬的声音近似耳语了。

金滔回头看了看姜贻新，觉得他快睡着了，好像为了怕惊醒他，也把声音压到最低度说：

"不是我想学，是'文革'那会儿，造反派对我的'培养'！他们说我是'修正主义苗子'，把我打入司机班，'接受工人阶级再教育'。我就好好接受吧，就学会开车了，不过没拜师，是偷偷学的。开的还是大卡车呢，不简单吧？"

"坏事变好事。"林雁冬笑了笑。

"没错，"金滔点了点头，"自己开车，好处多着呢。第一，方便。省得到了一个地方，老想着司机还在外边等着，心里老不踏实。这第二嘛，"他冲她这边飞快地扭头挤眼一笑，"万一不幸又赶上搞运动，也省得人家给司机出难题，查这查那的逼得人家要死要活的。"

"您真逗！"林雁冬抿着嘴。

"不说点笑话，这一路上还不闷死？"金滔冲她做了个怪相。

这种几近窃窃私语的交谈，那么神秘，那么温馨。林雁冬感到一种从未有过的轻松，从未有过的快乐。

或许，这是一个机会，正好向他提出那个考虑已久的问题……可是，他会答应吗？会同意把我调回省局去？不，他不会的。当初，就是他下令调我到市局来的。他可能会认为我不安心工作，认为我工作有问题……

可是，此时不谈，还能有机会吗？

机会已经没有了。

"第四次呢……"后座上传来姜贻新含糊不清的声音。

"什么第四次？"金滔笑道，"老姜，你梦见周公了吧？"

"没有，我听着你们说话呢。"姜贻新睁大了眼睛说，"不是说你第四次回马踏湖吗？"

"对，第四次回来，是前年的事，马踏湖的治理工程终于开工了。以后，就没有来过，连竣工我都没有来。"

"您早该来看看。上个月市里在马踏湖开环保现场会，市委让我打电话请您，您也不露面！"

"官身不自由哇，正碰上省里有个会，想来也来不了呀！"金滔叹了口气，不说话了。

车子无声地向前驶去。

真是省里有会吗？林雁冬看了金滔一眼，总觉得未必是真的。

小车拐上了一条土路。忽然，一大片荷花光彩照人，在路的两旁出现了。马踏湖以它迷人的风姿，妖妖娆娆地站立在他们的面前。

"到了？"林雁冬喊了起来，怎么今天这路变短了？

姜局长不明白她喊什么，笑道：

"可不是到了吗？荷花都看见了嘛！"

"咱们在哪儿下车？现在就下去看看怎么样？"金滔像孩子见了玩具似的迫不及待，准备把车停下来的样子。

林雁冬一听就急了，说：

"不行，县里的人在招待所等着呢！"

金滔很不情愿地拉长声答了一句：

"好吧，上招待所！"

果然，小车刚在招待所的门前停下，马踏县四套班子的头头——新提拔的书记、县长，新当选的人大常委会主任、政协主席，还有县环保局的领导干部，都笑容满面地从那漂亮的小楼里跑了出来。一阵握手寒暄之后，年轻的县长就把客人往楼里让。

金滔没有往里走，站在原地笑嘻嘻地说：

"不进楼了吧，咱们先看湖去！"

县长虽是新提的，接待各级领导已积累了非常丰富的经验。他忙诚恳地笑着建议：

"金局长，还是请先上二楼，我们汇报汇报情况，再看看我们新录的录像片，是请省台帮着搞的，录得不错……"

"看录像片儿？哈哈！"没等他的话说完，金滔就哈哈地笑了起来，用长胳膊冲四外指点江山似的一挥，说道，"放着这么好的真相不让我们看，让我们看录像，转手货，亏你怎么想得出来！"

县长给弄得很下不了台。

林雁冬也觉得金滔有点过分。好不容易下来轻松轻松，何必刺人一下，搞得怪紧张的？

"你放心，"金滔拍拍县长的肩膀说，"我保证不摘你一朵花，不偷你一条鱼！"

"金局长，我不是这个意思……"县长还在顽强地解释。

这当口，县委书记的精明劲儿就显出来了。一听金局长说想先去看看，忙招呼大家说：

"还等什么，走哇，趁着这太阳还不太毒！"

金滔高兴了，又转身拍着县委书记厚实的肩膀，笑嘻嘻地说：

"你忙你的，我只是回家乡来看看……"

"金局长，我们请都请不来您，好不容易来了，我们真有好些事要请示呢！"胖书记那一对小眼睛可是亮闪闪的，冲着金滔笑。

金滔瞧着他那不怀好意的笑容，用手指警告着说：

"你呀，免开尊口，我可是'第三世界'，一分钱也拿不出来！"

"哎呀！"县委书记呼天叫地地喊冤枉，"金局长，您可把我们的觉悟估计得太低了，难道我们就知道要钱？"

"那太好了，除了钱，说什么都行！"

一行人说说笑笑来到了湖畔。

啊，一大片荷花展现在人们的面前了。那荷花红的红得透亮，白的白得晶莹，一朵朵娇怯怯颤巍巍，亭亭玉立在碧绿的大荷叶上。那一种娇艳，那一种妩媚，真能把人迷住。金滔停住了脚步，两手叉在腰际，上半身稍稍朝后挺着，目不转睛地欣赏着那一片又一片无边无沿的花的世界。一阵风儿吹来，那一池的清香更令人心旷神怡。

"金局长，您是知道的，咱们这儿的特产白莲藕现在又恢复了。"县委书记都是很实际的，他此刻眼中的荷花，早已化为具有经济价值的一节一节的大白藕了。

谁知这话却让金滔大为高兴，回头冲着林雁冬站的方向问道：

"你们知道白莲藕跟别的藕比起来有什么不同吗？"

林雁冬望着他，只抿嘴笑，不说话。难道他忘了，她也是清河人，生于斯，长于斯，小时候也是吃过白莲藕的，连这也不知道，那不成傻子了！但是她觉得他希望人家不知道，于是她也就不开口。没想金滔还问，而且指名道姓：

"林雁冬，你该知道吧？"

这不是挑衅吗？林雁冬扭着脸撇着嘴答道：

"不知道。"

"唉，说明你可不够深入啊！"

"我们局长没交给我这个任务呀！"林雁冬望着姜贻新笑。

姜贻新也笑着说：

"别说她，连我都不知道，这藕有什么特殊的呀？"

林雁冬望了一眼自己的顶头上司，心想，凭他在这地区干了十多年，来环保之前就在农业口，村村乡乡几乎没有他不知道的，尤其是那些犄角旮旯儿的事！她根本不相信他不知道，只不过为了让金滔显摆一下罢了。看来，老实巴交的姜局长也不那么老实。金滔还挺得意呢！

"你们哪，都不行！"

"我看没有什么区别嘛！"姜贻新还装得挺像，林雁冬心里想。

"现在不告诉你们！"金滔又对县委书记说，"今天能让我们尝到白莲藕吧？"

县委书记连连笑着点头，县长忙在一旁保证：

"金局长，今天别的不招待，这白莲藕管够！"

"就怕现在的厨师不知道该怎么做了。"

"金局长，待会儿请您指点指点，看我们做得对不对。"县长谦虚地笑道。

"在这个问题上我可是有发言权的！"金滔十分高兴。

林雁冬觉得，他这个当领导的，总跟别人有点不一样。每次陪他下来，不管是农村还是工厂，不管是环保的先进单位还是挨批的企业，他总能和那里的人说得很热闹，而且能让人家从心底里服气，特别是对那些插黑旗的单位。也许，这就叫领导艺术？她说不清楚。但是她喜欢看他那到哪儿都非常自如，非常潇洒，跟回了姥姥家似的亲切的样子。当然，刚才有点僵，但他就有这种本事，几句话就能使僵局活过来。

此刻，他逍遥自在地大步走在最前面，不断地发现着令他高兴的事。他的好情绪感染着一群人，大家都喜笑颜开的，特别是主人们。

"啊！这房子太漂亮了！"金滔眯着眼遥望着湖那边岸上的几幢小洋楼，由衷地赞赏起来。

年轻的县长乐得合不上嘴。这一德政可是他上台半年开始的，于是忙介绍说道：

"现在家家户户都有了一点钱，百分之八十的人都准备盖新房。根据这一情况，县里专门从大学建筑设计系请来专家，设计了几幢式样不同的小楼，土洋结合，美观实用。现在申请盖房的，都按这几种图纸施工。这五幢算是样板……"

"到时候我也来申请盖一幢，怎么样？"金滔羡慕得很。

"对呀，退休了住在这儿真是神仙生活啊！"姜贻新最近同市里闹得很僵，走投无路时就想起古时候解甲归田真有道理，只可惜而今无田可归。

"说说而已吧，我们可盖不起哟！"金滔感慨地说。

县委书记在一旁凑趣，连连说道：

"两位局长肯来，我们对折优待。"

"对折我也没希望啊！"

他那忧伤的语调把大家都逗笑了。

大片的荷花被一排排翠绿的芦苇间隔着，好像是一排排绿色的哨兵。金滔指着芦苇又问县委书记：

"怎么样，现在劐苇子还用鸣枪吗？"

县委书记笑着点点头。

金滔又扭头望望林雁冬，笑问道：

"小林，考考你这个城里人，知不知道为什么要打枪？"

"不知道。"林雁冬回答得干脆利索。

"你呀，一问三不知啊！"

关于这个规矩，她还真不知道，因为从来没赶上过开镰割苇子的时刻。

"可能是制造一种气氛吧？"她瞎猜着。

"这可不是什么气氛,这是因为穷!"金滔一摆手说,"你看,每家每户的苇子都离得很近,很难分清谁是谁的。如果不是一齐动手,就有可能割了别人的,或者,认为自家的被别人割了。因此,就规定一天,鸣枪为号,大家一齐动手。当然,尽管这样也还是有打架的。现在也许好多了吧?"

"当然,当然。"书记说,"现在老百姓富了点嘛!"

好像为了印证县委书记的话似的,他们看见了撑着小船在湖中穿梭的喜笑颜开的老人;看见家家户户门前都有一条小船;看见还有人用小竹篓这类简陋的捕鱼工具捞起了满筐的鱼儿。

金滔提议到老百姓家里看看,于是他们一行又信步走到就近的一个农户家里。男主人不在家,女主人刚把午饭做好摆在桌上。桌上的菜有小鱼,有小虾,有螃蟹,还有白生生的鲜嫩的藕,令城里的客人们嘴馋不已。

县长不失时机地提出建议:

"我们也该吃饭去了!"

"好,这回听你的。"金滔笑道,"我坦白,今天一早从省里开车出来,我就没有吃早饭,真饿了。"

大家往回走。到了招待所,高高兴兴进了小餐厅。进门时林雁冬看准一个机会,悄悄地对金滔说:

"你可不准喝酒!"

他笑着点点头,没有答话。

一坐下,服务小姐就端上来一个被荷叶覆盖着的大白盘子。青绿的水淋淋的荷叶中央是白生生的藕,什么外加的调料也不用,就是质地洁白的鲜藕,伴以荷叶那特有的沁人肺腑的清香。

"啊!"金滔瞪着这久违了的家乡菜,惊呼起来。

新县长没忘记刚才金局长的话,笑问道:

"您看看,这做法对吗?"

"对,对,对!"

金滔还在看着那盘几乎未经加工的菜。林雁冬想,也许小的时候他妈妈给他做过这个菜吧?他有过怎样的童年?

"其实呀,做这个菜最简单,那就是不用做!选一张好荷叶,把洗好的藕搁中间，用两手一拍，就行了，它的美味也就在这里。这么鲜嫩的藕，如果碰了铁器，那可就全完了。"

说着，金滔带头夹了一大块藕，放在自己面前的碟子里吃起来，又鼓动大家吃，好像他是这里的主人。他左顾右盼地见大家都吃过了藕，又举起面前的小酒杯，不经意地瞧了林雁冬一眼，冲满桌的人笑道：

"来，来，为了马踏湖的今天，我这个不能喝酒的人也要敬你们一杯！"

第十章

尽管太阳已经落山了，留给地面上的热气还是浓浓的，像一团没有烧尽的火堆。

车窗紧闭，空调开放，车厢里也是闷闷的，挡不住四外潜入的热浪。

林雁冬蜷缩在座位上沉默不语，听着金滔和姜贻新天南海北地闲扯。

他怎么有那么大的精神，那么高的兴致，那么多的事要说？只是，他好像完全忘记了近在咫尺的她。这使她的心情，像这夏日傍晚的天气一样，更加燥热不安。

虽然一整天和他在一起，却终究没有单独面对的时候，她不知该拿自己怎么办才好。她已经在心里千百次地骂过自己没出息了，但这种理智的责备一点不起作用，她仍旧像霜打了似的，提不起精神来。

她那一副无精打采的样子，金滔早就注意到了。有几次，他想跟她说点什么或是问她点什么，只是一时不知说什么好、问什么好。

他这种欲言又止，她也看到了。你为什么不跟我说点什么？难道就没有什么好说的吗？车很快就到市里了，分手的时候很快就到了，再相见不知要到何年何月，难道你就那么放心，连一句叮嘱的话都没有？

直到车已开进了闹市，金滔才随意问了一句：

"小林，累了吧？"

林雁冬腾地坐直了身子，偏过头笑道：

"没那么娇气！"

金滔笑了。

后面的姜贻新也笑了，说道：

"小林刚来的时候，看她那娇滴滴的样子，我还真有点担心，怕她吃不了下面的苦。谁知这一年多考验下来……"

林雁冬回过头笑道：

"姜局长，原来您考验我一年多啦？"

"那当然。这回你从香港回来，我是彻底地放心了。"

"怕我不回来？"

"我可没那个意思！"姜贻新赶紧声明。

"不过，现在年轻人想往外跑，简直成一种时髦了！"金滔老气横秋地笑道。

"我这个年轻人可不一样！"她挑衅似的瞧了他一眼，笑道，"反正我不跑。这个国家不光是你们的，也是我的！我干吗跑？……"

"好！"不等她慷慨激昂的表态完毕，金滔已经叫起好来。

林雁冬看看金滔，又看看姜贻新，说道：

"不过，姜局长，你别高兴得太早了。走，我可还是要走的。"

"走哪儿去？"姜贻新眨巴着小眼睛，不以为然。

"我回省局去呀！"林雁冬的眼睛望着金滔。

金滔把着方向盘，什么话也没有说。

"姜局长，"林雁冬又把眼光挪向后座说，"金局长要调我回省局去，您不会反对吧？"

"不反对，不反对。"官大一级压死人嘛，市局局长一般是不反对省局局长的。

林雁冬很快又把眼光转向金滔：

"金局长，您听见没有？姜局长都答应了，您什么时候下调令呀？"

压在心头多日的话，原以为难以启齿，没有想到就这么轻易地随口说了出来，林雁冬出乎意料地高兴，两个眼睛笑得像弯月儿似的。

金滔仿佛在专心开着车，沉吟了片刻，才说：

"小林啊，调工作这种事，也是闹着玩的，说调就调？"

"我可不是闹着玩，我是认真的。"

"今天不谈这个问题！"金滔皱了皱眉，满脸的严肃，望也不望林雁冬，又说，"我今天是来看马踏湖的，不是来调干部的。"

这真叫林雁冬倒抽了一口冷气：这人怎么这样？

"怎么，不满意了？"金滔笑了笑说，"你呀，听你们姜局长的吧。他要肯放你，我就要。他要不放你，就没法办了。"

"姜局长刚才不是已经答应了吗？"林雁冬感觉到希望不大，还在作最后的努力，只是声音比刚才小多了。

"你问他，是答应了吗？"金滔回头说，"老姜，你真同意放她？"

"我说过这话吗？"姜贻新眨巴着小三角眼，茫然不知的样子。

林雁冬气得话都说不出来了。

车子驶入了市区繁华的街道。金滔好像是全神贯注着开他的车，也不再开口。林雁冬觉得刚才提出这个问题太犯傻，自己对自己一百个不满意，也不作声。倒是姜贻新没把这当回事儿，和颜悦色地问：

"小林，是不是对我有什么意见了？"

林雁冬摇摇头。

"那你为什么要走？"

"我……"

"这样吧，"金滔接过话说，"小林，今天不谈了，这事就算在我这儿挂了号啦。以后，咱们另约时间谈，好吗？"

林雁冬点了点头，心里委屈得不知怎么才好。

虽说是个小小的"地级市"，经过这几年的建设，也有一些像样的街道和建筑。华灯初上，车来人往，自有一种小城特有的热闹。

"金局长，车还是放在我们局里吧，"姜贻新指着前边的路说，"市经委有车在那儿接我们。"

"接我们干什么？"

"宴请您呀，早上跟您说过的。"

"你也是多事。我来我的，你跟他们说什么？"

"不行的呀，金局长！"姜贻新叹了口气说，"下边做工作难，做人就更难了！您来了，我们不给经委说一声，说不定人家就不乐意了？我们局求他们的事又少不了……"

"好吧，吃去！"金滔也叹了口气说，"其实，他们请我，也是拜错了菩萨找错了庙。瞎拜什么呀！"

"联络感情嘛！"姜贻新笑笑。

林雁冬哼了一声，也插了一句嘴：

"联络感情？什么感情？还不是因为你们兜里攥着环保局的大印，到时候好让你们乖乖地盖章呗！"

到了机关门口，金滔把车停下了。

林雁冬只好下车。晚上的饭局，请了姜局长和另两位副局长作陪，没她什么事儿。她站在夜色中，准备向他告别。他大概今天晚上或是明天早上就要走了，短暂的相见就此结束，一切只有等下次见面时再说了。下次……下次再见到他不知又是什么时候了。也许，还是写信吧！

离愁同夜色一起黑黑的包裹着她。

她侧身站在办公楼前的台阶上，看着金滔在姜贻新指引下把车开向车库。楼内大厅的灯光，勾勒出她一动不动的修长的身影和用橡皮筋扎住的一头长发，恰似摄影大师拍下的一帧艺术逆光照。

车声惊动了等在这里迎接贵宾的李杰明。他推门出来，意外地发现台阶上只站着林雁冬一个人，不禁神采飞扬地一直跑到她身边，在暗影里紧紧握住她的手，放低了声音一劲儿地说：

"太好了，太好了！小林！我找了你一天。"

看他像有什么急事似的，林雁冬奇怪地问：

"找我有什么事？"

"请你吃饭，找不着你的人呀！"

"我陪金局长看马踏湖去了。"

"是呀，他们后来告诉我了。"李杰明好像忘了松开她的手，又紧握了握那手才放了心似的松开，笑着说，"我又担心你回来的时候，半路上下车回家了……"

"你们请大领导，有我什么事儿？"

"一块儿热闹热闹嘛！"

林雁冬看了李杰明一眼。她本想说"我才不凑这个热闹"，可一想到还可以借此机会……她不再说话，等于同意了。

"去吧，"李杰明又走近她，还在小声地说服，"再说，你原来也是省局的……"

"好吧，看你的面子，"林雁冬沉着脸很镇静地撒了个谎，"下回再用我当陪客，我可要向你们收劳务费了。"

"一定，一定。"李杰明高兴得喜笑颜开。

正在这时，姜贻新陪着金滔从车库走来。李杰明赶紧丢了林雁冬，跑上前去周旋。

林雁冬站在台阶上，冷眼看着这种官场应酬，觉得简直是在浪费时间。金滔不想吃这顿饭，如果能让他选择的话，他肯定愿意跟我聊一晚上，也不会去受这吃罪。他有胆结石，不能喝酒……

在姜贻新和李杰明招呼司机的一片嘈杂声中，黑影里，林雁冬忽听见金滔的声音在叫：

"小林！"

这一声喊，像军令似的使她马上就跑下了台阶。

金滔正朝她走来，然后有点抱歉似的伸出手来说道：

"小林，那，我们就再见了……"

林雁冬躲开了他伸过来的手，歪着头说道：

"先别说再见。不要以为不当官就没有人请吃饭，人家也请了我！……"

不等她说完，金滔就哈哈地打断了她的话，一叠声地叫道：

"好哇，好哇！"

从他的笑声里，她听得出那发自内心的高兴。

一行人分坐几辆小车，开到了市里最高档的皇宫酒家。

"辛苦了，金局长！"

市经委主任吕高良亲自站在门口迎宾。他个子不高，长得白白胖胖，从上到下圆嘟嘟的，穿一套米色亚麻布的猎装，左手无名指上戴着个大大的方形金戒指，十足一副财大气粗、精力过人的大老板派头。

"欢迎！欢迎！"酒店经理也在一旁鞠躬。

金滔等人踏着红地毯鱼贯登楼。酒店经理把贵宾们引进了二楼的豪华厅。这是里外两间。外间一圈沙发，供贵宾们餐前饮茶休息；里间早已摆上精巧的镶银餐具。

按照财务制度的规定，内宾是不准宴请的，尤其不允许在高级宾馆大吃大喝。可人家经委神通广大，有的是办法。类似这样的交际费，根本不用麻烦本单位的会计。神不知鬼不觉地，找个公司或厂家就办了。反正冤大头多的是，而且都挺乐意效劳的。今天的幕后东道主，就是这家合资饭店。经理跑前跑后的，还唯恐招待不周呢。也难怪，没有市经委的"亲切关怀"，他这个饭店进不来外资，经理何来今天的荣耀？

"金局长，欢迎您多下来指导工作啊！"吕高良一进来就把胖胖的身子埋进沙发里，回头又对经理说，"空调再开大点嘛，今天真热。"

经理忙把空调开到最大的一挡。服务小姐随即给客人们递上洒了香水的热毛巾。

金滔接过毛巾擦了擦脸说：

"吕主任，你何必这么客气呢？你要是老请我吃好的，我还真不好意思来了。"

"咳！小地方，有什么好吃的？"吕高良擦着脖子，仰着下巴答道，"工作餐，工作餐，边吃边谈，互相沟通。现在搞经济建设的人，不懂得环境保护，那可就大大地赶不上世界潮流了。"

李杰明马上接过话说：

"金局长，我们吕主任特别重视环保。上次马踏湖的现场会，就是吕主任建议各工矿企业的头头都来，吕主任在大会上讲了一个多钟头，点了好几个厂的名。"

"吕主任，你这一手太好了！"金滔拍着吕高良厚厚的肩膀头，高兴起来，"经济部门的领导同志来谈环境问题，比我们来谈管用多了。"

吕高良点上一支烟说：

"我也就是大会小会说说，起不起作用，我可就不知道了。"

"只要说，就管用。"姜贻新虽说不待见吕高良其人，但人家这么重视环保你也不得不服。

"说比不说好。"金滔说，"过去我们是不谈环境保护的，至少谈得很少，好像环境污染是资本主义国家的痼疾，跟我们没有关系。后来，开始搞工业了，走的恰恰是资本主义国家'先污染后治理'的老路。吕主任，你是多年搞工业的……"

李杰明赶紧插进来说：

"清河市的工厂，一多半是吕主任搞起来的，报上都说他是'清河工业之父'。"

"听那些小报记者胡写乱吹！"吕高良连连挥着手，只见白胖的手背上金光儿一闪一闪的。

"反正你是'老工业'了，你说过去是不是这个问题？"

金滔把"过去"两个字咬得特别重。

"是啊！"吕高良点了点头。

谁也没注意，一直坐在门边儿的林雁冬早就拿眼斜着市经委的头头，憋着一肚子的气了。这会儿好不容易抓着了机会，就对着金滔说：

"金局长，我可不同意你的说法。不要只说是'过去'，现在还不是'先污染后治理'？还有'只污染不治理'的呢。"

吕高良抬眼看了看这位插话的小姐，知道是客方带来的，就宽容地一笑，又补了一句：

"还不是因为穷！"

李杰明直冲她使眼色，意思是叫她少说话。她装作没看见，正想发表不同意见，没想话头被金滔抢了去：

"吕主任，你看过《第三次浪潮》没有？有时间的话，翻一翻还是蛮有意思的。托夫勒说：不惜一切代价，不顾破坏生态和社会的危险，一味增加国民生产总值，成为第二次浪潮各国政府盲目追求的目标。他这个论断，还是很精辟的。我们有些地方不就是这么干的？"

"一个字，还是'穷'。"吕高良跷着二郎腿说，"金局长，你去看了马踏湖。马踏湖为什么治理有成效？当然，你们的治理方案切实可行，这是头一功；再就是毕竟是个小湖，面积不大，花钱不算太多，大家凑一点，这个钱还出得起。可清河呢？我可以说，清河的污染比马踏湖严重十倍。"

"吕主任，既然你提到清河，我倒想说两句。"金滔说，"清河的污染，比之马踏湖，绝不是严重十倍，而是几十倍，有的地方甚至是上百倍的问题。我们早就把清河称为死河了。老实说，清河已经从地球中消失了，它再也没有清水了。清河水黑了，臭了，死了。它再也不能养育两岸的土地和人民，它正在吞噬着这里的沃土，而且有一天还会吞噬这里的人民。清河的问题，不下决心根本谈不上治理！"

金滔说得铿锵有力，一双眼亮闪闪的好像含着泪，林雁冬觉得自己全身心一时间都被笼罩在这双眼睛的火焰之下，无处躲藏了。

"你说的，我都同意。"吕高良放下那条跷起的腿，伸手从茶几上取了一支烟拿在手里说，"不过，清河流经我市八个区县，沿河大大小小的工厂就有二百五十多家，其中很多厂子，就是你们所说的污染源。而这些厂子的上缴利税，占全市财政收入的百分之六十二点五。如果我把这些厂子都停下来，市里不会答应，省里也不会同意。所以，实事求是地说，这个决心不是下不下的问题，而是谁也没这个胆子下的问题。"

"可是，有的厂子已经不停不行了。"林雁冬想起望爷爷，又插进话说，"前一段我去靠山县，那里的群众反映清河水已经没法喝了。"

李杰明急了。这么谈下去还怎么一块儿吃饭？他赶紧站起来说：

"都请入席吧，边吃边谈。"

吕高良先站起来说：

"金局长，请吧！"

金滔这才站起来。吕高良走来挽住他的胳膊说：

"老金啊，我是个直性子人，我就喜欢交你这样的朋友。有话摆在桌面上说，哪怕争得面红耳赤，心里也痛快，是不是啊，老金？"

"是啊，是啊，"金滔笑道，"我们都在一个锅里吃饭，谁不知道谁？你放心，我不会让清河边的厂子都停下的。再说，我也没有这个权力。我只希望现有的污染抓紧治理；新建厂更要慎重，最好不要安排在清河边。"

"那是当然的啰！"吕高良边走边点头。

一行人彬彬有礼地推让着进了餐厅。在这具有官方性质的宴会上，座次是很好排的，按官衔大小排下来就行了。这么一排，林雁冬正好和金滔面对面。在主人和客人纷纷入座的一阵嘈杂中，她对他莞尔一笑，好似在赞赏他刚才的那番得罪人的话。他略微点了点头，好像早已心领神会。看见服务小姐给金滔面前的小酒杯斟上了酒，林雁冬伸出手指点了点杯子，示意他不要喝酒。他又略微点点头，好像一切都在不言中了。

酒斟满了，吕高良用他那丰润白嫩的胖手举起酒杯，说道：

"金局长，今天难得见面。来，先敬你一杯！"

遇到这种场合，金滔就告饶：

"慢慢喝吧，干恐怕不行。"

吕高良海量，久经酒场，哪里肯听这一套，就抬出大帽子来：

"今天这杯酒，说实话，我可不是敬你个人的，是敬环保部门的同志们的。要是没有这次马踏湖的合作，我们真是认识不到环境保护有这么重要。李杰明同志常说，环保的同志这次使我们受到了一次深刻的教育，提高了我们对环境问题的觉悟。你们是我们的老师啊！学生敬老师一杯，喝不喝，赏不赏这个脸，就看老师的了！"

话说到这份儿上，你不喝行吗？况且，刚才言语之间还有些芥蒂，人家不但不计较，还这么谦虚称你老师，这杯酒你不喝也得喝。否则，今后还想往来吗？自己倒是拍拍屁股一走了事，丢下姜贻新他们可怎么办？

金滔闭着眼，举起杯抿了一小口。

别的场合敷衍了事还则罢了，酒场上是绝不容许偷奸耍滑的。吕高良眼里不揉沙子，对这种"不正之风"也是深恶痛绝的，尽管是省里来的客人他不敢像平日骂骂咧咧的，不过说出来的话仍是软中带硬：

"金局长，到省里听你的，到了市里你得听我的。你知道我们的规矩：'感情深，一口闷'嘛！"

他倒举着自己喝得一滴不剩的空酒杯，等着对方的感情。

姜贻新在一旁想解围，笑道：

"金局长身体不大好……"

他的话还没有完，就被吕高良堵回去了：

"我身上还揣着医生的假条儿呢！来，都是自己人嘛，我们的口号是'宁伤身体，不伤友情'！"

如此赤诚的口号都提了出来，你再不喝对得起谁呀！金滔见推不掉了，只好投降，干脆举起杯来邀大家同饮一杯。第一关，好歹算是过去了。

第一道热菜上来了，市经委第一副主任开始敬酒。

"我真的没酒量，市局的同志们都知道的。"金滔双手抱拳直告饶。

林雁冬每次在酒宴桌上见到金滔这样子就觉得好笑，好像谁骑到他脖子上揍他，他打不过人家似的。酒场也如战场，你越无还手之力，人家越是死死地揪住你不放。这位副主任四方白脸，相貌堂堂，一看就是个酒仙。他宽容地笑道：

"金局长，您看着办，我先干三杯，您喝一杯就行了，怎么样？"

金滔还要推辞时，人家已连干了三杯下去，那真是仪态万方，令人折服。金滔见今天这场面太恐怖，就假装对上来的大虾非常感兴趣，同时婉转地讲起了国外的见闻：

"我看，咱们该引进一点外国饮酒的方式。人家就不像咱们这么劝酒，各自量力而行，想喝多少喝多少，能喝多少喝多少……"

"那小气劲儿，咱们可适应不了。"第一副主任也不是没有出过国，对资本主义国家那一套了如指掌，只听他说，"哪一回出去，我都没喝好过。喝酒没人起哄，那叫喝？要不说资本家的嘴脸都是冷冰冰的呢！"

吕高良拍着金滔的肩膀笑道：

"金局长，搞经济，咱们向西方学点儿本事，谁也没意见。这论喝酒嘛，咱们还是民族化比较符合国情，你说呢？"

第一副主任还站那儿等着呢，金滔无法，只好两眼一闭吞下了这杯酒。

林雁冬看他那无路可逃的样子，心里七上八下的直担心，可又干着急替不了他。好在这时上来了清蒸鲥鱼，需要趁热吃的，大家暂时休战。谁知刚把鱼吃完，李杰明就笑嘻嘻地站起来，举起了酒杯，恭恭敬敬地对着金滔：

"金局长，今天我们是第一次在一起吃饭，我先敬您一杯！"

"不行了，真的不行了。下次咱们再喝吧！"金滔赶紧摆手。

"金局长，在我们这种新提起来的干部面前，您可是前辈。您的表率作用，对我们的成长关系太大了。"李杰明站着一动不动，像根电线杆儿。

林雁冬实在坐不住了。她知道金滔要喝也不是绝对不能喝，但胆结石病不允许他多喝。有一次多喝了点，胆如刀绞，疼得脸色铁青，汗如雨下，他强忍着才没有捂着肚子倒在地上打滚。这，林雁冬是亲眼见到的。她倏地站了起来说：

"我替金局长喝！"

她自己也吃惊这份儿勇气是哪来的，居然敢在大庭广众之间站出来替他喝酒。她感觉到一道道惊奇的目光直射到自己脸上，都快把她脸烧红了。

李杰明呆在那里。他没有想到轮到自己敬酒时，金滔不肯赏脸；更没有想到自己心爱的姑娘，会站在自己的对方。猛地，他想起方才入席时她和他眉来眼去，当时就觉得有点不对劲儿，只是没有往那方面想。现在看来，这可是个重要发现。可是，她……她怎么会……这分明是不可能的。咳，瞎想些什么呀，他是她的上级，她希望他对她有个好印象。不过，也犯不着巴结到这种程度！

"好吧，小林，请你替我喝吧！"

在众人的目光都射向林雁冬时，金滔端坐不动。

"李主任，你倒是敢不敢应战呀？"第一副主任看了一眼斜对面那张美丽的脸，心中不无遗憾：她怎么不在我敬酒的时候站出来？

见李杰明拿着酒杯愣在那儿，吕高良也笑眯眯地说：

"李主任，冲啊，别给我们市经委丢脸！"

李杰明忽然觉得心情特别的好了。在场的人全看着自己和林雁冬，好像这酒场之上只剩了他们两个人。他示意服务员给自己面前加了两杯酒，又自己拿过酒瓶给林雁冬面前也满上了三杯。待一切都准备好了，他才笑道：

"你行吗，小林？"

"请吧！"林雁冬挺客气地笑着。

"行！我是三杯为敬了！"李杰明不慌不忙地把三杯酒一一地干了。

全座都拿眼看着林雁冬。她二话没说，也照样端起酒杯来，不慌不忙，一杯一杯地干了。只在坐下时，她下意识地瞟了一眼坐在对面的人。

"好，好，好！"主人们不约而同地叫起来。

市经委的主人之中今天虽然也有一位女士，但已是美人迟暮花白了头，男人们早已忘记了她的性别。只有林雁冬恰似一朵鲜艳的花，给今晚这灰暗的男人的世界增添了无尽的色彩。开始她默默地坐在那里，主人们不敢轻举妄动。现在她自己跳了出来，那可就是自投罗网，引火烧身了。

"这位林……林……"吕高良还是第一次见到林雁冬，不知道她的名字。

"她叫林雁冬。"李杰明忙说，"就是上次我跟您汇报过的，她介绍了一位香港的实业家王先生，准备到清河来投资建厂……"

"哦……就是她呀！"吕高良举起杯说，"小……小林，你为清河引进了外资，有贡献，有功劳！"

"吕主任，我可不敢保证生意准能做成啊！"林雁冬说。

"不用保证！"吕高良一面回答，一面示意服务小姐给林雁冬斟上酒，一面又举起自己的酒杯说，"我们市什么都缺，可最缺的是外资。只要你把他们的人请进来，我们就有办法留住他的钱。来，小林，喝一杯！"

林雁冬只好喝了。

吕主任带了头，在座的头头们也无所顾忌，争相向林雁冬展开了猛烈的进攻。那位遗憾的第一副主任抢先站了起来，说道：

"林小姐真是海量，我敬你三杯！"

对于周旋于工厂、县级机关的林雁冬来说，这种场面她见得多了，又由于得天独厚的酒量，说实话，她根本把这些进攻视为小菜。

"哪儿就轮到您敬我啦，我还没敬您呢！"她站了起来。

"怎么着都行！"反正他是想要她喝三杯。

林雁冬不怕喝酒，就怕人家啰里啰嗦的没完。她痛痛快快地把三杯酒喝干了。

全桌的人都叫好，只有金滔担心地说了一句：

"小林啊！你别逞能！"

第十一章

酒宴结束时，已是万家灯火。

姜贻新和一位副局长顺路，同坐了一辆车回家。林雁冬的家离金滔住的宾馆近，姜贻新就单派一辆车，请她把金滔同志送回住地。

她太高兴了。

"喝多了吧，小林？"在车上，他问她。

"没有，我酒量大着呢。"她的脸上红红的，头脑却分外的清醒。

"喝得太多了。"他摇摇头。

"是吗？"她笑问，审视着他的眼睛。

"酒，不是好东西。"他说，"少喝一点可以，多喝就伤身体了。"

林雁冬看了看前边的司机，小声说：

"我可是替您喝的。"

他突然抬起手来，想去握住她搁在座位上的手，但很快地，那只手改变了方向，直抬上肩头，捋了捋自己丝毫不乱的头发，也小声说：

"多亏了有你在。"

一时，两人都没有再说话。

小车很快就到了金滔下榻的宾馆。

司机把车开到大厅的旋转门前。金滔先推开车门跨下车，他站定在长长的台阶下又转身冲汽车扬了扬手，做了一个再见的姿势。车里的林雁冬一直盯着他，这时才想起什么似的，对老司机笑笑，说道：

"师傅，您回去吧，我拐弯就到了。"

"没事儿，反正是顺路。"

"胡同太窄，不好进，您回去吧！"

说着，林雁冬忙跳下车来，回手使劲关上车门，好像怕人不让她下车似的。

老司机笑笑，挺高兴地把车开走了。

林雁冬这才回过身去。像是早有默契，金滔果然还站在那里没动，连台阶也没上。她走了过去，不知该说什么。幸好金滔先开口了：

"小林，怎么把车放走了，你怎么回去？"

林雁冬一手捏着肩上小皮包的带子，一手朝天上画了个圈儿，说道：

"我家近，溜达着就到了。"

"不行，你喝多了，我送你回去吧！"

"不用，不用。"她并没有醉，却又觉得这时如果醉了倒好，说话之间竟也仿佛有些醉意了。

"还说没有醉，舌头都不会拐弯儿了。"金滔挽起她的胳膊往大门外走。

她任他挽着，感觉到他坚硬的臂，感觉到他灼人的热，感觉到自己的心在歌唱……

可是，她停住了。

为什么要用假象去赢得本不该自己得到的?

"我没事儿，真的没事儿。"

他见她说得认真，才放开了她的胳膊。

小城的夜，静极了。

天上没有星星，街上没有行人。宾馆的围墙边长着一排笔直的钻天杨，挺拔的树梢直指蓝天。晚风吹来，从婆娑的树影中，忽隐忽现，探出几只雪白的路灯，像朵朵含苞待放的白莲花高高地长在电线杆上，无声无息，洒下点点光亮。

林雁冬默默地走在金滔身边，心中充满着一种很少体验到的愉悦，像刚刚喝过的美酒，洋溢着醉人的芳香。她心中只是希望，希望这路变得没有尽头。

这是多么美好的一天啊! 从早到晚都和他在一起，意想不到的默契，无处不在的交流，时时激动着她脆弱的灵魂。她终于向他表白了心愿，她要回省局去，回到他身边去。

现在，什么也不用想了，一切都取决于他。

没有星星的天空黑得透亮，没有行人的街道静得出奇。什么也不想真是舒服极了，忘记自我就没有烦恼了，忘记自我就拥有了安憩!

只可惜，这种缥缥缈缈的境界是不能持久的，它像夜空中的流星，转瞬即逝。一辆小车疾驰而过，撕破了这夜的宁静。

她突然发现，在默默的并行中，他们已经走过了拐入"林苑"的那条小街。他并不认识路，她只是一声不响地跟着他走，不知道、也不想知道自己正走向何方。

这难道不是一种盲目吗?

她信赖的人、那么想见到的人，就在身边。可是，她不能充分向他表达她对他的信任，更不能向他表达她对他的感情。咫尺天涯，在她和他之间，隔有一条无情的天河。她觉得低头走在他身边，像一个没人领养的孩子，那么孤苦无依!

　　她担心自己是否能承受这无法言说的痛苦，或者说能承受多久？她在心里对自己说，我并不要得到他，那是不可能的。我只希望能够常常见到他，当然，最好是能够跟他在一起工作，像刚从大学毕业的那些日子一样，在省局，在他的身边，我就心满意足了。这也是错吗？

　　可是，他为什么闭口不谈我调回省局的事，难道他不欢迎我回去？

　　不，不会的，不可能！

　　那么，他究竟是怎么想的呢？

　　"清河的夜真美，真富有诗意。小林，你会写诗吗？"

　　"不会。"回答得直截了当，此刻她满脑子都是工作调动的事，毫无诗意。

　　"太遗憾了。"金滔没有看她，只是长叹了一声。

　　"是吗？"她有点抱歉。为什么要扫他的兴？

　　"我们搞环保工作的，净化空气净化水。而空气和水，跟阳光一样，是人类赖以生存的最基本的条件。所以嘛……从一定意义上说，环保工作是在为人类创造更美好的生存环境，是很富有诗意的工作，也可以说，我们是在写一首最美的诗。"

　　这样的话，在大学里听老师讲过；参加工作后，也多次听金滔讲过。这是金滔钟爱的"咏叹调"。他执着地捕捉这种工作的诗情画意，从不懈怠。她曾为此而感动，可是今晚，她恨这个话题！

　　"你不会是在说服我，要我安心环保工作吧？"她成心。

　　"怎么，我说服你，难道你不安心环保工作？"

　　"我不安心市里的环保工作，我要求做省里的环保工作。"

　　黑暗中，林雁冬偷偷地笑了，她终于毫不费力地把话题绕到正题上来了。

　　金滔不说话，只是加快了脚步。

　　他们默默地走着。

　　前边一家电影院刚散场，退场的观众如潮水般涌来。顷刻间，一片喧哗声，搅散了金滔心中的难题，站在骚乱的人群中，金滔如释重负，笑问道：

"小林，你家住哪儿，该往哪儿走？"

"你早该问我呀，"林雁冬笑了起来，"往回走吧！"

往回走的路上，金滔不得不说了：

"小林，你为什么老提调回省局的事？"

"不可以提吗？"

"可以，当然可以。现在谁敢对你们年轻人说'不可以'呀！"

"听你的话音，好像对年轻人意见很大？"

"怎么会呢？我也年轻过……"

"你现在也还年轻……"

"你不会是在说服我要安心环保工作吧？"

他的口吻，同她刚才问他的口吻如出一辙。她立即如法炮制，也模仿他方才的口吻说：

"怎么，我说服你？难道你不安心环保工作？"

金滔笑了笑。

林雁冬不容他再打岔，立刻说道：

"别以为打个哈哈就能转移话题。我调回省局的事，你同意不同意，总得表个态呀！"

"小林，你看，这么美好的夜晚，我们谈点别的有多好，干吗老要谈叫人头疼的问题？"

"我知道，你不愿意谈这事。可是，你难得来一次，今天不谈，什么时候谈？"

"好吧，谈吧，"金滔耸了耸肩，好像做了充分的思想准备，"你先说你为什么要调回省局？"

林雁冬也耸了耸肩，好像根本没有经过考虑就说：

"理由很简单，我原本就是省局的。当初调我来清河，你说清河市局正在治理马踏湖，他们需要干部。现在马踏湖治理完了，我的任务已经完成了。不是吗？"

金滔看了林雁冬一眼，没有说话，只是脚下的步子跨得更大了。

林雁冬赶了几步，不想掉在他后面。她知道他肯定会驳斥自己的。果然，见她跟了上来，金滔回头瞧了她一眼，没有好气地说：

"谁说你的任务完成了？清河呢，治理清河是谁的任务？难道首先不是你们清河市环保局的任务？"

林雁冬冷冷地一笑，觉得他从这个角度提问题未免太矫情了，就说：

"我们姜局长说了：治理清河，他这辈子是没有指望了。要这么说，我这辈子也别想调回省局了？"

"你们姜局长是个悲观主义者。"

"你是乐观主义者？"

"至少我比他乐观一点，我认为治理清河还是有希望的。而且，我记得我跟你讲过，我把治理清河视为己任，清河不清，我死不瞑目。"

金滔的话掷地有声。他又像跟谁赌气似的，脚下像生了风，走得飞快。

"不要以为只有你一个人把治理清河视为己任。"林雁冬追在他的身边说，"环保是我的专业，清河是我的故乡。要说治理清河的责任感和使命感，我敢说我绝不在你之下。可是，这同留在市局或调回省局并不是一回事，这一点也不妨碍谁为治理清河出力。"

金滔的脚步不知不觉地放慢了。

他开始感到身边的这个年轻人有一股子劲儿——不达目的，誓不罢休。不，应该说这种感觉他早就有了。正是这股劲头用在工作上，她才得到他的赏识和重用。而当她把这股劲头用在别的方面，比如说现在用在调动工作上，就使人有点为难了。你不能不承认她反应灵敏，语言来得快。当然，更主要的是，她的话有一定的道理。你很难用一般的大道理去压服她。

"怎么样，金局长，你说话呀！"林雁冬明显地感到自己占了上风。

"小林，如果我是人事处长，我可以找出一百条理由驳倒你。"

"这我相信。可是，你不是人事处长，你是个通情达理的环保局长。"

"不要以为通情达理就好欺负。正因为通情达理，我才不同意你调回去。"金滔又慢条斯理地说，"小林，你忘了你母亲孤身一人在清河，身体不好，需要有子女照顾吗？当初，正是考虑到这一点，我才通情达理把你调到清河来的。"

"可是，现在情况变了，"她一笑，"我爸搬回来了。"

"啊！那你更应该留在清河了，两位老人都需要你照顾呀。"

"情况恰恰相反！我爸回是回来了，可他们并没有和好。天天冷战，我夹在当中，左右为难。这也是我……"

"你就更应该留在这里嘛，从中沟通沟通，调解调解啊。"

金滔说得轻松，林雁冬却生气了。她扭过头去了：

"我不跟你谈了，你根本没有诚意跟我谈。你在搪塞我……"

她甩开他，快步朝前走去。

金滔追上她说：

"小林，你听我说……"

"不听，不听，我不想听了，金—局—长！"她急步朝前走去。

直到走近一条僻静的胡同口，她才站住了说：

"我到家了。"

金滔也站住了，停了一会儿，才低沉着声音，说：

"小林，要是世界上的事情都能按自己的意愿去做，我会马上通知人事处，替你办调回省局的手续。可是，不行啊……"

"有什么不行的？"

"得找机会。"

"机会也是自己创造的。"

"这是你们年轻人的想法。"

"你们'老年人'呢？"

"我们……"金滔还很不习惯把自己列为"老年人"，他绕开这三个字说，"我们想得比较多……"

"犹豫不决。"

"瞻前顾后……"

"怕这怕那。"

"三思而后行……"

"坐失良机。"

金滔望着口齿伶俐、寸步不让的林雁冬，失声笑道：

"你这张嘴真不饶人！不过，你可以嘲笑我有这样那样的顾虑……"

"我怎么敢嘲笑你？"

"你还有什么不敢的？"

"我只是不喜欢你这种趋于老化的思维模式，它不像你。"

"我也不喜欢它。我欣赏你，你们年轻人的思维模式。它有活力，有朝气，真令人羡慕……"金滔的声音放慢了，"而且……"

金滔说得那么诚恳，林雁冬被打动了。他平常有说有笑，好像很随和，工作中遇到环境污染的问题，也动感情，也发脾气。但是，一般来说，他有很高的修养，或者说很深的城府，从不向人剖白自己，甚至很少谈到自己。现在，他的心扉向她打开了……她看着金滔那双在夜色中依然闪光的眸子，喃喃问道：

"而且什么？"

"而且，也正因为这样，我很珍惜过去同你一块儿工作的那段日子。"

"那你为什么不调我回去？"

"小林，你听我说，正因为我非常珍惜我们之间的……友谊，我非常害怕由于我的原因，有朝一日会使这种友谊化为乌有。在这个问题上，我不能用你的思维模式，我必须慎重行事。"

"我明白。"她说。

"那就好。"

"其实，我早就明白。"

"那就让我们把这种友谊长久地保持下去吧。"

"我不喜欢用'友谊'这个词——在你我之间。它听起来，有点像外交辞令。"

"那你说呢？"

"'感情'！这两个字不好吗？为什么要故意回避'感情'二字呢？难道这是一种邪恶？你不能否认你我之间是有感情的吧！"

"那……好吧。"

"我回去了。前边一个门，就是我家。"

林雁冬往胡同里走。她走了两步，回头一看，金滔还站在原地，又走了回来说：

"对了，你还没到我家里来过呢，正好，到我家喝杯茶去。"

"这么晚了，不太方便吧？"

"这有什么不方便的？"

林雁冬取出钥匙开了大门。走进院里，她就冲西屋叫道：

"望婆婆，我来客人了！"

走进客厅，屋里只开了一个十五瓦的壁灯，光线半明不暗，林秀玉正独自一人埋身在沙发里看电视。

"妈，这是我同事，省局的金滔同志。"

林秀玉点点头，算是打过招呼。女儿的交游很广，来找她的朋友很多，女的男的都有。她与他们都是点头之交。

金滔正尴尬着，不知该怎么称呼这位大夫。按雁雁同事的身份，他该称林秀玉"伯母"；按年龄来说，他该称林秀玉"大姐"。这两种选择，他觉得都不太合适。见林秀玉只点了点头，他才轻松地点了点头作为还礼，随着林雁冬转身进了她的小屋。

"喝点什么？我这儿有果汁、咖啡，对，还有可乐。"

"我只喝茶。"

"对了，你喜欢喝绿茶？"

见金滔点头，林雁冬马上推开窗户，冲东屋喊道：

"爸，您有好的绿茶吗？"

东屋传来很响亮的回答：

"有哇，最好的碧螺春。"

林雁冬笑容满面，急匆匆地穿过客厅，直奔东屋里跑。

林秀玉望着女儿的背影，心里想：来的这人是谁，她怎么这么高兴？

第十二章

星期六下午，李杰明给林雁冬打了两个电话，办公室的人都说她不在。没办法，他又打到丁兰兰的办公室，也找不到人。本来嘛，礼拜六下午，哪个单位不提早下班，环保局也不会例外，你早干什么去了？

他只能埋怨自己。

刚放下耳机，电话铃就响了起来。他懒洋洋地拿起来，知道肯定是老妈打来的。果然，话筒里传来了妈妈沙哑的声音：

"杰明，你回来吃饭吗？我给你做了冰糖肘子。"

"我……晚上有个饭局，你们吃吧。"

"那你什么时候回家？"

"有什么事吗？"

"倒也没什么，你爸说，想跟你谈谈。"

"我晚上还有事，恐怕回来很晚了。妈，您还是让爸早点休息，明天星期天我在家。明天再说，好吗？"

不管那头还说没说下去，他赶快放下了话筒。挂上电话，瞧着那黑机子，他心里还在嘀咕：爸爸这人，真是越老越没有意思了。

想当年，老头子最辉煌的时候，当过清河市委常委、市委组织部长。那时他大权在握，门庭若市，简直顾不上多瞧儿子一眼。没有想到年龄一过了杠杠，连在人大或政协里挂个虚名的份儿都没有，被一撸到了底。他失望、抱怨，脾气也变得怪僻了。唯一使他觉得还能得到一点安慰的是，儿子还有出息。大学毕业，学经济管理的，正是热门，符合干部"四化"标准，又赶上了好时候，年轻轻的就当上了市经委副主任。他把毕生的希望寄托在儿子身上，也把几十年从政的经验特别是"惨痛的教训"不厌其烦地灌输给儿子，听得李杰明耳朵都起茧子了。

他看看表，离下班时间还差一刻钟，不能再耽误了，狠了狠心，又拨通了林雁冬的电话。那边是一个男的挺不耐烦的声音：

"她不在！"

李杰明怕他撂下电话，急忙说软话：

"对不起，请问她上哪儿去了？"

不料对方反倒问起他来：

"你是哪儿？找她有什么事？"

这种无理的诘问，如果发生在自己下属的单位里，他早就翻了脸。可现在他不想暴露身份，只得忍气吞声地编着瞎话：

"喂，我是刚从外地来的，是她的老同学，有点急事要找她，请你告诉我她上哪儿去了？"

对方好像动了恻隐之心，电话里还听见他问了问周围的人，才回答道：

"她上铸造厂去了。"

完了，铸造厂在城外，今晚肯定是回不来了。这个林雁冬，大礼拜六的，瞎跑什么呀！

李杰明心里真是没着没落的了。他只好锁上抽屉，准备离开办公室。正起身时，机关文体委员迈着鹭鸶般的长腿跑了进来，手里举着几张票，笑嘻嘻地说：

"李主任，今天晚上机关的舞会，您能参加吗？"

"啊呀，真遗憾，晚上我还有点事。"

"您可好久没有参加机关的晚会啦，李主任！"

"实在是身不由己呀，下次一定去！"

李杰明跳舞跳得好，不但在机关里出类拔萃，在全市也是有名的。他说过，他的乐感特强，如果不是他爸爸把他逼上当官的路，他早就结个伴儿去跳国际交谊舞，参加这个赛那个赛，不知多少大奖早到手了。

刚被提升为副主任时，机关里的舞会他是每场必到的。爸爸告诫他，当了官，各方面都得自律，特别是舞会这种场合，尽量少去，免得日后生出是非闲话。李杰明觉得这种观念太陈旧，也太可笑了。时代不同了，为官之道也就不同了。端起架子、板起面孔、动辄训人，倒挺威风，可有谁理你呀！拍拍肩膀、和和气气、什么事儿都"好说好说"，倒有人缘，可不能给机关的人谋实际福利，又有什么威信？艰苦朴素、两袖清风、一尘不染，人家嘴上叫你"清官"，背后不骂你"老古板"才怪呢？如今，群众是越来越挑剔了，当官的难度也越来越大了。要想在机关里口碑好，就要进行感情投资，出现在舞会上的效应远比出现在主席台上强。爸爸不了解这一点，这是他的悲剧。现在的官，要当得潇洒，当得胆儿大，当得不同凡响，当得外松内紧，让人一看就认定是个改革开放型的"新潮"政治明星，那才叫本事！

然而，没过多久，他就觉得参加机关的舞会实在是不堪重负了。

机关里的舞会大都是中年人，而积极分子则是几位已经或即将离退休的老太太。她们腰圆肚壮，身材如桶，舞步陈旧，舞兴却又丝毫不减当年。那一股子主动积极的精神更是第一流的。只要一见李杰明进场，就"小李""小李"地蜂拥而来，拉着他一曲又一曲，没完没了，好像要把几十年间没跳的舞都找补回来，搞得李杰明疲于奔命，视舞场为畏途，从此就很少在机关舞场上露面了。

清河市赶潮流也快得很，不知什么时候街上就冒出了不少舞厅。可他从来不去那种地方。那种地方，三教九流，黑道白道，什么人都有。自己在市里大小也是个头面人物，怎么好同他们混在一起呢？再说，那种地方多半情趣不高，跳起舞来也没劲，

好在经委下属经济实体颇多，大宾馆、大酒店就有好几处，家家都有舞厅。只要李主任光临，门票、饮料、舞伴实行三包。当然，最后一包他是拒绝的，他自己带舞伴儿。林雁冬、丁兰兰，比谁跳得都好！

不过，李杰明做事是十分稳妥的。每次约林雁冬她们出来跳舞，都是先试探到人家不会拒绝了，才敢订下时间，联系地方，正式邀请。

这个星期六他可算是有点冒失了。好不容易鼓足勇气打了个电话，偏偏人又不在。无奈，李杰明推着自行车往外走。出了机关大门，他骑上车顺着马路慢慢往前蹬。恍惚中，他好像看见她正举着酒杯，在向自己挑战呢。

什么时候才能再和她对饮三杯？

或许，上她家找去？说不定她在厂子里转了一圈，早就回家了。真是的，怎么早没有想到呢，现在的机关干部有几个老老实实上下班的，谁不是找个借口就溜了？对，准在家呢。可事先没打个招呼，就这么冒冒失失地找上门去，总不大好吧。自己不是一般干部，平常总说怎么怎么忙，忽然有工夫去一个不是本单位

的同志家串门，这合适吗？

不合适。

他就这么胡思乱想地骑着车，不停地往前奔，就跟谁拿鞭子在后头赶着他似的，骑得飞快。不知不觉地，街上的车辆稀了，行人少了，高楼矮了，大商场也不见了，天空却是灰蒙蒙的好像灌了铅，啊，已经进入清河市的工业区了。

前边不就是铸造厂吗？

怎么跑到这儿来了？李杰明赶紧下了车。

林雁冬可能还在厂里？这个想法像一道彩虹照亮了他幽暗的心田。霎时他相信冥冥之中确有神使鬼差了。

就在这里等她！

铸造厂门口马路对面有个百货店。在里边可以看到从厂门口进进出出的人。万一林雁冬从里边出来，那就是天赐良机了。若是林雁冬早走了，也不会被厂里那些认识的头头看见自己，可谓两全之策。

他把自行车支在百货店门前，走到卖家用电器的柜台前，装着看收录机的样子，眼角却斜向侧面的铸造厂大门。看样子，工厂也下班了，好些人推着车往外走。

"您买什么？"一位小翘鼻子的女服务员大概觉得李杰明衣冠楚楚，瞧着顺眼，也就主动上前为人民服务。

这种主动服务精神，在国营商店实属罕见，令他非常惶惑。他忙说：

"我看看，看看。"

他看了一会儿，赶紧走到卖服装的柜台前，又怕那里的服务员也来主动服务，只好离得远远的。可是，他已经感觉到有几个女售货员都好像挺感兴趣地打量着他，而且窃窃私语。他觉得浑身不自在，恨不能立即逃走。

可那大门里老不出现他盼望的那个身影。他自己规定着，再等五分钟，她不出来我就走！

突然，一辆"二六"的红色女车推了出来。没有错，是她！真是皇天不负苦心人，真让我在这儿等着她了。

李杰明马上冲出百货店，把自行车推到马路上去。

就在这一刹那之间，李杰明已经看清楚了，林雁冬还是穿着那么一条半旧的牛仔裤，还是那么一件素色的上衣，只不过不是过去常穿的那件白的，而是换了一件黑色的。奇怪，黑色的穿在她身上也很合适。尽管在这大夏天，她那一身暗淡的、没有一点亮色的衣着，反而更衬出了她的风韵，她那种别的女孩子没有的对自身的十足的信心。

他蹲下身去按着轮胎，装着在查看出了问题的车子。心里却在精确地计算时间，她现在应该斜插过马路了，一会儿就可以出现在自己身后，只要她的车骑到自己的前边去，就可以非常自然地叫住她，好像纯粹是很偶然地在大街上遇上了。这种精心安排的"偶然"，太刺激了！

不料，没有等他开口，她就在他背后叫了一声：

"哎，李杰明！"

那声音很兴奋，仿佛是在他乡遇到了故人。他从来没觉得"李杰明"这三个字原来是这么富于乐感。

他慢慢地直起身来，回过头去，就见林雁冬像个骑士似的半跨在车上，一脚踏着车镫，一脚踩在马路沿儿上，正笑脸冲着自己。这一刻，他简直觉得自己是世界上最幸福的人了。

"啊，林雁冬，是你，你怎么跑这儿来了？"

"我上铸造厂去了。你呢，你怎么也跑这儿来了？"

"唉，下午跑了两个厂子。'效益年'嘛。没办法，不抓不行啊！"

"怎么，轮胎没气了？"

"还行，到前边再打气吧。"

他们跨上车，边骑边聊。

"你上铸造厂干吗？"

"气死人了！你们那些厂长，一点环保意识都没有。"

"又捅什么娄子啦？"

"这还用问！他们厂噪声超标四百多倍，你不知道哇？"

"知道啊，不是已经签了协议，把小学校搬走吗？"

"协议等于废纸一张!"

李杰明不敢言语了。当初,为了解决铸造厂的噪声影响小学上课的问题,市教育局、环保局给市委、市政府写过几次报告,连报上都发了读者来信,还配了短评。书记和市长都作了批示,"请市经委吕高良同志抓一下"。没有办法,市经委只好牵头,组织有关方面开会,达成了几条协议:由市里拨出地皮,由市教育局出面向社会集资,再由铸造厂拨款七万元,把小学搬走。看来,协议是协议,问题大概还没有解决。

见李杰明不言语,林雁冬白了他一眼,有点幸灾乐祸地说:

"反正是一物降一物。今天那些学生也算给了他们点儿厉害瞧!"

"小学生能怎么样?"

"怎么样?今天一大早,老师就带着三个班的学生开进了厂办公楼。孩子们也不吵也不闹,几个人找个办公桌坐下就读书。这一下工厂的头头全傻了。抓吧,全是孩子,不够法定年龄;再说,就算公安局过问,人家也要问,为什么这些学生不上别的地方捣乱,专跟你们铸造厂过不去呀?"

李杰明心里咯噔一下,这不是"聚众闹事"吗?小孩子不能抓,背后的组织者也不能抓吗?这林雁冬真是天真,这种事躲都躲不及,还往里掺和,还兴高采烈?

可,这些他都不能说。说了,她一变脸,别说往后没法交往,今晚也势必不欢而散。他一边蹬着车,一边还不得不挤出个笑脸来,又问:

"后来怎么解决的呢?"

"后来?后来厂里没办法了,又找教育局,又找环保局。我们头头就把我给派去了。我跟教育局的同志配合得挺好,戏演得不错。他把老师批评了几句,我可把厂长狠狠地批了一顿……"

"这,我可就不能相信了……"李杰明故意拖着长腔,欲言又止,果然使林雁冬停住了话,不解地望着他。

"你不相信什么?"

好不容易的一场"邂逅",尽扯工厂的事儿,也未免太耽误了大好的时光。这时见林雁冬等着回答呢,他就笑了起来,说道:

"我会看相。"

"你说什么？什么看相？"根本风马牛不相及嘛！林雁冬被人打断了话，心里不大高兴，脚下使劲，轮子飞快转动，好像要把这扫兴的伙伴甩到八百里地外去。

李杰明长腿加点劲儿，轻而易举地还是和她并排骑在路边，赔着笑说道：

"我是说，从你的面相上看，你这人心太善，对人不会太狠的。"

"那你可错了，对他们这帮人，就得狠！"

"不过，按照相书上的说法……"

林雁冬现在可没有兴趣听相书，抢过话来说：

"这些厂长真是敬酒不吃吃罚酒。给他点厉害的，他也害怕。最后，还是保证了履行协议，下礼拜四以前把款子交齐。"

"这就好，这就好！"李杰明真松了一口气。

"你们那些厂长都够不自觉的！该拿的钱早拿出来，不就完了吗？"

"唉，家家一本难念的经啊！别看这个厂撑着个门面，实际是个亏损大户，工人的工资都快发不出来了。"

铸造厂的困境，林雁冬当然是知道的，也跟着叹息了一声。

李杰明见机赶快转移话题，扭过脸来笑道：

"小林，你对工作真够卖命的。我要是你们局长，非给你发特别奖不可！"

"我们局长倒是想给我发，只可惜心有余力不足，没钱！"

"你们不是到处罚人的钱吗？"李杰明开着玩笑。

"你开什么国际玩笑！那钱我们局能动吗？那钱除了治理环境，挪作他用，可是罪该万死！你没看见我们的办公楼破破烂烂？哪像你们经委，敢说你们的宿舍楼没有超过标准？"

"得了，小林，咱们都是处在社会贫困线下的政府公职人员，别自相残杀了！"

"反正你们经委发的是改革开放财！"

"那你也上我们经委来呀！你别忘了，我们吕主任真说过想调你呢。"

"那好呀！到时候可得请你多多关照啦！"

轻松，愉快，投机！

可不知她说的是真是假。如果她真能来经委，那可就是天从人愿了。

"你舍得环保局？"

"有什么舍不得的？又穷，又受气，还不如找个好单位享几天清福呢。"

两人骑着车进了市区，李杰明忽然说道：

"小林，你妈妈是不是等你吃晚饭呢？"

"你别把人当成三岁小孩儿！"林雁冬扭头冲他撇嘴一笑，"我妈上夜班，好几天我都没见到她了。对，家里倒是有个人等我……"

"谁呀？"

"我们家望婆婆呀！她呀，每天都做了好菜等我。我要是不吃她就生气，整天填鸭子似的。丁兰兰还羡慕我有口福呢。"

李杰明望了她一眼，叹了口气说道：

"当然是福气啰，哪像我们……"

"得了吧，谁不知你们，宴会都排不过来了，特别是你们这几位主任！"

李杰明摇了摇头，眉头深锁，一副苦不堪言的样子：

"好什么好？都是'鸿门宴'，不是那么好吃的。"

"那好，以后有这种美差，我替你去！"

"对了，"眼看前面是公园的门口了，李杰明忽然想起来似的说，"听说保险公司赞助公园搞了一台灯会，据说还有水上舞会，挺不错的……"

"灯会没什么意思，水上舞会倒不错，还可以凉快凉快。"

这可让李杰明大喜过望了。

"那，咱们就去看看，我请客！"他说得非常的轻松，心里却格外的紧张，而且准备了她不答应时自己要说的话。

不料，林雁冬一点没让他费心，侧脸看了一眼公园门口的灯火，想也没想似的，立刻就接受了邀请，而且说：

"应该我请客，我们搞环保的老给你们经委添麻烦……"

"这你就见外了，都是为了工作嘛。"

存了车，李杰明买了游园票，两人说说笑笑进了公园。

"先吃饭，好不好？这儿'临湖轩'的活鱼做得挺不错。"

"真不怎么饿……"

"怎么会呢？咱们俩今天都下厂跑了半天，自己慰劳一下嘛。"

林雁冬瞧着他，笑道：

"不会是摆'鸿门宴'吧？"

"敢吗？"

他们愉快地走进了"临湖轩"。这里客人不多，临窗的"火车座"还有空位，两人便在这里对面而坐。服务员马上泡了茶，递上菜单。

李杰明用茶水涮了杯子，斟了茶，推到林雁冬手边，随后又把菜单送到林雁冬手上。他偷偷瞧了林雁冬一眼，觉得自己这套规范的绅士动作，应当得到这位漂亮小姐的某种反应，比如嫣然一笑。可是，这位名门闺秀却毫无淑女的表现，自己端起茶壶，连饮了三杯，生生地把他这份儿殷勤晾一边了。

"小林，你点菜吧！"李杰明只好提醒着。

"你点吧，我太渴啦！"她又喝了第四杯茶。

李杰明要了一条清蒸鱼，又随意点了几个菜。他知道，在林雁冬这类见过世面的女孩子面前少摆阔，别干那些费钱不讨好的傻事，不如随随便便、简简单单，既省钱又不失自然潇洒。

"喝什么酒？"李杰明心里扑通扑通的，如果今晚能在这特定的环境里对饮三杯，他回家就有把握向爸爸妈妈宣布：他有女朋友了，三个月后结婚。

"不喝了。"林雁冬回答得很干脆。

"少喝一点。"李杰明还在力争，只要两人都举起杯来，就算成功在望，喝多喝少是次要问题。

"一点也不喝。"

"你不是挺能喝的吗？"李杰明还不死心。

"能不能喝是一回事，想不想喝又是一回事。"

"那我喝一点，"李杰明只好后退一步，但他并不甘心，又试探着问，"你不反对吧？"

"我劝你也别喝。"

"为什么？"

"不是还要跳舞吗？"

"对，对，对！"李杰明连连点头，顿时笑容满面。原来是这样！他乐得像中了头奖似的。

这时，见林雁冬只顾看着湖面上的纸灯出神，李杰明又找出些话来说：

"小林，真得感谢你啊！"

"谢我什么？"林雁冬莫名其妙地回过头来。

"就是那个王先生呀，他真的要来了。这人看样子有点实力。"

"你不是说要找有钱的吗？此人不但有钱，而且还有文化。"

"有学问的大亨，好，年纪不小了吧？"

"不，应该说还很年轻，大概……"林雁冬打量着李杰明，笑道，"大概跟你差不多，据我的估计。"

"啊，那很年轻嘛！"不知怎么的，这对比让李杰明觉得不自在，脸上的笑一下子干瘪了。

"咦，我从来没说过人家是老头子呀！"

"不知道他来带不带夫人？"

"带什么带，他夫人还不知道在哪儿呢！"林雁冬笑了起来。

李杰明顿时瞪大了眼，张口结舌地问：

"怎，怎么，这人还没结婚？"

"这有什么大惊小怪的？人家来投资还得带结婚证……"忽然，林雁冬站了起来，冲着门口叫道，"爸，您怎么来了？"

"啊，我上公园来遛遛。"

陈昆生见女儿身旁还坐着位仪表不凡的男士，又是在一起吃饭，像是无意之中窥见了女儿的隐私，有点手足无措，直想赶快离开去。

林雁冬侧身站着，微微抬起右臂介绍道：

"这是李杰明。"

"伯父，您好！"李杰明早已站起，非常恭敬地双手递上自己的名片。

陈昆生一见名片上"清河市经委副主任"的头衔，便不由得增添了几分敬意，立刻掏出自己的名片递了过去。

李杰明见陈昆生的名片上印有"清河市医药卫生研究所副研究员""《老年保健》杂志顾问"等头衔，忙说：

"伯父，能认识您，太好了。有些老年保健的问题真要请伯父赐教呢！"

"'赐教'二字不敢当，"陈昆生连忙说，"你太客气了！"

"不是客气。小林知道，我父亲退下来之后，体质忽然下降，真不知道是什么原因呢？"

"啊，医生怎么说呢？"陈昆生很认真地问。

"爸，他的话您别当真！"林雁冬撇嘴一笑说道，"他爸是高干，好医生尽着挑，进口药尽着拿，还用您瞎参谋！"

"小林，这你就不懂了，老年人的心态很复杂。医生的话，他不爱听；朋友的话倒能听几句，可他们又不懂医。医生而兼朋友，这就太难得了。"

"是啊，是啊，"陈昆生满脸堆笑，"李主任说得太对了，我们也正在研究老年人的心态，日后还得多向李主任请教呢。"

"伯父，您可真是太客气了。"

这两人的应酬话一串串的，你来我往，没完没了。林雁冬站在一旁说：

"李杰明，舞会大概快散场了吧！"

"啊！"李杰明飞快地低头一看手表，惊叫了一声，抬腿要走时，却又转过脸来，笑着伸过右手去，"伯父，我就告辞了，改日再到府上拜访。"

"好，好，你们玩儿去吧。"陈昆生望着女儿跟这样一位彬彬有礼而又身居要职的男朋友并肩离去，心里笑，脸上也是笑的。

走不多远，林雁冬又回过头说了一句：

"爸，告诉望婆婆，我吃过饭了。"

第十三章

回到"林苑"，陈昆生没有进东屋，一直朝正房的客厅走去。

方桌上摆着三盘菜，全用大碗扣着，只有一双筷子。

望婆婆坐在方桌边打盹，林秀玉埋在沙发里似睡非睡。只有一个秃顶的老头儿，正兴致勃勃，眉飞色舞地在大声宣讲他们公司狠抓经济效益的五条经验和三点体会，那是在电视屏幕上。

陈昆生站在门口，无奈地摇了摇头。

这哪像个家呀？死气沉沉，了无生机，活像一个被丢弃在沙滩上的破船。在这个家里，只有雁雁是无忧无虑的。她回来了，马上给这小院带来喧闹的春色；她走了，仿佛春天也跟着她走了。

多么好的条件不会利用，每想到这一点陈昆生真着急。

就拿这"林苑"来说吧，虽然是今非昔比，徒有其虚名，可毕竟是独门独院，上上下下十几间房，连市里的书记、市长看了也眼红啊！钱，不愁，丈母娘是香港的富婆，还怕没有外资。地位？这年头钱的地位至高无上，只要有钱就能通神，有权有势的看在红包的面子上也要敬你三分。唉！林秀玉啊林秀玉，你怎么就是这么不食人间烟火世事不懂呢？放着眼前的好日子不过，偏要去找过去的旧账跟自己算个没完，何苦呢！

"望妈，"陈昆生跨进门就说，"雁雁不回来吃饭了。"

"这孩子，她说想吃肉丝炒粉皮，想得什么似的。可倒好，给做了她又不吃了……"

"那就收冰箱里，留给她明天吃。"从沙发里传出林秀玉半睡半醒的声音来。

"粉皮可不能留，搁明天就不是那味儿了！"望婆婆看了陈昆生一眼，又说，"姑爷，你还没吃饭吧？我去热热，你吃了它！"

沙发那边又传来一阵弹簧松动的声响。

林秀玉一听见望婆婆叫"姑爷",就像被蝎子蜇了一口似的。可是,望婆婆和自己的关系非同一般,如今又上了年纪,让她改口也难。何况,改口又叫什么?反正都别扭。就好比女儿叫他"爸爸",她不能反对一样;望婆婆叫他"姑爷",她也不好反对。她只能挪动一下身子,发出一些声响,以示自己的存在和不满。

这种无言的抗议,陈昆生当然听得懂,他忙说:

"不用了,我泡袋方便面就行了。"

望婆婆虽然老了,可一点不糊涂。她也知道林秀玉的意思,可她有她自己的想法。仗着她是她奶妈这点资格,她不理会林秀玉的不满,还接着说:

"那可不行!老吃方便面哪行,我给你热去。"

林秀玉不便再说,只闭上眼睛,佯装没有听见。

自从陈昆生搬回来住,她已学会了装聋作哑。她觉得这些日子里,自己是步步败退,陈昆生则是节节胜利。他处处装出一副惨兮兮的样子,好像受了多大的委屈。她可以感觉到他正在赢得女儿和望妈的心,至少是博得她们的同情。原来划定的"房客"那条线,从一开始就没有守住。结果是望婆婆帮他烧水、沏茶、收拾屋子,甚至于做吃的。这些她都看在眼里,可又不好再说什么。

现在,望婆婆竟发展到干脆要留他吃饭,她觉得有点太过分了。多少年来,无论是在医院里还是在家里,她都是说一不二的权威,她不能听任望婆婆漠视自己的存在。

"望妈!"她叫了一声,同时睁开了眼。

望婆婆已经站起来,正端着盘子要往厨房里走。林秀玉这一声叫,嗓门比平日大了许多,把她给定在那儿了。

"望妈……"她又叫了一声,声音低了许多。

她该说什么呢,连她自己都不知道。

虽说法律上她和他还是夫妻关系,实际上早就只剩下个名分了。她这次同意他重返"林苑",纯粹是因为"房子问题",不带任何感情的色彩。可是,事实上她每天都觉得自己已经陷入感情的泥沼,不能自拔。陈昆生信守诺言,对她尊敬有余,决不冒犯。女儿和望婆婆也很少对她进行劝说,但是,她们同他日益频繁的接触，都是无言的提示，都使她感到孤立，感到在这个家里自己正处于"光荣的孤立"的地位。有时，她甚至怀疑是不是自己过于偏激，真的不应算"历史的旧账"，而应"破镜重圆"？

当这种闪念第一次出现时，她自己都吓了一跳：我这是怎么了，怎么能有这种荒谬的想法？陈昆生给自己带来的痛苦难道还不够吗？多年的独身生活不也过来了吗？为什么还要让他重新闯入自己的生活？

可是，不由自己，这种闪念一经出现，就不时在她心里曝光。有时甚至引着她沿着这种念头想下去：果真同陈昆生重归于好的话，雁雁和望妈都会高兴得跳起来，这个家马上就会变样……

不，她不能再这样想下去，也不敢再这样想下去。

望婆婆见林秀玉只是把自己叫住，并无进一步指示，就摇了摇头，不再理她，径自朝厨房走去。

"望妈，您不用忙了，"倒是陈昆生拦住了她笑道，"我习惯了，方便面，真是挺方便的。"

"望妈！"林秀玉又叫了一声。

这一声，嗓门又大了些。望婆婆站住了。

"你把菜……"林秀玉顿了顿，终于有气无力地才把话说完，"都……热一下，端到东屋去吧。"

"咳！"望婆婆大声应道，喜不自禁地把菜端走了。

这又是一次妥协！

林秀玉心里很清楚，如果不作这样的妥协，今晚家里的气氛将更加沉重，更加压抑；当然，她更清楚，这样的妥协最终会导致什么样的后果，那就是再往后退，退到同桌吃饭，再退到同床共枕……

她可以想象的是，全家人将为此举杯共庆；她不能想象的是，果若如此，她不是把自己埋葬了吗？林秀玉将不再是林秀玉了！

"秀玉，你的气色很不好，是哪儿不舒服吗？"陈昆生不便走近她，只站在原地问，声音是十分关切的。

她只摇了摇头。许多年，她没有听到过这种出自异性的关切的声音了，也几乎忘了人间还有这样一种温情。

"秀玉，你知道我刚从哪儿来吗？"

林秀玉漠然地看着他，根本没想过要去回答他的问话。

"我上公园去了。其实平常我也很少去公园，今天下午老年健身协会在那里有个活动，请我去看看，无非是想让我们杂志给他们报道报道……"

这同我有什么关系呢？林秀玉别过头去。

"活动完了，我在公园里走了走，无意之中走进了'临湖轩'……"

一听"临湖轩"三字，林秀玉被针扎了似的，不由得回过头去。心里一阵痛楚：怎么，他还记得"临湖轩"？

"我刚进去，就看见雁雁跟她的男朋友……"

什么，雁雁有男朋友了？林秀玉立刻忘掉了旧日的临湖轩，不由得问他：

"不可能，你看错了。"

"怎么会看错呢？雁雁还把他介绍给我呢，后来，他们就一起跳舞去了。临走的时候让我告诉望妈，她不回来吃饭了。"

林秀玉愣在那里一动不动，嘴里喃喃自语：

"怎么会呢，她怎么从来没有跟我说起过……"

"你问过她吗？"

她摇摇头。

"这种事，我们不问，女儿也不好说呀！"

我们？我们是谁？他为什么说我们？她仰脸盯着陈昆生，眼睛瞪得大大的，却又并没有让面前的人进入自己的视线，只像是在跟一个陌生人请教一个自己拿不准的至关重大的问题。

"她应该告诉我……"

"当然，她是应该告诉你……"

"为什么她不告诉我呢？"

"也许……还没有最后定下来……"

"她的男朋友……会是谁呢？"

陈昆生马上把李杰明的名片递过去。林秀玉望着"李杰明"三个字，仿佛有点印象：不错，有一次雁雁提到过他，好像也是说和他一起跳舞去，怎么自己就没有朝那方面去想呢？这个李杰明，自己见过没有？肯定没有见过，否则怎么一点印象都没有？

"这人什么样子？"她双眼盯着名片，好像要把这个名字看穿。

"看上去比我高一头，有一米八吧。"

林秀玉盯着陈昆生，看着他讲话。

陈昆生马上意识到这是好兆头。多少年来，她没有这样看着他，这样专注地听他说话了，他必须把这种势头继续下去。

"这个年轻人，长得挺精神，很有礼貌。不像现在社会上有些小青年，流里流气的，不懂事。"

她没有答话，心里却像一块石头落了地。

陈昆生细心观察着林秀玉的神色：她在一如往日的平静之中透出一点恍惚。他不能准确地判断她在想些什么，只小心地说：

"秀玉，日子过得真快，想不到雁雁也在谈恋爱了。"

"她也二十四了。"

"是呀，二十四了，该考虑终身大事了。"

"我总觉得，她还是个孩子。一晃二十多年过去了。"

"我们都老了。"

"老了。"

她眼里流泻出更多的迷茫，仿佛置身在另一个世界。

陈昆生在她身旁的沙发上坐下。她感觉到，但什么也没有说。她听任他坐在离自己这么近的地方，也是这些年来绝无仅有的。这给了他勇气。他小声说：

"秀玉，让我们结束这种生活吧，何必自己折磨自己呢？"

林秀玉看了看他，好像听不懂他在说什么。

"我们都到了这个年龄了，剩下的时间不多了。我知道，我对不起你。这些年来，我不断地谴责我自己。可是，我不是'三种人'，我在'文革'中的错误，组织上已经作了结论。你可以不相信我，可是组织上的结论，你总应该相信吧！"

"我没有必要知道什么结论。"林秀玉不去看他那涨得通红的脸，只冷峻地说，"事实是，你在我最困难的时候……"

"秀玉，请你听我解释……"

"我不要听。"

"这么多年了，你都不让我解释。秀玉，今天请你一定让我把话说完。如果我说完了，你还是不能原谅我，那我绝不会再说！"

见林秀玉没有再阻拦，陈昆生似乎为使自己说得更有条理，放慢了说话的速度：

"一九六九年，我到北京的时候，北京特别乱，各单位都在'夺权'。那种混乱的程度，至今我想起来都觉得难以置信。回到家里，我们家早被造反派封了门，父亲被揪斗，关在'牛棚'里，自身难保；母亲也在学习班交代问题不让回家。我去了两个星期，根本没有见到家里的人。这种情况之下，我家里怎么可能收留雁雁？"

是这样的吗？如果真是这样，那你为什么不赶快回来？在那些可怕的日子里，我是多么需要你呀！

"我想回来，可又一想，急急忙忙赶回来有什么用，关键是要给雁雁找一个妥善的安身之地。我就留下来了，到处找亲戚、找朋友。那时全国大串联，北京的消息很多，高校造反派分裂为'天''地'两大派，我们医学院'地'派掌权。清河的造反派也到了北京，他们人生地不熟，根本摸不到门。后来，他们打听到我是医学院的，托我替他们同'地'派挂钩。"

哼！这就是你陈昆生，人家把你家抄了，把你老婆斗了，把你全家扫地出门了，你还替他们出力？

"我知道，我错了。当时我想，只要我替他们挂上钩，我也就成造反派了。自家人什么事情都好办，房子会发还给我们，你也不会挨批斗了，雁雁的问题也就解决了。"

卑鄙，无耻！这么说来，你完全是为了我和雁雁才走上这一步的，你是替我和雁雁受过了？

"你别误会，我不是说我没有错，不，我完全没有这个意思。我知道，这是我政治上软弱、不坚定的表现。正因为这样，每次造反派整风，斗私批修，他们都要我从灵魂深处爆发革命。每一次，我都糟践我自己，把自己说得人不像人，鬼不像鬼的，才能蒙混过关。现在想起来真是心有余悸啊！"

你是自作自受！

"可是，秀玉，每天晚上我都梦见你，梦见我们的小雁雁。我恨不能赶快回来把你们救出苦海！我给你写过几十封信，告诉你我马上就会回来。"

是的，有过不少这样的来信。可是，每封信上都是"最新指示"和"形势大好，不是小好，越来越好"之类不知所云的话；而对母女俩的安危却没有一句关切的话。

"我多么想回清河，想回到你身边，想看看我们的小女儿。我知道你着急，我想把我的计划告诉你，我当时认为我很快就可以回清河。有一次他们还透露，要让我当清河卫生局革委会主任。可是，后来他们又变卦了，让我当驻北京的联络员。我这才知道我上当了，这些人只是想利用我，根本不考虑我家里的困难。可是我确实没有干坏事，没有参加'打、砸、抢'。后来，他们反咬我是'五一六分子'，把我抓起来，这完全是血口喷人，是诬陷！"

这件事，后来确实平反了，林秀玉是知道的。

"秀玉，'文革'当中我有错误，可我跟你一样，也是'文革'的受害者呀！如果说我罪孽深重，应该受到你的惩罚，那么，你也惩罚我有十多年了！现在，让我们重新开始吧，我会百倍、千倍、万倍地珍惜我们的感情！"

"……"

"秀玉，你说话呀！"他叫道。

见林秀玉仍不说话，陈昆生又说：

"今天，我走进'临湖轩'，好像走进了梦境。还记得吗，我们分配到清河，第一次见面就在'临湖轩'。你问我，喜欢这河吗？我说喜欢……"

"不记得了……"她的嘴唇颤动着，声音卡在喉咙里。

"我还说，你在哪儿我就喜欢哪儿。"

她不由自主地抬了抬身子。左右瞧了瞧，又低下了头去。

"刚才，我又走进'临湖轩'。靠着窗口的，不是你，是我们的雁雁。我心里又高兴又难受。女儿长大了，谈恋爱了；我们呢……难道我们的一切都永远找不回来了？不，我不甘心，我不承认。在我心里，对你的……"

　　林秀玉脸涨得通红，她觉得胸口也在突突地狂跳不止，再让他这样讲下去，她就要崩溃了。急忙中，她脱口说道：

　　"不要说了，你，你的心情我理解。这件事，我需要时间。"

　　盼了多少年，终于盼来了这句话，陈昆生觉得眼前有了一线曙光。但是，他那两道浓眉仍然结成一个死疙瘩钉在他方正的脸上，他的表情仍然是痛苦的，他说出来的话如同呐喊：

　　"'文革'十年，现在又过了十年，秀玉，我们还有几个十年啊！我们的时间已经不多了！"

　　他的眼泪已在眼眶里滚动了。

　　"不，我不能……"林秀玉慌乱地说，想要站起来。

　　这时，恰巧望婆婆走了进来，看了林秀玉一眼，才说：

　　"姑爷，饭菜都热好了，搁在您屋里了。"

　　"望妈，谢谢你，我一会儿就去吃。"

　　望婆婆看着他们俩，觉得神情都有点不对，转身时说：

　　"快去吃吧，别一会儿菜又凉了。秀秀说，菜不能回锅，热来热去，营养全给热跑了。"

　　"我马上就去。"

　　茶几上的电话响了。林秀玉像找着了救命恩人似的，一把抓起话筒：

　　"喂，我是林秀玉呀！你……啊，妈，您好吗，身体还可以吧？我上次的信收到了吗？补药可以吃一点，也不宜多吃……大哥大嫂都好吗？我，我身体还好，没有什么病，还是老毛病，胃有点不好……啊，不行啊，我去不了，医院里很忙，等有时间了，我一定去……啊，他……他也挺好的……您不用……"

　　林秀玉看了陈昆生一眼。陈昆生知道丈母娘肯定是问到自己了，真希望这时候林秀玉能把话筒递给他，让他跟老太太能对上话。可是，林秀玉只顿了顿，就对着话筒说：

　　"妈，我的事您就不要操心了……啊……啊，雁雁不在家，出去玩去了。什么？王先生明天来？哪个王先生？雁雁没有跟我提起过。哦，哪天？星期一的飞机，让雁雁去接吗？好，我告诉她，看她有没有空。不过，雁雁这两天比较忙……"

"她没有空，我可以去接。"陈昆生犹豫了一下，终于插了一句嘴。

林秀玉装作没有听见，对着话筒说：

"妈，您放心吧，会有人去接的。"

话筒刚挂上，林雁冬就咚、咚、咚地从院子里跑进了上房。

"妈，爸，你们都在这儿？"

"是啊，你回来啦！"陈昆生脸上笑着，很高兴女儿看见这场面，也很想再说几句寻常人家的话，以营造一种气氛。不料，林秀玉根本不容他开口，就说：

"雁雁，你晚回来一步，外婆刚刚来电话。"

林雁冬一听，直怪自己回来晚了，又问：

"外婆说什么了？"

"说是有位王先生，后天到省里。"

"王耀先吧？"

"对，外婆让你去机场接。"

林雁冬皱着眉头，顺势往方桌边的太师椅上一坐说：

"外婆也真是的！管这闲事干吗？我可没空接，他不会'打的'来呀！"

陈昆生见女儿为难，就讨好地说：

"雁雁，要不我替你跑一趟？反正我……"

"不用，待会儿我给李杰明打个电话，让他去接一下。"

听到女儿说出"李杰明"这个名字，倒猛地提醒了林秀玉，她下意识地瞧了一眼陈昆生，看见他正向自己投来一个颇有深意的微笑。

"姑爷，快过东屋吃饭吧！"望婆婆在院子里喊。

"来了，来了。"陈昆生应声跑了出去。

林雁冬拨通了李杰明家里的电话：

"喂，是李杰明同志家吗？啊，我是林雁冬。什么？听声音就听出是我了？我耳朵可没你那么灵。刚才，嘿嘿……我还以为是……是你爸呢，老气横秋，官气十足。哈，说正经的，我外婆来电话了，说王耀先明天到省里。什么，他自己刚才也给你来电话了？他倒挺会照顾自己的。你去接吗？那太好了。"

女儿刚放下电话，林秀玉就说：

"这个，姓李的什么人，好像跟你挺熟？"

"是啊。"林雁冬回头瞧了妈一眼，觉得有点奇怪，妈是从来不过问这些事的。

"刚才你们跳舞去了？"

"是呀！"林雁冬想起刚才爸爸在这屋里坐着，于是恍然大悟，问道，"妈，是爸爸告诉您的吧？"

林秀玉不正面回答，只是问道：

"他是你的男朋友？"

"什么呀，妈！"林雁冬咯咯笑道，"一块跳跳舞就是男朋友了呀？"

第十四章

"王先生，请！"

李杰明推开皇宫酒店一间豪华套间的房门，微微笑着伸出右臂，请贵客先行。

王耀先也将身子朝后躲闪了一下，笑容满面地点了点头，这才提着那不离手的公文箱，抱着十分歉意的样子，先走了进去。

只打量了房间一眼，王耀先就觉得好笑。这算什么"豪华套间"？从玻璃窗到灯具，都不够标准。墙上那廉价的塑料墙纸，更足以说明这家酒店的档次了。可这位李先生居然还介绍是什么"三星级"，内地人真会开玩笑！不过，既有海外华裔商人和气生财的遗传基因，又身受美国式幽默的潜移默化，他脸上的笑容仍让人感到，他住上这样的酒店，是不会计较的。

专门挑选的漂亮小伙子，穿着红色夹克背心、戴着红色橄榄帽，殷勤地把行李送到了房间。立即又有身着紫罗兰制服，头戴紫罗兰橄榄帽，打扮得像空姐似的服务小姐袅袅婷婷地走来，递上粉红色的香喷喷的小手巾帕子。从她那高及臀部的衩口里不时闪现出的雪白的大腿，加上说出话来也带着那么一点港味儿，竟使王耀先觉得怎么又回香港了？

一股莫名的懊恼沉甸甸地压在王耀先心头：林小姐为什么不来接机？为什么让这位李先生代表她？

"本来，林小姐也要到机场来接的，因为临时有点事，她让我代表她欢迎王先生光临清河，并代表她向你表示歉意……"

"好，好。"

王耀先嘴上说好，心里跟霜打了似的。星期六晚上，老太太亲自打了电话，说好林小姐要到机场的，怎么就变了卦？"临时有事"？早没事，晚没事，偏偏今天就"有事"？再说，这位李先生算是她的什么人，左一个"我代表她"，右一个"我代表她"，他怎么就能代表她？他感到心里发闷，也顾不得与李先生是初次见面，就一手拉开了脖子上的领带，好像再不拉开就会把他勒死似的。

"王先生累了吧，要不要先休息一下？"李杰明倒也见惯了一些港澳来客的不拘小节，并不以为怪。

这一问使王耀先多少觉得不大礼貌。就又紧了紧领带，笑道："真对不起！昨天我，我就有点感冒……"

"王先生辛苦了，好好休息一下吧！"

"没关系，没关系。"

王耀先真希望这位热心的东道主能够主动告辞，让自己单独待一会儿。可是，他知道，这里同胞的接待方式和美国不同，不是把你送到宾馆就算完事。为表示热情一定要死跟着你，好像只有这样才算尽到了地主之谊。这时，见李先生还站在那儿，丝毫无告辞之意，只好说：

"李先生，请坐！"

李杰明果然就坐下了。

王耀先整理好领带，脸上保持着完好的微笑，也侧身在小沙发陪坐了下来。

他不经意地打量了李杰明几眼。只见他身材修长，眉目清秀，银灰色的西服样式不俗，从面料到做工一眼就能让人看出是外来货。脚上的皮鞋也不是同胞的手艺，且干净得像新的一样。只从这双鞋，王耀先就能断定此人是常与外边来的人打交道的。他两次来内地，见过不同层次的人物，有的人西服倒还说得过去，只是不能往下看。这位李先生就不同了，他身上可以说没有一点可挑剔的：衬衣、领带、袖口都妥妥帖帖，要是西服的颜色再浅一点，就更合乎时令了。作为内地的官员，生意上的合伙人，李杰明是够格的。而现在，此人口口声声以林小姐的代表自居，那就另当别论了。

李杰明隔着茶几，十分客气地说：

"王先生，你是贵客，又是第一次到我们这小地方，看看怎么安排一下日程？"

王耀先仍保持着微笑，也极其客气地回答：

"李先生，我这次来清河，主要是林小姐上次到香港邀请……"

"是啊，是啊，林小姐跟我很熟的。她多次跟我提到王先生。不知道王先生对哪些项目有兴趣？"

"兴趣嘛，也很难说。做生意嘛，总要多看看……"王耀先扭头端起了茶杯，好像不想谈这个话题。

"是啊，是啊，不知道王先生的公司，主要做哪些方面的生意？"

"生意嘛，能赚的就做做。"王耀先笑了笑，眼睛端详着手里描龙画凤的杯子，慢腾腾地又说，"在多伦多有我们一家造纸公司，香港嘛，主要是做贸易。"

"啊，我们这里有一家造纸厂，"李杰明眼睛一亮，忙赔笑道，"很希望引进一点外资，搞成合资企业。如果王先生有兴趣，可以去看看，或者先找人来给王先生介绍一下情况，或者……"

"好的，好的。"王耀先先点了点头，随后又说，"等见到林小姐，我跟她商量一下，再定吧。"

王先生左一个林小姐，右一个林小姐，连参观一个项目都要等见了林小姐再定，李杰明觉得这位港商有点可笑。人家介绍你来了，你该干什么就干什么吧，干吗非死缠着人家介绍人。也许他第一次回内地，不知深浅，怕吃亏上当？这就不好再谈了，李杰明只好客套一番：

"王先生有哪些事需要我们办的，请不要客气！"

"谢谢，已经很麻烦李先生了。"

"哪里，哪里，这都是我们应该做的，请王先生千万不要这么客气！"

李杰明的一片赤诚，终于使客人感动似的说道：

"李先生，你真是太客气了！坦率地说，在贵地，除了林小姐，我什么人也不认识。当然啰，现在还有你李先生，算是熟人了！所以嘛，当然我是希望尽快地见到林小姐啦！真遗憾，不知道林小姐公务这么忙！"

怎么又回到林雁冬身上去了？李杰明侧身对着客人，端着茶杯正准备喝口水，听到这话，停住了手臂，从杯沿的上方盯了客人一眼，又低头抿了一口茶，两手捧着茶杯转动着，笑答道：

"林小姐这个脾气呀，谁拿她也没办法。其实，有些事情她是可以不管的，可是她呀……"

"在香港的时候，林小姐倒是很详细地向我介绍过她的工作。她说，她经常需要到工厂，到乡村。没有想到真是这样的东奔西跑，太辛苦了，太辛苦了！这要给她外婆知道哇……"

听到另一个男人对自己钟爱的姑娘如此敬仰，如此关怀备至，李杰明心里总不免有点厌烦。虽然他脸上还浮着笑容，却悄悄地把话题扯开了去：

"那么，今天晚上是不是就不安排什么活动了，明天晚上市经委吕主任设宴为王先生洗尘……"

"真是不敢当，不敢当啊！其实，我到清河来，还真不知道自己能做点什么呢。"王耀先欠身坐在沙发上，变得很谦逊，"说起来，都是林小姐大力鼓励。在香港的时候，她就劝我回内地来做一点事情……"

怎么回事，这位港商干吗死抱着一个话题不放？

从一下飞机李杰明就有点吃惊，林雁冬介绍来的这位财主太年轻了。不但年轻，而且还有那么一股说不出的潇洒和书卷气，这在大帮大帮涌进来做生意的港台同胞和爱国侨胞里实属罕见。

莫非他和林……不，不会的……

"小林这个同志是很爱国的。"李杰明这回避开了"林小姐"之类的说法，改用内地通常用的称呼，以示同志之间非同一般的内在联系，"我们市经委开过一次动员大会，强调开放的步子要迈得快些，号召全市干部群策群力，为多引进外资贡献力量。林雁冬同志这回去香港，能把王先生请到我们清河来，我们确实感到很荣幸。她也再三跟我说，让我一定要照顾好王先生，别让王先生第一次到我们市就觉得失望啊！"

"哪里，哪里会呢！在香港的时候，我就对雁雁讲，如果我有幸到清河投资建厂，完全要感谢她呢！"

一听王耀先叫出"雁雁"这样的爱称来，李杰明真有点傻了。看来不是自己太敏感了，这位先生此番前来，究竟是投资，还是别有打算？可不能糊里糊涂为他人牵线搭桥啊！他愣在那里，却听得王耀先的声音又甜甜地传了过来：

"如果李先生不介意的话，我想先去林府拜访一下。来的时候，雁雁的外婆，还有她舅妈，托我带了些东西给她……"

"东西好办，我派人给送去。"

"不，不，不麻烦李先生了。我答应了外婆，要亲自送去的。"

"哦，好吧，明天早上我给您安排车。"

"不必了，不必了，老人家特别带了些点心，都是雁雁爱吃的。我想，最好是今天送到，否则，怕不新鲜了。这事要是办不好，回去我可是要挨老太太骂的啊！"

"哦，就是不知道现在她家里有没有人，要不要我先打个电话？"

"太好了，那就有劳李先生了。"

林雁冬家的电话号码，李杰明是熟记在心的，拿起电话，就飞快地拨了号。响了四五声就是没有人接。他放下电话，又重新拨了一次，耐心地等着，那边还是没有反应。李杰明抬手看了看表，说道：

"王先生，现在时间也不早了，要不，我就先陪王先生去林府……"

"那好，那好，"这句话可算说到王耀先心里去了，他脸上露出由衷的笑意说，"只是太麻烦李先生了！"

"没有关系，有车，很方便的。"

李杰明正准备起身，不料王耀先道了一声"对不起"，站起来穿过卧室，径自进了卫生间。

不知是这里的镜子质量欠佳，还是旅途劳累，王耀先怎么看，也觉得脸上的气色不对。他转身进了房间，打开行李箱，取出一盒男用化妆品，返回卫生间去了。

这边，李杰明先还坐得稳稳的。过了一会儿，不见王耀先出来，心里就有点不耐烦：这种港客，真难伺候！要不是为了引进他口袋里的钱，谁上这儿瞎耽误工夫伺候他！

足足过了二十分钟，王耀先才干干净净地从卧室走了出来。经过一番细心的梳洗，又换了一身白色的套装，茶色眼镜的镜片也擦得清亮亮的，这位王先生通身上下一尘不染，精神焕发，连李杰明也觉得眼前一亮。他这才悟到，男士也要精心打扮自己！

"可以走了吧，王先生？"李杰明站起来。

"好的。"王耀先又从卧室里提了一只很洋气的旅行袋出来。

他们下了楼，坐上车。王耀先显得兴致很高，一路上问这问那。李杰明嘴上应付着，心里却矛盾重重。一会儿希望林雁冬还没回家，最好他们全家一个人影儿都没有，让他吃个"闭门羹"。一会儿又希望林雁冬正好在家里，当场给这位不知轻重的花花公子一个没趣。

车到"林苑"大门前，李杰明按了门铃，出来开门的是望婆婆。

"你们找谁呀？"两位客人，望婆婆都没有见过。

"林雁冬在家吗？"李杰明问着，见老人堵在门口，也不好往里走。

"不在。"望婆婆手扶着门框，两只被肿眼皮包裹着的眼珠子在黑暗中睁得很大，一副警惕性很高的样子。

"伯父呢？"李杰明伸着脖子越过望婆婆的头顶，朝院子里张望。

陈昆生已经听见声音，正好迈出房门来。

"伯父，您好啊！"李杰明一见，不管老太太拦不拦，三步两步进了院子，热情地握住了那只伸过来的手。

"哦……是李主任，请进，请进！"陈昆生拉着李杰明的手，紧紧地握着，"是来找雁雁的吧？"

院里很黑，正房里也没有亮灯，看来家里只有陈昆生一人。这太好了，李杰明故意提高嗓门说：

"伯父，昨天我给您打电话，不巧您不在家。"

"啊，有什么事吗？"

"我父亲想来拜访您，谈谈有关……"

"不敢当，不敢当。"陈昆生笑呵呵地打断了他的话，一个劲儿地说不敢当，根本不打听人家要谈什么。李副主任的父亲要登门，那就是很大的面子嘛。

李杰明只顾说话，仿佛压根儿忘了门边儿还站着一个人呢！王耀先提着旅行袋站在门口，进也不是退也不是，又不便打断人家友好的交谈。直到望婆婆打开了院门口的电灯，陈昆生才发现那儿还有一个人。李杰明这才回身两步，朝客人的方向伸出一只胳膊，说道：

"啊，我来介绍一下，伯父，这位是王先生。"

王耀先虽然同外婆一家很熟，却从未听老太太提起过这位林家的女婿。他略知雁雁的父母失和，却不知其详。听见李杰明口口声声叫他"伯父"，估计此人定是雁雁的父亲无疑。使他拿不准的是，不知雁雁同他爸爸的关系如何，这位"伯父"在这家里的地位如何，自己应采取什么态度对待之？这小小的场面，一时倒使久经商场应对的王耀先为难起来。不过，他只愣了那么一秒钟，就以不冷不热不远不近的态度上前客气地握手寒暄：

"你好！我是王耀先。"

陈昆生还处在李副主任亲自登门拜访的喜悦之中。他心目中，这位当今清河政坛的新星，很可能就是未来的乘龙快婿，因而并没很把这陌生的客人放在心上，只是冲正在关大门的老太太喊道：

"望妈，我屋里小茶几上有个圆的茶叶桶，里边是好茶叶，你给拿来！"

等这一通忙活过后，陈昆生才看清了跟在李杰明身后的王耀先，看清了王耀先手上那只耀眼的"洋包"，并且品出了他刚才说话中的"港腔"，又由此想到前天晚上老岳母电话中提及的"王先生"。他顿时又把笑脸转向这位贵客，连连作揖：

"王先生，久仰，久仰！"

王耀先感受到主人的热情，也放下旅行包，伸出手说：

"伯父，早就想来拜见伯父伯母……"

"不敢当，不敢当，王先生太客气了！"陈昆生一个劲儿地笑着，侧身让着，直把贵客让进上房客厅。客人刚刚落座，陈昆生弯腰站在屋中间很洋派地问：

"王先生是喝点茶，还是咖啡？"不等客人回答，他又笑道，"王先生可能还是习惯喝咖啡吧！"

"都可以，都可以，伯父不必费心！"

都可以，那大概就应该是咖啡了。于是陈昆生又冲着院子叫了起来：

"望妈！不要拿茶叶了，要咖啡。我里屋书橱上边第二格有一瓶雀巢咖啡，你给拿过来。"

在陈昆生的喧嚷中，望婆婆把一瓶咖啡拿来了。

"拿瓷杯子，不要玻璃杯！"陈昆生又小声叮嘱。

"再带几把小勺儿。"

王耀先听清了面前的老太太就是望婆婆时，立刻从沙发上站了起来，满脸是笑地迎了上去：

"啊，你就是望婆婆呀，雁雁的外婆还特别让我替她老人家问候你呢！"

"啊！这，我可当不起哟！"望婆婆当年在林家也是见过世面的，现在她恭恭敬敬地站在这位体面的先生面前，一双粗手抄在自己的胸前，说出来的话句句都很得体，"老太太一去几十年，上次听雁雁回来说，她可还不见老呢！"

"是啊，她老人家身体很好，精神也很好。"

"有福之人啊！"

王耀先又回身从皮包里拿出一个红包，双手奉上，笑道：

"望婆婆，这是老太太托我转交的，让我一定要亲手交给你的！"

望婆婆接又不是，不接又不是，又是摇头，又不好意思地笑了起来，最后把红包在自己那双粗手里倒过来又倒过去，不住嘴地念叨起来：

"老太太这人呀，真是的，一辈子宽厚待人。唉，说真的，我要钱有什么用？上次雁雁回来给我带了一大把，我还没处用呢！如今这年头儿，又不兴买棺材，我呀……"

望婆婆只顾和这位先生对话，根本就忘了陈昆生让她冲咖啡的事。

陈昆生见王先生跟望婆婆说得正热乎，不便再催她去干活，只得自己跑去拿了杯子来。倒是望婆婆看见陈昆生托着个茶盘子进来，才忙忙地丢下正说着的话儿，几步跑了过去帮忙。她把咖啡递到王耀先手上时，端详了他一阵子，才恍然大悟，弯下腰一拍自己的膝盖，老眼眯成了一道缝，笑呵呵地说：

"王先生呀，这会儿我可认出来了！雁雁从香港回来照了好些相片儿。那上边就有您，是吧？我说怎么一见您，就像在哪儿见过……"

王耀先高兴得拍着老人的肩膀咧着嘴直乐。

李杰明在一边听着，心里越来越明白了：这位王先生和林雁冬家的关系的确非同一般，特别是小林在香港的时候，他们的交往够多的，连这位老眼昏花的老太太都能从照片认出他来，可见他们在一起照了不少的相。可是，这又能说明什么问题呢？小林是个有头脑的女孩，而且很有主见，这样一位富家公子，她才不会放在心上呢！想起她那总是微微扬着的高傲的头，似嗔非嗔的高傲的笑，李杰明心里安慰自己：她怎么会看上他，你想到哪儿去了！

"伯父！小林今天怕是回不来了吧！"李杰明亲切地问着，心里有点幸灾乐祸。

陈昆生对女儿的行踪两眼一抹黑，哪里知道林雁冬一天在干些什么！

关于这个，望婆婆才有发言权。她忙答道：

"雁雁晚饭的时候就打电话来了，说她今天晚上住在县里，不回来了。唉，这么热的天，我看她早上走的时候，连件换洗衣裳都没带……"

李杰明不想再听老太太啰嗦，就冲着王耀先说：

"王先生，你看，我们是不是该告辞了！"

"真是辛苦，怎么林小姐晚上还要工作？"王耀先好像很难理解。

"是啊，是啊，"陈昆生说，"小女的工作一直很忙。"

"要不，我们再等一等。说不定林小姐忙完公务会赶回家呢？"王耀先冲着李杰明说，眼睛却盯着陈昆生。

"她倒是知道王先生今天要来……"陈昆生也想客人多坐一会儿。

"咳，她回不来了。"望婆婆说，"她到的那地儿，离城里远着呢。"

"走吧，王先生！"李杰明很轻松地说，"林小姐你会见到的。明天晚上我们经委的吕主任在水仙酒楼请你吃饭，欢迎你来我市洽谈合作事宜，我也请了林小姐，到时候都能见到的。"

"那我就告辞了。伯父，这么晚了来府上打扰，实在过意不去。"

王耀先一边说着客气话，一边打开旅行袋，从里边拿出一包一包的东西，又一一地解释得明白：

"这是外婆特意给雁雁订的奶油蛋糕，今天早上刚送到的。这条裙子，是今年香港最流行的，颜色也是最新潮的，舅妈说让雁雁穿穿看。这件羊毛套装是今年法国最新的式样，是雁雁表弟送给她的……"

陈昆生把礼物一样一样地接过来，微笑始终没离开过嘴角。尽管东西大都是送给雁雁的，少数几件是送给雁雁的母亲或望婆婆的，没有一件到他的名下。

最后，王耀先又抬起头来笑道：

"老太太一再嘱咐，点心是刚订的，很新鲜的……"

陈昆生只是连声地说谢谢，根本没有考虑那两盒精美的蛋糕的保鲜问题，还是望婆婆胸有成竹，笑道：

"我这就放冰箱里去。"

第十五章

李杰明到处找林雁冬。

电话打到林雁冬的办公室，说是出去了，不知道什么时候回来。电话打到姜贻新的办公室，光听铃声响，就是没人接。电话打到丁兰兰那儿，总算找到个了解情况的。

"李主任？怎么打我这儿来了？又是请小林跳舞呀？请不请我呀？"

"请，请，请！"怎么，礼拜六一块儿跳舞的事，林雁冬都告诉她了？这么说来……李杰明心头一热，眉头舒展开来，声音里也就带着笑了，"小丁，你先告诉我，小林上哪儿去了？"

"我怎么知道哇！"

话筒里的声音也带着笑，明摆着的是她知道。李杰明只得耐下心来央告，又说了一串好话，丁兰兰说道：

"大主任，我劝你别瞎费劲了，她呀，昨天一早就跟老姜头下乡去了。"

"又出什么事了？"

话筒里传来扑哧的一笑，接着是不以为然的质问：

"非得出了事才下乡呀？"

"不是，不是，我不是这个意思……我是说……"

话筒那边又轻巧地笑了一声，才又说：

"告诉你吧，小林跟局长下去搞规划去了。"

"搞什么规划？治理清河？"

"真逗，我们环保局，不规划这个规划什么？"

"你们那老姜头怎么还是五十年代工作方法？光带着人往下跑，就能跑出个规划来？"

"不跑怎么办？跟你们经委似的，权大气粗，等着人送上门！"隔着话筒，李杰明都仿佛看见了那姑娘撇得勾儿似的丰满的两片嘴唇儿。

"好好好，你们老姜头绝对正确。小丁，告诉我，她现在在哪儿？"

"总不能白告诉呀！"

"那还不好办，市里的馆子随你挑。小丁，不开玩笑，香港来了一个人要找她。"

"哦！是不是那个姓王的？是吗？"

怎么，丁兰兰也知道王耀先？看来，她跟林雁冬的关系真是不同一般。

丁兰兰这才把林雁冬的日程安排告诉了李杰明。他千恩万谢地放下电话，立刻根据她提供的线索四处寻找。追到下午，终于在一个乡的监测站找到了林雁冬。

"小林吗，我李杰明。哎呀，可把你找着了！"

"找我什么事？"听着那声音有点喘，林雁冬觉得奇怪。

"小林呀，你介绍的那位王耀先到了。"

"真的呀！是你去接的吗？怎么样，印象还不错吧？不那么俗，对不对？"

听口气，林雁冬挺高兴的。李杰明心里不是味儿，说出的话也公事公办的：

"吕主任今天晚上替他接风，他希望你也参加。"

"那可不行。你们吕主任可调动不了我。我们姜局长可在这儿！"

"这也是工作嘛！"

"我又不做生意，我参加有什么用？"

林雁冬这回的口气，李杰明听了反倒高兴。看来这个王耀先纯粹是自作多情，林雁冬根本没把他放在心上！不过，他们的关系毕竟不同于一般。他又劝解式地说道：

"小林啊，人可是你介绍来的，你不回来见见？"

"我跟头儿在下面搞调查研究，回不去呀，麻烦你大主任替我招待招待就是了。"

"你不回来了？"

"回不来呀！"

"那好吧。再——"他准备放电话了。

"喂，李杰明，"那边又叫住他说，"王耀先是我的朋友，跟我外婆他们家也挺熟的，你们可别坑他哟！"

"哪能呢？就因为是你的朋友，我才替他吹了半天。吕主任可是把他当成了香港的大亨，真准备跟他做两笔生意呢。小林，他真有钱吗？你可也别坑我。"

"嘿，李杰明，咱们好歹都算社会主义这边儿的，谁坑谁呀？"林雁冬咯咯地笑。

"没错儿，一个阵营的嘛，哈哈！"他扬声大笑了。

"你先别笑，这事可是你们求我的！我还没找你们经委算账呢！"

"对对对，回来咱们把账算清楚。"

"那当然！"

放下电话，李杰明心里痛快极了。

不过，晚上这顿饭，少了林雁冬也是个问题。怎么办呢？想来想去，居然被他想到了林雁冬的爸爸。若是把陈昆生请来赴宴，对王耀先不失为一种交代，吕主任面前也算完成了任务。

于是，他马上拨通了"林苑"的电话。陈昆生先还推辞了几句，后来听李杰明说是"工作需要"，也就慨然应允。

陈昆生自称"半个美食家"。类似这样有吃有喝，又不费分文的宴请，为什么不去！他放下电话，回到东屋，斜靠在沙发上，点上一支烟，感到一种少有的舒坦和兴奋。他记得，年轻的时候，好像没有这么馋。上大学的时候，买只烧鸡啃啃就解决了问题。结婚以后，望妈为他做过很多他从来没有吃过的美味，成了他在这方面的"启蒙老师"。也许因为那时的伙食水准不低，且天天地细水长流着，他没有感到对吃的不可抑制的需求。要说喜欢吃，还是近年来独身生活逼迫出来的嗜好。只可惜，限于经济条件，他的爱好只能停留在书本上，各方的名菜他是只知其名不知其味。而能够吃遍大江南北山珍海味的官方宴会，陈昆生的级别又无缘参加。

回想起来，"文革"中有一段，他得势时，也吃过，也喝过。

可要同现在官场的宴会相比，那只能叫小打小闹，简直就算不得什么吃喝。"文革"后复出，他只有虚职闲差，只能到诸如新药展销之类的招待会上去"蹭"一顿自助餐，也无甚精品。见到报上揭露公款请客、一掷千金的报道，他在愤愤然之余，每每也有不平之感：这等好事，怎么就轮不上我？

真是没有想到，如今居然也轮上自己了。

兴奋之余，心里也不免凄凉：这口福的得来并不是靠了自己的力量，而是沾着女儿的光。就好比一艘机件失灵的老船、破船，只能靠着另一只船拖带，才能航行……

王耀先，李杰明；李杰明，王耀先……这两个身影交替在他脑子里出现，像两艘轮船远远地出现在水平线上。他看不分明，不知道该往哪艘船上靠。但，那是希望，是今生今世最后的一次机遇，这是确定无疑的。如果不抓住这个机会，自己这条破船也就算完了。

李杰明，近在眼前，触手可及，当今的实权人物，自有许多难以用金钱计算的资源。虽说如今深化改革，已经有人弃官从商，但政府官员手中的人民币，毕竟含金量非同一般。有权就有钱，就有一切。老丈人跟着搞点特殊，谁也气不得恼不得。

王耀先呢？海外华人，家产殷实，有钱。内地上如今从革命干部到广大人民群众，人人见钱眼开。能攀上这一门子海外阔亲戚，自己这后半辈子也就享用不尽了。

只不知雁雁怎么想的？

也许她更倾向李杰明。毕竟在一个城市工作，接触机会多，受的教育也大体相同。有共同语言……当然，也不失为一个聪明的选择。年纪轻轻的，就官居司局级，日后必然青云直上。可是，中国的政局诡谲多变，万一失手，一跤跌下来，那就不堪设想了。前车之鉴，不可不虑啊！

要讲实力，讲稳妥，当然是王耀先强百倍、强千倍！有了海外的身份，在那边花园洋房小别墅，享尽资本主义的荣华富贵。厌烦了飞回这边来就是"爱国华侨"，拿着用不了的闲钱投点资，利用廉价的中国劳力赚取红利。政治、金钱双丰收。何等的轻而易举!

……关键是，不知雁雁怎么个打算……

左思右想，迷迷糊糊的，陈昆生竟睡了一小觉。

睁开眼来，已是午后四点钟了。他不慌不忙地从沙发上站了起来，走进小小卫生间开始梳洗打扮。只一会儿工夫，就用一种中外合资的染发膏，快速地把头发染得很完美了。原来并不稀薄的头发，总体变成一种接近自然的黑色，只是鬓角有意留下了几缕银丝，衬着四方的脸盘，更显出一个成熟男人的风韵与魅力。他又换上一套新近添置的灰色隐条西服，系上一条紫色领带。站在那一米左右的镜子前，陈昆生含笑端详着自己的风采。当那双依然明亮的眼睛朝自己闪烁时，一股绝对的自信从心头升起，面前的人比实际年龄起码年轻了十岁。

诸事齐备。

陈昆生点上一支烟，在袅袅的烟雾中，聆听着门外的响动，只等那一声汽车的喇叭声。李杰明说好了五点半派车来接的，他该不会忘了吧?

终于，门外有响动。

陈昆生赶紧掐灭了烟头，快步走到院子里。这时，大门已从外面被推开。进来的这人，不是李杰明，也不是人家派来的司机，而是林秀玉!

"啊! 是你回来了!"

"嗯。"林秀玉应了一声，侧身关好门，回过头来不经意似的打量了一眼衣冠楚楚的陈昆生。

陈昆生感觉到射向自己的视线，觉得有必要说明一下:

"噢，刚才李杰明来电话，说今晚上经委吕主任请王耀先吃饭，要我去陪一下。"

"啊?"

陈昆生又觉到了这一个字里包含着的疑问的口气，忙又含笑解释:

"唉，都是雁雁惹的事。她把人家介绍来，她自己又下乡去了。没办法，他们经委找到我们。你又不在，只好我跑一趟。要

139

不然，她外婆那里也不好交代……"

林秀玉眼睛不看他，一边朝前走，一边回了一句：

"这没有什么交代不交代的问题。"

"是啊，我也是这么说呀，"他也跟着朝前走，叹了口气，又笑了一声说，"哎，你不知道那个李杰明，真是缠人哪！他的理由一大堆，说什么雁雁不在，林家总要去个代表，这样……"

"什么？"林秀玉扭头飞快地盯了他一眼，那眼神里的不满是显而易见的。

"这我知道。"陈昆生低头苦苦一笑，"我能代表谁？我连我自己都代表不了……我主要是考虑雁雁和李杰明的关系，我不愿意让她受到我们的……"

"随你的便吧！"林秀玉怕听他再扯到两个人的关系问题上，就忙表了这个态。转身要走时，门外响起了汽车喇叭声。随即，李杰明进来了。

"伯父……"

"噢，李主任，我来介绍一下，这是雁雁的妈妈。"

"伯母，您好！"李杰明深深鞠了一躬。

"你好！"林秀玉像对待病人似的很礼貌地点着头。

李杰明又上前一步，躬身赔笑说道：

"常听小林说起您，知道您工作特别忙，一直没敢来打扰您。"

"医院的工作，总是忙一些的。"林秀玉对这位谦恭的年轻人印象不错，看了他一眼，又补了一句，"以后有时间，来玩儿吧。"

"谢谢伯母！"李杰明见这位市里的名医对自己的态度很慈祥，就大着胆子进一步说道，"今晚市经委宴请王先生，伯母能不能赏光……"

"噢，我就不去了。我这个人，不善于应酬。"

李杰明深恐伯母见怪，又连忙解释说：

"是啊，是啊。真不应该来打扰二老的。只因为是雁雁介绍来的客人，我才跟伯父说……"

"你们去吧。"林秀玉只好松口。

李杰明也松了一口气，又向伯母告辞。陈昆生也就跟着转身出了门。

一上车，陈昆生就用男人对男人的口气，笑道：

"雁雁的母亲就是这么个人，李主任，你不要介意。"

"哪里，哪里，伯母说得很对，应酬确实是个苦差事。不瞒您说，现在我是吃饭吃怕了，可不吃又不行。"

"工作需要，不得已而为之嘛。"陈昆生连连点头，"拿我来说吧，上了年纪，粗茶淡饭是最好不过的了。可是，有时候有些宴会找到了头上，不去吧，得罪人；去吧，也是勉为其难！"

"真是太谢谢您了。伯父，今天晚上的宴会，徐市长也参加。"李杰明不动声色地介绍着。他心里知道，对这种事情，老伯父可不像老伯母那样无动于衷。

"啊，真的吗？"陈昆生信不过似的脱口问了一句，随即扭头望着窗外，仿佛根本没把这信息往心里去。

第十六章

"水仙酒楼"是清河市新开张的一家高档餐厅。

今天是经委吕主任宴请外宾，又有徐市长出席，饭店总经理作了精心安排。除名厨掌勺外，又把休息间布置一新。迎门的小桌上摆了一个大得像花篮似的花瓶，插上了一大把鲜花，有点像人家租了来举行婚礼似的，不伦不类。沙发前的长条茶几上还特别摆上了进口的便笺和圆珠笔，以备不时之需。除了穿梭的服务小姐之外，还增加了戴白手套的领班和部门经理恭候两侧。总经理更是跑前跑后，唯恐哪一个环节出点岔子。

李杰明陪同陈昆生步入休息间时，吕高良已经端坐在沙发上喝茶了。陈昆生刚被介绍给吕高良，两人还没有说上一句话，酒店总经理就慌慌忙忙地过来通报：

"徐市长来了。"

吕高良两手撑着沙发扶手，让胖胖的身躯站了起来。他慢慢地往前迈了两步，抻了抻西服的下摆，挺起胸，这才快步走到门前。

陈昆生跟在李杰明身后，也随着往前挪。

待一行人已在门前站定，才听得门外一阵喧哗，几个人快步走了进来。为首的是一位小个子大眼睛的男人。从他轻快的步伐推测，他应该是三十五岁以下的年轻人，可从他昂首微笑的面孔以及左顾右盼的神气看来，特别是从他那当仁不让走在众人前面的姿态和四处巡视的目光中，陈昆生感到他就是徐市长无疑了。

在座的，除了陈昆生，全是徐市长的部下，无须介绍。吕高良抓紧时间向市长汇报，无暇顾及陈昆生。有吕主任在前，李杰明自然不便上前，只在一旁赔笑。陈昆生更是没地儿站，退到了屋子的一角。

徐市长仰身坐下，接过服务小姐递上的热毛巾，连头带脸地擦了个痛快。然后用小毛巾轮换着慢慢地擦自己那双肉乎乎的手，从手掌手背到指尖一一擦来，擦得非常仔细非常专心，根本没觉得一大屋子人正屏息静气地瞧着，等着。直到擦着那最后的一个小拇指尖时，才垂眼望着小指甲盖儿大声问了一句：

"怎么，客人还没到？"

市长的时间是多么的金贵。市长到了客人还没到，这无疑该是个不大不小的事故。吕高良忙回过头，略带质问地冲着李杰明问：

"派车接去了没有？"

"去了，去了！早去了，可能是堵车了。"李杰明忙欠身应着。

徐市长没有再说什么，把用过的小毛巾扔在了茶几上。

"徐市长啊，"吕高良挺了挺肚子说，"今天你能来，对我们经委的工作可是极大的支持啊！"

徐市长已端起茶杯正要送到唇边，听到比自己大出一轮的吕主任说出这话来，立刻停住手，笑道：

"吕主任，你这话就不实事求是了。哪回你叫我，我敢不来呀？"

徐市长斜睨着一双双眼皮儿大眼睛，客气话中不失市长的威严本色。

"嘿，嘿，"吕高良一叠声地笑，两腮上多余的肉欢快地抖动着，说，"我还真是轻易不敢惊动市领导啊。有时候是真没办法啊！现在这些外商，尤其是港台的，比我们还看重接待规格。有市长在座，他们就有一种受宠感，我们再谈什么就好谈得多。"

"'受宠感'？哈，哈，"徐市长笑道，"吕主任，我要真能起这么大的作用，以后用得着我的时候，我随时可以做贡献。"

两人说笑了一阵，吕高良才言归正传：

"今天来的这位王先生，是美籍华人，现在住在香港，很有经济实力。据我们了解，他回国看了几次，想投资建厂，北京、广州都去过，只是举棋不定。"

"哦嘀？怎么看上我们这个小地方了？什么关系来的？"

"也没有什么关系，是我们环保局一个干部介绍的。"

"谁呀？"

"姓林，叫林……林什么来着？李主任，她叫林什么？"

"林雁冬。大雁的雁，冬天的冬。"李杰明赶紧站起来。

"噢，她来了吗？介绍人也该请来嘛。"

"我们请了，不巧她下乡了。"李杰明不失时机地请老伯父站起来，把他介绍给市长，"林雁冬同志的父亲来了。"

陈昆生早已起立，这时赶紧上前，给徐市长递上名片，转身又给吕主任送上一张。

"好，好，"徐市长抬身接过名片瞟了一眼，再抬脸看了一眼面前站着的人，又盯着名片疑惑地问道，"陈？……不是说，林……？"

"我女儿跟我爱人姓。"

李杰明又忙着介绍着：

"小林同志的母亲就是妇产医院的林教授。"

"噢……我知道，知道，妇产科专家林秀玉同志，是她吧？"

"啊，徐市长，怎么……您认识，我爱人？"陈昆生瞪大了眼睛，大为意外。

"认识，认识。她是我们家的救命恩人呀！我的孩子就是林大夫接生的。要不是她，母子俩说不定早没命了。陈……陈昆生同志，回去一定替我向林大夫问好。"

"好的，好的。"陈昆生眼望着市长连连点头，觉得老这么站着也别扭，就下意识地往后挪了两小步。

"林家可是清河的大户人家啊！我记得，你岳父也是很有名气的人物嘞！前几年我们编地方志，好像还提了他一笔。他现在……"

"我岳父早过世了，解放不久就……"

徐市长点点头，又问：

"那么，今天来的这位王先生，是林家的关系？"

"是的，是的，"陈昆生好不容易有机会与市长平等交谈，当然不会忘记突出自己，"……我爱人和我女儿去香港探亲，我都和她们说，这位王先生虽然是个资本家，还是应该多接触接触，做些工作，争取他回来为清河的建设出点力。"

徐市长拿杯子喝了一口茶，微微点了点头，又转过脸去问吕高良：

"你们准备跟他谈什么项目？"

吕高良把头朝市长这边靠了靠，放低了声音，说道：

"他在加拿大有造纸厂。我们想让他在咱们的造纸厂投点资。"

一听这话，徐市长顿时斜了他一眼，用食指点着他鼻子的部位，哈哈笑了两声：

"老吕呀老吕，你那个烂摊子不怕把人家吓跑？"

"这就看怎么谈了。"吕高良也笑了笑，面不改色。

正在这时，门口有人喊了一声"来了"，就见市经委外办主任、市工业局长陪同王耀先走了进来。以徐市长为首的主人们早已纷纷站起来，并自动排成一行。

王耀先一眼就看出，满屋的男士个个西服革履，唯独没有女士，当然也就没有他盼望见到的林雁冬小姐。

外办主任把贵宾迎进来，给主人一一作了介绍。

不知是林雁冬缺席，还是参观了几个工厂，跑了一整天，颇感劳累，王耀先对于市长、主任等官员们，虽也做出笑脸，寒暄周旋，但毕竟肌肉疲倦，笑得有点敷衍，声音也欠洪亮。待走到末尾，见到陈昆生，他才露出了较为真诚的笑脸，声音也大了：

"伯父，见到你太高兴了。"

　　陈昆生自觉有了面子，两颊放光，紧紧握住对方的手，不住地说：

　　"王先生，你辛苦了，辛苦了！"

　　"哪里，哪里！回来一次，就给伯父添麻烦了！"

　　徐市长已经朝大圆桌走去，可这位贵客还在和老伯父说个没完。这种情况之下，李杰明只好走过去，装着没看见似的插在了两人中间，又伸出一条胳膊朝徐市长的方向指去：

　　"王先生，这边坐吧！"

　　"好，好，"王耀先一边点头，一边反倒退后一步躬身让道，"伯父，请！"

　　"王先生，你请！请！"陈昆生站着不动，知道自己不能再往前走了。

　　"来，来，都请过来坐！"徐市长早已在圆桌正中站定，等得有点不耐烦。

　　王耀先在徐市长身边坐下，陈昆生也就半推半就在王耀先旁边的位子上坐下了。

　　主客坐定，服务小姐又送了一次热手巾。大概是因为才和人握了手的缘故，徐市长又一次仔仔细细地擦着自己的手，一边老朋友聊家常似的问起客人"是第几次回内地呀"，"参观了哪些地方呀"，"对本市的印象如何呀"，等等，跟电视台上播的中央首长接见外宾时的口径一致。不等客人回答，徐市长又非常谦虚地说到本市起步较晚，虽然近几年有些进步，但存在的问题还是很多的，在九十年代的今天可以说是很落后的。然后又说到王先生在海外见多识广，一定要像一家人一样对本市各方面工作多提宝贵意见。我们都是炎黄子孙嘛！

　　王先生也照例说了许多内地发展很快、开放政策很好之类驾轻就熟的话。不过，清一色的男人世界毕竟缺少情趣，他嘴里说出来的话也是干巴巴的。

　　"这次王先生到清河来，我们很希望……"

　　正当徐市长想把话题引到合作项目上来，并介绍一下本市的优惠政策时，王耀先忽然侧过脸去低声问陈昆生：

"伯父，令嫒的工作真是很忙啊！"

"她……是啊，是啊，她经常下乡回不来。"

"那太遗憾了。"王耀先眉头皱了皱，那样子是非常的失望。

坐在旁边的徐市长听见了，一双胳膊肘趴桌上扭脸问吕高良：

"你们怎么不把林雁冬叫回来呀？"

"她呀，老姜头手下的兵，我可叫不动。"吕高良悄悄翻着眼皮瞧了徐市长一眼。

"内事总要服从外事的嘛！"徐市长嘀咕了一句。

吕高良乘机小声在徐市长耳边说道：

"我们想把林雁冬调到经委来，这种人，有活动能力，海外关系又多，窝在环保局，太可惜了。"

"你们跟人家商量一下。"

"算了，那老头子谁惹得起，到时候恐怕还要市府支持我们一下才行啊！"

"行呀，你们写报告嘛。"

这时，服务小姐已经为每一位客人酌满酒水。吕高良站起来致词：

"今天晚上，我们非常高兴，能够在这里备薄酒欢迎远道从香港来的王耀先先生。王先生是第一次来清河。我们知道，第一印象是很重要的……"

吕高良极善言辞，也是大撒网的行家。他这"第一印象"的大网撒开去，就不知什么时候能收网了。

陈昆生早已饥肠辘辘。桌上的酒香直往他鼻孔里钻，大拼盘里一只用各式冷荤拼成的大孔雀，在他眼前展开色彩缤纷的羽毛。他环顾左右，大家都正襟危坐，聆听吕主任热情洋溢的讲话。这么讲下去，到哪儿算一站呢？他不便正视吕主任，只见他那富有弹性的肚皮一收一放，好像那里边的存货颇丰，并不急于补充。

好不容易，吕主任才说道：

"对不起。我的开场白长了，现在请徐市长讲话！"

"吕主任，我想讲的你都讲完了，还要我讲什么！"

徐市长的幽默话，赢得了宴席上的第一阵笑声。待大家笑过之后，徐市长才举起杯来，坐着扭脸对着客人说道：

"现在，我借水酒一杯，欢迎王先生远道归来！来，干一杯，都别站起来了！"

徐市长抿了一小口。王耀先也一手举杯，一手托着杯底处，很恭敬地陪了一口。全桌人真干的假干的，意思也都到了。陈昆生当然也干了，心里暗暗念道：茅台，果然是好酒啊！

放下酒杯，徐市长又带头举起筷子，说道：

"边吃边谈吧！"

毕竟是市长，体恤民心。只不过，当陈昆生举起筷子正待射向那只大孔雀时，却遗憾地发现那块被自己相中的肥嫩酱鸭，已经被徐市长投入口中大嚼起来。

"王先生，听说你在加拿大经营造纸公司？"徐市长吞下酱鸭问道。

"是，是，有一家小厂。"王耀先只夹了一块香菇放在面前的小盘子里。

"我们这儿也有一家造纸厂，"徐市长又夹了一块酱鸭，他特爱吃鸭子，"当然，我们的设备不能跟国外比，不知道王先生去看过没有？"

"刚刚去过。"王耀先注意地聆听市长的话，没有再伸筷子。

"印象如何呀？"

"不错，不错的。"

"不错？"徐市长笑道，"那么，王先生有没有兴趣投资我们的造纸厂？"

吕高良吃了一惊，同外商谈生意，先要下毛毛雨，哪能这么直来直去？

"这个……"王耀先果然面有难色。

"王先生，你不必为难。"徐市长索性大笑起来，"关于这个项目，吕主任会跟你慢慢谈的。不过，我可要提醒你，我们这位吕主任精明得很，狡猾狡猾的，你可要小心啊，不要上他的当。"

徐市长两句学电影儿上日本鬼子说话，再一次使得宴席上的气氛活跃起来。在一片笑声中，王耀先做出释然的样子，吕高良竟有点飘飘然了。只有陈昆生，抓紧时机把最后两块酱鸭，一举夹到自己面前的小盘子里来。

他的"快攻"，除了李杰明，谁也没有注意到。

服务小姐端来第一道菜。陈昆生一看，有海参，有蛋饺，有鱼肚，有丸子，还有几根绿菜叶，像是"全家福"之类的，说不上是什么特色名菜，也就吃个鲜吧。他正要举匙，服务小姐把转盘一转，报了菜名"八鲜海参"，就端到一边的小桌上分去了。

分菜也好，李杰明心想，免得这位伯父"食战"之苦。

谁发明分菜的，真缺德！陈昆生心里想，这完全背叛了中国人传统的吃法，失去了一桌人共同举筷，射向同一目标的那种和谐的气氛。再说，也剥夺了食客选择的自由。管你爱不爱吃，塞给你一份就算完事。这不拿我们当幼儿园里的小朋友，"排排坐，吃果果"吗？

好不容易小姐们才把扒拉得温不拉叽的"八鲜海参"给每人面前摆了一小盘。陈昆生转眼一扫，不能不佩服这些小姐的功底，分得真够匀的！

徐市长吃了一块鱼肚，擦擦嘴，歪过头，凑在客人耳边，却又声音很大地说：

"王先生，我可要给你亮个底，这个造纸厂呀，可是我们市有名的亏损大户……"

王耀先夹了一个鱼丸，还没有来得及搁嘴里，出于礼貌，只好夹在筷子上，举着胳膊听着。心里多少有些纳闷：这位市长怎么不像内地那些官员，对于投资环境合作效益总是吹得天花乱坠连蒙带骗，恨不得马上叫你把钱掏出来完事。他怎么尽说实话？

"我怕他们市经委不敢告诉阁下真相，所以我今天来，一来是为王先生接风，二来呢，是给王先生提供一点经济情报。做生意嘛，也要说真话，讲实情，最好谁也别骗谁，对不对呀，王先生？"

这还有什么对不对的，王先生只剩下点头的份儿了。

吕高良的脸可是腾的一下就红了，气直往上冲，心里骂道：你小子懂个屁！有这么跟外商谈的吗？你不就坐这位子上了吗，还真把自己当成一方的佛爷了，扯淡吧你！

徐市长也有绝的，别看当场把比他年长的部下卖了，他还是一个劲儿和颜悦色说他的，根本不管旁边脸红脖子粗的吕高良，没事人儿似的接着阐述自己的观点：

"王先生，今天我索性给你说透了，让你心中有数。我们这个造纸厂为什么会亏损呢？首先，是技术设备落后。不瞒你说，在那儿运转的机器，不少还是五十年代大厂淘汰下来，我们捡来用的；其次呢，是产品不对路。最后一条，我看也是很关键的一条，是厂里穷，工人工资低，奖金基本上没有，职工哪来的积极性？其实呢，说来说去一个字：钱！我现在手里要是有他一千万，明天这个厂就能赚大钱！我对你们这个厂的揭发你不反对吧，吕主任？"

"揭得好，揭得好！"

吕高良擦着额头上的汗，心说，这小子还真有两下子，下个鱼钩儿还没忘了包上糖饵。他冲那双含笑的大眼睛微微一笑，又苦着脸对王耀先说：

"王先生，我们市长把我们底儿都揭了，什么情况都在桌面上摆着，就看咱们双方怎么来个周瑜打黄盖了！"

"是啊，是啊！"

王耀先久经商场，什么样人没见过，脑子转得比谁慢？这回来清河，多方应酬，都是些平庸之辈，还真没有上心。做生意，遇到低手，即便能多赚好几倍，也没趣。就像拳击比赛，不是一个量级嘛！只有高手出场，那才够刺激！没有足够的资金、胆量和机智，谁敢叫阵？面前的这位市长，出语不凡，他不由得加了小心。十一亿人里总能跳出几个人尖子，别看没搞过资本主义，他们搞起来也不含糊，千万别低估了对手的心计。

徐市长还在替外方算细账，担心香港同胞吃亏。他望着海外来的王先生说：

"所以呢，我们这位吕主任呀，就想在你身上打主意啰。让王先生出点钱，给行将破产的造纸厂注入一点新鲜血液，让这家工厂起死回生。凭良心说呢，王先生，这倒也不是什么说不出口的事，确实是一条出路。现在我们国家对合资企业的政策很优惠。

别的不说，首先是免税三年。一旦成为合资企业，引进一套国际先进的设备，产品就能更新换代，不愁没有销路，职工可以拿合资企业的工资，大约可以增加百分之三十……"

"不是百分之三十，而是百分之四十。"吕高良马上订正。

"是啊！王先生，你想，职工工资猛一下提高百分之四十，那会产生什么样的积极性？再有，如果王先生决定投资，我们政府方面可以给造纸厂一笔贷款，帮助他们先把亏损补上，决不把过去的包袱也让王先生背上，这一点我可以保证的。所以我说，今天一定要把话说透，这样也许更便于王先生权衡轻重下决心。"

徐市长一气儿说到这里，才回头对吕高良笑了笑说：

"至于你们生意谈得成谈不成，我可就不负责任了，哈哈！"

这番话，徐市长自己颇为得意。在座的人都跟着笑了起来。吕高良知道此时什么也不说是上策，于是端起酒杯，笑道：

"敬王先生一杯，生意我们有时间谈！"

王耀先双手举起酒杯，先对准吕主任，然后冲全桌人示意，最后落到市长前，含笑说道：

"谢谢，谢谢，谢谢诸位！徐市长这样坦诚，耀先我非常感动。有吕主任，各位朋友的热心，我想，我们会有合作的机会的。回到香港，我立刻就会把这次在内地的洽谈报告鄙公司董事会。"

"好、好、好。"徐市长见的各路商人也不少了，知道王耀先的"董事会"之说无非是托词。不过，这也是人之常情。就说人家有钱，人家也不愿意往水里扔吧，所以，他又笑嘻嘻地举起杯来，拍着王先生的肩膀说道，"这一次，王先生舍弃了很多大城市，跑到我们这个小地方来，我敢说，是独具慧眼啊！中国有句俗话，叫作'船小好掉头'嘛！小城有小城的优势。庙小菩萨少，办事效率高。只要王先生同意，我们可以说干就干。来，为我们即将开始的合作干一杯！"

"干杯！"王耀先久经各种宴会，双手托杯，姿态万千，冲着所有中方人员微笑，诚恳谦恭，颇具外交家的风度。他心里当然明白，生意嘛，慢慢谈吧。

第十七章

林雁冬从乡下回来了。

她怎么也没有想到，小别数日，突然身价百倍，俨然成了机关里的热门人物。

"你可回来了！这几天，从早到晚都是经委找你的电话。"办公室的同志告诉她。

"是吗？"她用那双丹凤眼斜睨着人家，将信将疑。

"雁雁，好家伙，那位李主任一天好几个电话找你……"丁兰兰搂着她的肩膀，在走廊里悄悄地说。

"他有病！"

姜局长同她一个车说说笑笑回来的，刚进办公室没有十分钟，又把她叫了去，满脸严肃地问：

"你是有个亲戚从香港回来了吗？"

"亲戚……哦，不是亲戚，是我外婆家的一个朋友。"这关系她向人说了好多回了。

"是不是姓王？"

"是呀！"林雁冬莫名其妙。看姜贻新那紧绷着脸的样子，好像王耀先犯了什么案，进了公安局。

"你……你怎么不告诉我一声？"姜贻新一不高兴，那马脸就拉得老长。

这老姜头怎么了？林雁冬心里想：人家一个港商来谈生意，接待单位是经委，跟你环保局长有什么相干？就算是通过我介绍的，您也管不着呀，都有病！

见林雁冬站在桌子对面奔拉着眼皮儿不言语，姜贻新这才把一张电话记录放到她面前，一挥手说道：

"你自己看吧！"

林雁冬抬眼看了姜贻新一眼，有点奇怪地拿起了那张纸。举目望去，只见"来电话人"一栏上写着"市经委吕主任"，"电话内容"一栏里写道：

你们环保局的林雁冬同志，介绍港商王先生来我市洽谈投资事宜。王抵达我市后，即由经委热情接待，徐市长并亲自出面做工作，可望就合资达成协议。可是，作为介绍人的林雁冬同志，迄今未与王先生见面，引起王先生不必要的猜疑。请转告你们姜局长，在外商来我市之际，你局把林雁冬同志抽调下乡，经我委李副主任电话催请，林仍未回城，对经委同外商的洽谈造成一定的困难。听说林雁冬同志近日将回机关。请转告姜局长，立即通知林雁冬同志，来经委一谈。

"他们还讲理不讲理！"林雁冬叫了起来，"他们生意谈不谈得成，跟我有什么相干，更碍不着您呀！早知道这样，我才不管他们这些破事儿呢……"

"算了，什么也别说了。明天一早，你去他们那儿一趟。"

"我干吗去？关我什么事！"林雁冬噘着嘴真生气。

"想去也得去，不想去也得去。人家经委比咱们大半级，你就甭想平起平坐。小林，你去了，能解释就解释几句；不能解释就算啦，反正也不能为这事儿把我怎么样。"

"姜局长，你这人怎么这么……"

林雁冬瞪了上司一眼，把已经到嘴边的"窝囊"两个字咽了回去，转身出来了。

回到办公室，她四处找省局出的《环保通讯》。那是一份打印的内部刊物，无非登些省局的通报，或表扬，或批评；再就是省局召开的这个会那个会的消息。机关里的同事都不爱看，林雁冬却是它的忠实读者，每期必看，连一条简讯都不漏过——只有从那里，她才可以捕捉到金滔的某些信息。

金滔从来不给她写信。她也从来没有要他给自己写信。但在不能相见的那些日子里，她又多么希望能得知他的行踪，哪怕是一星半点也好！

《环保通讯》正好填补了这个空白。它经常报道金滔出席这样那样的会议，作了这样那样的指示，有时还发表《金局长在某某会议上的发言摘要》。这些在别人看来很乏味的东西，到林雁冬眼里，却变得有血有肉，常常令她心跳。她看到了远在省城的金滔干了些什么，想了些什么。看到了金滔的高兴，金滔的忧虑，从中得知他的心境。特别是读到金滔那些言辞犀利、很有个性、常常令人拍案叫绝的"批示"，更使林雁冬有一种如闻其声、如见其人的亲切感。

下去了几天，算来应该收到两期新的《环保通讯》。可是，翻遍了办公室的书架，只找到了一期，而且上面没有一丁点儿金滔的消息。这是怎么回事？上中央开会去了？不会吧，没有听说国家环保局有什么会呀！病了？可能的。他太不会照顾自己了……

也许应该到省里去看看他？

随便找个理由就可以去，就像他上次来"视察"马踏湖一样。有谁知道呢？为什么我就不能去呢，买一张长途汽车票四小时就到了。甚至不用，每天去省里的小车还少吗，随便搭一辆车，只用两小时二十分钟就可以坐在他的面前。不，还是先打一个电话约他出来比较好，不过，也没什么，本来我就是省局的，我回省局像回娘家一样，谁也不会奇怪的。我为什么不试一试呢……

她左手撑着太阳穴，右手握着圆珠笔，心不知飞到哪儿去了。直到桌上的电话铃刺耳地响了起来，才把她吓了一跳，从白日梦中醒来。

"是小林吗，你可回来了，什么时候到的呀？"

一听李杰明乐滋滋的声音，想起那个无礼的电话记录，林雁冬的气就不打一处来，冷冷地回了一句：

"刚到。"

"怎么，累了吧？听声音，好像底气不足嘛。"

林雁冬看了一眼办公室里的同事，尽量用平静的声调问道：

"找我有什么事吗？"

"哎呀，我的小姐，你真是贵人多忘事啊！你那位香港的朋友我可是负责接来了，我们经委把这位先生待为上宾……"

"那太好了。我也算完成任务了吧？！"

"小林，我们吕主任还想请你来一下呢……"

一听这话，林雁冬的火怎么也憋不住了，冲着电话就嚷了起来，也不管办公室还有没有旁人了。她叫道：

"我又不是你们经委的人，干吗要听你们的调遣？"

"小林，喂，小林，你听我说！"李杰明一听林雁冬真生了气他也真急了，在电话那头一叠声地劝，"小林，你还不知道我们这位大主任？他就这么个人，仗着老资格，到处倚老卖老，清河市谁也不能把他怎么着。你别跟他一般见识，不就完了吗！"

"简直是岂有此理嘛！"林雁冬最不能容忍的是他们跟姜局长过不去，于是狠狠地说道，"你们生意谈成谈不成，跟我们姜局长有什么关系，干吗给人家发号施令。发得着吗？算啦，李杰明，算我倒霉，多管闲事。这事就到此为止，明天让那位阔少爷回他的香港去……"

"别，别，小林，你先消消气。电话里也说不清楚。这样吧，今天我请你吃晚饭，算是替吕主任赔礼道歉，怎么样？"

"算了吧，我又不是三岁两岁的小孩儿，少来这一套！"

"不是啊，小林你听我说，这事，也不能完全怪吕主任，你的这位朋友也是比较难说话。本来，那天在水仙酒楼，当着徐市长的面，谈得挺好的。后来，吕主任跟他进一步谈，他就往后缩了，老说一切都得等林小姐回来再说，好像你是他的什么私人顾问似的……"

"有病！"林雁冬骂了一句，冲电话说了一句，"明天我去见他，行了吧！"

不等李杰明再说什么，林雁冬就把电话挂了。

下班回到家，爸爸不在，妈妈还没有下班。望婆婆宝贝似的伺候她，一会儿说她黑了，一会儿说她瘦了，一会儿说她脏得像个小泥人儿。说着又马上给她烧了热水，逼她立刻洗澡换衣服。直到听见卫生间里哗哗的水响，她才放了心，守在门外，提高了声音，把这几天家里的事儿一五一十地给她来了个全面的汇报：

"你走的那天晚上，家里来客人了。就是跟你照相的那位王先生，你外婆托他给你带了好多东西，还有给我的呢。那天也真不凑巧，就你爸一人在家。我看那位王先生，人挺随和，跟谁都能说上话，还跟我说了好些话呢。直打听你什么时候回来，说是想见见你。"

卫生间里只有泼水的声音。

"我说雁雁，你回来了，该给人去个电话。"

"我怎么知道他住哪儿？"

"你爸准知道，那天公家请王先生吃饭，你爸还去了呢。"

林雁冬披着水淋淋的长发，探出脑袋来问道：

"我爸去干吗？"

"吃饭呀，你爸可高兴呢。这些日子，他天天刮胡子，穿得干干净净。我瞧着，年轻了好几岁，可精神啦！"

等林雁冬甩着头发上的水走出来时，望婆婆忙拿了干毛巾上去帮着擦，一边又不知为什么压低了声音说道：

"你爸爸直夸王先生好……"

"哦，是吗？"

"你妈这几天呀，话也多了。我看哪，他们俩……"

"您又多管闲事了，小心我妈听见。"

"我不怕她听见。本来嘛，都这一把年纪了，还闹什么闹？"

望婆婆唠唠叨叨的，进卫生间去收拾澡盆了。

林雁冬叹了口气。爸爸妈妈果真能破镜重圆，那当然是大好事。可是，有这种可能吗？光爸爸单方面努力是不会有结果的，还得妈妈自己回心转意才行。她这人脾气太犟，太固执，从来不吃后悔药。要她忘记过去，太难了！

她回屋去换了一身衣服。

当她来到客厅时，陈昆生正好仰着脸走进院里。

"雁雁，你回来了！"

听得出来，爸爸的声音显得很高兴。她探首窗外，果然，爸爸穿着一身灰色的隐条西服，系着一条紫红色的领带，径自朝客厅走来。那神态，就如同他是这屋里真正的主人，同前些日子那种趑趄不前的样子，真是判若两人了。

可是，不知为什么，林雁冬反而觉得往日那个窝窝囊囊、小心翼翼的爸爸多少还像自己的爸爸，而这个西服革履、洋洋得意的爸爸，却是更加陌生的。

"雁雁，你知道王耀先来了吧？"

"知道。"

"外婆托他带了好多东西来……"

"真的？"林雁冬兴趣不大，坐到沙发上梳理自己的长发。

"还有你爱吃的奶油蛋糕。"

"外婆真是的，还拿我当小孩。"

林雁冬低着脑袋一梳子一梳子地梳头，没有再说什么。陈昆生又接着说：

"他天天给我打电话，问你回来没有。对了，中午还来过一个电话，说是……"

林雁冬把半干的长发往背后一甩，狠狠地说了一句：

"这人真有病！"

"怎么啦？"

"他干吗老缠着我？"她懒得把机关发生的事告诉爸爸。

"这叫什么病？世交嘛，关系本来就不同一般。你去香港的时候，人家不是常陪你出去玩吗？这回，人家来了，人生地不熟，当然要找你了。"

"我可不是有闲阶级，我有工作！"

"这也是工作嘛……"

"这算什么工作！"突然，她想起经委那个电话记录，看爸爸那一脸的正经模样，就很不高兴也很不客气地说了一句，"我劝您也少往这里头掺和！"

"当然，当然，这不关我的事。不过，雁雁，你没回来不知道，王耀先这次回来，市领导非常重视。徐市长还托付我，多做做王耀先的工作。你想，徐市长都这么重视，我们还不得多出点力！"

"徐市长？不认识。他的话就是圣旨？这工作该他们经委去做！"

"雁雁，你……"女儿这么一句跟一句地顶自己，陈昆生脸上也有点挂不住，不过，他提高声音叫了一声之后，当即又摸出了一支烟，稳定了一下自己的情绪，把口气放缓和了，才说，"你，太年轻了，雁雁！要是搁在一九五七年，就凭这句话，能打你个右派……"

陈昆生原以为这种过来人的经验之谈，会令女儿哑口无言，没想到林雁冬立刻甩回一句硬邦邦的话来：

"本来我也不是左派！"

这孩子，今天是怎么了？唉，女儿大了，心事也多了。近些日子，陈昆生一直在考虑怎么尽到做父亲的责任问题。女儿如今面临的最大问题莫过于交男朋友的事了。然而这种事当爹的怎么好明说。还是找个适当的机会，先跟她妈说，让她去做工作。绝不能看着她任性胡来，以至于吃亏一辈子。

"啊，你现在没时间去宾馆见他也没什么，反正过两天我们要请他到家里吃饭，到时候再见也不迟。"陈昆生说着站了起来，准备回自己房间。

"请他到家来吃饭，我妈同意了？"

"是啊。"陈昆生往外走，故意随随便便地答了一句，他知道这消息会给女儿带来什么程度的惊讶。这个家已经好久没有宴请客人了。

"啊，太好了！"林雁冬从沙发上跳了起来，脸上的阴云一扫而光。她望着爸爸不动声色的脸，心想，望婆婆的情报有一定的可信性。爸爸和妈妈要能重归于好，那就真要谢天谢地了！肯定是爸爸不知怎么主动做了工作呢。她又觉得爸爸的脸十分亲切了。

"爸，你有王耀先的电话吗？"

"有啊！"陈昆生想，真是有其母必有其女，你也摸不透她们怎么想的。看了女儿一眼，他从兜里摸出了记事的小本子。

第二天早起，林雁冬情绪好了许多。可一想起上班去，心里又有点犹豫。姜贻新让她去经委，局长下了命令不去不行。去经委吧，吕高良的嘴脸实在讨厌，再说王耀先的生意同自己无关，去干吗呀！想了想，她走进客厅，拿起了茶几上的电话拨通了宾馆王耀先的房间。

"喂，哪一位？"一个温和的拒人于千里之外客气的声音。

"我是林雁冬。"

"啊！林小姐！"那个声音里顿时注入了大量的热情，甚至有点甜腻腻的，"林小姐呀，你回来啦，辛苦啦！"

猛一听"辛苦啦"这三个字，林雁冬差点儿没乐出来：我这么卖命干，我们领导都没说一声"辛苦"，还得等人家八竿子打不着的人来说，真够逗的！她立刻忘掉了这位王先生给她招来的不愉快，高高兴兴地说：

"你辛苦了，王先生，怎么样，我给你介绍的朋友还满意吗？"

"啊，你介绍的朋友？"王耀先此刻全身心陶醉在林雁冬的声音里，一时倒想不起这朋友指的是谁。

听他不答话，林雁冬又笑了起来，清脆的笑声使王耀先的精神更为之一振。可是，他竟忘了正在与她进行的话题，还是林雁冬在问：

"怎么，李杰明先生没有到机场去接你呀？"

"啊，你是说他，啊！"

王耀先自己也乐了，怎么把这位出了大力跑前跑后的李先生忘了个一干二净？

"李先生可是帮了我很多的忙啊！我在这里人地两生，这几天全都仰仗李先生的大力啊！不过，林小姐，我最感谢的还是你呀！你的公务办完了吗？"

"完？我的公务可是永远没完的……"

林雁冬觉得和这位王先生说话一点不费力气，想说什么说什么，总是感到很轻松。也许，毕竟是生活在两种氛围里的人，彼此之间，无须有什么顾虑。

"那……林小姐，能不能找个时间见见面，有许多事我还要请教呢！"

"不敢当，我可是一点不懂做生意的啊！"

"林小姐，你约个时间吧，外婆还有些事让我转告呢！"王耀先抬出了远在那边的老祖宗。

林雁冬心想：这个人真逗，外婆再权威，她可也是鞭长莫及的呀。不过，她冲着话筒说出来的话仍是很动人的：

"王先生，我还没来得及向你道歉呢。你来，我也没去接，也没给你接风……"

"哪里，哪里！"这几句话，说得王耀先心里高兴极了，就又进一步地邀请，"林小姐，今天是不是可以抽出一点时间，见一见呀？"

"可以呀，"林雁冬马上说，"我正准备上你那儿去呢！"

"什么？什么时候？"王耀先受宠若惊，都有些信不过自己的耳朵了。

"现在呀！"

"好，好，林小姐，请过这边来用早餐，好不好？"

林雁冬一听就笑了，说道：

"是呀，我就是这么计划的。"

"好极了！用不用我叫车去接你……"

"不用了，我有私家车。"她的自行车当然可称之为私家车，只不过和香港所谓的私家车内涵不同罢了。

"好，好，我在大厅等你！"

放下电话，王耀先又一次领略了那种久违了的同女孩约会的激情。

女孩，女孩……一想起这两个奇妙的字，他脸上就有一种笑意。

"你总是'女孩''女孩'的。你需要的不是'女孩'，是'太太'！"母亲不止一次对他说。

"要找'太太'，那在香港太容易了！"他笑道，"温柔体贴，善理家务，孝敬婆婆，相夫教子。我明天就可以找一打来，让你挑！"

"那你还要什么样的？"

要什么样的？王耀先没有跟他母亲说过。这种事情，怪怪的，很难说清楚，跟上了岁数的人也说不通。或许，最重要的是魅力。对，第一是魅力，第二是魅力，第三还是魅力！

而魅力的背后，则是过人的才学和智慧。没有才学，缺少智慧，也谈不上有什么魅力了。

具体的呢？具体的她……是清澈的水，是闪光的星，是玲珑的玉，是在任何交际场合一出场就让所有的目光都投射过来的那种光彩照人的明珠。有她在自己的身旁，谈生意，签协议，做买卖，驰骋商场，无往而不胜！

母亲是很实际的：看照片上的人，老太太点头。一听说是内地的，老太太又摇头。待得知林雁冬的家世之后，老太太马上又喜笑颜开了。

"好，好，这种人家，般配，般配！"

老太太点头了，王耀先就筹划这次北上。

没有想到来了好几天，连林雁冬的影儿都没有见到。市经委的大小头头们又过于热情。整天簇拥着他，不是上这个厂子参观，就是到那家餐馆进餐。搞得他索然无味，疲惫不堪，甚至有一种叫人哭笑不得的"被劫持"感，真是好倒霉！

他觉得来得不是时候。他甚至想明天就买飞机票回香港。可是，她来了，马上就要坐在自己面前了。从电话听得出来，她很开心，像老朋友似的，没有一点陌生感。这是一个好兆头。

王耀先梳理了一下纹丝不乱的头发，理了理结得无懈可击的领带，就匆匆忙忙乘电梯下楼来了。

清晨的大厅里，除了偶尔穿行的服务员，几乎空无一人。王耀先到自动启开的玻璃门外探望了一会儿，不见伊人踪影，又回到大厅伫立。他那魁梧的双肩，考究的衣着，以及那透出来的很有点钱的味道，特别是他显然在那里等人的态度，招惹了一位尽职的服务小姐走上前来道：

"先生，您需要帮忙吗？"

"谢谢，我在等一位朋友。"王耀先极其礼貌地躬身还礼。

幸而这时林雁冬甩着一头披肩发飘然而入，王耀先马上丢下这位热心的服务小姐迎了上去。那服务小姐则以多少有点怀疑的眼光，盯了片刻这位年轻漂亮的本地小姐，而且以女性的锐敏，看到了这位港客跟她握手时脸上抑制不住的笑意。

"林小姐，真高兴今天能见到你！我们就去餐厅？"

"好吧。"

王耀先马上侧身伸出右臂，让女士先行，自己紧随在旁，像陪着英国女皇似的，进了空荡荡的餐厅。

早晨的自助餐虽然不算丰富，对林雁冬来说也足够了。她大概也是真饿了，刚被服务生领到小桌前坐下一会儿，就站起来说：

"对不起，我先去拿点吃的。"

王耀先哪能放过这个献殷勤的机会？他立刻站起来自告奋勇：

"你请坐，我替你拿去。"

林雁冬莞尔一笑。

在内地，这样周到的男人太少了。哪一次同男士们去吃自助餐，他们不是争先恐后往前冲，生生地把女同胞们都挤到一边儿去？不过，她也不想让王耀先觉得自己是个事事依仗男人的娇小姐，便仍然站在那里笑道：

"你怎么知道我想吃什么呢？"

这样的问题当然难不住王耀先，他也笑道：

"我一样给你少拿点，怎么样？"

"那我也吃不了呀！王先生，还是自力更生，丰衣足食。"林雁冬一边笑一边说，早已走到食品桌前，拿了一个盘子在手。

"对的，对的。"王耀先紧随在后边，也拿了盘子微笑着。转了一圈儿，他只拿了一碗麦片粥和一杯橙汁。

林雁冬可是没放过这么些好吃的，她的盘子里有酸奶，有面包，有火腿，有水果，准备大吃一顿。

在桌前坐下之后，她就埋下头吃起来，一时顾不上说话。不过，她却感到对面那双眼睛对自己的威胁，像两道电光似的直直地射向自己。她下意识地避开那火辣辣的目光，装作漫不经心地问道：

"王先生，你的生意谈得怎么样了？"

"生意？噢……很好，很好！林小姐，真得感谢你呀。如果没有你的介绍……"

"有你感兴趣的项目吗？"

"有是有，不过，还要多了解一下。"

林雁冬用餐巾纸擦了擦嘴，抬头直视着对方的脸，笑问道：

"啊，有希望谈成吗？"

"嗯，有个造纸厂，他们希望投资改造。"

"那太好了！你答应了没有？"

生意上的事，哪能那么容易就答应，这位小姐也太天真。不过，在这双漂亮的眼睛的凝视下，王耀先只能笑眯眯地说：

"啊，我跟他们说，我要等林小姐回来商量一下啦！"

怪不得！林雁冬这才恍然大悟，原来毛病出在这儿呢。

"王先生，你真逗，跟我商量什么呀？我根本不懂造纸。"

王耀先见林雁冬脸上没有了笑容，似乎有点生气似的，忙解释道：

"林小姐，请别误会。我们两家是世交，我们两人是朋友。我到你们这儿来办事情，当然要找朋友商量商量呀。"

"你觉得有发展前途吗？"

"前途嘛，当然是会有的。徐市长很支持，吕主任开出的条件也很客气。再说，我做生意历来主张要看得远些，目前赚不赚，那倒无所谓。"

"那为什么还下不了决心呢？"

"我必须先找到一个可靠的代理人。所以，林小姐，我一直在等你回来，想跟你商量一下，看你……"

"我？……"

"看你能不能替我找一个合适的人。"

"这个代理人那么重要吗？如果没有就不能签约，是吗？"

"当然，是很重要的，对我来说。"

"没关系，我可以替你找。如果到时候找不到，我可以当你的代理人呀！"

"真的？"

"当然，如果王先生信得过我。"

"那还用说，只怕委屈了林小姐的大才。"

"那就太好啦！"林雁冬完成了任务似的，站起身来。

"林小姐，怎么就要走了呢？"王耀先也赶紧站了起来。

"王先生，你没有忘记，我可是靠拿工资过日子呢，每天得给人上班去。"

"好，我们一起走。"

王耀先招来服务小姐，签了单，送林雁冬到门外。林雁冬径直走到宾馆旁边的一个存自行车的棚子里，取了车，推着走了出来。看见王耀先还站在那里，想起"私家车"的话，她笑着：

"我的车，也不比你的'平治'跑得慢。"

看见她灿烂的笑脸，王耀先好开心啊，又听见她在说：

"啊，还忘了。我爸爸还准备请王先生到我家吃饭呢！"

"啊，真是，太谢谢了！"

第十八章

晚饭后，"林苑"的客厅里静悄悄的，犹如往日。

稍有不同的是，今晚在屋的，除了林秀玉和望婆婆，还有平常晚上很少在家的林雁冬，还有虽然晚上在家、却从来不敢擅自踏进这间客厅的陈昆生。

屋里坐着四个人，可没什么声音，只有那只老钟嘀嘀嗒嗒着。

陈昆生坐在沙发对面的紫檀木靠背椅上，虽然早已准备好了宴会的方案，而且可以说得有条不紊，但偷眼一看林秀玉埋身在沙发里，没有开口说话的意思。再看坐在她身边凳子上的女儿，拿着本时装杂志看得正起劲，根本也不打算对明天的请客这样的大事发表什么意见。望婆婆更不用说，抄着手靠里屋门站着，倒是聚精会神的，可也只带着两个耳朵。

半天，还是林秀玉先开口：

"你大概考虑了，你先说吧！"

这些日子，她虽然不拒绝跟他说话，但总是避免称呼他的名字。

"好吧。"陈昆生连忙答应，又从兜里掏出一个黑皮子小本儿来。

林雁冬看见爸爸拿出个小本子来照着说，心里觉得太可笑了！不就是请王耀先吃顿饭吗？有什么大不了的事情，还要开"家庭会议"，也值得这么兴师动众！不过，她瞄了瞄煞有介事的爸，又瞄了瞄不苟言笑的妈，心想，可也是，一个破碎家庭的修复说不定就得靠这些芝麻绿豆的事呢。

"王先生后天回香港，"陈昆生看了一下小本说，"时间只能定在明天晚上了。"

"明天来得及吗？"林秀玉说话中那公事公办的口气，活像在妇产科里开会讨论手术方案。

"有啥来不及的。炒几个菜，炖个好汤，就行了吧！"望婆婆乐呵呵地插嘴说，好像她挺愿意受这份儿累。

"我也是这个意见。"陈昆生笑着打量了一眼望婆婆，又冲着林秀玉坐着的方向说，"我想。像王先生这样的人，什么没吃过？饭菜简单一点，随便一点，家常气氛，说不定更好些。"

"好吧。"林秀玉点了点头。

"陪客嘛……"陈昆生盯着他的小本瞧。

"还要陪客？"林秀玉不解地望了他一眼，立刻又把脸移向别处。

"本来……也可以不要陪客。不过，经委给王先生接风，也请了我们。现在我们给王先生送行，不请他们的人，好像也不好。"

"我看这没有必要。"林秀玉又埋下眼皮。

一时陈昆生不好再说什么，直拿眼看女儿，意思是希望她出来表个态。林雁冬看着爸爸倍加小心的样子于心不忍，就从旁帮着说了一句：

"妈，礼尚往来嘛，多请两个人，多两双筷子，有什么呀！"

女儿这一说，林秀玉就不再言语了。

"对了，有件事我还忘了。"陈昆生一拍脑门，装作刚想起来一样，笑道，"秀玉，你记不记得，徐市长的夫人难产是你接的生？那天他见了我，一直说这件事，还说哪天要专门来看你呢。我看，是不是乘这个机会，一起请来算了？"

"又不是官方的宴会，我看大可不必。"林秀玉本来对请王耀先也是很勉强的，只是接到老母从千里之外的电话，嘱咐一定不能怠慢了他，才同意请这顿饭的。一听陈昆生把范围扩大到如此地步，她就很反感了。

林雁冬不愿看着爸爸妈妈又闹得不愉快，就起哄说：

"依我看呀，反正是请一次客，就把该请的都请来，也算替王耀先送个人情，省得外婆怪我们小气不会办事。他是为做生意来的，经委的人当然要请来当陪客，我看别人不请，李杰明一定是少不了的。"

这次林秀玉倒是痛痛快快地投了赞成票：

"我看就请李杰明吧。"

"不过……"陈昆生看看女儿，又看看妻子，试探着说，"我总觉得请李杰明来，有点……不那么合适。"

"有什么不合适的？"林雁冬瞪了她爸一眼，觉得奇怪。

"我觉得，他们两人……好像，有点疙疙瘩瘩的。"

"他们刚认识，能有什么疙瘩？"林雁冬想了想，又说，"啊，可能是前两天，他们谈得不大顺利。现在没问题了，昨天协议都签字了。"

"啊，那就好，那就好。"陈昆生不再说什么，只说，"既然请了李杰明，吕主任就不能不请了。"

"这人呀，最讨厌了！"

"他对你可是挺关心的。"陈昆生说，"那天在宴会上，他亲口说像你这样的人才难得，要把你调到经委去呢。"

"他想得美！"林雁冬连连撇嘴说，"我才不去呢。"

"雁雁，你也不必忙着就表态。其实经委也是个不错的单位。现在很多人想进还进不去呢。"

"谁爱去谁去！"

"我看吕主任也是一片爱才之心……"

林秀玉本来不想搭讪，但听他说得太没边了，有些生气，就说道：

"雁雁学的是环保，在环保局待得好好的，去经委干什么，简直莫名其妙。"

林雁冬怕今晚好不容易营造的气氛被破坏，就打圆场笑道：

"妈，您真是，什么都那么认真。爸爸不过说着玩儿的，我干吗上经委！这回呀，算我倒霉，没事儿把那个姓王的招了来。我看哪，干脆，送佛送到西天，反正也得做一桌菜，爸爸看着该请谁就都请来得了！"

"随你们的便吧！"林秀玉站了起来。

望婆婆已经靠着墙眯了一会儿，这时精神来了，大声说道：

"做几样什么菜，你们商量好了，我好准备。要上海参，今晚就得发。"

"少弄几样菜吧，"林秀玉刚转身，又回头冲着陈昆生说道，"望妈妈上岁数了，弄不过来。"

"你这是怎么说的？"望婆婆双手一拍膝盖髁儿，瞪了一眼往里屋走的林秀玉，不服气地说，"请这么几个客，有什么弄不过来的？"

"秀玉是怕把你身子骨累着了。"

"我又不是纸糊的。"

"望婆婆，要不我让兰兰来给你打下手。"林雁冬回身拉住望婆婆的手，挤着眼儿，很体贴地说。

"行啊！这姑娘，上回还说要跟我学炒菜呢。"

"你呀，倒会偷懒！"林秀玉听见了站住说，"找兰兰干什么，你不会跟望婆婆学点手艺？"

"那，您呢，您怎么不学？"女儿的嘴可不饶人。

望婆婆瞪了林雁冬一眼，叹了口气说道：

"你妈成天都快累死了，还让她学这没用的。放心，谁也不让你们学。我伺候你们娘儿俩一辈子，行了吧？"

"那也不行啊，"林雁冬笑道，"赶明儿我生了女儿，谁伺候？"

望婆婆顺手给了林雁冬一巴掌，笑呵呵地说道：

"瞧瞧，现在的闺女，什么话都敢往外说！"

"本来就是嘛！"

"好吧，到时候你的事我全管。就怕孩子他爹看不上我，那我可就使不上劲了。"

"您该安歇了，老太太！"林雁冬搂着望婆婆，送她去西屋。

陈昆生也站了起来，可一看着她们走了出去，扭头见林秀玉正迈步在里屋门口，突然叫了一声：

"秀玉！"

"啊！"林秀玉总避免只和他两个人待在屋里，而且，也怕听见他叫自己的名字，那叫声里总有一种讨好，甚至有一种乞求的意味，使你不能断然置之不理，更不能妄加责备。

"你和雁雁谈了吗？"

"谈什么？"她茫然，不知他这话从何说起。

"她刚才说这些，是不是……打算结婚？"

"不会吧！我问过她跟李杰明怎么样，她说只是一般的朋友。"

"噢……那也好。"他看了她一眼，朝前走了一步，又站住埋下了眼睛。

女儿的事，是最为关心的，看着他那副欲言又止的样子，她担心起来，盯着他问：

"出什么事了？"

"没什么，没什么。我只是想，不要过早地确定关系，也好。"

"啊？"

他还站在那里，双手插在裤兜里，眼睛看着地，那样子分明在说还有什么情况没有讲出来，她有些着急，说道：

"关于雁雁的事，你知道什么都应该告诉我！"

听了这话，陈昆生才把头抬了起来，而且脸上露出了些微的笑意，说道：

"是啊，秀玉，如果你不这么说，我真有些顾虑，这话我该不该说呢？"

"到底是什么事？"

"你别着急，秀玉，没什么了不起的事。我只是觉得，香港来的王耀先，对我们雁雁，好像也有意思。而且，他这次能来，也是雁雁促成的，你就没有想过……"

林秀玉叫了起来：

"这根本不可能。"

"是啊，是啊，我也觉得不可能。"陈昆生打量了她一眼，又接着说道，"不过，多一个可供考虑的对象也很好，何况，王耀先的条件也不错。现在的社会嘛，也是大势所趋……"

"你怎么会有这种想法？"林秀玉终于明白他要说什么，气得拿俩大眼睛瞪着他，尖声说道，"雁雁不是那种人！"

说完，她转身就迈进了里屋。

第十九章

尽管已接近子夜，陈昆生躺在床上却一点睡意也没有。他索性披衣起床，坐在沙发上，点燃了一支"万宝路"，深深地吸了一口。

一种重返大舞台，春风得意的感觉油然而生，竟使得他的心，像缭绕在头顶的烟雾，飘飘然的了。

这几天，他一直处于一种亢奋状态。由于王耀先的来到，使他的生活发生了关键性的变化。一顿饭的工夫，使他竟结识了市里最显要的人物，这机会真是从天而降，每每细想起来，都觉得似一场梦。然而，那不是梦，是真的。陈昆生忽然觉得自己身价倍增，成了与当今权贵平起平坐的人物，哈哈！

这才是我陈昆生！

他从沙发上站起来，觉得自己的腰板依然笔挺，步履依然稳健，风度不减当年。丢失了多年的机遇，终于重新出现在眼前。他必须把握它，也完全能够把握它。徐市长一定要请到。一市之长，大权在握。只要他成为"林苑"的座上客，那么……当然，林秀玉已经断然拒绝了，这件事只能先斩后奏。人来了，她总不能把人家撵出去吧！

第二天一大早，他就赶到机关。李杰明有雁雁去请，不用他操心。他拿起电话就给王耀先打。王耀先对林府这次家宴盼望已久，答应之痛快，不在话下。

徐市长的电话打了一上午，就是没有人接。

下午好不容易打通了，接电话的是徐市长的秘书。他费了很大的劲，才说明了自己的身份，对方冷冷地说市长正在礼堂作报告，没法来接电话。待他抬出"救命恩人"的王牌，那边才答应把他的邀请转告徐市长，要他等回音。

这一下午，陈昆生坐立不安，其情不亚于当年约会女友。好不容易熬到快下班，市府的回话终于来了，说是徐市长晚上还有活动，如果能抽出时间就去，请他们不用等他。

陈昆生像挨了一闷棍，心里怏怏的，很不是滋味：这算什么话？来就来，不来就不来；又来又不来的，让人怎么办？真是的，最好别跟当权的打交道，最后弄得自己人不人鬼不鬼的，到时候可怎么交代！

回"林苑"时，陈昆生的脚步怎么也轻快不起来了。今晚这顿饭还怎么吃？王耀先和李杰明肯定不会迟到的。若是为了一个不定来不来的市长，害得主人客人全都等着，那可就全砸了。

唉，真是自讨没趣！

而这顿晚饭，对他重返林氏家庭，又是多么重要。迄今为止，他不能同秀玉母女同桌共餐，今晚本来是一个新的开始，并且是一个多么体面的开始，却生生被自己搞糟了。"文革"中批判走资派，常说"机关算尽太聪明，反误了卿卿性命"，看来自己也是聪明过了头。

他推开门，"林苑"静悄悄的。林秀玉还没回来，雁雁也不见人影儿。望婆婆冲他好一阵埋怨：

"昨儿说得好好的，要请客，要请客。都什么时候了，主人一个都不见，这客还请不请啊？"

"请，请！"

陈昆生心里七上八下的，跑进上屋拿起电话又放下，现在这时候打到市府也没人接了，万一客人都到齐了，能不能开饭？万一吃了一半这位市长大人又到了怎么办？真要命！到了这个时候，他只能骂自己没事找事了。他正在这间客厅里踱来踱去，想不出个解救的办法时，只听院子里望婆婆在大喊："客人到了！"他三步两步迎出去，就见王耀先已满面春风地站在院子里了。

"伯父，你太客气了！本来，令媛回来了，应该我做个小东，怎么倒……"

"哪里，哪里！理应的，理应的！"

两人的客气话刚开了个头，还没进屋，李杰明自己推开虚掩的门走了进来。

"王先生，我们又见面了！"老远，李杰明就伸出手来，满脸是笑，仿佛"一日不见如隔三秋"似的高兴。

王耀先好像有点意外，没有想到在林府的家宴上又碰见了这位李先生，看来他和林府的关系大约真是非同一般的了。尽管心中有点猜测，脸上还是很快乐的样子，伸过了白白的软绵绵的手去握住了对方：

"又见到李先生，真是太高兴了！"

三人说着进了屋，望婆婆早已把泡好的茶端给了客人。

"王先生怎么说走就走，我们还没有陪王先生多看看呢！"李杰明仍是笑着。

"噢，公司有些事，一定要我回去。"王耀先喝着茶，也笑笑地答着，"好在这边已经有个眉目了，以后会常来的。"

"常来就好，看看祖国的变化……"陈昆生心不在焉。

"机票订好了吧？真对不起，明天我有个会，不能去送你了。我已经安排了，我们的外事局长会陪你到省城……"

"以后常来往的，不必这么客气。"他想着林雁冬说要送自己到机场，就断然谢绝了。

"这边有什么事，尽管来电话好了。我们一定尽力。"

"谢谢！我已经委托林小姐，请她替我物色一位代理人。"

"啊！好啊，"李杰明先瞪大了眼睛，对这消息似乎有点惊讶，立刻就恢复了常态，笑问道，"林小姐替你找着了吗？"

"还没有呢。"

"是呀，要找个合适的人，也不那么容易呀！"李杰明摇着头，替对方担心。

在一旁听着的陈昆生心里想：雁雁呀雁雁，你怎么这么傻呀！这年头，谁不想给外边的公司当个代理人什么的。人家这么信任你，就算你自己没这个兴趣，你怎么就没想到问问你老爸呢？如果雁雁推荐了自己，凭着第六感觉，王先生是不会不同意的。到了那时是什么劲头……

门外的汽车声喇叭声，打断了陈昆生的胡思乱想。他跳起来，冲到了院子里。

李杰明也站了起来，伸着脖子从窗户朝外张望。

只见陈昆生弯着腰，小心地走在甬道旁，而那院子正中足可以供两人行走的碎石道上，只有徐市长一个人摇摇摆摆地走着。他不时抬起头来看看院中的树，看看东西的房子，昂着脸直上了屋前的台阶。

李杰明正想迎出去，又一想，林大夫虽于市长的儿子有救命之恩，这些年似乎并没有来往过。这次光临林府的缘由还是这个港商，自己切不可抢在他的前头。于是转过了身假装没看见院中的人。

这时，陈昆生已在门外高叫了一声：

"徐市长来了！"

王耀先有点惊讶。心想，在内地也去过私人家里，却是从未遇到地方父母官亲临的殊荣。看来，林家在这里也有点不同凡响。

"王先生，很高兴又见面了。"徐市长向王耀先伸出手去，同时跟李杰明点了一下头，

王耀先轻轻握住徐市长的手，非常客气地说：

"徐市长，我正想找个时间去辞行，又怕打扰你，没有想到在林府上又见面了，真是很高兴！"

此时徐市长按惯例已在这屋里最注目的那张小沙发上坐下了，他接过了陈昆生递上的茶，像坐在会议室里似的，左右扫了在场的人一眼，然后笑眯眯地说：

"今天我呀，闯入民宅，首先是听说王先生要走，借花献佛，赶来送送行。"

徐市长自己先笑了起来，在座的人自然也是陪着笑。徐市长又接着说：

"另外呢，我也是早就想拜访这里的女主人。林大夫可是我们家的救命恩人哪！"

说到这里，徐市长左右瞧了瞧。问男主人：

"怎么，林大夫还没有回来？"

"医院总是很忙，她下班的时间总是不一定的。"陈昆生看了看手表，嘴上答得很得体，心里可真着急。这算怎么回事，客人全来了，她们娘儿俩可倒好，一个都不露面。

谢天谢地，过了约十分钟，林秀玉总算回来了。见一屋子人，特别是有这位市长在座，她仿佛有点手足无措。握手问好之后，坐在一边就找不出什么话说了，只是心里想：这个陈昆生搞些什么名堂，怎么把市长也请来了？

不过，市长今天还真是一点儿架子也没有，完全是感恩戴德的真诚，他侧身对这位女大夫说道：

"林大夫，我们全家真是很感激你啊！一晃十几年了，当年你救活的婴儿，现在也已经是小伙子了。我爱人常说，什么时候一定要请你到我们家，看看那个小娃娃……"

"这是我的责任，我……"林秀玉满脸通红，虽然她常被产妇的家属表扬来表扬去，但在自己家里，尤其是当着这么多不熟悉的人被市长评功摆好，总觉得不好意思，只是喃喃地说，"我是医生……"

"是啊，林大夫是我们市里最有名的妇产科专家。"徐市长又接过话兴致勃勃地说了起来，"王先生，你大概还不知道吧，林医生的父亲林老先生是我们清河市知名的爱国人士，也是有名的园林艺术家。他们这个'林苑'，早先是很有名的。可惜被机关占用，全给破坏了。林大夫，现在是哪个单位占用着？"

"我也不清楚。"林秀玉真是不清楚这些事。再说，就为这一个"林苑"，"文革"时差点没把她斗得死去活来，她是再也不想提这个的了。

"该搞清楚的事还是要搞清楚它。"徐市长开导女医生说，"这是我们党的政策嘛！以前由于'左'的影响，对林老先生这样的民族资本家，我们政策执行得不够好。林大夫，我今天来，也有这个目的，想听听你们的意见，有什么要求尽管提出来。"

徐市长说的倒真是实情。一来，鉴于目前各地都各显神通，广辟旅游资源，清河市也不能甘居人下。而"林苑"的树木花卉本来就是左近闻名的。如果小有恢复，也不失为清河一景。二来呢，市长未尝没有在政策允许范围内一报当年救命之恩的想法，趁手中还有这么点权的时候。

"徐市长，你太客气了！"林秀玉搓着手，心里当然感动，只是不知该如何表达才好。

"不是徐市长客气，是徐市长讲政策。"陈昆生一边纠正妻子的说法，一边对徐市长说，"徐市长，刚才您提到'林苑'我倒有个建议，只要市里把'林苑'，发还给我们……我们一定恢复'林苑'旧貌，也好给……给我市增加一个旅游点，为发展旅游业做一点贡……贡献，嘿嘿！"

没有等林秀玉作出反应，徐市长连连点头接过了话说道：

"陈……陈昆生同志，你有这个想法太好了。我们是不谋而合啰！"

"徐市长，这是不行的，"林秀玉盯了陈昆生一眼，赶紧对着市长声明说，"我们林家的人从来没有想过这件事。"

林家的人从来没有想过？徐市长是何等精明之人，一听这话不由得就扫了陈昆生一眼，立刻又朝着林秀玉笑道：

"林大夫，你不要有任何顾虑。现在不是'文化大革命'那时候了。"

"是啊，伯母，"王耀先也说，"'林苑'如果能修复，老太太在外面知道了，会好高兴啊！"

"徐市长，'林苑'是家父生前捐献给国家的，我们做子女的没有权利要回来。"

遇到这么死心眼儿的人，你有什么办法，陈昆生坐一边干着急不敢再发言。他怕万一和林秀玉争起来，在客人面前下不了台。别人不知林秀玉，他可是太清楚了，心里自认倒霉，只有徐市长还在耐心地说服：

"林大夫，这不是你们自己要，是国家应该发还给你们的呀。"

"那我们也没有力量重建'林苑'——我父亲是资本家，我可是个医生，靠工资生活的人。"

"当然啰！"徐市长仰脸笑了起来，"要重建'林苑'，靠你林大夫出钱当然是不行的。我看，可以用集资的办法，政府也可以拿一点。当然，还可以争取点外援嘛！"

听说要发动外面的力量，王耀先在一旁也插话了：

"我想是没有问题的，如果需要的话，我们都可以尽力的。"

"好，好，林大夫，你看，这有多好！"徐市长赞不绝口。

"徐市长，政府的好意，我心领了。'林苑'早就不是哪一家人的产业，重建'林苑'，当然很好，不过，这不是我们林家的事……"

正在她万分着急时，坐在她身后的李杰明凑在她耳边，小声说：

"这事您别太当真。徐市长就这么一说，要办还早着呢。"

这句话提醒了林秀玉，她回头瞥了这年轻人一眼，忽然觉得自己很幼稚：官场上的许诺，何必那么当真，不过是一句戏言罢了。

恰好，这时电话铃响，林秀玉如释重负，拿起了电话机。

那边传来了林雁冬的声音：

"妈，我回不来了。"

"出了什么事？"

"靠山县饮水中毒，我得去看看。"

"啊！"

"您先别告诉望婆婆。"

"我知道。"

"他们都来了吧，让李杰明接电话，行吗？"

林秀玉反身把话筒递给了李杰明。

"李杰明吗？真对不起，我回不来了。靠山县出了事，我马上要和姜局长他们一块儿下去。"

"啊，这么晚了！"

"人命关天，多晚也得去呀。喂，托你一件事，我说好去送王耀先的，这下去不了啦，劳驾帮我跑一趟机场，拜托！"

李杰明冲着话筒痛痛快快地答应说：

"好吧，你放心吧！还跟伯母说话吗？"

"王耀先也在吧，请他接电话吧！"

李杰明举着话筒，冲着王耀先招手，嘴里在说：

"王先生，林小姐的电话！"

王耀先赶忙从对面走了过来，拿起话筒林雁冬的声音就响了起来：

"王先生，真是太对不起了，今天晚上我又有公务，不能给你送行。明天我也回不来，不能去机场送你了。"

两个"不能"，如同两盆凉水泼了下来，除了失望，王耀先还能说什么。何况满屋的人都不再说话，好像都在旁听似的，王耀先只得打起精神，连说带笑的：

"林小姐真是大忙人啊！不过，再忙也不要忘了敝公司的事啊！"

"找代理人的事儿，是吧？"林雁冬轻松地笑道，"包在我身上。放心吧，王先生，我不是说了吗，要是找不着，我自己来当。对了，千万别忘了替我看看我外婆去。我给她准备的礼物我妈会给你的。还有，替我问我舅舅、舅妈好！王先生，预祝你一路顺风，拜拜！"

"拜拜！"

王耀先刚说出这两个字，那边的电话已经挂上了。

"出了什么事？"徐市长在一旁喝了半天茶。也听出来这电话是谁来的了。

"噢，没有什么，"林秀玉说，"我女儿来电话，说是有个地方饮水中毒，她得去看看，回不来了。"

"饮水中毒？不就是靠山县的事吗？"徐市长皱了皱眉头，很不以为然的样子，"我已经处理了嘛！"

"是，是啊！"陈昆生见徐市长面有不悦之色，忙附和了两个"是"，也不管挨不挨得上。

林秀玉走到门口，朝厨房那边喊道：

"望妈，开饭吧，客人都饿了。"

第二十章

市环保局的一辆小面包车，驶出了清河市，直奔靠山县而去。

夜色初降，公路两旁的田野和房屋都变得蓝幽幽的。白天暴露在光天化日之下的丑陋——浇灌在地里的流淌着油污的渠水，被各种有害气体污染扭曲了的天空，以及违法的破烂的小砖窑石灰场地，连同那条黑色的河，都被神秘的昏黄的夜色所包容，仿佛统统隐去了。

朦胧中的天地，给人以悲壮的美。

然而，坐在这车里的人，却没有一个人探首窗外。坐在司机座旁的姜贻新局长，接到办公室的电话，从一家工厂赶回机关，人没有上楼，从小车里钻出来就跳上了这辆面包车。这时，他眨着疲倦的小眼睛，问坐在身后的丁兰兰：

"给省局报了吗？"

"报了。省局指示，立即查明事故原因，采取有效措施，控制事态发展。"

"市里呢？"

"市府值班室说，他们已经接到靠山县的电话，徐市长有三点指示：第一，全力抢救中毒病人；第二，必要时市里派医疗队下去；第三，请公安局侦查事故原因。"

丁兰兰刚把这第三条指示说出来，满车的人都哗然。有的竟高声叫了起来：

"没咱们什么事了！姜局长，咱们回去吧！"

"让公安局去查，我们往里瞎掺和什么？"

"还用公安局侦查，侦查个屁！纯属揣着明白装糊涂！"

姜贻新回头横扫了一眼，算是给这些部下一个警告，让他们闭嘴。

车里一时间没有了声音。

是啊，环保局算什么？姜贻新心里可是锣鼓齐鸣，比那些人叫得更响。他娘的，在市府眼里，环境保护局也就是个摆设，甚至连摆设都说不上！不出事想不起环保局，出了事还是想不起你环保局。"请公安局侦查事故原因"？这位市长大人的脑子里，想到的大概还是阶级敌人搞破坏吧。多么可悲呀！

"清河水质污染严重，威胁两岸人民的生命安全"。这样的陈

176

词，在给市委和市府的报告中，不知写过多少遍了；"再不治理清河的污染，迟早要出人命"，在市里大大小小的会上，也不知说过多少回了，可是事到临头，他们想到的却是公安局！

姜贻新叹了口气，有意见也只能闷在心里。他非但没有部下骂街的那点自由，而且也不能因为市府没有指示环保局查明事故原因，他就袖手旁观。良心也不允许！

流水无情，污水更无情！如果是饮了清河污水中毒，那就必须采取断然措施，一分一秒都不能耽误！

"开快点！"他看见司机小心地超过了一辆驴车，又下了一道命令。

"这我可不能听您的，姜局长！"司机露出一排大牙，笑道，"七八条性命呢。再说，您也不瞧瞧，咱们这是什么车，也就能压那驴车一头！"

一车人憋了半天，借机哈哈大笑起来。只有坐在丁兰兰身旁的林雁冬望着窗外，没有一点笑容。

"雁雁，想什么呢？那位大亨？"丁兰兰在她耳边小声笑问。

"去你的！"林雁冬深深叹了口气，说道，"兰兰，我有一种预感，我望爷爷家可是离河边儿最近……"

"别瞎说，不会那么巧的。"

只听坐在前边的姜贻新长叹了一口气，说道：

"我倒是想给你弄辆好车，可上哪儿弄钱去？"

一说到钱，车上的年轻人顿时活跃起来，七嘴八舌，像开了锅的水：

"姜局长，这年头，钱哪，满地都是，就看你弄不弄啦！"

"只要你放宽政策，让我们搞点第三产业，别说一辆车，十辆八辆都能给你弄回来。"

"对了，哪怕开个环保设备厂，学学有的人，也来个只此一家，全国独揽，还怕赚不到钱！"

姜贻新又朝后扭过头去，那双小三角眼瞪得像两颗钉子，直到把所有的声音都瞪没了，他才很认真地说：

"尽说些没意思的！咱们是干什么的？把清河的污染治好了，

就是我们的本事。钱，挣得再多，算什么能耐！"

"嗬！咱们姜局长真是雄心壮志啊！"最后座上一个高个儿的年轻人不在乎那两颗钉子的威力，笑嘻嘻地叫道，"局长，就这清河，谁治得了？"

"不是正在订规划吗？"姜贻新回了一句。

"那还早着呢！我算是看不见了！"那年轻人是成心逗气儿。

姜贻新倒没生气，而是一下子没了精神，头靠在了座位上，叹道：

"你们兴许还能看见，我呀，真是看不到那一天了……"

这悲怆无助的呼喊，吓得再也没有人吭气儿了。

夜色爬上了车窗。一车人都已昏昏欲睡。丁兰兰的脑袋不止一次歪倒在林雁冬的肩上。林雁冬却了无睡意。"我是看不到这一天了"！我能看到这一天吗？她问自己。

清河早已不清了。它每年接纳工业废水一亿多吨，酚、氰、汞、砷、铬、氨、氮，各种有毒物质指标大大超过标准，阵发性死鱼事件时有发生。用不着有环保专业知识，在有些河段，只要不是瞎子，就可以看见一股股黑色的、黄色的、褐色的、红色的污水，肆意地侵入清河的怀抱，看见水面上泛起五光十色的油污；甚至于盲人也能察觉出这条河的悲惨命运，凭着那一股令人窒息的臭味。

"还我一片清纯，还我一河清澈！"

"清河不清，死不瞑目！"

这是金滔的话。每回到清河来他都说，会上说，会下说，不厌其烦地说，说得那么动情。可是，清河还能清吗？也曾敲起过警钟，也曾采取过措施。结果呢，老的污染刚刚治出了一点成效、甚至还没见成效，新的污染却又随着工业的发展变本加厉地扑面而来。

"规划，拿出规划来！制定目标，落实措施，限期实现。"

这是金滔最后的一招！

有了规划，他就可以拿到市里去、拿到省里去，用他的话说"去吆喝"。吆喝得省、市领导坐不住了，列入议事日程，一朝通过，那就是"尚方宝剑"，就可以去要钱，可以迫使那些造成严重污染、危害极大的企业转产或者搬迁。可是，治理清河的规划至今还没有搞出来，偏又出了这么大的恶性事故，金滔知道了还不得暴跳如雷！

这能怪姜贻新吗？好像不能。林雁冬看了看坐在前边的老局长，他那灰白的刺猬头已经歪倒在他瘦削的肩头。姜局长垂垂老矣！他忠于环保事业，恪尽职守，可惜是位卑职小，拙于周旋，能量有限，想治清河而不能！

"在我有生之年，怕是看不到清河水清了！"他不止一次这样说。

姜贻新说过，他是个"悲观主义者"。过去总觉得，那不过是开玩笑，今晚听来，真有几分凄凉。岁月无情，人生易老。悠悠的生命之河也会污染，也有它的尽头。姜贻新年近六旬，他的时间不多了。金滔呢？他年富力强，他可以大有作为。可是，面对着与日俱增的大气污染、河流污染、地下水污染、噪声污染、工业三废污染、农药污染……面对着这么多人的愚昧、这么多人的无知、这么多人的短视，他又有多大的能量呢？他真的那么自信，从来没有悲观过？

不，他没有那么大的能量，他心力交瘁，他在黑色的死河中挣扎，呼救……

噢，那只是一个让她心悸的梦，那不是真的！

林雁冬忽然觉得她必须尽早见到金滔。她和他已经两个多月没有见面了。本想借着送王耀先到机场，上省城见他一面，不想遇到今晚的事，一切又成泡影。

他是坚强的、乐观的，可他也不是铁打的。他有他的难处，他有他的苦恼。这些，他只能跟她说。她不在他身旁，他找谁去说……

面包车在沉沉的夜色中驶进小小的靠山县县城。穿过只有几盏路灯的大街，车子开进了漆黑一片的县环保局小院。

"人呢，人都上哪儿去了？"姜贻新头一个跳下车，高声叫道。

终于靠门边的一扇窗户亮了灯，传达室的小老头披着外衣迎了出来。

"刘局长呢？"姜贻新火气又上来了，心想：出了这么大的事情，县环保局连个值班的都没有，都是些死人哪！不过，还没等他骂出来，那小老头就仰着脸说：

"姜局长！省里的金局长来了，他们都在县委大院，怕是正开会呢。"

金滔来了！林雁冬的眼睛一亮。

对呀，早该想到他会来的。出了这么大的事，他能不到现场！即将到来的见面的喜悦一下子遮盖了一切的不幸，林雁冬似乎忘了此行的目的，站在黑暗的院子里第一个叫了起来：

"上车吧，上车吧！"

"走，上县委大院！"姜贻新三步两步回到了车上。

县委大院的会议室里灯火通明，坐满了人，气氛紧张。

"姜局长，你们来得正好。"坐在迎门沙发上的金滔先看见他们，喊了一声。

正在介绍情况的于县长站了起来，旁边早有人腾出了位子，让姜贻新坐。环保局来的干部都各自找了地方坐下。只有林雁冬，绕场半周才找到一个凳子坐了下来。从这里，她可以看见金滔，也可以让金滔看见自己。

"今天上午九点多钟，我们就接到水产部门的电话，说是清河水面出现死鱼。"黑黑胖胖的于县长不像往日那般的笑嘻嘻，声音沉重得像灌了铅，"当时，我也思想麻痹，没有很重视，只布置他们继续观察。下午一点多钟，又接到电话说，死鱼数量增加，而且大多是深水层里的鱼，有蒜臭味，腹内含一腔黄水；还说，据当地农民反映，饮用河水的耕牛也有中毒的。这才给我们敲了警钟，一方面通知防疫站马上化验，一方面紧急通报沿河各乡镇注意饮水中毒。下午两点多钟，防疫站的化验报告上来了，他们认为是黄磷中毒。"

"有化验数据吗？"金滔问。

"有……"于县长翻了一下材料说，"在这里，化验了一条死牛，牛胃黄磷含量为 0.84mg／kg。"

"死鱼呢？有化验数据吗？"姜贻新问。

"有……"于县长又闷头去翻材料，这回怎么也翻不出来了，急得他满头大汗。

"接着说吧。"只有林雁冬注意到金滔皱了皱眉头，这是他在压制自己的不耐烦。

"后来，告急的电话就接连不断。有报死鱼的，有报死牛的，有报死鸭子的。四点零七分，接到黄坡镇政府的电话，说该镇有十八名居民中毒。"

"都有什么症状？"金滔又皱了皱眉头，两个手指捏着没点着的烟一个劲儿在桌子上敲打。林雁冬看得清清楚楚，这个人很生气。

"有的头晕，有的恶心、呕吐、腹泻，"于县长接着说，"噢，对了，还有的皮肤瘙痒，出现红疹。经调查，这十八个人有的喝过河水，有的吃过河鱼，还有一人是在河中游过泳的。这是第一起居民中毒报告。"

"到现在为止，居民中毒共有几起，人数多少？"姜贻新偏过头问，尽量不瞪起那双小三角眼看说话的人，这就使得那双眼睛看人时好像半睁半闭似的。

"共有四起，中毒人数三十一人。"

于县长一一报了出现中毒现象的地名和人数。林雁冬松了一口气：还好，没有靠山村，看来望爷爷还没有事。

"现在是五起了，"卫生局长补充道，"刚才又接到方家湖卫生院的报告，他们那儿也收进了六名。"

金滔看了看姜贻新，也看了看林雁冬。但是，那目光虽然从自己的面前扫过，却一刻也没有停留，林雁冬觉得他好像不认识自己了。

"我当即到县委，向范书记作了汇报。"于县长向坐在他身边的范书记点了下头。

雪白大脸的范书记一直用手扶着头在沉思，听到这话就抬起脸频频向大家点头。

"范书记亲自召集有关部门开了紧急会议，初步确认为饮水中毒，一方面通知各级卫生组织全力抢救，一方面向市府和有关部门作了紧急汇报。"

于县长终于结束了他的汇报。

范书记又作开了总结性的发言：

"同志们！这次事故来得非常突然，可以说，县委和县政府各级领导以及全县人民，都处于毫无思想准备的状况。在这种非常紧急的情况下，县委提出了'三强调、四坚持'的口号，'三强调'是强调一定要相信党，强调基层党组织要在这场特殊战斗中发挥堡垒作用，特别是强调各级领导干部要处惊不乱，为群众作出表率。'四坚持'是……"

林雁冬见金滔脸色铁青，这回像是马上就要发作，她急得不知怎么办才好。

如果她还是省里的干部，她可以机智地站出来打断这位书记不识相的讲话，从而使自己的顶头上司少在县里得罪人。现在可不行了，除了姜局长还有处的头头，且轮不上她说话呢。不过，她知道姜贻新对金滔的火暴脾气也是知根知底儿的。果然，姜贻新及时挤出个笑，对还在那儿说个没完的范书记说道：

"范书记，现在救人要紧，总结经验嘛，咱们是不是……"

"简短些吧！"金滔疲倦地补了一句，眼睛不看那位书记，划火柴点着了烟。

"好的，好的，"范书记说，"另外，我们及时向上级党政组织作了报告，取得了上级领导的宝贵指示和有力支持。省、市环保局的金局长和姜局长深夜亲临现场指导工作，更给我们极大的鼓舞！"

"先别说这些了吧，同志！"金滔终于忍耐不住，使劲掐灭了手上的烟头，腾地从座位上站了起来，"现在情况很紧急，我们需要切实研究一下，有哪几项工作必须马上去做，"不等别人回答，他就顺着自己的思路说了起来，"第一，查明污染源，采取断然措施，隔断污染的源头。"

"这个，不用查也知道，"姜贻新气呼呼地说，"市化工厂就在上游，离县里顶多十里地吧，他们有黄磷车间。"

"那也得查。没有真凭实据，你让他停产他干吗？老姜，这件事，由你们市局负责，马上派人去。"

"林雁冬，丁兰兰。还有小何，你们马上去。"姜贻新点着人头派了活。

林雁冬已经站了起来，没想到金滔突然叫了一声：

"小林！"

林雁冬倒吓了一跳，回头一看，只见金滔两眼炯炯放光，凝视着自己，片刻才说：

"注意，先礼后兵。不要在数据还没有拿到手之前，就跟人大吵大闹。"

"没问题，我们知道怎么做。"林雁冬他们对付这类恶性事件也不是头一回了，你环保局不想方设法拿到证据，人家谁给你认这个账。

金滔又回头对姜贻新说：

"必要时，老姜，你自已去。只要查明这次中毒事件确实是市化工厂造成的，一定要依法办事，决不姑息。"

市环保局的人都爱听金滔"发脾气"，被姜局长派了活儿的三个人包括林雁冬都没有离开房间，还想听听金局长再说些什么。

"第二，"金滔又对县里的书记和县长说，"你们已经通知沿岸各级政府注意饮水中毒，这很好；但是光注意还是不够的，要采取预防措施，给沿河两岸各级组织——特别是已经出现中毒现象的那几个地方，免费发放消毒药物。这一点，有困难吗？"

"没有，没有。"于县长连连点头。

"要落实，有人负责。"金滔盯着于县长不放。

"是，是，县卫生局负责。"

"第三，请县环保局负责，定时定点监测清河黄磷含量，及时报告，直到河水里黄磷含量符合规定的卫生标准为止。"

"金……金局长，"县环保局的刘局长结结巴巴地说，"国……国家饮用水卫生标准……没，没有黄磷指标，怎……怎么掌握？"

"可以参照渔业水域水质标准，黄磷含量不得超过 0.002mg／L。"金滔又对姜贻新说，"第四、老姜，这两天你就留在这里，协助县里的同志处理这次事件。"

姜贻新点点头。

"如果没有不同意见，就请于县长把这四条决定报告市政府。"

于县长看看范书记，范书记点了头，于县长才说：

"好，我向市府报告。"

"那就分头行动吧，时间宝贵！"金滔站了起来。

来到大院里，金滔看见林雁冬，又叫住范书记说：

"请你们出辆车，送市局的这几位同志到化工厂去。"

"好，我马上去叫他们出车。"

天空是湛蓝的。星星在高空闪烁，夜气在地面袅袅升起，清新而湿润。如果不是出了中毒事件，这真是一个宜人的夜晚。

"小林……"金滔轻声呼唤。

"有事吗？"林雁冬向他走来。

在夜色中，他看见她那明亮的眸子。

一辆吉普车从车库里开了出来。

"噢，没什么。等这件事忙完了，咱们找个时间谈谈。"

第二十一章

"你还磨蹭什么？"

姜贻新平时轻易不急，可你也别惹他。他要是急了，那小三角眼一瞪，两片薄嘴唇一闭，大长脸嘟噜下来，也怪吓人的。

"来了，来了！"

林雁冬忙把女友递给她的一份《环保通讯》塞进包里，转身从丁兰兰的办公室飞跑了出来，用手把不听话的长发朝后撩了撩，又回过头去笑着叮嘱了一句：

"这事你可要保密！"

靠山县出了人畜饮水中毒事件，姜贻新几天没睡好觉。好不容易查清了污染源，控制了事态发展，清河水的黄磷含量降下来了，警报算是解除了，昨晚他回到市里又连夜召集有关人员开会开到半夜，准备了今天上午向经委汇报的事故处理报告。

对于统管全市工矿企业的市经委的"护犊子"的态度，姜贻新早已领教过。特别是他们那位吕高良主任，是市里唯一过了年龄杠杠仍然在位的"老清河"，历任书记、市长对他都另眼相看。他是清河的工业权威。他不点头，什么问题也解决不了。姜贻新知道，这块硬骨头不好啃，少不了要有一场唇枪舌剑。

坐在车上，姜贻新板着脸，一言不发，好像还在生气。林雁冬懒得理他，正好抓这空当，从包里取出那份让她牵挂的《环保通讯》，一眼就看到那条"启事"：

> 根据局长会议决定，并经省新闻出版局批准，本刊自九月一日起改名《环保通讯报》，暂定每周一期，四开四版，向全国公开发行。为了集中力量办好这张报纸，本刊自即日起终刊。希望热心支持本刊工作的广大环保工作者，一如既往地支持《环保通讯报》，热心供稿，并提出宝贵意见。

据丁兰兰透露，《环保通讯报》定编六人，除了现有的两人外，还差四人，报社已经向金局长提交了调人的名单，其中就有林雁冬。

"真的？"

"骗你不是人！"丁兰兰是《环保通讯》的通讯员，刚从省里开了会回来。

真的，肯定是真的，林雁冬在心里早已相信了。

调我回省局去，她向金滔已经提过不知多少次。尽管他嘴上从来没有答应过，可他以实际行动……啊，一切是多么好！

他应该知道，她是多么殷切地期待着这一天的来到！

"看什么呢，你？"姜贻新侧过脸来问。

"没什么。"林雁冬笑着，忙把那张带给她喜讯的小报塞进了小挎包。

她今天情绪特别好，老是想笑。

"吕高良可不好对付！"姜贻新根本没注意她的小动作，只顾想自己的，又叮嘱说，"咱们尽量摆事实、讲道理，你少说话，尤其不要说带刺儿的话。"

"我当哑巴。"林雁冬又笑了起来。

"也别嬉皮笑脸的。"

"姜局长，您少操点心吧，今年您的头发可是全白了。"

"老了，不中用了！"姜贻新抚着一色的白发。

"姜局长，您也该自己放松一下，会跳舞吗？"

"跳'六'！"

姜贻新总算哼哼地笑了两声。

车子开到经委大院，他们熟门熟路登上二楼。刚步入长长的甬道，还没有瞧见吕主任的办公室在哪儿，早有吕主任的白净尖脸儿的秘书迎了上来，引着客人进入了会议室。姜贻新心里一沉：连他的办公室都不让进，看样子是不欢迎了。

不一会儿，这位瘦高挑儿的秘书又端着两杯茶进来，彬彬有礼地一一放在客人面前，还笑嘻嘻地说：

"姜局长，这是吕主任自己的绿茶，他说请您品尝。"

姜贻新一见这阵势，知道吕高良一时半会儿不会露面，心想我又不是来饮茶的，约定了时间来谈事，你把我晾这儿算什么？他一肚子不高兴，可又不能跟人急，只好点头说道：

"谢谢！吕主任正忙着呢？"

"刚有个电话，马上就来。对不起，姜局长！"

"没关系，没关系！"

秘书随手把门带上，偌大的会议室里只剩下姜贻新、林雁冬两个人和摆在他们面前的两杯绿茶。

姜贻新揭开茶杯盖子吹了吹，茶倒真是好茶，飘出一股沁人的清香。

还没有等姜贻新把这杯茶喝完，那位秘书又把吕高良的大茶缸端了进来，摆在姜贻新对面沙发边的茶几上，转身又走了。

"姜局长，瞧见没有，人家吕主任当官当得多有味道！"林雁冬喝着茶说，"人还没有到呢，茶先到了，这是什么派头？您也学着点儿呀！"

姜贻新还喝他的茶，只把眼皮抬了抬说：

"人生来不一个命，谁也学不了谁！"

倒也是。林雁冬心里想。若论资格，姜局长一点不比吕高良浅，论工作能力也绝不比他差，更不要说工作责任感，为人处世的厚道劲了，哪一样比不上他吕高良？可怎么偏偏人家就是说一不二，他就处处受气，唉，真是人比人气死人啊！

"怎么搞的？这也太过分了。"又过了十来分钟，姜贻新沉不住气了。

"我找他去！"林雁冬站了起来。

"别，别！"姜贻新忙把她拦住。

会议室的门被推开了。还没有见人，先就听到吕高良那底气十足洪亮的声音了：

"李杰明呢，分工他管环保，他怎么不来？去，去，快把他叫来！"

这之后，吕主任的风采才展现在客人面前：雪亮的衬衣，干净的皮鞋，合体的西服，名贵的领带，通体都透着那么一股鲜亮，一股踌躇满志改革开放少壮派的红火劲儿。

"对不起，对不起，让你们久等了！"吕高良笑容满面地伸出手来，嘴里蹦出一连串的道歉，你不接受都不行，"老姜，你怎么搞的，又瘦了，可要注意身体噢！林……啊，林雁冬，见过，见过，能干的女将！还真得好好谢谢你，替我们拉来个财神爷。"

相形之下，客人们就太拘谨了。姜贻新只在嗓子眼儿里嘿嘿了两声，一句应对的词儿也没有。林雁冬倒是想回他几句，局长守在跟前，也哑巴着不敢放肆。

"这回，又让你们辛苦了！"吕高良端起他的大茶缸喝了几口说，"唉，我们这些厂长啊，满脑子就是生产、生产，产值、产值，一点环保意识都没有，真是叫人头疼！"

"吕主任，是不是我们先汇报一下情况？"姜贻新总算开口了。

"我看，还是等一等吧，姜局长，等李副主任来了，咱们一块儿谈吧！"吕高良挺客气地征求意见说。

姜贻新只好点头，等着吧，谁叫人家的门槛高呢。又过了一会儿，李杰明才匆匆地跨进门来。他一进门也是道歉声不断：

"对不起，对不起，我来晚了！"

"你躲什么？"吕高良斜眼瞧着他，开着玩笑，"明明知道上午姜局长要来研究化工厂的问题，你是躲得了初一躲不了十五哇！"

"不是躲，倒是想偷个懒儿！"李杰明笑笑地在吕高良身旁坐下，说道，"我心想，一来有姜局长他们拿处理意见，二来有吕主任审批，我正好……"

"好了，好了，你别解释了。姜局长，你们说吧！"别看李杰明如今也在经委的领导班子里，在吕高良眼里还是自己一手提拔的那个小青年。

"是不是让林雁冬同志把简单的情况先讲一下？"姜贻新客气地问。

"也好。"吕高良点了头。

"这次化工厂黄磷废水污染，是清河最严重的水污染事件。"林雁冬早等得不耐烦了，听着李杰明的油嘴滑舌特别反感，瞪了他一眼，一点开场白都没有，立刻进入主题，"据靠山县环保局和当地群众反映，自从化工厂黄磷车间开工以来，多次将黄磷废水排入清河，使河水严重污染。九月二号，污水排放达到高峰，到四号，三天时间里，共有一百二十一人饮水中毒，死鱼三万四千多斤，鸭子两千五百多只，耕牛九头。更严重的是，使靠山县境内沿河居民的生活用水发生困难。"

"不像话！"吕高良沉下脸。

"死鱼三万四千多斤？"李杰明想了想，犹犹豫豫地问，"这数字是怎么统计上来的？准确吗？"

"当然是下面报的。"林雁冬心里冷笑，你整天在机关，不知咱们的数字怎么来的？

"好了，好了，"吕高良摆摆手笑了一声，"这还不是神仙数字！现在出了事，要求赔偿经济损失，换了我，也会往高里报的。"

"我们跟县里说了的，损失不能虚报。"林雁冬憋着气，心想，老百姓敢怒而不敢言，你这当官的怎么一点同情心都没有，"牛啦，鸭啦，有一只算一只；死鱼要捞上来过秤。"

"过秤？"吕高良从鼻孔里哼了一声。

林雁冬还想申辩，姜贻新赶紧使眼色把她止住了。

"人有死的没有？"吕高良又问了一句。

"多亏抢救及时，还没有死人。"

"没有死人，这就好！"李杰明长出了一口气。

"好什么好！"林雁冬白了李杰明一眼。

"啊，我是说，这也算不幸中之大幸。"李杰明苦着脸笑了一声。

吕高良沉吟了片刻，问道：

"化工厂认账了吗？"

"他不认账也不行？我们有证据。"林雁冬打开她带来的公文夹说道，"九月二日，化工厂黄磷车间排污口黄磷含量为 0.28mg／L，超过国家标准二百多倍。"

"不像话，太不像话！"吕高良两道短而粗的眉毛皱了起来。他侧过身子问李杰明，"他们那个方厂长是怎么回事？这么大的厂子交给他，尽给我们惹麻烦！"

"也不能全怪方厂长，"李杰明和颜悦色地说，"据我所知，环保这事儿，有个副厂长在抓。"

"这怎么行？马踏湖现场会上我说过，一把手要抓环保！"

"一把手抓环保？"林雁冬对经委这位要人怎么也尊敬不起来，她越想装得态度好些做笑脸，结果越是现出嘲弄的样子来，她说，"吕主任，我们到化工厂去，别说方厂长、副厂长什么的不照面儿，就连一个抓环保的干部都没找见。两个沉降池贮满了磷泥，完全失去了沉降作用。按照规定，黄磷污水要经过漂白处理才能排放，而且用药的比例、给药的时间都是不能乱来的。可是他们怎么搞呢？污水中的黄磷含量增加，漂白粉的投放量不增加。而且不按规定投放，不是一次倒入就是几小时才加完。另外，也没有人监督。二十四小时内只有一个加药工人，徒有'处理污水'之虚名，这还有不出事的？"

"不像话，不像话！"吕高良翻来覆去这句话。

"情况就是这些了，"姜贻新问道，"吕主任，是不是研究一下处理意见？"

"不像话，不像话！"吕高良好像没有听见。隔了一阵，他好像才想起来，侧身问李杰明，"我让你找方厂长谈一谈，你谈了吗？"

啊！林雁冬心里咯噔一下：原来经委也没闲着，好你个李杰明，去找化工厂搞什么鬼！她盯着李杰明，只见他吞吞吐吐地说：

"谈……倒是谈了。"

"他怎么说？"

李杰明不理解吕胖子干吗要当着环保局的同志问这个，半天才笑了笑答道：

"当着环保局的同志，我也不怕你们笑话！吕主任虽然再三叮嘱我要把好环保这一关，我……我实在是缺乏这方面的知识。方厂长跟我说了一通，我也给搞糊涂了。他说……国家规定的《生活饮用水卫生标准》里，没有黄磷含量这一项。这次事故，从法律上讲，他们没有责任……"

"这……这简直……"林雁冬瞪着李杰明，气得说不出话来。

"当然，方厂长也表示，他们还是愿意赔偿群众经济损失的。"李杰明又赶紧补了一句。

"李主任，方厂长这么说就不对了。"毕竟在官场混了这么些年，姜贻新抽着烟，显得心平气和的样子，"黄磷车间投产的时候，我们就跟化工厂说过的，饮用水卫生标准里没有黄磷指标，应该执行渔业水域水质标准，那里规定得很明确。"

"姜局长，都怪我不知道啊，他一说，我还以为……"

"好了，好了，"吕高良摆摆手，"老姜，你们拿个处理意见吧。"

处理意见，昨天晚上的会上早研究过了。姜贻新掂量了一番，为了便于取得吕主任的同意，他把顺序颠倒过来说：

"第一，为了汲取这次事故的教训，请市府发文，通报批评化工厂。"

"好。"

"第二，中毒群众的医疗费用，由化工厂全部负担。"

"应该的。"

"第三，由化工厂赔偿群众的经济损失，鱼以每公斤一元计，其余牲畜参照市场价赔偿。"

"可以吧！"

"第四，罚款三万元，此项罚款按省政府〔1982〕145号文件规定，不得打入企业生产成本，应在企业基金或利润留成中支出，全部交付市环保局做环保费用。"

"三万元，是不是多了点？不过，也好，继续往下说吧！"

"第五，对厂长、生产副厂长及有关当事人给予必要的行政纪律处分。"

"啊，还有吗？"

"就最后一条了，第六，黄磷车间立即停产治理，待环保部门验收合格发放准产证后方可恢复生产。"

姜贻新说完了，吕高良不说话。

屋里的空气顿时让人不舒服。李杰明想缓和一下气氛，起身为客人斟茶；姜贻新低头点烟，假装没注意到这紧张的局面。

吕高良两只胖胳膊撑在沙发扶手上，两个胖手张开，十个手指尖儿轻轻地叩击着。经委的人都知道，每逢这时，是吕主任在动脑子呢。果然，过了那么一会儿，他开始说自己的意见：

"六条处理意见，大部分我都同意。只有两条，姜局长，是不是请你们再考虑一下。"

说到这儿，吕高良停了下来，客气地带着微笑望着对方，那意思是在询问：我可以说下去吗？

"吕主任，请说吧！"姜贻新赶忙放下手上的茶杯，更为客气。

"'给厂长、生产副厂长及有关当事人必要的行政纪律处分'，我同意。"吕高良的脸很严肃，两个眼眶下垂着，很沉痛地提高了声音，"但是，第一个该受行政纪律处分的不是化工厂厂长，而是我。作为经委主任，我对这次事故负有不可推卸的领导责任，所以……"

"吕主任，您这就叫我无地自容了！"李杰明叫道，"要处分，首先当然得处分我。经委分工，环保是我的事，是我没有抓好……"

"你愿意陪绑，也好，小李，算你一个。"吕高良又放低了声音，好像他已疲惫不堪，有气无力，"老姜啊，至于黄磷车间停产，那可是不行啊！我们的黄磷好不容易打进市场，你们这么一搞，几年都恢复不了元气……"说着，他就咳嗽起来，连喝了两口水。

什么叫"你们这么一搞"？林雁冬的脸腾地红了，正想给他顶回去，就见姜局长那双小眼睛直瞪着自己，她才使了使劲，把这口气咽了下去。

"吕主任，你看……"

"老姜啊，只要你不停产，咱们怎么都好办哪！"不等姜局长的话说完，吕高良已经笑着站了起来，亲切地拍了拍姜贻新的肩膀，又说，"真对不起，我还有个会，不能不去点个卯，只好先走一步。你们再商量一下吧，有李主任在这里，一样的。对不起，对不起啊！"

走过林雁冬跟前，吕高良笑眯眯地伸出手说：

"握握手吧，小林同志，我还没有找着机会好好谢谢你呢。"

"你说什么呀，吕主任！"林雁冬倒给说得挺不好意思的。

吕高良一走，李杰明马上活跃起来。他一边给客人续水一边说：

"吕主任就是这么个人，直肠子，有什么说什么。其实他是很通情达理的。怎么样，姜局长，咱们再商量商量看，主要是最后这两项有点棘手。"

"我就不明白，为什么你们吕主任要死保方厂长？"林雁冬皱着眉头，真是闹不明白，"出了这么大的事故，造成这么大的损失，不处分厂长处分谁！"

"小林，这你就不知道了。方厂长可不是等闲之辈……"

"管他是谁，王子犯法也应该与庶民同罪！"

"你呀，小林，天下事可没你想的那么简单！你问问姜局长他是什么人？"

"什么人？"

姜贻新还在低头抽他的烟，不知是没听见还是不想回答，反正是两眼看着自己手中的烟头没搭茬儿，还是李杰明小声地说道：

"他呀，'太子党'！懂了吧？人家下到厂里是镀金来的，回去就高升。你给人家一个处分，这不毁了人家的锦绣前程？"

林雁冬气得只望着他哼哼地冷笑。

眼看着冷场了，李杰明也觉得理亏，想了想，赔着笑说：

"处分嘛，不是说一点都不给。可以扣发当月奖金嘛！"

"嘿，你真行啊！"林雁冬被他气得反倒笑了起来，"李杰明，你可真会当官！"

"小林，你要这么说，我可就太伤心了。"李杰明摊开两手说，"我也是一片苦心，想找出一个双方都能接受的方案来……"

"好了,李主任,处分就这么定了,"姜贻新摇了摇头,无可奈何地说,"扣发……"

李杰明见姜贻新面有难色,马上跟上说:

"如果扣发当月奖金轻了的话……可以扣发三个月奖金。"

"算了吧!就扣当月奖金吧。本来也就是个意思,意思到了,也就行了。"

"能这么办,太好了。"李杰明松了一口气,瞧了一眼绷着脸的老姜头,还是说了出来,"不过,还有,停产治理这一条。恐怕不行……"

"真正解决问题就这一条,你们还不同意?"林雁冬盯着李杰明,好像今天才认识他似的。

"不是不同意,是没办法啊!"李杰明苦着脸说,"化工厂是清河市的利税大户,你不让它运转,市里靠谁去?"见他们都不说话,李杰明又说,"这么吧,姜局长,生产呢,就不停了;治理,坚决搞,高标准,严要求。缺设备,补设备;缺制度,补制度,限期达标。要是在这期间又发生污染,那一定停产治理,行不?"

"就这样吧!"姜贻新站起来说,"李主任,真对不起,耽误了你一上午时间。"

李杰明也站起来说:

"姜局长,您怎么这么说呀,应该谢谢环保局的合作。怎么,这就走了,再坐一坐嘛。小林,你也走?在我们这儿吃了饭再走嘛!"

林雁冬已经跟着姜贻新出了门,连头也没回。

第二十二章

得到一个出差的机会,林雁冬到省城来了,住进了省环保局的招待所。

"你到省局去,找点资料。"姜贻新给她交代任务,"特别是案例,正面反面的都要。"

"要案例干什么？"

"可以参照嘛！"姜贻新叹了口气说，"处理化工厂一个小小的黄磷车间，就这么难，费了这么多口舌；制定清河的治理规划，牵涉到这么多厂子，我们不多找点根据，经委那些头头能同意吗？"

本来，听说让她上省城出差，林雁冬高兴极了。她很庆幸有这么好的机会去见一见金滔；起码可以打听一下《环保通讯报》调人的名单里有没有自己，金滔是不是已经批了。听姜贻新这么一说，她又觉得这担子很重，不在省局资料室里泡上一个礼拜，休想完成任务。

"一个礼拜不行，五天回来。"姜贻新使用干部就这么狠。

五天就五天！林雁冬在省局的朋友很多，她才不发愁呢。

一路上，她想得最多的是，到了省局要不要先给金滔打电话。"金局长，我来了！"接到这样的电话，金滔一定会喜出望外，马上就可以约定时间见面。

或许，还是不打电话的好。明天中午，拿着碗筷到食堂去排队，在嘈杂的人声和川流的人群中邂逅，惊、喜……"小林，你怎么来了！""不能来吗？""怎么不能来呢？来，吃了饭到我办公室坐坐。"

他会这么说吗？不，不会的。在大庭广众之间，他从来没有流露过哪怕只是很少的一点亲昵。

这样看来，还是打电话的好。但是，也没有必要一到就给他打电话，好像我多么想见到他。我是出公差，又不是赴他的约会！

等到一进招待所的房间，把小包往小床上一扔，她拿起电话就拨，一路的思想斗争全白费。只有一个不可抗拒的声音在她耳边说：管他呢，就是想马上见到他，一刻也不能等。好不容易有这么个机会，干吗自己跟自己过不去？

"喂，"那边拿起了电话，"我是金滔。"

"我来了。"

"啊，住下了吗？"那声音里缺少了点什么。

"什么时候能见面？"

"今天晚上……没有时间了。"

"为什么是晚上，现在不行吗？"

"现在……"

这不像是他。吞吞吐吐，犹犹豫豫。这是怎么回事？

"我现在就上你办公室去。"

不容他表态，林雁冬放下电话就跑进了省环保局的大楼。熟门熟路，五分钟后，她噔、噔、噔地来到了金滔的办公室。

"你来得真快。"金滔从他的写字台后站了起来。

"我好像不大受欢迎。"她直愣愣地站在他面前，看着他，一时不相信自己真的到了他的面前。

"怎么会呢？'有朋自远方来，不亦乐乎'，更何况是你呀，小林！坐下，快坐下，站着干什么？"

金滔忙背转身去倒茶。不知为什么，她觉得他那宽阔的背脊好像在颤抖。

"小林，来，喝茶，你笑什么？"

我笑了吗？

"啊，"她回过神来，忙接过茶杯，用茶杯挡住发烧的脸问，"忙什么呢？"

"还不是大化纤的选址问题。"

"还定不下来？"

"难哪！焦副省长也说，不能再争了，再争下去，旷日持久，大化纤就不是我们的了，到时候，眼睁睁地看着到嘴的大肥肉被别的省叼走，这个责任谁也担不起。"

金滔叹了口气，不想再谈自己的上级，转问道：

"找我有事吗？"

一句话，像一盆冰水浇了下来，林雁冬脸上的热潮顿时退了个尽，一股说不出是对自己的不满还是对他的不满，突地从心头升起。她一双冰冷的手紧紧地握着茶杯，一句话也答不出来。

金滔望了她一眼，默默坐回到他写字台后的转椅上去。

林雁冬低头小口小口地喝着茶，竭力使自己平静清醒。她的长发垂到胸前，遮住了她两边的脸庞。过了一会儿，从那秀发的后面，才传出了她低低的声音：

"是不是我调省局的事又有了变化？"

金滔什么也没说，从桌上拿了一份文件，又抓起一支铅笔，在手中转动着。

"是吗？"

"谁告诉你，要调你到省局了！"他也竭力把声音变得随便，但却不敢抬头看那坐在对面沙发上的人。

"自然有人告诉我啦。"她终于强迫自己看着他，挑战似的，两个明亮的眸子闪闪发光，活像一只警觉的小猫。

"谁？"

"反正有人，你就别管了。你只说，是不是又变卦了？"

金滔放下文件，答道：

"是。"

"为什么？"

"把《环保通讯》改成公开发行的报纸，是我提出来的。"金滔摆弄着手上的铅笔，半天才说，"这个想法，我早就有过。环境保护工作不只是环保局的事，应该让更多的人了解环保工作、关心环保工作、参与环保工作。基于这种想法，把《环保通讯》改成公开发行的报纸，是有必要的。局党组讨论，也同意我这个意见。后来，我让他们搞一份调人名单。在酝酿名单时，我提了几个人，其中有你。他们把名单报上来了，其中也有你。"

"啊，那怎么又没有了呢？"

金滔摇摇头，又直视着她的眼睛，问她：

"小林，你应该明白，如果你回到省局，我们朝夕相处，这对你、对我，好吗？"

"当然好！"她红着脸说。

金滔还是那么望着她，忽然好像伤风感冒了，哑着嗓子问道：

"可是，我呢，你考虑过我没有？我并不是总能控制得住自己的。如果我……"

"你说什么呀，你？"林雁冬吓了一跳，听得见自己心在嗵、嗵地响，说出话来可还是那么随随便便的，"你说什么呀，你这么冷静，冷静得像块冰，你还怕什么？"

"我没有你说的那么冷静。小林！"

林雁冬忽然笑道：

"谢天谢地！"

金滔付之一笑。

"其实，冷不冷静又怎么样？上次你不是说，只不过是很纯洁的……"

"感情！可是……"

不容他"可是"的什么，林雁冬立刻抢过话来，说道：

"我们党——对不起，我借用一下你们党的名义——我们党不是历来都很强调阶级感情、同志间的感情吗？怎么真有了这么一点点感情，又怕得要死呢？"

"纯洁和邪恶之间，并没有不可逾越的鸿沟，一个闪失就过去了……"

"我怎么像是听一个牧师在说教。"

"所以，我是个很乏味的人。"

"我没有这么说。"

"是我自己说的。真的，我有时候觉得自己很没有意思。想说的不敢说，想做的不敢做，还要让自己相信，这是最正确的。"

林雁冬歪着头，活像打靶的人瞄准目标似的眯起眼睛，惊奇地望着他。她从来没听他这么剖析过自己。

金滔扔掉手上的铅笔，像个耍赖的孩子，把身子往椅背上一仰，两眼望着天花板，苦笑道：

"是啊，这么活着，有什么味道？"

林雁冬脸上还挂着笑，心里却在流泪。她真想走上前去，用自己的手抚平他那额上新添的皱纹，抹去他嘴角的悲伤。可是，她不能，一个声音在命令她不要站起来，不要往前再走半步。她强笑了笑，说道：

"哎呀，金局长，你也太悲观了。起码我觉得，你能意识到这一点，水平就够高的了！"她的口气仿佛她倒比他大上二十岁。

她的话无形中把他从那种不可抗拒的惶惑中拯救了出来，他的声音又带出一种叫人玩味的口气：

"那就谢谢你的肯定了。"

下班了，金滔站了起来，眯起眼睛挤出了一个笑容说：

"走，我们吃饭去。"

"你不是晚上还有事吗？"林雁冬坐着没动，只是仰脸望着他，不放过他电话里搪塞的谎言。

"没什么事呀。"他真是忘了刚才说的话了。

林雁冬一笑，这才站了起来，随着他走出了办公室。

他们没有商量，没有言语，只好像早有默契，匆匆地走出大楼，匆匆地走过两条大街，及至走到那条梧桐高耸的小路上，才不约而同地放慢了脚下的步子。

望了望头顶上依然绿绿的树叶，林雁冬蓦地回想起刚从香港探亲回来的那个温馨的傍晚。她不明白，那时为什么心里像唱着歌儿似的那么高兴？也许是因为小别重逢，再次回到了他身边。可是如今，她还是走在他的身旁，却好像隔着千山万水。她的心里只是被莫名的悲伤填满，没有一点空隙。

金滔低着头，慢慢地迈着沉重的步子，好像一个走累了的人，又不得不继续走下去。他感觉到了她的悲哀和无助，他多么想用自己坚实有力的肩膀去支撑身边这令他心痛的小小的人儿。他一千遍地问自己：为什么，为什么我会活得这么苦？为什么，为什么，为什么，为什么让我遇见她？我该怎么办？

他一点也想不出来该怎么办，只得这样不声不响地走下去。眼看着这条路走到了底，转弯就是另一条路了。他们还是没有言语，没有询问，就那么不约而同地回转了身。此时此刻，任何语言对他们似乎都是多余的，他们不需要语言的介入。其实，语言对于全身心相爱中的两个人只是多余的累赘，是不受欢迎的第三者。特别是对于他们两人，该说的早已说了，不该说的也许永远也不需要说了。

不知不觉中，他们走出了这条街。也许是这没完没了的走使得他们的腿也累了，他们在暗淡的路灯下走进了一家黑黝黝的小饭馆。直到坐了下来，林雁冬才发现这小饭馆是这么脏，桌子是油腻腻的，墙是油腻腻的，就连硬木头的椅子和吊在屋子中央那个没有罩子的光秃秃的灯泡都是油腻腻的。她真想站起来就走，可是她一点力气都没有了，她就那么侧身坐着，靠在那油腻腻的墙上，看着这油腻腻的房子。

"小林，想吃点什么？"

金滔温和的声音仿佛从遥远的地方传来。

她回过头来，像被惊醒了，看着站在桌旁的长头发小伙子，愣愣地问：

"有好一点的酒吗？"

长头发小伙子抬了抬眉毛，继而友好地一笑：

"有，有，您喝什么呢？别瞧我们店小……"

金滔俯下头低声问：

"你不是一直劝我不要喝酒吗？"

"对呀，那是劝你呀，不包括我在内。"

酒来了，菜也来了，殷勤的小伙子自然是拿来两个酒杯。金滔为林雁冬倒满了一杯，也为自己倒了小半杯。林雁冬端起杯来，一口就喝下去小半杯。金滔只举着杯子把玩着，看着杯里晃动的液体，好像没注意她的举动，只说了一句：

"酒也不能喝得太多，特别是不能空着肚子喝，这……"

这种关怀，让她心跳，她不愿意再听下去，只笑道：

"这点葡萄酒算什么，你应该知道我的水平呀！"

说着，她几乎没有动筷子，杯里的酒却只剩下个底儿了。

金滔叹了口气，拿她一点办法也没有。她为自己又倒满了一杯，举着酒杯，说道：

"金局长，我有一种感觉，不知道对不对？我总觉得像你这样担任领导工作的干部，其实是挺痛苦的。"

"不见得吧？你没见很多人还想往上爬呢！"

"爬上来了又怎么样？国家机器反正要像磨盘似的转。你们这些官员被卷进来了，身不由己，就只能跟着转，机械地转，周而复始，无休无止。没有激情，没有自我，直至转不动了，退休，老死。"

"你这脑瓜子里怎么尽想些这个。照你这么说，不是太可怕了吗？"

"不对吗？"

"我们也鼓励创造性的工作。"

"可是，又有多少成效呢？就说你吧，你的抱负、你的才智，在现在这种体制下，又能发挥多少？"

"小林啊，你什么都好，就是看问题太尖刻。"

"不是尖刻，是事实。说实话，你要没那份自信心呀，或者用现在流行的说法，没有那份执着，早垮了！"

"唉，自信也好，执着也好，是给别人看的，其实心里真紧张。"

"反正你很坚强。"

"看上去坚强的人，内里有很脆弱的一面。"

"你也是这样吗？"

金滔举起杯，跟林雁冬碰了碰，吮了一口说：

"……可能，我可能比你想象的，还要……脆弱。"

林雁冬把头低了下去。从金滔略带颤抖的声音里，她感到了他心里的暴风雨，她不敢再直视他的眼睛了。

"如果不是我的脆弱，你这次调动工作，可能就不会是这样的了。"

"我没有怪你，我也不会怪你的。反正你还是我的局长，我还是你的小兵。"她想说"我们还是朋友"，可她不愿说。她根本不愿意和他只是朋友，这一点她早就不再骗自己了。

"这样看来，你也并不总是那么尖刻，有时候还是很识大体顾大局的。"

"中国人早就锻炼出来了。"

林雁冬不再说话，默默地喝酒，把一瓶"长城白"喝得差不多了。

"你怎么不说话了？"金滔有些担心了。

"说得太多了，不想说了。"

"不是醉了吧？"

"我？就这么点果酒？"她不屑地撇了撇嘴，索性把酒喝完了，一手倒握着空杯子，忽然想起了什么，笑道：

"噢，对了，我还忘了告诉你，吕高良要把我调到市经委去。他说我海外关系多，能给他们拉外商弄美金。"

"这怎么行？"金滔叫起来，"你是学环保的。你不能走……"

"我还没有答应呢。"

林雁冬心里笑了，她喜欢看见他着急。

"我不会放你走的。"

金滔心里马上有了新的想法。

第二十三章

五天时间很快就过去了。

林雁冬白天晚上都泡在资料室里，提包里装满了环境纠纷案件的复印件。有按行政程序处理的实例；有上了法院，依司法程序处理的案件；有水污染的，有气污染的，有固体废弃物污染的；还有各种违反环境保护法，拒付罚款提起诉讼的案例。一桩桩、一件件，触目惊心。

她包里鼓鼓的，心里却空空的。

开始，金滔每天都把电话打到招待所她住的房间：

"你好吗？"

"挺好的。"

"有没有什么事需要我帮忙？"

"没有啊！"

"有事情你给我打电话。"

"好的。"

她没有打电话给他！

一夜之间，她和他，空间的距离缩短了，心间的距离拉大了。

是啊，现在和他同处一个城市了。到他的办公室去，只消几分钟的时间。就如同那几年在省局工作时一样，随时可以见到他，随时可以到他的办公室去。就在前些日子，这种同处一方的憧憬，还如梦似幻，只悄悄在心头闪现。

现在，真的来了，招待所的楼和他的楼只有一墙之隔，她仿佛能听见他叹息的声音，夜晚回到这小小的简陋的房间，她仿佛能感觉到那幢楼上一个窗口的后面站着一个高大的身影，那窗帘在飘动着。

他的话，像钉子钉在了她的记忆里，她感到像是谁拿鞭子狠狠地抽伤了她的全身，使得身心都处在伤痛后的麻木状态之中。可是，她相信，他说的是真话，

他很自信，也很苦恼。

他很坚强，也很脆弱。

他很冷静，可又"并不是总能控制自己的"。

她好像拿到一把他亲手交给的钥匙，可以随时打开他的心扉，却不愿再去触动那扇沉重的心门。她害怕那门背后的鞭子。

过去的许多场景，偏偏在她脑子里转动，一幕接着一幕，一刻也停不下来……林荫道上的漫步，小卧车里的低语，马踏湖畔的笑声，靠山县里的邂逅，食街夜市的品尝，皇宫酒家的宴会，"林苑"门前难以忘怀的道别……这些美好的记忆，都被罩上了一层迷离的轻纱。

金滔的形象变得有些模糊了。他的自信，因为他的苦恼，变得更加充实。他的坚强，因为他的脆弱，变得更加深沉。他的冷静，因为他"并不是总能控制自己"，也好像变得更加珍贵了。

啊！他的笑声并不都是轻松的，他的言谈未尝没有需要破译的密码。他有更多的东西是深藏不露的。他是一个矛盾的复合体！他拒绝在她的调令上画圈，因为一旦画了圈他和她会有更多的接触；而正是在这种对更多的接触的回避中，他却以更快的速度突现在她眼前，令她猝不及防。

不能调到一起，令她失望。触及他内心的秘密，叫她心跳。她不愿意他有丝毫的为难。能够同他在一起的时光，哪怕只是短暂的片刻，她也希望是温馨、轻松、愉快、高高兴兴的。

她记不起那天晚上她都说了些什么。她觉得她只能那么说。她要让他觉得她总是高兴的，只要是他作出的决定她都乐于接受……

可是，回到房间，躺在小床上，望着孤零零的泛黄的小台灯，心里一个声音却在凄然地喊叫：你太傻了！你太傻了！难道这调动不是你盼望已久的？难道好不容易到来的机会又让它这么轻轻飘

去？小林啊小林，以后或许再也没有这样的机会了……难道真的就只能这样吗？

第三天晚上，她看见房间里空空的小桌上有一张字条：

小林：

来看你，你不在。回来后给我来电话。

金滔

她把这张小纸握在手中，在床头坐了下来，又展开来看了一遍。那是一张从小笔记本上撕下来的纸，带着小蓝条儿，带着他的体温。会有什么事呢？真的有什么事吗？要不要遵命给他回电话呢？她拿着这张小纸翻来覆去，最后还是拿起了电话。

"小林，你回来了？"他好像一直守在电话机旁。

"啊，找我，有事吗？"

"我想过来找你谈谈。"

啊，他要来了，多么好。只过几分钟，他就会敲门，这冰冷的小屋顿时就会充满生机。可就在这时，她听见电话里传来嘈杂的声音：歌声、笑声、节目主持人的声音和一个女人喑哑的叫喊：

"把电视的声音弄小点，你爸爸接电话呢。"

一幅温馨的家庭图画顷刻出现在她的眼前：低垂的窗帘、幽静的壁灯、丈夫、妻子、孩子、喧闹、电视……林雁冬仿佛从来没有想过，他有一个家。而当这个家蓦然间实实在在地出现在她眼前时，让她心里发颤。

"不，太晚了，有什么事明天再说吧。"

"我马上就过来。"

也许他感到了她语气中的绝望，不容分说地放下了电话，他要来。

她没法拒绝他，没法拒绝自己。

很快地，他来了。

"听说你每天晚上在资料室工作到很晚？"

"老姜给的时间不多。"

"这太紧张了嘛。"

"没关系，我还有两天时间，"

"这次来，你好像不高兴？"

"我上次跟你说了，我很高兴。"

"不，你说的不是真的，小林，你呀……"他想说，你呀，你别以为自己能包藏住自己，其实我看得清清楚楚的。可他没有说，只站了起来，提议着，"出去走走，你也该呼吸呼吸新鲜空气……"

"你还是回去吧，"她坐着，打断了他的话，身子动也不动，"你还是回去……看看……电视吧……"

金滔站在她跟前，像一座铁塔。忽然，她觉得这座铁塔正在倾斜，马上就要朝她倒塌下来。她不知道发生了什么事，更不知道该怎么办。还好，铁塔晃了一下，又稳稳地站住了。她忽然想起他说过的话，"纯洁和邪恶之间，并没有不可逾越的鸿沟，一个闪失就过去了"，莫非……

"也好，明天我再给你打电话。"

他走了。

她还是那样子侧身坐着没有动一动。

她觉得自己长大了，懂事了。她怎么可以去喜欢他呢？他有妻子，有孩子，有自己的家庭，自己的爱……

这是真的吗？

她低着头，不敢问自己。

> 有一些爱情在人类的世界
> 不被允许
> 我只能在一个幻想的国度
> 放逐自己

隔壁房间的录音机响得叫人心烦，歌声直往人心里钻，甩也甩不掉！这种爱情难道真是"不被允许"？人类世界真是这般残酷的吗？只能允许你在"幻想的国度"里"放逐自己"，一旦跌落尘埃。就会粉身碎骨，为人类所不齿、所不容？

怎么办？我该怎么办？

多亏了他的冷静，不曾有过那样的"闪失"，她和他之间还能维系那一种感情，使她还能在"幻想的国度"里编织自己的梦。

那歌声还是没完没了，她呆呆地望着白色的天花板。几乎不知身在何处了。

在以后的两天里，她强迫自己不要去想他。但是。每当她回到招待所，路过传达室，总要停下脚步，看一看有没有他留下的话；每当电话铃响了，她总跳起来期待着或许是他。

没有。没有字条，也没有电话。

他好像从这座城市消失了。

明天一早就回清河了，难道就这么不辞而别？

不行，不能这么空空落落地回去。

要见他，哪怕是最后一次。

她明白，即便是见面，也是枉然，也是伤心。他的心迹已经袒露，他用极大的克制力才控制住自己，没有"闪失"到"邪恶"上去。没有袒露的，是自己对他的那份思念、那份被包藏起来的爱。这是最后的防线，不，最后一张窗户纸。

保留它，还是捅破它？

不，不能……

打一个电话，说一声再见，总是可以的吧。

说不定他正守在电话机旁？她好像看见他愁着眉捧着书，举着烟的手上那烟灰已经无声地脱落……他的脸，在灯下……

她拿起电话筒，拨了那熟记在心的号码。

"找谁呀？"那边是一个女人喑哑的声音。

"我找一下金滔同志。"她怯怯的，忽然觉得理不直气不壮了。

"他不在。"那声音好像是冷冷的，带着一个失去了姿色的妻子天然的反感。

"请问他什么时候能回来？"

"你贵姓呀？"

"我姓林。"

"你找他有什么事，能告诉我吗，我替你转达。"

"啊……也好，请您转告他，我明天一早就回去了……"

放下电话，她只觉得手心冰凉。

完了，该完了。结束了，该结束了。就这样画一个句号，或许是最圆满的了。没有卷进漩涡，没有跌入深渊，没有触犯人类的戒律。保存了自己，保存了他，只不过埋葬了爱情——原不该有的爱情。

她忽然觉得房间小得让人喘不过气来。她带上门来到大街上。

初秋的夜晚，街上已经没有什么人了。一阵晚风吹来，两侧的梧桐沙沙作响，几片树叶轻轻地飘落在她脚下。

她觉得今年的秋天来得太早。

第二十四章

"伯母，小林还没有回来？"

"噢，是李杰明同志……"

"伯母，您就叫我小李吧！"

"好，好，你坐吧，"林秀玉看看手腕上的表说，"她也该回来了。"

李杰明穿着一件绛色的鳄鱼牌T恤衫坐在小沙发上，第一次和林雁冬的母亲面对面，不由得有点紧张。他几次把手伸向口袋里，想掏出烟来点上，稳定一下忐忑不安的神经，可一想到对面坐着的是位医生，肯定对尼古丁深恶痛绝，就没敢把烟掏出来。烟没掏，手又无处安置，自己跟自己折腾了半天，才把两个细白颀长的手掌紧紧地合在一起，搁在了并拢的膝盖当中。

"伯父也没在家？"李杰明在寻找话题。

"啊，他在那边屋里呢。"林秀玉淡淡的，显然不喜欢这个话题，只问道，"雁雁知道你来吗？"

"我给她打过电话，没有找到她。她昨天从省里回来也很晚了吧？"

"是啊，快十点了才到家，今天一早又上班去了。"对这个文质彬彬的年轻人，林秀玉印象不错，话也比平常多了些。

做母亲的再聪明，遇到女儿到了找男朋友的年龄时，都容易犯糊涂。一方面担心女儿错过了大好的青春时机；一方面又怕女儿年幼无知上当受骗。每当一位男性和女儿在一起时，都不免使做母亲的心怀鬼胎如临大敌，总要千方百计、费尽心机从女儿嘴里把那人的一切一切打探得详详细细，几可与高超的私家侦探媲美，方以为尽到了天职。如果遇到女儿和一位男士在一起，而又含糊其词，不愿介绍该人情况时，母亲就断定此人来历不明，定是有不可告人的劣迹。凡此种种，是一位有成年女儿的母亲必然要走过的痛苦的历程。

性格倔强、事业上卓有成就的林秀玉，在这个问题上算是很开通的。她很少过问女儿的交友，她确实没有时间。但是，痛感自己的婚姻失败，今生无法弥补，断不能让女儿重蹈覆辙的想法，又无时无刻不在她心里翻腾。为此，尽管她工作繁忙，平常同女儿谈心的时间少得可怜，她还是在默默地观察她，也曾婉转地打听过，得到的回答总是以女儿的撒娇告终：

"想把我赶出去呀，没门儿，我一辈子不嫁人！"

陈昆生告诉她女儿有了李杰明这个男朋友后，她问过女儿，女儿不承认。或许陈昆生说得对，还只是在交往的过程中，还没有发展到那一步。林秀玉更觉得对这个姓李的年轻人应该多一些了解，替女儿把好人生之路上这最关键的一关。可惜，同这个小伙子只见过两面。来不及深谈。今晚他自己来了，家里也没有旁人，正是一次面试的好机会。她吩咐望妈沏茶，跟这位年轻人聊起来：

"小……我就叫你小李了，你是哪年毕业的？"

"我？啊，我毕业五年了。"

"是哪个大学呀？"

"清华。"

"什么专业？"

"机械制造。"

207

"啊！"

笑意不由得浮上了嘴角，清华大学意味着一个年轻人的优秀。还没等她下一个问题问出来，李杰明又补充了一句：

"本科毕业之后，我又念了三年研究生，所以工作的时间不长。"

很快地，林秀玉在心里算了一下他的年龄，就按一般大学毕业二十一二岁算吧，加上研究生三年，再加工作五年……啊，不对，清华本科生是五年……那么，今年顶多也就……三十，或三十一岁。比雁雁大五六岁。大五六岁应该说正好。雁雁这孩子比较成熟，同年龄的她也不会服气，还是找个大一点的合适些。

见林秀玉一时不说话，李杰明心里有点打鼓，不知自己说错了什么。听人说这位林医生在医院名气挺大，可她的脾气也跟名气一样大。李杰明觉得她整个的作风跟林雁冬的爸爸可太不一样了，面对她，他有一种毕业论文答辩时的感觉，心里没底儿。

"那你现在在市经委做什么工作呢？"

"也就是一些行政工作。"李杰明转念一想，没敢把自己的官衔抬出来。

"学机械制造的，搞行政工作，这种安排好像不大合适吧？"

李杰明心里觉得好笑，这位五十多岁的阿姨辈的人，怎么什么都不明晰？不过，他脸上可一点也没露出来，还是那么探身侧脸坐着，微微笑了笑，答道：

"经委下面管很多工厂，懂一点机械制造，工作起来就方便多了。另外，我读研究生，上的是经济学院，拿的是经济管理硕士学位。经委的工作呢，主要也就是经济管理。所以，对我来说，还算是学以致用。"

"噢……那就好，好。"

林秀玉想起来了，陈昆生好像说过，这个年轻人还是个什么"领导"，只是在医生的眼里，看得更重的不是病人的身份，而是得的什么病。本来她也想问一问经委的"行政"工作的范畴之类，可又觉得隔行如隔山，无从问起。她只看着年轻人笑了笑，一时找不出新的话题来。

人都不傻。几句话的往来，李杰明早就感觉到这位阿姨对自己是有好感的，于是也放松了许多，两个膝盖也不是并得那么紧那么累了。他还忽然望着伯母粲然一笑，露出了雪白的牙齿，天真地说：

"伯母，我这人，一直挺怕医生的。"

"哦？是吗？为什么？"林秀玉心里想，他是不是小时候得过什么大病，跟医院有过长时间的交往，因而产生了一种恐惧感？

"我觉得医生特厉害，在医生眼里谁都是病人。"

"啊，是这样的。"她不觉笑了，这年轻人很有意思。

"认识您以后，我觉得您不像一般的医生。"

"像什么？"

"像……我也说不好，反正挺像我想象中的小林的妈妈。"

林秀玉开心地笑了。苍白的脸上那一双弯弯的眉毛更加醒目，微微牵上去的嘴角顷刻之间使得她的面容更加慈祥，甚至姣好起来。从来人们只夸奖她的医道和医德，还没有人夸过她像一个母亲。

"大概因为我跟林雁冬比较熟，我觉得她很多方面都挺像您的。"

"啊，是吗？你们很熟，常有来往？"

"是的，我们工作上也有一些联系。"

林秀玉本来坐在"考官"的位置上，也很担心自己出题不合适让人陷于尴尬的境地。没有想到李杰明很健谈，这使得她倒放松了，叹了一口气，说道：

"雁雁这孩子，不大懂事。"

"她挺直率——用我们年轻人的话说：挺'纯'的。"

"她呀，就是太任性，很少替别人考虑。"林秀玉笑道，"比如上次那位王先生来，接呀、送呀，都叫你帮忙，自己也不管……"

"伯母，您可别这么说。王先生这次来，是雁雁帮了我们的大忙。我们跟他的项目已经谈成了。而且前天他们来电话说，第一批设备也在加拿大装船了。我们吕主任常说，这是进展得最快的一个项目了。要是没有小林，根本不可能……"

院子里传来了脚步声，林秀玉看了看表说：

"这个雁雁呀，都快七点了，才回来。"

话音刚落，林雁冬就进来了。她刚喊了一声"妈"，转眼看见从沙发上站起来的李杰明，愣了一下，才笑着招呼：

"李杰明，你来啦！"

"等你半天了，"林秀玉看看还站在进门处的女儿，笑了笑。问道，"你还没有吃饭吧？"

"我在机关吃了。"

"那好，"林秀玉站了起来，又回过头去说，"小李，你们聊吧。我还有点事。"

做母亲的通情达理，适时地退避三舍，李杰明心里充满感激，更充满了信心。

"找我有事儿吗？"林雁冬把随身带的坤包往桌上一扔，随随便便地问。

林雁冬并不那么看重自己的到来，这让李杰明觉得有点不自在，觉得这张老式的小沙发坐着真不舒服。凭良心说，这些日子以来，他对林雁冬真可谓一片赤诚。凡是林雁冬叫他办的事。他总是尽心竭力，这一点连她妈妈都看出来了，可她却是浑然不觉。最让他心神不定的是，他拿不准这女孩对自己的态度到底是冷是热。热起来，简直像烧得太热的暖气，让你无所适从；冷起来呢，又像是一大块冰坨，拿也拿不了，捧也捧不住，让你从里到外冒凉气。

"我……我向你赔礼道歉来了。"他说。

"这话从何说起，"林雁冬瞟了他一眼，"真没意思！"

"我知道，上次处理化工厂的事，你不高兴了。"

"这不是我高兴不高兴的问题，是你们市经委按不按照环保法规办事的问题。"

李杰明最怕的就是她这么一板一眼地打官腔。而且，只要是这种时候，她的脸总是板得像木头雕的，没有一点转弯的余地。

"我一直想找个时间向你解释一下，就是找不着你。"

"这有什么好解释的，真奇怪！"

看来，今天这个日子没有选好。李杰明只好自己转弯：

"小林，我看你今天心情不大好。如果你很累，今天我可以不谈，找个时间咱们再说，好吗？"

　　林雁冬确实心情不好，而且很不好，也确实很累，她实在不想跟李杰明再说什么。可是，她又喜欢辩论，并且善辩。李杰明一提起化工厂的事由，她的精神头儿马上就来了：

　　"谁说我心情不好？"

　　林雁冬那一副挑战者的神气，先就把李杰明压了一头。他咧了咧嘴，摆出一副受尽了委屈的样子，放低了声音，说道：

　　"小林，我们认识不是一天两天的了。我对环保工作的态度，你也是知道的。"

　　"你对环保工作的态度？"林雁冬哼了一声说，"要不是这次处理化工厂，我还真不知道！"

　　"小林，你怎么……我……你可以批评我对化工厂的错误处理不当，你不能怀疑我对环保工作是一贯重视的。"

　　"嘴上重视，谁不会！"

　　"这位厂长是有来头的，这你还不懂？"

　　"我就是缺乏这方面的聪明。"

　　李杰明无奈地叹了口气，他站起来，反客为主，给林雁冬倒了一杯茶，赔笑着放在她身旁的方桌上，又说：

　　"如果，我们真是一个法治国家，那倒也好办了。可是，不行，人情大于王法，你不能不承认这是现实！"

　　林雁冬喝了一口茶。这个现实，她当然是知道的，一时觉得自己跟他这么个小官生这种气也太可笑。这么一想，口气也无形缓和了许多：

　　"反正，这年头不滑当不了官儿。"

　　"这就叫有苦难言哪！"空气里的氧似乎多了些，李杰明又很自如地叹起气来。

　　"是够苦的，又要屈从于吕主任划定的框框，不敢越雷池一步；又不敢太得罪环保。还真亏了你费尽心机，左右逢源。可惜就是'圆'不了。"

　　"哎呀，小林，你知道就好啊！"李杰明装作没听出那话里的刺儿，又连连地叹着气说，"你说得一点儿不假，我承认，对吕主任嘛，我是惹不起。可对你们环保，那可不是得罪不得罪的问题。

好歹我也是中华民族一分子，我也不愿意看到我们的生态环境受到破坏！"

"好！"林雁冬这一声好，活像京剧观众听到忍无可忍的嗓子时叫的倒好。之后，她立刻收住了一闪现的微笑，狠狠地说："可我最讨厌说一套做一套！"

李杰明见林雁冬虽然怒气未消，不过并没有拒绝和自己对话，哪怕是气话呢。一个可爱的女孩能耐心地对你说气话，这难道不是一种特殊的"待遇"！李杰明紧张的神经松弛了下来，甚至有点洋洋得意。他连忙掏出烟，点着吸了一口说：

"小林啊，我在机关待的年头比你多，碰的钉子自然也比你多。我算是看透了，世界上的事并不是一加一必定等于二。有些事情只能迂回一下，变通一下，这是工作中的灵活性。这绝不是对工作不负责任，相反的，是为了更好地开展工作。"

"我不懂这种逻辑。"

"真的，小林，赌气没用，解决问题是真的。就拿化工厂这件事来说吧，你们作了一些让步，吕主任心里自然有数。虽不能做到人敬一尺，还人一丈。起码以后环保有事求到他，就好办些嘛！游戏的规则就是如此。你们不是在订治理清河的规划吗？你想，将来落实规划，动哪个厂子不要吕主任点头？现在把关系搞僵了，以后哭都哭不回来！"

"这么说，我们环保局只能当受气小媳妇儿？"

"小林啊，你对工作极端负责的精神，我是很佩服的。你是个理想主义者。老实说，在一九九一年的中国大陆上，像你这种为了理想不计个人得失的人，可真是屈指可数了。可是，我还是要劝你不要那么天真。现在要办成一件事情，光有理想是不行的……"

"那就什么都别干！"

"要干，当然要干。不过，第一要关系，第二要关系，第三还是要关系！"

"今晚真是多谢指教。"

李杰明见林雁冬冷笑着，一点也不开窍的样子，忽然站了起来，浑身上下摸自己的口袋，最后摸出来两张小长条儿的票来，举在手上，埋怨自己：

"瞧我这记性！好不容易搞了两张票，今天晚上的，美国摇滚乐，还坐这儿瞎叨叨个没完，再不走呀，可就晚了！"

"哎呀，你怎么不早说！"

一看见李杰明手上的票子，林雁冬顿时两眼放光，跳了起来，一把抓了过去。

"太棒了！位子真好！走，走，快走！"林雁冬一边叫，一边又回头向里屋喊，"妈，我和李杰明去听音乐会啦！"

林秀玉应声从里屋快步走了出来，把这位年轻的客人直送到院子里，还说：

"小李，以后有空常来啊！"

听到这话，已经往外走的林雁冬回头看了妈妈一眼，心里直纳闷：妈妈怎么对他这么好？她可是从来不跟自己的朋友打招呼的呀！

林秀玉刚转身往回走，就听见背后一个声音在说：

"怎么，又跟那个姓李的出去了？"

林秀玉一愣。"那个姓李的"？前些日子，陈昆生可不是这样称呼这位清河政界新秀的。这人简直是莫名其妙，她忍不住站住回了一句：

"难道有什么不对的？"

"哎呀，秀玉，你真应该跟雁雁好好谈谈了。"

"这是她自己的事。"林秀玉不想再跟他讲下去。

第二十五章

两份商调函，是一前一后来到的。

省环保局的调函，先到了一天。

"怎么，小林，你真想走？"姜贻新把林雁冬叫到自己的办公室，小三角眼瞪着她，丝毫也不掩饰满肚子的不高兴。

"我不知道，真的，一点也不知道。"望着省局干部处发来的这份公函，林雁冬也有点吃惊：不是已经说好不去《环保通讯报》了吗，怎么……他又改了主意？

"小林，我不是不放你走。实在是，你不该走。治理清河的规划已经有个方案了，正准备再听听各方面的意见就报到市里去了。小林，这个方案你可是出了大力的，你在这个节骨眼儿上走，实在不是时候啊！"

姜贻新看上去非常疲倦，而且老了许多。他的眼窝深深地陷了下去，眼袋活像两个黑色的小灯笼悬挂在泛着红丝的两个眸子的下方。眼角的皱褶则像刀砍斧凿的，令人不忍直视。他叹了口气，又无可奈何地补了一句：

"走不走在你，我也不勉强啦。"

林雁冬站在他办公桌对面。她连坐下来的机会都没有，谈话就结束了。

他没有请她解释，也没有听她解释，事实上她也无法解释。

她本来以为，她和金滔之间已经告一段落。理智告诉她，舍断这段情是最明智的。从省里回来，最初的日子里，她情绪很坏。金滔的影子紧随着她，时而把她托上天国，时而又让她坠入深渊……她觉得她从来没有这样惶惑，也从来没有这样地想念他。离开省城前夕没能再跟他见上一面，成了她长久的遗憾。直到过了很长一段日子，她才慢慢平静下来，并且觉得那天晚上金滔不接她的电话，不来见她，是很对的。当然，人总是人，有时候她还是想他，还是伤心……

她要把这和着眼泪的悲伤深埋在心底，作为自己一生最珍贵的宝藏。

然而，一纸调令，她的心又被搅乱了。只有在这时，她才清醒地意识到，对于自己，他是一股多么强大的磁力，不可抗拒，无法摆脱……

从姜贻新的办公室里出来的时候，她觉得无比的轻快。好像这些日子里她一直在盼望着这纸调令。什么结束同金滔的关系，什么把他埋藏在心里，统统是自欺欺人！不，她爱他，他也爱她，这纸调令就是见证。她渴望同他朝夕相处，他也希望她能调到他身边。如今，这样的时刻马上就要来了，为什么不该高兴？

可是……

金滔为什么改变主意呢？他的顾虑不是没有道理的。我为什么要闯进别人的生活？正因为没有超越，才有那种若即若离、才有那种魂牵梦绕。如果真的调到一起去，如果真的……还会有那种刻骨铭心的说不清道不明可望而不可即的，让人心痛又让人企盼的一切……还会有吗？

也许，还是不去的好。

回到家里，她坐卧不宁。如果这次拒绝了，以后就不会再有机会了。雁雁啊雁雁，难道你这一生真能忘掉金滔？不，忘不了，忘不了啊！

第二天到班上，她还没有想好该怎样回复时，姜贻新又把她叫去了。

"林雁冬，你怎么搞的？你说，你到底想调哪儿去？"

"什么调哪儿去呀？"

林雁冬睁着红肿的大眼睛，不明白姜贻新为什么又发这么大的脾气。他低着头不看她，只一甩手，把市经委的一份商调函拍在她面前的桌子边上。

"这事太怪了！"林雁冬把那张纸飞快地看了一遍，推还到桌子的中间，理直气壮地说，"姜局长，这事儿我可一点都不知道？"

"你不知道？"

"真不知道。"

"好吧，不管你知道不知道，现在人家发调函了。看来，我这个小庙是留不住你林雁冬了。你是上省局，还是去经委，你自己看着办吧。"

姜贻新站起来就往外走。

"姜局长！"林雁冬从后面叫了一声。

姜贻新回身站住了。

林雁冬看着他疲惫的眼睛，说：

"我，哪儿都不去。"

"真不走？那太好了……"姜贻新刚露出笑意，马上就收回去说，"不，小林，你再考虑考虑吧，别忙作决定。"

姜贻新没有要林雁冬马上作出选择，林雁冬也不知是为了说给姜局长听还是说给自己听，只连声表态：

"不去，真的不去！"

回到办公室，她觉得自己像才从百米跑道上下来似的，身上直出汗，心跳得嘭、嘭的。她刚端起桌上的茶杯，李杰明的电话就来了：

"小林，我们这边调函已经发出了。你……"

"你们太不尊重人了！"林雁冬气呼呼地打断了他的话。

"咦，我早就跟你说过这事儿呀？"李杰明觉得太冤枉了，"小林啊，吕主任很器重你，早就想调你到市经委来搞外事。"

"我以为他说着玩儿呢。"林雁冬也觉得跟人家发火没什么道理，又降低了声调。

"这种事，怎么能开玩笑？吕主任这个人哪，说话办事最认真。他……"

"那我也很认真，我不去！"

"喂，小林……"

林雁冬把电话挂上了。

下班的时候，李杰明扶着他那辆绿色的新车，在环保局门口截住了林雁冬。近来，他常在这里等她。

"小林，我想跟你谈谈。"

"谈也没用，反正我不去。"

林雁冬推着她那辆红色的坤车，往前走。

"等等，"李杰明叫道，"你听我跟你说呀……"

"没什么可说的，你就这么告诉吕胖子不就完啦……"

丁兰兰正巧也推着车出来，见好朋友跟李杰明在一块儿，她跨上车，回过头来招了招手，笑道：

"你们有约会呀，拜拜！"

李杰明忙笑着冲那飘去的女郎打了招呼，林雁冬想叫住她时，她已经飞远了。

"你真的不想到我们经委来？"

"我在这儿好好儿的，干吗要到你们那儿去？"

"经委条件多好，特别是搞外事，工作又轻松，待遇又高……"

"再高也比不上当老板娘，自己开饭馆吧？"

"根本两回事嘛。"

"你这人真是奇怪。你觉得经委好，你一辈子在那儿待着。干吗非让人家去。"

李杰明欲言又止。

他推着车，尾随在她身旁，不过一米的距离。他几次想跨大步赶上去，同她并行。可是，这短短的一米之遥，任他怎么使劲都难以缩短。他快，她也快。她不让他同她走在同一条线上，他只能掉在她后边，只能从后侧面去看她。看她飘逸的长发，看她缕缕的鬓角，看她卷曲的睫毛和长长的眼角，还有那脸上柔和的、分明的轮廓。

李杰明从学生时代到在政界发迹，交过的女友可谓多矣。他择女友的标准是既要漂亮又要有才干，但首先是温顺。可不知为什么，林雁冬最大的特点就是不"温顺"。也许偏偏就是这谁也不服的脾气吸引了他。他常常暗中把心上人比作大观园里的三姑娘，虽然满身是刺儿，毕竟是又香又可爱的玫瑰花儿。

"小林，你再考虑一下，好不好？"

"我早考虑好了——不去。"

"为什么？"

"不为什么，不去就是不去。"

"我知道你为什么不想去。"

这倒让林雁冬觉得奇怪了：你知道什么？她扶着车站住，眯着眼仰着头，问道：

"为什么？"

"不愿意丢掉你的环保专业呗。"

"算你聪明。"

林雁冬一笑，正转身推车想往前走，李杰明忽然说：

"小林，有句话，我知道你不爱听，可我还是要说……"

"我要是知道人家不爱听我就不说了。"

"唉，我是为了你好。"

"你真是太关心我了。"

"真的，你听我说，你别跟着你们那个姜老头混了，他说什么你就听……"

林雁冬斜了他一眼，推着车加快脚步往前走，根本不予理睬。

李杰明赶紧追上去，又说：

"小林，你听我说，我的意思是，像姜贻新那样搞不行，长不了……我实话跟你说吧，老姜头快下去了。"

"什么？"林雁冬委实吃了一惊。

"姜老头的交椅坐不住了，下次人代会就换马。"

"为什么撤他？"林雁冬急了，"像他这样一心扑在工作上的。现在还有几个？"

"是啊，姜贻新一心扑在工作上，这一点是很可贵的。可是，光凭这一点远不足以把工作搞好。他吃亏就吃亏在工作方法上太欠缺，态度生硬，得理不饶人，方方面面的关系都搞得一团糟。"

"这太不公平了。"

天色渐晚，街灯齐明。她默默地推着车，慢慢地朝前走。姜贻新在全省环保系统，是以实干闻名的。如果像他这样的环保干部，只因为忠于职守，就应该失去自己的工作，这未免太不公平！她什么也不想说了。

李杰明觉得自己的话起了作用，还接着说：

"小林，这回你该相信我了吧。环境保护确实是造福子孙后代的事，这谁也不能否认。可是，它在中国，在一个时期内，很难有大作为。这不是哪一个人的过错，这是我们的国情。发展中的国家嘛！"

林雁冬回头看了看李杰明，没有同他争辩。这样的话题，在他和她的交往中从来都是一点就着的爆炸性的题目，可她现在满脑子是为姜贻新抱不平，连跟他争论的兴趣都没有了。

"所以我说……"

不等他的话完，林雁冬一抬腿，骑上了车。她蹬着车，就像上足了油，飞快地往前冲。李杰明只好在后边紧追不舍。直到一个路口的红灯，他才把林雁冬截住了。

"何必发那么大的脾气？"李杰明在林雁冬身旁停下车。

"可以再见了，你干吗老跟着我？"

"我……"

李杰明脸上发烧……"干吗老跟着你"，这你还不明白？

在最近的这些日子里，李杰明察觉到自己身上不知不觉已经有了某种说不清楚的变化。他不像过去那样矜持，那样傲慢，那样自信了。一见到林雁冬，他变得没有脾气，甚至觉得矮了一截似的。当他第一次意识到发生在自己身上的这种变化时，他简直不敢相信。堂堂男子汉，怎么会这样呢？随即，他恍然大悟——莫非这就是爱情的力量？

一旦意识到这就是爱情，他更感受到一种从未有过的兴奋与骄傲。原来人是可以这样生活的——无须把自己钻在一个套子里，事事考虑"影响"，时时想着"提拔"。爱情就是释放，就是听凭感觉放逐自己……就好像四肢放松，仰卧在碧波绿水之上，轻柔飘逸……

只可惜林雁冬太任性，几乎每次见面都要唇枪舌剑一番。开始，他为此有过烦恼。他不明白，这是怎么回事？后来，他竟习惯于这种争吵，并且从她热烈的争辩中偷偷地品尝到一种甘甜。如果有一天他们见面时竟然没有争吵，他倒反而觉得缺少了什么。

"我到家了。"林雁冬在胡同口下了车。

一盏幽静的路灯，把柔弱的光束洒在林雁冬的脸上，她的眼睛在灯光下闪闪放亮。

"我们出去吃饭好吗？"李杰明也下了车。

"不去。"

"为什么？"

"没情绪。"

李杰明把车支在一边，走上前说：

"小林，你有心事。"

"木头人才没心事。"

"你从省里回来就有……"

"你瞎说！"她嘴上很硬，却忽然觉得心虚。

"你瞒不过我。你心烦，你心神不定，你害怕你自己，你在宣泄……"他盯着她的眼睛，步步进逼。

"你，你说些什么呀……"

他不知从哪儿来的勇气，一个跨步上前，紧紧地把她拥在了怀里。

这一切来得那么突然，使她猝不及防。

她挣扎着，想推开他。但他的胳膊像两把大钳子，把她钳得紧紧的。她一只手还扶着自行车把，怎么也推他不开。她索性把车一扔，"哐啷"一声，自行车死死地砸在砖地上。

"雁雁，你干什么呢？"林秀玉刚下班拐进了胡同。

李杰明赶紧松开了手。

第二十六章

"铃……铃……"电话铃在客厅里响。

陈昆生在东屋里侧耳听着。

"铃……铃……"

还没人去接。秀玉和雁雁都没有回来，望妈正在厨房忙晚饭，陈昆生马上站起来，快步走进客厅，拿起耳机。

"喂，找谁呀……哦，是王先生，你是在，啊，在香港呀……"

陈昆生脸上笑着，耳机紧贴在耳朵上，一转身，舒舒服服地在沙发上坐下，跷起二郎腿，大声对着话筒说：

"我是陈昆生啊！喂，啊，对，对，电话没有错，我是陈，陈昆生。"

对方好像还是没有搞清楚接电话的是什么人。

陈昆生不无遗憾。他解开了衬衣领口的扣子，又作了一次努力：

"我是雁雁的父亲呀！"

一句话立竿见影，那边传来王耀先甜甜的港腔国语声：

"是伯父呀，真对不起哟对不起，没有听出来是你的声音。伯父身体好吗？伯母好吗？"

"好，好。"陈昆生眉开眼笑直点头。

寒暄完了，王耀先才小心翼翼地问：

"可以请林小姐听电话吗？"

"啊，她现在还没有到家。"陈昆生唯恐对方挂上电话，不喘气地又接着说，"王先生知道内地的交通呀，我总是叮嘱小女下班骑车要当心，估计一会儿就到家了。啊，真是巧得很，昨天我们和小女还说起王先生呢！"

"真是吗？"显然王先生对这个话题还是蛮有兴趣的。

"是呀，"陈昆生满面笑容，对着话筒连编带攒，"我们这个女儿呀，从小太娇惯了，说话随便得很。她说呀，王先生把大笔的钱扔在清河，倒挺放心。我说，像王先生这样的财团，公司遍布全世界，哪里在乎这么个小小的厂子……哈！"

王先生那边没有了声音，显然对后面的话不感兴趣，却又不便打断这位伯父的谈兴，好不容易等到这边一声"哈哈"，赶忙抢着说：

"伯父真是爱讲笑话。那么，也许林小姐还会晚一点回来？"

"哎呀，这我可说不准了。王先生，你不知道，我这个女儿呀，活跃得很。现在内地玩的地方也不少。有时还有些应酬，什么时候回来……"

"那就请陈先生转告一下林小姐：今天我接到加拿大的电传，清河造纸厂的设备已经全部装船了，包括林小姐最关心的污水回收设备。我想林小姐应该知道一下事情的进展。"

"好，好。"

"如果林小姐认为还有什么问题，可以给我挂电话。"

"好，好，我一定转告。"

"我知道林小姐办事一向认真，造纸厂又是很容易污染的企业，她是很不放心的，我不能让林小姐担心呀。"

"好，好，那太好了。"

"另外，我请林小姐替我物色一位代理人，伯父知道有什么消息吗？"

221

"喔……正在找呢。"

"请林小姐抓紧。设备一到，马上就要安装了。"

"好的，好的。"

这时，林雁冬掩面冲进客厅。陈昆生马上捂着话筒问：

"雁雁，你怎么了？"

林雁冬好像没听见，直往自己屋里去。

"雁雁，王先生的电话，从香港打来的……"

"我不接！"林雁冬头也不回，跑进里屋去了。

陈昆生无奈地摇摇头，对着话筒说：

"王先生，你放心吧，实在找不到合适的人，我就毛遂自荐了，哈，哈！"

"那……那我怎么敢当？"

"反正我闲着也是闲着……喂，喂？"

陈昆生冲着话筒嚷了几声，里边一点声儿也没有了。

是电话断了，还是对方挂了？陈昆生不明究竟。他站起来，正纳闷呢，只见林秀玉也急急忙忙地跑进来。

"秀玉，这怎么回事？"

林秀玉只一愣神，什么也没说，就直奔女儿屋里去了。

这娘儿俩是怎么了？陈昆生想跟过去看看，又觉得不大方便。正在犹豫不决时，忽听得院子里又有一阵响动。他出屋一看，李杰明推着自行车进来了。

"伯父……"李杰明嗫嚅的。

"出了什么事？"陈昆生站在台阶上。

"没什么，我把小林的车送来了。"

李杰明把车支在房檐下，转身就走。

这到底是怎么回事？陈昆生又回到客厅，悄悄走近女儿的房门。

门半掩着。女儿趴在床上，枕头上是她的一头长发，看不见她的脸。听不见她的声音。林秀玉默默地坐在床头。一回身见陈昆生在门外探头探脑，她一句话没说，走过去把门关上了。陈昆生只得回自己的小屋去。

直到院子里的脚步声没有了，林秀玉才小声地问道：

"雁雁，告诉妈，刚才是怎么回事？"

女儿什么也不说。

"是不是跟李杰明吵架了？"

回答是抽泣。

"谈恋爱嘛，闹点矛盾也是常有的事。"

"不是，不是。根本就不是！"

"那是怎么了？"

"妈，你别问了……"

林雁冬只希望自己一个人待一会儿，或者痛痛快快地哭一场。

她要好好地想一想，这一切究竟是怎么发生的？为什么在这个胡同口，拥抱自己的不是金滔，而是这个李杰明？金滔也曾经送她送到胡同口，流连忘返，情深意切。他们才是相爱的，可是……

她索性不想控制自己，哭了起来。

"雁雁，别哭了，有什么委屈跟妈说，好吗？"

林秀玉见女儿哭得伤心，自己的眼眶也湿了。

这是她唯一的女儿，可她不知道该怎样去爱她。"文革"中把她寄养在望妈家，母女难得亲近。后来虽然带在身边，自己工作总是忙，还是很少过问她的一切。不知不觉中女儿已经长大了，工作了，她有心找回失落的母女情好像找不回来了。她变成了一个独立的女性，一个很有主见的"新潮女性"。新得她都有点不敢相认了。她还需要母爱吗？她好像什么也不需要了。

可是，她不能失去她。她已经失去丈夫，不能再失去女儿。

"快别哭了，雁雁，还有什么事不能跟妈说吗？"林秀玉的声音都有点嘶哑。

林雁冬从枕头上抬起头来看了看母亲，又哭了起来。这种事情能跟母亲说吗？她能理解吗？而且……而且，能说得清楚吗？

"是不是李杰明……"林秀玉俯下身去。

"别提他！"林雁冬捂着耳朵。

"你们不是……不是挺好的吗？"林秀玉吃了一惊。

她忽然觉得在母亲面前大哭很不好意思，立刻用手绢擦干了眼泪，恨恨地说：

"谁跟他好啦？"

"看样子，你好像并不讨厌他……"

"我从来就不喜欢他！小官僚一个，就知道往上爬！"

"啊，这种人，不要理他了。这种人太可怕了。"林秀玉的脸一时惨白，声音也颤颤巍巍的。

"妈……"

林雁冬一转身坐了起来。她觉得妈妈的话另有所指，难道她指的是爸爸？

"雁雁，这种人，看透了就好，往后不再跟他来往就是了。"

"我原来以为，不过是一般的朋友，一块儿玩玩，没有什么。谁想到……"

"好了，不说他了，以后要接受教训。"

林秀玉心里隐隐地很高兴。多亏了李杰明这一闹，使她同女儿有了一次难得的沟通。母女之情，毕竟是人世间最宝贵的真情。有了这一次的谈话，她觉得女儿又回到自己身边。林秀玉站起来，挺了挺腰，坐到小床对面的小沙发上，又说道：

"雁雁，你也不小了，自己的终身大事真该考虑了。"

"妈……"女儿撒起娇来，"你想撵我出门。"

"别胡说。"

"那我就一辈子不结婚。"

"那是不可能的，一个人过一辈子太苦了。"林秀玉的声音忽然颤抖起来。

女儿一抬头，看到了母亲眼中的泪，看到了母亲忧伤的脸，觉得什么也不该隐瞒：

"妈，我心里有一个人，我非常，非常，爱他……"

"那好啊！"林秀玉憔悴的脸一下子有了亮色，母亲总是以女儿的幸福为自己的幸福的。

"可是我不可能跟他结婚。"

"为什么？"

"他结了婚。"

"什么？"林秀玉身子向前一探，差点站了起来。

"现在有妻子，有孩子。"

"那你，你不成了……"

"我不会去破坏他的婚姻，我也不准备嫁给他。"

"那你……"

"我只是爱他，希望常跟他见面。和他在一起，我觉得他有一种不可抗拒的力量，我没办法摆脱，妈！"

望着女儿迷乱的眼神，林秀玉走上前说：

"不，不，雁雁，这种爱情是没有希望的，是绝望的爱呀！"

"可我没有别的选择，我不能，妈妈！"

"雁雁……"

第二十七章

"想好了，不走了？"姜贻新拿着一摞文件进了林雁冬的办公室。

"说话算话。"林雁冬挺着胸脯，一副义无反顾的神气。

老姜头今天很高兴，举起手上的一份文件，冲她扬了扬，笑道：

"好！不走就给你看。"

林雁冬只看了一眼标题《关于分期治理清河的规划报告（草案)》，就高兴得跳了起来：

"规划出来了？"

"当然！"他那小三角眼眯成了一条缝，镶嵌在满是褶子的脸上，都快分不清哪是哪了，"而且已经上报省局了。"

"市里送了吗？"林雁冬随口问了一句。

"还没有呢。"姜贻新撇了撇嘴，神秘地摇了摇头。

林雁冬投去一个疑惑的目光，没有说什么。

姜贻新见办公室里没有别人，就小声说道：

"别看我这个人老实巴交的，其实有时候也很狡猾。我呀，先给它往省局报，只要一表态，市里讨论的时候，咱们就多一个后台。哈，哈！"

姜贻新走了，林雁冬迫不及待地打开文件看了起来。

这份文件从开始起草到最终完工，她已经看过不知多少遍了。不，从调查数据、酝酿整体治理方案、到一个厂一个厂地落实治理措施，她已经熬过不知多少个通宵了。这里凝聚着她的心血，她的希望；不，凝聚着全局五十多名员工的心血，凝聚着清河两岸几百万人民的希望。当然，为它呕心沥血、付出最多的还是姜贻新。而在他的身后则是金滔。看到这份报告，金滔会高兴的。他很久没有高兴的事儿了……

我不到《环保通讯报》去，他会理解的。他签发那份调令，很可能是对我的一种迁就，是他"并不是总能控制自己"的一次失控。他说过："清河没有治理，你怎么能走呢？"他是希望我留在清河的。治理清河是他的夙愿，是我们共同的事业，我为什么要在这个时候走呢？不，我不能走……

当然，不走，就失去了和他在一起的最后机会。

他不是轻易迁就别人的人，他不会再有第二次的失控。

如果我这时候去，我就不是我林雁冬了！她一只胳膊肘撑在桌上，眼睛还直直地望着那份文件，心却早已不知跑到哪里去了。

桌上的电话铃响了，她抬手摘下耳机。

"小林，昨天晚上我很抱歉……"

她马上把电话挂上了。

电话铃又响了。肯定还是他，不接。

可是，那边就是不挂机，铃声响个不停。林雁冬听而不闻，任那电话山响。偏偏这时，同屋的一个同事进来说：

"小林，电话！"

"唉，真懒得接。"林雁冬无可奈何地拿起电话。

"小林，你别挂电话。"那边李杰明急急地说，"我知道我错了，我也不解释了，我有正事跟你说。王先生来了一个电传，报来了造纸厂设备清单……"

"这跟我有什么关系，告诉我干吗？"

"他让我复制一份给你，里边有全套污水回收设备目录。我们这边的同事看了，都觉得很先进。你看看，你会……"

"那就请你给我寄来。"

"我晚上，给你送去……"

"不必了。"

林雁冬放下电话。

她的心绪给搞乱了。这个李杰明真无聊！他肯定还会缠住我不放，在机关门口等我，到家里去找我，搞得满城风雨，好像我跟他真有什么似的！

下班时，丁兰兰来找林雁冬去逛商场，觉得这位好友无精打采的，完全没有了往日的劲头，就问：

"雁雁，你怎么了？"

"什么怎么了？"林雁冬往自己浑身上下打量了一番，嗔怪道，"我不挺好的吗？"

"算了吧，你还瞒得过我？看你，两眉毛都挤一块儿了。"

"哪有的事儿！"

"好吧，好吧，算我没说。"丁兰兰拍了拍好朋友的肩膀，又关切地问，"听说你要调走了，是调省局还是调市经委？"

"我哪儿都不去。"

"不去市经委？"

"不去。"

"你的白马王子会同意？"

"什么呀，什么？"

一看林雁冬板着脸，丁兰兰觉得她不是开玩笑，问道：

"不是李杰明替你活动的吗？"

"去他一边儿的。这人讨厌透了，你少提他。"

"那……省局你也不去了？"

林雁冬本来已经挎着小包准备走了，这时索性在那张破长沙发上坐了下来，左腿高高地架在右腿上，两个胳膊肘往胸前一抱，宣称：

"本小姐哪儿也不去，清河市环保局这份儿皇粮吃定了！"

"真的？金局长调你也不去？"

"爱谁谁……"

"得了吧，你别跟我这儿假装正经，谁不知道呀！"

"知道什么呀？"

林雁冬嘴上抵挡着，心里跟装了七八只小兔子似的，乱成了一团儿。虽说是和丁兰兰无话不谈，可这个深藏的秘密她一点也不知道。这时她触及了，她到底知道多少，她究竟知道些什么？

这是一个绝对的禁区，是一个只属于她自己的孤独的王国。多少个寂寞的日子，多少个静静的夜晚，她把自己关闭在这小小的王国里，独自品尝爱情的滋味，得来无尽的温馨，也得来无涯的惆怅。此刻，假如这秘密真被好友识破，往后的日子里可以有一个尽情倾诉的对象，这难道不是喜的分享、忧的分担？她心里有太多太多的欢喜，太多太多的忧伤，一副肩膀挑这个挑子太重了！

"你别忘了，雁雁，我在省局也有很多朋友。"丁兰兰歪身在沙发上坐下，一双大眼斜睨着她，"早有情报告诉我啦，林小姐跟金局长一块儿轧马路数电线杆子，你敢否认？"

需要否认吗？不，不需要了。

"还有人看见你跟他在饭馆里，碰杯！"

怎么，这也给人看见了？

"还有，你住在招待所，他去看你，有没有，你说！"

她娇俏的脸虽然霎时变得通红，但却没有分毫的羞色，只白了丁兰兰一眼：

"你是私家侦探呀。"

"你上次到省里，他每天都去看你，是吗？"

"去过几次。"

"啊，雁雁，你老实告诉我，你跟金滔发展到什么程度了？"

"有什么程度不程度的？我们只是比一般朋友好一点的朋友。"

丁兰兰兴奋得扬起手儿拍了她一巴掌，撇着嘴笑道：

"算啦，什么'比一般朋友好一点的朋友'，这像什么话呀，多绕口，谎话总是编不圆的，老老实实招供吧，姐们儿！"

"本来就是这样的嘛，"

丁兰兰又把脸儿凑近些，盯着她的眼睛问：

"真的，没上床？"

"什么呀，你？"林雁冬叫了起来。

"也没碰你？"

"没有。"

"真的？"丁兰兰扬着那对细眉毛笑。

"兰兰，你爱信不信。我跟金滔……你既然知道了，我也不瞒你了。其实，我真，真的很痛苦。我妈说，这是绝望的爱，没有希望的爱。"

"不见得。"听到好友这么推心置腹，丁兰兰又兴奋起来。

"他有妻子。"

"都二十世纪末了，我的小姐！你爱他，他爱你，这就是一切。"

"那我不成第三者了？"

"那是妇联的逻辑，我就不同意这种说法。他们夫妇要是铁板一块，人家想插也没地方下足呀！"

"不，我不想破坏人家的幸福。"

丁兰兰噌的一下就站了起来：

"行，行，当你的'东方女性'去，圣洁，崇高，伟大，就是以泪洗面！"

林雁冬望着替自己生气的好朋友，心里很感动：

"我承认，在思想深处，我是很传统的。"

"那你纯粹是自找的，明知道人家有老婆，干吗非去找罪受？"

"感情上的事，身不由己呀！"

"对呀，身不由己！你爱他，就大胆爱去，只要不跟他结婚，不犯重婚罪，谁也管不着。"

"这……"

林雁冬只觉得身上发烫。她从来没有想过，还能有这样一条出路。

"当然，你也要考虑，你究竟能不能控制金滔。"丁兰兰又提出忠告，"我告诉你说吧，男人没一个好东西。"

"他不是这种人！"

"瞧你，我一说到他，你就护他。"丁兰兰叹了口气说，"我看得出来，你爱他。雁雁，真正的爱，人生难得。也许有人一辈子都碰不上一回呢。你既然碰上了，就千万别放过。要不，你会后悔一辈子。"

林雁冬又点头又摇头，说：

"兰兰，我真羡慕你。你敢爱敢恨，活得潇洒。"

"我付出过代价。"

"有时候我真想学你，可是，我又学不了。"

丁兰兰端详着女友。她还是那么漂亮，但她那总是松不开的眉头，她那一碰就要倾泻出泪水似的一双亮晶晶的眼睛，都让人觉得她被一种伤痛压倒了。她能承受得了吗？丁兰兰不禁又为女友十分担心。

"走吧！"她故作轻松地拉起沙发上的林雁冬说，"光靠爱情可填不饱肚子！"

两人低声说着话儿，走到大楼台阶下，在车棚取车时，丁兰兰抬头一看，叫住林雁冬说：

"喂，李杰明又在门口守着呢。"

"这人真没意思。"林雁冬也抬头看了一眼。

"我去对付他，"丁兰兰推着车快步出了车棚。

林雁冬追上她说：

"对了，他有一份材料要交给我，你替我收下。"

出了大门，丁兰兰一扬手，招呼道：

"李主任，等谁呢？"

"我……"

"我什么呀，是等林雁冬吧？别等了！她叫你把材料交给我。"

"哦……"

"怎么，信不过我？"

"怎么会呢！"李杰明已经迅速调整好自己，说话也流畅起来，"交给丁小姐我还不放心，那这世界上可没人让人放心了！"

"你可真会说话。"

"怎么想就怎么说嘛。真是，兰兰，咱们好久没一块儿吃饭了。

怎么样？我请客。最近新开了一家土耳其风味的餐馆，情调一流！"

"好吧！"

丁兰兰答应得很痛快。让他破费一顿饭，又替朋友解了难，何乐而不为？她回头朝车棚看了一眼，就笑着骗腿上了车。

林雁冬扶着车站在车棚里，直到看着丁兰兰和李杰明说笑着骑车东去，她才推车走了出来。心想：好个兰兰，真能演戏，还挺投入的。

回到家里，妈妈还没有回来，爸爸也不在屋，她走进自己的小房间。

房间里空落落的，没有人，没有声音，静得出奇。她忽然觉得这间小屋好像不是自己的，她好像走进一个陌生的地方、一个荒僻的地方，孤零零的，就剩下自己了。

她真想大哭一场！

不知什么时候，下起雨来了。

林雁冬抬头窗外，只见天空是灰不溜溜的，院子里也是灰不溜溜的。淅沥沥的小雨在绵绵的秋风中，被扯成纷乱的细丝。飘着洒着，毫无章法。渐渐地，院里的那株花凋叶落的桃树，连同那根晾衣服的绳子，都被雨水浸透了，挂着水珠，滴滴答答，一滴一滴，落进水坑里，消失了，淹没了……

"我怎么办，怎么办？"林雁冬问自己。

她觉得毫无办法。真像兰兰说的那样"大胆地去爱"？那就接受省局的调令，到他身边去！不，不能……

外屋的电话铃响了。

会是谁的呢？找妈的，找爸的？不，准是找我的，这家里我的电话最多。

她忽然紧张起来。会不会是他打来的？他会问一问我是不是同意去省局，他惯于寻找诸如此类的借口。是他，肯定是他。她猛地跳了起来。

不，不会是他。她走到房门口又站住了，也许是那个讨厌的李杰明呢？

"喂，喂……"望婆婆已经冲着电话喊开了。

她这才松了口气，就近把身子靠在墙上，好像要让自己绷紧的神经松弛一下。

"喂……是我啊！好，好，我好着呢，"望婆婆还在冲电话喊，"秀秀也好，雁雁……"

外婆！是外婆来的电话！

望婆婆已经在外屋叫了起来：

"雁雁，快来，外婆要跟你讲话！"

林雁冬一个箭步就冲出房门，从望婆婆手上拿过电话说：

"外婆，我好想你呀！"

"外婆也想你呀！乖，你好不好呀？"

"我……不好。"

这种心情之下，外婆由衷的一句关怀，使得林雁冬差点掉下泪来。她真想扑在老人怀里哭个痛快。说来也真是奇怪，活了二十多岁，跟这位外婆相处的日子并不多，可不知为什么，林雁冬觉得外婆是最可信赖的，最疼爱自己的，最保护自己的人。什么话都可以跟她讲，不管你做了什么错事，在老人的眼中都是对的，也许这就是斩不断的血缘吧！

"怎么了，你？雁雁，快跟外婆说……"

"……我，没什么。"

"那你快来吧，外婆还给你留着房间呢，我都没让他们住，怕他们弄脏了。"

真的，何不一走了之，一了百了？一张飞机票，就可以逃避，甚至斩断这理不清的烦恼！这个念头一闪，她冲口说了出来：

"真的，外婆，说不定我真的要来了！"

"好哇！好哇！我就说我的雁雁最乖，最听外婆的话……"

真能一走了之吗？不，了不了的，走到哪儿都是了不了的呀！

"外婆，外婆，我要你回来，我真的想你……"

"我要回来的。王先生说，他的工厂要开工，就陪我回清河。"

"那要等到哪一天呀？"

"王先生说快了。雁雁，你要什么东西快跟外婆说，外婆给你买。"

"我要……对了，你什么也别给我买，就给我带点日本的面膜。什么牌子呀？我也说不上来，你问舅妈吧，她知道的。还有，要一瓶好的定型发胶……"

这时，林秀玉跨进门来。

"外婆，我妈回来了。"林雁冬冲电话叫道。"妈，您快来……"

她把电话递到妈妈手上。

林秀玉接过电话，捂着话筒，瞪了女儿一眼，小声说：

"你别乱跟外婆要东西，这儿什么没有呀？"

林雁冬挺委屈地说：

"要什么啦？就要了点儿化妆品……"

回到自己的小屋，林雁冬的感觉竟同刚才大不相同了。这究竟是怎么回事，连她自己也不明白。或许，生活就是这样的吧！时晴时雨，时好时坏……

留下来，哪儿都不去！就这么决定了。她铺开信纸，拿起笔，写了下去：

金滔：

　　我决定留下来治理清河。我想，你会高兴的。

还写些什么呢？想说的很多很多……

忽然，她觉得什么也不需要说，有这两句足够了。他肯定会高兴的。

她飞快地在信末签了一个字——雁。

第二十八章

这是一个决定命运的日子。

也是一个盼望了很久很久的日子。

《关于分期治理清河的规划报告（草案）》送到徐市长办公室以后，就如石沉大海，杳无音信。

一个星期过去了，又一个星期过去了。

姜贻新打电话去催，上边的回答总是："正在研究。"

一个月过去了，又一个月过去了。

《报告》吉凶未卜，姜贻新的政治生命却成为机关里的热门话题。

"姜局长要下台了！"

"市里对他有看法，说他不切实际。"

丁兰兰发表了一个惊人的见解：

"老姜头不了解中国国情。在中国搞环保，最重要的就是睁一只眼闭一只眼。你想，真要较起真来，有几家厂矿符合环保法？还不都是表面文章，只要不出人命，照样开工，外国人照样往这儿扔钱。"

林雁冬很奇怪：丁兰兰像换了一个人，观点来了一百八十度大转弯。

"兰兰，你吃错药啦？"

"我说的是事实。"

"环保法好歹也是国家大法吧，能睁只眼闭只眼？"

"算了吧，大小姐，这年头违法的事数都数不清！"

丁兰兰变了，变得林雁冬都不认识了，这是怎么回事？

只有姜贻新，把这些关于自己的种种议论置之脑后。他每天按时上班按时下班，不知道他心里在想些什么。

秋深了，黄叶已经铺满了街头。

十月里的一天，市政府终于来了电话，通知姜贻新出席定于明天下午三时召开的市长会议，讨论《关于分期治理清河的规划报告（草案）》。

第二天一早，姜贻新打开保险柜，拿出那份锁了很久的报告，又读了一遍，自觉有理论有措施有说服力。他微笑着把这份宝贝装进了那个四角磨损的旧公文包，坐上他那辆灰色的旧"上海"，意气风发充满信心地踏上了市府大楼的台阶。

大会议厅里，几张特制的桌子拼成了椭圆形，中间摆了几盆棕榈树，四壁是几张不知出自哪位大师手下的山水画，意境飘逸。

徐市长主持会议。市府秘书部门知道市长的习惯，早已有服务员送上了小块儿的热毛巾，毛巾的质地样式跟大宾馆的一模一样。姜贻新接过服务员递过来的洒着香水的柔软的毛巾时一点也不觉得奇怪，凡有徐市长参加的会议都是这种规格。

"都到了吗？"徐市长用小毛巾仔细地擦着手指头，同时举目四顾。

站在门口清点到会人数的秘书马上应声报告：

"就差教育局宋局长和商业局的张局长了。"

"不等了，开吧，今天议程可不少呢。"徐市长伸手拍了拍秘书给他准备好的文件，举目看了看在座的人问道，"文件前几天已经发给你们了，怎么样，都看了吧？"

"我是都看了。"吕高良把手扬了扬。

"我也看了。"工业局长跟着说。

"看了。"卫生局长也接上话。

"还有谁看了？"徐市长把到会的人又认真地看了一遍。

那些各委、办的主任，各局的局长，再也没有一个说话的了。

"除了他们几位，都没有看？"徐市长手里握着小毛巾，声音抬高了，"同志们哪，这可不行。请你们来开会，是要请你们发表意见的。你们不看文件，怎么发表意见？"

会场上的气氛顿时肃然。

徐市长还不罢休，又把声音压得低低地说：

"下次开会，如果还有人不看文件，只带耳朵，不带嘴巴来，那就对不起，只好取消你参加会议的资格啰！"

这低声，比高声更清晰地传递到每一只竖起的耳朵里。

徐市长这才放下凉了的小毛巾，望着环保局长，进入了正题：

"姜局长，你先说吧。今天一共有四项议程，把你们环保排在第一项，够重视你们的吧！给你二十分钟时间，你拣主要的说。"

"好，好。"姜贻新连连点头。他戴上老花镜，翻开带来的一堆材料说，"我先简单汇报一下清河污染的现状……"

"这就不要说了，尽人皆知的嘛。"徐市长端起茶杯，打断了他的话。

"好，好……"姜贻新把手上的材料翻过来又翻过去，有点不知从何说起了。

"你把规划要点说一下。"徐市长喝了一口香茶，给他提示着。

"好，好。"姜贻新索性不看材料了，他摘下眼镜说，"根据我们这个规划，治理清河准备分两步走。第一步，根据沿河二百多家工矿企业不同的污染情况，作出分类处理。"

"讲具体点，这很重要。"徐市长放下了茶杯，两个粗粗的胳膊结结实实地架在桌沿上，十个雪白的手指交叉在一起，定睛看着说话的人，聚精会神。

"第一类是严重污染户，其中国营或集体的大厂五家，乡镇企业十一家，要限期搬迁或者关闭。"

这不啻是给会场扔了一颗"飞毛腿"，顿时议论纷纷炸了窝。

"静一静，静一静，还怕没你们说话的时候？"徐市长叫了两嗓子，把七嘴八舌的声音压下去，回头又对姜贻新点了点头："你接着说。"

姜贻新有理有据，振振有词：

"这些厂子，像市金属冶炼厂、市化染厂，当初选址就错了，根本不该建在清河边。现在没有别的办法，只好请他们搬家。"

又是一片哗然。

吕高良鼻子里哼了一声：这个姜老头，居然敢说当初选址选错了！当初，你在哪里？当初，有环保这一说吗？

"乡镇企业方面，"姜贻新两手扶着桌沿，小眼睛不时扫扫会场里交头接耳的各路神圣，自己嗓门也大了些，"大家都知道，主要是一批小电镀厂，条件太差，有的连最简陋的沉淀池都没有，不经任何处理，就把含铬废水放入清河。我们建议：把这些小电镀厂统统关掉。"

又矮又胖的乡镇企业局长，脸红脖子粗地叫了起来：

"这可不行，把电镀厂关了，乡镇企业还活不活了？"

"电镀行业是我市的短线。"工业局长也说了一句。

"听他说，听他说！"徐市长又摆摆手。

姜贻新不慌不忙地说：

"这个问题，我们也征求过有关方面的意见。多数人主张由市里集资，找一个合适的地点，建一个合格的电镀中心，既解决污染问题，又满足工业发展的需要。"

会场安静下来。姜贻新关于建立电镀中心的建议合情合理，连百般挑剔的吕高良心里也不得不服：这是个好主意！

"第二类是要进行技术改造，完善治污设备，限期达标的。这类厂子有九十六家。第三类，主要是管理问题……"

姜贻新正准备把企业管理中无视环境保护、有章不循等积弊好好地讲一讲。

"好了，好了，"徐市长拦住他说，"这些你都别说了，你的时间已经超过了。"

"好的，好的。我简单一点。这个问题很重要，可以说，环境意识的加强是比环保设施的改造更重要、更迫切的……"

徐市长又端起茶杯遮住脸，但遮不住脸上的不悦之色。

吕高良心中冷笑：这个老姜头，就是不会看人脸色！

"上面我讲的是第一期工程，计划在三年内完成。这一期工程完工后，清河水质会有比较大的改善，但是还不能根本解决问题。为了从根本上治理清河，还需要进行第二期工程——给清河换血，把黄河水引进清河。这项工程，耗资巨大，还需要科学论证，在这里，只是先提一提。"

姜贻新讲完了。徐市长右手端着茶杯，偏头看了看左手的上海表，说：

"老姜呀，你超过十四分钟。好吧，大家抓紧时间议一议。"

瘦高个儿的工业局长首先发难：

"照我看，这个规划好是好，就是不合时宜。现在正是改革开放、搞活经济的大好时机。我市的工业刚刚起步，势头很好，只要再抓他个两三年，肯定可以上一个高台阶。要是照这个规划搞，关的关，停的停，那就不是上台，是拆台。我认为，这不符合现在中央的精神。"

戴着六百度近视眼镜的财政局长，也文质彬彬地发了言：

"首先，我非常拥护治理清河，环境是非保护不可，这是百年大计、千年大计、万年大计的事。只是目前我们能搞到什么程度，我们能承受到什么程度，这就是一个非常实际的问题了。从财政上看，执行这个规划，恐怕是很困难的。且不说，这么多企业改造环境设施要多少钱，光说关掉五家大厂，财政上就承受不了。环保固然重要，我们总得先吃饱肚子，总不能弄得连工资都开不出来呀！"

接着，卫生局长发言，表示支持这一规划，认为这一规划对消灭蚊蝇的滋生地、改善城市卫生面貌具有重要意义。乡镇企业局长坚决反对，认为这个规划果真实施，就断了农民致富的门路，弄得不好农民会扛起扁担进城，到时候危害安定团结、造成不良政治影响、搞得外商不敢来投资就晚了。旅游局长表示，凡事具有两重性，农民闹事，外国人当然不敢来了。然而清河清了，搞几条游艇，多一个景点，外国人又会多起来。

会议开得很热烈。徐市长看看表说：

"时间不多了。这样吧，吕主任，你先谈谈。这些厂子大都在你手下，你不发言，事情也办不成哪！"

吕高良把身子往前靠了靠，滚圆的肚子都给桌子边儿压成了上下两截儿，他喘着粗气，慢悠悠地说道：

"有规划比没有规划好，这是我的第一点意见。有了规划没有钱等于没有规划，这是我的第二点意见。我就这两点意见。"

"哦，没有了？"徐市长拿眼瞪着他，有点惊奇的样子。

"没有了。"吕高良又把身子靠到椅背上去，让肚子宽松下来。

"你倒是言简意赅，"徐市长笑道，"不过，你这两句话就把姜局长的规划整个给毙了，哈哈！"

与会者也跟着笑起来。

姜贻新觉得自己不能不说话了。

"徐市长，"他叫了一声，把众人的笑声压下去说，"吕主任的两点意见我都同意；不过，我要补充一个第三点意见，这才全面。"

"哦？你说，你说。"徐市长又拿眼瞪着他，也有点惊奇。

"我这第三点意见就是：没有钱想办法搞钱，规划就不是空的。"

"真理，真理，"徐市长开怀大笑，"你们都掌握了真理。"

"我可以举一个例子。市造纸厂原来是我市有名的老大难，污染大户，你们可能已经注意到，这个规划里要关停搬迁的名单里没有它。为什么？因为他们最近引进外资，从加拿大进口了全套污水回收设备，经过试车，效果很好。老大难就不难了嘛！"

"引进外资，谈何容易？"吕高良轻轻一笑。

"这就看吕主任的能耐了。"姜贻新还了一句。

"我有什么能耐？哼，引进外资？我从你那儿调一名普通干部都调不动，还引进外资？"

"吕主任，这你可就冤枉我了。不是我不给，是人家不愿意去呀！"

"真是本人不愿意来，还是你不想放？"

姜贻新还想说什么，徐市长出面干涉了：

"都别说了！要打嘴仗，你们下面打去，我这儿可不提供场地。怎么样，对这个规划，还有什么意见？"

"我看关键是个'钱'字。"财政局长小心翼翼地说，"最好匡算一下，如果按照这个规划去搞，总共得多少钱？"

"关于经费问题，我们本来想搞一个概算。"姜贻新马上说，"后来时间不够了，没有弄出来。哦，对了，谈到钱的问题，我这里还有省环保局金局长的一个批示，我念一下。"

姜贻新从文件夹里翻出一张公文说：

"金局长是这么批的：治理清河终于有了一个规划，这是一件大好事。建议提交清河市政府审定、修改。经费问题，省环保局将在力所能及的范围内给予支持。"

到了该作决定时候了，徐市长清了清嗓子说：

"关于治理清河的规划，大家都发表了很多好的意见。吕主任说得好，有规划比没有规划好，尽管规划还不完善，还有很多问题需要研究，我们今天可以原则通过，反正还是草案，以后还可以再修改。"

姜贻新的一颗心放下来了，脸上露出了笑容。

徐市长明亮的眼睛把在座的人扫了一周，又朗朗地说道：

"金局长说得好，治理清河终于有了一个规划，是一件大好事。作为清河市长，我觉得我对全市人民总算有了一个交代，于党心、良心都有一点安慰。要不然，走在街上老百姓问我：徐市长，清河这么臭，你管不管？我真脸红。所以，作为一市之长，我要感谢环保局的同志，特别是姜贻新同志所作出的努力。"

姜贻新低着头，眼睛盯着面前的茶杯，心里很受感动。

"当然，更重要的是把规划付诸实施。这里边问题就比较多了。刚才大家的发言中也暴露出不少看法不尽一致的地方，至于具体的利害冲突，各种矛盾更少不了。为了便于解决这些方方面面的问题，市委已经决定，成立市环境保护委员会，以后这些问题就由市环保委来解决了。这表明了市委和市政府对环保工作的重视，我想，这也是一个好消息吧。"

随即，他请市府秘书长宣读市委提出的市环保委领导成员名单。

"主任委员就是我们徐市长，"秘书长打开名单说，"第一副主任委员吕高良；以下九名副主任委员以姓氏笔画为序：王……"

姜贻新听到工业局长的名字，听到财政局长的名字，听到乡镇企业局长的名字，听到李杰明的名字，也听到自己的名字。最后，他听到秘书长宣布：

"办公室主任：李杰明（兼）。"

姜贻新感到一阵头晕。

他忽然觉得自己变成了一只小飞蛾子，掉在了一个光秃秃的茶杯里，怎么用劲也别想爬出去了。

第二十九章

"这不公平，不公平，太不公平了！"林雁冬在电话里冲着金滔大喊。

"你这是怎么了？小林，出了什么事？"

"你不知道？他们做了一个套，把姜局长套进去了，把我们市环保局全套进去了。"

"小林，我不知道你在说什么。你先不要激动，你现在在哪儿？"

林雁冬的声音这才放低了一些：

"我刚到，我必须跟你反映一下这个情况。"

"你住哪儿，要不要我替你安排一下？"

"不用了，我在'豪华'住下了。"

"那我下了班过来看你。"

她正想告诉他房间号码，他已经把电话挂上了。

林雁冬一头倒在床上，扯过被子，闭上眼睛，真想好好休息一下。

这几天，太累了。在机关累，回到家也累。

姜贻新传达了市长会议的决定，机关里忧喜参半，忧过于喜。清河的治理规划通过了，徐市长还说了一番表示感谢的话，固然可喜，但那毕竟只是对过去的一点肯定。而新设置的"市环保委"将有多大的权力，在它的卵翼之下，市环保局还能干些什么，却不能不让人忧虑。

可是，谁都知道，这个问题首先是姜贻新的问题——这是不是意味着他的政治生命行将结束？姜局长年近花甲，鞠躬尽瘁，下属们出于一种爱护的心理，也不愿意让他听到有关这方面的种种猜测和议论。而任何一种私下的猜测和议论，都具有更大的发射功率，搞得人心惶惶，不可终日。

林雁冬回到家里，家里冷战升级。一度曾经有所和缓的爸爸妈妈之间的关系，近日又趋严峻。

自从那天向妈妈倾吐心曲以后，她觉得，在妈妈眼里，她是一个不可救愈的癌病患者，是掉进万丈深渊没救了。那种怜悯的目光，简直让人受不了。

而在妈妈射向爸爸的那种冷峻的目光里，她读懂了过去没有读懂的东西——对出卖的仇恨，那是一种永远不可能泯灭的恨。"这种人最危险"，妈妈是这样说的，她永远不会原谅爸爸。

一切关于他们重修旧好的美好愿望，包括望婆婆不辞辛苦的操劳，都是注定要落空的。这个家，将永远是一座黑咕隆咚的苦井。

孤独、无助、迷惘、凄凉，她觉得自己活得太累太累了。

她似睡非睡地躺了一会儿。看看表，快到下班时间了，金滔马上就到了。她掀开被子爬起来，拢了拢头发，乘电梯到了大厅里。

"雁雁！"一个很熟悉的声音在叫她。

林雁冬一回头，只见一位烫着长长的蛇形发式的时髦女郎，穿着迷你裙和黑色渔网袜正倚在服务台边向自己招手。她细一瞧，咦，是丁兰兰！

"兰兰，你怎么来了？"林雁冬高兴地朝她跑了过去。

快到近前，林雁冬才发现丁兰兰的手挽着一个男人的胳膊。那男人正俯在柜台上写什么，她只看见一个背影，这背影好熟悉，是谁？

正疑惑着，那男人放下笔转过脸来，正好跟林雁冬打了个照面。

啊，李杰明！

这时，丁兰兰早已迎上前来，十分抱歉地拉住林雁冬的手，低声说道：

"雁雁，这几天我实在抽不开身，一直没有来得及告诉你，我跟李杰明……就，就要结婚了。"

"什……么？"林雁冬抽出自己的双手，倒退了一步，她觉得这事太出乎意料了。

"杰明说，"丁兰兰的眼睛朝不远处的李杰明瞟了一下，"他说，让我到省里来挑……挑几件衣服。"

"我也是假公济私，"李杰明走了过来，揽着丁兰兰的腰肢，温和地说，"我是来省里开会的。"

丁兰兰娇羞地推开了李杰明的手臂，拉着林雁冬到一边，小声说：

"你不会生我的气吧？"

"不，怎么会呢？"

"其实，李杰明并不像你说的那么讨厌。"

"……"

"你说我的头发好吗？刚烫的。"

"挺好。"

"杰明说，他喜欢这种长发。你住多少号房间？我一会儿来看你。"

"305。"

"他在那边叫我，我过去了。"

林雁冬愣在那儿，她觉得自己失去了什么很宝贵的东西！

"兰兰，"她追上她说，"我还没有恭喜你呢。"

"谢谢！"丁兰兰挽着李杰明的胳膊进了电梯。

林雁冬看着关上的电梯门，门旁的数字一闪一闪的，心中怅然若失。这个丁兰兰是怎么搞的？她怎么会爱上李杰明这种人？她愣在那里，一心都在好友身上，金滔出现在大厅时她都没有察觉。

"小林！"直到金滔在她背后喊了一声，她才如梦方醒。

他们进了电梯。尽管电梯里就他们两个人，可谁也没有说话。直到进入房间，金滔一边脱风衣，一边才问：

"小林，你们那儿出什么事了？"

"姜局长一点都没有跟你说？"

"不是规划已经通过了吗？"

"他没有说市里又搞了一个'环保委'？"

"说了，这有什么问题？"

"这还不是问题呀？它凌驾于环保局之上，我们以后还能干什么？"

"不会的，职能不一样嘛！"金滔笑笑，"'环保委'是一个协调机构。"

"好吧，就算是这样，为什么要撤姜局长？"

"撤姜贻新，谁说的？"

"别管谁说的，有没有这事吧？"

"没有，真的没有，至少我不知道。"

金滔站起来，在小小的房间里，走过来，走过去。

"这几天，机关里乱糟糟的，说什么的都有，都没法工作了。"林雁冬坐在小沙发上，两手撑着两边的扶手，眼睛追随着他摇动的身姿。

她太熟悉他这种神态了，每遇到他不高兴的时候，他总是跟

243

自己的双腿过不去。而那大踏步的向前、后转，又向前，又后转，活像一个行进在征途的士兵，正奔向硝烟弥漫的战场。

"姜贻新呢？"他站住，目光炯炯地盯着她，"他怎么说？"

"他一声不吭。"

"这不行，他应该站出来说话！"

"他能说什么？"

金滔没有回答。他径自走过去，坐在床头，拿起电话就拨。

"老姜吗？我是金滔啊，怎么，听说这两天你们机关很乱，是不是？……真的才一点儿？恐怕不是一点儿吧。要不然，我也不会知道，我有内线……"

他抬脸冲林雁冬扬了扬，挤挤眼，笑了笑。

"你应该站出来说话嘛，老姜！环保委和环保局各有分工，这很正常，不存在谁吃掉谁的问题。……啊，啊……哎，哎，凡事总要往好的方面想嘛。老姜啊，我建议你明天就召开一个全局大会，好好对大家讲讲，没有事实根据的事，不要乱猜疑。不利于团结嘛……"

金滔放下电话，松了一口气，站在林雁冬的面前。

"你真的这么认为，环保委真是为了协调？"林雁冬仰着脸认真地问。

"到时候再说嘛，只要你占着理，就不怕打官司。"

金滔双手叉腰站着，一动不动地凝视着她的眼睛。他觉得已经很久很久没有见到她了。在他的记忆里，上次见她时夏天还没有过去，她穿着一条白裙子……

她似乎承受不住他专注的目光，把头扭到一边，却说：

"我佩服你的自信。"

"连这点自信都没有，还怎么……工作？"

"我有时候就缺少这种自信。"

"你够自信的了！小林，我真高兴，你决定留在清河。"

连她自己也说不清，只要他高兴的事，她总是毫不犹豫地去做。特别是当她亲耳听到他说"高兴"的时候，她一切的烦恼都会烟消云散。她睁着清澈的明亮亮的眼睛，喃喃地说：

"我想，你会高兴的。"

"是的，我高兴。你呢？"

"只要你高兴……"她站了起来，贴近他。

突然，房门被敲响。几乎就在同时，丁兰兰推开了门，喊：

"雁雁，我们一块儿吃饭去呀！啊……"

林雁冬从金滔的肩膀偏过头去，只见李杰明站在丁兰兰身后，铁青着一张脸。

第三十章

外婆带着舅舅、舅妈，还有表弟一大队人马，在王耀先陪同下，回到"林苑"。他们的到来，好像放了一串鞭炮，使这沉寂的小院顿时变得热闹非凡，人人都很兴奋。

望婆婆拿出了看家的烹调本领，搜寻记忆深处当年"太太"最爱吃的菜，准备了十分丰富的晚餐。所有的美味都准备好了，只差一盘荷叶拍藕，说好望爷爷给送来的。现在快开饭了，老头子还不见人影，急得望婆婆往大门外看了三回了。

陈昆生跑前跑后，兴奋之情溢于言表。丈母娘是一位十分通情达理而又崇尚旧道德的老人，她对家庭的观念不言而喻，是主和不主散的。她的到来，对改善和妻子的关系，或许是一个起死回生的契机。

母女之情是天生的。尽管林秀玉性格内向，一旦见了多年不见的老母，想起自己这些年的悲苦，恨不能一诉衷肠。但她毕竟到了知天命的年龄，更不愿远在海外的老母至今还要为自己不慎的婚姻担心。陈昆生围着"丈母娘"转的种种表演叫她厌恶，但她什么也不说。

应该说，这些兴奋的人里，最单纯的还是林雁冬了。尽管金滔还占据着她整个脆弱的心，使她的灵魂不得安宁；尽管姜贻新的命运还吊在那儿，悬而未决，使她愤愤不平；尽管清河的治理束之高阁，遥遥无期，更使她情绪低落；但看到外婆的身影在机场出现的一刹那，她就什么都忘了，只是高兴地叫着奔了上去。

林雁冬很顺利地把外婆一行从飞机场接到了市里。一路上外婆都趴在窗口，兴奋得像个孩子，问东问西：

"雁雁，我怎么一点都不记得了，这里没有楼的呀！"

林雁冬挨着外婆坐着，看都没往窗外看，只答道：

"哎呀，外婆，这么多年，我们内地人连个楼都盖不上，那不是白吃饭哪？"

车上的人都笑。王耀先笑声最畅快，他说：

"内地的变化很大的，这次老太太一定要好好观光观光。"

老太太头也不回地说：

"别的我都不想看，就想看看我家乡那条清河！"

一提到这条倒霉的河，林雁冬只装没听见，不答话。老太太倒也不等着谁的回答，自己回忆着说：

"小的时候，我比男孩子还调皮，一天到晚就想下河玩去，那水里的小鱼多得呀，你用手一抓就是一把。要不，后来你外公才在清河找了地皮盖了'林苑'，那就是为你外婆呀！"

老太太说得高兴，眼里泪汪汪的。

"'林苑'那一片桃花，开得好好看！是不是呀，雁雁？"

好什么好，连影儿都不见了。林雁冬心里话，可不敢说出来。

老太太惦着儿时的河流。聪明过头的舅妈眼尖，看见了前方不远处的河岸，高声叫了起来：

"妈，那不是一条河吗？"

糟了！林雁冬赶忙回头瞪了舅妈一眼，说：

"哪来的河呀，舅妈，你看错了。"

其实，外婆老眼并不昏花，她早已看到了，看到了那条面目全非的河……

外婆呆呆地看着，闭上了眼睛，没有再开口。

直到进了"林苑"，老太太才痛痛快快地呜咽起来。

外婆先不进屋，而是绕着院子转了一圈。没有看见树，也没有看见河，她什么也不再问了。女儿，外孙女儿替代了她心中的梦。天伦之乐，弥补了一切。

接风的晚宴气氛非常热烈。

每一样菜上来，都勾起老太太的千般回忆，万般感慨。而令老人家落下泪来的是望爷爷最后赶到，送来的带着泥土芳香的白莲藕。望婆婆在一旁也是泪水涟涟。林雁冬竭力希望保持欢乐的氛围，她当然体会不到一个老人回想逝去了的青春时的伤痛欲绝，那不能挽回的，今生无法弥补的滋味。

晚饭后，市经委的小车把王耀先接走了。作为"中外合资清河造纸厂董事会"的董事长，他要到厂子里去看看。工厂明天就要投产了，尽管他对陪林小姐和老太太说说闲话，比对到厂子里转一圈、准备剪彩仪式和招待会上的讲话更有兴趣，还是不得不起身告辞。

"林小姐，明天你可要来呀！"告别时，王耀先拉着林雁冬的手说。

"当然要去的呀！"林雁冬笑道，"你是大老板，你投资的工厂开张，我还能不去恭喜呀？"

王耀先一边披上风衣一边说：

"林小姐，你这么说就不对了。怎么是恭喜我呢？"

"不恭喜你，难道恭喜我？"

"对呀！你说过你替我找代理人，找不到你就自己出任。现在，你该出任了吧？"

"噢……对，对！"林雁冬开怀大笑。

按照林秀玉的安排，早就替外婆一行在"皇宫"订了几间房子。吃了"团圆饭"，该见的都见了，该说的也说了，林秀玉希望把"客人"送到宾馆，自己也好安静片刻，否则，神经太紧张，有点受不了。况且，这些"港客"在香港过的是什么日子，哪能在这小院里住？

可是，外婆说什么也不走了：

"回自己家了，还住什么宾馆？"

"妈，家里条件差，"林秀玉说，"我怕你住不惯，宾馆里方便，什么都有。"

舅舅、舅妈也帮着劝，老太太说：

"不去，哪儿都不去！这是我的家，我说了算！"

没有办法，林秀玉只好妥协。

外婆让雁雁把舅舅他们送到宾馆。林秀玉把自己的房间腾了出来，当老太太靠在那张自己当年陪嫁的大铜床上时，眼泪又悄悄地流下来。

林秀玉直劝母亲早点休息，可老太太哪里睡得着，好不容易有机会单独和女儿相对，泪眼望着两鬓斑白的女儿，不知有多少心里话要说！可一时又不知从何说起，最后只问：

"秀秀，你，过得还好吧？"

"嗯……还好。"

"天下没有十全十美的男人，我看，你跟昆生就和了吧。"

"妈，我的事你就别操心了。"

"好，好，我不操心，不操心……"

说是不操心，老太太放下这壶，又提起那壶：

"秀秀，妈这次来，不为别的，就为了雁雁。这孩子聪明、要强、讨人喜欢。我呀，想把她带到香港去跟我住一段，你答不答应？"

对这个提议，林秀玉是反对的，可看着老母期待的目光，她只能违心地附和：

"怎么不答应呢，她跟着妈，当然比跟着我好。"

老太太顿时眉开眼笑了，接着又叹了口气，才说：

"其实，香港那地方也没有什么好，除了楼房汽车，别的什么也没有。我是想，雁雁人也大了，该出嫁了，在外面给她介绍一个合适的人。"

林秀玉想起女儿感情上的没有出路，心想，能让她先走开一段时间，也不失为一个办法，于是，爽爽快快地说：

"妈，您能带雁雁出去，是最好的了。"

"我想，这次就带她走，你看行不行？"

"这恐怕有点难，还要办手续什么的……在内地办这种手续呀……"

娘儿俩正说时，林雁冬闯了进来，笑着嚷道：

"妈，你是不是跟外婆策划要把我偷运出境呀！"

林秀玉瞪了她一眼，教训道：

"不要信口胡说！"

外婆却伸手让林雁冬过来，拉在自己的床边坐下，哄孩子似的，轻声问道：

"雁雁，你跟外婆说真心话，你在这里有没有男朋友？"

林雁冬朝妈妈瞟了一眼，拿准了妈妈不会把自己的机密泄露给外婆，就说：

"没有呀！"

几十年的生活经验，外婆也不是那么好糊弄的。她拍着外孙女儿的手背，笑道：

"这么漂亮的女孩没人追，我不相信。这没有关系，雁雁，要真是配得上你的人，可以一道去，外婆还要住几天，你带来给我看看，不要不好意思。"

"哎呀，外婆，跟你说没有嘛，我上哪儿给你变个大活人出来！"

这时，望婆婆倚在了门口。她想起了当年"太太"每天要洗澡的习惯，不知这个问题怎么解决。正要问，外婆一眼看见了她，叫道：

"望嫂，你进来，我正有话对你说呢！"

这些年来，望婆婆在林家早已是当家做主惯了，从来没有想到这不是自己的家。秀秀、雁雁的亲人要回来，她和她们一样高兴，甚至比她们还要忙活。可是，外婆一进门，立刻一个现实问题摆在了她的面前：她怎么称呼这个差不多和自己同岁的从前的主人呢？不能称她同志，也不能像解放前那样叫她"太太"，只能跟着雁雁含含糊糊地叫外婆。可是，突然之间她感到自己是外人了。一种莫名的失落控制了她，她变得不像往日那么扬声大笑大喊的了。

"望嫂，你坐下，我有好些话，今天一定要说。这些年。她们母女俩，要是没有你照应，现在真不知道怎么样了。我不知道该怎么谢你呢！"

望婆婆扭扭捏捏地侧身坐在椅子上，手脚都不知该往哪里放，更是一句话都答不上来。这位老太太的感恩是这样的真诚，这样的居高临下，也是这样的见外，一下子就把她和她的秀秀、雁雁分割开来。她不愿听这样的话，可她又不知该怎么把这意思表达出来。一着急，她说：

"我没拿她们当外人，秀秀、雁雁都是我从小带大的……"

"是啊，"外婆叹着气，"你比我这个亲妈亲外婆还亲哪，她们……"

林雁冬看着两位老人对着淌眼泪，心里也很难过，就笑道：

"外婆呀，我看你是有点吃醋了吧！"

一句话，倒把两位伤心的老人都逗笑了。望婆婆这才想起自己来干什么，忙问：

"秀秀，外婆洗澡的事，怎么办哪？"

不等林秀玉回答，外婆笑着抢过话来，答道：

"望嫂真是好记性，什么都没有忘。今天就算了吧！一天不洗也死不了。"又回头叫雁雁拿过自己的小手提箱，取出衣物、手表、港币什么的送给望婆婆。望婆婆把一堆东西转手都交到了林雁冬手里。笑着说：

"外婆不知道，这个家里呀，就这小祖宗会花钱，都给她，怕还不够她花的呢！"

大家又笑了一阵才散去，只有林雁冬留下来陪外婆睡。

"雁雁，我告诉你我心里怎么想的。"老太太还不放心，又向睡在旁边的外孙女儿推心置腹，"唉，我是不愿意看着你像你妈妈一样，整天工作工作。一个女人，一天福都没有享过就老了。我怕你呀，也走你妈妈的路。其实，我心里的打算，是先把你弄出去，等你在外面成了家，你妈妈还能不去吗？就算她不去长住，她也可以常常去玩玩的呀，你说是不是？雁雁？"

"快睡吧，外婆！"她还是不愿允诺，只闭着眼装着困极了。

第三十一章

冬天来到了。

天空，灰蒙蒙的，慵懒的太阳被层层云雾包裹着，从那隙缝中，丝丝缕缕，泛出些许微弱的亮光，投向干裂的土地。

田野上，只剩下片片枯叶在寒风中无力地盘旋。

寂寥的公路上，不见人，不见车。一只老鸹栖在路侧的枯树枝丫上，一动不动，宛如一幅苍劲的画。忽地，"嘎、嘎"两声，那老鸹腾空而起，扑向迷离的远方。

这是一个缺少光泽的日子。

一辆黑色的小车驶上郊区的公路。

"怎么忽然想起去看马踏湖？"林雁冬问。

"不能去吗？"金滔专注着车前方。

"……"

是的，只要这样踏踏实实地坐在他身旁，哪怕是被带到天涯海角也是心甘情愿的。然而，林雁冬心里还是有点不安。金滔从来都是"顺便"来看看她，"顺便"出去走走，"顺便"一起聊聊。是什么使得他忽发奇兴，专门开了车来邀她同游马踏湖？

何况，寒冬腊月并不是旅游的季节。

更何况，他疲惫不堪的样子，哪来的游兴？

"你有什么事瞒着我。"

"没有呀！"他侧过脸看了看她。她的眼睛那么亮，好像能看到人的心里去。他笑了笑说，"哦，说没有，也有一点小事。"

"什么事？"

他沉吟良久，才说：

"还不是那些烦人的事？大化纤的厂址定在了东郊工业区。"

林雁冬叫了起来：

"那怎么行呢，你没有再去找找焦副省长？"

"找了。我那位老同学说，没有办法，谁让我们穷呢？你要是处在我的位子上，你也会这样定的。"

"真想不到，"林雁冬连连摇头，"连省长都这么看环境问题！难怪有人说，环保工作在中国是一项超前的工作，不被理解，不被接受。"

她等着金滔反驳自己。在往日的交谈中，如果她发表类似的论点，他总是要同她争个你是我非的。

可是，今天他没有同她争。他只是默默地开着车，半天才说：

"最近，我看到日本《读卖新闻》上有一篇报道，说中国的二氧化碳排放量每年约为五点九六亿吨，占亚洲的将近一半，二氧化硫约为一千五百万吨，大约是日本的十四倍。中国的火力发电排出的氮化合物是造成日本酸雨的原因。"

"就该让那些大权在握的人知道知道！"

"唉！"金滔深深地叹了一气，说出来的话还是沉甸甸的，"现在嘛，中国的环境污染已经引起全世界的注意。如果我们再不重视，将来总有一天要吃大亏的！"

车子拐上了一条小路，两个人都不说话了。

这种沉默，又使林雁冬感到不安：他今天怎么了？对待工作中的困难，他从来都是满不在乎的。他会为这一点挫折、为这几个数字，搞得心烦意乱？

不，不会的，他心里还有事！

她想问他，又觉得不便再问。

"你怎么样，最近？"金滔忽然问她。

"能怎么样呢？我们的规划，环保委又讨论了两次，还是纸上谈兵。机关里死气沉沉，整天无所事事，人都快发霉了。"

车在马踏湖边停下了。

冬天的马踏湖失去了夏日烟波浩渺的风姿，变得沉重而忧郁。湖水回落了，一阵冷风袭来，湖面像一位满脸皱褶的老妪，再也笑不出来了。湖畔的一块块藕田里，只剩下残荷断藕枕在黑色的湖泥上。被湖水淘空了的岸边上，耷拉着杂乱的芦草，裸露出老树的根须。几只寂寞的小船靠在岸边，栖身在无声无息的湖水上。

"咱们借条小船！"他说。

"好。"她说。

一叶轻舟剪开了一池湖水，两股细浪托起了一艘小船。小船太小了，只能容下他们两个。金滔站立着，轻点竹篙，船儿轻轻地荡起来。湖畔的村庄远去了，藕田消失了，湖面渐渐地开阔了。一只水鸟从船侧掠过，溅起点点水珠，挂在林雁冬的长发上，又向远方凌空飞去。

"太美了！"林雁冬一只肩膀斜依着船沿。

只有船儿激荡着的水声，听不见他的回音。

"你想什么呢？"林雁冬问。

他不回答，眼看着远方，半天才说：

"我在想……安静也是一种美。特别是在工业社会里，简直可以说是一种十分难得的美。"

林雁冬看着他，忽然生出勇气说：

"不，告诉我，发生了什么事？"

"好吧！其实，也没有什么，"金滔仍是轮换着手撑着竹竿说，"前几天，我们那儿进来了一个调查组。"

"查你？"

"这事，我本来不想告诉你的，太无聊了。可是，我又觉得还是应该告诉你一下，你也好有一点思想准备。"

"有这么严重吗？"林雁冬勉强露出一丝笑意。

"倒也没有多严重，只是你要注意身边的小人。"

"我身边的小人？谁？"林雁冬着实吃了一惊。

"是谁我不知道。只知道有人给省委写了匿名信，说我有……生活作风问题。"

"……"

"说他亲眼看见我在豪华酒店跟……跟一个女人鬼混。"

"简直岂有此理！"

林雁冬倏地站了起来。船身一摇，她连晃了几晃，金滔赶紧伸手扶了她一把。

是谁？是谁？会是谁？豪华酒店？难道是李……啊，是他？他为什么要用这样卑鄙的手段来陷害别人？林雁冬记起了那张铁青着的脸……

真是人心叵测啊！

"调查组让我写材料。没有办法，我只好写，可是我实在没法写。我写什么？我写几月几日几点，我和你在豪华酒店房间里，什么也没有干……这简直是对人格的侮辱，我不能写这种混账材料……"

"你写，写吧，我不怕……"

"我不会写的，我没有什么可写的。可是，小林，他们也会造你的谣呀！我不明白，这些人要干什么？我时常想，我们这些环境工作者整天治理我们的生态环境，谁来治理环境工作者的生存环境？我们常常是被人捆住手脚，是在冷箭中伤中工作的呀！"

金滔越说越激动，手上的劲越使越大，竹篙飞舞，水花飞了起来，小船似乎也飞起来了。他倏地丢掉竹篙，抱头坐在了船头，他的脸深埋在膝头，一双大手十个指头像爪子似的抓紧着那满头浓密的黑发，两个肩头却在风中抖动。

她从没有看见过他这样子，她的心在发抖。她摇摇晃晃地站了起来，一头扑进了他的怀里，喃喃地说：

"你，别这样，我什么都不怕……"

金滔伸开双臂，拥住了那像小鸟般颤抖着的身躯。

桨，没有了主人。船，在湖面上摇曳。一圈圈涟漪旋转着散开去，温柔娇俏，无声无息，溶入那湖水的广博胸膛里去，一层刚刚隐没，一层又荡了起来。小船在水的中央，如同戏水的小鸟，惹动得那四周的涟漪喧闹不已，好似要冲破湖的禁锢，飞向远方……

"不，小林，你不能……"他抚着她，拍着她，像对一个受了委屈的孩子。

"为什么不？让他们说去吧，我不怕，什么都不怕。"林雁冬抬起泪汪汪的脸，一双火一般燃烧着的目光仿佛要把他的灵魂摄进自己的心中，"金滔，我别无他求，只要你说，你……"

语言常常是苍白的，特别是在这样的时刻。

他的唇没有声音，却是有力的。

她陶醉在这无声里。

时间停止了，世界远去了，只有两颗心在跳动。

"雁雁，可惜，我能给你的，只有今天。"

"我只要今天就够了。"

太阳穿透重重云层，终于在朦胧中露出熹微的光束。

人到老年

第一章

丈夫认为她是甲状腺功能亢进，可不敢明说。

儿子背地里说她是有福不会享。

女儿公开说她是退休综合征，没治。

小保姆则埋怨阿姨的指挥棒老是指挥不到点子上。

她却浑然不觉。

退休三个月以来，她对自己的生活作了精心的安排。上半天去图书馆，如饥似渴，仿佛要把工作几十年欠的读书债补回来。下半天搞翻译，虽然这件事她从未做过，但凭着五十年代大学外语系高材生的水平，还是问题不大的。晚上看三份报纸，日报、晚报、妇女报，这也是多年办公室工作养成的习惯。这样的结果虽说挤掉了看电视的时间，却让人心里充实，精神焕发。本来嘛，女人五十五岁退休也太残酷，就像旧牛皮纸袋儿翻过来还可以用时却送去了废品站，多可惜呀！这个年龄的女士们，纵然肌肤的色泽叫人失望，额上眼下的皱纹令人惆怅，然而有谁知那颗心？那久经岁月洗涤的心，像十五的月亮又清澈又明亮。让这般样的心儿死去，没那么容易！谢愫莹大姐从来就不死心，活着就不能服这口气。

她从未想过自己老不老、退没退的问题。她也不像有些女同胞那么在自己的身上苦心经营，相信电视广告上"今年二十，明年十八”的谎言，花钱费神买一大堆半土半洋没用的玩意儿，自个儿骗自个儿玩儿。也许是得天独厚，到今天她仍然腰是腰，腿是腿，加上那四十年一贯制的耳下一寸半的短发，从后影儿一看，根本猜不出她已经是退休行列中的新兵。

她对自己的容颜可谓漫不经心。每天早上她匆匆地洗脸，即使冬天她也用冷水三把两把擦完，不管什么硬水软水对皮肤的好歹，只管尽快结束晨妆，开始新的一天。生活对于谢愫莹好像一条永不靠岸的船，退休之前她奋力地划着，退休之后她那只船儿仍全速前进，保持着昔日的节奏，没有丝毫的懈怠。

只是这几天她好像打破了自己的常规，下午也不趴在桌前搞翻译，早出晚归地不知忙些啥。退休的人就是有这个自由，爱上哪儿上哪儿，丈夫儿子女儿都盼望她出去玩玩，逛公园，找老同学聚聚，都很好嘛，何必一天到晚把弦上得那么紧呢。

今天她到家时，全家早就吃过晚饭，集中在这过厅兼饭厅兼保姆小菊卧室的地方，耐心地坐在电视机前已经两小时，好不容易熬过了广告的痛苦，正欣赏神探亨特和麦考儿的亲密合作呢。谢愫莹始终弄不懂的是，像丈夫司马志清这样一名科研工作者，对研究大脑皮层一百四十亿神经细胞颇有建树的人，怎么能每天吃完饭就规规矩矩坐在电视机前，像个小学生似的瞪着眼看那些无聊的东西，简直是不可思议。

“还没吃饭吧？”黑暗中传来丈夫含有敷衍意味的关切。

“没呢。”

小菊极不愿离开小板凳儿，可考虑到自己的八十元工钱是处长阿姨月总工资的一半，于情于理都该去厨房。她小小年纪，已练就了掩饰自己心灵的本领，略一迟疑，已跳了起来，笑嘻嘻地说：

“阿姨，我给您热饭去！”

转眼工夫两样菜和一碗大米饭就摆在了进门靠墙的方桌上，小菊又体贴地问：

“要开灯吗？”

“不用，不用。”

“阿姨，汤没了，我再给您单做一碗去？”

"不用了。你看电视吧。"阿姨是很通情达理的。

借着荧光屏的亮光儿，谢悚莹慢慢地吃晚饭。地方窄小，方桌与电视机处在平行的地位。她坐的位置可以听见声音，可以略见人影的晃动，但看不清剧中人的死活，她压根儿也不想看。每天看完新闻联播节目之后，她就躲进自己和老伴共有的那间屋，坐在窗下写字台前的藤椅上读那些报纸。她从不干涉家里人对电视的爱好，包括小菊因看电视不先洗碗，她均不予计较。多年的处级领导工作，她在处理人际关系问题上是很有修养的。她只是对他们宁愿把时间浪费在无聊的电视上，提出过质疑：

"电视就那么值得看吗？"

"消遣嘛，何必提到值不值得的高度。"司马志清歪着头，跷着二郎腿抖动着，那派头是十足的放浪形骸之外的文人，而距离严谨的医学科学工作者比较遥远，加上他永不离手的烟斗，更完成了这错误的形象。这烟斗遭到妻子的反对，却赢得了儿子的崇敬。

当然，关于司马志清喜欢在电视机前消磨时光的根本原因，他懒得细说，妻子也就不得而知了。从神经科医学的角度看，人的大脑只要是正常的，就不可能不想点儿什么，否则就是白痴。亨特和麦考儿破的是外国的罪案，他们那儿的社会治安跟你我有什么关系。因此，用它们来代替神经细胞的劳动，避免无谓的疲劳，是最佳选择。

儿子看电视的热情完全是形势所迫。假如他的第五任女友不离开他，他早就离开了电视机。这隐情做母亲的显然不知道。这也难怪，快三十岁的单身汉很少和妈妈探讨自己的恋爱得失，尤其是关于失的方面。

女儿看电视完全是醉翁之意不在酒，而在那令人眼花缭乱的服装上。她不管资本主义社会人民处于何等水深火热之中，也不管新加坡人在旅途是多么艰辛，她视线所及只是她们千变万化的服饰。当妈的只知女儿为毕业分配提心吊胆，可不知女儿对服装的一片痴情。

小菊十九岁的生涯中，只有到北京来打天下时才开始了电视的启蒙，正是如饥似渴的时期。遇上这么好说话的阿姨，真是这位淮北少女的福气。

在这家里，可以说只有谢悚莹"出淤泥而不染"，拒电视于千里之外。只是今天有点特别，她放下了碗却没有离开这间黑漆漆的屋子，直坚持到荧幕上出现了"再见"二字。她心情很好，一肚子话想对大家说。

趁屋里大放光明，大伙儿正伸着懒腰站起来，还没离开的时候，谢悚莹笑容满面地宣布道：

"我要成立公司了。"

公司！全愣了。

"妈呀？您饶了我吧！"司马琴第一个叫了起来。

司马志清的第一反应与女儿几乎是一样的，可他更知道妻子的性格——凡是她要干的事情，谁也拦不住。考虑到以和为贵的古训，便喝住了女儿：

"小孩子，不要瞎说。"

"妈，您可真敢想！"司马健说。儿子成年了，对上了年纪的母亲说话，总是像对小孩似的连蒙带吓唬，"我们研究所那会儿也弄了个公司，几个大小伙子，让人坑得一愣一愣的，赔了几十万，到现在还在追查责任呢，就您，也想办公司？"

"你们办公司是为了赚钱！"一句话就把司马健的好心好意堵回去了。

"那您办公司是为了赔钱？"女儿觉得妈真糊涂到家了。

"当然，我也没钱赔，我连一分钱的资本都没有。"谢悚莹扬了扬头，面带自豪的微笑。

"哎呀妈呀！您可真是头号新闻！"司马健叫道，"您这可真叫没本儿的买卖，有这样儿的买卖吗？"

"有倒是有，那叫买空卖空，解放前就有了。"司马志清斜睨着妻子，问道，"想必你不会去做这种买卖吧？"

"你把我看成什么人了？"她回敬了丈夫一眼，说，"我要办一家经济信息咨询公司，专门为妇女服务，为妇女投身商品经济大潮提供智力服务。"

"好，好，妙极了，妇女个个都发了财，男人们就等着沾光了！"司马志清连连折腰，笑声迭迭。

望着丈夫和儿女们满不以为然的神态，谢懔莹正颜说道：

"当今是信息时代，现代咨询业是新兴的知识型产业。一条信息救活一个企业，一次咨询振兴一个公司，这样的事情，报纸上多的是。可惜的是，中国妇女文化层次低，信息少，在商品经济的竞争中处于劣势。我虽然要钱没有，知识总还有一点，我为什么不能办这样一个公司，也为妇女界做一点实事？！"

谢懔莹讲得振振有词，司马志清父子一时语塞。女儿可还有说词：

"得了吧，妈，您知道什么信息呀？洗发液有多少牌子，各有什么特色，哪家的好，怎么个好法儿，您知道吗？北京的新潮服装市场有几家，哪儿的最潮，哪儿的最便宜，您说得上来吗？"

两颗芝麻粒儿的小问题，问得当妈的哑口无言。她略一皱眉，说道："你不要瞎搅！我根本就没打算提供购物信息。我考虑的服务对象是女企业家。当然，也包括供、产、销各方面的信息，还有科技信息。我们为她们提供经营决策咨询，假如可能的话，还可搞决策承包……"

这回，连女儿也有点惊讶了，不过她还是不信，又问：

"妈，您又不是搞经济的，上哪儿去弄那么多经济信息呀？"

"你妈在国家机关待了几十年，经济方面的情况还是知道一点的。现在我每天上图书馆，你以为我是去玩儿的？告诉你们吧，我翻阅全国报纸，特别是产业报，广泛收集信息。"

"妈，您可千万别尽相信报纸！"儿子告诫说，"就算不是假报道，信息瞬息万变，到了您手上，您再一转手，黄瓜菜都凉了。把人家企业搞垮了，您负得了这个责吗？"

"我还不至于这么幼稚吧！"谢懔莹盯了儿子一眼，"对每一条信息，我们当然要进行可信性调查，然后才能储到信息库去。"

"不得了，不得了！"司马志清直伸舌头。

"你们别以为我异想天开，我是有把握的。上海就有这么一家信息台，只有十名职工，全是妇女。她们掌握了三万多条信息，几年接受了五十万人次的询问，现在已经小有名气，被称为'万事通'。当然她们搞的范围大，我们刚起步，只搞经济，范围要小得多。我就不信，上海妇女能做的，我们就做不到。"

谢懔莹说得有理有据，儿女们没什么话说了，望着两眼放光的妈妈直发愣。司马志清可挺清醒的，他问：

"你的设想当然是很周到的。可是，既然号称一个公司，总要有个办事的地方吧？"

"地方嘛……"谢懔莹环顾了一下这间小过厅，果断地说，"就在这间屋里了。"

众人大吃一惊，司马志清忙问：

"那你总要有点设备之类的东西吧？"

"不用什么特别的设备，家里现有的就够了。"她按了按手边的电话机说，"有一台电话就可以开展业务。还有，志清，你的电脑，我借用一下，储存信息资料用。"

一听这个，司马志清大声抗议了：

"这怎么行，开玩笑嘛！我的电脑全是研究人脑和神经系统的最新资料，你要给我搞丢了，我再上哪儿找去？"

"我怎么会给你弄丢呢，怪事！我自己买两个软盘，你存你的，我存我的，互不干扰。根本不存在这个问题嘛！"

"那可是我咬牙花了一万多块买的！"

"正因为花了那么多钱，就应该充分利用嘛！"

司马琴站在爸爸一边，说：

"妈，电脑可是爸的命根子，您干吗非打它的主意呀？"

"人家是假公济私，我妈是'假私济公'，整个儿一起公产呀！"儿子也同一立场。

"去，去，去！小孩子少管大人的事。你当我愿意借他的电脑？等我们公司创出了牌子，电脑会有的，电话会有的，办公室也会有的。"

"对！到时候您上国贸租个写字间，气死爸爸！"司马琴朝父亲扮了个鬼脸儿。

说得谢懔莹也笑了，屋里的气氛顿时轻松了许多。没想到儿子又出来扫兴：

“不管怎么说，您还是个皮包公司吧！您没听说吗，现在全国都在整顿公司。十个公司九个空，剩下一个乱哄哄。这种乱哄哄的公司还能办下去就因为人家有背景，有后台。”

女儿什么时候都最心疼妈，一个劲儿死劝：

“妈呀，您比得了吗？您有后台吗？”

“你怎么知道我没有？你妈当然有后台！”

那三个人一块儿问：

“谁？后台是谁？”

谢愫莹笑吟吟地卖了个关子，并不立即回答，倒慢悠悠端起茶来喝了一口。

司马琴憋不住了，连声催问：

“谁是您的后台呀？妈！”

“区妇联。”

谜底揭开，谢愫莹捧着茶杯颇为得意。

没想到，话刚一出口，就听得他们父子三人不约而同地哈哈大笑了起来。

这回谢愫莹可真生气了！她不明白，区妇联有什么好笑的？当然那三位听众也极谨慎地不愿讲出他们大笑的原因。儿子宣称他明天要早起，必须告退了。女儿也哧哧地笑着溜回自己九平方米的小窠儿。小菊进来拉起布帘儿准备安床歇息。老两口回到自己房里，谢愫莹还是莫名其妙：

“你们笑什么？”

“谁知道他们笑什么？”对凡事认真的妻子，他习惯了打太极拳。

“其中也包括你，你笑什么？”

“我笑了吗？”装傻也是他惯用的手法。不过，他总是傻得恰如其分，“啊，我只是觉得你一个人恐怕忙不过来吧？”

“关于这个问题我早考虑好了，明天就去找沈兰妮。”

“她也退休了？”司马志清不无惋惜地叹了口气。

“当然，她只比我小两个月。”

“唉，人哪，真没意思！”

"你说什么？"

"我说，我一定支持你。"

第二章

"你就告诉我吧，谢慷莹她上哪儿了？求你啦，沈兰妮！"

年轻的司马志清不敢坐女同学们的床，只把瘦长的身躯勉强挤进桌子与小床之间的小方凳儿上。他觉得这宿舍小得让人透不过气。四架上下铺已占去大部分空间，当中还有这拼在一起的两张桌子，只剩下透气的窗户和进出的门，比他们医学院的条件差多了。

"她上哪儿了，我们哪儿知道呀！"沈兰妮漂亮的脸蛋儿一歪，眼望窗户，藏着一腔笑。

司马志清欠身抬头瞧着她的上铺，只看见一双细长的手指和一本《安娜·卡列尼娜》。他冲那儿叫道：

"曾惠心，劳驾……"

没等上边出声儿，沈兰妮快嘴快舌地说道：

"她要知道还不告诉你？"

北京的秋天凉飕飕的，司马志清只穿一件西装改制的中山装还嫌热，他解开上面的扣子，掏出手绢儿直擦头上的汗："看在上帝面上，别逗了！"

"别来资产阶级那一套。这儿没人信上帝！请吧，司马同志，我们明天还考《语言学概论》呢。"她闭上眼睛，显露出如画般浓密的睫毛，喃喃地背道，"俄罗斯语言是世界上最美丽的语言。她具有德语的严谨，法语的华丽，英语的……"

一时，小屋里只有沈兰妮银铃般的背书声。五十年代的女大学生宿舍一无装饰，墙上没有明星照片，桌上没有洗发香波，床上都是花布被面的大棉被，只有那窗台上随手丢着的小圆镜子，流泻出姑娘们如梦的青春。

人家不理你，有什么办法？司马志清忍气吞声嗫嚅地问：

"是不是她妈妈病了，她回家了？"

沈兰妮睁开水汪汪的大眼睛狠狠地瞪了他一眼：

"谢愫莹遇上你算倒了霉！人家妈妈活得好好的，连她爸爸算上，谁都没病！"

"啊，那就怪了！她上哪儿也应该告诉我一声嘛……"

"既然这样，我倒要问问你，你把我们的囡囡弄哪儿去了？你最后见她是什么时候？"沈兰妮停止阅读，用手上的铅笔敲着小贝壳儿似的雪白的牙齿，口气却像法官审判罪人。

司马志清浓眉紧锁，两片薄嘴唇闭在一起，平日那行云流水般的口才不知丢哪儿去了，他老老实实地交代：

"我早跟她约好了的，星期六下午四点在中山公园见，说死了的。可是，我直等到八点她都没来。我想，她可能有什么急事，星期天一定会进城找我的，可她星期天也没来。就算有什么紧急的事总要给我写封信吧！我又等了两天。今天都星期三了，还是一点儿消息没有，你说，她到底怎么回事儿？"

沈兰妮一听，顺手拿过一张纸，斜趴在桌上，刷刷地写了起来。写完朝司马志清面前一扔，说：

"给，灵丹妙药！"

司马志清接过来一看，上面龙飞凤舞地写着：

> 寻人启事，谢愫莹，女，二十一岁，本校俄文系三
> 年级八班高材生，学生会副主席，属鹅蛋脸型美女类。
> 不慎于本月十六日丢失。如有拾得者，请速与中国医科
> 大学五年级二班司马志清同学联系，必当面谢。

瞧着司马志清正傻看呢，沈兰妮脸上的小酒窝儿早一闪一闪的，憋不住咯咯笑了起来。司马志清只好陪着嘿嘿地苦笑。见气氛有所缓和，他才试探着问：

"她是不是病了？住院了？"

"我见你才需要住院呢！"沈兰妮说着，又咯咯地笑了起来。

"唉……"司马志清长叹了一口气。

曾惠心从上铺弯下头来，露出一张清秀的瓜子脸儿，冲下说道：

"你就告诉他吧！"

司马志清急忙仰起脸，沈兰妮也扭头朝上笑道：

"告诉他？没那么便宜！"

"我请客，请客！请吃糖，怎么样？"司马志清见有所松动，马上表态。

沈兰妮跳了起来，把两条胳膊支在桌上，亭亭玉立，歪着头笑道：

"想用几块糖收买我们，没那么便宜！"

"那你说，吃什么？"

"吃馄饨！"

"好，说走就走！我请你吃馄饨！"司马志清那痛快劲儿别提啦，他像旋风似的就要往外走。

忽然从上面飘来一句话，

"还有我呢！"

司马志清立即转身弯腰九十度笑道：

"当然啰，我本来就是请你们俩呀！"

曾惠心用书签小心地夹好书，从上铺像条鱼似的轻快地溜了下来。

两个女生连蹦带跳地下了楼。那倒霉的做东的主人紧紧相随，生怕好不容易收买的客人跑了似的。新盖的校园尚未完全竣工。楼前和操场上堆着沙土和建筑材料，东一堆，西一堆地挡着路。两个本校学生已习惯了这曲曲弯弯的路，只管朝前走，根本不管外来的小伙子不摸门儿，深一脚浅一脚地挣扎在不平坦的黑黝黝的校园小路上。她俩叽叽咯咯地直到跑出了学校大门，才想起后边还有个人跟着。沈兰妮放开尖细的嗓子喊了两声：

"司马，司——马！喂——"

"丢了？"

两人站了一会儿，才见远处一个细长的黑影子一跛一拐地移了过来。

"他摔着了？"一个说。

"心甘情愿！"另一个说。

两个姑娘又咯咯地笑了。司马志清到了近前喃喃地解释：

"真倒霉，碰到你们那个秋千架上了。"

沈兰妮高兴地说：

"这就叫考验嘛！"

三人走出了学校的后门。

天上的月亮圆得很。照得田间的小路白生生的，仿佛是梦中的一条小径，一直通向看不见的远方。农家小院透出的幽暗灯光，更增添了远方的神秘。两个姑娘手挽手地走在前面，窃窃私语着，她们的轻盈笑声不时洒在月光下。司马志清听着她们无缘无故的笑声，心里想女孩子就是女孩子，看见月亮也笑，看见太阳也笑，就像吃了笑婆婆的尿。这是小时候听祖母骂姑姑的话，现在忽然想起，他自己也笑了。遥望前边那两个开心得不得了的女孩，他心中十分解气。

馄饨铺小而脏，就在杂草丛生的小河边。司马志清忙上前一步掀起油污的布门帘子，两个快乐的姑娘走进这久违了的地方。对于每月十二元五角伙食标准的大学生们来说，花一角二分钱吃一碗馄饨也不算是低消费。姑娘们平时很少舍得光顾，尽管这儿的胖老板是看准了靠学生养活他一家老小的。

这小铺，泥巴垒的墙掉渣儿，两张方桌油污发亮，几条长板凳晃晃悠悠，一盏二十瓦的小灯泡布满灰尘和油腻。待到馄饨端上来，你不能不钦佩老板的实诚，货真价实的满满一大碗，骨头熬的汤，上面撒了香菜和虾皮。为了表示自己的诚意，司马志清还买了五分钱的花生米加三角钱一碟的酱肉，不可谓不隆重了。

两位女客毫不客气，吃得津津有味。司马志清却望着热腾腾的馄饨发呆，又不好立刻就问。倒是曾惠心恻隐之心大发，抬起头说道：

"别担心，谢慷莹飞不了，她借调到外交部去了。"

"什么？"司马志清差点打翻了面前的碗，惊讶万状，"她怎么没跟我说！"

"她干吗要跟你说？"沈兰妮低头吃她的。

"我一点儿都不知道呀！"他还在发呆。

"别说你不知道，我们也不知道，连她自己都不知道。"曾惠心说，"外交部一纸调令，校方一纸通知，她就走了呗！"

"那她的地址你们知道吗？或者电话？"

沈兰妮这才抬起红红的脸儿，晓以利害：

"告诉你，司马，最明智的办法是别去找。你想想，外交部可是中央机关，门口还有站岗的，人家让不让你进去都是个问题。而且，学校让她马上就去报到，一分钟不能等似的，说不定是陪代表团出国，现在正在莫斯科呢！"

曾惠心想了想也说：

"反正她会给你写信的，你瞎着什么急呀！"

沈兰妮这才嫣然一笑，从口袋儿里掏出一封信，扬起胳膊说道：

"司马，看你今天表现不错，得啦，给你吧，回学校好好拜读去！"

司马志清大叫一声：

"哎呀，你们可真狠心！"

第三章

为动员老伴儿去买夹克衫的问题，沈兰妮琢磨了一早晨。

如果不是为了去吃那顿饭，夹克衫是可买可不买的。老赵戎马一生，除了军服，什么服也不穿。可是，昨天儿媳妇又特意来说了，她姑爹这次从美国回来，是非请他们吃饭不可，希望他们千万不要拒绝。考虑到和儿子、儿媳妇的关系，她同意了。

"红红说，她姑爹已经回来三天了。别看是个商人，市府的领导都接见了……"

"我赵卫国不巴结这种人。"他两手举着一张报纸，一动不动地答了一句。

"这不存在巴结不巴结的问题，不过是亲戚嘛，好不容易回国一趟，大家总要见见吧。"

赵卫国鼻子里哼了一声，报纸往下挪了挪，露出一头的白发，说道：

"我就闹不懂他们家那些乱七八糟的关系，她姑爹不是在国外有个老婆吗？"

沈兰妮叹了口气，说道：

"这都是历史造成的不幸！听红红说，他是先跑到台湾，后来到美国读书做生意的。几十年没有音信。开放改革以后才联系上的。这么多年，男人还不结婚？倒是她姑妈可怜，无儿无女，一直守着没再嫁人。男人回来良心上也有点不安吧，本来要把老太太接出去，她是死活不去。唉，虽说年纪大了，也没法一块儿住呀。"

"那他每次回来不都住老太婆那儿。"

"人家又没有离婚，怎么不能住一起？"

"他娘的！这年头，什么事儿啊，过去的敌人也成了朋友，又是接见，又是宴请。快了，再这么搞下去，不用等人家反攻内地，我们自己会把李登辉八抬大轿请进来！"

"算啦，国家大事，不用你我操心。走吧，跟我出去遛遛，顺便买件夹克衫去！"

"我买夹克衫干什么？那玩意儿紧巴巴地箍身上，有什么好。六十多岁的老头子，又不演戏，打扮得四不像，亏你想得出来！"

看来骗不过了，沈兰妮叹了口气，只好实话实说：

"人家一定要请咱们去什么五星级的大饭店，你想想，你又没件像样的衣服……"

没等她的理由说完，赵卫国就表态了：

"不去。"

"哎呀，你这个人哪，这也不是什么原则性的问题嘛。报上天天讲，炎黄子孙，血浓于水。人家回内地探亲，这于政策，于人情，都讲得过去。"

"我不认识这门亲戚。"

"好啦，好啦，不说亲戚不亲戚的，反正你也该买新衣服了。最近电视里不是有人讲吗？服饰对老年人的心理起到很大的调节作用。我看，你也来点服装改革，别抱着你那老一套啦！"考虑到老伴的心脏病，无论多大的分歧，她都像哄孩子似的。

"我就穿这个，敢不让老子进门！"

听老伴的口气像是同意赴宴了，沈兰妮这才松了一口气，忙宽慰他说：

"唉，算啦，这些事说起来就让人生气。反正你我都退休了，只管过好自己的晚年吧！你的药吃了没有？"

"活人都气死了，吃药管什么用！老子仗是白打了，他娘的！"

"八百辈子前的事儿，还提它！"

的确，那好像是很久很久以前的事了。他曾是意气风发的青年军官，在抗美援朝的战场上经受过生与死的考验。回国后当过作战参谋，搞过政治工作，长期在军事院校教书。可惜的是调动频繁，升不上去。年龄过了线，转业到地方，联系了几个单位都没法安排。他憋着这口气，憋了三年，眼看怎么着也没戏了才办了手续。

"是啊，什么也别提了，我现在只考虑啥时候上八宝山啦！"

"胡扯！"沈兰妮嘴里说着老伴，心里却不是滋味。他不应有的老态总使沈兰妮分外担心。退休之后她竭尽全力照顾他，照顾这个家。为了节约，她辞退了钟点女工，买来三本菜谱提高烹调水平。为了家庭的气氛不至于太冷清，她说服儿子和儿媳，把宝贝孙子接来同住。

夹克衫问题议而未决之际，谢愫莹登门拜访来了。按中国传统的约定俗成的规矩，外人进了家门，内部天大的不统一也要暂时统一起来。赵卫国从自己终日相伴的躺椅上站起，照例的寒暄之后，他说让地儿给老同学聊天，趁机回到了卧室。谢愫莹望着他佝偻的背影问道：

"老赵的身体还好吧？"

"凑合吧。比你们司马差多了。"

"他比老赵小好几岁呢，老赵今年有六十几了？"

"你忘啦，他整整比我大十岁，六十五了。其实，现在人家七十岁还精神得很呢，他可不行……"

"我看他身体比去年好……"

沈兰妮正把一杯茶递给老同学，听见这话叹了口气说：

"他呀，主要是心脏的问题。我是整天地提心吊胆呀！他这个人，脾气又犟，动不动又爱激动。你想，现在社会上那些不正之风，你跟它们生气还有完吗？刚才还在这儿骂了半天呢。我也不拦他，怕他憋在心里，更要命。前些日子可把我吓坏了，他说喘不上气来，半夜里叫了救护车，送到医院，还好，医生说上了岁数，心脏有点毛病，还不是那么严重，让我买个氧气包搁家里。"

谢悇莹不由得心里叹息，学生时代那闯进校园里来的英俊潇洒的军官消失了。当年，他是在怎样的混战中夺得美人的呀！

"咳，妮子！……"

"妮子？"沈兰妮始而震惊，继而大笑。

"哎呀，妈呀，好多年没人这么叫过了，妮子……"刚一提这两个字，她自己又控制不住地笑了起来。

谢悇莹也笑了，说道：

"你忘了，那时候全班同学都这么叫，男同学叫得更亲呢！"

"要死了，你！"沈兰妮不好意思了。她举起那肥胖的粗糙的手掌朝老同学扬了扬。

"其实呀，同学之间叫叫倒没什么，你记不记得那位教文学史的讲师？有一次，在大教室上课，下课之后他也跟着死皮赖脸地叫妮子、妮子，还要请你看电影……"

"他呀，居心不良……"沈兰妮又哧哧地笑了起来。那久已忘怀的娇媚好像从心底升起，她眯起眼睛嫣然一笑。当年那双亮晶晶的眼睛如今埋藏在臃肿的眼皮里，仿佛从来不曾闪烁过。两颊那一对迷人的酒窝儿，蜕变为两道深长的印痕，挂在松弛的皮肉上。美女迟暮，大约是比丑女老去更令人神伤的呵！

然而在老同学的眼里，她还是那个原来的她。还是那个全班甚至全系最美的妞儿。留在她记忆里的还是那令人嫉妒的过去：

"哎呀，那时候追你的男同学加上教师起码有一打，是不是？我始终不知道，你跟老赵是怎么认识的？"

"装傻！这你不知道呀？还不是你拉我到三座门儿跳舞，跳上的！”

"好多人为你伤心哟！"

哈，哈，哈……不是老同学见面，到哪里去找这样开怀的大笑！沈兰妮抚着自己笑疼的肚子，歪头指着谢愫莹的鼻子说：

"哼，当年要不是你带头往火坑里跳，我根本不可能那么早结婚。真的，愫莹，你那会儿是尖子人物，没毕业就借到了外交部，我们算准了你是女大使的命……"

"什么女大使的命，女文书的命！"

"反正你比我强。我跟着老赵四处流浪，一会儿四川，一会儿河北，连个家都安不起来。老了，动不了，才算有个窝。"

沈兰妮不禁黯然。

"好了，不谈过去那些事了！"谢愫莹转入正题，"我今天找你来，就是要跟你商量一件大事。"

"我能跟你商量什么大事？"沈兰妮叹道，"我现在脑子里只有芝麻点儿的小事，老赵吃药啦，小孙子吃饭啦……"

"其实也不是什么大事，也可以说是一件小事。"

"你就别绕弯儿了，说吧！"

谢愫莹把她准备成立妇女经济信息咨询公司的事说了一遍。

"愫莹，我真服了你了，你呀，还是当年那股劲头！"沈兰妮感慨着，又忆起了她当年的壮举，"记得二年级的时候，你要发起组织一个诗社，我们都说你'心血来潮'，不相信你能搞起来。结果呢，不到三天，你动员了二十个人，诗社成立了。那天你还不知怎么骗了个大诗人来讲课……"

"是吗？我怎么不记得了。"

"不过，现在不比当年，都退休的人了，还风风火火的，去办什么公司，能行吗？愫莹，我们都老了。"

"我不老。兰妮，说实话，我的自我感觉也就三十多岁。我就不相信，像我们这批五十年代的女大学生会成为时代的处理品。凭良心说，我们这一代大学生是最爱国的，受的教育是最好的，素质是最高的。可惜的是生不逢时，我们的青春在连绵不断的政治运动中消失了，好不容易盼到新时期，又被'一刀切'下来，英雄无用武之地了。我就是要用实际行动证明，我们不是处理品，我们发光的时候还长着呢！"

谢愫莹慷慨陈词，那股自信，那种执着，真让沈兰妮想到那些永不再来的岁月。那时候，她就具有这样的演说才能。她有一种活力，能把人吸引到她的身边。虽说如今已是两鬓斑白，但她讲话的魅力不减当年。

"我能帮你什么忙呢？"

"我们一块儿干呀，收集信息，接待用户什么的。"

"我恐怕不行。"沈兰妮摇了摇头说，"我家里现在这个情况，我根本跑不出去。"

"不用你跑！在家里接接电话就行了。上海有家信息台，也是女同志，就是这么……"

正说着，门外冲进来一个满头大汗的小学生。一进门就大声嚷：

"奶奶，快，我要吃饭！"

这一声喊，惊醒了沈兰妮。她跳了起来，叫道：

"糟糕，光顾了说话，还没做饭呢，这可怎么办？小光啊，你别着急，奶奶这就给你做。"

"奶奶，快点儿，老师说一点钟都要到校！"

"没问题，小光，奶奶抓紧时间。快，叫谢奶奶！"

孩子抬头看了一眼谢愫莹就溜了。沈兰妮一心只在盘算着怎么能加快一点做饭的速度，无暇顾及孙子的礼貌问题。沈奶奶进了厨房，谢奶奶也跟进了厨房。两个奶奶通力合作，为孩子准备午饭。

谢愫莹觉得非常抱歉，很想以实际行动弥补一下耽误小光午饭的过失，可又力不从心。她在家是从来不进厨房的，于烹调一窍不通。不过，她总能提出最切实可行的建议：

"方便面吧，这最快了。"

"是啊，也只能是方便面了。"沈兰妮在窄小的厨房里团团转，四处寻觅。

"我不吃方便面！"小光在外屋叫道，"我妈说方便面里有防腐剂，吃了要得癌。"

"小孩子别瞎说！"沈兰妮在屋里斥道。

“就是我妈说的嘛，方便面没有维生素。”这回音量放小了些。

“奶奶给你搁点菠菜。”

沈兰妮耳朵倒是一点也不背。她放弃了找方便面，改为寻找菠菜了。最后，终于在一个塑料袋里找到一捆无精打采的菠菜。她赶紧放到水龙头下面哗哗地冲了起来。

“决定吃方便面了，你弄菠菜干什么？”

“哎呀，你不知道，人家这个宝贝蛋儿可不能受一点儿委屈。他妈叮嘱得那叫细啊，早上是牛奶鸡蛋，正餐要吃多钙的食品。我也闹不清什么食品钙多。”

沈兰妮一边说着话，一边择菠菜。她左手拿着一棵菠菜的腰部，右手择去枯叶，然后用刀切去底部的长须，小心地保留着那红色的根蒂，因为据说这部分是很有营养价值的。择完一棵放好一棵，一棵一棵并排地码在盘子里，就像她几十年改的学生作文本似的整齐。

谢愫莹帮不上忙，她打量着专心致志的老同学，不由得说道：

“兰妮，你可真胖了。”

“哎呀，你猜我的腰围多少？快三尺！那次我去做裤子，人家一量说，怎么腰围和裤长一样，还以为量错了呢，搞得我真不好意思。唉，老了，不承认这个现实是不行的。”

“奶奶，饭做好了吗？”小光在外边催。

“就好，就好！”菠菜还没择完，催也没用。

谢愫莹虽于烹调外行，却不乏运筹才能。她建议，与此同时可以先烧水煮面。这合理化建议立即被采纳，而且谢愫莹自告奋勇来承担。与此同时，她抓紧时间，继续向老同学游说：

“兰妮，说好啦，咱们一块儿办！”

“我真的不行。你瞧，一天三顿饭，我还手忙脚乱的，哪还有心思去办公司？”

“我不是说了吗，不用你四处跑，你就在家接电话。”

“光接接电话，也许还可以。”

沈兰妮终于择完了菠菜，可惜煮面的水老不开。她揭开盖儿一看，铝锅里放了大半锅水，足可以下二斤切面，不由得心里窃笑：看来，在治家方面，老同学也不比自己高明。

谢愫莹可没有察觉到自己又一次耽误了小光的午饭，因而不仅没有歉意，反而为老同学答应参加办公司而高兴得很。

"我就知道你会答应的。"

"还不知道老赵同意不同意呢？"

"干吗要他同意？他不同意你就不干了？"

"话不是这么说。"沈兰妮叹道，"我总觉得，这些年对他的照顾太少了，欠他的太多。现在他的身体搞成这样，我得多尽一点义务。反正我也退休了……"

"我就不同意你这种观点。谁欠谁的？他身体不好，你呢？看看你自己，如今变成什么样了？"

沈兰妮只好苦笑。

"其实，老赵也未必就不同意，说不定还支持呢！"谢愫莹改口说道，"有一家信息台就出现过这样的事。客户想要一种进口的烫金纸，那个女同志怎么也找不到供货单位。回家无意中跟她丈夫说起，正巧，她丈夫的单位就有。当天，问题就解决了。"

噗的一声，水开了。站在炉边的谢愫莹，望着被蒸汽团团围着的锅盖，不知该怎么处理，转了两圈儿，只好看着那水潽了一炉子。最后还是沈兰妮拿了一块抹布垫手上，揭开锅盖，回头拿了方便面要往里放，谢愫莹说：

"我把菠菜放进去了。"

"嗨，菠菜要起锅的时候再放，那样颜色才是绿的。"

"妮子，你现在锻炼得真不错了！"

"奶奶，还不吃饭，我要迟到了！"小光又在外边叫喊了。

方便面终于下到锅里。趁着面焖在锅里的这会儿工夫，谢愫莹又见缝插针了：

"你们老赵在部队这么多年，老战友遍及全国各地。他要是走动走动，摘点信息真是太容易了。"

"他可不行。这人脾气倔，离休以后，心情又不好，整天愤世嫉俗的，把亲戚朋友全得罪光了。他绝对干不了这个。"

"算了，那就不指望他了。兰妮，你可一定得答应我！"

273

"答应，答应，你的事情我能不答应吗？"沈兰妮又笑问道，"可是，光我们俩办个公司，行吗？"

"我找曾惠心。"

"啊，对了，惠心还是一个人，女儿也大了，准行。"

"奶奶，吃不吃饭呀，我都饿死了！"

老赵也在屋里叫起来：

"兰妮，你怎么搞的，还不给他吃呀？"

第四章

"毛主席语录：吃饭是个大问题。社员同志们，场上分柴火呢，麻利儿扛去。按人头儿算，人人有份儿。赶紧去啊！……"

西北风呼呼的像雷鸣，刮得人睁不开眼。狂风一阵阵扫过，小树身任凭它击打得东倒西歪，光秃秃的早已没有一片树叶落下。干裂的土地上更是空无所有，连剩下的星星点点茅草，也早已被人们捡得精光，只见一股股轻烟在一无所有的田野上此起彼落。可怜，这北方冬天的原野上，也只有这浮面的沙土汇成的轻烟了。

"各家各户赶紧扛去！……"

广播还在上空鸣响。待曾惠心好不容易借到了小车赶到场院，别家的都领完了。只见那些庄稼汉子用粗绳捆着秫秸秆，扛在肩上朝村里走去。

场上还剩着一堆，队长冲她嚷道：

"老曾，这够仨人的，得啦，你们娘儿俩也没劳力，你就都推走吧！"

她喃喃地答应着，把长的秆交叉在小车的两边，把短的秆堆在了中间，然后仔细地捡起四周的碎渣，只要是能烧的，她都舍不得丢掉。北京郊区的柴火像活命的水般金贵。分配的煤是那样少，她不敢生一个取暖的炉子，只在太冷的时候烧一炉火，只需十来个煤球就行，还能顺便烧一壶水，热点剩窝头什么的。平时她最希望的是能有富裕的柴和煤，能把那冰凉的小炕好好烧一烧。

太阳早就不见了，只有狂风不停地刮着，迷乱的黄沙扑打着田间的小路。曾惠心顶着穿心透骨的寒风，用劲地推着小车，歪歪斜斜地行进在崎岖不平的土路上。她感不到脸上刀刮似的疼，也感不到冷，只感到内里的衣服早已湿透，连头发根儿都湿了。汗水从她的额角淌下来，她习惯地抬起胳膊擦了擦快滴到眼里的汗珠儿，顺便撩去贴在额上挡住视线的乱发。远远地出现了那个小黑点儿，那两间破旧的土坯房子。

小屋光秃秃的没有篱笆，更没有围墙，活像一座被遗弃的荒坟。然而，对曾惠心来说，那却是这个世界上唯一还有一点温暖的地方，那里有她的女儿沁沁。

"沁沁，沁沁，看妈妈拿什么回来啦！"

小女孩双手揣在棉袄袖筒里，弓着瘦小的肩膀，慢腾腾地走了出来，叫了一声妈。女儿无精打采的，肯定是冻着了，也饿了。曾惠心搁下小车，忙说：

"快，帮妈妈拿点柴火进去，一烧炕就暖和了。"

沁沁伸出冻得红肿的小手，尽可能多地抱起一把柴火放在了进门的灶边。曾惠心用脸盆里的剩水马马虎虎洗了手，往锅里添上水，把剩下的两个玉米面团子放在箅子上，叫女儿进里屋炕上去坐着：

"沁沁，等一会儿就暖和了。"

她坐在灶前的小板凳上，先用火柴点着一小束易燃的茅草，小心地送进灶膛里。

火苗升起来了。红红的火舌跳跃在灶口边，燃烧的干柴噼噼啪啪作响，小屋里顿时有了生气。她的心仿佛被这熊熊的火焰熔化了。她一动不动地坐在那里，享受着这宁静与温暖。那张没有血色的脸也在火光下变得柔和。

小屋里没有一点动静，只有灶膛里不时发出欢快的声响。突然，一个妇人怒急的叫骂声从不远处传了过来，

"看我不打死你，叫你馋，叫你馋！"

接着是孩子哭天叫地的声音。这种吵闹打骂在这个贫穷的山村是司空见惯的，就像人人每天必须喝水似的，不可缺。三年来

曾惠心也听惯了，时间能教会人习惯一切环境。那边的责骂还在持续不断。

"甭想糊弄我，我的包子都有数儿的！"

"呜……呜……就不是我！"

"不是你！不是你是谁？你还想赖，你还想赖！"

又是噼噼啪啪的声音，又是孩子的呜咽，还夹杂着一个男人的声音：

"得啦，不就几个包子嘛！"

"我饶不了他，成天人事不懂，就知道吃，吃，吃！瞧瞧，一人儿吃了四个！"

哭声夹杂着骂声，经久不息。突然，小男孩尖声哭喊道：

"给沁沁，我给了沁沁两个！"

"什么？给她？她们家是反革命，你不知道呀？"

"你，小点儿声！"一个男人的声音。

曾惠心颤抖了。她倏地站了起来，想冲进屋里。可她又猛地站住，泪水夺眶而出。她在灶边站了片刻，轻轻擦掉脸上的泪水，才掀开门帘，平静地走进去。一进门她就站住了，只见女儿双手抱膝低头坐在炕头上。五岁的女儿本来就生得瘦小苍白，村里婶子大妈都说看起来像三岁的孩子。现在她想把自己藏起来似的缩成一团，更显得小小的，像一个破旧的小棉花包儿，让人心疼。

她呆呆地站在炕前，只是觉得两腿发软。她不敢看女儿的脸上吧嗒吧嗒的眼泪，像断线的珍珠似的，一滴一滴地挂满了小脸蛋儿。她半天说不出话来，只觉得天旋地转。好久好久，她才嗫嚅地说道：

"沁沁，你，去小黑家了？"

女儿点了点头。

她再说不出话来了，想说的话不是哽咽在喉咙里，而是哽咽在她破碎的心上。此时此刻，她想说的只是对自己的谴责。作为母亲，不能给孩子温饱，不能给孩子快乐，除了辛酸的童年，她什么也不曾给予。可是，面对幼小的女儿，她说不出来。她该怎么说？

曾惠心无力地坐在炕沿上。过了好一阵子，她站起来说：

"沁沁，走，跟妈妈到小黑家去一趟。"

她拿了两角钱，牵着女儿来到了邻居家。

"大嫂，您别冤枉了孩子。是我们沁沁，吃了你们家的包子。"

"瞧您，老曾，两个包子，吃了就吃了吧！嗨，瞧这事儿闹的，我呀，也是一时着急，真是的，您别在意！"

这一说，倒叫曾惠心不知该怎么办好。拉着孩子在人家的柴火灶前站了半天，只是翻来覆去地说：

"对不起，真对不起！对不起！"

大嫂反被她连连的对不起弄得手足无措，一个劲儿地让娘儿俩往里屋炕上坐。见娘儿俩站着不动，她又动手来拉。大嫂一拉自己的手，曾惠心才突然想起手心儿里攥热了的两角钱。于是，她极为羞愧地慌忙把钱递了过去。这举动使小黑妈大为惊讶，她一边推一边朝后躲一边说道：

"别，别，您这是干吗！别，别，可别！街坊邻居的，叫人听见笑话，您可千万别……"

"大嫂！我的情况和别人不一样，我是……"

黑子妈一拍她的胳膊，坚决制止地说道：

"老曾！甭说那些没用的，咱们老农民不管城里那些事儿。今儿你趴下了，明儿还兴许他趴下呢！村儿里人哪，就瞧着您一人拉扯个孩子怪孤单的。有啥事儿，您就言语。得啦，今儿我也不留您啦！"

尽管如此，曾惠心还是拿定主意，这钱是非给不可的。她一弯腰把钱塞在了黑子的小口袋儿里，不管那大嫂如何推拉，她拉起沁沁转身就跑。大嫂三步两步从后面追了上来，硬把一个包子塞到沁沁手里。沁沁瞪着小眼睛不敢接，黑子妈也瞪着曾惠心说道：

"今儿你不叫孩子拿着，就是看不起我！"

话说到这份儿上，曾惠心不能再坚持了。她让沁沁接过了包子并谢谢大妈。沁沁觉得一场暴风雨已经过去，她真心诚意甜甜地说了一声谢谢，一手拿着包子一手牵着妈妈的手，小脸儿上的愁云一扫而光。

母女俩回到家，灶里的火早就灭了。曾惠心在小板凳上坐了下来，呆呆地望着黑洞洞的灶膛，她应该再添一把柴，可是她却迟迟没动。沁沁站在她的身后，把还有一点热气的包子怯怯地递到了她的嘴边，小声地说：

"妈妈，你吃！"

她没有回头，只答道：

"你吃吧，沁沁。"

"不，你吃！"

曾惠心掀开锅盖，拿起那还有些热气的玉米面团子说：

"妈妈有。你吃吧！乖！"

第五章

笃、笃、笃……

她敲了敲门，喘息着，等待主人开门。

"喵呜、喵呜……"

有猫就有人，谢愫莹敲得更响了……

笃、笃、笃笃……

"喵、喵呜、喵呜……"

屋里仍然是猫的叫声，只不过那叫声中透出急切与烦躁。奇怪，昨天明明给她打了传呼电话，约好今天上午来，怎么会不在家？她又扒在门上听，听见猫离门很近似的大叫。她别无选择，只好继续用力敲门。

旁边的门却开了。一位系着围裙的老太太被敲出来了。上下打量着谢愫莹，连连问道：

"您贵姓？是沁沁妈的老同学？昨儿约好了的？"

受人之托，忠人之事。老太太警惕性很高地问了该问的一切，全部的答案都对上号之后，她才从兜里拿出一把光秃秃的钥匙，交给谢愫莹说：

"沁沁她妈刚出去，说是买点儿东西。八成儿是给她们家唤唤买猫鱼儿去了，走不远儿，一会儿准回来。她交代了，您来了把钥匙给您，您自个儿在屋等等，她这就回来。"

谢愫莹耐心地听完了说明，谢过大妈，终于开门进屋。一进门，就撞在一只肥胖的大白猫身上。她弯下腰去，摸了摸它光洁的脊背，说道：

"唤唤，不认识我了？"

唤唤退后一步呜呜地叫着，并不靠近。显然它等待的并不是这位近来很少光顾的客人，而是离去不久的主人。

谢愫莹直起身，不由得打量着这迎门的小过厅：一张小木床占去了三分之一的面积，一张旧方桌又去掉将近三分之一，冰箱和叫不出名称的旧物件又占去一角，只有窄窄的一条空道通向房间。看看这里实在没有坐的地方。客人自动进了里屋。

唤唤不叫了，像密探似的跟了进来。不过，看家确非它的本行。只见它两步跳上床，习惯地往那尚未折叠的棉被中一卧，便旁若无人地闭目养起神来。

紧靠床头是一张黑旧的写字台，面前是一把藤椅。谢愫莹也走累了，就扶着桌子坐下了。定了定神，她环顾四周，只觉琳琅满目，应接不暇。

一个土黄色的大衣橱与大床相对，橱顶上是两个大硬纸盒子，更增添了它鹤立鸡群的高度。与它并排的是一个大书架，书架上的书横七竖八，显然是主人随意安放所致。写字台的对面墙边放着个褪色的五屉柜，柜面上满满的；高出些的是两大沓书刊报纸，一个老式的钟，一个景泰蓝的花瓶，瓶里插的不是花，而是笔和尺子之类的东西。矮的东西就难以胜数了，有镜子、梳子、药瓶、旧铁饼干盒子，边沿还放着两卷卫生纸、一条包着半张黄土纸的洗衣皂、两袋洗衣粉及半小罐芝麻酱。看样子是买回来顺手就放在了那里。除此之外，房间里还有三个大小不一的箱子，垒得五屉柜一般的高，上面充分利用地堆着鞋盒子。

相形之下，写字台上算是比较单一的了。除了猫食盆子和一个装着俩小苹果的盘子以及一包尚未打开的点心之外，基本上是书和纸笔。

综观全室，实在可以说是塞得满满当当的啦。幸而当中还有一块空地，放一张藤椅游刃有余。对于一个独身女人，这就够了。

令谢愫莹心动的是，这拥挤杂乱的屋里却绝少灰尘。她记得当年在学校同室四年的曾惠心，原本就是一个多么爱干净的人啊！写字台上放着一本《道教与养生》，还是女主人早年读书的好习惯，总是夹着一个小书签。客人顺手翻开夹着书签的一页，默念道：

"长空何耿耿，眷顾亦恢恢；净土眼前是，偶然立一回。"

她摇了摇头，叹了口气，又不由得继续读了下去。

曾惠心回来时，就看见客人在自己的桌前用功读书呢！

"对不起，我出去买东西了。"

不知从什么时候起，曾惠心变得愈加的消瘦，浑身上下几乎没有一点曲线，直像一根光秃秃的枯树枝。她原本清秀的瓜子脸儿像被刀削了似的，变成了硬邦邦的三角形，一双大眼睛里那两颗黑漆漆的眸子变得昏暗而深陷了下去，更显出那满布皱纹的眼眶空荡荡的。她丰满的嘴唇也变得干枯，好像一口缺水的井。谢愫莹每次见到这位老同学，都不免产生一种自己也说不清的怜悯惋惜之情。同学里面她最聪明善良，可她的遭遇最惨。人生真是少有公平。

"沁沁上哪儿去了？"虽然见面的时间少，她们对彼此的事可都了如指掌。

"出去了。"

"有男朋友了？"

"没有。"

"上他那儿去了？"谢愫莹皱着眉头问。

曾惠心只点了点头。

谢愫莹拿眼瞪着她，半天才说：

"惠心，我们好久没见面了。不是我多管闲事，你怎么能容忍？这么些年，孩子是你一个人带大的，他一点责任没尽。现在，他一夜之间就把孩子抢走，你居然就不闻不问！"

曾惠心叹了口气说道：

"我也是为了孩子，她从小没有……她需要这种……感情。"

谢悾莹气得站了起来，说道：

"你呀，你是糊涂了还是怎么的！他那样的人，根本不配为人父。沁沁什么也不知道，还当他是个正人君子呢。你这个人哪，真要命！万一将来沁沁知道了……"

"我不会告诉她的。"

"唉——"谢悾莹一声长叹，又问，"她经常去吧？"

"好像是。"

"他现在一个人？"

"好像是。"

"这种人，真是活该！"

曾惠心从床沿上站起来，笑了笑说：

"你看，忘了给你沏茶了。"

她起身去厨房烧开水。

谢悾莹跟了进去，看见小桌上的鱼，笑道：

"你给唤唤买鱼去了，害得我敲了半天门。真有耐心伺候它，你怎么那么喜欢猫？"

"没有理由，喜欢就是喜欢嘛。"

说着话，曾惠心烧上了开水，同时抓紧时间在小锅里煮上了猫鱼。谢悾莹微笑道：

"我不知道猫的寿命，唤唤有几岁了？你抱它回来，有六七年了吧？"

"十年了。我一回北京就抱来的，那时候它才一个月呢。据说猫的寿命是十五年左右，不过，跟人一样，养得好些就活得长些。"

"看来，它也老了。"

"不，你看唤唤，不是挺精神的？"

谢悾莹笑了，略带责备地说：

"你呀，说起猫像说人似的。"

"猫是比人好！"

"胡说！"

曾惠心却笑了笑，让客人端着沏好的茶，自己捧着煮好的猫食，两人一块儿回到屋里。她让客人坐下喝茶，自己却爱怜地抱起唤唤，放到地上的小盆边，又哄又劝：

"唤唤，快吃吧，今天都怪我出去晚了，你看，这鱼可是新鲜的，你肯定爱吃。唤唤，快吃吧！"

"唉……"谢悚莹看见猫就烦，简直不理解这份儿爱从何来。

唤唤活像一位被娇宠坏了的贵妇人，在美味前小口小口地挑挑拣拣，还不时回过头瞧瞧女主人，仿佛是对她服务的嘉奖。曾惠心这才安心了似的，伸手从写字台上拿了一支烟，慢慢地划火柴点上，斜靠在床头深深地吸了一口，吐出一团浓浓的烟雾。

"惠心，你退休了，咱们还没见过面呢。"不知为什么。谢悚莹在这位比自己还小半岁的同窗面前，时常觉得有些局促。这大概还是在学校时种下的病根儿吧！虽说自己是全系公认的风云人物，然而，曾惠心的博览和见地，却是同学们有口皆碑的，年轻的助教也不敢不服。

"也才半年的时间啊！"

"退休以后，你都干些什么？"

曾惠心笑了笑，答道：

"退休嘛，顾名思义，退后一步休息呀。"

谢悚莹摇摇头，说道：

"我不那样想。我觉得，退休了，属于我自己的生活才开始呢！"

曾惠心抽着烟，不置可否。

"惠心，我找你，是要跟你商量点儿事。我跟妮子都说好了，我们要成立一个经济信息咨询公司，专门对妇女的，咱们一块儿干吧！"

她把自己的宏伟计划宣传了一遍。

曾惠心静静地听着，却又好像没听见似的，不置一词。

"怎么样，参加吧？"谢悚莹热切地望着自己的老同学。

唤唤美餐了一顿，用爪子洗了洗脸，就一声不响地蹿上主人的膝头，好像有默契似的。

曾惠心把唤唤搂在怀里，轻轻地抚着它，慢慢地说：

"我是一点经济细胞也没有的。"

"你干了多年的资料工作，分类、索引都是行家。你来管信息资料，最合适不过了。"说完，谢愫莹等着她的答话。她呢，却全神贯注在唤唤身上。她轻轻地抚摸它，那么有节奏地、缓缓地抚摸着。那小生灵仿佛充分领略了女主人的爱意，先是弓起背脊，打了一个长长的哈欠，后来竟软软地瘫在主人的怀里，甜蜜地进入了梦乡。

曾惠心这才抬起头来，笑笑说：

"现代信息贮存都用电脑，我那套手工业方式早过时了。"

"我们也用电脑呀！司马已经答应，把他的电脑借我们用。"

"我哪会呀？"

"不会可以学嘛！"

"怕是学不会了！"曾惠心长叹一声，"愫莹，我真佩服你，还是像以前一样，有理想，有追求，有干劲。我是什么也没有了，有时候我连话也懒得说。"

"惠心，这不是你。过去的就让它过去吧，如果说命运是不公正的，就应该自己去改变它！你应该振作起来，重新焕发青春！"

"嘿，嘿，嘿。"曾惠心笑了起来。那笑声低沉，令人听来心酸，"青春已经过去了，又何必唤她回来？我很庆幸我已经步入晚年，今生今世再也没有什么事需要我了，我觉得很轻松。"

"你就等着来世了，是不是？我看你是佛教的书看多了。"

"我不信佛，不信道，不信老庄也不参禅，我什么都不信。"

"难道你连老同学都不信！"谢愫莹叫了起来。

曾惠心看了看身边的老友，笑了笑，说：

"当然，我相信你的好意。可是我不相信你能改变我的生活。"

"你应该自己改变你的生活。惠心，我知道你经历的坎坷，我知道你心里的伤痕。我希望你恨，希望你哭，希望你骂，希望你叫嚷，把一切都倾泻出来。然后，我们重新开始。"

"跟你一起办公司？"她又浅浅地笑了。

"对呀！"

"再去奔波，再去拼搏，再去品尝失败的苦酒？"

"为什么想到失败？我们会成功的。"

望着谢悛莹期待的眼睛，曾惠心点了点头说：

"好吧，我答应你。不过，并不是因为会成功。"

"啊？"

"我是个失败者。我已经失败得太多了，麻木了，再多一次失败，算不了什么。"

第六章

飞机，火车。会见，宴请。宾馆，餐厅。参观，游览。欢迎，再见。西安，重庆。武汉，南京……

飞快的节奏，旋转的生活。转瞬之间，已经来到了上海。谢悛莹站在十二楼的一间客房里，隔着大玻璃窗，俯视南京路上川流不息的车辆和那如蝼似蚁的人群。黄浦江上轮船的汽笛声和岸上悠扬的钟声，声声入耳。这位从未出过北京城的姑娘，不能不为这半个多月来紧张、繁忙、新鲜、愉快的新生活感到亢奋。这一切来得多么快啊！从一个生活在宁静校园里的大学生，一下子就变成了陪同苏联友好代表团走遍了大半个中国的女翻译。耳闻目睹，五彩缤纷，生活多么美好，多么轻快，恰似一首优美动听的俄罗斯民歌！

应该给司马志清写封信，让他分享自己的快乐。借调来得太突然了，来不及赴约，来不及道别。那天司马一定等苦了。不过，他收到我留给他的信，会为我高兴的。假如他知道越黄河，过长江，现在到了远东第一大都市，住在过去只有外国大资本家才能涉足的上海最豪华的宾馆里给他写信，准能使他大吃一惊，看他以后还敢不敢在我面前吹嘘他见多识广！

谢悛莹坐下来，刚把信笺摊开，就听到叩门声。

"请进！"她回过头去，但没有离开座位。

进来的是陪同团的翻译组长、外交部苏东司的年轻干部韩新民。他中等个儿，穿一套贴身的藏青色隐条西服，系一条银灰色间有红色粗细斜道儿的丝质领带，衬着雪白的衬衣领口，一双明亮的眼睛，显得非常干练、精明。

"小谢，你写什么呢，不要那么紧张嘛！"韩新民进得屋来，未待邀请，就近坐在一张沙发上，笑嘻嘻地说，"今天下午，代表团去领事馆——回娘家吃饭，我们可以放松一下了！"

"你喝水吗？"谢悷莹客气地站起来。

韩新民摆了摆手，跷起二郎腿，叹了一口气才说：

"陪团，真累呀，特别是这种大型访问团，人员多，行业广，各人的兴趣都不一样。再加上两天换一个地方，简直是照顾不过来，我可是领教了！"

谢悷莹还是很礼貌地为这位陪同团的翻译组长沏茶。韩新民看着那一双洁白的小手忙着涮杯子，取茶叶，冲开水，并不阻止，继续说：

"不过，小团陪同也有它的难处。小团一般都是专业性的。你缺乏这方面的专业知识，根本陪不了。好在外交部不接待这种专业团体——那由各个专业部门对口接待。不过，专业部门的翻译有的知识面又太窄，也时常弄得很难堪。有一次，铁道部……"

谢悷莹把一杯绿茶送到韩新民身旁的茶几上。

"谢谢！"韩新民接着说，"有一次，铁道部接待一个专家团，到了武汉。专家们游览黄鹤楼，问起崔颢那首有名的'黄鹤一去不复返'的古诗，那位翻译居然张口结舌说不上来。专家气得提出抗议。没办法，铁道部向我们部求援，部里让我跑一趟。那时，我刚从大连回来，连家都没有回，只好又去了武汉，才帮他们解了围。"

"您喝茶呀！"谢悷莹退回到窗前的椅子上去。

"哦，这个茶还不错。上海的饭店，一般来说服务比较周到。不过，最好的不是'和平'而是'锦江'。'锦江'的饭菜精致，宵夜也好。有一次，那还是陈毅同志当上海市长的时候，我陪……"

谢悷莹默默地听着。

韩新民笑笑地望了她一眼，忽然改换了口气：

"尽听我一个人说了，是不是我说得太多了？"

"哪儿呀，我听着特新鲜。"

"其实啊，我这人平常很少说话。有人还批评我不好接近，架子大，真是活天冤枉。凡是跟我接触多的同志，可都不是这种看法，咱们也相处这么长时间了，你说呢，是不是？"

说完了，他就望着谢愫莹，等待对方的评价。

"我觉得你挺随和的。"

"就是嘛！只不过，搞外事工作，节奏太快、太紧张、太累，有时真懒得说话。小谢啊，你是第一次陪团，可能还体会不到，以后会有同感的。"

谢愫莹直点头。

"唉，难哪！"韩新民叹了口气，"特别是像我这样年轻的干部，参加革命又比较早，什么'年轻干部资格老'啰，风凉话就来了。可我有什么办法呢？谁让我四六年就参加地下党了。当然，主要还是我掌握俄语，业务上又拿得起，受到部领导的一点重用，闲言碎语就更多了。小谢。你听见下边的同志对我有什么意见吗？"

"没听见什么呀，都说你工作能力挺强的。真的，不骗你。"

"那你呢？"

"我？"

韩新民撩了撩头发，笑道：

"是啊，你对我有什么意见呀？"

"没有呀？"

"那好，希望以后有什么意见都向我提，不要有什么顾虑——有则改之。无则加勉嘛！我自己知道，有时候我工作还不够细，对同志的关心也不够。比如说，对你……"

"我？我如果工作上有什么错误，希望……"

"不，不，我不是这个意思。"韩新民连忙摆着手解释说，"我是看你工作太紧张……当然，这种工作热情是要肯定的。但是，工作方法上也可以改进一下，而我在这方面没有提醒你，也算是我有点官僚主义，对同志关心不够吧。"

"工作方法？你是说……"

"其实，也很简单，那就是抓重点。"韩新民喝了一口茶，又说道，"你想，你陪的那个组，七八个人，就你一个翻译，能翻得过来吗？你只能抓重点对象——你们组的组长、教授，一般的团员就不一定都照顾到了。即便是组长、教授，他们要听的，要问的，也不一定句句都翻，意思表达到了，也就行了。翻译嘛，永远不可能代替本来的语言。何况是具有悠久历史的汉语。而且再好的翻译都不可能什么词都掌握，必须学会扬长避短嘛。"

谢悰莹睁大亮晶晶的眼睛，对这种工作方法十分惊异，又十分佩服。

"我可不是鼓动你偷工减料啊！"

两人都笑了。谢悰莹想起自己这半个月来的傻干，直觉得脸红。

"老韩同志，你要是早告诉我这个窍门儿就好了，省得我出那么多洋相。"

"啊，是吗？"韩新民又高兴又得意地问道，"出什么洋相了，能告诉我吗？"

腾地两朵红云升上了少女的双颊。她有点忸怩地说：

"就是，就是那天他们有个团员……开始他说要买点糖，我就陪他到了百货公司。到了柜台那儿，他看了半天，硬说没他要的那种糖。还用手跟我比划，说那种糖像水晶似的透明，形状像小山似的。我忘死了'冰糖'这个词儿，好像我们课本里根本就没学过这词儿。我一口咬定根本没这种糖。他非说有，我们俩站那儿争，还围了好多人看。我气坏了，就说，回去查字典。结果，我一查呀，哎呀，是冰糖，真倒霉！"

哈哈哈，韩新民痛痛快快地笑了，谢悰莹也不好意思地笑了起来，屋子里的两个人情绪都很好。组长传授窍门也就更坦率了些：

"搞翻译，就是那么回事。硬译、直译、句句都译，非把你累坏了不行，我这是经验之谈，叫作'简译'。"

谢悰莹叫了起来：

"啊哟，这行吗？我们老师说，翻译的关键是忠实，必须一句一句地翻，绝不能偷工减料。"

"你们老师说的？"韩新民不由得又嘿嘿笑了两声，才继续说道，"对不起，我看你们老师恐怕有点脱离实际。口语翻译，三头对面，你一句，我一句，紧锣密鼓，能一句一句地来？哈哈，根本不可能嘛。十句话，你翻过去五句，就算对得起客人的了。"

"可是我们老师说，如果翻译只图自己省事，三句并成两句翻，主客双方都会认为自己受了轻侮，弄不好就成了涉外事件，会受到通报呢！"

"你们老师真能吓唬人。当然，'简译'也有个技巧问题！同志，你不能让他们觉得自己的话被你吃了一半儿呀，哈哈，这就是经验！小谢，我这经验可是不外传的，今天破例，你可保证不泄露咱俩这点儿秘密！"

"我保证！"谢愫莹调皮地做了个立正的姿势。

韩新民满意地站了起来，望了望窗外说：

"好了，不说这些了。我来找你，是约你出去走走，逛逛外滩，上海话叫'荡马路'。"

"我……"

"怎么，你有事？"

"没有。"

"那还不出去走走？明天就没有时间了。"

他们走出和平饭店，沿着南京路，走到外滩。这里，陆地上高楼林立，江边舳舻相继，柔和的江风吹拂着谢愫莹的黑发和长裙，畅快极了。

"上海真美！"谢愫莹沐浴在醉人的江风中。

韩新民两手插在西服裤兜里，极目远望，也动了感情：

"是啊，上海真美，我对上海充满了感情。我是在上海长大的，也是在上海入党的。可以说，是黄浦江水养育了我。"

两个年轻人，流连在江边。

"走，到那边去看看。"韩新民权当向导，"这就是外滩公园，从前那里竖过一块牌子：'华人与狗不得入内'。鲁迅先生的文章里提到过。在地下党的时候，我们的同志常在这里接头。那边是英国领事馆，我们在这里组织过示威。面对着国民党的武装警察，我们手拉着手喊'团结就是力量'。呵，现在我们走过的这座桥也很有名，叫外白渡桥……"

他们并肩而行。韩新民滔滔不绝，谢慔莹默默聆听。他们沿着苏州河北岸而行，折入四川北路。

"我可能要有好几年时间不能回上海了。"韩新民忽然感慨地说，"部里已经跟我谈了，明年要调我到驻苏使馆，那里更需要人。"

"哎呀，那太好了，你马上就能看见莫斯科，看见红场……"

"是啊，我一直认为，学俄语的人必须到苏联去生活一段时间，熟悉那里的语言环境，才能真正提高俄语水平。不过，一想到要离开祖国、亲人，心里总有点舍不得。你呢，小谢，你想到苏联去工作吗？"

"当然想去呀，这还用问！我们同学在一起，经常幻想，要是有一天能够到苏联去，亲眼看看伏尔加河，看看俄罗斯的草原，那才真是人生一大幸福呢！"

"我也真心希望，你能到苏联去工作啊！"韩新民低沉的声音里流露出真诚。

"我去？开玩笑，怎么也轮不到我头上呀！"谢慔莹笑了，觉得有这种想法都是一种奢侈。

"这不是不可能的嘛！只要你同意，我可以向部里提出来……"

谢慔莹以少女特有的敏感，觉得不对劲儿，她不言语了。

"这段时间，我们在一起工作很愉快。你很聪明，肯动脑子，性格开朗、活泼。我觉得，我们在一起，彼此会有很多帮助。"韩新民说得很诚恳，也很自信。

谢慔莹心里直骂自己傻瓜缺心眼儿，这回好了吧，惹这麻烦！她的步履不那么轻快了。人家可还是情绪高涨，而且发出了邀请：

"前边过去不远，就到我家了。你愿意到我家去坐坐吧！我相信，我妈也会喜欢你的。她也是位老革命，很早就参加地下党了。"

"不，我就不去了。"谢慔莹站住了。

"为什么？"韩新民有些意外，推了推眼镜架，打量着面前这个俊秀的姑娘。

"我得回去写信——给我的男朋友。"说完，她怕被人拉住似的转身就走。

"喂！……"韩新民还想叫住她。

谢愫莹回头一笑，说了一句：

"明天见！"

第七章

赵卫国走在前面，先推开旋转的玻璃门，沈兰妮紧随后边，两人站在这亮闪闪的大厅里。金碧辉煌的圆柱，琳琅满目的装饰，迎面墙上的巨型挂毯，气派、豪华、讲究到奢侈了。普通北京人自然是不敢问津，像赵卫国、沈兰妮这样的干部，尤其是退了休的，没点儿国外的富亲贵友，也甭想登堂入室。

沈兰妮眼睛里什么也没看见，她一进来就敏感地注意到地面非常滑，其光滑程度使她联想起大学时代常去的昆明湖溜冰场。她的全部注意力都集中在老伴儿身上了，这要摔一跤可是不得了。她赶紧过去想搀住老伴的胳膊，谁知赵卫国胳膊一甩，嗓门儿挺大地说：

"我自己走。"

大庭广众之间，倒弄得沈兰妮怪不好意思的。她正进也不是退也不是的时候，就见儿媳妇红衣红裙打扮得一团火似的，从不知哪儿飘了来，而且上前一把就拽住婆婆，小声地说：

"妈，这边走，这边走！"

红红那模样十足是大观园里的小丫头待刘姥姥。沈兰妮压根儿没在意儿媳妇对这豪华的敬畏，一心只怕老赵摔着，又怕自己不小心滑一下子。她几次想去搀扶，都被坚决拒绝，只好尽可能挨他近些。即便这样，老赵真摔了，她也够不着。老头儿倒是昂首挺胸东瞧西望，坦然自若，绝无半点怯意。他俯首扫视了一番坐在大厅里衣饰华丽的中外人士，又仰头瞧了瞧那玻璃罩似的透明的电梯，然后停住脚仔细打量那别具匠心的室内花园式音乐茶座，好似一个暗访民情的官员。茶座里空荡荡的，没有一个客人，只有一个穿着长裙的女士在那里挺认真地独自弹着钢琴，那神情好似有几千人在欣赏她的技艺。

"这种地方，有几个人来得起！"赵卫国发表起评论来。他自己耳朵不好，评论的声音也就不小了。

红红上前来干涉了：

"爸爸，你小点儿声儿。"

幸好这句话老头子没听见，否则今儿这饭就吃不成。沈兰妮倒是听见了，她也认为儿媳妇是为了老人的安全，别东张西望地光顾说话忘了脚底下。红红又催着赶紧上二楼，说人家订的是单间，可贵着呢，全是用外汇。这些显派的话等于白说，老头子听不见，沈兰妮正瞧着自动楼梯发愁。这梯子自己翻腾得可快着呢，万一一脚没踩准，把脚夹里边儿可不是闹着玩儿的。她琢磨是让老赵上自动梯呢，还是干脆从旁边的楼梯走上去更安全。到了高高的自动梯脚下，她跨前一步，凑到老赵跟前大声说：

"还是走上去吧！"

"摔不着我的，你这老太婆！"赵卫国倒挺自信的，活像孩子捡了个新玩意儿。电梯无声地向上递进，老人佝偻的胸挺起来了，很有几分当年在部队带兵的雄姿。

自动电梯到达之际，赵卫国又是大步一跨，稳稳当当地就着了地面。倒是沈兰妮只顾了别人，慌忙之间跨步，趔趄了一下，还是老赵转身把她扶住。

"怎么样？老太婆，服了吧，我比你行！"

"你行，你行！"只要老头子高兴，这顿饭就能吃下去。对沈兰妮来说，这比什么都重要。

穿过长长的软绵绵的宽阔的走廊，眼前是个取名"翠香阁"的小厅。赵卫国看了看名家题写的阁名，摇摇头不以为然。这种大酒店虽是通体的洋派，却又时不时地来点所谓中国式的儒雅，诸如翠香之类，让中国人脸红，外国人傻眼。

红红早已飞快两步进了门，立即，一位瘦小干瘪、精神气儿挺足的老太太迎了出来。她穿一件碎花小叶儿的缎子旗袍，式样虽不入时，倒也素雅大方。

"赵同志，沈老师，请里边坐。"

老太太先同沈兰妮寒暄了几句，随即走到赵卫国面前，伸出枯瘦如柴的手，攥住老赵的袖口，摇了摇说道：

"又有两年没见了，身子骨儿好吗？"

赵卫国打量着老太太，站着没动。她太像逝去的姚子铭了，特别是那高鼻梁。当年在部队里每逢文艺晚会，要演个美国鬼子啥的，非姚子铭不行。他开朗、热情、坦率，十几年军旅生涯中，他们是莫逆之交，如今……他半天才想起回答老太太的话：

"啊！我挺好。大姐还好吧？"

"好，好啊！赵同志，你可是我们姚家两代的恩人。子铭去了，丢下红红是你们养大的。我这老婆子也多亏你们夫妇照顾啊！"

赵卫国站那儿倒不知该答什么话才好了。在他的记忆中姚子铭的大姐是一声不言语的，没想到如今境况好了，人也变得这么话多了。

"姑妈，别说这些了，快请进来喝茶呀！"

姚老太太这才请客人进了"翠香阁"，待大家在外间的沙发上坐下之后，早已有美发秀颜的服务小姐为客人一一献茶。

"陈……陈先生呢？"沈兰妮离老太太近，就问了一句。她不大习惯称人先生，可对这种外边回来的人，不称"先生"又怎么称呼呢？

"说是带小光瞧瞧去。"老太太又说开了，"他呀，跟小光这孩子就是有缘……"

赵卫国坐在对面，端详着亡友的姐姐，感慨不已。命运捉弄她，她的生活也让人难以捉摸。还记得在那些最困难的日子里，他曾接济过她，不多，每月十元钱。印象最深刻的是，她收到第一个十元钱，竟买了两盆茉莉花。给他们来信说"见花如见君，知恩必相报"。

老太太冲着沈兰妮说得津津有味：

"我先生一回来，街坊邻居都说我命好。您还别说，年轻的时候，瞎子给我算过一命。他说我'一生多灾老来福'，您说，准是不准？那会儿，嫁过去的时候，也不缺吃不缺穿的，有钱的人家儿。谁想他一走回不来了，守了一辈子活寡，什么苦都尝过了。老了，没指望了，他又回来了，手头还趁几个钱，要说福，这也就算是福吧！"

"姑姑，我去找姑爹去。"

"这么大地儿，知道溜达哪儿去了！"

"找呗！"其实红红心里明镜似的，姑爹带小光去商场了，这么半天，估摸也完成任务了。

"其实，什么福不福的？"老太太一人还接着说，"我一个孤老婆子，吃不了，喝不了，到这岁数有钱也没用了。说句真心话，有儿有女才是福。沈老师，您是有福之人，儿子成了人，如今孙子都上了小学了，过几年给您娶一房孙媳妇，您哪，那可真是……"

"小光就知道淘气。"

"男孩子嘛，哪有不淘气的！越淘气，长大了越有出息。"

这是什么逻辑？赵卫国虽然敬重亡友。也敬重亡友的胞姐，但实在同她说不到一块儿去，只好站起来背转身去，装着欣赏墙上黄胄的驴。

好不容易，红红把姑爹一行人找回来了。

第一个冲进来的是小光。他喜笑颜开，连蹦带跳的。只见他穿了一身崭新的白色亚麻布小西装，鲜红的小衬衣领上还打着一个黑丝织领结。他站在屋中央，神气活现地问大伙儿：

"看，我像不像美国小孩儿！"

第二个跟进来的是红红，她那高兴劲儿不亚于小光：

"我直跟姑爹说，不要给他买东西，不要给他买东西，他什么都有。可姑爹非买不可，瞧，姑爹说给他打扮打扮。"

第三个进来的是姑爹。他矮矮胖胖的，穿着一套略紧的西服，笑嘻嘻地说：

"内地的衣服是太便宜了。这套童装，才一百多外汇券。要放在纽约超级市场，没有五百美元买不下来。"

最后进来的是赵新成。他提着一个塑料袋，里边鼓鼓囊囊的，大概是儿子换下来的旧衣服，脸上毫无表情，也不说话。

赵卫国觉得小家伙像个马戏团的小丑，心里说不出的别扭，好像自己的孙子被玷污了。沈兰妮见老伴黑着个脸，怕他说出什么失礼的话来，赶忙抢前表了态：

"小光，还不快谢谢姑爷爷、姑奶奶！"

小光规规矩矩向着姑爷爷、姑奶奶鞠了一躬。

"谢什么？"姑奶奶打量着小光说，"我看，全齐了，就差一双小皮鞋儿。红红，明天你带小光去买一双，要白的，软皮的。"

"听您的！"

红红倒是答应得痛快，那边当奶奶的却直劲儿地推让。纷争之中，姑爹才有机会走到赵卫国跟前，说道：

"赵先生，久仰，久仰啊！"说话间，姑爹已经拿出一张名片，躬身双手递到赵卫国的手上，又补充道，"这是小弟的名片，请多指教。"

赵卫国眼睛倒还好使，他一眼就看见"三藩市华美电脑公司董事长"的头衔和"陈悦之"三个大字，另有"斯坦福大学博士"之类的虚衔。

回转身，陈悦之又跑到沈兰妮面前双手作揖：

"赵太太，幸会，幸会！"

那边的"小皮鞋之争"不得不告一段落。姑妈站起来说：

"请入座吧，家里人，不分什么主客了。"

"我太太说得对，自家人，随便坐。赵先生，赵太太，请！"

一屋子人都进里间坐下了。服务小姐欠身一一询问各自需用的饮料。趁这会儿工夫，老太太先声夺人地说开了。这回是冲着她老头子说的：

"悦之，赵家如今和我娘家是儿女亲家。这关系不比寻常，你是知道的。我们这亲家可不比别的亲家，说来话就长了。只因我那苦命的兄弟不幸早去，赵同志挺身相助，抚养了红红成人，又照看我这孤老婆子。所以，刚才我还跟赵同志说呀，你是我们姚家两代的恩人。"

"大姐，你说哪里去了。"赵卫国赶紧声明，"子铭是我最好的朋友，是我应该尽的义务。"

"姑妈，大伙高高兴兴的，您别尽说那些！"红红不愿意听了。

"我是说给你姑爹听的。悦之，你一走就是三十多年，在外边虽说也没少吃苦，可比起来，你可真不知道我这一辈子遭的是什么罪啊！"

姚老太太抹起眼泪来了。赵卫国在部队长期搞理论教育，很相信"忆苦思甜"的效应，可是在这"翠香阁"里开诉苦会，怎么着也不是地儿呀！他忙说了一句：

"我们都是极左路线的受害者。"

沈兰妮老担心赵卫国犟劲儿上来，把人家好心好意的宴会给搅了，见老伴说出这句话来十分得体，忙提示众人注意，也稍带鼓励他再接再厉：

"是啊，我们老赵说得对，都是受害者。"

老太太的眼泪来得快，去得也快。转眼间，她又眉飞色舞，举杯说：

"悦之，我不能喝酒了。今天难得二位亲家赏脸，还有红红、新成，还有咱们的宝贝疙瘩小光，欢聚一堂。你来，替我多敬几杯。"

陈悦之站起来，身后早有服务小姐把他的座椅往后轻轻移了移。只见他亲密地俯视了老太太一眼，举杯祝酒道：

"太太吩咐我多敬各位几杯，敢不从命！陈某漂泊海外三十余载，有家不能归，结发之妻不能相聚，人生之苦，何过于此？如今幸得内地政府开放改革，政策英明，来去自由，我陈悦之才得以在垂暮之年，重归故里，再见老妻。两年前政府又拨回祖产一幢，更使浪迹天涯的游子有了栖身之地。我陈悦之感谢政府，感谢赵先生、赵太太，请先干这一杯！"

陈悦之言辞恳切，赵卫国听得入耳，不由得举杯道：

"好！欢迎陈先生归来，干！"

"不行，不行，他心脏病，不能喝，不能喝！"沈兰妮已经站起来，转过身子准备夺下丈夫手中的酒杯了。

姑妈也来解围：

"那就随意吧，少喝一点。"

红红一边用手捅了捅自己的丈夫，一边吩咐：

"给爸要矿泉水，快，要矿泉水呀！"

善解人意的服务小姐早已从靠墙的小桌上另拿了空杯，取了矿泉水，正要往杯子里倒，赵卫国一把拦住说：

"我从来不喝那玩意儿。"

大伙儿正乱着，老头子却端起小酒杯，大言不惭地说：

"喝酒嘛，还是要喝中国的白酒！想当年，陈先生呀，不是吹牛，这一瓶酒可不够我一个人喝的。"

"海量，海量！请，赵先生今天一定要干了这一杯！"

"好！难得的一回嘛！"沈兰妮还要阻拦时，赵卫国早已一干而尽。其姿态之优美，动作之利索，活脱脱的一个酒仙。

举座欢呼，除了沈兰妮的笑里有点勉强之外，整个晚宴的氛围融洽。

沈兰妮也放下了心。正好服务小姐给盘子里上了大虾，就低头吃了起来。老赵对陈悦之的印象不错，考虑到自己是今天的主客，就主动交谈起来：

"陈先生第一次回国是哪一年哪？"

"惭愧，惭愧，虽知内地开放政策来去自由，但小弟早年曾在国民党军界服务，对共产党仍心存疑虑，不敢轻举妄动。直到八二年打听到内人的下落，才悄悄回来了一趟，没敢惊动二位。这几年嘛，我倒是常来常往，特别是去年把房子修缮完毕，今后就可能跑得更勤了。"

"欢迎啊！周总理当年就说过，爱国不分先后嘛！"

沈兰妮听了，心想：还行，挺像个统战部的司局干部。她彻底地放心了。

陈先生对于这类爱国之谈，就像听空中小姐说"欢迎您再乘坐本航空公司的飞机"似的，早在各级宴会上听得烂熟。他高高兴兴地说道：

"身为中国人，有机会为国家尽一点绵薄之力，是陈某生平最大的愿望啊！所以我主张办实业，在国内开工厂，提高技术。炎黄子孙嘛，振兴中华，义不容辞呀！我始终认为中国人是世界上最聪明的人种。你看，在世界经济领域里，在尖端科研的项目里头，华人最多嘛。在美国、加拿大、新加坡、泰国……世界各国都有中国的商业巨子，有中国的科学家。我看呀，只要中国开放搞活些，打入世界市场是一点问题没有。因此，要了解外面，了解世界，派人出去是很重要的……"

"您说得容易，现在出去多难哪！"红红直接联想颇快。

"有些事情我看值得检讨。比如说吧，人家西方的外交官来中国都是携儿带女。这些小孩子念中国的学校，和中国小朋友在一起，以后即便回去了，还不是中国通？内地的外交官就不行，这两年允许带夫人了，据说还要一秘以上的官员才批准。孩子可还是不准带的。假如也像西方那样，允许外交官把孩子带到国外培养，那以后还不是西洋通？就说小光吧，如果现在把他送到美国去，用不了三个月，他的英语肯定过关，以后读完博士，那还不是人才。"

红红听得如痴如醉，拿手悄悄捅了捅新成，又伸头隔着她姑妈笑问道：

"小光，想不想去美国呀？"

"想！"小光回答得脆生生的。

全桌人都笑了。

"有出息！"姑奶奶高兴了，又对沈兰妮说道，"我早跟红红说了，现在有条件了，就得培养孩子。不怕您不乐意，我呀，这儿也没亲人，红红就像我亲生的一样。"

沈兰妮觉得这孤老太太也怪可怜的，无儿无女，为这挂名丈夫也吃够了苦，于是挺友好地说：

"是嘛，姑表亲辈辈亲嘛！红红也常说，您真疼她。"

"我呀，更疼小光！这她可没告诉您吧？"姑奶奶搂了搂孩子的肩膀，笑了。

一谈到小孙子出国什么的，赵卫国脸上就阴沉沉的。姑妈却以为是婆婆妈妈的事男人们不爱听，她怕冷落了主宾，就挑起话题对自己先生说：

"悦之，别瞧赵同志不经商，他可是老革命，党政关系多，消息灵通。往后你要打算回国多做点生意，还真该向赵同志多请教请教！"

"那是当然的。小弟就要请教赵先生！"陈悦之不断向身旁的赵卫国颔首示意，态度非常恭敬。

"不敢。"赵卫国的声音干巴巴的。

"据小弟所知,海外华人对内地实行改革开放政策,都是竭诚拥护的,都希望能回国出点力。唯一的顾虑,就是怕共产党的政策多变。"

"不会的。你放心,陈先生!"赵卫国说得蛮有把握,好像他就是政府。

"上次我回来,就听有人说,'共产党的政策像月亮,初一十五不一样'。这回回来,又听有人说,'刚刚学会了,又说不对了,刚说不变了,文件又来了'。哈!"

"陈先生,这两天的报纸上不是天天在讲,开放改革的政策是不会变的!"

"那就好,那就好!只要政策不变,就这么搞下去,我看哪,再过十年、二十年,北京就跟香港、台北差不多了。"

一听这话,赵卫国陡然变色,硬邦邦地说:

"真要差不多,那就亡党、亡国、亡头了!"

这句话一出,顿时屋里就冷场了。

"爸爸,您着的哪门子急呀!"红红先急了。

新成半天低头吃菜,一听这话,也急了:

"爸!人家姑爹讲的是经济上差不多,这有什么!"

"对,我说的经济,经济。"陈悦之立即接过话来,笑道,"我们做生意的嘛,就谈经济。政治嘛,一国两制,一国两制。"

眼看好好的,不知怎么风云突变,最着急的是沈兰妮,她站了起来说:

"他喝多了!"

第八章

"曾沁沁,有人找你!"

"找我?"

"人家在楼梯口等着呢！"

"是谁呀？男的女的？"

"你自己看去吧！我不管啦，我可告诉你啦！"

隔壁宿舍的小上海说话跟机关枪似的，不等你醒过昧来，她的人影儿都没了。曾沁沁把正在收拾的背包放在自己的小床上，拉上花布帘儿，转身往门外跑。奇怪，大礼拜六的，谁呀？中学的同学也没约，会是谁？再说，中学同学来未名湖玩也不挑星期六呀？心里琢磨着，人已经到了三楼楼梯口，没人？这人真怪，找人嘛不会上楼！曾沁沁又顺着楼梯往下跑，还未到二楼拐角，就听见有人喊了一声：

"沁沁！"一个苍老的男人的低低的喊声。

她还没有听清这声喊，人已经到了二楼。她看见一位老人站在墙角，好像怕上上下下的年轻人碰着他似的，把自己那又高又瘦的，驼着背的身躯尽量往后缩，仿佛想把自己嵌进墙里去。曾沁沁望了一眼那件灰色的风雨衣，还有他手里攥着的一顶鸭舌帽。不过，她万万没有把这人和找自己的客人联系起来。直到听见一个沙哑的声音从他嘴里喊出来：

"曾沁沁……"

回过头去，曾沁沁发现喊自己的就是这位老人。

"您，找我？"

"是，是的……"

"您是……"

"我是你……"老人嗫嚅了一阵子，使劲揉搓着手里的鸭舌帽，望着曾沁沁戒备的、充满疑窦的小脸，终于缺乏勇气，改口道，"我姓段，我是段去尘。我给你写过一封信。"

曾沁沁浑身一颤，是他？信中自称是她父亲的人！父亲，我没有父亲，父亲早就把我抛弃了，我从来不知道什么父亲。她说不清是厌恶、害怕，还是震惊，扭头就往上跑。她感觉到身后有人追上来，不顾一切地往上跑，只希望赶快躲开这个人。跑回宿舍，她喘吁吁地关上门，像小时候妈妈回来晚了她一个人在小屋里，害怕妖怪会从窗户里钻进来似的，浑身直哆嗦。果然，不一会儿，就听见轻轻的敲门声。不会是同学来，她们肯定是大喊大叫的。是他！她屏住气，不作声。

轻轻的敲门声很顽强，持续不断。

她靠在门旁，心跳得嘭嘭的，脑子里只跳跃着信里的两句话："我是一个孤独的老人，只因为我是你的父亲。"只因为我是你的父亲！父亲，从小她就不知什么父亲。稍大以后，她问过妈妈："我怎么没有爸爸？"妈妈总是闪烁其词。再长大些了，妈妈说："不要再提你爸了，他把我们抛弃了。"从此，她再不去问妈妈。

现在，他却来了，就在门外，他好像知道她就靠在门边，听得见他的说话声：

"沁沁，你听我说……沁沁，你开开门……"

糟了，万一有同学进来怎么办？她决不愿意让同学看见这个"爸爸"。因为她对所有去过她家的同学说，她的父亲早死了。怎么办？那个人还在外边。她只是不断地责备自己，接到他那封信应该回一封坚决的信，叫他死了心，就不会有今天的事了。

然而，在心的深处，她自己也明白，并不完全是这样的。多少年来，虽然她不再问母亲关于那个父亲的事，却无时无刻不在探求自己的身世之谜，在自己心里塑造父亲的形象。而她想象出来的那个人总是时而这样，时而那样。既然被母亲选中，他一定是个英俊的男子汉。可是，他抛弃了妻子女儿，一定是个灵魂丑恶的家伙。可他，居然在信中说："我是爱你的，我是爱你母亲的。"

星期三接到那封信，曾沁沁的心久久不能平静：她渴望这一天，又逃避这一天。这将是怎样的一次见面？！悲？喜？祸？福？在她还没有想清楚，还来不及复信，甚至尚未决定是否复信的时候……他，父亲，突然来到身旁，而且就在门外！

不行，要让他赶快离开这儿。她突然勇敢地打开门，冷冰冰带着命令的口吻说：

"请您在校门口等我。"

她没有再说第二句话，迅速地把门关上，拉开自己小床的布帘，呆呆地坐下。她该怎么处理这件事？没有人可以商量。大学的同学根本不知道她家里的不幸，她又何必闹得尽人皆知。妈妈那里是绝对不可以讲的，她早就感到他们之间有什么不可调和的矛盾。妈妈最好的朋友谢阿姨沈阿姨她们，也是绝对痛恨那个男人的，她更不能找她们出主意。谁也不能找，只有自己解决。他在信中不是说了吗："你已经是一名大学生了。我相信，在听完了我的倾诉之后，对于我和你母亲之间的恩怨是非，不难作出自己的判断。"嗯，以为我不能作出判断吗？

她匆匆地抄起几本书和几件衣服，塞到书包里去，又匆匆地走出宿舍楼，沿着一条林荫道，走向校门。越是走近校门，她就越觉得脑子里乱糟糟的一片空白，什么也不能想了。一切都是未知数。父亲来了，这才是真的，无法回避的。

"星期六了，还背这么沉的书包？"老人走上前就关切地问。

曾沁沁低着头没有答话。她并不是下定了什么决心不开口，而是心里十分惶惑，不知该说些什么？该怎样去说？他是谁？他为什么要闯进我的生活？我不需要他。没有父亲，我不是照样生活得很好吗？

她快步朝前走去。

心底却有另一个声音在呼唤：不，不应该逃避他，他毕竟是你的生身之父，你应该听他说……

她的脚步不由自主地放慢了。

段去尘喘息着跟在后面。见她并没有要跑开去，心里如释重负。只要她能听自己说，就有了希望。他费尽心思赢得了这次见面，绝不愿丢掉这难得的机会。

"沁沁，你听我说……"

你说呀，谁也没不让你说！

"沁沁，我知道，我对不起你，我不配有你这样的女儿。可是，今天我想告诉你的是，是……这二十年里，我无时无刻不在想你，找你……"

说得好听！想我？找我？我们没钱买布的时候，你想过我吗？我挨饿的时候，你找过我吗？那时候你上哪儿去了！现在我上大学了，我成人了，你来了，你想起这个女儿了，你骗谁？我已经不是小孩子了。

"我知道，你是不会相信我的，我也不要你马上就相信我。毕竟，我们分别二十年了。记得最后一次见面，你才一岁多，刚学会叫爸爸……"段去尘声音嘶哑了，眼圈儿红了，他用手上的鸭舌帽擦了擦眼睛，用力喘了一口气，顽强地接着说，"那天，我把你抱在怀里，你妈妈把你抱走。你趴在你妈妈的肩头，冲着我喊：爸爸，爸爸……"

曾沁沁站住了。这是真的吗？我叫过他爸爸？我不知道，我不记得……这可能吗？……她忽然想伸出手去搀扶这瘦弱的老人。

星期六的傍晚，学院区的大街上很热闹。初秋的天空清新高远，茂密的杨树披着夕阳的霞光，商店的橱窗里陈列着各式新潮产品；衣着入时的大学生们穿街过市，展示着自己青春的骄傲。只有抽噎不止的段去尘伫立在街角，奏出与这宁静的秋色不协调的悲声。

曾沁沁的手又缩了回来，她不能宽恕这无情无义的父亲。是他夺去了自己金色的童年，把幼小的女儿投向苦难的深渊。为了孤苦无助的妈妈，她更加不能宽恕这个哭哭啼啼的人。看到他流泪，她有一种切齿的复仇的快意，也有一丝她决不承认的怜悯。她恨恨地从牙缝里挤出来几个字：

"那你为什么抛弃了我们？"

她扔下了这句话，转身就走。

段去尘抢上一步，拦住她，坚决地说道：

"听我说，不是我抛弃了你母亲，是她，她抛弃了我！"

对曾沁沁来说，这不啻是一颗重型炮弹。多少年来，她认定母亲和她是两个相依为命、历尽人间沧桑的弱女子。造成她们不幸的是——狠心的男人，是他那双无情的手把她们沉溺苦海，受人欺凌。如今，难道，一切都颠倒过来了，被人抛弃的是他，应该同情的也是他？

不可能！她偷眼打量了一下眼前这老人。他显得苍老、萎缩，还时不时地擦眼泪。他的形象距离自己的想象太远了，她一点也不喜欢这种可怜巴巴的男人，更不愿意自己的父亲是这样的人，何况他还满嘴怨天尤人的谎话！

她继续朝前走，前边就是公共汽车站。

"我知道，你不会相信我的话，我也不强求你相信。而且，在当初我和你母亲离异的问题上，我也是有责任的。如果我处理得好一些，本来不至于如此。为此，我感到内疚，我对不起她。你能告诉我，她……生活得好吗？"

"我妈妈，她很好。"不知为什么，曾沁沁觉得必须这样回答。

"我给你写信，你告诉她了吗？"

"没有！"她干脆利索的回答中带着点儿凶狠。

"好，好，那，也好。"

他这一连声的"好"是什么意思？曾沁沁不明白。她忽然觉得，自己不明白的事情太多了。连父母为什么离婚到现在自己都还蒙在鼓里。也许，他来就是要告诉她事情的真相？这一点，她必须弄明白。于是她问：

"您来找我，想说什么？"

"什么都想说，什么也不想说。我只想看看你……我已经步入风烛残年，对生活没有任何奢求了。当然，我现在还没有退休，我还有工作，我说的不是工作上的追求——其实，工作上我也没有什么追求了。还有一两年就退下来，能追求什么？我指的是生活上的。我不富有，也不穷困。在这方面，我不能给你什么，也不要求你给我什么。一个人工作，一个人生活，过得去了。过不去的，是这儿——心。孤独、空虚、寂寞、惆怅，对于一个老年人，简直就是一种酷刑。"

曾沁沁不由得放慢了脚步，她只听着，又有些害怕。从小到大，还从没有一个老年人跟她谈到过如此沉重的话题。她什么也不想再问了。

段去尘跟在她身后，声音更加怆然：

"在这个世界上，我没有一个亲人。我曾经有过一个——你的母亲，可她不会原谅我；我也可能有一个——这就是你，只要你不拒绝我，你毕竟是我的女儿。"

他用一种渴求的目光望着自己的女儿。在他那早已失去光泽的瞳仁里，曾沁沁看到一种奇异的闪亮，好像一扇久已封闭的窗户正在开启，一缕初升的阳光正在透射进来。是拒绝他，让那扇窗户重新关闭，回到永久的黑暗中去，还是承认他，让生命之光照亮他的余生？

不，不能在仓促间作出这样事关重大的抉择！公共汽车站已经就在眼前，一辆 338 正从身后缓缓驶来，曾沁沁猛地向前跑去，边跑边说：

"你别说了，我要上车了。"

段去尘紧追几步，忙忙地说：

"以后让我到学校看看你！"

"不！"

汽车已经到站了，曾沁沁挤到车门边。

"那，我还在校门口等你。"段去尘追到她身边。

"不……"

公共汽车开走了。在喧闹的人声中，在启动的轰鸣中，她说了些什么，还是什么也没说？她答应了什么，还是什么也没答应？

老人留在空荡荡的车站上，手里紧紧地攥着那顶鸭舌帽。

第九章

谢愫莹设家宴，邀请沈兰妮和曾惠心来聚一聚，共商筹建公司之大计。

对于夫人办公司的壮举，司马志清虽无一句反对的话，但并无半点热心之意，这是举家上下都看在眼里的。然而一听说她要请两位老同学来家吃饭，司马志清却表现出很高的热情，好像他从来就是这还孕育在母体中的公司的支持者。

"菜谱，我来定；烹调，我掌勺；鲜果糕点什么的，我亲自去采购。夫人，你就一万个放心吧！"头天晚上，司马志清就心甘情愿地承包了宴会。

虽然谢愫莹对丈夫的承包能力不无怀疑，但见他主动积极态度可佳，也不便过多挑剔，只笑着点点头说：

"其实，吃什么是次要的，主要是聚一聚，谈一谈。"

"那当然！"司马志清欣然附和，"以谈为主，以吃为辅。绝不能主次颠倒，更不能主次不分……"

见他又要耍贫嘴，谢懔莹不动声色地打断了他，说道：

"我担心小菊忙不过来，还得把房间打扫扫吧？"

"当然！请客嘛，何况你这两位老同学好久没来了，应该给她们耳目一新的感觉。首先，地板是一定要认真拖干净的。地板就好比人的鞋，俗话说，一双鞋，新半截。就是说……"

"志清，那就劳你的大驾了！"

这天一大早，司马志清果然是说到做到，他除了指挥小菊采购鱼肉菜蔬之外，亲自坐车去王府井买回水果、南糖以及自己喜欢的苏式点心，并绕道崇文门花店买回鲜花一束，事情办得漂亮！连近些年来很少赞扬他的妻子，也由衷地说了一句好话：

"你平常要像这样，就好了！"

得到妻子的鼓励，司马志清更是小心翼翼，力求功德圆满。从妻子嘴里打探到两位老同学的嗜好，下午他又跑了一趟王府井，为曾惠心买了今年的新茶，为沈兰妮买了最贵的瓜子儿。回到家来，他又脱掉外衣，亲自拖地板、擦桌椅，把个小过厅收拾得干干净净。

待到客人敲门时，司马志清早已西服革履，风度翩翩地站立门旁，伸开手臂迎客了。那姿态，跟迎接外宾似的。

这倒使两位女客相形见绌。沈兰妮穿了一套蓝色的西装，料子和式样早已过时不说，主要是几年来不断发福，衣服紧绷绷地勒在身上，叫人都觉得有点透不过气来。曾惠心则是上面一件灰格子罩衣，下面一条混纺的黑长裤，足蹬一双如今只有洋人还青睐的中国布鞋。不过，两位来客根本不和男主人去作这横向比较，倒以一种欣赏的态度去倾听他的妙语如珠：

"欢迎，欢迎！久违了，久违了！早就想请二位贵客光临寒舍，只为三十多年前屡遭白眼，伤痛犹在，不敢有此奢望。今天懔莹做东，得以一偿夙愿，幸甚，幸甚！"

"哎哟，司马，三十多年前的老账你还没算完，见我们一回算一回呀？"

司马志清连忙笑了两声说：

"别误会，别误会！我的意思是，两位的大恩大德，我司马是永生难忘的！"

曾惠心自己找了一张小沙发坐下，舒舒服服地蜷缩着，像她们家的大白猫似的。聪明的人总能在热闹场中找到自己清静的位置。

"不用你感恩戴德。你请我们吃一顿，一点儿也不亏你。"沈兰妮也在一张靠背椅上坐下说，"当初，愫莹借调到外交部，把你急得像热锅上的蚂蚁，要不是我和惠心鸿雁传书，你能有今天！"

沈兰妮说着，自己也笑了。她有点奇怪，今天哪来这么多话？

"尽说那些陈谷子烂芝麻的事！"谢愫莹沏了茶进来，也笑着插了一句嘴。

司马志清没理会妻子的话，只是赶紧从她手中接过茶具，一边为客人斟茶，一边笑道：

"我可是当场就付了劳务费的。五十年代，三碗馄饨，对一个穷学生来说，也是一大笔支出啊！实不相瞒，那次破费之后，我连换饭票的钱都没了……"

"别胡诌啦！"沈兰妮笑道，"那会儿学生都是包伙，根本没有换饭票一说！"

自知语失，司马志清立即转换话题，以攻为守，他笑道：

"唉，今天当着愫莹的面，我要把藏在心底的秘密交代出来。那回愫莹不辞而别，我是情场失意，心灰意冷。想起贵校的第一美人沈兰妮小姐，就一连给她写了三封信……"

"我怎么不记得有这事？"沈兰妮扭头问曾惠心。

"是啊，是我缺乏勇气，三封如火如荼的情书，最终还是没敢寄出啊！……"

"要死了！"沈兰妮又笑又骂，"愫莹，你怎么不管管他！"

"我才不管他呢！天生多情的种子，到处播种爱情，可惜的是只种不收。"

大家笑了起来。司马正得意地跟着笑，一扭头，见曾惠心在静静地品茶，怕冷落了这位，忙转移了话题：

"至于曾惠心小姐嘛，那是贵校第一才女，我辈更是不敢高攀的了……"

曾惠心只抬身向几上放回茶杯，没听见似的，谢愫莹却用眼神制止了他的胡扯。沈兰妮根本没有注意到这些，还沉浸在往事的云烟里，说道：

"怎么样，愫莹才是全校第一风云人物吧。司马，你选对了！"

"什么风云人物，不过是处理品罢了！"谢愫莹深深地叹了一口气，脸上的皱纹好像突然之间明显了。

"是啊！转眼之间，什么都没有了。美人不美，才女嘛，"沈兰妮看了曾惠心一眼，小心地说，"也难以展示其才了……"

逗乐儿最怕的是别人不捧场，曾惠心不言不语不搭茬儿对司马仿佛就是一个威胁。他深知这位女士命薄多坎坷，怕一句话不小心踩了地雷，于是只拣好听的说：

"是啊，是啊，岁月苦短，人生匆匆。不过，你们三位女性对社会的奉献，对家庭的奉献，就是两座丰碑。这丰碑永远耸立在高处，是谁也抹煞不了的。"

"你少来这一套！"谢愫莹兜头一盆凉水，"我最不爱听这种话！什么'女性对家庭的奉献'，什么'军功章啊有我的一半也有你的一半'。司马，你把你的军功章完完整整地戴着吧，我谢愫莹是一丁点儿都不要你的！"

"那怎么可以呢？"司马志清仍然笑容可掬，"男人的事业女人的心，这是社会公认的。如果没有女人的支持，哪一个男人能在事业上有所成就？如果我把本应属于你的半个军功章也据为己有，我还不被天下的女人骂死！"

"花言巧语也没用。我要的是自己的军功章，绝不是男人的那一半。"

沈兰妮低声笑道：

"司马说的倒是实话——最怕的是被女人骂。"

司马志清哈哈大笑：

"真是知我者，兰妮也！这是因为我敬重妇女，妇女的智商就是比男人高。就拿我们家说吧，她的政治觉悟比我高，她事业心比我强，她治理家务、教育子女点子比我多。可以说，她才真是我们家的主宰、生活中的强者。贾宝玉说女人是水做的，男人是泥做的。可惜这位情种说得不够透彻，是什么泥做的呢？一堆烂泥而已，什么用场也派不了哟……"

"得了吧！"沈兰妮笑得直摇晃，打断了他说，"当今中国新兴的神经科学的权威，你还要派什么用场？"

"瞎猫碰上了笨耗子，机遇而已。五十年代的冷门，八十年代竟成了热门！九十年代更邪乎，美国国会又来凑热闹，命名为'脑的十年'。布什还批准为法律，国际脑研究组织又来推波助澜，希望各国政府都来响应。于是乎，滞销品也上市，被誉为权威了。如此而已，岂有他哉！"

曾惠心冷不丁地蹦出一句话来：

"我可以抽一支烟吗？"

"当然可以，当然可以！"司马志清忙不迭地一边答应，一边就起身去找香烟。他虽是抽烟斗的，但家中备有进口洋烟待客。

未待司马找出香烟，曾惠心已经打开手提包，取出一包"红山茶"，抽出一支，拿在手上。

司马志清见晚了一步，赶紧去拿火柴。就在他转身之际，曾惠心已从提包里取出一个小巧玲珑的打火机，自己缓缓地把烟点上了。

真是一步迟，步步迟。司马志清原想今天在这几位女士当中表现一番绅士风度，让妻子满意。没想到事事周到得体，潇洒自如，却栽在曾惠心的一句话上，弄得自己颇为狼狈。最后，他只好递上一只烟灰缸，赔着笑脸说：

"真对不起，只听愫莹说你喜欢喝茶，特为你准备了今年的新茶，却忘了你还是抽烟的。"

"不是忘了。"曾惠心轻轻地弹着烟灰说，"我过去不吸烟，退休以后新学的。"

司马志清见话不太投机，周旋了一阵子也够辛苦的，便站起身来说：

"今天，三位有大事相商，我就不打扰了。"

"你早该去厨房看看了！"谢愫莹冲着他笔挺的背影说。

过厅里只剩下三位女性，顿时安静下来。

"司马还是那么谈笑风生的！"沈兰妮感叹地说。

"整天就听他胡说八道。"

"少他一个，好像少了十个人。"曾惠心说。

"不说他了。"谢愫莹提议商量大事：第一，确定公司的名称；第二，商讨要不要起草一份成立公告；第三，如果有时间的话，再商量一下要不要起草一个章程。

无奈，两位客人好像还没有进入角色。谢愫莹几番引导，就是议不起来。曾惠心历来寡言少语。沈兰妮今天的话倒是特别多，可老是围着学生时代的旧事翻来覆去地说个没完，就是说不到办公司的事情上来。

眼看天色已晚，司马志清脱去西装，系上围裙，进来请示：

"女士们，是不是边吃边谈啊？"

"好吧！"谢愫莹觉得，也许在饭桌上能扭转这沉闷的局面。

司马志清当即率领小琴和小菊摆上碗筷，端来几样凉菜并一盘油爆鲜虾。主客各自就座。愫莹打开一瓶白葡萄酒，为大家斟上，自己举起杯来说：

"来吧，为了什么呢？"

沈兰妮端起酒杯毫不犹豫地说：

"为了三个好朋友的友谊！"

曾惠心也举杯慢慢地站了起来，说道：

"为我们一起度过的风风雨雨的岁月。"

"我再补充一句，"谢愫莹说，"为了我们虽然两鬓斑白，但仍然壮怀激烈，决心要大干一番，干杯！"

"好了，好了，吃菜，吃菜！"司马志清立刻抢过话来，"根据愫莹的指示，今晚的宴会是以谈为主，以吃为辅。所以没有准备什么菜，请各位包涵。"

这种中国人请吃饭必备的谦逊之词，大家都听得很熟，也不以为怪，更不曾想到这话还有什么文章可做。不料司马志清却借题发挥了起来：

"我领会这个以谈为主、以吃为辅的方针，也就是以虚为主。如果只务虚不务实，只谈话不吃饭，那就成了座谈会。反之，只务实不务虚，只吃不谈，又变成聚餐会了。因而，我们今天是以谈带吃，以吃促谈。希望大家谈得痛快，吃得舒服！"

"就听你一个人谈了！"谢愫莹瞧了他一眼，"我看你是没闹清楚，今天是我们三个人谈，好像并没你的事呀。"

"我非常清楚。我不过是略尽地主之谊，给大家造成一个良好的氛围罢了。你们谈，你们谈，来，先喝了这第一杯！"司马志清自认为完成了张罗的任务，就坐下吃开了。

"妈，你们公司叫什么呀？"阿姨们真的都为办公司的事来了，引起了司马琴的好奇心。

"还没想好呢，你以为起个名字那么容易？"

"我本来建议叫'北京妇女经济信息咨询公司'，愫莹不同意。她说，这个名字容易使人误解为一个地区性的组织。现在地方经济横向联系愈来愈发展，最好地方色彩淡一点才便于发展。"

沈兰妮刚说完，坐旁边的司马志清就连连点头说：

"有道理，有道理。"

"愫莹想叫'中国妇女经济信息咨询公司'，惠心觉得不妥。她担心我们才三个人，就举着'中国妇女'这么大的招牌，会不会被认为是欺世盗名？"

"有道理，有道理。"司马志清又连连点头。

"难哪，这比给孩子起名字还伤脑筋！"谢愫莹只顾叹气，也不管客人吃没吃。

"司马，你帮我们想想！"沈兰妮请求着。

司马志清扫了在座的一眼，发现大家包括妻子在内都望着自己，还真等着他的主意呢。于是，他放下手中的鸡翅膀，喝了一小口酒，又亮了亮嗓子，才侃侃而谈：

"为公司起名也罢，为产品起名也罢，最重要的就是简单明了，让人一下子就记住。在这方面，数字的组合，有奇妙的效应。比如说'三五'牌香烟，三个'五'连在一起，不管哪国人只要认识阿拉伯数字就行，一点不用费事。中国的'四合一'香皂，知道的人就不少吧，为什么，就是数字组合嘛！"

这回，大家都洗耳恭听，连妻子也不嫌他话多了。司马志清颇为得意，又卖起关子来：

"至于贵公司的名字，那是现成摆着的，明眼人一看就有了嘛！"

三位女性你看看我，我看看你，看不出个名堂来。还是谢愫莹连笑带气地说：

"有了你就说出来，谁跟你猜谜语呀？"

司马志清一笑，举起三个手指说：

"三女经济信息咨询公司'，怎么样？"司马没等三位的信息反馈回来，就又进一步加以说明，"'三女'多么简明。顾名思义，三位女性办的公司。这是事实，绝无哗众取宠之嫌！"

"好！"沈兰妮首先表态。

曾惠心点点头，也投了赞成票。

谢愫莹心里批准，嘴上不能服软，只说：

"可以考虑。"

"爸，你够伟大的！"小琴冲爸爸挤咕眼儿。

"小琴呀，你爸也要成立个公司，专为'三女公司'提供咨询服务，而且分文不取。啊，还有什么需要我效劳的吗？"

"不是还要发一个通告吗？"沈兰妮提醒着。

"我看这一类的事情就交给惠心了。她写东西又快又好！"

沈兰妮很同意谢愫莹的意见，她又想起了当年事。

"那年学校成立诗社的公告，就是惠心写的。我还记得呢：'我们的年龄像诗一样年轻，我们的生活像诗一样纯净。我们不能设想，生活中没有诗。同学们，到诗社来吟诗吧！'"

"亏你还记得这些！"曾惠心为掩饰自己脸红低头呷了一口酒。

"哎呀，你们那会儿学校也挺好玩儿的！"小琴又羡慕又好奇。

司马志清又啃完了一只鸡翅膀，听到要发公告什么的，不能不表示点意见了，他说：

"诸位，你们现在是办公司，不是成立诗社，根本无须发表公告或者声明，或者告同胞书……"

"那人家怎么知道有这么一个公司呢？"沈兰妮问。

"这还不容易。"司马琴也插嘴说，"登广告，发新闻啊！"

"又来一个说风凉话的。"谢慊莹瞪了女儿一眼，说，"登广告要钱，我们哪来的钱？"

没钱你们办什么公司？话到嘴边儿小琴没敢说出来，只望着爸爸挤眼儿笑。司马装作没看见女儿的鬼脸儿，正经八百地说：

"钱是次要的，关键是要想两句好词儿。朗朗上口，让人一下子记住，再也忘不了。怎么样？还愿意我再提供一点咨询意见？"

"又没不让你说？"谢慊莹又给大家斟满了酒。

"说实话，这种词，用不着什么大学问，也不怕俗，只要对仗工整，有中国特色，好记就行。你比如说……'长城电扇，电扇长城'，两个字重复使用，就给人强烈印象。再比如，'万家乐，乐万家'，三个字，颠过来，倒过去，也还不错……"

"得了吧，爸，您这有什么新鲜的，全是广告词儿！"

谢慊莹也笑了，对两位女友说：

"你们不知道现在司马堕落到什么地步。天天晚上就是看电视，连广告都不放过。我看啊，中国是没什么希望了，连他这样的所谓专家，都迷恋于这种粗俗的广告，还搞什么现代化啊？可悲！"

"这你就大错特错了！"司马一点不觉得可悲，"现代化需要信息，信息需要广告，广告也是一种信息。"

"您就会学人家的，您自个儿编一个呀？"娇惯的女儿爱看爸爸出洋相。

"这有什么难的！"司马自己喝了不少酒，这时正点上烟斗抽了一口，眯着眼笑道，"'三个女人办公司，源源不断来信息'。怎么样？既有三女，又有信息，还有中国传统风格。"

"这算什么词儿？"谢慊莹连连摇头坚决反对，"女人，女人，俗透了。再说，也不通呀，为什么三个女人办公司，信息就源源不断地来呢？"

"这又不是学术论文，没有什么通不通的问题。你说的不通，恰恰是一种含蓄，一种不便明说的真理，那就是女性的魅力。"

"都老太婆了，还魅力呢？"沈兰妮有点不好意思地笑了。

"如果三位女士不忌讳'老'字，"司马也笑道，"那就干脆改为'仨老太太办公司，经济信息这儿取'，也独具一种幽默感。"

三位女士这才明白被司马戏弄了，却又忍不住哈哈大笑。

"来，来，吃菜，吃菜！现在弄得只谈不吃了，怪我，怪我！"

司马忙着给客人夹菜。无奈都是女客，且上了年纪，本来就吃不多。还是司马志清有本事，一只烤鸭他大概吃了四分之一强。谢愫莹满心是她的公司，她觉得虽然还有许多细节问题没有商议，总算有了一个开始。她再一次举杯，建议：

"为'三女公司'干杯！"

第十章

"愫莹，你摸摸我头上烫不烫？我怎么这么难受？"沈兰妮捧着一本俄语语法课本，歪斜在小床上。

谢愫莹放下手中的笔记走过去，用掌心试了试她的额头说：

"我看是发烧了。你别看书了，躺下休息会儿。"

"让我试试。"曾惠心也走过来，按了按她的额头，又按了按自己的，叫道：

"哎呀，烧得挺厉害的。赶快，去校医室打一针，走！"

一经证明是烧得挺厉害的，沈兰妮立即觉得自己浑身一点劲也没有了，顿时轻声呻吟起来。

"得了，得了，妮子，别那么娇气！"谢愫莹笑道，"起来，咱们上校医室。"

"我不去。"沈兰妮索性躺了下去。

"为什么？"

"我走不动。"

"我骑车带你去。"谢愫莹把自己摊开的笔记本收好了。

"我晕晕乎乎的，坐在车后头，还不栽下来呀？"

"哎呀，我的娇小姐！放心，我骑车的技术，摔不了你。"

"我看哪，让懔莹推着，我在旁边扶着你，保证没问题！"

一个推着，一个扶着，进了校医室。一试体温三十八点九摄氏度。医生检查了一下，说是"上感"，打了一针，给了点药，开了两天假条，就让回去好好休息。

回到女生宿舍，两位同室好友帮着沈兰妮脱去外衣，又蹲下身替她脱去鞋子，才扶着她的肩膀伺候她躺下。然后一个给倒开水吃药，一个用冷毛巾给降温。折腾了半天，沈兰妮总算安安稳稳地入睡。

待她一觉醒来，已是黄昏时分，寝室笼罩在灰黑的暮色之中。屋子里没有人，整幢宿舍楼里也没有人声，连不远处的大操场上，也没有了同学们往昔打篮球的哨声、呼喊声，整个大学都仿佛沉寂无声了。沈兰妮忽然觉得自己孤苦无依，怪可怜的，这种想法刚一涌上心头，眼泪早已吧嗒吧嗒地滚落了下来。

谢懔莹和曾惠心说说笑笑地端了一碗病号饭回来了。

走在前面的谢懔莹先看见沈兰妮一脸的泪水，吓得跨上一步，忙问：

"妮子，你怎么啦？"

"你们上哪儿去了？我睁眼一看，就我一个人，我害怕极了……"说着说着那泪水又不由自主地直往外涌。

曾惠心把一碗挂面端到她面前，说：

"我们给你打病号饭去了，快吃吧，别凉了。"

沈兰妮看也不看那面，只是摇了摇头说道：

"你们也不留一个人陪我。我醒来，一个人躺这儿，真害怕。我觉得，我马上就要死了。"

"胡说八道！"谢懔莹笑着拍了拍她的被子。

"真的，我不骗你们。刚才我就是觉得，要是你们再不回来，那你们回来看见的我，将是我僵硬的身躯，没有血色的脸上双目紧闭。在这个世界上我永远消失了，我死了。"

"你真是异想天开。"谢懔莹说，"同志，死离你还远得很，你的生命刚刚开始，这个世界还需要你，快坐起来吃面吧！"

曾惠心把一碗面和筷子递到她手上：

"快吃点吧，妮子！"

她用筷子拨了拨碗里的西红柿，又把碗递了回去：

"我嗅着就恶心。"

"不吃点东西可不行。你勉强吃一点点。"谢愫莹还在劝。

曾惠心端着碗，皱着眉头想了想，忽然说道：

"对了，我给你冲一碗藕粉。真正的西湖藕粉，又有营养，又好消化！"

见病人在枕上点了点头，曾惠心马上跑去打了开水，冲了一碗桂花藕粉，坐在床头，用小勺舀了一勺，吹了吹，递到沈兰妮嘴边，哄着说：

"你尝尝，可好吃啦！"

沈兰妮尝了一口，又尝了一口，觉得味道不错，她坐了起来，接过碗去，一勺一勺地喝了起来。

谢愫莹站在一旁问道：

"妮子，要不要我去把小赵找来陪陪你？"

"不要，不要，"沈兰妮把吃得精光的小碗递给了曾惠心，一边躺下一边撒娇，"我才不要他看见我生病的样子呢！"

曾惠心也在一边笑道：

"那怕什么，病西施才美呢！"

"你不是说你要死了吗，怎么着我也要让他来见你最后一面呀！"

沈兰妮呼的一下用被子蒙上头，从被子底下传出她的笑声：

"我才不死呢！"

第十一章

谢愫莹拿着一张"信息快报总编辑高有信"的名片，按图索骥，来到一个大杂院儿的门前。只见油漆快掉光了的大门旁，果然挂有一块二尺长的"信息快报社"的木牌子。

她跨进门去，只见狭窄的过道上，堆放着蜂窝煤、自行车、旧纸盒、破竹筐，还有两根已经熏成黑色的旧房梁，心里倒有点犹豫起来：这个地方乱糟糟的，哪像有个报社？正不知何去何从时，抬头又看见墙侧有行红色油漆小字："信息快报社由此往西去"。谢悰莹便绕开脚下的各种障碍物，向西而行。

西边是一个大院，看样子住了十来户人家。那一间间小厨房，或用旧砖，或用木板，或用钢材，高矮不一，风格各异，把那院子分割得七零八落，几乎叫人无插足之地。谢悰莹简直觉得掉进了迷宫：真是一点信息都没有。上哪儿找这报社去？

院子里人倒不少。做饭的，洗衣服的，带孩子的，聊大天儿的，都望着走过的生人，却都不搭话。谢悰莹见身边的一位大嫂正在给孩子喝奶，就问：

"请问，这里有个信息快报吗？"

"没听说过。您找谁家儿？"

谢悰莹又看了看手里的名片，说道：

"我找姓高的，高有信，是住这儿吗？"

"啊，老高他们家呀，后院儿西屋里。"

谢悰莹这才发现，走过这大院子，有个小小的门洞，后边还有一个较小的院子。房子少，比前边住的人少，也就显得清静些。她朝西走去。顶头的一间，门窗都漆成了鲜红的颜色，小小一面墙刷得雪白。在这破败的小院里，它活像破蓝布大褂儿上钉了块红绸子补丁那么显眼。门旁又是一块"信息快报社"的牌子赫然在目。她走近前，敲了敲那扇薄薄的门，立刻一个男人的声音近在咫尺似的应道：

"进来！"

她只好自己推开了门，却又在门槛儿站住了。她没法儿不站住，这间大约十来平方米的小屋已是塞得满满的了。迎门一张大双人床横着，床上堆着尚未折叠的被窝。门旁几乎紧挨着床是一张小圆桌。桌上放着一个熏黑了的铝锅、空酒瓶子、没洗的杯子盘子，到处都是残渣剩菜。地上一大堆报纸期刊和家用杂物混杂在一起，墙上除了钉着无数报表纸片之外，还高高地挂着一套深蓝色双排扣式样的毛料西服。屋里只有那位叫"进来"的三十岁模样的男人。他正就着床沿面壁坐在一张写字台前，听见人来他转回身尚未站起。只见他衣冠不整，连鬓的胡子乱糟糟地堆了一脸，好像只剩下两道眉毛和那一双很有精神的眼睛。

"您，找我？"

"这儿是信息报社吗？"

"是啊！"

"啊，你是，高有信同志？"

"是啊！您是找我有事儿吧！您等等！"

谢懔莹来不及清理自己杂乱的印象，只是莫名其妙地站在门口，不知主人要她等什么。这时，就见那小伙子先抬起一条腿跪上床，然后再上去一条腿，三下两下就从大床上翻了过来。人落地，立刻又从圆桌底下拖出一张方凳，请客人坐下。待客人坐下之后，他方始关上门，自己也就面对客人在床沿上坐下了。

"您请说吧，有什么事委托我们报社，我们会尽一切力量使您满意的……"

山不在高，有仙则灵。庙小也是菩萨，您来了就拜吧！

"……我们正在筹建一个信息咨询公司，有人介绍我到这儿来，想向你们取点经。"谢懔莹对这位和儿子一样年龄的人尽可能地客气，介绍了自己的姓名及来意。

"您别客气，谢经理，贵公司地点在哪儿？"

"我们还在筹备阶段呢。"她觉得自己脸上突然一阵发烧，肯定是脸红了。

"您的资金是从……"

"我们都是自己筹划的。"谢懔莹赶快堵住他的问话说，"反正是，我们几个退休干部，想为社会做点事……"

"好事儿，好事儿，"了解了面前这位老太太的来龙去脉之后，高有信笑笑说，"您这样的干部办公司，比我们可容易多了，不用说，你是挂靠到原单位啦？"

"这个倒没什么问题，"她觉得自己在扯谎，但还是硬着头皮说，只是又觉得脸上一阵热乎乎的，"正在联系，很快就能批下来。"

"那是，那是。刚才您说取经的事儿，您是想取哪方面的呀？"

听到一个小毛孩子如此居高临下地问话，谢愫莹的自尊心有点受不了。但一想到自己的公司八字还没一撇，很需要吸取各方面的经验，只好采取既来之，则安之的态度，忍下心中的懊恼说道：

"我想了解一下你们是怎么收集信息的？"

"这个嘛……"高有信笑了笑说，"想必您也知道，这方面就不好说了。商场如战场，信息就是情报。信息来源也就是情报来源，这在各国商界都是保密的。您别见怪，虽说我们是社会主义，不搞封锁消息，咱们可也讲究保守机密呀！"

"啊！"谢愫莹坐在机关面对公文几十年，何曾跟活生生的生活打过交道，即便看到一些材料那也是别人嚼过的二手货。如今自己真正要进入社会大潮之中，就不可能不与各式各样的人打交道。她觉得自己应该改改机关干部的脾气，于是尽量和颜悦色地说，"高同志，你看有没有能讲的呢？"

"不过，谢……我就叫您谢大姐吧，其实，按年龄我该叫您阿姨。"

这几句客气话，又立刻使得谢愫莹对这年轻人的印象有所好转，毕竟还懂得点礼貌的。

"您老大姐既然来了，我能一点儿都不说吗？我呀，原来也在一家大报社。后来我辞了，我这个人有点个性，总想自己闯闯，干一番事业。您在机关待过，您了解，论资排辈，还轮不到我说话的时候呢。就这样，我下决心自己来办报。因为我有这样的经历，和中央和部都比较熟——前几天，外贸部一个司长还请我吃饭呢。地方上数得着的大企业都有我的朋友，过去他们经常找我写写他们。现在我自己办报，他们当然得支持我啦。所以，我的信息可以说是多渠道的。如果说这是一条经验的话，这经验可没什么普遍意义，没法儿推广，人家没法儿学。"

高有信叼着烟，不时高扬着头舒畅地朝远处吐出烟雾，得意之情溢于言表。按谢愫莹的性格，她早就该拂袖而去。一想到自己换了三趟车诚心诚意跑这儿来取经，听到的竟是如此这般的夸夸其谈，真冤得很。又一想，既然如此，何不探个究竟呢？反正这一天是报销了。

"请问,你们有没有编委会呢?"

"有的,有的。"

"有些什么人参加呢?"

"那可就多了,都是经济界的一些名流!"

"啊,能介绍一两位吗?"

"这……"

"啊,这也是要保密的!"谢愫莹倒笑了笑。

"那当然不保密。"话中的讥讽他当然听得出来,也笑了笑说,"问题是这些名家都很谦虚,不愿意到处出头露面见名字。他们表示,主要是为了支持我的事业,只干实事,不要虚名。我不能不尊重他们的意愿。"

"是不是可以理解为你们没有编委会呢?"

"还不能这么说。我们正在做工作,只是我们的人选还没定下来。"

"那么,你们编辑部有多少人呢?"

高有信瞧了来客一眼,心说今天怎么这么倒霉,碰上这么个刨根儿问底儿的老太太,而且老太太有一副不达目的誓不罢休的劲头。好吧,咱们就好好介绍介绍。

"瞧,也没给您倒点儿水喝!我这儿倒是有啤酒,要不您凑合喝点儿……"

"不用,不必客气。"大清早起来喝啤酒,她没听说过。

"您才问有多少人?"他自己倒了一杯啤酒喝着说,"我是历来主张精兵简政的。国营企业为什么搞不好?关键问题是臃肿,人浮于事,力量相互抵消,效率太低。我的方针是人员一定要少而精,宁缺毋滥。"

"也要有十几个人吧?"

"差不多。"

谢愫莹打量了一下这间小屋,又问:

"你们在哪儿办公呢?"

高有信喝了口啤酒,从从容容地答道:

"都分散在各个点儿上。"

"也就是说在自己家里了。"

"对。我们私人办报，不能和吃大锅饭的比。他们不计成本，我们可要精打细算。这样我就节省了盖办公楼的基建费，也节省了员工上下班挤车的时间。"他说得高兴起来，"现在是电子时代。国外先进企业都采取这种现代化的管理方法。员工在自己家里通过电脑工作……"

谢悚莹打断他的话问道：

"恕我冒昧地问一句，这十几个人，大概也是兼职的，或者业余时间帮忙的吧？"

"当然。"高有信忽然笑了，"老大姐，跟您坦率地说，我高某是钻了国家的一个空子。国家干部愿意为本报服务，而本报不必为解决他们的个人问题而操心，房子啦，交通啦，孩子啦都不用我管，何乐而不为呢？"

"换句话说，这个信息报是你一个人办的，就你一个人？"

"您这位老大姐真逗，从一开始我就说了，这张报纸是我一人儿挑头办的呀！"他回身指着写字台上的一堆来信说，"不过，我们有许多经济学家和通讯员的来稿。说实话，我这可是自觉地贯彻全党办报的方针，是依靠群众路线办报。因此嘛，也不能说就只我一个人在这儿瞎折腾。"

"我能拜读一下你们的报纸吗？"谢悚莹更加客气地说，她真觉得不能小看人家，不管怎么说，人家已经办起来了。

"啊，您还没看过我们的小报？"他顺手从地上堆着的一沓报纸中拿了一张递过去，连声说，"欢迎您指教！"

这是一张八开小报。头版头条刊登的是新华社消息："天津开发区粗具规模，二十一个国家地区投资，百分之四十产品销往国外"，无可挑剔。其他就是一些产业动向、市场信息、新产品开发、企业经营之道以及各种各样的洽谈会、展览会开幕的消息。其中有些似曾相识，谢悚莹想了想，恍然大悟。这些冠以"本报讯"的所谓消息，大都是她每天上午在图书馆各地报刊上见到过的，高有信不过把它们据为己有，加以倒卖而已。

还有一些所谓信息，则同广告并无两样。她瞄了一眼，便发现了几条：

华阳实用技术培训中心最近研制出一种新型的红白砂糖生产技术，工艺简单无须设备，采用家庭炊具手工操作即可。该技术采用任何一种大米或玉米为原料，加配几种食用化工原料（各地有售）加工而成。每百斤玉米可制糖六十斤，每斤成本六角。每人可日产三百斤，每日盈利可达一百五十元。技术简单，操作方便，实乃今日发家致富短、平、快之项目。愿学者请邮汇学费二十元。款到即寄全部教材，并增寄实习药品，解答疑难问题，帮助学员联系产品销路。

另一条写道：

春林新技术推广站推出制作高效膨化合成型洗衣粉新技术。采用该项新技术生产的洗衣粉，色泽洁白，泡沫适中，去污力强，手洗机洗皆宜，原料各地有售。每人可日产四百斤，每斤成本五角。此项新技术不需机电设备，只需大盆两个，学习后即可生产。实习期间，该站免费为学员提供各种所需化工原料，并提供洗衣粉包装、联系产品销路。面授费五十元，随到随学。

还有一条是文化信息：

欢迎您参加首届全国猜谜大奖赛。凡我国公民，不分年龄、性别、职业均可参加。大奖赛设一等奖二名，各奖十八英寸彩电一台；二等奖五名，各奖十四英寸名牌黑白电视机一台；三等奖十名，各奖名牌双卡立体收录机一台；四等奖五百名，各奖《猜谜大全》一本；所有参赛者均赠送纪念品。欲参赛者请邮寄五元至 × 省 ×

市××街104号中华教学信息交流部收。

看完之后，谢慄莹指了指这几条信息，问道：

"这是广告，不能算是信息吧？"

"广告本身就是信息嘛。"

"啊！那么，这其中是否有区别呢？比如，登广告是要收费的，这种信息你们也收费吗？"

"当然，为什么不收？"高有信奇怪地看了看这位大姐，"我们替厂家发布消息是花了劳动的，酌情收点劳务费是合理合法的。"

谢慄莹想了想，问道：

"如果我们公司的成立大会，在你们报上发一条消息，那，要收多少钱呢？"

"那要看登在什么位置了。"高有信很热心地介绍说，"头版头条五百元，头版二条两百元；二版头条一百五十元，简讯三十至五十元不等。如登专访每篇一千元。"

"这么说，要花钱才上得了你们的报纸啰！"

"那也看情况。"高有信喷了口烟，很神秘地放低了声音说，"谢大姐，今儿我就透点底儿给您。咱们私人办事，讲究效益，要善于利用社会多余劳动力。因此，如果是本报的通讯员提供的信息，又有价值，我们不但不收费，还发给酬金呢！"

"什么人能当你们的通讯员呢？"

"什么人都可以，只要参加本报通讯员培训班。您请看！"

接过他递过来的报纸，谢慄莹看见在四版上有一条加框的"本报通讯员培训班招生启事"，内称：

一、为贯彻全党办报方针，培养信息人才，本报举办通讯员培训班，面向社会，公开招生。

二、不分地区、不分职业、不限年龄，凡有志于信息工作者、具有一定文化水平，均可报名。

三、培训期三个月，采取函授办法，经考试合格，发给结业证书。

　　四、取得结业证书者，即为本报通讯员，发给通讯员证，可凭证至各单位采访信息。

　　五、本报通讯员每月提供的信息超过三条（以见报为准），即付稿酬。

　　六、愿报名者邮汇学费五十元、教材费三十元，并附一寸照片两张。

谢愫莹看完之后，冷冷一笑说道：

"你可真有生财之道哇！"

这明显的奚落，高有信可不答应，他咄咄逼人地反问：

"话可不能这么说，谢大姐！咱们想干点儿事业，空口说白话不成。不想法儿积累点资金，那就啥也别想干，这年头，没钱您是寸步难行。不信您就试试！"

"我是想试试……"谢愫莹觉得没必要把自己办公司的宗旨讲给这位听了，所谓话不投机半句多，道不同不相为谋吧。

"行。我等着听您的好消息啦，反正咱们都是没钱、没人、没大楼的皮包公司。谢大姐，话说粗点儿，从今以后，咱们可是一股道儿上跑的车，您有什么路子还请多多关照啊！"

谢愫莹不知自己是怎么告辞出来的，走到街上她只感到手脚冰凉。她觉得这是生平受到的最大侮辱，要命的是无法反驳：你确实是没有钱，没有人，没有办公的地方，没有信息来源，你难道不是皮包公司？

她好像突然高烧的病人，浑身一点力气也没有了。

第十二章

　　灰蒙蒙的天空，像一块沉重的铅板，压得人透不过气来。已经好些日子没有一缕白云，没有一线蓝色，仿佛要把人永远置身于灰色之中，再也看不到亮光。

沁沁收拾了碗筷，在厨房里涮洗。每个星期六回家，她都是这样度过的，母亲为她准备了饭菜，吃完饭她负责善后事宜，然后母女俩一起挨过一个漫长的沉闷的夜晚。

她把水龙头稍稍拧开了一点，只让它流出涓涓细水。她的动作很轻很慢，不让弄出更大的声音。她想侧耳听清屋里的声音：妈妈在干什么？她的心情好吗？今晚的家庭氛围是否适宜于同她谈爸爸的事？

屋里什么动静也没有。

可以肯定，此刻母亲正坐在沙发上，轻轻抚弄着她的猫。不知道她在想什么，更不知道她的心情如何。

沁沁把厨房收拾好了，洗净了手，小心翼翼地回到屋里。她选了一把靠背椅坐下，静静地观察着母亲。只见唤唤像一个熟睡的小宝贝赖在她的怀里，母亲那干枯细长的手指不时轻轻地抚摸着那只猫，完全忽略了女儿的存在。

"妈，我把屋子收拾一下吧，您瞧，都乱成什么样子了！"沁沁站起来，动手整理五屉柜上乱七八糟的杂物。

"你别动！"话出口，她又加了一句，"你一动，我就找不到东西了。"

沁沁只好坐了下来。想了想，问道：

"妈，您看什么书呢？要不要我从学校给您借两本小说？"

"不用了。"

"我们图书证可以借好几本呢。"

"我的书够看了。"

唤唤在打呼噜。可母亲还是不停地爱抚着它，就像在拍哄着一个乖孩子入睡。昏黄的灯光下，沁沁望着那张日渐憔悴的面容，终于问：

"妈，您想什么呢？"

"哦！"曾惠心的肩膀动了动，没有回头，只答道：

"我在想——要不要看看电视。"

"这还要想呀，想看就看，不想看就不看呗！"

"那，你就把电视打开吧！"

沁沁打开了电视。她飞快地把每个频道都扫了一遍：不是故作姿态的广告，就是莫名其妙的打斗，再不就是一本正经的报告。最后她选定了一部外国的电视连续剧，尽管没头没尾，也许妈妈还能看得下去。

屏幕上，一个美国女强人正在舌战群儒。她口若悬河，滔滔不绝，时时高举双臂，挥舞拳头……

"关掉吧，我不想看了。"

沁沁把电视关上了。

曾惠心仍然坐在沙发上，和她的猫在一起。唤唤这时大概是睡醒了。精神特别好。它像个淘气的精灵，一会儿蹿上她的肩头，一会儿抓挠她的衣袖，一会儿又伏在她的脚底下，舐着她的脚腕，一刻也不让她安宁，又一刻不离她的左右。

沁沁坐在一旁，看母亲沉浸在戏猫的乐趣中，心里有一种说不出的难受。自从考上大学住进了学校，这只猫就取代了自己在母亲生活中的地位。多少年来母女相依为命的情景恍如隔世。母亲不再把她搂在怀里，度过那一个个寒冷的冬夜；不再陪她在桌前一字一句地辅导她的作业，应对那一场接着一场暴风雨般的考试；不再絮絮叨叨地教导她应当如何为人处世，应当如何谨慎地选择朋友，甚至这些日子很少同她交谈……

母亲变了，变得孤僻了，难以接近了。

她肯定有一种失落感：女儿大了，仿佛就不是自己的了。特别是退休以后，整日无所事事，真不知道她是怎样打发日子的。可是，她对母亲的爱一点也没有减少，她不能让她这般寂寞地生活下去，她有责任使母亲幸福快乐。她更希望母亲真的把她当成一个大人，能把藏在心底的秘密向她倾诉。她多么想分担一点母亲的不幸啊！

"咪——"唤唤又连叫带跳地蹿上母亲的肩头，两个爪子紧紧地抓住她的羊毛衫不放。

"真调皮！"

母亲温柔地谴责着，把那猫抱进怀里。

"想吃点蛋糕吗？"曾惠心这才想起女儿似的，"红红昨天送来的，说是什么饭店的。"

"我不饿。您想吃吗，我给您切一块。"沁沁站了起来。

"不，我也不饿。"

沁沁又坐下来。

屋里静极了，谁也不说话，只有那只玩累了的猫，发出呼噜呼噜的鼾声。再就是不知哪家的音响声音太大，那流行歌曲好像小偷一样从窗户钻了进来："我是一只来自北方的狼，走在无垠的旷野中……"歌声凄厉而悲怆。

"妈，我总觉得，您不愉快……"

曾惠心飞快地望了女儿一眼，挤出一个笑靥，轻轻地说：

"傻孩子，怎么说出这种傻话来，妈有什么不愉快……"

"不，您就是不快活！"沁沁的声音哽咽了，"您受了一辈子苦，把什么都埋在心里，别以为我不知道！"

曾惠心一阵心酸，眼眶里突然盈满了泪水。一时间她苍白的脸涨得通红，努力不让泪水滴出眼眶。半晌，她才抬起惨白的脸面对女儿，竭力平静地说：

"沁沁，你不要胡思乱想。"

沁沁把头扭向一边，不看母亲的脸，却低声说：

"妈，我要告诉您一件事。"

"说吧。"

"我说了您不会生气吧？"

"怎么会呢……"她心里想，十之八九是女儿交了男朋友了。这种事沁沁上高中的时候就出现过，那其实不过是一个男生给她写了一封信。

"妈……"

"嗯。"

"我……"

"说吧，没有什么不能跟妈说的！"

"我，我见到爸爸了。"

"哦？"她的手停在白猫的脊背上不动了。

"我知道我不该见他。可是他老来找我，我没法儿躲。妈，您生气了吧？"

曾惠心摇摇头。

"真的，妈，我本来不想见他的。我根本就没想到他会找到学校来……"沁沁望着母亲呆呆的脸，拿不准该不该说下去。她想从母亲的脸上窥视那内心深处，可是那张熟悉的亲切的脸上没有任何情感的风暴。

良久，母亲才问了一句：

"他经常去学校吗？"

"几乎每个星期六，他都在校门口等我。"

又停了停，母亲又说了一句：

"这么说，你们见面，已经很久了。"

"快半年了，妈……"

沁沁回答着，眼睛紧盯在母亲的脸上，心里忐忑不安。或许，她不该把这一切都告诉母亲。母亲太苦了，她不会容忍父亲夺走她心头仅有的慰藉。啊，或许她根本就不应该和父亲相见，这本身就是一种对母亲的背叛行径，是一个打击！

奇怪，母亲的反应竟是出乎意料的平静，她只是问道：

"你以前为什么不告诉我呢？"

"我怕您生气。"

曾惠心苦苦一笑，说：

"我不会生气的。我可以没有丈夫，因为这是我自己选择的。至于你，跟不跟你父亲相见，也应该由你自己来决定，何况现在你已经长大了。"

"我跟您站在一边，我不跟他见面了！"

"又说傻话了。"曾惠心好像已经完全控制了自己的情绪，笑了笑说，"这又不是什么路线斗争，什么跟不跟谁站在一边……再说，你跟他不是已经见了吗？"

母亲脸上的笑意没有半点勉强，使女儿悬在空中的一颗心落了地。可不知怎么的，沁沁又觉得一切不该是这样。分明应该来到的暴风雨，应该炸开这个沉闷家庭的惊雷闪电，转眼之间就化为祥云霭雾，重归于无声，这究竟是为什么？

沁沁目不转睛地看着母亲，期待着她的询问。她应该有许多问题，比如："他第一次来见你是什么时候？""他每次都跟你说些什么？""你对他的印象怎么样？"等等。当然，也有些问题母亲可能不便提出，比如："他问到我吗？""他现在过得怎么样？"……

然而，母亲什么也没有问，就像平时听她讲学校的新闻似的，听过就算了。这时，只见她已欠身起来，沁沁憋不住了，问道：

"妈，你怎么不问问我，每次见面，他都跟我说些什么？"

"啊！你想告诉妈吗？"曾惠心又抱着猫坐下了。

"其实，也没说什么，都是些很一般的话。"

"啊——"

"您想知道我对他的印象吗？"沁沁露出一点不易察觉的狡猾的微笑。

"好吧。"

"他现在当然是个很可怜的孤老头子。他可显老了，两鬓斑白，脸上全是皱纹。可是细看去，他的眼睛很大，眉毛很浓，脸上轮廓很分明。可以想象，他年轻的时候，一定是很英俊的……"

曾惠心好像没有听见女儿在说些什么，只是呆呆的一动不动。

"妈，您说是吗？"

母亲没有回答。她的眼睛望着前方那个黑暗的角落，她的心不知已飞向了何处。沁沁却未能察觉到母亲的失态，又冒出一句话来：

"妈，您从没考虑过和父亲见上一面吗？"

这句话，好似一声惊雷，顿时把茫然中的母亲震醒，她回头扔给女儿一句很重的话：

"你跟他的事，我不干涉。我跟他的事，你也不要过问！"

第十三章

"他的眼睛像你！"

"鼻子像司马！"

"哎呀，他哭啦！"

"真怪，为什么小孩儿生下来就会哭？"

"因为这个世界太悲惨了！"

沈兰妮和曾惠心挤在床头，嘻嘻哈哈地看谢懔莹的头生子。年轻的妈妈靠在床头给婴儿喂牛奶。她嘴里喃喃地对婴儿说着话儿：

"快吃，乖，阿姨们看你来了，快，再吃一点！"

婴儿不理这茬儿，奶瓶里还剩下大半瓶，他吐出奶嘴儿，哭得震天价响。肯定是牛奶出了问题，谢懔莹急得冲门外喊道：

"司马，你快来呀，你这奶是怎么兑的？小孩怎么不吃呀？司马！"

沈兰妮跑到门外，走进司马志清自己用砖和木料搭的小厨房。只见里面盆儿朝天碗朝地，"乱七八糟"四个字用在这儿一点也不夸大。天气又冷，小厨房里和露天的温度相差无几。虽说煤球炉子上炖着排骨汤，也放射不了多少热量。司马志清正弯着腰往一个小脸盆里倒热水，水冲下去，一股刺鼻的尿味腾空而起，使得站在门口的她下意识地倒退了两步。司马志清直起腰来，看见沈兰妮躲躲闪闪的样子嘿嘿地笑了两声，幸灾乐祸地说：

"别躲呀，你也逃不了！"

"我才不要孩子呢！"

"说得轻巧，小赵干吗？"

"反正我不要，受死罪了！看看懔莹，眼角都有皱纹儿了！"

司马长叹一声说道：

"最可怕的还不是脸上的皱纹，而是心上的皱纹。"

"瞎说八道！"

"你不信呀，这五十天我可有体会了！筋疲力尽不说，主要是提心吊胆。你也不知道他是冻着了，还是热着了。一会儿打喷嚏，一会儿出汗，一会儿拉了，一会儿尿了，一会儿又吐了奶，简直活要人命……"

"啊，对了，小孩不吃奶了，懔莹叫你去呢！"

司马志清忙用系在身上的围裙擦了擦手，掀开锅盖看了看，端起洗尿布的盆准备进屋。沈兰妮见他这身打扮直想笑。他穿着一件咖啡色旧毛衣，一条发白的蓝裤子，腰上系着一条小黄花布的半截子围裙，真是不伦不类。他那一本正经的样子，像演话剧似的，不由人不笑。

"你笑什么？"

"你，你，你这身打扮……"

"等着吧，你们小赵有我这两下子就不错了！"他说着端起盆就往屋里走。

屋子里一场混乱已经平息。谢愫莹一边给孩子换尿布，一边还在夸奖自己的儿子：

"这小家伙特精！他要是拉了屎，你不马上给他换，他就使劲哭。想让他脏兮兮地喝奶呀，他才不干呢！"

曾惠心正听从谢愫莹的吩咐，把一个小盆递到床边。谢愫莹用手一试觉得太烫，让她再从地上的桶里舀一小杯凉水兑上。

"我来，我来！"司马把盆往门边一放，立即从曾惠心手上拿过小脸盆。

曾惠心巴不得有人来接替这差事。进门到现在不过半小时，她已经领教了。开头孩子睡着了，闭着一双小眼睛，露着长长的睫毛，还挺好玩儿的。尤其是他在熟睡中的一笑，小嘴儿的一角掀动着，显出一个小小的酒窝儿，真是可爱极了。然而好景不长，他醒了。而且醒了就哭，谢愫莹说他饿了，一阵忙乱弄来了奶，搁进小嘴儿刚一会儿又哭起来。原来是……哎呀，幸亏自己没结婚，否则，真是不堪设想啊！

一间小平房又是炉子又是床又是尿布，简直连转身的地方都没有。她和沈兰妮将就挤在大床脚头坐着。因为那唯一的一把藤椅上四周全晾着神圣不可侵犯的湿尿布。这时司马已经帮着把孩子洗完，小孩子正舒舒服服地继续吃奶，司马拉开架势坐在小板凳儿上，面对洗衣盆和搓衣板开始干活。他把刚才烫好的尿布从小盆倒入大盆里，然后拎起一块，放在搓板上拼命地打肥皂。

"哎，司马，你用那么多肥皂干吗？"沈兰妮看着觉得奇怪。

"这是规定，不能偷工减料的！"司马朝着床上的谢愫莹白了一眼。

沈兰妮急得站了起来，指着司马说：

"亏你还是医学院的，你懂不懂肥皂里有碱，小孩的皮肤受得了吗！"

"唉，你问她呀！她命令每次必须用肥皂，而且不放心，还让我在屋里洗，以便监督劳动。"司马志清面前的盆里，此时已活像外国女明星洗澡镜头似的，全部是肥皂泡泡了。

"真的，不骗你们，我听我妈说的，绝对不能用肥皂！"沈兰妮坚持说。

"真的呀？司马，你就别用了，赶快倒掉！"谢懔莹下了命令。

"遵命！"司马志清双手端着盆站起往外走，到了门口又回过头一笑说，"其实，昨天我就没用肥皂！"

"阳奉阴违！"谢懔莹笑骂了一声。

这时，孩子已经吃饱喝足安然入睡。谢懔莹还舍不得放下，抱在怀里欣赏着。她摸摸儿子的红红的小耳朵，小耳朵薄得像鸟儿翅膀，又好玩儿又叫人心疼。儿子的头发是毛茸茸的，像刚孵出的小绒鸡，可又黑又亮，比小鸡娃漂亮多了。她左看右看看不够，忽然说道：

"真怪，刚怀上他的时候，我一点也不高兴。还偷偷地哭了好几场，简直觉得他来得太不是时候了。刚工作，他就来捣乱，我可怎么办哪？我真的恨这个小家伙，你们信吗？可是，一生下来，护士抱来我刚看了一眼，一切都全变了。他成了我世界上第一位的……"

没生过孩子的沈兰妮不能理解，笑问道：

"那司马呢？"

"反正他不是第一了！你不信？将来你就知道了！"谢懔莹堪称过来人了。

"懔莹，你得赶快找保姆呀，要不你产假满了怎么上班去？"曾惠心刚经历了那场动乱，好像还心有余悸。

司马志清正端了一碗面进来，接过话茬儿说道：

"哎，你们别提保姆的事了，让她先吃了这碗面吧。不然，肯定吃不下了。"

他把筷子碗递到谢懔莹手里，抓紧时间在小板凳上坐下，诉起苦来：

"我现在呀算是深有体会了，一个孩子的事等于十个大人。告诉你们吧，这五十天我已经学会低声下气了。为找保姆，我的头发都快急白了。截至昨天，我们换了五位保姆了。目前北京的保姆大约是四类人组成……"

他那正儿八经的语调把两位客人都逗笑了。

"别笑，我这经验对你们将来都有用。第一类是解放前就在外面帮佣的人；第二类是过去的剥削阶级如今生活无着的人；第三类是外地农村进京的；第四类是街道没事的老太太。我呀，已经全领教过了。"

"真了不起！"曾惠心赞道，"司马什么都能列入科研题目。我看你写一篇关于北京保姆中各类人之分析，肯定人家会要的。"

"听他胡扯！"谢悰莹笑骂了一句。

"这可不是胡扯！"司马志清很认真地扬起脸说，"积五十天之经验，我才分出这四大类，头一位是街道的，来了没三天，她老人家的孙子病了，要请半个月假，不能不让人走吧？可我们这里是一天离不了人的，只好客客气气分手。第二位是解放前就吃这碗饭，人家是大宅门走惯了的，非但没有一点被剥削的受苦人的觉悟，反引以为荣。首先嫌我们家屋矮房小，她声称：不能和先生住一个屋子。勉强凑合了三天，人家提着小包袱被一位首长的秘书接走了！"

"真够倒霉的！"沈兰妮想到自己的将来，不寒而栗。这一切太令人担忧了，她问，"那怎么办呢，你们？"

谢悰莹平静地躺在床上，看着身边的小宝宝，听着丈夫的追忆：

"哎，这回呀，我算是开阔了眼界。昨天走的那位，知道吗，是位旗人，原来还是满清的什么贵族。她那派头，好家伙，小谢是望尘莫及。她确实也是没有收入了，否则我看打死她也不会出来给人当保姆。每天早上她的梳洗时间约一小时，几根头发左梳右梳，能把人急死。然后穿上她那一身平平整整的衣服，问我们俩睡得好不好，大概是请安的意思吧，搞得我们俩手足无措。忍受了两天，我建议她免了。她望着我的眼神，好像我是个贱民……"

笑声打断了他的叙述，连妻子也跟着笑了。只有司马志清不乐，他叹着气说：

"这我也忍了，说实话，这辈子我还从没这么卑躬屈膝过呢！其实，如果她只有请安的愿望或者说习惯，那也没什么，关键问题是她不洗尿布！等着我每天下班回来洗！唉，这小子将来长大不孝顺，真是没良心。"

曾惠心不知他们这局面怎么收拾，直问：

"那你们现在怎么办哪？慊莹的产假眼看只剩三天了！"

"我真急死了！"谢慊莹简直要哭出来。

司马志清忙说道：

"你可千万别着急！我们单位的老大姐们都说，刚生完孩子可不能生气，否则一辈子都养不好。车到山前必有路，大不了多请几天假……"

谢慊莹一听就一骨碌坐了起来，叫道：

"我可不请假！我已经请了五十六天了！……"

"好，好，好，我去给你们弄点排骨面去。你们等着啊！"他一转身出去了。

虽是老同学，见人家这里已是翻天覆地的，不好意思打搅，沈兰妮和曾惠心告辞了。

司马志清好不容易忙完了厨房里的事，自己也好歹塞了两口剩饭，洗了手捶着腰进了门。孩子正酣睡不醒。当爸的站在床边，伸过头看着躺在大床里边的儿子，无可奈何地说：

"这家伙，白天吃了就睡，晚上专门捣乱。我看要想个办法改改他这个毛病，你说呢？"他拍拍妻子的头，做轻松状。

"有什么办法？"

"白天逗他玩儿，不让他睡。到晚上他困极了，自然就睡了。"

"算了吧，他不会听你的命令的。你还是抓紧时间躺一会儿吧！"说着谢慊莹往里挪了挪，腾出一尺多宽的床边，勉强够丈夫侧身躺下。

"唉，儿子快把老子挤出去了。"尽管如此，他还是快速躺了下去，而且发出痛快的呻吟。

"真把你累坏了。"谢愫莹也闭上了眼睛，随即问道，"怎么办哪，要是找不到人？"

司马志清不出声。他觉得目前唯一的办法只有谢愫莹延长产假，不然怎么办？两家的老人都不在这里，即便在，人家也要工作，谁能给你看孩子？机关托儿所只收两岁半的孩子，五十六天的根本没人要。保姆也不是一天两天就能找的。可是，要说服妻子继续请假，那可是比登天还难啊！

"问你呢，怎么办哪？"

"愫莹，我看我们都要现实一点。保姆我再继续找，你还是只好再请两天……"

"不，不，我坚决不，要请你请！"

"我？这怎么行，又不是我生孩子……"

"孩子也是你的！"

"是啊，这绝对没错儿！可是，那总不能说是我坐月子呀？"

"我可没有闲心听你的俏皮话儿！"

"我哭都哭得出来，还俏什么皮？"

谢愫莹生气了，掉过头去不理他了。不过，现在她连耍小脾气的闲情逸致都没有了。一会儿，她又转过脸来，深思熟虑似的说：

"这样，把金阿姨请回来！"

"什么！"司马志清跳了起来，"那个没落贵族，也不够伺候她的呢！不洗尿布，不封炉子，每天她自己花三小时洗脸洗脚。"

"反正她能看着孩子，我可以上班！"

"光知道你上班，你考不考虑……"

"考虑什么？我又不是家庭妇女！"

第十四章

孩子嚷，大人叫，屋里的声儿够大的。沈兰妮急得直劲儿低声制止：

"小点声儿，你们小点声儿！他爷爷今天感觉不太好。"

她的话等于没说。该喊的照样喊，该叫的还照样叫。红红虽然压低了一点声音，然而，天生的高八度花腔女高音，怎么压也是尖尖亮亮的。这时，她又转过头来冲婆婆说：

"妈，您瞧，就他这不识好歹劲儿，您留他干吗？他一走，您就省心了……"

"就不去！就不去！"小光跺着脚，瞪着小眼睛，可是嘴角咧着，已露出哭相了。

硬的不行，来软的。红红双手拉过自己的儿子，坐在床沿上，柔声地开导：

"我们小光最听话了。都小学生了，可懂事啦。咱们上姑奶奶那儿多好呀，姑奶奶知道小光要去呀，昨天就买了张新床，还是软床呢，席梦思，你知道什么叫席梦思吗？不知道吧，等会儿你去了往上一躺呀，你就知道了，可软和啦！好孩子，快跟妈走……"

"不去，不去！我就不去！"

红红搂着小光的肩膀还是极其耐心地诱导：

"上次姑奶奶给的美国饼干，你不是特爱吃吗？赶明儿你住在那儿，天天有美国饼干吃，对了，还有美国巧克力！就是这次姑爷爷给你的夹心儿果仁儿的。好孩子，听妈的话，你看，妈妈把你的东西都收拾好啦，跟奶奶说再见，过两天你再回来看爷爷奶奶呀！"

小光一听这话，从妈妈怀里噌地蹿了出来，直扑到坐在床对面椅子上的奶奶怀里，连踢带嚷：

"我就跟奶奶睡，我就在这儿！"

沈兰妮心疼得眼圈都红了，冲着怒容满面的儿媳妇，替孙子求情：

"红红，既然孩子这么不愿意，就过两天再说吧！我看……"

"妈！"红红粗声粗气地叫了一声妈，立即觉得不大合适，又柔和了声浪，继续叫了一声，"妈呀，您也是，怎么能由着他的性儿闹。在这儿两年了，还不够您累的？您还没受够啊！您光忙着伺候他三顿饭就什么也干不了啦。现在您要办公司，爸爸也需要人照顾，我们也是替您二老考虑呀，新成常跟我说，您一辈子都是在外边工作，家务事也没管过，本来就够呛……"

这一棒可是结结实实地打在婆婆头上了。

多少年来，她在随军家属的动荡生活中坚持了教书的工作，坚持了对社会的一份奉献，却忽略了对家庭的义务。晚年忆及当年的执着，她常常追悔莫及。觉得丈夫的病体，儿子学业的荒废，自己都有不可推卸的责任。而这内心的不可弥补的苦痛，她甚至不愿对相依为命的丈夫透露，更不愿家人察觉。她只暗中希望以有生之年来补偿。她喜欢孙子，她更喜欢孙子给老伴带来的快乐，她不能设想孙子走了以后的生活。但是，她没有权利把孩子据为己有。她不能阻止孩子的妈妈的安排。当儿子和儿媳妇回来收拾东西要带走小光时，她真有大难临头之感，但一切阻止的理由又是那么说不出口。她只能坐在卧室的这张硬椅子上，眼睁睁地望着儿媳妇翻箱倒柜地拿走小光的一切东西。她只暗中把希望寄托在孙子身上，他坚持不去，你们有什么办法！但是，她不能允许儿媳妇伤及心底的隐痛。她冷冷地说道：

"这是两个问题。你们不用考虑我。反正我现在退休了，时间有的是。你爸爸是身体不好，小光在这里，一点不影响他养病，相反，我看对他反而有好处……我看你爸呀，真有点离不开小光……"

"哼！奶奶都说了吧，爷爷离不……"小光得意了，奶奶替他说话了。

坐在床上气哼哼的红红不便直接反驳婆婆，直拿眼瞧站在门边婆婆椅子后头的赵新成。两个人早估计到来接孩子有一番战斗。计划好了一个唱红脸一个唱白脸。这时婆婆的理由不可谓不充分。红脸的抵挡不住，该白脸的上场了。赵新成从小就爱犯混，遇事他从不讲道理，主要是不会讲道理。他身强体壮，一把拉过孩子：

"你听话不听话。不听话我揍你！"

这一下孩子可有理由大哭了。沈兰妮气得直哆嗦，连连地说：

"你，你们跟他讲道理嘛！你……"

赵新成气呼呼地冲老太太喊道：

"妈，您别管，这孩子全叫你们宠坏了。走！今天你不走也得走！"

"你，你这像什么！"沈兰妮又疼孙子又气儿子，"好，你们可以带他走。可是，你也用不着这么大吵大闹。像什么样子，太不像话了！"

沈兰妮话没说完就转身快步出了房间。她气喘喘地进了会客室，顺手关上了门。见老伴正举着一张报纸挡着脸，心才稍稍地放下来。还好，他没听见。她坐在沙发上，竭力使自己的呼吸平和下来。过了一阵，才装作没事似的说：

"老赵，他们想把孩子接去住几天。"她含含糊糊的没说接哪儿去，更不敢说这一去人家是做了长期准备的。

"唉……"赵卫国长叹了一声，没有多说什么。他耳朵虽然不好，不过卧室里那么大的吵闹声聋子也听见了，"走就走吧！"

这句话从他嘴里说出来是多么不容易，只有沈兰妮知道。平时他除了看电视，最大的消遣就是和孙子下跳棋。祖孙俩为一个棋子儿争得面红耳赤，赢了的哈哈大笑，输了的不依不饶。她不敢想象孙子走了之后老头子的孤寂。

"是啊，想开了也没什么。省得整天担着个心……"她自己也知道这话没说服力，不知该怎么劝慰才好，"其实，咱们可以去公园走走。对了，那天电视上不是播了一个老人国画展吗？那些人全是退下来才开始学的，好多是部队的老同志。我看你呀，干脆学学画画，这并不难嘛，或许还能成个业余画家！嗯，你说我这个建议怎么样？"

赵卫国把手里的报纸往旁边挪了挪，嘿嘿了两声说：

"你这老太婆，亏你怎么想出来的，我去画画，画个鬼！"

沈兰妮无计可施，只希望儿子媳妇懂事一点，等会儿告别的时候不要惹老头子发火。她心神不定地刚顺手捡起一张报纸，就见客厅的门猛地被推开，孙子像一只逃出笼的小鸟似的飞跑进来，一把就抱住爷爷的躺椅不撒手。又哭又喊：

"爷爷，我就不去，就不去……姑、姑婆那儿！爸爸，他还打人，打我也不去！"

赵卫国早已抬身坐了起来，一手抓着孙子的肩，一手指着门，大喊道：

"都给我过来！"

沈兰妮急得站了起来，到门边帮着喊：

"爸爸叫你们呢！"

儿子和儿媳妇一前一后都进来了。

"坐下！"老头子憋了半天了，嗓门也就小不了。

沈兰妮回到长沙发的一头坐下。媳妇在前面，就在靠门的小沙发坐下了。儿子没有绕过躺椅去对面的小沙发，又不愿去长沙发挨着妈妈坐，就歪身在妻子坐的小沙发扶手上坐下了。一时谁也没开口，屋子里倒安静了。小光没见过大人们如此剑拔弩张的局面，吓得连哭也不哭了。

"你们要干什么？"人在怒极时声音反而小了。赵卫国低沉地问了一句。

小夫妇俩相对瞧了一眼，心照不宣地由白脸的打头阵。好歹是赵家的儿子，即便说得不中听，老人生气也就一会儿。当儿媳妇的万一说错话，公公婆婆就得记一辈子。

"爸，您何必生气，我们都是替你们考虑……"

赵卫国不等听完就火了，吼道：

"你少跟老子编瞎话！"

沈兰妮不能看着老伴血压往上升，只好打掉牙往肚里吞，出来和稀泥：

"老赵，我看他们也是一片好心，就让小光先去住住试试看。如果不习惯还可以回来嘛，又不是到了外地。"

红红没估计到老太太立场转变得这么快，立即附和着笑道：

"妈说得对，让小光去住几天。您什么时候想他了就去接，方便得很嘛，我姑妈家离这儿又不……"

"就是嘛！"儿子也帮着敲边鼓。

赵卫国的一双大眼在花白的眉毛下恶狠狠地轮流瞪着他们俩，忍不住就打断了人家的话：

"你们那花花肠子我还不知道！"

赵新成也恼了：

"爸，您说什么呀！"

"我说什么你们还不懂！"赵卫国气狠狠地喊了一声。

红红脸上挤出了一点笑，说道：

"爸爸，您别误会。新成跟我本来是想把事情办好。我们考虑家里没人做饭，妈妈身体又不好，我们也帮不上忙。小光在这儿实在是个负担。因此……"

赵卫国摆了摆手，制止她往下说，非常疲倦似的声音突然低了下去：

"你不必多说了。孩子是你们的，你们有权安排他。不过，我们也是他的爷爷奶奶，不能对他的事不闻不问。你们打算小光是长期跟你姑妈住呢，还是过一段给送回来，或是你们自己接回去养？"

事已至此，红红也不想再瞒着老头子了，于是她说：

"爸爸，您是知道我们家的情况的。我姑妈在北京没什么亲人，就我这么一个亲侄女。她一辈子也挺可怜的。姑父现在虽说能回来看看，平时也是老太太一个人。她特别喜欢小光，跟自己的亲孙子似的……"

老头子猛地一阵咳嗽，吓得大伙儿以为他要犯病，红红也停住了话。只见老人拿过茶杯涨红着脸，一边喝水，一边摆手让红红继续说下去。

"再说，她家有保姆，小光吃饭的问题您不用操心。将来小光……"

沈兰妮沉不住气了，忙问：

"将来什么？"

红红一看今天这架势，不彻底说出来是过不了这一关，她索性来了个干脆彻底不留情：

"其实，迟早也得告诉你们的。我姑妈的意思是想把小光送到美国去上学……"

沈兰妮大吃一惊，急得说：

"那怎么行，这么小的孩子！不行，我不同意……"

赵卫国又冲老伴有气无力地摆了摆手，示意儿媳妇说下去。

"这次姑爹回来，我姑妈已经把这想法跟他说了，他也没反对。"

"你跟他去啰？"赵卫国眼睛不看红红，只问了一句。

红红低头想了想，决定还是说出来：

"这些都正商量呢。所以姑妈的意思，趁我姑父下月来北京，让小光先去住些日子。其实，我们也挺为难的。知道爷爷奶奶疼小光，也舍不得。可是，为了小光的前途，我们想你们是会同意的。"红红说完低下了头。

"说完啦？"赵卫国极平静地问。

红红疑惑不解地抬起头来。老头子平静的声音倒使她有些慌乱。只听他问道：

"红红，你以为人家的钱是给你预备下的？你想没想过，这些年你姑父和你姑妈的关系？人家外边是另有老婆的。就是死了，可老婆死了，还有儿子、孙子。你们去，算什么？"

红红一听，撇了撇嘴，笑道：

"爸爸，您说得都对。姑父那本账我们也清楚。他给姑妈装修房子，还不是为了回内地做生意有个落脚的地儿。不过呢，他也想利用姑妈的一些社会关系。特别是姑妈一个最好的同学，她儿子是经贸部新提的干部，有实权。姑爹无非是想靠着这关系做生意。"

沈兰妮不禁诧异地望着儿媳妇，真不知她懂那么多事。赵卫国却是平静下来，瞅了瞅儿媳，冷笑了一声，说道：

"嗯，人家的事你倒看得很清楚。那你分析分析你姑父为什么对你们那么感兴趣？是你们比他在美国的后代好，还是有什么事非你们不可？我看你那个姑爹也滑得很，他怎么就对你们那么好？"

"当然，姑父是外人。"红红也冷冷一笑，"我也不指着他对我格外关照。这其实都是姑妈的意思。她老人家也有自己的私心，嘴上不说，心里能对那两个野种不恨……"

"你说什么？""野种"之类的词沈兰妮听起来很生疏，觉得从儿媳妇嘴里吐出来就更不像话。平时她与儿媳谈话的内容百分之九十九是围绕小光，从来没听过儿媳如此长篇大论，以及颇为罕见的用词。

"妈，就是老头子后来生的那俩小子，她姑妈就叫他们野种。"新成解释说。

沈兰妮板着脸，看了一眼老伴，说道：

"当着孩子，你们说话要注意。这给孩子灌输些什么？"

"妈呀，就您把这当回事儿。"新成不以为然地说。

红红不理这茬儿，接着说她的。她知道，非得把公公说服才行。

"所以嘛，姑妈不放心，怕赶明儿他那点产业都归了他们。同时呢，她的意思是在老头子身边安台监视仪，我姑妈这人可不傻……"

话匣子打开了，红红说得洋洋得意。把她姑妈家那点儿勾心斗角的事抖搂了个底儿朝天，一时就没注意老头子早已变颜变色的。

赵卫国忍无可忍，严声厉色地问：

"你知不知道人家是在利用你？"

"爸爸！"儿媳妇站了起来，有点不屑地打断了公公的话，"我又不是小孩子了，我怎么不知道！"

"还不定谁利用谁呢！"儿子也帮着说明。

"反正现在他不敢不买姑妈的账，等去了美国再说。是啊，就算被利用，利用去一趟美国也不错嘛。"

赵卫国被激怒了，他突然用手指着门，大声喊道：

"走！走！都给我走！"

第十五章

自从走访了信息快报社，和高有信进行了那一通谈话，谢懔莹就像吞食了一只苍蝇，好像五脏六腑都在那里折腾，非吐出来才舒服。可是，她找不到能一吐为快的对象。

不能跟沈兰妮说，也不能跟曾惠心说。这俩合伙人本来对办"三女公司"就不那么热心，再让她们知道这种屈辱，肯定是不干了。

儿子、女儿面前也不能讲。他们各人有各人一本难念的经，他们眼里家的概念不过是个免费招待所，母亲的心事，他们从来无心过问。况且，小健早就警告过她，现在经济界的骗子太多了，千万别上当。他要是知道了那天走访的始末，还不笑个前仰后合！

剩下的，只有自己的丈夫了。不能说司马志清不关心她、不体贴她。无奈他是个学者，而且是研究大脑细胞的，他可以在高倍显微镜下观察到脑细胞的活动踪迹，却无法用肉眼看清妻子内心的彷徨与苦恼。更何况他对"三女公司"态度始终暧昧，总摆出一副旁观者的姿态，叫人受不了。

权衡轻重与可能，谢愫莹只好把一切不快都统统地憋在心里。然而，大凡心中有事的人，总不免神不守舍，着三不着两的。她虽说意志坚强，可三天下来，也露了马脚。以前，她忙忙碌碌，早出晚归，好像部里的会议正等着，没她就开不成似的。这两天，她大门不出二门不迈，连小菊把报纸送她手上，她都懒得翻上一翻。以前，她把自己视为家庭的统帅，抓紧在家的每时每刻发布命令，好像在她离开的那一会儿，家里就离开了正常运转的轨道，必须马上雷厉风行地加以治理整顿。

这两天，她甚至于无形中减了肥，脸盘、腰身都小了一圈儿。

终于，还是多年相处的司马觉出了问题，站到她坐的沙发前，问道：

"怎么啦？愫莹，你这两天不大对劲儿，是不是哪儿不舒服了？"

这样的话，出自司马之口，还真不多见。司马志清醉心于学问，从来是天马行空，独来独往，自己的事好像永远忙不完，对于周围的人和事，历来是视而不见，或是见了也当作没看见。只有在他认为需要劳逸结合的时候，才走出他那神经科学的王国，跟你们这些凡人说几句无关痛痒的话，或开开玩笑，其目的是让自己放松一下。

多日的憋闷，乍一听到如此体己的话，谢愫莹还真有点感动。可一抬头，看到丈夫站在自己面前那一副居高临下的样子，再听那哄孩子似的口气，她马上就义愤起来：

"你怎么知道我不舒服了？"反问是最好的表达不同意的语言

方式。

"看你那失魂落魄的样子。"

"奇怪，我有什么失魂落魄的样子？"

"你……"司马志清看妻子没好气，本想说几句笑话搪塞过去，但终于还是憋不住拿出证据来了，"昨天，小琴穿了那么一件袒胸露臂的黑衣服出去，妖里妖气的，像个阔太太，一点学生的味道都没有，她还在你面前打了半天电话，你跟没看见似的。今天，小菊烧的虾仁豆腐，简直是打死了卖盐的，你竟然没有发现。承认吧，你有心事，瞒不过我的。"

原来丈夫还不是木头人，她的气顿时消了一半。再加那口恶气不吐不行，谢愫莹这才承认的确是不愉快，趁此把那天的事，主要是自己对高某的看法痛痛快快说了一遍。

司马志清听完哈哈大笑，笑罢之后正色劝道：

"哎呀，你要生气，找点值得的气去生嘛！跟这种人，这种事，就大可不必生气了。如今的骗子满天飞，岂止一个办小报儿的？经济界没有？政界没有？文化界没有？都有嘛。就连我们科技界，历来是最讲真才实学的，你以为就那么干净？剽窃别人的科技成果，拿到国外去招摇撞骗，在会上夸夸其谈，其实狗屁不通。这些败类，不值得跟他们生气！"

"我不是跟他生气。我气的是，这种人居然能够得逞。他跟我吹，他在中央一家大报工作过，后来自己辞职不干了。我一打听，根本不是那么回事。他在编辑部当校对，经常旷工，后来因为打架斗殴，被开除公职的。"

"说到这个姓高的嘛！"司马志清见妻子的怒火已经平息，早已在一旁坐下点上了烟斗，从从容容地分析起来，"我看他还算不上个骗子，只能算个二道贩子——贩卖信息为生。你不是说，他的报纸上也还有些信息吗？"

"叫人恼火的就是这个！"谢愫莹把茶杯重重地往小几上一放，"他居然说我们跟他一样！也是皮包公司，真叫人受不了。"

司马志清忍不住又大笑道：

"这个姓高的，还真讲对了一半。"

"什么？……"

"你先别急嘛！我是说他讲对了一半。你们'三女公司'可不是'四无'公司吗？没钱、没人、没办公楼、没信息来源。"

谢愫莹腾地站了起来，在屋里直打转，嘴里连声抗议：

"我们跟他完全不同，可以说是本质的不同。"

"对。你们跟他风马牛不相及，完全不同。他搞信息是中饱私囊，你们搞信息是服务社会。目的不同，宗旨不同，一个卑劣，一个崇高，简直有天壤之别。可是，在今日之商界，人人搞信息，真可谓大浪滔天，泥沙俱下，鱼龙混杂。你能说得清楚，谁是卑劣的，谁是崇高的？我劝你及早回头，别到经济界去掺和。你根本不是对手。"

一听这话，谢愫莹无处发泄的火气正好找着地儿了，她站在他面前，仿佛面对一个敌人，气势汹汹地说：

"我早知道这就是你的结论！我心里明白得很，你对我搞这个咨询公司，从根本上就是反对的。认为我是没事找事，迟早是要碰壁的，对不对？"

"不，不，不，"司马志清把烟斗举过头顶，好像要挡住从上面来的巴掌似的，极力洗刷自己，"我对你的公司历来是支持的，'三女公司'，还是我命名的嘛！"

"哼！你心里很明白，不过是哄着三个老太太玩儿罢了。"

"这真是泼天冤枉！"司马志清以手抱头，然后突然扬起脸来，严肃地说道，"愫莹，我还不了解你吗？你生性好强，总想干一番事业，这也是我最敬重你的地方。几十年来，由于社会的原因，你没能施展自己的抱负，心里不痛快，我如同身受。退休以后，你不服老，仍然朝气勃勃，想干出一点名堂来，有益于社会。这，我能不赞成吗？我认为，这正是你有别于一般妇女干部的可贵之处。换了别人，有你这样的家庭环境，早就颐养天年，什么也不干了。"

"我知道我自己，用不着别人给我评功摆好！"谢愫莹虽说在椅子上坐下了，仍然冷若冰霜，"我也知道你，你巴不得我什么也不干，整天在家伺候你，做你的'贤内助''好内勤'，领你赏给我的那一半军功章。"

司马志清指着自己的鼻子尖儿说:

"我?我司马敢有这种奢想?上帝呀!实话跟你说,我巴不得你整天在外头跑。我在家工作,最希望安静。所以,无论是出于公心,还是出于我小小的私利,我敢说,我都是真心诚意地希望你出去工作……"

谢愫莹冷冷一笑打断了他的话:

"今天你终于说了真话——你不希望我在家里。我真没有想到,我在你的生活中竟是一个如此多余的人。"

司马志清立即起身打躬作揖地赔笑说:

"我的好太太,你让我说什么好呢?我说真话吧,你不爱听。难道你喜欢我说假话?说我恨不得你一天到晚哪儿都别去,从早到晚都守在我身边,就像星星守着月亮似的。那样我的工作效率就提高十倍,保证得诺贝尔奖。你,信吗?"

谢愫莹给逗乐了,接着又叹了口气,说道:

"我才不管你真话、假话、好话、坏话呢!反正我拿定主意,一辈子不能就这么报销,我是要发挥点余热。到这个世界走了一趟,只留下一儿一女,我也不配称为新中国培养的第一代大学生!"

她这话,要是让儿子女儿听到,会说她迂腐。丈夫听了作何感想,她不知道,至少嘴上是不会反驳的。果然,司马没说什么不同意见,只劝道:

"我想给你提一条建议,当然,采纳不采纳,那可完全由你自己决定。"

"你说吧!"这一阵子的宣泄,谢愫莹心里平和多了。

"愫莹,我不明白,为什么你一定要搞经济信息呢?当然,你虽然在国家机关多年,也接触很多经济,但你毕竟是做党务工作的。经济对你来说总是比较生疏的。"

"这是社会需要。"

"社会需要是多方面的。你长期搞党的工作,你完全可以在端正党风这方面发挥作用。这不是扬长避短吗?"

谢愫莹笑了:

"我成立一个公司，去调查党风问题，这不成了非法组织了吗？亏你想得出来，还郑重其事地提出建议呢！"

"你没听懂我的意思。我是说，现在不是强调社会督促吗？你们如果进行一些社会调查：比如拐卖妇女呀，贩卖儿童呀，给有关部门提一些建议，这不也是有益于社会的吗？"

"得了，得了，"谢愫莹摆着手说，"我一听拐卖妇女就恶心。解放四十多年了，居然还有妇女被拐卖，这种问题的提出，就让人受不了。我宁愿和高有信这种信息贩子打交道，也不愿跟人贩子打交道。"

"那好，那好。"司马志清也不想再惹事了，就问，"怎么还不开饭，我以为到吃饭时间了。"

"肯定是还没有做好嘛，我去看看出什么问题了。"谢愫莹说着站了起来，刚要走又转身停住说，"志清，你可一定要支持我。这两天我想过了，我们的条件比高有信好得多。钱，我们是没有。但，人，我们比他多三倍。我们办公设备比他先进，有电话、电脑。办公的地方，也比他多三倍。他才一间房，我们呢，三居室。"

"怎么，我们这三居室也划归你们公司了？"

"怎么，你好像不情愿？放心吧，到时我们都会还给你的！"

"不敢不情愿。我只是觉得，我们的干部要是都像你这样'以私谋公'，我们的'四化'不用费劲，早实现了！"

谢愫莹笑笑，到厨房视察去了。

第十六章

沈兰妮把背篓放在路边一块大石头上，脱去身上的棉袄，才又背起孩子赶路。她只穿了一件毛衣，还是觉得鼻子尖儿在冒汗。背篓里的小新成早就不安分了。他哭兮兮的，一双小腿儿无力地跺着，好像要挣脱这小小的牢笼。

"乖娃儿，就要看到爸爸啦，你看，你看，那些花花儿，多好看啊！"

一岁多的儿子离不开娘，对一星期才见一次面的父亲，没有年轻的妈妈那么感兴趣，可以说根本就没有兴趣，因而也并不觉得路边的野花儿多么诱人。小家伙在背篓里折腾，可以感觉到他全身向后仰倒，背篓的分量格外重了。沈兰妮耸了耸肩膀，晃动着背篓，安慰着儿子：

"爸爸就在幺店子等我们，一会儿就让你出来，妈的乖娃儿！"

这是每周一次的鹊桥会。县中学为了照顾她，星期六下午不给她排课。吃过午饭，沈兰妮就收拾收拾，把儿子安顿在背篓里，坐一个多小时的汽车，然后开始近十里路的长途跋涉。

想起来，这真像是一个梦，一个带着苦涩的浪漫的梦！

做军人的妻子真难哪！不能说当初同赵卫国恋爱的时候，兰妮没有过一点"英雄美人"式的遐想。但那毕竟只是电影上的故事。生活是很实际的。万万没有想到，生活还是无情的。结婚还不到半年，赵卫国就被调到四川北部的这座军校。丈夫急得两天没睡好觉，年轻的妻子从未离开过北京这个大城市，又有一个大学助教的称心职位，怎么忍心让她伴随自己四处漂泊？

"只要我们在一起！"妻子的答复让他欣慰。

"川北很苦啊！"

"那有什么！"

"那你的工作怎么办？"

"到县中学去教书呀，我保证人家双手欢迎，信不信！"

县城的中学当然是非常欢迎这样正牌大学的学生。可惜的是学校离军校太远，而且不通汽车。从此，除了寒暑假，每个周末，都可以看见她秀丽的身影走在这崎岖的山路上。一个人走山路是格外的孤独。孤独是思考的伴侣。多少次，当她形影相吊地走在这条路上时，她问过自己，生活怎会是这样的呢？一刹那间，就把她从一个北京的大学生变成了川北的婆娘！她学会了说四川话，学会了背孩子，学会了走山上的石板路，更学会了吃川北又麻又辣的凉粉！

终于，看见幺店子了。每次，沈兰妮下了长途汽车就盼望着这个简陋到近乎原始状态的小店子。到了那里虽然还要翻半座山，有他来接，再长的山路说说笑笑就甩在了身后。她看见了这饭店世界上排行最小的店子，就像见到了亲人。小茅屋旁竹竿上飘扬着的那块脏兮兮久经风雨的幌子，在她眼里就像大海上的明灯。那两把摆在门口的旧竹躺椅，那张快散架了的小方桌子，曾在梦中多次出现。今天不是梦了，一会儿他就会出现在那个小山丘上，一个人影儿慢慢高大，然后来到母子面前。她仿佛嗅到了他强壮的身上特有的气息，感觉到他有力的双臂和让人心醉的宽阔的胸膛。每星期的小别都给他们的重聚带来无比的欣喜。

"沈老师，坐倒，坐倒，歇口气！"

幺店子的老太婆头包着一块黑帕子，身上系着一条粗布围裙。她飞快地替沈兰妮卸下背篓，又把小新成抱在手中，继而高声招呼老伴：

"你快点儿，给娃儿倒碗开水来！"

这一喊，倒把一路上被摇晃得昏昏沉沉的小孩猛地惊醒，他哇的一声大哭起来。

"莫哭，莫哭，好乖的娃儿哟！"

"婆婆，我来，他饿了。"

沈兰妮接过孩子，解开了衣襟，像所有山中的少妇一样，在蓝天下坦然地尽着年轻母亲的职责。她感觉到一双肉乎乎的小手，在自己的胸膛上滑行，痒痒的。安详的笑容悄悄地浮在了她的脸上。

落日西沉。鲜艳的红霞倾斜在天的一角，把远处的山峦映得晶亮。大黄桷树浓密的树叶透明如水。归巢的小鸟儿舞蹈在树的四周。冬水田里闪烁着五彩的光芒，水牛背上却是一片金黄。幺店子也被夕阳的余晖点染，好似一座山野中神秘的小屋。沈兰妮的心被这柔和的天地融化了。

一周的离别之苦，顷刻间烟消云散，融于这醉人的荒山之中了。她喜欢这个地方，喜欢这个幺店子。这里，仿佛是她生命的中转站，新的希望就在前头。

"沈老师，打碗凉粉儿你先吃，要不要得？"

"要得。"

凉粉端来了,雪白的凉粉几乎被红红的辣椒油浸透。刚一放在面前的小桌上,一股诱人的麻辣特有的香气,顿时飘散在四周。沈兰妮笑了,大声说:

"婆婆,真的,一个星期我啥子都不想,就是好想你的凉粉儿啊!"

"我不信!"老太婆一边从她怀里抱起了吃得饱饱的孩子,一边朝那边山坡望,忽然笑了起来,"你想的那个人才来啰!"

沈兰妮刚举起勺,猛听见老婆婆的话,忙抬头望去。果然,前边山坡上走来一位军人。沈兰妮的眼睛追随着那越来越清晰的身影。怎么?不是他?是姚子铭,那个最爱开玩笑的宣传科长!他来干什么?又开什么玩笑?他是过路?这么晚了他去哪儿?那举在勺子里的凉粉早就滑回了碗里。还没等她想出个头绪,人已经站在了她的面前。

"报告嫂子,奉赵教员的命令,派我来接嫂子!"

"小赵呢?"

"他见马克思去了。"

沈兰妮花容失色。见马克思可跟进天国是同一条路,这不是闹着玩儿的。

姚子铭笑嘻嘻地说:

"嫂子,你可别瞎猜。小赵是跟马克思他老人家讨论剩余价值去了。"

"你这死鬼!"她扔了勺子,跳起来,用拳头照着姚子铭的背捶了两下。小赵下星期要开政治经济学的课,正紧张备课,她是知道的。怎么一时没想到,叫他给蒙了!

部队机关大院里,谁家也没有秘密。你家的烟哪、酒啊、糖罐儿搁哪里,人家全知道。就连你媳妇是哪天怀上你们家宝贝蛋儿的,战友之间也无须隐瞒。入乡随俗,沈兰妮早已摈弃他们部队上所说的"学生娃的小资产调调",而适应了同志之间无所不在的友谊。

说话间,姚子铭早已把孩子抱过来高高举起,大声叫道:

"儿子!高鼻子叔叔接你来了,咱们走吧,好儿子!"

这也是部队的习惯，不管谁家的小男孩，只要喜欢，就"儿子，儿子"地乱叫一气。

"骑……骑……美……佬……"小新成两个小手儿乱抓，嘴里咿咿呀呀的。

"你这外国话，老子听不懂呀！"姚子铭又把孩子高高托起。

沈兰妮扬头站在一旁，笑嘻嘻地说，

"装傻！听不懂？我儿子要骑美国佬！"

"好，好，好，"他对着小孩正儿八经地说，"咱们骑美国佬找爸爸去。同志，你可千万别在我脖子上尿尿呀！"

"偏尿，儿子，尿美国佬，听见啦！"

脖子上的滋味还不如背篓里舒服呢，只一会儿小家伙就厌烦了，又哭兮兮地闹着不干了。

"哎，我说同志，你懂不懂，骑上叔叔可快啦，一会儿就到家，红红姐姐还等着跟你玩儿呢……"

"红红……红红……"果然这一招很灵，小新成不闹腾了。

"哈哈，这小子，没出息，喜欢跟丫头片子玩儿。"

"他就喜欢你们家红红。"沈兰妮早三下两下吃完凉粉，向婆婆道了别，回头又说，"赶明儿把你们红红给我当儿媳妇吧。"

"行，咱们就定下。"

"去你的，又不是旧社会，还娃娃亲呀？！"

"说正经的，嫂子，我劝你还是上我们大院儿来吧。老这么一个人跑来跑去的，也真不是事儿……"

"上你们大院儿干吗？当家属呀？"

"当家属怎么啦？我老婆还不是家属？"

姚子铭的妻子在家属大队当干事，病病歪歪的。一想到家属大队里那些婆婆妈妈，沈兰妮就觉得自己降了格。

"我才不当家属呢！"

"不管你承认不承认，你现在反正已经是部队家属啦！"

"我有我的专业。"

"你就不考虑考虑小赵，一个人孤单单的。再说，小家伙跟着你风里雨里也够受罪的。"

沈兰妮心软了，作为人妻，作为人母，她觉得自己似乎欠缺些什么。但是，一想起自己大学四年，她的心又硬了，什么都可以牺牲，决不放弃自己的专业。

第十七章

刚又上了一趟街，买了四个蓝花盘子一个大汤碗，沈兰妮用钥匙一开单元门，听见客厅里有红红的声音，心里踏实了些。她提着大篮子走进来，冲沙发上的儿媳妇说：

“红红，你来了就好了，可把我急死了，明天你谢阿姨她们来吃饭，我真不知道怎么办了。上午我买了点排骨，下午又去买了点肉馅儿，明天再买点素菜……”

“老同学了嘛，值得这么兴师动众。”赵卫国看她紧张得令人同情，加以劝慰。

“你不知道，上次在愫莹家，他们弄了一桌子菜呢。这回轮到我们这儿，也不能差太远了。可我又真不会做那些菜，太复杂了。这两天我就在研究菜谱，红红，我想叫你明天来帮帮忙。”

现在的儿媳妇是干这个的吗？红红一听就噘了嘴，干脆说：

“这年头还在家请客，累得贼死，也吃不好。上饭馆订个单间儿，又省心又气派。”

“我可没那么多钱出去请客，再说……”

“妈，甭担心钱，我赞助您！”按说这么大方的儿媳妇也就算不错了。

“胡闹！你一个月才多少工资？”老赵在一旁发话了。

“靠工资我早喝西北风儿去了。您放心，这是我姑妈给的。”

赵卫国望着变得越来越像电视里模特儿的儿媳妇、当年最亲密的战友的女儿，忍着满心的不快，好言相劝：

“红红，我跟你讲过多少次，人活着要有志气。你姑妈的钱哪儿来的你还不知道？这种人的钱，我们不能要！”

红红跷着腿斜靠在沙发上，修着自己尖尖的粉红色手指甲，笑答道：

"爸，就是为他这种人，我们一家跟着受了多少罪。现在用他几个钱，怎么啦！"

虽说从小看着长大，毕竟不是亲生的女儿，不好深说。老赵气得直咳嗽，半天才喘上这口气。红红还在跟婆婆说钱的事儿呢。

"妈，您跟谢阿姨她们办的公司要是缺钱，我跟姑妈说说，让我姑爹投点资，准行！"

还没等沈兰妮开口，赵卫国忍不住已经大叫了起来：

"不行，这种臭钱我们一个也不能要！"

"爸，您真逗！钱就是钱，有什么香的臭的？"

"你翻翻《资本论》去！马克思怎么说的！"

一听这话，红红忍不住扑哧笑了出来：

"现在谁还看《资本论》呀，也就您！……"

"我看你们就该看看。马克思说，资本来到人间，每一个毛孔里都浸透着工人的血汗。他们的钱，我们能要吗？"

"怎么不能要？让人家来投资是干吗的？不就是要人家的钱吗！反正来投资的一个工人没有，全是资本家。兜儿里的钱肯定是不干净，不定怎么剥削来的呢。您以为咱们不要？只要您皮包里有钱，咱们就热烈欢迎，政府还优惠政策呢！政策都能要，我们不能要？"

"你，你……"赵卫国气得直跺脚，"你有哪一点像你死去的爸爸！"

一提起自己的父亲，红红不言语了。

"好了，好了，红红，把盘子拿厨房里去！"沈兰妮把红红支了出去。

第二天，沈兰妮一大早就起来，收拾了客厅之后，就一头钻进了厨房。幸好红红不负重托，从"浦五房"买回来叉烧肉、酱鸭块儿、卤猪肝，还有一袋全素斋的香菇面筋。

"妈，咱们干脆来自助餐吧，一人发一个盘儿，想吃什么，自己拿。那天我姑妈他们就……"

"总还得有点素菜吧？"

红红马上从提兜里取出一个菜花、几条黄瓜、还有几棵生菜。沈兰妮这才放心，忙着切菜洗菜，同时照看着炉子上的排骨汤。

先来的客人是谢愫莹。她考虑到兰妮家没有保姆，叫小菊烧了一碗元宝肉自己拿了来。这无疑是雪中送炭。因为除了熟菜还真没什么自己烧的菜呢。谢愫莹要留在厨房帮忙时，却被沈兰妮坚决地推了出来，说：

"你去客厅跟老赵聊聊！"

一进客厅，谢愫莹就感到这间屋子好像变大了，也亮了。怎么回事？她仔细一打量，家具还是那些家具，只不过稍微挪了挪。原来沙发和电视是靠一边一顺儿摆着，另一边空空的只有一张靠背椅，加上一堆说不出名堂的杂物。现在那一堆东西清走了，沙发挪过来与电视成了斜对角，大躺椅放在通向阳台门的前方，整个屋子就给人以整体感，而不像原来那样只突出一把大靠背椅了。窗上的玻璃擦过了，因而显得比以前清洁明亮。

赵卫国仍然坐在他的大靠背椅上，见她走进来只欠身点了点头，同时朝沙发的方向伸手示意请她坐，脸上可是没有什么笑意，让人觉得很严肃。

别看好友嫁给了这个赵卫国，谢愫莹始终和他不很熟。只觉得他年轻时是非常英俊的，怎么一下子就老成了这个样子？正不知该从何谈起，赵卫国倒先开了口：

"谢愫莹同志，我要谢谢你呀！"

"谢我什么？"这话真让她摸不着头脑了。

"你，办公司，给了她——"赵卫国用手指了指厨房的方向，用当年课堂上讲课的口气说道，"第二次生命！"

"这，这我可不敢当！"她笑着回答，以为老头子在开玩笑。

谁知人家是认真的，只听他叹了口气，叫了一声"谢同志"又说：

"真的。我说的真话啊！兰妮这几年变化很大，变得婆婆妈妈的。特别是退休以后，不读书，不看报，脑子里就是吃什么，喝什么，琐琐碎碎。整天关心的就是孙子、儿子，还有我，主要是我身上的病。其实，我这点病算得了什么，死不了的。她呀，成天唠唠叨叨，这个药吃了能稀释血脂啦，那个菜有维生素 C 啦，烦死人了。你拉她办公司，这下可好了，她有事情干心里也开朗些。人也好像变年轻了。"

像是一朵祥云突然在她的头顶升起，顿时，近日密布在她心中的阴霾一扫而光，这是最高的奖赏啊！谢愫莹怎么也没有想到，筹建公司弄得她焦头烂额，却能在无形中唤回一位女友的青春，从而给这个枯萎的家庭带来一丝春意。她激动得站了起来，想对老赵说些什么。但是，一时又找不到贴切的话来表达自己的心情。

"你坐吧！"老赵费力地站了起来，走回自己的屋里去了。

谢愫莹自己坐下了，她满脑子都是沈兰妮。

多少年过去了，我们都变了，可是妮子的变化实在太大了。她好像完全变了一个人！那个全校公认的"第一美人"，那个性格开朗，感情冲动，动不动就为他人的不幸掉眼泪的善良的姑娘早已无影无踪。记得那个中秋月夜，在校园的荷花池边她说过："我会是一个幸福的人！"而今，连她那银铃似的声音都变了。

应该说妮子更可怕的变化，还在于内心。自从他们回到北京，每次见面她总是说："这哪像个家呀，一件像样的家具都没有！""北京的东西太贵了，我们一般干部没法活了！"挂在她嘴边的是无休无止对生活的埋怨。她好像已经完全失去了对幸福的追求和信心。

以前，她总觉得老赵对妮子照顾得不够，今天这番话她又觉得老赵对妮子挺关心的，关心的是地儿，抓住了要害。

"三女公司"值得一办，为了社会，也为了我们自己。原来谢愫莹打算在今天的第二次筹备会议上，讲讲自己碰的钉子和不愉快，甚至想提出来"办不办"的问题。现在，她决定什么也不讲了，公司一定要办下去，气可鼓而不可泄。

曾惠心来得很晚。她到的时候，天都黑了。红红帮着沈兰妮把饭菜端上桌，说是姑妈家还有点事，先走了。赵卫国敬了她们一杯酒，祝她们公司开门大吉，又坐了一会儿，就托词回自己的房间去了。

沈兰妮热情地为客人夹菜。尽管她也就炖了一个汤炒了两个素菜，其他都是现成的熟食，但她心里还是七上八下，唯恐招待得不好，无奈两位女友既非酒徒，又非食客，这顿饭怎么也热闹不起来。沈兰妮深感遗憾，她强笑着说：

"要是把司马也请来就热闹了。"

"请他干什么，他又不是我们公司的。"谢惏莹忙挑了几件近日稍有眉目的事说了起来，"家电协会同意定期向我们提供家电市场销售信息。据说，这种信息对指导生产是很有价值的。台胞投资咨询公司也表示愿意跟我们合作，促成海峡两岸女同胞在经济贸易方面的合作，这也是很有希望的。另外，我有个同事认识企业家联谊会的人，他们下个月要在昆仑饭店开一个招待会，我的朋友答应给我弄一张请柬来。就这些，兰妮，你那里怎么样？"

沈兰妮转身拿了几封信来，翻了翻说：

"我已经发出二十多封信，收到的回信就这几封。有位四川的朋友说，他很支持我们，希望知道我们需要哪些方面的信息，他再去给我们跑，向有关方面联系。还有一位九江的朋友说，他现在是信息快报社驻九江的通讯员，他愿意同时向我们提供信息……"

"你说什么？他是什么报社的通讯员？"谢惏莹像被蝎子蜇了似的，脸色都变了。

"没错呀。"沈兰妮把老花眼镜往上推了推，仔细瞧了瞧信纸说，"他说是信息快报社的通讯员呀，还说这报社就在北京。怎么啦？不对吗？"

"不是对不对的问题。我是说这家报社根本就是个骗局！"

"什么？是骗局？"沈兰妮觉得太奇怪了。

于是，谢惏莹只好把那天走访的遭遇说了一遍。

"这件事我本来不想告诉你们的。那天见了位姓高的，好几天我吃不下睡不好，觉得没意思透了。"她又伸手向曾惠心要一支烟。

"你也抽烟了？"曾惠心有点惊讶，递了一支给她。

没想谢惏莹刚点上抽了一口，就呛得直咳嗽。三人都笑了，谢惏莹说：

"再见几个这样的家伙，我肯定要学会抽烟了。"

"这有什么关系？"沈兰妮说，"他骗他的，我们又没上当。"

"唉！"谢愫莹只好放弃了烟卷儿，叹道，"他是骗子，我们是好人，风马牛不相及。可是，他居然说我们是一股道上跑的车，好像我们搞信息公司，跟他这种人同流合污似的！那两天，我真是心灰意懒，简直不想干了。"

"我的看法就跟你不一样。"曾惠心抽着烟，慢声细语地说，"像高有信这样的骗子居然能办信息报，而且手段如此卑劣，居然没有人去揭露，可见社会太需要信息了，需要到饥不择食的地步，这恰恰说明，我们办信息咨询公司办对了。"

"对呀，还是我们的才女说得对。我就同意这看法！"沈兰妮叫了起来。办公司对她来说，已经是生活中不可缺少的事了。

"也许他现在可以嘲笑我们。可是，他是什么人，我们是什么人？他的目的是骗钱，我们的目的是服务社会。他是不学无术之辈，我们是受过高等教育的。只要我们公司办起来，就没有这些高有信矮有信的立身之地！"说完，曾惠心自己喝了一口酒。

"好！惠心，还是你行！"谢愫莹由衷地高兴，笑着给曾惠心的杯中斟满了酒，"在学校的时候，我就佩服你的见识。如今，经过风雨，你见人见事，更胜当年了。我敬你一杯！"

三人碰杯，嘻嘻哈哈的谢愫莹又高兴起来，还是老同学之间能互相理解啊！

"这位高有信还给了我一个启示……"

"糟了，炉子上的汤！"沈兰妮嚷着跳起来就往厨房跑。

"你慢点慢点！"两个客人先坐在那儿冲她背影儿喊，怕她慌慌张张地摔着。等到听见厨房一声"妈呀"的惨叫时，都吓得噌地跳了起来，朝厨房跑去。

到了厨房，只见沈兰妮呆呆地看着一锅煮得没有一点汤的排骨汤直发愣。谢愫莹知道沈兰妮心脏不太好，起初以为是她摔了一下或是哪儿不舒服了，当看到是因为汤煮没了，就笑了起来。沈兰妮急得不行，不知该如何补救。她想加点水进去，又怕加了水根本熬不出肉汤味儿；不兑水吧，眼看是一滴汤都不剩了。她皱着眉，举着胳膊，不知是该把锅拿下来，还是该把水倒进去。

"哎呀，怎么办，一点汤都没啦！其实这汤我做得挺好的。真糟糕！这可怎么办？"

"这有什么呀，不用喝汤了，一会儿喝点茶就行了。"谢愫莹说的倒是实话，对于吃她从来不知道讲究。司马志清常说，如果不是他培养她的食文化水平，她可能还处于吃饱了算的低级阶段。

曾惠心知道主人做出这么一道菜是多么的不容易，而此刻又是多么的懊恼，于是不动声色地说：

"这可太好了，妮子，你忘了我就喜欢糖醋排骨！"

"啊！对了，可这能做吗？"

"当然！"谢愫莹想当然地说，"你放点糖再放点醋不就行了吗？"

"是吗？"沈兰妮又回头问曾惠心，在这个问题上，她有些信不过谢愫莹。

"行。我来给你烧！"曾惠心掐灭了手上的烟，把排骨从大铝锅倒进炒菜锅里，先放了一点料酒，又放上葱、姜、酱油、醋、盐，盖上锅盖，说，"好了，保证好吃！"

"还是你能干！你们去吃饭，我在这儿看着。"沈兰妮怕再出事故，准备死守了。

"不用，你们俩去，我来负责！"曾惠心不放心交给她。

"咱们同甘共苦吧！"谢愫莹建议三人都待这儿。这建议立即被接受。她抱着胳膊肘站了一会儿，又问曾惠心，"刚才你说什么启示？"

曾惠心手里拿着锅铲，一边注视着锅里的东西，一边说：

"我们也应该办一份信息报。其实，这几天我一直在想这个问题。信息固然很有价值，但信息毕竟不是商品，不能摆在柜台上。我们'三女公司'真办起来了，也不能在王府井开一家信息商店。"

"对呀，这真是个问题。"沈兰妮连连点头。

"信息，需要传播载体。愫莹，你考虑过没有，只有办报，我们的信息才能插上翅膀，传播到社会上去，才能实现它的价值。"

谢愫莹皱着眉头答道：

"是啊，我也想过，最好的办法是办个报。可是，办报需要一大笔钱。钱从哪儿来？"

虽说是一文钱逼死英雄汉，女强人没钱也活不成。三人都沉默不语。

"也许会想出办法的吧！"曾惠心说着就用铲子在锅里翻腾了一下。

"找人投点资行不行？"沈兰妮说，她想起了红红的姑爹。

"那当然好，可上哪儿找这样的人呢？"谢愫莹说。

"我们倒是有个亲戚，就是红红的姑爹。他在美国做生意，前不久他请我们吃饭，还再三说想为祖国的'四化'做点贡献。"

"那太好了！"谢愫莹高兴了，又问，"你觉得有可能吗？"

"可以先跟他谈谈。反正以后还他，我估计问题不大。不过，这事最好先别让老赵知道。"

"那当然。"

尽管钱还没到手，三个人都松了一口气，而且为自己的足智多谋兴奋不已。经曾惠心起死回生加工制作的糖醋排骨也告成功，飘出诱人的香味。

第十八章

他从客厅的这一头走到那一头，步履之轻快，身段之潇洒，倒好像他比她年轻三十岁。尤其是他意识到她那一双视线正追随着他，他的动作更加轻盈自如，他的声音也更加具有活力。

"司马老师，我总觉得我的论文不行！"华佳彬半是撒娇半是惶惑地嚷嚷了起来。

"先不要考虑行不行的问题嘛，小华，我不是跟你讲过多次了吗。写一篇能通得过的论文就你的聪明并不难，关键是要写出新意，这才是高水平的，才是自己对自己应有的要求……"

"您肯定要失望的，司马老师，我这人笨死了！"

"调皮！"司马不失长者风度地拍了拍女学生的肩膀，那只手顺便在乌黑光亮的长发上小留了片刻，"我总认为，除了白痴，人没有什么绝对笨和聪明之分。关键是一个人舍不舍得运用他的大脑。其实，这也正是我们研究的课题。你注意到吗，全面探索人脑奥秘的时代已经来临了。美国的科学家们几乎是一致这样认为，我也是这个观点。因此，我以为，你的论文如果再从这方面去补充一些观点和材料，那就会大不一样了……"

"哎呀，太难啦！司马老师，您先给我讲讲吧！"

司马志清在她坐的小沙发前站住，偏着身子，用食指威胁着她说道：

"可不准耍滑头哦！别把我讲的都一股脑地写上，那岂不成了抄袭……"

"学生永远是抄老师的呀！何况您是我的导师呢。您可不知道，我费了九牛二虎之力才考上您的研究生。哎呀，想起来我都后怕，现在再让我考一回，打死我都不敢了。"研究生华佳彬虽说已过了二十五，然而唇红齿白，风姿绰约，在这一类有进取心的小女子中数得上是个美人坯子。加上并非头脑空空，言谈举止，待人接物，又比一般少女更加娇俏动人些。

"我就那么可怕么？"导师长叹了一口气。

"哎呀，我可不敢说您可怕，我是说您要求太严格了……"话未完，自己先咯咯儿地笑了起来，"您可千万别生气，我给您倒杯热茶！"

司马志清把一双胳膊抱在胸前，站在屋中间像欣赏一幅画似的，欣赏着这苗条柔软的人儿为自己奔忙。直到学生那一双玉手把热腾腾的一杯茶送到了导师手上，他才如梦初醒似的忙说谢谢，又直劲儿地抱歉：

"看看，到我这里了，还用你来倒水！"

"学生伺候老师，天经地义的呀！"说着又嫣然一笑，"司马老师，我这水可不是白倒的啊！您刚才讲渴了，喝了茶好接着给我出点子啊！"

"哈哈，好个坏丫头！"

当然，丫头之坏，正是老师所欣赏的坏得恰到妙处。因而，司马志清捧着茶杯细细啜了两口之后，果然又滔滔不绝起来：

"现在把电子计算机吹得神乎其神。其实，人脑比它不知灵敏多少。一个脑神经细胞，和它周围的同类保持着百万次的联系。著名的阿沙罗拉星系群，大约由一千亿个星体组成。而人脑细胞的数量，正好与此相等。小华，这你当然早就知道的啰？"

华佳彬拿不准该说知道还是不知道。对于她这样的研究生，这应是一般的常识，她自然是知道的。但是，假如老师希望她不知道呢，岂不是拂了老师的美意。如果老师只是泛泛地一问，无非为了提高自己聆听的兴趣，那么回答不知道就有些扫兴。转瞬之间，她权衡轻重之后，嘻嘻地笑着反攻为守：

"您没讲过呀？"

"我还不知道你，小书虫子。问题是尽管人脑的构造巧夺天工，但仍然难免遭受一系列可怕的疾病的侵袭。据华盛顿特区神经医学会的数字：美国总人口的六分之一，大约四千八百万人都患有脑功能紊乱症……"

华佳彬惊讶万分似的叫了起来：

"太可怕了。咱们中国呢？"

"这你可把我考住了。我还没看见过这方面的统计数字呢！"

"您甭想看见啦！"女研究生莫测高深地说。

"为什么？"

"保密呀！"

哈哈的大笑伴以咯咯的轻笑，师生之间心心相通，情意高雅。

"司马老师，您坐下讲吧，又不是上大课！"

司马志清笑着在靠近学生一头的大沙发上坐了下去，一边坐一边说：

"哎呀，你这一个学生真是难对付啊！我要是早知道这么难于应付，我呀，也跟人家一样，打死也不敢收呀！"

"司马老师，我真的那么难教呀？"

"是呀，很难，很难啊！"司马身子朝后一仰，仿佛被这学生难得精疲力竭了似的。

华佳彬低下了头，轻声细气地问道：

"司马老师，那，您收我这个研究生后悔了吧？"

听到这话，司马一愣，忙坐直了身子，又稍稍靠了过来，伸出手拍了拍学生的肩膀，笑道：

"看看，真是个实心眼儿的傻孩子！实话跟你说吧，我这一辈子，连你就带过三个研究生，说出来你可不要骄傲啊，你是最聪明、最有前途的一个……"

"您骗人！"

"真的不骗你！你说说，司马老师什么时候骗过人！"

华佳彬歪着头想了想，然后噘着嘴说：

"当然骗过人啰！那次您答应了去听音乐会的，结果人影儿都不见……"

司马志清下意识地朝门的方向望了望。其实他很清楚，此时整个家里除了他们师生俩没有别人。小菊被打发到自由市场买乌鸡去了，采购的时间加上与同乡小姊妹互通情报，没两小时是回不来的。妻子为办公司事废寝忘食，白天是不会在家的。儿子女儿更不用说，天不黑谁也不会飞回巢儿里来。这寂静的白昼正是司马老师教导学生的大好时光。不过，他还是有点儿心里不踏实，特别是谈到听音乐会之类话题的时候。

"唉，我们老头子比不了你们年轻人哟！摇滚乐，接受不了啦……"

"不听，不听！"华佳彬用双手捂住耳朵。那神态清纯可爱，越发的迷人了。

"小华，你想喝点什么？酒柜里有威士忌，一位法国朋友送的，来点儿好吗？"他的声音，自己都觉得是从梦中说出来的。

"好的。老师，您也来一杯吧！"她的声音永远是清甜的，像潺潺的流水淌过人的心田。

顺着导师的指点，研究生取出两只矮胖矮胖的玻璃杯，斟上了名贵的玉液琼浆。

"要加点冰块儿吗？"外国电影看多了，这点常识是有的。

"不用了吧！"冰箱在厨房里，让她跑来跑去的多煞风景，"桌上有凉开水，兑点就行了。"

她依言兑上凉开水，把威士忌递到导师手中，顺势就挨着导

361

师，也坐在大沙发上了。

他举起杯来，她也举起杯来。轻轻地一碰，他啜了一小口，她也啜了一小口。

"你是我带的最后一个研究生，以后我不会再带了。"

"为什么？"

"为什么吗？这也是一件很让人伤心的事啊！师生之谊几年，当然希望学生早日学成，可是论文一答辩完，人家就远走高飞了。到头来还是孤老头子一个，守着你的旧书桌……"

"司马老师，我永远不离开您！"

"傻话！"

"真的。不过，有一个条件，我能不能……"

司马笑了，手指快点到她的鼻尖儿上了，用威胁的语调说：

"想签订什么不平等条约，快说吧！"

华佳彬站了起来，双脚并住，双手背后，弯腰在导师面前，歪着头说道：

"请您去听音乐会，不是摇滚，是交响乐。"

真是善解人意的小精灵，司马志清高兴极了。他一下伸出双手，紧紧把那一双小手握在自己的大手掌里，然后轻声地说：

"好，好，好，我一定去！"

门咣地被推开了。也许他们都太投入，竟然谁也没有听见单元大门被钥匙启开的声音，直到司马琴站到了门口，才被面对门坐着的司马志清发现。他立即像被蝎子蜇了似的，丢开了学生那一双软软的小手。想站起来，还未站起来，见女儿正回身要走，忙喊了一句：

"你怎么回来了？"

"……"女儿的回答是转身冲出去，然后传来嘭的一声震天响，她关上了自己的房门。

司马志清的脸稍稍有些发白，一时不知该拿自己怎么办好。倒是具有现代意识的女研究生比导师洒脱得多。她若无其事地坐回到自己的小沙发里，两只胳膊架在沙发两旁的扶手上，十个纤纤的手指优美地交叉在一起，等待了许久似的问道：

"老师，您还没有讲完呀，关于探索人脑奥秘的时代即将来临的问题！"

"是啊，是啊！"司马志清放大了声音，让整个单元都能听见，"人脑研究中最大的突破大概是人脑的可塑性了。所谓'可塑性'，即指人脑的生物化学机制对创伤的代偿作用。现在有证据表明，人的一生中都存在着人脑自我调整、重新组合的功能。其实，长期以来，专家们一直认为中风和脑损伤病人身上存在着这种功能机制。认为健康的人脑细胞会自行代偿受损伤的细胞。因此，对人脑'可塑性'的新认识无论对病人或身体健全者都具有深远的意义。因此，我建议你的论文……"

第十九章

子夜时的村庄，宁静得仿佛没有生物。猫不叫，狗不咬，劳累了一天的人，沉醉在夜的解脱中，没有一点生息。

田野不见了，树木不见了，村庄不见了，天地间的万物都被黑色的夜吞没。灶台上的小油灯挣扎着，把那一圈晕黄投向破碎的土墙。灯下的人谁也看不清谁的脸，只有她们压低得近似呻吟的声音，震动着黑黝黝的狭小的空间。

"惠心，我真看不下去了。大人受罪，不能让孩子跟着受这个罪。这，这太不公平，太残酷！"

"可是，我……兰妮……我真舍不得，也许……"

沈兰妮竭力忍住夺眶欲出的泪水，伸出手拍了拍老同学粗糙的手背，声音沙哑了：

"我懂，我都懂。可是，你要好好想想啊，惠心！孩子就这么跟着你，将来她怎么办？不要说将来，就说现在，同学欺负，老师歧视，动不动就是反革命子女。就是你天天把她留在身边，也无法弥补她心灵上的创伤。唉，你的问题又不知道哪一天才能解决。不行，你一定要听我的，让我把孩子带走！"

在迫害和屈辱面前，她变得坚强。在力不胜任的体力劳动中，她没有低头。在难堪的贫穷日子里，她也从没有乞求和哀告。然而，面对无私的友情，她的心在融化，千言万语哽咽在胸口。她只喃喃地说：

"我知道你是对的，兰妮。"

"那就下决心吧，我实在是不能眼看着孩子这么下去。不像前两年她还小，你劳动去可以把她关在家里，不与外界接触。她已经是一年级的学生了，每天跑十几里地去上学，风风雨雨的本来就叫人不放心，再加上这种情况，路上尽受人欺负……惠心，你一定要下决心，让她跟着我，一点没问题，你什么也不用顾虑。"

"可是……兰妮，你在城里教书，小赵一个人在部队大院里。我要是让你把沁沁带去，还不是给小赵增加负担。"

沈兰妮打断了她的话，说道：

"这你不用担心。部队大院儿里什么都有。有食堂，有门诊所，小学就在门口，挺方便的，不会给他添什么麻烦。我们新成也大了，还可以帮忙照顾。再说，每个星期六我都回去，你放心，绝对没问题。我临来的时候，小赵还说了，小曾有什么困难我们要帮助。难道我们彼此之间还不了解吗？你要是反革命，那中国就没剩几个好人了。我们一时救不了你，也要把孩子救出去。小赵这个人别的优点不多，就是有个不信邪的脾气，对朋友忠心耿耿，这点我们合得来……"

曾惠心一句话也说不出来，只剩下点头了。沈兰妮长叹了一口气，说道：

"那你就给她拿几件衣服，别的什么也不用。其实，衣服都用不着……"

"她也就那么两件罩衣罩裤……"

"算了，什么也不用拿，正好我可以给她做两件花衣服。"沈兰妮的脸上甚至做出了一点笑容，"就这么定了，明天一早我就带她走。"

忽然，沁沁从屋里跑了出来，扑在妈妈的怀里大喊了一声：

"我不走！"接着大哭了起来。

"不走，不走，我的沁沁不走……"

她把女儿紧紧地抱在怀里。她的头低垂在女儿的头上，干枯的黑发覆盖着女儿焦黄的小脑袋，她的嘴里只连声不断地重复着"不走，不走"两个字。

沈兰妮突然觉得也许是自己做错了。为什么要让这相依为命的母女分开？沁沁离不开妈妈，即便有再好的条件，谁又能代替母亲？惠心更离不开女儿，在这苦难的日子里，如果没有孩子，她将怎么支撑下去？可是，现实是无情的。她不可能照料孩子，她没有能力保护孩子。她像一只折断了双翅的大鸟，早已无力保护自己的雏燕。此刻，沈兰妮找不到什么语言能说服沁沁，她毕竟是孩子啊！

"沁沁，你听沈阿姨说……"

"不听，不听！"她只把头竭力往母亲的怀里钻。

沈兰妮探过身用手抚摸着她瘦削的肩膀，轻声地说道：

"沁沁，你不是想加入红领巾吗？我们那儿的学校可好啦，那儿的老师沈阿姨都认识。他们肯定会对你好的。新成哥哥天天跟你一起去学校，保证没人敢欺负你……"

孩子虽不点头，可也不再反对，她仿佛在听。沈兰妮教书多年，她又何尝不知一个在政治上受到歧视的孩子内心的恐惧与需求？沈兰妮耐心地说着，她知道孩子在听，妈妈也在听。曾惠心终于抬起了苍白的脸，稍稍推开女儿说道：

"你听见沈阿姨的话了吗，沁沁？"

沁沁没有出声，忽然她抽抽噎噎地说：

"我走了，你就一个人了！"

一句话，妈妈忍了许久的眼泪无声地滚落出眼眶。幼小的女儿成人般的关切，使做母亲的心碎。曾惠心找不出话来应对，只紧紧地把女儿搂在胸前，企图遮住自己的泪眼。然而那大滴大滴的泪珠，仍像断线的珍珠似的，弄湿了女儿的头发。沈兰妮忙暗中轻轻握住她的臂膀。停了片刻，沈兰妮对抱坐在小板凳上的母女，竭力平静地说：

"你想想啊，妈妈天天要下地劳动，回来还要给你做饭，多累呀。反正你寒假就回来了，你好好学习，多得几个五分，妈妈就高兴了。对不对呀，沁沁？"

沁沁抬起小脸看看阿姨，又看看妈妈。幸亏在昏暗的油灯下，孩子没注意大人们脸上的泪光。她忽然表态说：

"好吧，我去！"

"真是个好孩子！沈阿姨最喜欢你！惠心，早点睡吧，明天还要早起呢！"

三个人把小炕挤得满满的，孩子睡在中间，一时都不说话了。时间一分一秒地过去，曾惠心无数次抬起身弯过胳膊给孩子掖被子，然后把视线久久地停留在那张小脸上。沈兰妮假装睡去，她以为孩子也睡着了。可是当她看见有一次孩子微微地把自己的身子更深地躲进被子里去时，她才知道孩子也没有睡着。

远处长长的一声鸡鸣，划破了这黎明前死一样的寂静。这头鸡的报晓，仿佛是黑暗中前行的人，引来了无数追随者的足迹。远远近近的啼声交错起伏，晨光在这喊声中艰难地挣脱了黑的天幕，露了一缕惨白。

炕上的曾惠心已经披衣坐了起来，凝神望着熟睡的女儿。一夜不曾合眼，她脸色青白，眼圈一团黑晕。她坐在那里好一阵子没有动，不知自己是打算起来，还是打算就这么坐着，再细看看女儿的模样。在这无助的岁月里，只有女儿需要她，只有女儿温暖她，也只有女儿，才使她记起人间还有亲情，还有那谁也夺不去毁不灭的爱心。真的能让她走吗？

"再睡一会儿，还早呢！"沈兰妮喃喃地说。

"你再躺一会儿，我先烧火去。"曾惠心好像终于明白自己早早爬起来的原因。夜晚她已经把留着过年的白面发好，准备今晨给自己的好友蒸几个白面馒头。但是，现在这难得的饭食已经不是为了重逢，而是为了别离。

昨天傍晚老同学的突然到来，使得她又激动又心酸。她深知在这祸及九族的年月，好友的建议包容着怎样的情谊和勇气。让沁沁到一个新的环境里，让孩子暂时忘记头顶上的乌云，让她早熟的小脸上多一些天真的笑容，是她日日夜夜所祈求的。小小的年纪，为什么要让她亲眼看见那么多人世间的不平？为什么要让她幼小的心灵承受那么重的悲苦？沁沁应该走，应该离开这扼杀了她童年的地方。

窗户上的破报纸已渐渐地发亮，村里的高音喇叭已经响起，又是一个没有生命的日子到了。几年来，她日出而作，日落而息，超体力的劳动，似乎使得她的思维都疲乏了。她从未去设想过自己的未来，也没有考虑过女儿的今后。她仿佛一匹套上了缰绳的马，只知随着号令在无尽的路上走下去，走下去。没有希望，没有反抗，没有哭喊，甚至连憎恨的力气也没有了。可是，沈兰妮来了，她带来了明智的建议，更带来了可贵的温情。

真的能让沁沁走？下地回来，远远地不再看见一个小小的身影倚门相待。小饭桌上，不再有叽叽喳喳的人声相伴。冰冷的炕上，不再有女儿躯体的温热。你将独自一人劳动，独自一人归来，独自一人面对四壁。你唯一的寄托只是对女儿的思念，你行吗？你能承受这无边的孤寂，你不后悔吗？

不，你把她留在身边，除了屈辱你还能给她什么？

里屋的声音使她的思绪停止了片刻。

"沁沁是好孩子，最听阿姨的话了。"

"那我什么时候回来呢？"

"放寒假呀。"

"妈妈能去看我吗？"

"……"

"我知道，他们不准妈妈去……"

"快，你穿哪件衣服？妈妈馒头都蒸好了。吃完饭我们还要去赶汽车呢，晚了就赶不上了。"

吃完早饭，天已蒙蒙亮了，村里各家各户的屋顶上都升起了袅袅的炊烟。沈兰妮背着包站在没有院墙的屋门外，望着面前那个肮脏的没有生物的水塘，望着歪歪斜斜的土路，望着秋风下摇曳坠落的树叶，再看看身后这远离村里人家的小土房，心里说不出的凄凉。她恨不得把好友一起带走。她简直不能想象，惠心居然在这里生活了几个年头。她站在门外，心却牵动在门里，她知道做母亲的不知在怎样地叮嘱女儿。也许她站在门外，就是怕看那别离的瞬间。终于，她喊了起来，声音显得很轻松：

"沁沁，你可真能磨蹭呀，我们还得走十里路赶车呢！"

母亲牵着女儿的小手跨出了门槛。晨曦的照射下，曾惠心的脸只剩下黑发中青白的一块，连嘴唇都白得没有一点血色。她左手挽着一个小包袱，右手牵着低着头的沁沁。沁沁一步一步地往外挪。沈兰妮愣了片刻，忙跑上前两步，从曾惠心臂上取下包袱，又牵过孩子的另一只手，强笑道：

"跟妈妈说再见，过几天阿姨就送你回来。惠心，你一会儿还要下地，不用送了。"又小声附在她耳边说，"你回去吧，最好别让那些人看见，省得麻烦。"

曾惠心点点头，松开了孩子的小手，抱住沈兰妮的胳膊说了一句：

"她就是晚上睡觉爱踢被子……"

"交给我，你就放心吧！好，我们走了，你回去吧！"

"兰妮！"曾惠心站住叫了一声，艰难地说，"替我谢谢小赵……"

"哎呀，你！"沈兰妮拉起沁沁快步走去。

曾惠心用了全身的力气使自己站住没动。她很清楚，送到村外也终有一别，自己的决定是对的。让女儿在好友的怀抱中，体尝一点人间应有的爱吧！她看见她们两人已经绕过了水塘，女儿始终低着头，牵着兰妮的手。忽然孩子站住了，她挣脱了兰妮的手，回头猛跑。一边跑，一边喊：

"妈妈，我不走，妈……妈……"

一刹那间，沁沁已经扑在了妈妈的怀里。

第二十章

大衣柜的衣服几乎都取出来摊了一床，连樟木箱子也打开翻了个底儿朝天，仍然找不到一件合适的衣服，累得谢悚莹坐在床沿上直喘。

好不容易弄到一张企业家联谊会的请柬，没料想，事到临头，连件体面的衣服都找不出。这个酒会，还怎么参加呀？

"怎么样，要不要我来参谋参谋？"司马志清叼着烟斗优哉游哉地走了进来。

"你就别来添乱了！"

"何言'添乱'二字？我这是免费咨询，分文不取哟！"

"好啦，别耍贫嘴了，你看我穿哪件合适？"

"衣服嘛，那是次要的问题。"司马瞥了瞥旧货摊子似的一床衣服，"对于一个搞事业的人来说，重要的是内在的气质。衣服穿得再华丽，不过是'金玉其外'……"

"我就知道，你只会高谈阔论。"谢愫莹从樟木箱子最底下翻出一件墨绿色的丝绒旗袍，举在自己的胸前，问道，"你看，这件怎么样？"

司马志清左看右看，做出认真审视的样子，然后说：

"这件衣服，虽然有年头了，但旗袍永远不会过时。再配上一双乳白色的高跟鞋，可以说高雅得很。有一种大家闺秀的气派……"

"妈，您可别听我爸的！"女儿不知什么时候蹿了进来，"这种丝绒旗袍，早就被饭店的服务小姐们穿滥了。您要穿这一身儿去，人家还以为您是端盘子的呢！"

谢愫莹觉得此话不无道理，只好把旗袍扔下了。

司马琴走到床边，从一堆衣服里拽出一件驼色的马海毛的套头大毛衣，塞到妈妈怀里说：

"这件还挺潮的，妈，您听我的没错儿，就这件。"

她展开来一看，这还是她过五十大寿时，女儿从秀水东街卖新潮服装的摊儿上买来孝敬她的。也可以说，是她近几年中添置的唯一的新装。式样倒还不俗，颜色穿得出去，只是领子开得太大。里边没有相应的衬衣，没法儿穿。

挑来挑去，最后她还是穿了一件浅灰色的薄毛料西服，去国际饭店了。

这种酒会，谢悚莹还是头一次参加。听司马说，所谓的酒会、招待会等等，都是洋为中用。一大帮中国人端着酒杯，晃来晃去，自己找目标谈去，真正是"以谈为主，以吃为辅"。主人只需提供少量小点心，经济得很。即便是自助餐，也是自己端着盘子去取一点吃的，绝不提供座位，反正是不让你吃舒服了。

没想到，沿宽阔的扶梯进入二楼大厅，全不是司马说的那么回事。只见中间一溜长桌摆满了各式中西小吃和荤素冷盘，还有哈密瓜、西瓜、荔枝等四时水果。长桌两端各有四个硕大的不锈钢长方盘，下边燃着酒精炉子，里边热着油焖大虾、奶汁烤鱼等热菜。看来，今天的东道主是不惜工本，定要请来宾扎扎实实地美餐一顿不可。

长桌两侧排列着几张圆桌。桌面上光光的，除了白色台布，什么也没有。桌旁早已坐满了西服革履或浓妆艳抹的男女宾客。这些来宾像是互不相识，他们各自端坐，彼此并不交谈。有的拿了饮料在喝，有的则望着餐桌，似乎只等一声令下就将投入战斗。

长桌的上方，横排着四张圆桌，那就与众不同了。每张桌上都摆着花瓶，插有鲜花。每个座位前都摆有插着餐巾的高杯和蒙有保鲜纸的冷盘。看来，这是贵宾席了。它的神态有点像高人一等的主席台。在这里就座的，大概是当今首都经济界的巨子。他们之间倒是交头接耳，眉目传情，旁若无人。

谢悚莹在靠边的圆桌上找到一个座位。她举目四望，没有一个认识的人。

这时，主持人已经走到麦克风前，说了几句欢迎光临的客套，就宣布：

"现在请企业家联谊会韩副会长讲话，大家欢迎！"

在乱哄哄并不热烈的掌声中，只见一位中等身材的男子，颇为稳重地走到麦克风前。一眼之下，谢悚莹觉得这人好面熟，是在哪里见过？

"各位女士！各位先生！我代表企业家联谊会，欢迎诸位参加今天的聚会！"

一听这上海口音的普通话，谢愫莹猛地想起来了，他是韩……韩什么来着？对，韩新民！

他当然老了，不再是当年邀她"轧马路"的小伙子了。脸发胖了，油亮亮的，好像用气吹起来的。但那整洁的服饰，举止言谈，仍然透出那股精明能干的内在素质。

"我前天刚从美国考察回来。这次在大洋彼岸访问了半个月，接触了不少企业家、大财团。给我一个很深的印象是，他们那里有各种俱乐部，都是为了企业家之间的联络而设的。中国的企业界这种联络就少得可怜了。我们企业家联谊会的宗旨，就是要为各界提供一个机会，增进彼此之间的了解和友谊，交流经验，互通信息，为发展我国社会主义经济做一点贡献……"

他的讲话之后，是一些企业家的致词。内容大同小异：一是向企业家联谊会表示感谢；二是介绍本企业的优势和产品信息。谢愫莹先还拿出小本儿来记，她觉得这些都是第一手材料，说不定什么时候用得着。听到后来，她发现这些"最新信息"虚的多，实的少，谁也没想来这儿动真格儿的。旁边的一位胖子还客气地问她是哪个新闻单位的，闹得她怪不好意思，就悄悄地收起了小本子。

会场上气氛之热烈可以和自由市场媲美。大概来宾们的肚子经不住大虾、烤鱼的诱惑，纷纷提出抗议了。

长桌上的美味谢愫莹倒无动于衷，只是韩新民的出现搅得她有点心神不宁。真没有想到三十多年后在这种场合遇见他。其实，遇到也没有什么关系，旧日的恩怨早已付之东流，甚至可以当路人相待。可是，自己现在筹建公司，急需在企业界结交些朋友。韩新民的职务，无疑能给她未来的公司很大的帮助，甚至可以帮她打开局面。

机遇，可遇而不可求。上前一步，打个招呼，不就行了吗？可是，她的两条腿不听使唤，迟迟不肯站起来。早年外滩的散步，多少年在梦中都未曾出现过，此刻却忽然再现于眼前。她断然拒绝去他家，头也不回地就跑了，当时他是很难堪的。他一定耿耿于怀？如果现在有求于他，他会是什么态度？

主持人终于宣布开餐了，会场顿时沸腾起来。除了贵宾席上有红衣女郎殷勤伺候，秩序井然外，所有的来宾黑压压地拥向了中间的长桌，一时间刀叉和盘子的碰击声响彻大厅。抢在前面眼疾手快的，早已端了满满一盘吃食，回到座位上大嚼起来。

等人流稀疏了，谢愫莹站了起来，尾随人群沿长桌旁缓缓前行。桌上的美味佳肴她似乎都没看见，什么也没拿，她的脑子里，仍然是个使她作难的题目，去不去跟他打招呼？

是的，应该去打个招呼，社交场合嘛，有什么不可以的。他和她也不过是一般朋友关系，说不上有情，也说不上有怨，更说不上有恨。但，这个人过于自信，喜欢吹嘘自己，居高临下地教训别人。如果他旧习未改，仍然摆出那副"年轻干部资格老"的优越相——当然，现在不年轻了，但那种盛气，也够人受的。

谢愫莹像梦游症患者似的，绕着长桌走了一趟，又回到自己的座位上。这才发现自己的盘子里只有一块酸黄瓜。她用刀切下一小块，清香、脆嫩，酸黄瓜味道不错，这也许是个好兆头。生活中未必都是苦涩的事。应该大大方方地前去。于私而言，她跟他并无宿怨；于公而言，她是为"三女公司"去见他的。如果说是"以私谋公"，就再谋他一回吧！

她站起来，向贵宾席走去。服务小姐正在为贵宾们上菜，只见一只只精巧的陶瓷小锅一一摆在了各人的面前：

"枸杞子炖鲍鱼。"服务小姐轻声报着珍贵的菜名。

谢愫莹停住了脚步，犹豫了一下：这时走上前去是不是有失礼仪？或许，先回去，等等再说。但她立即就明白，假如转身回去，就再也没有勇气走过来了。她抓住服务小姐刚转身离开，韩新民尚未掀开锅上的小盖儿时，果敢地迈步上前。

"韩会长，多年不见了！"她的声音有些颤抖，是她自己不曾预料的。怎么竟会发出这样的声音？

"您……"一听多年不见，韩新民赶忙站了起来。

"我姓谢，我叫谢愫莹。"

"谢？啊，谢……"他望着面前这位老太太，打量着她那一身式样陈旧的西服，就是想不起在哪儿见过。他琢磨这显然是一位什么人的夫人，不然不会在这种场合碰上。刹那间他脑子里飞快地闪过他遇到过的显赫们的妻子。

"五十年代，我们一起陪同一个苏联代表团……"

"哦啊！小谢啊！"

韩新民很大方地伸出手来。谢愫莹心里长出了一口气，最初的尴尬局面总算过去了。当然，韩新民同伸过来的手只是轻轻地一点，完全没有久别重逢的那种老朋友握手时传递过来的热乎劲儿。不过，听说西方社交界都是这么蜻蜓点水似的轻轻一握。握重了，握久了，反倒是不礼貌的。中国社交界，尤其商界现在也正以轻轻握手为时髦。

"您怎么弃政从商了？"谢愫莹希望话题往公司方面靠拢。

"弃政从商，哈哈！"韩新民的发福表现在肚子上，他一笑时就更明显地引起腹部无规律的颤动，"说来话长呀，中苏关系恶化，俄语用途缩小，我赶紧学了英语。'文革'以后，外经外贸成了热门，我就转到了经贸部。你呢，你现在……"

"我现在……"

正当谢愫莹要把自己办公司的事提出来时，从贵宾席另一端走来一位婀娜多姿的少女。她身穿紫罗兰色套装，式样新颖，质地上等，映照得那白皙细嫩的肌肤水似的。只见她弯身在韩新民侧面，一对金色的大耳环左右摇摆，一口港腔国语娇娇地伴着一阵香气送了过来：

"韩会长啊，那天香港美食城，您怎么不赏光啊？"

韩新民忙转身满面堆笑，拍着小妞儿的肩膀，哄孩子似的：

"对不起得很呀，周小姐，那天实在是有个会，走不开呀！"

"您偏心！"周小姐秋波横飞，用气声表示无比的哀怨。

谢愫莹一见这场面，觉得自己不便久留，得赶快把要说的话说了。她抓住这位小姐气声拉长的空隙，不客气地插上去说：

"韩新民，我现在也在办公司，有点事想请教你。"

"啊！"

韩新民回了一下头，稍一迟疑，马上踮起脚，朝人群里看了看，伸出右手打了个手势。立即有一个二十出头的绿衣女郎，快步走上前来。韩新民指着谢愫莹介绍说：

"这位是谢……"他好像忘了谢愫莹的名字。

"我叫谢愫莹。"她只觉得自己的一双手冰冷。

"啊，这位谢女士，有些事情要找我。"回头又对谢愫莹说，"这是我的秘书，袁小姐！有什么事，她会转告我的。真抱歉，今天人太多。"

漂亮的女秘书早递过来一张香喷喷的名片，谢愫莹尚未印名片，只好从包里拿出小本撕下一页给人写地址。就在她们交换地址的时候，那边的周小姐又采取了进一步措施。

"韩会长，对不起，今天您可要听我的！您要挪我们那桌去。"说着她伸出纤纤十指，轻轻巧巧地捧起会长面前的小锅儿，威胁说，"您今天不去，我们老板可要炒我的鱿鱼啦！"

"哎呀，真拿你没有办法。"韩新民春风满面地跟妙龄女郎而去，愣忘了跟老同事打个招呼。

谢愫莹说不清自己当时的感觉，只觉得被人打了一闷棍似的浑身生疼。她呆呆地回到座位上，下意识地又起盘子里那半块酸黄瓜搁嘴里，食而不知其味。

正独自发愣，忽然一声叫使她惊醒过来：

"谢大姐，您也来了！"

抬头一看，面前这位西服笔挺头发溜光的年轻人她根本不认识，正纳闷儿呢，就见那年轻人已经一转身在旁边的空位子上坐下，凑过脸来说：

"您真是贵人多忘事啊！我姓高，高有信呀！"

啊！可不是他吗，怎么自己竟会没认出来。他的变化确实不小：小胡子刮了，下巴雪青，脸上显得特别干净。身上穿一套咖啡色西装，白色衬衣领上一条鲜红的领带格外耀眼。这时，高有信已毕恭毕敬地掏出一张名片递了过来。

谢愫莹接过来一看，那上面除了"信息快报社总编辑"之外，还添了几顶桂冠："香港远东经济社北京办事处主任""华东经济区信息网北京联络员""企业家联谊会会员"。下端不但有了电话号码，而且有了电传号码。

"你发展得很快啊！"谢慷莹把名片放在了桌子边说道。

"哪里，哪里！"高有信非常友好地笑问道，"谢大姐，您的公司想必开始营业了？"

谢慷莹只干干脆脆地回答了两个字：

"没有。"

高有信看来是在这桌上坐定了，他又笑笑说：

"有什么需要我帮忙的地方？大姐您尽管吩咐，我一定尽力。"

"谢谢。"谢慷莹的话冷冷的，她只希望这人尽快离开这里。可是，见他凑上前来，一个劲儿地没话找话，说不定是为了什么事。可他会有什么事找我呢？不由得问了一句："你是有什么事吧？"

"谢大姐，您真是明白人。今儿小弟真有件事求大姐您，您……"

"你有什么事求我？"谢慷莹真觉得奇怪了。

"您跟韩会长以前认识？"

"是啊。"她不知人家问这话的用意，实话实说。

"谢大姐，韩会长如今可是经贸界的大红人啊！干脆，在您大姐面前我就不拐弯儿抹角。我是想麻烦您引见引见，介绍我认识认识会长。"

"你不已经是企业家联谊会会员了吗？"谢慷莹真闹不明白此人究竟要干什么。

"您不能不知道吧？人家韩会长在这儿挂个名儿是虚的，顶多一年吃一两顿儿。他现在是佳华公司的总经理，后台硬得很，有进出口权。说实话，像我们要是能跟他攀上，那可就……"

本来一句讥讽的话已到嘴边，谢慷莹忍住了，只拿起皮包，说了一句：

"对不起，我还有点事！"

她逃也似地出了那玻璃大门。

第二十一章

"妈，今天我来做饭！"

星期六傍晚，沁沁回到家里，放下那大兜包，就高声宣布。

"你休息休息吧！"曾惠心在厨房里应道，"上了一天课，挤了一个多钟头公共汽车，也够累的了。"

"不嘛，我呀，最近学会了做菜，今天露一手，保证您喜欢！"

女儿连蹦带跳地进了厨房，脸上布满了笑容。做母亲的心里知道，大凡女儿特别高兴的时候，不是哪门功课得了高分，就是有男同学跟她约会了。她不是一位刁钻的母亲，不想查明底细，更不想扫女儿的兴。只是笑着问：

"你会做什么菜呀，从小吃现成的。"

"这是秘密，反正我不是吹牛。"

沁沁挽着袖子进了厨房，双手推着妈妈的后腰往外走，一边走一边说：

"妈，您就老老实实在屋里坐着，等会儿我来请您吃。"

听从女儿的安排，曾惠心回到自己的卧室里。她想找点事干干，当然，不用找，满屋子都是事儿：桌子该擦一擦，白糖该放进罐子里，卫生纸该收到小柜里。可是，她什么也没干，还是抱起唤唤，坐到沙发上去。

星期六是曾惠心一周中最盼望的日子，可以说是她的节日。女儿上了大学，一周才回来一次，她为她准备爱吃的饭菜。听见女儿说"家里的菜就是比学校的好吃千百倍"时，她觉得是最高的奖赏，感到无比的快慰。沁沁刚上大学的那年，伴随着美味的晚餐，还有有趣的交谈。大学生活，对母亲来说，已经是久远的过去，对女儿却是那样新鲜。母女俩，两代大学生仿佛有说不完的话。而近两年，沁沁对大学生活早已习以为常，也就很少谈到校园里的事了。每星期回家，除了桌上的菜肴依然浸透着母亲对女儿的挚爱，她的节日已经失去了光彩。

如今，女儿又自告奋勇进了厨房。女儿长大了，会做菜了，懂得替母亲分担家务了，做母亲的应该高兴。可是，曾惠心却隐隐地感到一种失落。莫非这一周只有一次的乐趣，也正在消失中？今天女儿不再需要她做饭了，明天呢？

"妈，开饭了，请您入席！"沁沁高高兴兴地在过厅叫妈妈。

曾惠心把唤唤放在小沙发上，走到过厅。小圆桌上摆了几样菜。两副碗筷对面放好，小碗里是热腾腾的大米饭。女儿身系围裙，像一位演出成功的魔术师，脸上堆满笑，好像在等着鼓掌谢幕。

"你真出息了，做得还挺快！"曾惠心从心里夸赞着女儿。

"妈，您快尝尝我炒的菜！"

母女俩都坐了下来，曾惠心拿起筷子，才看到一盘是香菇炒油菜，一盘冬笋炒肉丝，一碗榨菜鸡蛋汤。她本来想再夸几句菜的式样配得很好，猛然间想起了什么，脸上顿时变了颜色。

"妈，您尝尝这油菜，挺脆的呢！"沁沁笑笑地夹了一筷子送到妈妈碗里。

曾惠心呆望着碗里的菜，问道：

"沁沁，告诉我，这几个菜是谁教你的？"

"同学呀。"

"你说谎！"曾惠心神情严厉，就像法官在审讯。

"妈！"沁沁几乎要哭了。

"告诉我，是谁教你的？"

"是爸爸……"沁沁伤心地哭了出来。

曾惠心强忍着眼泪。她觉得自己太过分了。明摆着的事，何必去问呢！

"爸爸问我，星期六回家，谁做饭，"沁沁抽噎着说，"我说，妈给做。他说，你是大孩子了，你该做给妈妈吃。我说我不会，他说，我可以教你。他还说，你最喜欢吃香菇炒油菜，要炒得很嫩，嚼起来是脆的。榨菜鸡蛋汤，不要搁酱油，可以放两片绿叶子，漂在面上，像生命之舟在荡漾……"

是呀，生命之舟在荡漾。二十多年前，也是这样一个星期六的晚上，也吃过这样的菜，也说过这样的话。那时候太年轻，太无知，没有把他看透。二十多年过去了，他又让女儿再现了当年的情景。他是做了一个网向她套来。她决不允许他再次闯入她的生活！他没有权利再次闯入她的生活！

女儿是无辜的。她不知道，她什么都不知道，只知道他是她爸爸，是早年同妈妈离了婚的爸爸。她不能责备她。

"别说了，吃吧！"

女儿泪汪汪地端起碗来。

"是他教你做的菜，就说是他教的。你不该向我撒谎。"曾惠心的语气缓和多了。

"是他不让我告诉您。"

一句话到了嘴边："你就那么听他的？"可终于还是咽了下去，曾惠心扒了两口饭，刚要去夹那饭上的油菜，马上感到一阵恶心。她把油菜挑出来，说：

"沁沁，去厨房拿块腐乳来。"

沁沁立刻拿了来，心里想不通，为什么爸爸教我做的菜，妈妈就不吃？都这么一把年纪了，怎么还闹这种小别扭？再说，爸爸跟你离了婚，我可是你的女儿，我做的菜凭什么也要受牵连？

"沁沁，你的菜烧得很好，你吃吧！"她不愿意看见女儿闷闷不乐的。

"那您为什么不吃？"

"我，我不想吃。"

"那我也不吃。"

沁沁也学妈妈只吃开水泡饭，不向盘子里伸筷子。曾惠心无可奈何地笑了笑，毕竟是自己的女儿，拿她没有办法。她勉强夹了几筷子油菜。女儿这才如释重负，破涕而笑。

"妈，我把汤替您热一热，凉了不好喝。"

吃完饭，沁沁没有洗碗，一头钻到曾惠心的屋里，面对着妈妈坐在床沿上，说道：

"妈，我想跟您谈谈。"

"谈吧！"曾惠心正低头看着唤唤挑挑拣拣地吃饭。

"您根本不在听！"

"好，我听。"

她丢下唤唤，在自己的藤椅上坐好，又连人带椅子转了转，面对女儿坐着的床沿，表示自己认真的态度。她双臂支撑在椅子细窄的扶手上，两个手掌向上交叉在一处，两眼看定了女儿圆圆的脸蛋儿。都说女儿长得和自己一个模子刻出来的，她心里明白，女儿眼睛像自己，眉毛像自己，鼻子嘴都像自己，唯独椭圆形的脸形却不是自己的。她不由自主地看着女儿的脸，发现两边脸颊绯红，像搽了过多的胭脂，又像她小时候常常发高烧的样子。怎么回事，她正要问，女儿说话了：

"我已经想了很久，我必须跟您好好谈谈，妈！"

"谈什么？"女儿这一副成人的口气和模样，使她觉得陌生，甚至有一种不祥的预感。

"谈爸爸。"

果然不出所料，曾惠心断然回绝：

"我不想听。"

"我知道您会这么说的。可是，如果我不把憋在心里的话说出来，我永远不会轻松的，妈！您就听我说吧！"

望着女儿那狭长的眼睛忽然之间变得那么亮晶晶的，那一腔恳切之情好像要从那好看的眼眶中蹦出来似的，曾惠心心软了，口气也缓和了：

"沁沁，我不是说了吗，你可以跟你爸爸来往，这是你的权利，我不干涉，我也不怪你，懂了吗？可是，我不愿意知道他跟你说了些什么。我跟他已经没有任何关系了，你明白吗？"

"妈——"沁沁叫道，"我知道您早就跟他没有任何关系了，我也从来没有想过要跟他建立什么关系。他对我来说，完全是一个陌生人。可是，他来了，我们见了，快一年了，我对他不可能没有看法，对你们当年的事情不可能没有想法。妈，我心里有好多话想问您，您为什么总不肯听我说呢？您让我说吧！说错了，您打我骂我，都行。不让我说，会把我憋死的！"

"好吧，我听着。"母亲最怕看见女儿的眼泪。

"上个月有一天，我到他家去了。本来我是不想去的，我总觉得应该和他保持一定的距离。在这以前，总是他在校门口等我，我们一起走一段路，说几句话我就回家了。他好几次要我到他家里看看，我都没有答应。"

曾惠心侧身从桌边的烟盒里抽出一支烟点上，又回过身来面对女儿坐着。她慢慢地把烟送到唇边，然后立刻又转身去弹并不存在的烟灰。女儿觉得妈妈很安静地听着，放心了，接着说下去：

"那天突然下雨了，我没有带雨衣。他说淋了雨要着凉，说他住得离那儿不远，让我到他那儿暖和暖和，我就去了。他家住在一个很破的小四合院儿里，院子破极了，胡同倒挺清静，还有一个很雅的名字，叫'百花深处'。"

曾惠心不由得一怔：怎么？他还住在那里，那间朝西的小屋？

"那间屋很小，靠墙一张床，窗户底下一张写字台，再就是一个大书架。其他，就没有什么东西了。"

那张床，那张写字台，那个大书架……不对，还应该有……她脱口而出：

"还有一个五屉柜……"

"对，还有一个……"沁沁惊叫起来，"妈，您也去过？！"

曾惠心摇摇头。

"那是我结婚住过的房子，也是你出生的地方。"

母亲的声音仿佛从遥远的天际传来，却是那样有力地叩动着沁沁的心弦。她很快地接着说：

"我看见了床头挂的那张大照片，我怎么从来没有见过这张照片？您穿着一件开口的毛衣，露出里面绣花衬衣的领子，梳着两条长长的辫子，眼睛睁得大大的。瓜子脸儿上露出两个浅浅的酒窝。妈，人家都说我像您，我可没您年轻的时候好看。那相片，真漂亮……"

真的有过这样的时光？年轻、漂亮、幸福……有过吗？即使有过，那也是一个被生活早已埋葬了的梦，一个短命的梦，过去了，不存在了……

"还有一张，是我半岁时照的。他说，那天忙着打扮我，结果你们俩没顾得上好好弄自己的头发。后来，您说相片照得显老，他说，这才显出是个当妈妈的样子。他说他头发太长，胡子也没刮，像个因犯。您说那才显出父亲的深沉……"

不堪回首的往事呵！我的不懂事的女儿，为什么你要用这来伤害我？你一句句都像一把把尖刀在刺伤着那颗无力的心，你难道不知道？

"不要再说了。"

"妈！"沁沁已经管不住自己的嘴了，"那时候我们家多幸福。为什么后来会破裂？"

"你不要问了，女儿！"

"不，我要问：为什么？为什么？"

女儿如此固执地追问，使做母亲的肝肠寸断，她想大声喝止她。但当她看见女儿激动得脸色发青，她沉默了。

"您不说，我也知道。我们国家的政治运动拆散了很多家庭，这，我懂。可是，噩梦已经过去了，很多家庭团圆了，为什么我们的家就不能……妈！"

"不能，永远不能了。"曾惠心几乎是自言自语。

"为什么您总说不能，不能！"沁沁几乎是叫了起来。"妈，您不能再这样一个人生活下去。您孤独、寂寞，您需要……"

"你胡说些什么！"她忍无可忍，恼怒地制止了她。

"不，您不敢正视自己，不敢面对现实，妈，我求求您，别走！让我……"

曾惠心站了起来，又坐下了，有气无力地说：

"给我倒杯水吧。"

女儿出去了，她闭上了眼睛，让自己杂乱的思绪平静下来。痛定思痛，她不知道此时此刻该怎么办？告诉她吗？告诉她分离的原因？告诉她当年的真相……告诉了她又有什么好处？你该承受这一切，而不该给女儿的心蒙上忧愁的阴影。

沁沁倒了水回来，见妈妈把唤唤抱在怀里，像平时一样万般抚爱着。没等她再开口，妈妈就平静地说话了：

"沁沁，你大概还不知道，我现在很忙，我没有时间孤独。"她甚至笑了笑，"我们正筹建三女公司呢，而且，我已经研究出一套经济信息分类和索引的方法，你还可以看看，妈弄得挺像那么回事呢。"

"妈——"沁沁觉得妈妈又把自己当成小孩子了，"您不用骗我。您明明知道谢阿姨根本办不成什么公司。您不过是在哄自己，哄谢阿姨！妈，您缺的不是什么公司……"

曾惠心怕女儿再说出什么话来，赶快打断她：

"是啊，有个女儿，什么都不缺了。"

沁沁不愿意看见妈妈把话扯开去。她几乎已经思想斗争了一年，才鼓起勇气跟妈妈面对面谈这个问题，尽管她知道这会使得母亲很伤心。但，伤心是暂时的，假如她能原谅了父亲。那该是多么好！

"妈，您为什么不能原谅他呢？他跟我说过不止一次，说他对不起您，说他恨自己，说他今生最大的愿望就是得到您的谅解。说他给您写过好多信，可您一封也没回。"

为什么要回呢？对这样的人，最好的回答就是沉默，而沉默则是最大的轻蔑。让他去扮演一个悔恨交加的可怜的老人形象吧，让他用这形象去博取女儿的同情吧，而我，决不宽恕！

"他很显老，但是事业心还很强。他正在翻译一本苏联当代小说，他让我看了几章，文笔很流畅。看得出来，他是有学问的……"

嗐，又是苏联当代小说，又是翻译，又是流畅的文笔！他正在女儿心目中建造一个勤于笔耕的翻译家的形象，如同二十年前在自己心目中建造的一样。多么可怕，多么卑鄙啊！我可怜的女儿，你太年轻了，你太善良了，你哪里知道人心的险恶！或许，生活会教给你懂得这一切的。就让那虚幻的假象留在你心中吧，妈妈什么也不想再说了……

她已经听不见女儿还在说些什么。

第二十二章

司马琴在给同学打电话，已经打了十五分钟，谢愫莹出来干涉了：

"小琴，你别老占着电话。我正等电话呢。"

"好吧，就这么说定了，不见不散。我挂了啊，拜拜！"放下电话，她斜了妈妈一眼，正准备出去却被叫住了。

"小琴，我想让你帮妈妈一个忙。"

"我能帮您什么忙？"

"你呀，发动你以前的同学给外地的亲戚朋友写几封信，特别是家住在小县城里的，了解一下他们那里最希望知道什么样的信息。当然主要是妇女的需要。因为我们的信息公司主要是为妇女服务的。如果你能联系十个同学，每个同学写十封信，那就很可观了。我们可以定期向她们提供可靠的信息……"

"得啦，别提您的信息公司啦！"司马琴毫不客气地打断了妈妈的话，"您知道什么信息呀！有那工夫好好了解了解咱们家的信息吧！妈，不是我说您，您何苦花这么大精力为他人做嫁衣裳，自己家里搞得乱七八糟的。"

"什么乱七八糟？你瞎说些什么呀？"

"瞎说？哼！"司马琴又斜了妈妈一眼才说，"您真不知道呀，我哥的事？"

"唉，你哥哥主要是没文化，被耽误了，有什么办法？"

"我看他呀，迟早要进去！"

"进哪儿去？"谢愫莹不懂当代社会俚语。

"进公安局呀？您怎么一点没觉得，他整天抽外烟，进高级酒吧，哪儿来的钱？他可是国营厂的工人，不是倒儿爷。可他比倒儿爷倒得还欢，那天他还说要买汽车呢。瞧着吧，有他吃不了兜着走的时候！"

儿子的问题早就是谢愫莹的一块心病，谈过无数次了，可一点作用都没有。看来还要抓紧时间认真跟他谈谈：

"是啊，等哪天我跟你爸爸好好找他谈谈。"

"爸爸呀？"司马琴嘴撇得像把小勺儿，"他可顾不上这个家了！"

"你怎么尽瞎说八道的，越来越不像话了。好啦，我也不求你啦，你走吧！"

谁知女儿非但不走，反而使劲往沙发里一坐，冷冷地笑道：

"我说，妈呀，您是真不知道还是装不知道？"

"别死样怪气的，我看你简直是被惯坏了……"

"妈，您先别忙着批判我。您真的没注意爸爸最近的变化？"

"什么变化？"

"天天刮胡子，天天换衬衣，天天打扮得接待外宾似的。"

谢愫莹笑了，反问道：

"你希望你爸爸整天脏兮兮的？"

"妈，我可是为您好，您要再不管哪，可就要、出、事儿啦！"

女儿脸上没有一点笑意，倒有几分哀愁。最令谢愫莹觉得奇怪的是女儿说话时那种居高临下的态度和望着自己的眼神，好像是在看着一个无法挽救的晚期癌症患者。

"出什么事儿？"她略略感到不安了。

"跟那个研究生呗！妈，您知不知道爸有个女研究生？"见妈妈不回答，她继续说了，"他都把她带咱们家来了，正好叫我碰上了。那天上午九点多钟我回来了一趟，他们大概在客厅谈得正带劲儿，根本没听见我开大门的声音，等我站在客厅门口了，才把他们吓了一跳。您猜他们在干什么？两人正那儿喝酒碰杯呢！您没瞧见那女的，开酒柜，拿酒杯，就跟在自个儿家似的。爸爸他，眼睛笑得眯成了一条缝儿，好像面前坐的是个白雪公主！两人儿挨得那个近呀，甭提啦！后来呀，那女的就站起来，弯着腰，脸都快贴到爸爸身上了，爸爸一下子就抓住她的手。哎呀，反正是不正经。他们要没问题，我死去！"

"小孩子，不要管大人的事。"好几次，她想打断女儿的话，终于没有去打断。可是，听了之后，除了这句她自己也觉得苍白无力的话，她不知该说什么了。事实上，她被女儿讲的情景震惊了。

"不管？他是我爸爸！您没瞧见他那德性样儿，真能把人气死。那女的也够贱的，举着个酒杯，两个眼珠子带钩儿，身子扭成八道弯儿，天生一个勾搭男人的……"

"不准说那么下流的话！"谢愫莹轻声地叫了起来。

"下流，他们别干呀，哼，我早就觉得不对劲儿。妈，还是三个月以前的事了，我看见爸跟个女的在他们研究所附近，鬼鬼祟祟的。当时我骑车过去了没理他们，回来我问爸那个女的是谁，您猜他怎么说，他说是他们那儿的一个同事。您想想，心中没鬼扯什么谎？干吗不正大光明说是他的研究生？那天我看见的那个女的就是那个研究生……"

"也许你看错了？"

"绝对没错儿！留的披肩发，细高细高的，一米六七左右，比我稍高一点儿，穿一双高跟儿鞋。她换八套衣服我也能认出她来，绝对错不了，就是那小娘儿们！妈呀，您想想吧，没鬼他干吗偷偷摸摸的。上回不承认，这回带咱家来又专挑家里没人的时候。而且老头子还特别把小菊给支使出去了。让小菊上自由市场买活鸡去，还规定必须买乌鸡。您说他是不是存心把她打发得远远儿的？后来我都问小菊啦，小菊说她也觉得奇怪，干吗非得吃乌鸡？我也是偶然回来才撞上的，本来我上午根本不回家的。老头子当然清楚啦，要不我一到门口，就把他吓了一哆嗦呢！……"

女儿还在说，谢愫莹已经听不大清楚了。她心里只在重复着三个字：可能吗？

"妈，您别不信。您不信，等爸爸回来，您自个儿问他。"见妈妈坐那儿直发愣，她又语重心长地告诫道，"您可千万不要掉以轻心！您可不知道，这年头，这些漂亮妞儿为了达到自己的目的，什么不要脸的事儿都干得出来！她们可不管男的多大年纪！"

"你别说了！"终于，她喊了起来。

司马琴从来没听见妈妈这样受伤般的呼喊声。她吓着了，急忙从沙发上跳了起来，走到母亲坐着的方桌前，好像准备搀扶她似的。谢愫莹却抬起苍白的脸，坚决地朝女儿摆了摆手，她现在只希望独自静静地待一会儿。

第二十三章

星期六下午，肉食市场很热闹。佩戴本市师范专科学校校徽的沈兰妮推着一辆男车，挤身于提篮带兜的人流之中。在一家有回民标志的肉铺门前，她站住了。

"这是牛肉还是羊肉？"她指着案板上的肉问。

"羊肉。"

她又推着车往前走。她今天一定要买几斤牛肉带回军校大院，给病得不轻的姚子铭做一次红菜汤。还是大学毕业时，她和要好的同学去过一次莫斯科餐厅，那里的红菜汤好喝极了。后来在川北，有一次摆龙门阵，说起莫斯科餐厅的红菜汤，姚子铭也赞不绝口，希望嫂子给大伙儿做一锅这样的汤，以饱口福。

其实，她何尝会做什么红菜汤，但今天非做一次不可！姚子铭是小赵最好的朋友，在川北时是这样，调到华北这个军区政治学校还是这样。不幸的是，前几年小姚的妻子病故，中年丧偶，精神抑郁。"文革"骤起，他又因姐夫是逃到台湾的国民党军官，有"敌特"嫌疑被揪了出来，撤去学校政治部宣传处长的职务。后来虽然保留了党籍、军籍，但不能重用，被调到后勤部门去打杂。这位当年以扮演"美国佬"著名的部队业余喜剧演员，从此与笑声告别，身体也日渐消瘦，前不久竟卧床不起，什么东西也不想吃。

上星期回大院，见到姚子铭滴食未进，沈兰妮就想起红菜汤。也许，当年最想吃的这道俄式名菜，能唤起他的食欲。"人是铁，饭是钢"，只要能吃下东西，说不定他的身体能逐渐地好起来。

"有牛肉吗？"她又走进一家肉铺。

"没有。"

"请问，哪儿有卖牛肉的？"

"你到北边去看看。"

她又推着车往北走。这里，买东西的人比较少了。她本来可以骑上车的，可她好像忘了车是可以骑的，仍然推着车慢慢走。

姚子铭真是个热心肠的好同志，他总是把别人的事当成自己的事一样着急，千方百计地去操办。想起来好笑，为了动员她"同意调到部队大院"，不让小赵再当"牛郎"，每次见了她的面，都要叨叨这事，简直叫人怀疑他是小赵花钱请来的"说客"。有一次，姚子铭还真把她说动了。那也是一个周末，她回到大院，看见儿子瘦了些。

"他病了几天，现在好了，没事儿了。"小赵说得很轻松。

她看见儿子跟大院的孩子一块儿扔球，又蹦又跳，不像有病，也就没往深处想。

晚上，姚子铭来串门时，正好赵卫国不在屋，他就说：

"嫂子，有句话，我知道说了你也听不进去，可我还是要说。"

"那你就说呗！"

"你就没见小赵瘦多了吗？"

"新成病了几天，把小赵累坏了。"说完，沈兰妮抱歉地一笑。

"你以为就是孩子病才把他累成这样？告诉你吧，孩子不病，他也累得够呛！孩子一天三顿饭他得上食堂打；孩子衣服脏了他得给洗；孩子在外边跟人打架了他得管；孩子作业落下了，他得看着补。唉，大院的战友们都说，赵主任是又当爹又当妈，真难为他了。"

沈兰妮低头不语。她明白，姚子铭说的都是实情。她甚至可以想象出他又当爹又当妈的狼狈情景。为此，她也曾多次同小赵商量过，还是由她把新成带在身边。可是，小赵说部队的条件比地方好。就这样，从上幼儿园到念小学，儿子成了小赵甩不掉的尾巴。

见她不言语，姚子铭又说出一句很重的话来：

"小赵，小赵，他可也不小了，四十出了头了，熬到这把年纪，自己还没有一个完整的家。嫂子，人都不是铁打的。他的教学任务这么重，家务事又这么多，真累倒了，你忍心吗？"

沈兰妮被他说得快哭了。

那天晚上，小赵回来，见妻子闷闷不乐，若有所思，刚问了一句，沈兰妮就扑到他怀里哭了起来：

"卫国，都是我不好……"

赵卫国不知出了什么事，细问之后才笑道：

"别听子铭瞎说！我累什么？孩子这么大了，饭也不用我做，上学有老师管着，放学跟红红一块儿做功课。就说生病那几天，也没耽误我的事……"

丈夫说得轻松，做妻子的还是知道这其中的苦处，就说：

"要不，我就到大院来吧！"

"那干什么？"小赵急了，"为了我，你离开北京跟着四处跑，两次调整工资都耽误了，现在好不容易才安生几天，你们学校条件又不错，你跑来当家属干吗？"

沈兰妮不再提调大院的事了。他知道，小赵不是不希望有一个完整的家，不是不希望能与妻子朝夕相处，但他绝不愿意她有一丝一毫的勉强。而她的言谈话语中的任何一点隐衷，都是瞒不过他的。

那天晚上，她对他说：

"我已经决定了，我就教二十年俄语。再过几年，我就转到你们大院，到家属大队去当教员，教什么都行。"

他望着她的眼睛，是那样明亮清澈。他拥抱着她，犹如初恋时一样。

这不能不说是姚子铭的功劳。当然，她与赵卫国达成的这个协议，以及因此而分享的长久的甘甜，姚子铭是不知道的。真是个好人！可偏偏好人没有好运。他当初劝说她的话，却应验在他自己身上了：失去了完整的家，又累倒了自己……

沈兰妮终于在北边的小铺买到了三斤牛肉。

她立即骑上车，穿过城区的小巷，来到市郊的公路上。展现在她眼前的，是一望无际的华北大平原，一条笔直的柏油路。她把车蹬得飞快，一心只想快回家，仿佛那提包里装的是救人的灵芝。几辆载满着红卫兵的大卡车迎面呼啸而来，吓得她赶忙下了车，停在窄窄的马路最边上，生怕撞上这帮"革命小将"。等那车队耀武扬威地过去，她拍拍身上的黄土，重又骑上那辆"二八"的男车，加入到公路上稀稀拉拉的自行车队里，飞快地朝前骑去。一阵秋风吹过，青纱帐奏出动听的收获序曲，她根本无心理会。四十公里的路程，仿佛转眼之间就到了。

推开家门，只见新成和红红正趴桌上做功课呢。两屉桌不大，两个孩子一人坐一头，见她进来，俩孩子都跳了起来。

"爸呢？"沈兰妮放下书包，在椅子上坐下时才觉得有点乏。

"爸上医院了，姚叔叔住院了。"

"什么时候住了院？"她扭头问红红。

"门诊部说我爸的病，他们治不了，前天就送医院了。"

"啊！"

沈兰妮不由得拉住了这可怜的女孩。她已经没有妈妈了，千万别让她再……

"妈，爸爸是陪她姑妈去的。她姑妈今天早上来的。"

沈兰妮有一种不祥的预感，难道姚子铭真是不行了？她顾不上擦汗，忙跑去借锅，借炉子，借案板……

这确实不像一个完整的家，甚至不像一个家。她在学校吃食堂，丈夫和孩子在部队吃食堂，周末她回来一家三口还是一起吃食堂。只不过是把饭菜打回家吃，顶多自己买点熟菜点缀一下。家里只有一个煤油炉子，那还是为了给老赵煎药买的，其他炊事用具一概俱无。好在左邻右舍都是战友，推门儿就进，要什么拿什么，绝不会遭到拒绝。沈兰妮急急忙忙把肉洗净切好，炖在锅里。她又削好土豆，切好洋白菜，切洋葱时呛得她满眼是泪，这都不算什么，叫她发愁的是西红柿酱怎么往里搁，是先搁还是后搁，怎么才能做出那一片汪汪的红油？这，沈兰妮就一筹莫展了。最后她只好一股脑地把所有的东西都放进了锅里，考虑到西红柿酱比较好熟，等肉炖烂了才放了进去。

红菜汤终于做好了，沈兰妮自己尝了尝，觉得没法儿跟莫斯科餐厅的比，不过，好歹也算是红菜汤了。她找了个大口暖瓶，装了满满的一瓶，又盛了两碗给孩子们，叮嘱道：

"你们好好在家，我上医院就回来！"

"沈阿姨，带我去吧，我想看看爸爸！"红红拽着她的衣服不放，小眼睛里泪光闪闪的。

"医院有传染病，爸说小孩儿不能去！"

"红红听话，好好在家，阿姨一会儿就回来！"

好不容易说服了孩子，沈兰妮骑上车，直奔军区医院。好在路不算太远，不到半个小时，她走进了医院的大门。

在二楼病房长长的走廊上，她一眼就看见赵卫国弯着腰双手抱着头坐在那里，一动不动。待她喊了一声，他抬起头来时，只见他的脸蜡黄，两眼布满了红丝，也跟病人差不多了。

"子铭怎么样了？"

"肝癌。恐怕不行了，医生说最多再拖半个月。"

她跟在赵卫国身后轻轻地进了病房。只见姚子铭平卧在床上，手臂上插着管子，吊瓶里不知是什么药水正在一滴一滴地输入管子里。才一个星期的时间，姚子铭又瘦了一圈。整个人好像变小了，只有那高高的鼻梁，突出在瘦削的长脸上。

沈兰妮从来没有想到，一个人会被病魔折磨成这种模样。她的心紧缩了，只觉得两腿发软，紧紧地靠在赵卫国的身旁。

病床前站着一位瘦小的中年妇女。她穿着一件很旧的灰布外衣，里面露出领子很脏的白衬衣，面容酷似姚子铭，特别是那高鼻梁。本来她是坐在那张凳子上的，看见有人进来，她默默地赶快站了起来。

"这是我爱人。姚大姐，您坐吧！"赵卫国在一边介绍。

"您坐！您坐！"姚子铭的姐姐不但没有坐下，反而把凳子朝前端了端，自己退到离凳子很远的墙角，贴在那里像一片枯树叶。

赵卫国走到床头，见姚子铭睁开了眼睛，轻声说道：

"小姚，兰妮看你来了。"

沈兰妮走近床头，一声"小姚"没叫出来，眼圈儿就红了。

"这是干啥？干吗把空气搞得这么紧张？"姚子铭说，"别以为我要死了，不会的，我的'海外关系'还没作结论，马克思不会见我的。"

他力图说得轻松，甚至还使劲露出了笑容。

"姐，你过来！"

那位中年妇人木呆呆地走了过来，两眼发直，两手也不知该往哪儿搁。还是姚子铭从被子底下伸出一只无力的手，握住了她那只变形的大手，朝着沈兰妮站的方向示意说：

"姐，这是沈老师，老赵的爱人。"

"沈老师！"他姐恭恭敬敬地叫了一声。

"我姐命苦，我要有个好歹，卫国，我托你们，照顾她。除了我，她，没别的亲人了。"

赵卫国连连点头。

他又挣扎着抬起身子，望着沈兰妮说：

"嫂子，别忘了，在幺店子，你说过，要红红给你做儿媳妇……"

"你好好养病，红红在我们家呢……"沈兰妮赶紧转过身去，她的泪水已经夺眶而出了。

"瞧我，这是怎么了，好像在立遗嘱。我死不了，你们别伤心，我才四十多岁，离死还远着呢。"

"小姚，我给你做了红菜汤，你喝点吧！"

沈兰妮忙打开暖壶盖，汤还是滚烫的。她倒在小碗里，用小勺喂到病人的嘴边。

"嫂子，你真学会做红菜汤了！"

"来，喝一口试试！"

谁知，他只喝了两勺，就哇的一声吐了出来。

他晕了过去。

第二十四章

在一间很大的办公室里，曾惠心的桌子被放在一个很不显眼的角落。自从走出学校大门，她就坐在这个角落，背对着同事，背对着人生。一个又一个春天，从她纤弱的背上悄悄地流逝。

在最初的年月里，她只不过是一个初来的见习编辑，别说选题、约稿、编审没有她的份儿，就连看校样，也不是经常能有的幸运。同事们高谈阔论，她从不回头，更从不插言。有时候，令人觉得办公室里根本就没有曾惠心其人。

几年以后，曾惠心成了一位很熟练的编辑。她仍然坐在那个不显眼的角落里，仍然不参与同事们那些似有必要或者根本没有必要的清谈，但是已经不再有人无视她的存在了。她的才华得到全组的公认。一些名家的译作，放到了她的案头；一些疑难的词句，也有人来向她求教了。她像一个灰姑娘，被人们发现了。甚至于，她的沉默寡言，也使她看来更具有一种淑女的魅力。

可是，曾惠心依然独身，也没有男朋友。她生性孤傲，选择男友的条件极其苛刻。她的两位好友选定的伴侣，在她看来，一无可取之处。司马志清，风流倜傥，幽默风趣，在她眼中，不过是游戏人生的花花公子，插科打诨的小丑。赵卫国，英俊魁梧，一表人才，到她眼里，也无非是个文化素质不高的武夫，虚有其表。当然，对她的女友的选择，她从不发表反对意见。各人的路自己走，谁也替不了谁。

在四年的大学生涯中，她没有交过男朋友。她的课余时间全都消磨在苏俄文学中，她尤其钟情于俄罗斯古典文学名著。托尔斯泰、屠格涅夫笔下那些俄罗斯少女的悲剧，更使她认定爱情只会给人带来痛苦。

这一年春天，出版社新调来一位苏俄文学组组长，名叫段去尘。那时他翻译了一篇苏联小说，描写一个青年女工同官僚主义的厂长作斗争，在读者中引起轰动。段去尘的名字也就在翻译界崭露头角。

段去尘上任的那天早上，曾惠心仍然坐在她的角落里，背对着一屋子叽叽喳喳议论即将就职的新领导的同事们。有感到兴奋的，有表示赞赏的，有不以为然的，也有保持沉默的。她可以感觉到他们说话或不说话时的姿态，甚至于表情。她的脊背好像已经成为她独具的另一种感觉器官。

她忽然觉得背后一阵骚动，顷刻之间又化为宁静。接着是一串牛皮底皮鞋踩在地面上的声响，轻快，沉稳，有极强的节奏感。

"……我是段去尘！"

曾惠心回过头去。她看到一副宽宽的肩膀，一双浓黑的眉毛。他已经走近自己的身旁。曾惠心马上站了起来。

"我叫段去尘。"他伸出手来。

"曾惠心。"她也伸出手去。

从此，在她那敏感的脊背上似乎多了一根跳动的神经。段去尘来了，段去尘走了，她无须回头，都能得到准确的感应。久而久之，这根神经甚至变得极其敏感。它总在期待着，期待着那牛皮底皮鞋的响声。

有一天，临下班的时候，曾惠心把一篇编完了的稿子交到段去尘的办公室去。正当她回头往外走时，段去尘叫住了她：

"小曾，你等一等，我给你看一篇东西。"

曾惠心站住了。段去尘打开抽屉翻开一本苏联新出版的文学期刊，指着一篇小说，隔着桌子递给她，说道：

"这个短篇写得非常好。描写一个集体农庄的女拖拉机手，同官僚主义的农庄主席作斗争，故事很感人，人物有个性，景物描写也很出色。我相信，你会喜欢的。"

曾惠心接过杂志，看了开头的几段，很快就被吸引住了。

"我觉得，这个短篇同我几年前翻译的那个短篇，可以说是姊妹篇，都是揭露苏联的官僚主义的。对我们来讲，也很有教育意义。如果翻译出来，一定会引起轰动。"

"那你打算翻译了？"曾惠心这才把目光从书本转移到段去尘的脸上。

段去尘站起来，做了几个伸展运动，又用手指揉着眉心叹了口气：

"不行啊，我现在组里的事太忙了，简直抽不出一点时间搞专业。小曾，你来吧！"

"我？"曾惠心不相信自己的耳朵。

"你来翻。我看过你编校的几部稿子，你的俄语水平很高，汉语表达文字也很优美，你一定能翻好的。"段去尘一手紧握了握拳头，好像要把自己的力量加给对方。

"我恐怕不行吧？"

曾惠心有些犹疑。她酷爱俄罗斯文学，沉醉在那些大师营造的文学氛围中。她也确信自己的文笔。她喜欢与人不同，在学校时，哪怕为学生会起草一份春游的告示，她也要表露一下自己的才气。但是，她还从来没有想过由自己来翻译一部小说。文学译著的宝殿，对她来说，是云雾缥缈的仙境，永远是可望而不可即的。

"要有信心嘛！"段去尘走到她跟前说，"我当年翻那篇小说的时候，也没有想到会取得那么大的成功。凡事开头难。只要鼓足勇气，开了头，坚持下去，就是胜利。这就同爬山一样，看起来，山那么高，人怎么能上得去？等你迈开腿，一步一步往上爬，最终肯定会爬到山顶的。"

这无非是老生常谈，是最浅显的生活哲理。但此时此地，对曾惠心来说，可谓字字入脑的金玉良言。

"如今，苏联当代文学是热门，翻译界竞争非常激烈。小曾，如果你想在翻译界站住脚，将来有所成就，必须趁年轻的时候译出几部有影响的东西来。否则，你将一事无成。"

是啊，自己不是想当翻译家吗，为什么不答应下来呢？难得有这样的组长，又懂业务又关心你的前途，不应该再犹豫了。

段去尘见曾惠心微微点了一下头，便推心置腹地说：

"现在我可以向你坦白了。我一收到这份杂志，看了这篇小说，就把它藏抽屉里了。我预感到，这样精彩的小说被同行们看见，都会抢先翻出来的。我不愿失去这个优先权。你不会批评我是个人主义自私自利吧？！"

曾惠心不言语，只是把那光滑的杂志拿在手里卷成筒，而且那筒越来越小。

段去尘笑笑，回到座位前。"我放了几天，实在腾不出时间来。老是一个人欣赏，不把它公之于世，我觉得简直就是一种犯罪。所以，我一直在考虑，为这篇小说寻找一位最佳的译者。小曾，就是你了！"

段去尘的目光停留在曾惠心的脸上。这张脸是清秀的，文静的。此时，当那一双深邃的眼中，闪烁着一种淡淡的欣喜的光芒时，更显出一种温柔，一种说不出的书卷气。段去尘把目光挪开去。

"我以为，文学翻译最重要的是译者的才气，当然这个是建立在博学的基础之上的啰！可是，没有才气，哪怕你的译文百分之百正确，读起来也味同嚼蜡。"

他没有再说什么，更没有向她发布"指令"——他本来是可以向她布置任务的。然而他给她的只是鼓励，只是信任，百分之百的信任。

她捧着这本杂志，离开了他的办公室。

半个月以后，一个星期六的下午，她把译稿送到了他的办公室。

"啊，这么快就译出来了。"段去尘从桌前抬起头，接过手稿。

她很矛盾。她希望他马上就看。这毕竟是自己的第一篇译稿，是半个月挑灯夜战的心血之作。如果能迅速得到段去尘的肯定，不啻为人生一大乐事。她又希望他不要马上看，甚至永远不要看。自己毕竟是新手，漏洞少不了，如果他看不下去，大失所望，不是叫人难堪吗？

段去尘翻了翻稿子说：

"这样吧，你先把稿子留下。我手头有一份工作报告，社长等着要呢，有几处地方，我还要改一改。"

曾惠心如释重负，马上说：

"那好，你以后有空再看吧！"

"不。"段去尘叫住她，"下班以前你再来一下，好吗？改完了这份报告，我马上就看。"

这一下午，曾惠心坐在办公桌前，心神不定。星期六下午，办公室里很乱，电话此起彼伏：有同朋友约会的，有商量去幼儿园接小孩的，有吩咐下班后从食堂买馒头回去的……好不容易清静了，几个同事又争论起机关发的黄豆该怎么吃的问题。有的说煮了吃经饿，能顶替粮食；有的说还是磨成豆浆喝好，可以充分吸收营养。各执一词，互不相让，不时发出哈哈的笑声。

曾惠心不参与黄豆吃法的论战，一心只想着她那刚刚脱手的稿子。这会儿，段去尘恐怕已经在看我的稿子了。他会满意吗？肯定不会。如果他很满意，挑不出什么纰漏，那还算什么"译林高手"！他能挑出什么毛病呢？有些词组的译法确实是没有把握的，可能是当代俄语中的新词，老师没有教过，字典上查不出来。这恐怕不算什么大毛病。关键是有几个地方，由于自己缺少农村生活，特别是对苏联集体农庄的组织和制度不很熟悉，意思可能没有翻出来。当然，也还会有其他的缺点甚至错误……

段去尘这人是很精明的。他初来担任组长的时候，组里很多同事不服他，这是曾惠心早有感觉的。特别是几位资格比他老的编辑，根本就没把他放在眼里。可是他很快就征服了他们。他为人正派，对工作要求严格。在待人方面，又很随和，同什么人都能说上话，从来不摆架子。他爱才，每一篇译稿中显露出译者才华的章节和段落，他都标出来或在业务会上提出来，希望大家借鉴。他为什么选中我这个新手来译这篇小说？大概也是爱才吧！他说话得体，举止不轻浮，没有那些男人在女人面前常有的庸俗相。他……

怎么脑子里都是他呢？

"好热闹呀，讨论什么问题呢？"是他的声音。稿子看完了？

"关于黄豆各种吃法的优劣问题，老段，你也来争鸣一下呀？"

"很简单，用油炸了吃，香酥可口。"

"不行，不行。报上说，黄豆经油炸之后，营养损失一半。"

"我不管营养不营养，好吃就行！"

他的声音比平常高些，也许是故意的，说给我听的。要不然，他有什么必要到大办公室来，参加这丝毫没有意义的争论呢？

回头吧，回头打个照面。他马上会说："小曾，你来一下。"那就可以知道他对我的译作如何评价了。可是，当着办公室这么多同事的面，跟他走出去，走进他的办公室，人家会怎么想呢？不，不要回头，装作专心看稿的样子，他会走过来的。

没有他的声音了。他走了。好像根本没有看过我的稿子，根本没有看见我在办公室，根本不知道我在等他！

莫非他不满意我的译文？莫非他对我失望，以至于不屑一顾？不，不会的，我自信译文是经得起推敲的。况且，他曾给我那么多的鼓励，不可能转眼之间变得那么冷漠。

她真想追出去，闯进他的办公室，问个明白。可是，不能，办公室里还有那么多人，其中不乏好事之徒，那将会造成多难听的谣言！

她等着，熬着，一辈子没觉得时间这么难挨。好不容易，办公室里的人陆续走了。她看看表，离下班还差半小时，也收拾好桌面，装作下班的样子，溜出办公室。

段去尘办公室的门开着，她低着头走进去，像一个考试不及格、等着挨老师训的学生。

令她惊喜的是，段去尘一见她进门，马上笑容满面地站起来说：

"好！小曾，你译得太好了，甚至比我预料的还好。"

"真的？"曾惠心喜出望外，又有些信不过，她是个冷静的姑娘。

"真的，你坐，坐！"

他到门旁的一个小桌上给她洗茶杯时顺手关上了门，然后沏了一杯茉莉花茶端来。见她还站在那里，再一次请她在那张软椅上坐下。

"你知道，我对于译文从来是很挑剔的，有些稿子你简直就看不下去。可是，你这篇译稿，我一口气就看完了，确实可以称得上好，主要人物很传神。"段去尘在自己的桌前坐了下来，翻开那字迹工整的手稿说，"比如，你突出了女主人翁的小红帽，有的地方干脆用'小红帽'代替了她的名字，很形象，很生动。她走在麦田里的那一段，简直使人感到是一只红蝴蝶在麦浪上飞翔。如果直译，译成'戴着一顶红色毛绒小帽的娜塔莎'，就一点味道也没有了。"

段去尘又把手稿翻了两页，继续说道：

"集体农庄主席，这个形象也译得好。他昏庸、无能、专横、酗酒，是个典型的官僚主义者。你的分寸把握得很好，没有丑化他的外形，而是在他的本质上加以揭露，这很不容易。翻译的限制嘛，就是不能背离原意去任意发挥。"

他赞赏的，正是她花了心血的。

"当然，可以研究的地方，也不少……"

段去尘又谈了译文的不足。有的是用权威的口气，说得十分肯定；有的是用商榷的口吻，仅供她参考；有的，他说自己也拿不准该怎么译，还须请教前辈翻译家。

时间过得飞快，只听他一个人在说，说得很实在。他的声音很好听，有共鸣，听他说话，简直是一种享受……

"啊哟，早就下班了！"段去尘看了一眼手表惊呼起来，"我们该走了。"

他们走出了办公楼。

"怎么办，食堂都关门了。"段去尘忽然站住问，"小曾，你上哪儿吃饭去？"

在机关，未婚的曾惠心当然是住单身宿舍吃食堂的。她说：

"到门口小铺，吃碗面就行了。"

"这怎么行！小铺里那么脏，现在肝炎又很流行。走，上我家去，随便弄点吃的。"

"不，这太打扰了。"

"这有什么打扰的，反正我也得吃饭。走吧！"

"谁给你做饭？你爱人？"

"我爱人？还不知道在哪儿呢？"

"你妈妈？"

"我妈妈在老家。"

"那谁给你做？"

"我自己做。自己动手，丰衣足食。怎么，你不相信，我的烹调技术还不错呢！"

说是不去不去，却一路相伴而行。他们穿过了长长的一段大马路，走进了百花深处胡同，走到了他的小屋。

"你坐坐，我很快就把饭做好。"

"我来帮帮忙……"

"不要，不要，你就坐在这里，千万别进来。你知道，看戏不要上后台，吃饭不要看厨房。"他把客人安顿好，就钻进了厨房。

曾惠心坐在书桌边，环顾这间小屋。书架上是书，书桌上是书，五屉柜上是书，枕头边上也是书，整个是一间货真价实的书房。她在这里见到许多她向往已久的俄罗斯古典名著原文版。有的还不是新版本，而是收寻来的珍贵的旧版本。敬仰之中她得到一种启示：要成为一个真正的翻译家，必须要浏览各种不同的版本，像他这样。

段去尘很快做好了饭菜。他极麻利地把书桌上的书挪到一边，腾出地方，端上两菜一汤，还有两碗米饭。

"请吧！不知道客人来，没有准备，真正的家常便饭。"段去尘举起筷子。

曾惠心抬眼望去，一盘香菇油菜，一盘冬笋肉丝，一碗榨菜鸡蛋汤。

"吃吧，这油菜还很新鲜，我托邻居买的。"

"嗯，很脆。"

"喜欢吗？"

"喜欢。食堂里炒不出来，我好几年没有吃过这么鲜嫩的油菜了。"

"冬笋肉丝，也是我们南方常吃的菜。南方的冬笋是很便宜的，可惜北方不长。这是罐头冬笋，味道差远了。"

"我觉得挺好的。我听说南方还有一种吃法，把冬笋、鲜肉、咸肉一起做汤，也很好吃的。"

"对呀！那叫腌笃鲜，炖出来的汤又浓又香，我会做。哪天做了请你尝尝。可惜，现在猪肉凭票，一个月才半斤，没办法炖了！"

两人都笑了。他们吃着，聊着，毫无拘束。

曾惠心觉得奇怪，今天自己怎么啦？说了这么多话，好像一生都没有说过这么多话，而且是跟一个男人单独在一起说，还说得那么高兴！……

"喝点汤吧！"段去尘招呼说，"北方人做汤，不是搁酱油，就是搁团粉，我不喜欢。"

"我也不喜欢。那种汤，要不是混沌一团，要不就是黑乎乎的一片。"

段去尘笑了，指着桌上的汤说：

"看我做的这汤，清澈见底，只搁两片绿菜叶漂在上面，好看吧？"

"像两叶轻舟。"

两叶小舟，两个生命碰在一起了。

曾惠心只觉得心跳，怎么会蹦出这样让人产生联想的话来？如果这时他抓住"两叶轻舟"的话题，说出越轨的话或做出越轨的行动，她或许会勃然变色，使这骤然而来的聚会骤然而逝，一切就此了结。

然而，段去尘只是举着汤勺，望着盆里漂浮的叶子愣了一下，什么话也没有说，什么行动也没有。

三个月以后，曾惠心和段去尘结婚了。

这是一九六二年的冬天。

·

第二十五章

多少年来，就像不在意自己的外表一样，谢惠莹早已不再注意丈夫的外貌。她坐在床沿边，久久地凝视着丈夫的背影，不知如何开口。她看着那仍然笔直的脊背，那仍然几乎是黑黑的浓密的头发，那仍然不显得臃肿的身躯，突然发现，他并不老。她不解地问自己，他怎么会仍然是这个样子？

她和他生活在一起，似乎早已不是异性的互相吸引，而是生活的一种习惯，就像人每天要吃饭穿衣似的。在他的面前，她早已忘记自己是个女人，更忘记了什么女性的魅力。她只是像对待一个合伙人似的平静地与他相处，同室而居，同桌而食，同为子女的各种问题烦心。他们不争吵，甚至可以说相处得很和睦。偶有不悦，总可以在司马的调侃中一笑带过。结婚三十年了，就像一杯喝久了的茶，淡如白水，那是很自然的，还能怎么样呢？更何况她是个事业型的女性，在家里她享有一种权威，这是司马也承认的。她从未想过会有别的女性进入他的心中，或者说进入他们的家庭。这怎么可能呢？

这又为什么不可能呢？女儿已经亲眼目睹。可是，谢愫莹总下不了决心找他谈，一想到要和他谈这种事，一种屈辱之感就油然而生。她的自尊心总是在阻拦她去面对这个问题。一想到那个三十多年前为得到自己不惜卑躬屈膝的男人，如今竟是如此的背叛，她不敢相信，又不得不信。为什么会这样？他对自己厌倦了？也许是自己真的老了，也许女人就是这样的没出息，也许只是因为女人更有家庭的责任感，更有中国传统的道德观念。可是，你面对的不是一个观念，而是活生生的一个人，一个在形式上没有抛弃你而在内心里早已抛弃了你的男人。一想到他时时都在敷衍自己，而心里不知如何厌恶自己时，她觉得不能忍耐了。她要跟他谈清楚，不管后果是什么⋯⋯

"有件事我想跟你谈。"

"说吧！"他伏在写字台上，头也没回。

"能不能把你手上东西先放一放，我们应该谈谈了。"

"什么问题那么严重？"他还是那种一贯的无所谓的声调。只不过半侧过身来，手上仍然拿着一支笔。

平时她好像从来没有注意他的声调和态度，今晚却特别感到他的敷衍了事的神情。一股莫名的气恼从心底升起，但她竭力使自己平静，她希望自己在和他进行这有损自己尊严的谈话时，尽量不要以一种不讲理的姿态出现，她很怕自己扮演一个弃妇的角色。

"小琴告诉我了。"

司马志清是个聪明人，妻子今晚不同一般的严肃意味着一场不同寻常的谈话。一听到小琴告诉了，那当然是"东窗事发"。不过，他还是运用多年行之有效的太极拳手法，能抵挡就抵挡过去再说。

"小琴又出什么事了？"

这种明知故问的装假，今晚她听来格外可恶，她忍不住气往上冲：

"她倒没出什么事！"

"那又怎么啦？"

"问你自己呀！"谢愫莹心里预演了半天的理智的谈话，简直是不堪一击。

司马志清放下了笔，把身子完全转过来面对妻子，甚至笑了笑，才无可奈何似的说道：

"不是你要找我谈吗，怎么又问我？你这些天跑公司是不是太累了？"

谢愫莹只觉得自己的手冰凉，心里恨自己，为什么就不能平心静气地谈。她压住心里的不平之气，声音是冷冷的：

"这不关公司的事。司马，你是不是有个研究生？"

"啊哦！"司马志清轻松地一笑，"你怎么会关心起我的研究生来了。我从一九八五年就开始带研究生，你可从来没问过。我带研究生嘛，就那么回事，我本人也就是个研究生的水平，只不过现在国家需要……"

"你不要把问题扯得那么远！"谢愫莹对他这种玩世不恭的态度真厌烦了。

"好，我不说。听你说，你说吧！"

"好吧，小琴说，她看见你带那个研究生在家里……"

"是啊，没错儿，"司马理直气壮地打断了她的话，"我是请她到家里来了。怎么，有什么不对的地方吗？难道让学生到家里来违反了什么规定？这，你以前可没告诉过我啊！"

谢愫莹冷冷地盯了他一眼，才说：

"你不必说上这么大一篇话，而且振振有词。你自己做了什么亏心事，你自己知道！"

司马也冷冷地望着暗处她的脸，问道：

"这我倒要请教了，我干了什么亏心事？"

"还用我说吗？"

"本来是你自己说起的呀！"

这倒教谢愫莹为难了，她怎么能把女儿对自己说的那番话告诉他？想了想，她尽量平静地问道：

"你和那个研究生是什么关系？"

司马望了她一眼，似乎对她这么直截了当地问出来，也稍许有点惊讶。不过，他还是很迅速地答道：

"师生关系呀。"

"未见得吧！"

"怎么，出什么问题了？"

"司马，我们都几十岁的人了。你不用跟我绕圈子……"

"我根本不懂你的意思，绕什么圈子？"

"直说吧，我觉得你和那个研究生的关系不正常。"

"这就怪了，你凭什么得出这样的结论？"司马把背朝后一靠，仿佛受了莫大的冤枉而又无法替自己辩解似的。

"不是我的结论，而是你自己的行为。"

"什么行为？我带的研究生，难道我不与她接触？不给她辅导？不给她出主意？而我要尽一个导师的职责，就难免与她经常有来往，这有什么奇怪的？"

谢愫莹控制不住自己，还是说了出来：

"是一般的接触吗？如果是一般的接触，怎么连孩子都看不下去？"

"啊哦！"司马恍然大悟似的叫了一声，"怪不得说小琴呢！是啊，那天华佳彬来，正在这儿谈她的论文，恰巧小琴回来了。大概她看见我和一个年轻的女孩子谈话有点奇怪，就打了小报告。小琴也是，这也用得着大惊小怪，很正常的交往嘛！"

"喝酒也是正常的？"谢愫莹忍无可忍了。

"哎呀，原来是为了这个！酒嘛，不过是一种饮料。同茶，同咖啡，同果汁，没有什么两样。家里来了客人，总得招待人家喝点什么，这也没有什么大错，或者说根本算不得是错吧？我倒觉得，大可不必因为这些小事，搞得家里的气氛那么紧张。"

倒是她庸人自扰了。

"对以前的那个小伙子，你好像并没有这份雅兴？"她终于冷静下来了。

"哈哈，这就是异性的吸引力嘛！"司马笑得非常爽朗，"我是学医的，完全是从生理学的角度来谈问题，你可不要再误会啊！既然你提出来了，我们真可以探讨探讨。你说，为什么你喜欢花？"

"胡扯！"

"唉，我看我们家，就缺乏探讨问题的空气。你能不能听我把话说完？"见妻子不反驳，他就继续说下去了，"喜欢花，因为花美嘛！有时我们看电影，总喜欢看比较美的演员，这又是为什么？也是爱美嘛。所谓'爱美之心人皆有之'，就是这个道理……"

谢悚莹冷冷地听着，打断他的话问道：

"照你的逻辑，就是因为你的研究生美啰？"

"我不隐瞒，一个年轻漂亮的女孩子，加上聪明、有知识，在潜意识中，是很容易得到男人的好感的。也可以理解为一种远距离的欣赏吧。我敢说百分之九十九的男人都具有这种欣赏的需求。换句话说，不管男人到了什么年龄，只要他还没有失去生的欲望，年轻貌美的女孩子对他总有那么一点吸引力。这不牵涉到道德问题，而是一种必然的存在。假如，一个男人对一位年轻漂亮的女性连一点兴趣都没有了，那么，这个人作为一个男人也完结了。"

谢悚莹不由自主地发出一声冷笑：

"真想不到，你什么时候创造了这样惊人的理论。"

"这不是创造，而是事实，只不过人们不愿意说出来罢了。今天刚好是你问到了我，也算我向你交心嘛。我不隐瞒，我自己也包括在那百分之九十九里面。你不必用那种轻蔑的眼光看着我，我讲的是实话呀，因为我是一个很健康很正常的男人嘛。不过，你放心，我绝不会去干什么越轨的事。说得粗俗一点，我不会和别的女人上床的。这也算一种界线吧！"

"谅你也不敢。"不知为什么，她觉得这一点是无可置疑的。

"至于说我喜欢和漂亮的女孩子交往，不愿和丑八怪打交道，这总不是什么问题吧。如果我说我见了美丽的女孩就恶心，恨不能躲远远的；见了母夜叉就高兴，死乞白赖去巴结，那我不成精神病了？！"

谢悚莹忍不住笑了一下。不过，也不能就此了事。

"反正，你跟她勾勾搭搭，眉来眼去总是有的。"

"嗨！那不过是逢场作戏嘛，用句上海话说，吃吃豆腐而已。"

此时，司马把书、笔、本子噼噼啪啪地收好，站起来，双臂伸开去，打着哈欠说：

"好啦，咱们以后再也别谈这类理论问题了。"

还没有等谢愫莹反应过来，他就一个箭步上前，按着她的双肩笑嘻嘻地说：

"愫莹，三十年夫妻你还不知道我？我对你是言听计从，忠贞不贰。"

说着，他张开双臂，企图去拥住面前那僵硬的肩，谢愫莹一把推开那双手，站了起来说：

"我可不是豆腐！"

第二十六章

下了公共汽车，沈兰妮和谢愫莹走了一大段路，才找到了红红她姑妈家住的那条胡同。

"不会错的，红红告诉我的，是 27 号，两扇朱漆大门，说是挺显眼的，23，瞧，那不就是 27 吗？"

"这是她姑爹家以前的房子吧？"

"落实政策还给他们的。前些日子就听红红说，她姑妈家修房修房，我从来也没来过。要不是为咱们公司，说不定还来不了呢！"

沈兰妮一边说着一边就上了台阶，伸手按了电铃。

因为事先打了电话，红红知道婆婆要来，就跑来开了门，招呼着往里迎。

推开大门，是一个小院子。沈兰妮急于见孙子，只顾朝前走，谢愫莹倒有心观赏了一下这新整修的小院儿。只见院内仿照苏州园林，堆砌了一座小巧玲珑的假山，又用鹅卵石铺了一条曲幽小径，两旁栽了一些树木，又摆着盆花。花草树旁放了几张石凳，真有一点江南园林的意思。只可惜正房和两侧厢房廊柱都油漆成米色，与这园林的装扮就有那么点不协调了。

正房客厅，使人耳目一新。地上大红地毯是新的，墙上米黄色的墙纸是新的，房中央矮背沙发是新的，连屋顶上坠着的水晶大吊灯都是新的。这间会客室里与地道中国人不同的是，在一个墙角特制了一个类似酒吧的小小的高柜台，台后是两个摆满各种中西名酒的玻璃橱，台前则是几张高脚小几，供饮酒人坐的。

"妈，谢阿姨，坐吧！"红红把客人引进屋，俨然是这家的主人了。她甩掉了脚上的高跟鞋，踏着软软的地毯轻快地走进小酒柜的后边，用电影里西方洋人招待客人的做派笑嘻嘻地问：

"谢阿姨，您喝点什么酒，白兰地还是威士忌？"

"我什么也不喝。"谢愫莹在沙发上坐下。

"妈，您呢，您喝点什么？"

"红红！别动那些酒。"沈兰妮想拦住儿媳妇。

儿媳妇却好像从小就在酒柜后边儿长大的，只见她熟练地打开"XO"扁圆形精美的瓶子，为自己在高脚杯里倒了浅浅的小半杯，端在手里走出来，就近在长沙发的一头斜靠了下来，扬起头，让那一头漆黑的长发垂在沙发扶手外边，抿了一小口酒，才回答婆婆的教训：

"姑爹还鼓励我喝呢！人家国外社交界兴这个……"

沈兰妮皱了皱眉头，赶紧把话扯开去：

"小光呢，怎么还没放学？"

"啊，妈，我还忘了告诉您，小光现在开始学钢琴啦！请了个音乐学院的……"

还没说完小光如今的出息，姑妈从院子里走了进来。尚未寒暄见礼，一见方茶几上空空的，她就惊讶地叫道：

"红红，怎么没吩咐给客人上茶呀？"

之后，她才朝已经站起的客人致意又抱歉又请她们坐，自己也就在靠里边的一张小沙发上坐了下去。今天，她并没有特意修饰，只是换上了墨绿色的薄呢套装，足下是一双美国的白色软羊皮鞋。脸上虽然没有明显胭脂口红的痕迹，但仍然是下了功夫的，诸如临时抹了一层外国女人们常用的遮盖霜之类，因而遮盖了不少皱纹。年近古稀的姚老太太和刚退休的沈兰妮比起来皮肤更细嫩洁白。

红红站起来，走到门口叫了一声：

"小雁！你没听见客人来了，快倒茶呀！"

姚老太太冲门口皱了皱眉头，又转过脸来笑叹道：

"我先生常说，内地的人素质太低，我还常跟他争，可又争不过他。就拿这些小保姆来说吧，简直是一点规矩都不懂。从前我做媳妇的时候，哪天家里不来几拨客人。来了人，下人早就把茶端来了。现在呢，每回都得你叫，真烦人。"

"您不必费心了！"谢悚莹十分客气地说，"刚才红红要招待我们喝酒了，是我们不喝。"

"人哪，就是不能在国外待久了！"姚老太太听见客人说到酒，就打断了客人的话感慨起来，"我先生在外边住了二十多年，就养成了这洋毛病，进门儿就端着个酒杯。瞧，还弄了这么个柜子，说是家庭酒吧，外边兴这个。我看哪，就为他自个儿倒酒方便。好好一间客厅，瞧叫他弄得什么样子，酒吧不像酒吧，餐馆不像餐馆的！"

"姑妈——"红红拖长声制止道，"这才叫潮呢，现在北京好多人家里都这么干，您知道吗？"

"那洋酒有什么好喝的，一股子泔水味儿，我就喝不惯……"

"小光怎么还不回来，每天都回来这么晚？"沈兰妮不想再听关于洋酒优劣之议论了。

"快了，快了！"姚老太太抬起手腕儿上小小的金表瞟了一眼，其实那小针儿她老人家根本瞧不见，"沈老师，您就请放心吧，搁我们家委屈不了他。这孩子就是招人疼，又聪明又听话，他姑爷爷说他智商高，要好好培养他。这不，先让他学学钢琴，那老师还是他姑爷爷亲自挑的，还说过些日子遇上好钢琴就给他买一架。"

小雁这时才端着个黑漆茶盘进来，把茶杯一一放在了客人面前，挺文雅的。姑妈眼睛跟着她的手，暂时顾不上说话，直盯着小雁的背影儿从门口消失，又说了：

"也难怪，这些外地来的小保姆都是农村的，见过什么世面，能懂什么规矩礼数。外边儿人家是八十块工资，我给一百块，多二十，不然你还用不长呢！前几天区里统战部长来看我们，问起有什么意见。我说，政府这么讲政策，我是一点意见没有。要说意见就一条，能不能办个保姆培训班，把这些人好好训练训练，这也是一种职业嘛！别以为是个人，不缺胳膊不缺腿的就干得了这个。"

想起家里的小菊，谢惓莹有点听不下去，就问道：

"不知道陈先生什么时候能回来？"

"啊，他有个应酬，一会儿就回来。"这位姑妈像是从哑巴牢里放出来的，说起话来没完没了，叫你插不上嘴，"您是不知道，我先生这人就是太热心，一回来各方面找他的人又多，他又怕驳人的面子，一天忙到晚，一刻也闲不住，我瞧着都累得慌。他可说……他说什么来着？他说美国，红红，他说美国什么来着？"

"说美国生活节奏快！"红红提着词儿。

"对，他老这么说，外国节奏快呀快的，说是人习惯了，回来也闲不住，一闲下来反倒浑身不自在。我就说他，天生是个操劳的命，整天地外边跑，也不知道将息将息自己的身子骨儿。唉，没法子……"

"要不，我们改天再来！"谢惓莹想走了。

"惓莹，再待会儿吧，她姑爹知道我们来的。"沈兰妮想看看孙子。

小光终于回来了。他一放下书包就大嚷：

"我要玩儿游戏机！"

一眼看见多日不见的孙子，沈兰妮眼圈儿都红了。这些天忙着办公司，连孙子都顾不上想，心里顿时感到内疚。她急忙站起身来叫道：

"小光，奶奶看你来了！"

小光先只见一屋子人，也没在意谁是谁。现在听见奶奶在叫自己，也只回头看了一眼，仍然接着喊自己的：

"我要玩儿游戏机！"

"玩，玩，一会儿就玩游戏机，先陪你奶奶坐一会儿。"姑奶奶拉过小光挤坐在自己的小沙发上，怕他跑了似的攥着他的小手儿，又问，"告诉奶奶，在姑婆家吃得好不好，睡得好不好？"

"好，好。"小光毫不掩饰地敷衍了事。

"想爷爷了吗？"沈兰妮本来是想问想奶奶没有，不知为什么又改了口。

"不……"小光的"不"字刚出来半个字的音儿，就被姑奶奶拽着手给推了回去。孩子仰头看了一眼姑奶奶严肃的脸，意识到自己说错了，就改口答道："想。"

"爷爷还等着你下跳棋呢！"

"我玩游戏机！"小光的声音显然小了许多。

"小光，星期天回奶奶家去，好不好？"姑奶奶出面跟孩子商量。

"星期天要上一个小时的钢琴课呢，下了课才能去了。"红红在一边说。

"那我带游戏机去！"小光又提出了附加条件。

对如此不懂礼貌的孩子，谢愫莹有些看不下去，但又深知这孙子在老同学心中的地位，也从旁笑劝着：

"小光，爷爷奶奶买了好东西等着你回去吃呢！"

这句话他倒听见了，扬起小胖脸儿问道：

"有美国巧克力吗？"

沈兰妮气得手冰凉，一时答不出话。姑妈出来打圆场：

"姑奶奶给你两大块巧克力拿着！"

"甭惯他这毛病！"这时当妈的出来说话了。

"我要玩游戏机！"

"红红，他要玩什么，游戏机游戏机的？"沈兰妮没玩过那玩意儿，连听也没听说过。

"游戏机您都不懂！"小光嗤之以鼻，同时从姑奶奶的手掌中挣脱出来，两手做出端着冲锋枪的架势，对着几位奶奶嘴里"嗒、嗒、嗒、嗒"的就是一通横扫，"你们都死啦！我胜利啦！"

"别胡闹。小光！"沈兰妮觉得这孩子也太无法无天了。

"奶奶！我这是玩'魂斗罗'给您看呀！坦克大战，昨天我差点儿就过第二关了，都怪妈，她老死。本来我一回都没死，要是她不借了我两条命，我早过去啦！"

什么死啊活的，沈兰妮听不懂，也跟孩子说不到一块儿。还是姑奶奶理解孩子，说道：

"去吧，先玩一个钟头，再做功课！"

"啊！妈，快，快去拿呀！"小光欢呼起来。

沈兰妮脸上没一点笑容了。她倒不是生气，而是发愁：孙子这么被娇惯下去，赶明儿怎么得了？！

姑太太可什么也没觉出来，她一边叫红红陪孩子去玩儿，一边又议论开了：

"孩子嘛，也得让他玩玩，您说是不，沈老师！"她对她的称呼始终改不了，"我先生说，内地人把孩子管得太死，一天到晚做功课，叫什么来着？啊，高分低能。美国人可不这么管孩子，人家那儿孩子爱干什么就干什么，爱玩什么就玩什么，由着他的性儿，要不叫自由呢！我先生说，从小就自由，赶明儿大了才能发展。"

沈兰妮惦着孙子，谢愫莹惦着借钱，都无心听姑妈关于中美儿童教育优劣之横向比较高论，姚老太太终于有所察觉，忙说：

"你们二位的事，没问题，红红一告诉我，我跟我们先生一提，他满口就答应了。他还说，办公司是好事，一定支持。他呀，就知道爱国，常跟人说，一辈子在外头辛辛苦苦的，临了还不是为了报效国家。"

"那可得先谢谢姑妈了！"谢愫莹倒认真听着，说了句客气话。

"您谢大姐太见外了，一家人嘛，这就是自个儿家的事。办公司啊，那可是个累活儿。'文革'那阵，我也在街道厂子里干过，成天弯着腰刷瓶子，手关节儿全变了形不说，还落下个腰脊椎的毛病，碰上阴天下雨的，那才叫受罪呢。如今天天有个大夫来给按摩，唉，也是白搭，好不了啦，我……"

谢愫莹明明听出老太太是把她们的公司和街道工厂混为一谈了，也懒得去纠正。人家老不回来，是要考虑告辞了。

正好这时陈悦之回来了，他一进门就连连抱拳作揖地赔罪：

"抱歉，抱歉，让二位久等了！"

"小雁，还不快给先生沏茶来！"这回是老太太自己起身张罗了。

陈悦之脱去外衣，老太太连忙接过来挂到衣架上。陈先生已转身到酒柜后为自己倒了一杯洋酒，加了两块冰，旋即坐在沙发上跟两位女士聊开了，语言的节奏是很快的：

"听内人说，二位有志于兴办公司，需要陈某在资金方面给予合作，这好办，好办。中共倡导'合资'企业，我是竭诚拥戴。内地改革开放，振兴经济，缺少资金这也不是秘密啦！同是炎黄子孙，陈某理当效劳。"

看来，姑爹这人还真是个热心肠，沈兰妮立刻面带微笑，谢愫莹也点了点头。

"我们办事最讲效率。我对内地只有一点意见，就是办事太拖拉，白白浪费许多宝贵的时间。其实，商场如战场，做买卖跟打仗一样，兵贵神速嘛！再好的项目，再赚钱的生意，拖上几年就泡汤了。二位今天来了，沈女士和我们又是亲戚，彼此都不是外人。如果双方觉得切实可行，我的意见，可以尽快签订一份意向书。"

听说很快就可以签什么书，沈兰妮更是喜出望外。谢愫莹比她明白点，心里有些疑惑不解，借钱就借钱，干吗还要签什么议向书，议什么向呀，顶多是写个收据吧？

"哎呀，你看看，尽是我一个人讲了，对不起，对不起！"陈悦之喝了一口酒后又接着说，"是不是请二位先介绍一下贵公司的情况，经营的范围、项目，包括注册资本的金额以及人员规模等等。当然，如果有文字的材料就更好了。"

"这个……"沈兰妮整个人傻了眼，她觉得人家问的那些她全听不懂，直拿眼瞧老同学。

"啊，是这样的，陈先生！"谢愫莹只好上阵了，"我们几个朋友想办个公司，主要嘛，是想搞信息咨询方面的业务……"

"好呀！"陈悦之打断了她的话叫起好来，"知识产业，在美国是很发达的。"

"至于资金嘛，正在筹集之中，能筹到多少，现在还不好讲。"

谢愫莹提高警惕，字斟句酌，很费了一番苦心，才婉转地说，"我们找陈先生，并不是想把我们的公司办成合资企业……"

陈悦之笑了笑说道：

"谢女士一定知道的，合资企业有很多优惠，比如说免税三年……"

"我们公司以服务社会为宗旨……"

"当然当然，为公众服务，啊，为人民服务，我很赞成。"

"所以，我们公司就不准备赚多少钱，因为我们的对象是妇女。这样一来，如果办成合资企业，外方的利润也会受影响的。"

"啊，这个好啊，好啊！"陈悦之笑容依旧，只是歪起脸来盯着这位原中共机关干部，不知她葫芦里卖的什么药。

拐了这么个大弯儿，谢愫莹才好不容易说明了她们的来意：

"我和兰妮来找陈先生，是想同陈先生商量一下，能不能先借一笔款给我们，等公司办起来了，我们马上归还。"

陈悦之端着酒杯注视着两位借贷人片刻，微微一笑，说道：

"这很好办。如果数目不大，就请二位找个担保，手续办了就可以拨款；如果数目比较大的话，我带回去，让董事会知道一下，这也快，我明后天就回美国。"

没等客人再说话，陈悦之扭头对旁边一直没再开口的老太太说道：

"太太，叫厨房多炒几个菜，留二位在这儿便饭呀！"

"不用了，不用了！"

沈兰妮是真的不能留在这儿吃饭，连声谢绝。姑妈也还并没有立即站起去吩咐，谢愫莹却听懂了送客的意思，马上起身告辞。

待客人已拿了皮包跨出门槛，主人还在不断地挽留着。就在"吃了饭再走呀"，"不啦，不啦"的热闹声中，她们已到了院中的假山前。沈兰妮突然左顾右盼停住了脚步，姑妈立刻冲东屋里喊：

"小光，你快出来，叫奶奶别走！"见孩子已跑了出来，又说，"快说呀，傻孩子，跟奶奶说，吃了饭再走！"

小光见奶奶要走，就舍不得了，过来抱住奶奶的腿，摇晃着哼哼唧唧地说：

"奶奶你别走，别走嘛，看我的游戏机去！"说着就拉起奶奶的手往屋里拽。

"这孩子！赶明儿奶奶再来接你，你要好好听话……"

"奶奶不走嘛！吃了饭再走，姑婆说的！"

"那谁给爷爷做饭呀，好孩子，听话！"

小光想了想又问：

"那，我不在，谁跟爷爷下棋呀？"

沈兰妮一时给问住了。多亏这时红红走过来拉开了小光，哄着说：

"星期六咱们就回奶奶家，跟爷爷下棋，行了吧？"

孩子被说服了。沈兰妮心里沉甸甸的。

朱漆大门关上了。她们两人并排走在静悄悄的小胡同里，很久都没有说话。

"兰妮，我看这件事算完了。"走到大街上，谢愫莹才说，"别瞧他满嘴漂亮话！不过，也不奇怪，商人言利不言义嘛！人家就是为了赚钱，赚不到钱的事人家为什么要干？"

"他不是说，只要找个担保，就行吗？"

"妮子，你呀，真天真！担保？谁给我们担保？"

"……"

"我看，小光放在那儿，也够呛！"

"是啊！你看那个样子……"

公共汽车上人满满的，她们等了三辆都上不去，最后总算是拼老命挤了上去。

第二十七章

段去尘一手抱着裹在棉被里的小沁沁，一手挎着装有几两肉馅和小捆菠菜的提包，推开了家门。

他把未满周岁的女儿放在床上，把肉馅和菠菜放在桌上，再看看满屋的灰尘和随地堆放的杂物，不知自己该先干什么才好。

天色渐暗，惠心一会儿就会从"牛棚"放回来。他不能让她看见这个家被弄得这么凌乱、肮脏。应该先把屋子打扫一下。他拿起脸盆跑出去，在院里的水管子下接了小半盆水回来洒在地上，拿起扫帚扫起地来。

不，还是应该先做晚饭。她离家半个月了，啃窝头吃咸菜，最缺的是可口的饭菜。先给她包馄饨，汤里放上绿莹莹的菠菜，她一定喜欢。他把扫帚扔下，跑到外面的小厨房捅开炉子，坐上开水，又拿了碗进屋来装上肉馅，一边看着孩子一边用筷子搅拌。

他手上在做着迎接妻子回家的一切，心里却越来越慌乱。

"今天放曾惠心回去，你要好好做工作，将功折罪，这是对你的考验！"

想起造反派塞在他口袋里的那张"革命公告"，段去尘拿着筷子的手停下了。那薄薄的一张纸，像一团火焰在炙烤着他，他什么事也无心干了。

他放下了碗筷，呆呆地站在那里，一动不动。

小沁沁在棉被里蹬着脚，哭了起来。

段去尘忙跑过去拍着，孩子仍然哭个不停。他揭去小被子，把孩子抱起来，沁沁不哭了。可一睁眼，看见爸爸的脸，又哭了起来。他慌了，不知孩子是怎么回事。再一看手表，糟！早已过了喂奶的时间。他急忙把孩子放回小床上，热了牛奶，灌到奶瓶里。正想把奶嘴套在瓶口上，又记起曾惠心在家时每次喂奶都先烫烫奶嘴，他伸手举起热水瓶。瓶里是空的，早上就没有烧开水。沁沁又哭了，他慌了神，顾不得烫奶嘴，赶紧把它套在瓶上，弯腰在小床前，把奶嘴塞到女儿嘴里。谁知孩子刚吮了一口，又吐出奶嘴，放声大哭起来。

段去尘愣了一愣，才恍然大悟，心里骂着自己该死，这么烫的奶怎么能喂孩子！他急忙跑到外边，打开水龙头，把瓶子放在凉水下面冲。随后，他又学着曾惠心的样子，倒了几滴奶在自己的手背上试试，确实不冷不热了，才回到屋里，重新把奶嘴塞到孩子嘴里。

孩子吃奶了，他松了一口气，这才觉得自己出了一身汗。可是，没过多久，小沁沁又把奶嘴吐了出来，哇哇大哭。

这孩子怎么了？是不是病了？段去尘望着哭泣的孩子六神无主。

就在孩子的哭声中，曾惠心回来了。段去尘举着奶瓶迎上去，喊了一声：

"惠……心！"

曾惠心顾不得回报丈夫深情的呼唤，接过他手中的奶瓶，两步就跨到小床头，把小女儿抱进怀中，让她躺在自己的臂弯里，然后把奶嘴喂到她的小嘴里。孩子安静了，有节奏地吸吮着。她的一双小小的胖手儿，在半空中抓挠，像是想抓住妈妈的衣衫，又像是想抓住自己的奶瓶。小手儿一会儿落在奶瓶上，一会儿落在妈妈的手背上，露出十分可爱的小酒坑儿。慢慢地，小嘴不动了，小眼睛闭上了，只剩下那两道和爸爸一样又黑又长的眉毛，像画一般描在胖嘟嘟的小脸上。曾惠心把奶嘴往外抽了抽，想拿开空了的奶瓶。可是，小嘴儿不松开，又咕嘟了两下，小眼睛还强睁了一下，看到了妈妈的脸，睡去了。

曾惠心这才小心地把奶嘴抽出来，双手抱着孩子慢慢地站起。慢慢地弯身在小床边，又等了一等，见女儿确实睡熟了，才轻轻地把她平放到小床上。

段去尘出神地望着自己的妻子，望着她的每一个动作。她是一个才华出众的妻子，她是一个温柔的母亲，他们有一个温馨的家。可是，"文革"一来，他们这个小小的家庭就遭到沉重的打击，而更大的厄运还在明天，明天……

"老段，你怎么了？"曾惠心把奶瓶递给他，立刻就在靠桌边的椅子上坐下了。好像她剩下的精力只够她走到这把椅子跟前。

"我……"段去尘接过奶瓶说，"我给你做馄饨去……"

"不用了，我什么也不想吃。"

"惠心！"段去尘上前一步，就着台灯光，俯身看着妻子憔悴、失血的脸，哽咽着说，"你瘦成这样，他们是怎么……"

"没什么，我能挺得住。"

段去尘撸起她的衣袖，发现她的双臂红肿，马上拿起棉花和碘酒，慢慢地替她揉搓。不多一会儿，他放下手上的棉花球，上下打量着妻子。忽然，他看见她裤子的两个膝盖上都有血迹。他立刻蹲下身，慢慢地替她把裤腿卷了上去。啊，膝盖肿得像一个大碗，皮破了，血已凝成了痂。

"惠心！"他大叫一声，跪倒在地，把脸埋在她的膝盖上痛哭起来。

"不要这样，老段，你不要这样啊！"曾惠心泪流满面，嘴唇哆嗦着。

半晌，段去尘才在藤椅上坐下，把身子隐匿到光束不及的暗处。低着头不敢再看面前伤痕累累的妻子。还是她问他：

"他们还斗你吗？"

段去尘摇了摇头。

"还逼你揭发我是苏修特务？"

"他们……"他想说什么，终于还是摇了摇头，什么也没有说。

窗外响起了雨声，淅淅沥沥的，好像流不完的泪水。明天，明天这一关怎么过啊！段去尘双手捧着头，只觉得脑子里一片空白。

"老段，告诉我，又出了什么事？"

"不，没有什么。"

"是不是他们……"

"他们，他们……"段去尘从口袋里把那份"革命公告"拿出来递给她。

曾惠心打开来，看见上面写道：

> 兹定于本月六日上午九时召开宽严大会。凡叛徒、特务及其他反革命历史罪和现行反革命言行的分子，在今明两日内向我司令部坦白交代者，均视为主动坦白，给予宽大处理，既往不咎。有立功表现者，奖。如有隐瞒者，知情不举者，严惩不贷。勿谓言之不预，切切此令。

曾惠心把这张纸撕了个粉碎。

夜深了。他们躺在床上很久了，谁也没有说话，却都知道谁也未曾入睡。在这样生死未卜、凶多吉少的日子，怎能安睡？

段去尘侧过身去，怕妻子察觉到自己脸上无法掩饰的痛苦。他竭力使自己的呼吸平稳，好使她觉得自己睡着了。可是，一想起今天造反派头头的吼声，他的呼吸就变得急促。

"段去尘，这是最后的警告！你必须让曾惠心明天在大会上坦白！"

"告诉你，这是关系到'无产阶级文化大革命'在出版社是不是取得伟大胜利的大是大非问题！"

"如果曾惠心顽抗到底，只有死路一条！"

让惠心承认这莫须有的罪名，难如登天，他太了解妻子那宁折不弯的性格了。如果……明天，他们采取更残酷的手段，她经受得了吗？

沁沁在小床上动了一下。惠心马上爬起来，给她把了尿，女儿又安安静静地睡了。

段去尘转过身子，悄悄睁开眼睛，望着羸弱的妻子和尚在襁褓中的女儿，他心中充满了难言的苦楚。他不能保全自己，更不能保全妻子女儿！他不敢想象，明天，这个家又将遭受怎样的摧残……他感到自己的手足冰凉，身上止不住一阵阵地颤抖。

"老段，老段！"妻子在床头低声地喊着。

他立刻闭上眼睛，发出轻徐的鼾声。

雨，好像停了，只有屋檐上的雨水不时啪、啪地落在地面积水的小坑中，发出轻脆的响声。

"宽严大会"开始了。

各类被认为"有问题"的人，集中坐在台下一侧。造反派头头开始交代政策，恩威并施，然后点名。第一个被叫上去的，拒不认罪，立即在一片"打倒"声中，被宣布扭送到"专政队"。那人随即被反剪双手，押下台去。第二个"主动坦白"的，当场宣布"解放"，回到革命群众队伍中去，并受到鼓掌欢迎。第三个，第四个……真是政策兑现，立竿见影。

段去尘埋头坐在台下，汗流浃背，如坐针毡。这是最后的关头了，下一个，下一个……就要点到曾惠心了，这是最后的关头了。如果她再不争取主动，她完了，我也完了。不！她是绝对不可能上台去的。那……只有我，我可以上去坦白，替她坦白。这是唯一的活路。群众运动，你能抗拒吗？！……他蓦地举起手来，嘶哑着嗓音喊：

"我要坦白！我要坦白！"

全场惊愕。

曾惠心侧过脸去，她看到他煞白的脸霎时变得通红，仿佛全身的血都涌到了脸上，他要干什么？！

造反派头头把他叫到台上去，说：

"段去尘，你坦白吧！"

"我坦白，我利用翻译小说反党……"

台下嚷嚷起来：

"去你的吧，大字报上早揭发了！"

"坦白新材料！"

"把他押下去！"

段去尘像垂死挣扎的人，突然凄厉地大叫：

"我有重要材料，我有重要材料！……曾，曾惠心是……是苏修特务。"

出版社著名的"顽固堡垒"终于被攻开了一个缺口，造反派疯狂地带领全场振臂高呼：

"把苏修特务曾惠心揪上台来！"

在一片嘈杂声中，段去尘气急败坏地大叫：

"不要揪她，不要揪她！是她让我坦白的，我是替她坦白的呀！"

没有人听他的叫喊了。

与其说曾惠心是被揪上台的，不如说是她自己跨上去的。她刚刚站到段去尘身旁，没等押解的人拧住她的两只胳膊，她抬起手臂，用力给了段去尘一记耳光，咬紧牙关骂道：

"你无耻！"

她晕倒在地。

第二十八章

听说谢阿姨、沈阿姨要来吃饭，曾沁沁可高兴啦！这个家实在太冷清了，整年连个客人的影子都没有。好不容易妈妈要请老同学来聚一聚，她比妈妈还忙活，而且早就替妈妈出谋划策了：

"请她们吃涮羊肉吧？"

"可以。"前些日子，曾惠心用积存的粮票在小贩那里换了一只铝制的涮锅。

"反正白菜家里有，粉丝、调料、烧饼我去买。您负责羊肉片儿就行了，我看不出什么样的好？"沁沁谋划着，比过年还高兴。"凉菜呢，要不要买点香肠什么的？"

"有也行，没有也无所谓。"

"还是准备两个吧，我包了。"

等到星期六曾沁沁回家，知道日子就定在明天晚上时，她没有显得那么高兴，只是又问了一句：

"明天晚上？"

"你有事吗？"

"不，没有，没有。"

她坐在妈妈的藤椅上，弯下腰去逗唤唤，做出挺高兴的样子。唤唤似乎感觉到她的敷衍，不理她，悄没声息地跳上大床，卧在妈妈的身边去了，曾沁沁看见写字台上有一沓文件似的东西，就随手翻来看，心里却在斗争着：爸爸那边怎么办？

"沁沁，你学校如果有事，可以早些回去，我一个人也行。"

"其实，也没什么要紧的事，我缺了两堂课，本来想明天下午回去借同学的笔记抄抄。"

"那你就早点回去，反正有沈阿姨她们帮忙，没问题。"

"可我也挺想见见沈阿姨的，我好久都没见她们了。"

一边同妈妈说着话，一边用眼睛在看母亲编的"经济信息分类索引"。看着看着，曾沁沁惊讶了。啊，真不简单，汇集了这么多资料，分类又是这么精细！钢材一项就分中板、薄板、钢管、无缝钢管、异型钢材、建筑用材等等。每一类又分各种型号、规格、调拨价格、市场价格、出产厂家，有的连厂长姓名、电话号码等等都收了进去。

"妈，这都是您弄的？太伟大了！"曾沁沁从心底服了。

"一堆废纸，没什么用处。"

也许是吧，她们那个"三女公司"怎么老也开不了张。如果办不成，这真是一点用都没有的。曾沁沁不敢再说什么。

"沁沁，早点休息吧，明天早上还要早起。"

睡在自己的小床上，沁沁闭着眼睛翻来覆去怎么也睡不着……

爸爸的书稿出版社催得紧，她答应了星期天下午去替他誊写的。偏偏妈妈这儿又是明天请客，也是下午。虽然向妈妈扯了谎，心里总是不踏实。

妈妈和爸爸，在她的心目中长期是一头沉的。或者说她只有妈妈，没有爸爸。等到爸爸闯入她的生活中来，那没有的一头有了，而且分量逐渐地加重，终于持平了。她害怕极了！怎么可以这样呢？妈妈含辛茹苦，把我抚育成人。爸爸却是抛弃了我二十年，没有尽任何义务……她竭力想把感情的天平向母亲这边倾斜。

可是，每次到爸爸那里去，她都感到轻松、自由，没有语言的禁区，什么都可以说，说自己，说妈妈……爸爸什么都想听，听得津津有味，有时提问，有时叹息，有时还哈哈大笑。他还要在这本新译著的扉页上写"献给我亲爱的女儿"呢！可是回到妈妈身边，就好像进入冷宫，禁忌太多了，许多话不能说。但是不说话也不行，妈妈善于观察，她总能从细微处，包括从默默无言中，看到你的内心。

本来她想给谢阿姨她们炒几个菜，又怕妈妈怀疑是爸爸教给她的，引起不必要的不愉快。刚才她的谎言，从妈妈的脸色可以看出，她肯定知道她要上哪儿去，只是不想点破罢了。这可怎么办呢？

曾沁沁一夜没睡好，但她还是装出精神抖擞的样子，跑出跑进地收拾采买。上午还好，就在忙忙叨叨中过去了。下午，却是在难挨的沉默和等待中度过的。眼看都四点了，客人还没有来，妈妈又说了：

"沁沁，你回学校去吧，你不是说有笔记要抄吗？"

"没关系的，我吃了晚饭再回去也不晚。"她下决心晚一点到爸爸那儿去，甚至今天可以不去，反正不能让妈妈扫兴。这样一来，她自己倒觉得轻松了，话也多了：

"我特想见见沈阿姨。妈，您还记得吗？下放的时候，她还想接我去他们家呢？我就喜欢沈阿姨，她最漂亮了，可惜她怎么没去演电影……"

"瞎说些什么。"

哈，看来妈妈一点没什么怀疑了。

又等了半个多钟头，敲门声刚一响，沁沁噌地跳了起来。打开门，她就高兴地叫：

"谢阿姨，您怎么才来呀？"

"沁沁呀，真是越长越漂亮了！"

曾沁沁挎着阿姨的胳膊往里走。谢懔莹看见小过厅里已支上了小圆桌，杯盘碟筷都已摆好，收拾得干干净净的，猜想这一切肯定是沁沁做的，就拍拍孩子的手夸道：

"沁沁，你现在真是个大姑娘了，可以帮妈妈的忙了，真是个好孩子。"

"您怎么没把小琴带来？"

"她来干什么，捣乱呀？"

谢懔莹笑着，这才看见曾惠心抱着唤唤站在房门口。沁沁一直亲昵地挎着阿姨的胳膊走进屋里，请她在藤椅上坐下，又回头叫妈妈也在床边上坐下，然后笑嘻嘻地说：

"你们商量大事吧，我去干活儿。"

说着，她跑了出去，一会儿又给阿姨送来茶，还端来一盘瓜子儿。

"你的沁沁可真懂事了，比小琴强十倍。"

曾惠心不由得叹了口气说道：

"不幸的家庭，总是培养出早熟的孩子。"

谢愫莹满脑子都是她的公司，立刻又转了话题：

"这两天，真把我急死了。跑了两次工商局，找了这个找那个，人家就是不给登记，说我们没有挂靠单位。我拿出区妇联的介绍信，人家根本不理。我真有点灰心了，没有想到，要办点事，就这么难。"

沁沁一个人在小过厅忙活。她已把买来的羊肉片尽可能美观地摆到盘子里端上了桌，各种调料也放在了小碗里，白菜切好了，粉丝发好了，桌子中央留出了放锅子的地方，只等沈阿姨一来就烧上锅子开涮。而且她对于烧炉子的窍门也掌握了，还是那天在爸爸家，他也是请她吃的涮羊肉。只见他在炉子里装好炭，然后把炉子放在煤气灶上，点上火，就一会儿工夫，炉子里的炭便着了，冒出了火苗。她学会了这一手，今天就准备这么干，当然，这技术要保密，绝对不能让妈妈知道。所以，她很从容，只等沈阿姨一来……

可是，怪了，这沈阿姨就是没影儿。

左等不来，右等不来，直等到五点半，才等来一个电话传呼：请曾惠心给沈兰妮家回个电话。

曾惠心忙跑出去打电话，屋里就剩下沁沁陪着谢阿姨了。

"沁沁，告诉阿姨，有男朋友了吗？"

"没有——"

"真的没有？"

"真的。"

"这就好。不像小琴，整天交些不三不四的朋友，真叫大人担心。沁沁呀，以后你常来我们家，帮助帮助小琴，多跟她谈谈。"

曾沁沁笑了，说：

"谢阿姨，她不挺听您的吗，您跟她谈哪。"

"她可不是那种听话的孩子。她呀，什么事情都有她自己的看法，什么事都有她一大堆歪理，跟她简直说不进去。"

"现在年轻人都这样，我妈也说我太有主意呀！"沁沁望着阿姨笑。

是啊，现在的年轻人都一样，简直什么事都可以不跟大人商量，自己就敢作决定。这个曾沁沁就是很有主见的，她不是已经跟她那个爸爸取得联系了吗？立即，谢懔莹问道：

"沁沁，听说你见了你爸爸？"

"见了。"

"也到他家去过了？"

"去过了。"

"告诉你妈妈了吗？"

"嗯。"

"你妈让你去？"

"妈没说什么。在这个问题上，妈说她不发表意见。"

"糊涂呀，这个人！"

"谁？谢阿姨，您说谁糊涂呀？"

"谁？除了你妈还有谁？"

"我妈怎么糊涂呀？我觉得她……"

"你妈妈真糊涂，她怎么能让你去见那个人！"

曾沁沁有点不高兴了，但面对长辈，她语气还是缓和的：

"他毕竟是我的父亲，为什么不能见呢？"

谢懔莹猛地站了起来，掩盖不住脸上的怒容：

"父亲！这样的人不配为人父！沁沁，难道你真的不知道，这个段去尘毁了你母亲的一生……"

"那是过去的事！"曾沁沁忍不住了，打断了谢阿姨的话。即便是妈妈的好友，完全站在妈妈的立场上，你也没有权利攻击另一个人。"谢阿姨，我不打算弄清楚他们之间的恩怨是非……"

"不！"谢懔莹声色俱厉地打断了她的话，"沁沁，你不是小孩子了，你应该懂是非，何况他们之间不是一般的恩怨问题！"

望着谢阿姨气得发红的脸，曾沁沁有些害怕了。爸爸究竟做过什么，他们之间到底发生过什么事？妈妈始终不告诉自己，看来谢阿姨也是知道的，应该问问她：

"谢阿姨，您告诉我，到底我父亲他，他犯过什么错误？"

"他犯过什么错误？"谢懔莹还站在那里不动，只是冷冷地一笑，"他不会犯错误。像他这种人，一辈子都没有错误。"

"那……"曾沁沁更不明白了。

忽然，她看到谢阿姨眼里好像在冒火，只听她咬着牙说道：

"沁沁，你听明白了，你爸爸，他是犹大！"

"啊！"她像被一棍子击倒在地，坐倒在身后的藤椅上。

"他出卖自己的灵魂，出卖自己的妻子。为了自己，他什么都可以出卖……"

"不，不，他不可能是这种人！"沁沁嘴唇发白，小声地替那个人辩解。但她的心里明白，如果没有什么事实，谢阿姨是绝不敢无端地这样诽谤一个人的。

"你一岁多的时候，你妈就被下放到农村劳动改造，你知道是为什么吗？"

"那是'文革'当中受迫害。"

"你知道是谁害了她吗？"

"不知道。"

"是段去尘把她卖了，诬陷她是苏修特务！"

一刹那，曾沁沁愣住了，她呆呆地望着谢阿姨的嘴，好像不信那句话是她讲出来的。她的脑子里嗡嗡乱响。她只听见自己的声音喃喃地喊着"不"。然后她转身扑在写字台上，放声痛哭起来。

半晌，谢懔莹向前走了一步，用手抚摸着她的头发，轻声说道：

"沁沁，别哭了！你哭阿姨心里很难过。你太年轻了，你不知道人有时候是很卑鄙的。我只是想让你知道，我并没有想让你伤心。为这种人，不值得。好好爱你的妈妈吧，她才是值得尊重的。在那样的压力面前，她没低过头。尽管她生活得并不幸，但是她不愧是一个正直的知识分子，不愧是一个真正的人！"

"妈为什么不告诉我，为什么不告诉我！"沁沁哭喊着。

谢懔莹双手扶住那抖动的肩膀："好孩子，别哭了，你把阿姨的心都哭乱了。你妈妈一点都没告诉过你？"

曾沁沁使劲地摇着头。

谢愫莹深深地叹了一口气，说道：

"沁沁，你妈妈这一辈子，心里太苦了。她常跟我说，她只希望你生活得无忧无虑，她不愿意你知道太多的人世间的丑恶。"

哭声渐渐地小了下去，曾沁沁抽噎着，但她在听。

"也许，她是对的。你生活的路还很长，你会用自己的眼睛去看美和丑。也许，阿姨今天也不该告诉你的，惹得你这么伤心……"

曾沁沁忽然抬起头来，擦着脸上的泪，说道：

"不，谢阿姨，您应该告诉我，我已经是大人了，我知道该怎么做的。"

"真是个懂事的好孩子，快，去洗洗脸，一会儿你妈妈就回来，别让她看见。她要难过的。"

曾沁沁点点头，低头起身去了卫生间。

不一会儿，曾惠心喘息着，面色苍白地走来，喊道：

"快，愫莹，咱们走，兰妮病了！"

第二十九章

天已经全黑了，谢愫莹和曾惠心才赶到沈兰妮家。

谢愫莹正要抬手敲门，却发现门虚掩着，待曾惠心跟在身后悄悄地进来，她就把门轻轻地关好了。

屋子里静得没有一点声音，好像一个人都没有。过道里漆黑，只是从客厅的方向透过来一点昏暗的亮。她们也没有去找过道的开关，又不敢大声地叫主人，只是小心地朝那灯亮的地方走去。到了门口，她俩站住了。

屋顶上那一盏孤灯下，照见大靠背椅上赵卫国一动不动的身影。他闭着眼睛，双臂垂下落在扶手上，好像是睡着了。

谢愫莹回头看了曾惠心一眼，就走进了屋子，一直走到大椅子旁边，才叫了一声：

"老赵!"

赵卫国一下子睁开两只红肿的大眼,见是妻子的两位好友,颤颤巍巍地就要站起来。谢愫莹伸手按住他的肩问道:

"兰妮怎么样了?"

"她刚吃了药,正睡着,好些了。"

客人悬着的心才稍稍放了下来,在旁边的沙发上坐下。曾惠心抬头看了看卧室那边半关着的门,问道:

"怎么这么突然?是什么病?"

"都怪我,都怪我!"赵卫国一手拍着椅把儿,懊悔万分地说,"这几天,我就觉得她提不起精神。我倒是问过她,是不是哪儿不舒服了。她说,没什么。我也就大意了。"

两位客人坐着,静静地听他说。赵卫国的声音不像往常那样洪亮;而是低沉的,缓慢的,含混不清的,像是自言自语:

"今天上午,我就觉得她不对劲。我以为是她心情不好。那两天我听她说过,说你们的公司进展不顺利。我就想拉她出去走走,散散心也好。她早就动员我去买件夹克衫,我一直没答应。我穿了一辈子军装,穿那玩意儿干啥?她说,人总不能一辈子只穿一种衣裳,也该改革改革了。早上,我就想,去买吧,也算了了她这两年的心愿。兴许,还能高兴会儿。"

他的脸朝前伸着,他的眼睛不看客人,好像是冲着那扇半开着的门在诉说:

"我说去买夹克衫,她也冲我点了点头。我说,那就走吧。可她,就坐旁边那沙发上,说,怎么回事,我浑身一点劲也没有,腿也发软……"

在昏暗的灯光下,赵卫国转过脸去,抹了抹眼睛。两位客人见他这么难过,不知如何是好。想听他说兰妮的病,又不忍心看他这个样子,谢愫莹忙说了一句:

"老赵,到了这个年纪,生病总是免不了的。你不要太着急。"

曾惠心见茶几上一碗小米粥已经凉了,就说:

"老赵,你还没吃饭吧,我替你把粥热一下。好吗?"

"不,我吃不下。"赵卫国抬起手,无力地摇了几下,"中午,她还惦记着说，晚上要去惠心家开会。我说，你这个样子怎么能去啊，你怎么能挤那个公共汽车？她说，不要紧，睡一觉就好了。吃完饭不到一点钟她就睡了。我看她睡得挺好，也就放心了。我中午都是睡一个小时一定起来的，我起来，看她还睡着。到了三点半，还不见她起床。我进屋去，本来想叫醒她，她不是说要去开会吗？可我到床前一看，她睡得挺香，心想，她可能是太缺觉，能睡，就让她多睡会儿，我就没叫她。"

说到这里，赵卫国长叹一声，用手重重地捶打着椅子扶手。

"都怪我，都怪我！怪我大意啊！其实进去的时候，我已经看见她额头上有汗。我还想，秋天了，天这么凉，怎么睡着了还出汗？我以为是她被子捂得太严，还替她松了松。又怕她着凉，我还把窗户关严了。谁知道，她那会儿就是犯病了啊！"

这句话，他几乎是喊出来的，令人心悸。谢愫莹和曾惠心相对望了一眼，不知是否该让他再说下去。

"到四点多钟，我就奇怪了，她怎么还在睡，该叫她起来了。那会儿，我还坐在这椅子上，正抬身要起来，就听见她在屋里大喊了一声，我，我赶紧进去。就看见，就看见她，被子都在地上，妮子她，她满身大汗，一手捂着胸口，喊：疼，疼啊……"

说话中，赵卫国的手也捂在自己的胸前，仿佛是那里在痛。谢愫莹不由得叫了一声：

"老赵，你不要太激动了！"

赵卫国好像没听见，接着说：

"我，我赶紧给急救站打电话。幸好他们来得快，说是轻度心绞痛，现在没有什么危险了。他们给开了药，让休息两天，再去医院好好查查。"

"啊！幸亏及时啊！"曾惠心也松了一口气。

"唉，戴上心脏病帽子，就要注意了。"谢愫莹也小声说。

赵卫国并没有听见客人的话，他只是在责备自己：

"都怪我，都怪我！我怎么就没想到，她也不年轻了，心脏也会不好的啊！这几年，总是她担心我犯心脏病。这急救站的号码还是她写在电话机旁边的，说是万一她不在家，就可以照这个号码拨。万没有想到，我没用上，她，她倒先用上了！……"

"老赵，你真是不能太激动了！"谢惸莹走到他面前，弯下腰劝道，"你万一心脏病再犯了，还不把兰妮急死！"

赵卫国点点头，屋里一时静得像没有人。

"我看，家里光你们两人不行啊，是不是……"

谢惸莹提高了声音，他听清了，立刻答道：

"新成跟红红他们一会儿就来。我给他们打了电话。妮子说，她要小光来。他们说带他一块儿来。其实，我本来想，她病着，就不要……"

"卫国——"

从卧室里传来沈兰妮衰弱的喊声，赵卫国一下子就听见了，扶着椅子歪斜了一下，很快地站了起来，忙忙地走进屋去。

谢惸莹和曾惠心也跟了进去。

床头边一盏红色的台灯的罩上，蒙着一块蓝色的头巾，使得房间里的灯光格外暗淡。赵卫国已经几步跨到床前，弯腰双手握住那只搁在被子边上的手，连声地问：

"兰妮，好些了吗？……"

沈兰妮平躺着，只是动了动被握着的手指，又问：

"你在跟谁说话？"

这时，谢惸莹和曾惠心才从门口走了过来，还没有等她们开口，病人小声地喊了起来：

"啊，是你们来了！"

赵卫国直起身让她俩到了近前。

幽暗的灯下，沈兰妮那张浮肿苍白的脸搁在枕头上，没有一点生气。只见她费力地抬起眼皮，对着老同学说：

"坐这儿，近点！"

她们像对待一个孩子，照她的话，在那大床的两边坐下了。只见她又动了动被子上的手，想抬起来似的。曾惠心忙握住她的手，谢惸莹握住了她的另一只手。沈兰妮笑了，不过那笑容转瞬即逝，好像她的脸已承受不了笑的重负。

"我记得，在学校，有一次我生病，那时候，真娇气……"

"你不要多说话。"谢慊莹制止她。

"惠心，你还记得吗？你给我冲了一碗藕粉。后来，我再也没吃过那么好吃的藕粉。"

曾惠心点点头说：

"记得，那次你感冒了，很快就好了。现在，兰妮，你还是闭上眼睛，养养神。"

"我老是做梦……"沈兰妮闭上眼歇了一会儿，又睁开来说，"我梦见我们去跳舞，老是找不着地方。老是走呀，走呀，走得累极了……可是，在梦里，我们多年轻哟！"

听的人一句话都答不上来了。

待了半天，谢慊莹说出来的还是那句话：

"你少说点话……"

"不，说说，心里痛快，真的。"沈兰妮看了看两位老同学，泪珠从她的眼角慢慢地一滴一滴地滚落下来，顺着她的脸颊悄悄地流到了枕上，"我真希望，那个梦不要醒。刚才我见到你们，觉得真怪，人怎么一转眼就老了。老成这样了。我真的，真的舍不得，我们那个时候，那么快就没有了。我们的青春没有了……"

"兰妮，看你，尽瞎想些什么！"曾惠心强忍着心底的痛楚，竭力安慰着病人，"人嘛，总要经过春夏秋冬，不能总年轻呀。再说，你还不老啊！"

"以前，我还不觉得自己老。这一病，我才知道，慊莹，不服老不行，我们真的老了……"

"不准你说这些。"谢慊莹坚决制止了她，"你不过是病了一场。医生说你只是很轻的心绞痛，是给你一个小小的信号，以后注意点，没什么大不了的。等你好了，我们还一块儿办公司呢！"

沈兰妮使劲握了握她的手，想笑一笑，可是笑不出来，有气无力地说：

"慊莹，不骗你，妮子不行了，真的不行了。"

第三十章

高高的国贸大厦耸立在大北窑桥畔。谢愫莹下了公共汽车，快跑了几步，闪过一辆辆徐徐驶来的"奔驰""皇冠"和"蓝鸟"，来到大厦门前。

两个门卫身着华美的制服恭立在自动门旁，没有阻拦，没有盘诘，没有登记，确实不像政府机关，进门就给你一个下马威。这里是一个开放的世界。谢愫莹随着男女老外和真假华侨顺利进入大厅。站在豪华的大厅里，踏在光滑的地面上，她心里有点胆怯，觉得这样富丽堂皇的写字楼，不是她该来的地方。

为什么会胆怯？有什么不该来？我是中国人，中国的地方，中国的大楼，我都可以进，而且是理直气壮。她给自己鼓劲，顿时好像腰杆硬了，气也粗了，走路也快了。她抢在一个高个子金发碧眼的男士前走到电梯门边，那白人很有礼貌地退后一步，做了一个"女士优先"的手势，并向她露出一个微笑。

她点点头表示领情，心里也微微地笑了，笑自己的孩子气，何必一定要跟人家争个先后？

电梯一直在往上升，里边的人仿佛都憋着一口气，谁也不说话，连一块儿进来的认识的人也停止了交谈。大约是这块地盘给人的空间太小，压迫得人只盼着赶快开门逃出去。只有谢愫莹不希望电梯立刻就到二十八楼。她还在问自己，今天到底该不该来？问题不在于该不该到这个洋人和"高等华人"聚集的地方。"国贸大厦"，顾名思义，就中国人同外国人做买卖、洽谈业务的地方，中国人理所当然地应该来。正因为这样，在林林总总外国公司驻京办事处招牌的一旁，也是这样那样中国公司的名字。佳华公司就是其中之一。人家在这里有大本营是无可非议的，问题的关键是你该不该去见这位总经理？

一想起那天招待会上的尴尬，谢愫莹恨不能扭头就走，下辈子也不理睬这位"一阔脸就变"的老相识。真是人穷志短吗？没有挂靠单位，办不下营业执照；没有注册资本，一文钱逼死活人。想起兰妮愁眉不展的病容，"三女公司"已面临办不办的问题。在这生死存亡的关头，你还有什么不能置之度外？再说，找这个韩新民一不是要批件，二不是要钱，三不是走后门，不过是让他们做个挂靠单位，无损他们一根毫毛，就能挽救这尚未出世的公司于危难之中。这，又有什么不可以呢？

电梯无声地在二十八楼停下了。谢愫莹快步走了出来，谁也没有察觉这位女士片刻之间的犹豫，只有她自己清楚此刻内心的矛盾。

为了这次的约见，她忍住一种简直可以说是生理上的厌恶，给那位娇声嗲气的吕小姐拨过三次电话。回答不是说"韩总飞广州了"，就是"韩总正在召开董事会，实在没有时间"。真的？假的？谁知道呢？反正韩新民不想见她，这是肯定的。一想到当年他的热情，对比今日之冷漠，一种她从来未曾体验过的"人老珠黄"的滋味悄然袭上心头。她站在门外，拍了拍自己的头，你是不是糊涂了，哪儿来的这些想法？况且，昨天是那位吕小姐主动打来的电话，约好今天来，并非谁强求谁呀。

她沿着箭头所指的方向朝前走，推开一扇大玻璃门，就见一位小姐很快地从写字台后站起来，向她点头致意。人家这里的工作人员，不管出了大门儿是什么做派，起码在工作时间是十分温文尔雅的。

"请跟我来。"那位小姐的声音轻且柔，说着就从写字台后走了出来。

跟在这位倩女的后面，谢愫莹只能看见她婀娜多姿的背影，那轻盈跳跃的步伐，包裹在短短的黑羊皮裤里的一双秀美的腿。她忽然觉得前面这位妙龄少女非常像当年的沈兰妮。她的身材也是这般修长，她的一双腿也是完美得无可挑剔。只可惜她没有这么时髦的裙子，五十年代的连衣裙不可能让她展示自己浑身的神韵。

她们穿过一间现代化的大办公室。中间一条宽宽的道，两旁是用半截塑料板隔成的一个一个小单间，每间里有白色的办公桌、电脑等现代化办公用具。既有分割，又是整体，更便于监督。男女职员衣着入时，头脸干净，埋头于自己的小天地中。他们有的歪着脑袋，高耸半边肩膀，夹着话筒与人通话，手里在干着别的；有的双手按键盘，目光紧盯在电脑屏幕上；有的则在翻阅什么材料。虽然没有嘈杂的声音，却给人以繁忙的印象。

在一间钉有"总经理室"铜牌的办公室前，引路的小姐止步欠身，推开门说道：

"请进！"

进得门来，屋里并没有那位总经理，只有那位见过面的吕小姐，坐在一张轻巧华贵的写字台后打字。她抬眼看了一下来人，脸上立即出现一个职业性的微笑，没有起身却客气地说：

"对不起！请您稍等一下，韩总正在接待一位客人。"

原来这是一间秘书室。除了吕小姐那张斜对着门的桌子之外，还有一圈法国式矮背彩色的小沙发。谢悙莹只好走过去，正想在沙发上坐下，就见通往经理室的门开了，一个年轻的男人欠身退了出来，又小心地把门关严。就在他一回身时，恰好和谢悙莹打了一个照面：高有信！他也来这儿了？！

"真没想到在这儿见到您，谢大姐！"高有信见了老朋友似的，迎了过来。他又换了一套西服，是与初秋季节很协调的浅棕色，脚下的皮鞋也光可鉴人。

"啊，你也来了。"说完这句话谢悙莹就后悔了，好像她跟他是同一水平线上的。

"是啊，洽谈一点业务，韩总很热心……"

幸亏吕小姐过来招呼谢悙莹：

"谢女士请进！"

里屋比外屋大两倍，茶色的大玻璃窗挡住了阳光的照射，也隔开了都市的噪声。白色软面料的长窗帘，给房间增添了飘逸的轻柔。韩新民正坐在一张工艺精细、乌黑锃亮的大办公桌前接电话。见她进了门，伸出一只手朝沙发示意，之后又把身子在转椅上转了一百八十度，侧身面对来客，话可是冲着话筒说的：

“要密切注意伦敦市场。昨天有消息说，伦敦现货铜价已经涨到每吨五十一点五英镑。这原因你们分析过没有？什么？英镑兑美元率下跌？啊，那好，你们继续研究，随时向公司报告。”

放下话筒，韩新民站起来，拉了拉西服的衩口，走向客人问道：

“喝点什么？茶，还是咖啡？”

“都可以。”

“还是喝咖啡吧，我们这里的咖啡还不错。”他又回到桌前按了一下铃，命吕小姐送两杯咖啡来。

韩新民这才在谢愫莹对面的沙发上坐下，打量了她一眼之后，笑道：

“小谢啊，三十多年没有见面了，那天猛地一见，真有点认不出来了。今天再看你，又觉得变化也不太大，你，还是那样……”

还是哪样，他没有说。谢愫莹也唯恐他说那些没用的，可又不能进门儿就说自己的要求。她抚着沙发的把手，只觉这沙发很大，很软，又格外的低，人坐下去就像整个儿地埋了进去。看样子是真皮的，这要多少钱一套？她忽然找到了题外话：

“你这办公室够气派的！”

“是啊！不但气派，还很新潮。意大利进口的沙发，南朝鲜进口的桌椅，公司设在国贸大厦，真是资金雄厚，水平一流。其实，全是空架子，内囊空空的。”

“你放心，我不是向你借钱来的。”谢愫莹也开着玩笑。

“借钱也不是不可以呀，我们公司信誉很高，有我们公司担保，哪家银行都敢借给你，哈！”见吕小姐端进来咖啡，韩新民立刻又笑道，“喝一点吧，这也是跟外国人谈生意谈出来的毛病，不喝点咖啡就提不起神。”

谢愫莹端起杯子，想起来问道：

“刚才高有信来过了？”

“啊，你也认识他？”

“不但认识，还有所了解。”

“怎么样，这个年轻人？”

“坦率地说，我觉得他是一个骗子。”

"有那么严重？"

"也只是我的感觉吧。"谢愫莹不想告诉他高有信想从这位总经理身上打什么主意。

"这个人，找了我很多次，今天，也是第一次见面。他是不是骗子，我不敢说。毛病嘛，确实不少。爱吹牛，言过其实，这是肯定的。不过，人很聪明，经营观念很强，活动能力也很强。"

"那他有求于你的是什么呢？"

"那倒是一件小事。他有个信息小报，没有挂靠单位，出版局不给登记，他想挂靠在企业家联谊会。"

一句话，谢愫莹脸都白了。怎么这世界这么小，好人总是和坏人碰在一起？她端起咖啡喝了两口，只觉苦得难以下咽。她掩饰住自己的惊愕与恼怒，装出很随便的样子问道：

"你答应了？"

"还没有。不过，联谊会有这么一张信息报也是必要的，至于是否把他这张报接过来，那又是另一个问题了。"

"你可千万别接！……"话出口，她又后悔了，她凭什么去干预他的事，也没有必要说人家的事，更何况韩新民对高有信印象还不错似的。

"啊，看来你对他那个报纸很了解，你觉得有什么问题？"韩新民的眼睛是很尖的。

"也没有什么，他只有一个人，大概是个皮包公司吧。"

"现在皮包公司多得很，只要能干出点事情来。开始干时总是没什么人力物力的，这倒也不奇怪。不过他那个报上还多少有点信息，一个人能搞出来，也不容易。"

"他除了抄地方报纸，还办了个函授通讯员培训班。只要缴几十块钱，发几本教材，就发个通讯员证，凭证就可以采访信息，还给稿费。当然可以弄到一些信息的啰。"

"妙！这个高有信还真有一套！有了采访证，就可以和企业拉关系，双方有利可图。"

"他的那些信息，基本上是按广告收费……"谢愫莹又讲了企业专访等情况。

谁知韩新民听了非但不恼，反而大笑了起来。他走到办公桌前，拿出一份打印的来函，递给她说：

"你看看这个。"

这是一家出版社发来的，谢愫莹读了下去：

佳华公司钧鉴：

为适应搞活经济之需求，本社应企业界人士要求，经上级批准，拟编纂《中国经贸企业大辞典》，贵公司名闻遐迩，我们已决定将贵公司列入辞典。请提供公司沿革、资本、经营范围、董事长、总经理姓名、简历及各分支机构地点、电话等资料。每一百字酌收成本费二百元（系进口道林纸精印），如若刊登董事长、总经理照片，每帧加收五百元。

本辞典重点向港、台、澳地区发行，广告效益显著。彩色整版收费五千元，黑白收费二千元。欢迎贵公司刊登。

……

"你看见了吧，这叫什么？广告辞典！类似这样的东西，每个月我们都能收到两三件。说它是广告辞典还是好听的，说得难听点，纯属敲诈勒索！"韩新民打火抽烟，止不住愤愤然。

"那你们怎么办呢？"谢愫莹可真是头回听说竟有这样的手段。

"怎么办？"韩新民一声冷笑，"伸着脖子让人宰，大大方方给钱。不但给钱，还要多给。资料要长，广告要彩色的，还要登在显著地位。否则，《中国经贸企业大辞典》里没有佳华公司，我们不就倒台了！"

谢愫莹禁不住摇头叹息。

"不谈这些了，"韩新民夹着烟的手一挥，仿佛要挥去那些不愉快，"说说吧，你找我有什么事？"

"没有什么事了。"她什么也不想说了，她不想把自己降到同高有信一个档次，也跑这儿来找挂靠单位。

"怎么没事了？"韩新民不解地看她，心里想，女人的变化真是太残酷了，当年那么秀丽的一个女孩子，怎么转瞬之间就变成这样一位老太太了。"那天你就说有点事，后来吕小姐说又来了三次电话，怎么会……"

"本来是有点事的，现在我不打算麻烦你了。"谢懔莹干脆地说。

"这又是为什么？老朋友了嘛，有什么不好说的？别瞧我现在混得不错，有时候也觉得很没有意思。像我们这种人，算是开放改革的新型人物，弄得好，给国家赚点外汇；弄不好，就是身败名裂。寒心哪，寒心！"

韩新民端起咖啡一饮而尽。脸色忧悒感慨系之，好像一肚子话平时也没地儿说：

"我算是看透了，名、利、地位、权势，都是空的。人生最难得的是友谊。有时候，地下党时期的老同志，五十年代的老朋友聚在一起，随便聊聊，那才痛快。小谢，我们也算是老朋友了，难得见面，有什么不好说的？"

听韩新民说得如此诚恳，谢懔莹也有些感动。毕竟是五十年代过来的人，身上还有那么一种现在年轻人无法理解的同志之间的情谊。想到这里，她便把来意说明了。

"不过，我也是病急乱投医。你有你的难处，完全不必勉强。"

韩新民沉思了片刻，抬起头看着她说道：

"按说嘛，这算不了什么大事。企业家联谊会虽然不是什么女权组织，但也可以设一个妇女部，专门负责和女企业家联络。你们公司是叫'三女公司'吗？就可以挂在妇女部名下，那真可谓名正言顺的了。"

谢懔莹一笑，不得不服此人的点子就是多。

"不过，根据我对你的了解，"韩新民停住了，好像在寻找词汇，过了一会儿才说，"恕我直言，我以为，你还是不要办公司为好。"

"为什么？"她觉得这话太奇怪了。

韩新民笑而不语，好像在考虑怎么说清楚自己的看法。他站起身来，走到窗前，撩开窗帘，随意朝外望了望，好像发现了什么，站在那儿观赏着，自言自语：

"起风了，好大的风呀，骑车的人都没法儿骑了！"

屋子里门窗密封，一点风声听不见。

韩新民放下窗帘，回身站住，接着刚才的话题说：

"不是我给你泼冷水，小谢，你是个非常正直的人，而且，观念嘛，也比较正统。像你这样的同志，不宜办公司。"

"真是这样吗？"她嘴上反问着，心里不得不承认他说的有几分道理。

韩新民好像有些疲倦。他走到自己办公桌后边的皮转椅上坐下，双臂搭在扶手上，身子微微朝后仰，脊背紧靠椅背，叹了口气，才又说：

"现在商界很乱，五花八门，无奇不有。刚才你说高有信是个骗子，的确，从为人的道德规范来讲，这个人很欠缺。但就经营之道、生财之路而言，他倒是个可用之才。如果有了合法的身份，或者说有了适当的机遇，高有信会飞黄腾达的。而且，你应该知道，如今在商界混得很有脸面，很有地位，买卖做得很大的人物里，就不乏高有信之流。试问，一个高有信你就觉得难以容忍，将来，你真的办起公司来，能和这样一些人混在一起吗？"

谢愫莹语塞。她没有想到韩新民会有这一番忠告。看来，商界波谲云诡，不仅混乱，而且可怕。自己能和这些人同流合污？可是，难道你不可以同流而不合污？她想了想说道：

"我们办公司，就是想整一整商界的风气。我们出报纸，可以把一些信息骗子挤出去……"

没等她把话说完，韩新民就大声笑了起来：

"哈哈！谢愫莹同志，你未免把事情看得太简单了。在商业界，做买卖、谈生意、签合同、筹资金，正与不正、法与非法、骗与非骗，谁能分得清？又有谁去分清？我一个香港的朋友说过一句话：'商界如同绿林，成则王，败则寇。'当然，他是半开玩笑，极而言之，但是不无道理。小谢，我是过来人了，你听我的劝告，打消这个念头吧。"

谢愫莹没什么好说的了。

吕小姐推门进来，轻轻地请示：

"韩总，快十二点了，车已经停在楼下。"

"好，我们马上走。"韩新民无奈地站起来，"又是饭局！我看就谈到这儿吧。你的心情我理解，退下来了嘛，总要找点事情做做，是吧？"

谢愫莹没有再回答，从沙发上站了起来。

"外边风大，韩总，披上风衣吧！"吕小姐说着已取了一件银灰色风衣在手。韩新民站着不动，待吕小姐在身后撑开了衣裳，他很快地伸进袖子，一边整理衣领，一边伸手示意客人前行。同时他又安慰似的说：

"其实，可做的事情很多。只要你愿意，我们联谊会随时都欢迎。"

等电梯的时候，谢愫莹还在想这个问题，她好像是问自己：

"能做些什么呢？"

在电梯上，韩新民没有说话。出了电梯，走在大厅里，他说：

"我们联谊会准备自己编辞典。如果你愿意的话，那个工作，坐在办公室里编编稿子，对你很合适。"

"你们企业家联谊会也要出那种辞典？"谢愫莹站住，有点不相信这话是从会长嘴里说出来的。

见谢愫莹一脸的惊异，韩新民笑了：

"是啊，与其让别人赚我们的钱，不如我们自己赚。"

谢愫莹马上跟了一句：

"这么说，与其让别人宰，不如宰别人！"

"哈，看来你有进步。这就叫竞争意识。当然，我们要出辞典，肯定是高质量的，发行量比他们多，收费肯定比他们低。"

"对不起，这种事我确实不会干，再见！"谢愫莹急急忙忙走出大门。

韩新民笑了笑，也出了大门，抢前一步到她身边，说道：

"你看，我说你不宜进入商界吧！"

司机已经打开车门，恭候总经理。韩新民一条腿迈进汽车，又伸出脑袋问：

"小谢，你住哪儿，我送你一段！"

"不用了，谢谢！"

第三十一章

风，大极了。谢愫莹一走出国贸大厦，就被那迎面而来的风吹得睁不开眼。

都说北京的秋天最好，怎么今年的秋天有这么大的风？这风刮起来好怕人，呼呼呼的声音让你胆寒，昏暗的天空叫你喘不过气，那一阵一阵强劲的力则好像要把你整个儿从地面上拔出来。宽阔的建国门外大街上行人比平时少多了，能躲在家里的人谁也不出门找这个罪受。

待风停了些，她睁开眼一看，韩新民的车子早已不见了踪影。记得一出门好像他说要送她一程，她拒绝了，风中他好像还说了一句什么，然后就钻进了汽车。

她慢慢地往前走着，胸中饱饱的好像灌满了风，整个身子却觉得悠悠的，像是给系在一只大气球上，随时都可能被刮到半空中去。她应该穿过自行车道去那个汽车站，她就是坐那趟车来的。可是，她自己也闹不清为什么就是不想坐车回家，只想在这几乎是空无人迹的人行道上独自走走。她笔直朝前走，顶住刮来的风，漫无目的地走着，好像走就是目的。她宁愿走，宁愿在大风的陪伴下艰难地走，也不愿在这时见到家里的亲人。

韩新民的话也许是对的。我不宜办公司，不宜涉足商界。"绿林"是可怕的。我不是强人，我不能逞一时之能。退吧，退吧，退回自己的小窝，安安稳稳地待在那里，像许许多多退下来的人一样，这才是你的归路。假如我告诉司马，我不想再办公司了，不，我该告诉他我办不成公司了，他会怎么说？他大概会想出很多很多的理由，说明办公司这一招从开头就不必要。然后，他必然会再提出非常合理的建议来，不为别的，只为给你找点事儿，他知道你不能闲待在家里。

她在自己思绪的伴随下，往前走着，走着，耳边的风声似乎远去。

风确实是小些了，她觉得眼前的街道不再是昏天黑地的，迎面刮来的风也不那么使人感到马上就会背过气去，只有脚下的树叶在沙沙作响。她不经意地朝前方的路上看去，啊，只这一阵狂风过去，迫使千百万树叶脱落了。她原是走在一层厚厚的树叶铺成的人行道上，好像踩在地毯上，远看一片金黄。已觉秋风秋不尽了，金黄的树叶该掉下来了。可是，怎么的，这些叶子还是绿色的？她弯下腰去，伸手捡起了一片绿叶。真是绿的！她这才注意到，面前的那一片树叶铺成的路并非金黄，而是绿色的。这些绿树叶，本应该婆娑在枝头，装点这美丽的秋色，怎么能任它被狂风吹落？

她拿着那片绿树叶，呆了呆，又往前走了。这个地方好熟悉，再过几条街，拐进去，道边有个国际俱乐部。那一年，刚粉碎"四人帮"的时候，外国影片刚开禁，和司马来这里看过电影。

好多年没有和他去看过电影听过音乐了。他总是笑她，人家以为你学外文的一定很洋，爱看芭蕾舞什么的，哪里知道你根本没有这种雅兴。其实，谁不欣赏美，只是怕耽误时间罢了。看来，今后真应该改变改变生活方式，为什么不享受一下生活，为什么还要像一匹不知疲倦的老马拉下去，直到累死途中？

怎么？前边是谁？那身影，那身影……是他。是他！不会错的，绝对错不了。哪怕只是他的背影，她绝不会看错。几十年的共同生活，她难道还认不出他，是司马。走在他身旁的是谁？！……一头披肩的长发，一副高挑的身材。风吹散了她的头发，一双修长的腿踩着高跟鞋，在风中跳跃。是她了，那个研究生，女儿说过的那个……她正用双手不断地左右拢着被风戏弄着的长发，好似在和那头顶上的风儿挑逗，活泼轻盈，却又娇媚动人。她仿佛听见了她咯咯的笑声。司马正侧过脸同她说话，脸上呈现出让人心醉的笑容。这种笑容在他的脸上消失已经很久很久了。现在他在家里的笑只是带着不知对什么的讥讽。只有在这一刹那，在这年轻的姑娘面前，才又出现了那久违的笑容！

他们拐弯了。不由自主地，谢愫莹朝前跑了两步。斜身看去，他们又出现在她的视野里。司马的手臂那么温情地环绕在那个年轻女人的肩头。她已经隐隐听得见他们嬉笑的声音，可她张不开嘴喊住他，她没有这个勇气，倒仿佛自己做了件见不得人的事情。前面的两个身影越走越远，不知他们要走到哪里去。他们又拐弯了，身影消失了。

谢愫莹走过了路口，继续朝前走去。突然，她觉得自己的胸前非常憋闷，找一个什么地方透透气才好？要找一个地方坐一会儿，走得太久了。

这里是日坛公园。

她走到售票处，敲了敲玻璃窗，掏出钱买票。

玻璃窗里露出一张年轻女人的脸。她睁大了眼睛，惊奇地望着这位游客，好像在说：这大风天，您真还有兴致来逛公园？

她拿着门票，走进了公园。只见满目枯树，遍地落叶，渺无人影。肆虐的风还在戏弄着被它摧残的生命，一层层绿叶在风的追赶下，被刮过来，扫过去，无处安身。

她累了，真累了。前面有一条石凳，她艰难地走到那里，坐了下来。

她不记得在这里坐了多久，也不知道从哪里跑来一个四五岁的小男孩，他双手抱着一个大皮球。

"奶奶，你哭了！"小男孩伸出一个胖胖的手指。

"啊，是风吹的。"她揉了揉眼睛。

小男孩抱着皮球，踩着落叶跑开了。

她真想叫住他，跟他说点什么。这时，她觉得她非常想要个孙子。

第三十二章

夏天的夜，明亮得像少女的眼睛。清澈的月光投在碧绿的古树上，透过茂密的枝叶洒落在静静的地面，仿佛给这久远的石板路罩盖了一片珍珠。

三个少女从那浓密的树荫中跑了出来，奔向洁白的月光下。她们苗条的身躯连同那简便得没有一点装饰的连衣裙，与那纯洁的月光柔和地消融在一起，就好像她们不是从闷热嘈杂的舞会中跑出来，而是从那静悄悄的月亮国里走下来的。只有那低低的笑声，泄露了她们内心青春的喧哗。

跑在最前面的是穿绿色裙衣的沈兰妮。她头一个跑上了那座古老的九孔桥，伸开双臂像小燕飞舞似的旋转了几个圆圈。她倏地停下，惊奇地望望桥两边被月光装饰得分外妖娆的北海和中南海的水面。像发现了什么奇迹，回头高声叫道：

"姑娘们，快来看呀！"

"妮子，你跑那么快干吗呀？"穿白色裙衣的曾惠心追了上来。

"怕小赵追上来呀！"穿紫色裙衣的谢懔莹也追上来了。

午夜时分，首都沉睡了，只有这三个迟归的大学生在嬉笑，也只有这桥下的碧波白水在倾听她们的秘密。

"我才不怕他追上来呢，我根本不理他。"

"得了，别装相！我都看见了。"

"惠心，不许你造谣。反正我毕业以后先工作几年，看他经不经得起考验。"

"我可不。一拿到毕业证书，我就跟司马结婚。女同志最好是早了结终身事，才能全心全意干事业，省得整天为爱情分心。"

"懔莹，我真服你，什么事说到做到。我可不行，想起结婚就害怕。惠心，你呢？"

"我呀，那个他还没降临人间呢。"

"到书里找去。你的那个他在书中，书中自有美少年啊！"

银铃般的笑声撒向夜空，无遮无拦，投向远方。三个细长的身影投射在拱形桥上，拉长了，变形了，像三个精灵在游荡。

"将来我们还能在一起吗？"绿衣少女忽然感叹了。

"毕业后也许就天各一方了。"白衣少女幽幽地叹了口气。

"好多好多年以后，"紫衣少女说，"我们再见面，可能都是老太太了！"

一提起老太太，绿衣少女就嘻嘻地笑了起来。她弯下腰，模仿老妇人的姿态，歪歪斜斜地走着。她的长长的影子也随着她东倒西歪的。

"啊，好心的姑娘们，帮帮我！"

旁边的紫衣少女笑得弯了腰，连连地说：

"老奶奶，我来搀着您呀！"

那白衣少女则忍住笑，文文静静地说：

"老奶奶，您的孙子上哪儿去了呀？"

在她们年轻的人生辞典上，还没有"老"这个字呢！"老"是什么？那是不可望不可即的远方，是她们根本无法达到的境地。她们想象中的"老"是一幕开心的喜剧。

天上的月亮慈祥地照着她们快乐的脚步。月亮好像也变得偏爱这三个年轻的姑娘，一直跟随着她们，又给她们焕发青春光辉的脸儿蒙上了一层朦胧的神秘。她们给月光留下的是她们快乐的歌声：

红莓花儿开在野外小河边，
有一位少年真使我心爱。
河边红莓花儿已经凋谢了，
少女的思恋一点没减少。
少女的……

卷后记

真正的"人到老年"

重读《人到老年》,总觉得"哪里不对劲"。是把老年人的年龄弄错了,还是现代中国的老年人变得年轻了?究竟该如何界定"老年"才算对?

记得有一种说法,好像是把老年分为三等:五十五岁至六十五岁,初老年;六十五岁至七十五岁,中老年;七十五岁以上才配称之为真正的老年。这种论点我倒觉得有它的合理性。

书中的人物都是六十岁左右刚退休,照此说法也就是初老年,还没有"到"老年。如此一来,这书名似乎就值得商榷:是否应该叫"初到老年"?"老年将至"?"走进老年"?总而言之一句话,用"人到老年"来写这一群人,早啦!这个题目用到他们身上至少应该再过二十年!

特别是新世纪以来,有幸于我们国家经济的繁荣与人民生活的节节高升,随之而来的就是国民体质的增强。人们有能力关注自己的健康与寿命,一股养生的热潮早已席卷了老人的世界。六十来岁的老人活得健康滋润,七十岁的老人比比皆是,他们跳舞唱歌旅游,身手矫捷红光满面,哪里有一点老态?"人生古来七十稀"的古谚,于今日之中国早已是风马牛不相及。

对比之下,再来看我这本《人到老年》中的老人——二十世纪九十年代一群刚刚退休的知识分子——他们为什么那么纠结?为什么那么痛苦?为什么那么执着地不甘心退出历史舞台?为什么千方百计要为社会奉献自己的余热?现在看来似乎就难于理解,甚至觉得这群人有点儿傻！

如果把这"傻"劲儿全算到他们头上，似乎又欠公平。那是改革开放的初期，人们（包括作者）的思想观念，皆如大梦方醒不知何以自处，或者说尚未从思想的禁锢中解脱出来。因而，现在来看书中人会觉得他们庸人自扰甚至有点可笑！他们看不惯豪华厅堂大厦，看不惯凡人就能办公司，看不惯从香港回来穿着讲究的同胞，看不惯把孩子送到国外读书……一句话，社会的变革让他们眼花缭乱无所适从。

那么，真正的"人到老年"是什么样子呢？

这些年，作者仍在关注老人这个群体，记住了许多令我钦佩的老人：泰安西林山村一百零四岁怀英老人，不依赖山下的晚辈，坚持生活在空气清新的高山上，她身体康健笑口常开，不但自己日常生活有序，还照顾七十岁偏瘫的寡居儿媳；山东莱芜干休所九十六岁老革命高太学同志，参加过抗日战争、解放战争、抗美援朝，真正戎马一生，虽然人在干休所，仍然关心国家大事，学习按摩，关注养生，从不服老；九十五岁表演艺术家秦怡冒严寒拍戏；九十四岁国画大师黄永玉敢跨界撰写长篇小说，还有许许多多可亲可敬的老人。他们境遇不同，社会身份各异，但，这些老人有一个共同点，那就是活得自尊！任凭岁月无情，倍增了他们的年龄，但是，作为老人的尊严却是那样的神圣不可侵犯！

这样的老年，才应是为之著书立说的"人到老年"吧？

二〇一八年二月二十八日
作者亦是八十三岁老人

445